藏獒 2

TIBETAN MASTIFF

楊志軍◎著

目錄

目錄

(編者薦言)

千山暮雪見真情——《藏獒2》的震撼與啟示

陳曉林

人們在內心深處所期待或眷戀的事物，往往與周遭環境觸目可見的現象形成對照。所以，在混亂的時代，人們期盼的是單純；在虛偽的時代，人們懷念的是真誠；在價值空無的時代，人們格外關心的是具有鼓舞意義的精神表徵。

對於許多感受靈敏的當代人而言，眼前正是一個混亂、虛偽、價值空無的時代，於是，但凡能體現單純、真誠、正直、忠義等正面價值的生命情操，總是會令人眼睛為之一亮，精神為之一振。

去年，三十餘萬字的長篇域外文學「藏獒」橫空出世，將青藏高原上人類與藏獒相依為命的情狀，及藏獒以其天生的英勇、忠義、純情，所表現種種催人熱淚、動人心魄的事蹟，抒寫得栩栩如生。一年後，作者又推出卷幀同樣浩大的「藏獒2」，將藏獒的故事作更深入而細緻的刻畫。作者對青藏高原的眷戀，對藏獒事蹟的描摹，尤其，對畢生與藏獒為伍、以藏獒為傲的父親那種歷久彌新的憶念和投契，在在反映出一種精神價值的追尋與認同。

《藏獒2》的故事比《藏獒》更為感人：西結古草原遭遇了一場百年罕見的雪災，無數牛羊被凍死，大量牧民被困在雪地中，奄奄待斃；同一時間，由於人為發起的「除狼」運動，來自四面八方的狼群紛紛逃竄到西結古草原，向遭遇雪災的人類展開了瘋狂的報復，迫使藏獒為保護人類利益與狼群展開生死拚搏。於是，一場又一場轟轟烈烈的「獒狼之鬥」，出現於深雪覆蓋的草原上。

在無數次驚心動魄的獒狼之戰中，勢單力薄的藏獒群在獒王岡日森格的率領下，有情有義，無怨無悔，以自己的忠勇、鮮血和生命來捍衛人類的利益。獒與狼的對陣廝殺，凸顯出藏獒所體現的忠誠、英勇、智慧和無畏，與狼性所體現的狂野、機巧、狡獪和深沉，恰形成大自然原始的對立模式。這是利他與利己的對比，也是悲壯與殘忍的對比。

在捨死忘生的義戰中，藏獒自身的特點也展現得更為淋漓盡致。牠們在獒王的帶領下四處轉戰，充分彰顯出比狼群更強韌的團隊精神和勇猛氣概。而獒王當機立斷、矚照全局的王者之風，實為勝負的關鍵。

作者透過情節的鋪墊與推展，呈現了優秀藏獒對自我尊嚴的重視和敏感。藉由抒寫大灰獒江秋邦窮及黨項羅剎多吉來吧的命運，作者著重指出：藏獒活著，一半是為了忠誠，一半是為了尊嚴。而職守是尊嚴的基礎，一旦牠意識到自己未能恪盡職守，就會喪失尊嚴。喪失尊嚴的感覺會讓牠遠離熟悉的人和狗，默默地自行了斷。看來藏獒的單純和真誠、多情和重義，與牠那傳自亙古雪原的基因中特具「生命尊嚴感」有關。而現代人之所以耽溺於複雜而虛偽的處世方式，背叛、捲逃、攘利爭先、臨難苟免，種種缺乏正面人性價值的涼薄行徑，似乎都是緣於喪失了對生命尊嚴的尋求與實踐。莫非，唯有生具尊嚴感的個體，才是至情至性的生靈，才會展現有情有義的本色？情失而求諸藏獒，藏獒對尊嚴感的珍重，儼然為人類如何尋求自我救贖提供了一條線索。

為什麼要寫《藏獒2》？作者說：因為在第一部中自己有股強烈的感覺，覺得寫得不過癮，受篇幅限制，很多想法、很多情感沒有表達得乾淨、徹底，而且，在第一部的故事中已經留了伏筆。作者指出，第二部寫得比較舒展，用筆更加自如，故事性也比第一部強。

看了《藏獒2》，的確能感受到更濃冽的感情與更強的故事性；但更牽動人心的，其實是一種淨化和昇華的精神象徵，藉由驚心動魄的故事情節而逐漸清晰浮現。

然而，在都市叢林、人情澆薄的時代，真正純種的藏獒已漸遠逝。渺萬里層雲，千山暮雪，深情重義的藏獒，隻影向誰去？

第一章　狼來了

1

從來沒有見過這麼大的雪，下了半個月還在下，天天都是鵝毛飄灑。草原一片沈寂，看不到牛羊和馬影，也看不到帳房和人群，人世間的一切彷彿都死了。野獸們格外活躍起來，肆虐代替了一切，到處都是在饑餓中尋找獵物的狼群、豹群和猞猁群，到處都是緊張憤怒的追逐和打鬥。荒野的原則就是這樣，當你必須把對方當作唯一的食物而奮不顧身的時候，你就只能是一個暴虐而玩命的殺手、一個用自己的生命作抵押的凶悍的賭徒。

保衛草原和牧民，保衛吉祥與幸福，使命催動著藏獒勇敢而忠誠的天性，西結古草原的領地狗群在獒王岡日森格的率領下，撲向了大雪災中所有的狼群、所有的危難。

大黑獒那日終於閉上了眼睛，長眠對牠來說的確來得太早太早了。牠不想這麼快就離開這個讓牠有那麼多牽掛的世界，眼睛一直睜著，撲騰撲騰地睜著。但是牠毫無辦法，所有圍著牠的領地狗都沒有辦法，生命的逝去就像大雪災的到來一樣，是誰也攔不住的。

獒王岡日森格陪伴在大黑獒那日身邊，牠流著淚，自從大黑獒那日躺倒在積雪中之後，牠就一直流著淚，牠一聲不吭，默默地，把眼淚一股一股地流進了嘴裡：你就這樣走了嗎？那日，那日！跟牠一起默默流淚的，還有那日的同胞姐姐大黑獒果日，還有許許多多跟那日朝夕相處的藏獒。

雪還在下，愈來愈大了。兩個時辰前，牠們從碉房山下野驢河的冰面上出發，來到了這裡。這裡不是目的地，這裡是前往狼道峽的途中。

狼道峽是狼的峽谷，也是風的峽谷，當狂飆突進的狼群出現在峽谷的時候，來自雪山極頂的暴風雪就把消息席捲到了西結古的原野裡：狼災來臨了。狼災是大雪災的伴生物，每年都有，並不奇怪。奇怪的是今年最先成災的不是西結古草原的狼，而是外面的狼，是多獼草原的狼，是上阿媽草原的狼。都來了，都跑到廣袤的西結古草原爲害人畜來了。爲什麼？從來沒有這樣過。獒王岡日森格不理解，所有的領地狗都不理解。但對牠們來說，理解事情發生的原由，永遠不重要，重要的是行動，是防止災難按照狼群的願望蔓延擴展。堵住牠們，一定要在狼道峽口堵住牠們。

出發的時候，大黑獒那日就已經不行了，腰腹塌陷著，眼裡的光亮比平時黯淡了許多，急促的喘息讓胸脯的起伏沉重而無力，舌頭外露著，已經由粉色變成黑色了。岡日森格用頭頂著牠不讓牠去。牠不聽，牠知道這是一個非同尋常的日子，狼來了，而且是領地外面的狼，是兩大群窮凶極惡的犯境的狼。而牠是一隻以守護家園爲天職的領地狗，又是獒王岡日森格的妻子，牠必須去，去定了，誰也別想阻攔牠。

岡日森格爲此推遲了出發的時間，用頭頂，用舌頭舔，用前爪撫摩，用眼睛訴說。牠用盡了辦法，想說服大黑獒那日留下，最充分的理由便是：小母獒卓嘎不見了，你必須在這裡等著，牠回來找不見我們就會亂跑。在冬天，在大雪災的日子裡，亂跑就是死亡。小母獒卓嘎是大黑獒那日和岡日森格的孩子，出生還不到三個月，是那日第六胎孩子中唯一活下來的。其他五個都死了。那日身體不好，奶水嚴重不夠，只有最先出世也最能搶奶的小母獒叼住了那只唯一有奶的乳頭。六個孩子只活了一個，那可是必須呵護到底的寶貝啊。有那麼一刻，大黑獒那日決定聽從岡日森格的勸告，在牠們居住的碉房山下野驢河的冰面上等待自己的孩子。

可是，當獒王岡日森格帶著領地狗群走向白茫茫的原野深處，無邊的寂寞隨著雪花瑟瑟而來時，大黑獒那日頓時感到一陣空虛和惶惑，差一點倒在地上。大敵當前，一隻藏獒本能的職守就是迎頭痛擊，牠違背了自己的職守，就只能空虛和惶惑了。而藏獒是不能空虛和惶惑的，那會使牠失去心理支撐和精神依託。母性的兒女情長、身體的疲病交加，都不能超越一隻藏獒對職守的忠誠。藏獒的職守就是血性的奉獻，狼來了，血性奉獻的時刻來到了。

大黑獒那日遙遙地跟上了岡日森格。獒王岡日森格一聞氣味就知道妻子跟來了，停下來，等著牠，然後陪牠一起走，再也沒有做出任何說服牠回去的舉動。

岡日森格已經知道大黑獒那日不行了，這是陪妻子走過的最後一段路。牠儘量克制著自己恨不得即刻殺退入侵之狼的情緒，慢慢地走啊，不斷溫情脈脈地舔著妻子。就像以前那樣，舔著牠那隻瞎了的眼睛，舔著牠的鼻子和嘴巴，一直舔著。大黑獒那日停下了，接著就趴下了，躺倒了，眼巴巴地望著丈夫，淚水一浪一浪地湧出來，眼睛就是不肯閉實了。岡日森格趴在了那日身邊，想舔乾妻子的眼淚，自己的眼淚卻嘩啦啦落了下來：你就這樣走了嗎？那日，那日！

也是一場大雪，西結古草原的大雪一來就很大，每年都很大，去年的大雪來得格外早，好像沒到冬天就來了。大雪成災的日子裡，正處在第五胎哺乳期的大黑獒那日帶著自己的兩個孩子，來到了尼瑪爺爺家。他家的畜群不知被暴風雪裹挾到哪裡去了，兩隻大牧狗新獅子薩傑森格和鷹獅子瓊保森格跟著畜群離開了帳房，一直沒有回來。畜群肯定死了，牠們是經不起如此肅殺的饑冷之災的，說不定連新獅子薩傑森格和鷹獅子瓊保森格都已經死了。尼瑪爺爺、尼瑪爺爺的兒子班覺、兒媳拉珍、孫子諾布與看家狗瘸腿阿媽、斯毛阿姨以及格桑和普姆，一個個蜷縮在就要被積雪壓塌的帳房裡，都已經餓得動彈不得了。

大黑獒那日立刻意識到自己應該幹什麼，牠先是走到尼瑪爺爺跟前，用流溢著同情之光的眼睛對他說：吃吧，吃吧，我正在餵奶，我的身體裡全是奶。說著牠騎在了躺倒在氈鋪上的尼瑪爺爺身上，用自己的奶頭對準了尼瑪爺爺的嘴。

尼瑪爺爺哭了，他邊哭邊吃。他知道母獒用奶水救活饑餓之人的事情在草原上經常發生，也知道哺乳期的母獒有很強的再生奶水的能力，不吃不喝的時候也能用儲存的水分和身體的脂肪製造出奶水來，但他還是覺得母獒給人餵奶就是神對人的恩賜，是平凡中的奇蹟。他老淚縱橫，只吃了兩口，就把大黑獒那日推給了身邊的孫子諾布。

諾布吃到了那日的奶，看家狗瘸腿阿媽、斯毛以及格桑和普姆也都依次吃到了那日的奶。接下來是拉珍，最後是班覺。大黑獒那日的奶水，讓他們從死亡線上走回來了。

一連五天都是這樣，大黑獒那日自己無吃無喝，卻不斷滋生著奶水，餵養著尼瑪爺爺一家四口人和四隻狗以及牠自己的兩個孩子。但體內的水分和脂肪畢竟是有限的，牠很快枯竭了，牠似乎不相信自己的奶水這麼快就會枯竭，還是不厭其煩地餵了這個再餵那個。十張饑餓的嘴在那種情況下失去了理智，拚命的吮吸讓枯竭的奶水再一次流出，但那已經不是奶水，而是血水。血水汩汩有聲地流淌著，那麼多，那麼多，開始是白中帶血，後來是血中帶白，再後來就是一股紅似一股的純粹血水了。

大黑獒那日撲通一聲倒了下去，倒在了尼瑪爺爺身邊。尼瑪爺爺抱著牠，哭著說：「你不要再餵，不要再餵，我們不吃你的奶了。」但是奶水，不，是血水，還在流淌，就像大黑獒那日哺育後代的本能、吃肉喝水的本能、爲人排憂解難的本能那樣，面對一群不從牠這裡汲取營養就會死掉的人和狗，血水不可遏制地流淌著，你吃也好不吃也好牠都在流淌。

那就只好吃了，尼瑪爺爺吃了，班覺吃了，拉珍吃了，諾布吃了，瘸腿阿媽吃了，斯毛吃了，格桑吃了，普姆吃了，還有那日自己的兩個孩子。他們一吃就挺住了，挺了兩天，獒王岡日森格和幾隻領地狗就叼著吃的用的營救他們來了。

叼來的是軍用的壓縮餅乾和皮大衣，是政府空投在雪災區域的救援物資。白茫茫的雪原上找不到人居的痕跡——火、或者帳房的影子——救援物資都投到昂拉雪山中去了。那是個雪狼和雪豹出沒的地方，是個只有藏獒才敢和野獸搶奪空投物資的戰場。獒王岡日森格帶著牠的領地狗群搶回來了一部分空投物資，分送給了牧民們。牧民們不知道這是政府的救援，虔誠地膜拜著說：多麼了不起的藏獒啊，牠們是神和人之間可以空行的地祇，把天堂裡的東西拿來救我們的命了。

岡日森格來了以後，發現妻子大黑獒那日已經站不起來了。那日皮包骨頭，把自己的血肉全部變成汁液流進了人和狗的嘴裡。牠給那日叼去了壓縮餅乾，那日想吃，但已經咬不動了。牠就大口咀嚼著，嚼碎了再嘴對嘴地餵。那一刻，岡日森格流著淚，大黑獒那日也流著淚，牠們默默相望，似乎都在祈禱對方：好好的，你一定要好好的。

就是這一次用奶水和血水救活尼瑪爺爺一家的經歷，讓大黑獒那日元氣大傷，精神再也沒有恢復到從前。身體漸漸縮小，能力不斷下降，第六胎孩子雖然懷上了，也生出來了，卻無法讓牠們全部活下來。乳房的創傷一直沒有痊癒，造奶的功能正在消失，奶水斷斷續續只有一點點，僅能讓一個孩子吃個半飽。大黑獒那日哭著，眼看著其他五個孩子一個個死去，牠萬般無奈，只能以哭相對了。

孩子死了之後，獒王岡日森格曾經那麼柔情地舔著自己的妻子，似乎在安慰牠：會有的，我們還會有的，明年，這個時候，我們的孩子就又要出世了。大黑獒那日好像知道自己再也不會有孩子，嗚嗚地哭著，丈夫愈是安慰，牠的哭聲就愈大愈悲切。好幾個月裡，每當夜深人靜，牠都會悄悄地哭起來。

誰能想到，大黑獒那日傷心的不光是孩子，還有自己，牠知道自己就要走了，就要離開牠的草原牠的丈夫了。而對獒王岡日森格來說，一切都是猝不及防的，大黑獒那日都沒給牠一個從從容容傷心落淚的機會，牠只能在心裡嗚嗚地叫，就像身邊的風，在嗚嗚的鳴叫中蒼茫地難受著。

大黑獒那日死了，牠死在前往狼道峽阻擊犯境之敵的途中。獒王岡日森格淚汪汪地站起來，就在那日身邊用四條腿輪番刨著，刨著。所有的領地狗都淚眼汪汪地圍起來看著獒王，沒有誰過去幫忙，包括那日的姐姐大黑獒果日。牠們都知道獒王是不希望任何一隻別的狗幫忙的。獒王一個人在積雪中刨著，刨下去一米多深，刨出了凍硬的草地，然後一點一點把那日拱了下去。掩埋是仔細的，比平時掩埋必須儲存的食物時仔細多了。埋平了地面還不甘心，又用嘴拱起了一個明顯的雪包，然後在雪包邊撒了一脬尿，這是爲了留下記號，更是爲了留下威脅：藏獒的味道在這裡，哪個野獸膽敢靠近！

所有的領地狗——那些藏獒，那些不是藏獒的藏狗，都流著眼淚撒出了一脬尿，強烈的尿臊味兒頓時氤氳而起，在四周形成了一個無形的具有巨大懾服力的屏障。

岡日森格用眼淚告訴埋在下面的那日：我還會來看你的，我不能讓狼和禿鷲把你刨出來吃掉，等著啊，我一定會來的。

然後牠來到大黑獒果日身邊，用鼻子碰了碰對方的臉，意思是說：你能不能留下來？你留下來吧，現在是大雪災的日子，狼群是瘋狂的，是無所顧忌的，光有氣味的守護恐怕不保險。

大黑獒果日立刻臥下了，好像是說：你不說我也會留下的，不能讓狼把牠吃掉，人會找牠的，人比我們還需要牠，要是看不到牠的屍體，人會一直找下去。

獒王岡日森格走了，頭也不回地走了。在這個狼情急迫的時刻，與生俱來的藏獒的使命感完全左右著牠的想法和行動。狼來了，是多獼草原的狼，是上阿媽草原的狼，都來了，都跑到廣袤的西結古草原爲害人畜來了。作爲稱霸草原的一代獒王，如果不能帶著領地狗群以最快的速度趕到狼道峽口，擋住洶洶而來的狼群，那就等於放棄職責，等於行屍走肉。

岡日森格走著走著就跑起來。牠的奔跑如同一頭金色獅子在進行威風表演。鬣毛扎煞著，唰唰地抖，粗壯的四肢靈活而富有彈性，一種天造神物最有動感的獸性之美躍然而出。讓漫天飛舞的雪花都相信，牠那健美的肌肉在每一次的伸縮中，都能創造出如夢如幻的速度和力量。

但就是這樣一隻山呼海嘯的藏獒，牠的眼睛是含淚的，因爲自己的愛人大黑獒那日走了，永遠地走了！

像一隻鵬鳥的飛翔，颯爽飄舞的毛髮如同展開的翅膀，獒王岡日森格不知疲倦地奔跑著，身邊是疾馳的景色，是暴風雪的嘯叫。而在暴風雪看來，獒王岡日森格和牠的領地狗群才是真正揮灑不盡的暴風雪。

緊跟在獒王身後的，是一隻名叫江秋邦窮的大灰獒。牠身形矯健，雄姿勃勃，灰毛之下，滾動的肌肉鬆緊適度地變奏著力量和速度，讓牠的奔跑看起來就像水的運動，流暢而充沛、有力而柔韌。

下來是徒欽甲保，一隻黑色的鋼鑄鐵澆般的藏獒，大力王神的化身。牠的奔跑就像漫不經心的走路，看起來不慌不忙，但速度卻一如疾風捲地。牠黑光閃亮，在一地縞素的白雪中，煞是耀眼。

離徒欽甲保不遠，是牠的妻子黑雪蓮穆穆。穆穆的身後，緊跟著牠們出生只有三個月的孩子小公獒攝命霹靂王。也是挾電攜雷的疾馳，也是威武雄壯的風姿，無論是公的，還是母的小的，都在按照草原和雪山亙古及今的塑造，自由地揮灑著生命的拚搏精神和陽剛而血性的質量，不可遏制地展示著野性的美麗和原始的爛漫。

就要到了，很快就要到了，狼道峽口開闊的山原之上，狼影幢幢，已經可以聞到可以看到了。那麼多的狼，爲什麼是那麼多的狼？所有的領地狗百思不得其解：往年不是這樣的，往年再大的雪災，都不會有這麼多外來的狼跑到西結古草原來。狼群分佈在雪岡雪坡上，悄悄地移動著，不是爲了逃跑，而是爲了應戰。

這個多雪的冬天裡，第一場獒對狼的應戰，馬上就要開始了。

2

多吉來吧站在雪道上用粗壯的四肢輪番刨挖著雪，一會兒用前爪刨，一會兒把屁股掉過去用後爪刨。雪粉煙浪似的揚起來，被風一吹，落到雪道兩邊的雪坎上去了。兩道雪坎峽峙著一條雪道從寄宿學校的帳房門口延伸而去，已經到了五十米外的牛糞牆前。牛糞牆是學校的圍牆，將近一米的高度，已經看不見了。但是多吉來吧知道雪裡頭掩埋著一堵牆，牠用前爪一掏就掏出了一個洞，三掏四掏牆就不存在了。

多吉來吧曾經被送鬼人達赤囚禁在三十米深的壕溝裡，天天掏挖堅硬的溝壁，爪子具有非凡的刨挖能力，在一米多厚的積雪裡刨出一條雪道不是什麼難事兒。牠想把雪道開通到很遠很遠的地方去，遠方有更多的人，有充饑的食物和暖身的皮衣皮褥，還有救命的藏醫喇嘛和那些神奇的藏藥，這一點牠和父親一樣清楚。

雪道繼續延伸著，多吉來吧刨啊刨啊，就像一個碩大的黑紅色的魔怪，在漫無際涯的白色背景上，瘋狂地揚風攪雪。

父親站在寄宿學校學生居住的帳房門口，抬頭看了看依然亂紛紛揚雪似花的天空，哈著白氣對刨挖不止的多吉來吧大聲說：「我知道你能把雪道開到狼道峽那邊去，但是來不及了，真的來不及了，多吉來吧你聽我說，我不能再等下去，我應該走了。」多吉來吧的回答就是更加拚命地刨雪，牠不願意父親一個人離開這裡，離開是不對的，離開以後會怎麼樣，牠似乎全知道。但是父親想不了這麼多，他只想到現在，現在他必須挽救帳房裡的人。

帳房裡躺著十二個孩子，其中一個已經昏迷不醒了。昏迷不醒的孩子叫達娃。

三天前達娃想離開學校回家去，父親不讓他走，父親說：「達娃你聽話，你離開這裡就會死掉的，你知道你家在哪裡？你家在野驢河的上游，很遠很遠的白蘭草原。」達娃不聽話，他爲什麼要聽話？學校已經斷頓，聽老師的話就等於餓死在這裡。他悄悄地走了，三天前的積雪還沒有這般雄厚，只能淹沒他的膝蓋，他很快走出去了四五百米，等多吉來吧發現他時，他已經在危險中尖聲叫喚了。

危險來自狼，狼在大雪蓋地的冬天總會出現在離人群最近的地方，而且一出現就是一大群。

這一點多吉來吧比誰都清楚。牠很後悔自己沒有早一點發現達娃，牠剛才睡著了，爲了守護父親和父親的十二個學生牠已經好幾個晝夜沒有睡覺了。牠發出一陣沈雷般穿透力極強的吼聲，裹挾著刨起的雪浪飛鳴而去，幾乎看不清是什麼在奔跑。

圍住達娃的饑餓的狼群，你爭我搶準備撲向食物的狼群，嘩地一下不動了，靜默了幾秒鐘，又嘩地一下轉身紛紛撤走。只有一匹額頭上有紅斑的公狼不甘心一群狼就這樣一無所獲地被一隻藏獒嚇退，撲過去咬了一口達娃才匆匆逃命。多吉來吧遠遠地看見了，盯著紅額斑公狼追了過去，一副不報仇雪恨不罷休的樣子。追著追著又停下了，似乎意識到這個時候最要緊的是救人而不是追殺，牠用一種響亮而短促的聲音喊叫著，把父親從帳房裡喊了出來。

父親跑了過去，心想夏天死了一個孩子，秋天死了一個孩子，都是一個人離開寄宿學校後被狼咬死的。多少年都沒有發生的事情突然發生了，牧民們已經在嘀咕：「吉利的漢扎西怎麼不吉利了？不念經的寄宿學校是不是應該念經了？讓孩子們學那些沒用的漢字漢書，神靈會不高興的，昂拉山神、礱寶山神、黨項大雪山仁慈的雅拉香波山神已經開始懲罰學校了。」

現在是冬天，狼最多的時候，可不能再死孩子了。

父親看了看遠遠遁去的狼群，又看了看坐在雪中捂著大腿上的傷口吸溜著鼻涕的達娃，立刻埋怨地拍了多吉來吧一下：「你是怎麼搞的，居然讓達娃離開了學校，居然讓狼撲到了他身上。」多吉來吧委屈地抖了一下，揚起脖子想申辯幾句，看到父親抱起達娃那心疼的樣子，頓時把委屈全都吞進了肚裡，趕緊跳過去，用眼神示意著，讓父親把達娃放在了自己身上。

多吉來吧把達娃馱回了帳房，達娃躺下了，躺下後就再也沒有起來。一是驚嚇，二是饑餓，更重要的是紅額斑公狼牙齒有毒。達娃中毒了，傷口腫起來，接著就是發燒，就是昏迷。

這會兒，父親從帳房門口來到達娃跟前，跪在氈鋪上，摸了摸他滾燙的額頭，毅然決然地說：「走了走了，我必須走了，你們不要動，盡可能地保持體力，一點點也不能消耗。」

十二個孩子躺滿了氈鋪，父親望著滿氈鋪滴溜溜轉動的眼睛，戀戀不捨地說：「你們挨緊一點，互相暖一暖，千萬不要出去，聽到任何聲音都不要出去，外面有多吉來吧，多吉來吧會保護你們的。」孩子們嗯嗯啊啊答應著。父親說：「不要出聲，出聲會把力氣用掉的，點點頭就行了。」說著脫下自己的皮大衣，蓋在了孩子們身上。那個叫作平措赤烈的最大的孩子突然問道：「漢扎西老師你什麼時候回來？」父親說：「最遲明天。」平措赤烈說：「明天達娃就會死掉的。」父親說：「所以我得趕緊走，我在他死掉以前回來他就不會死掉了。」

父親要走了，就在這個冬天的第一場大雪下了整整半個月、被雪災圍困的十二個孩子和多吉來吧以及他自己三天沒有進食、讓狼咬傷的達娃高燒不醒的時候，他猶豫再三做出了離開這裡尋找援助的決定。他知道離開是危險的，自己危險，這裡的孩子也危險。但是他更知道，如果大家都滯留在這裡，危險會來得更快，就像平措赤烈說的，說不定明天達娃就會死掉。

爲了不讓達娃死掉，他必須在今天天黑以前見到西結古寺的藏醫喇嘛尕宇陀。如果他不出去求援，誰也不知道寄宿學校已經三天沒吃的了。

父親想起了央金卓瑪，如果是平常的日子，不是今天，就是明天，央金卓瑪一定會來這裡。

她是野驢河部落的牧民貢巴饒賽家的小女兒，她受到頭人索朗旺堆的差遣：每隔十天，來寄宿學校送一趟酸奶子。酸奶子是送給父親的，也是送給孩子們的。在草原人的信條裡，不吃酸奶子的孩子，是長不出智慧來的。可現在是大雪災，馬是上不了路的，怎麼馱運酸奶子？

當然她也可以步行，但是有狼群，有豹子，有猞猁，有許多意想不到的危險，她一個姑娘家怎麼敢出現在險象環生的雪原上？

父親走出帳房，拿起一根支帳房的備用木杆把帳房頂上的積雪仔細扒拉下來，然後把木杆插回門口的積雪，從門楣上扯下兩條黃色的經幡，沿著雪道走向了多吉來吧。

多吉來吧依然用粗壯的四肢刨揚著雪粉，看到父親走過來，突然警覺地停下了。父親說：「我走了，這裡就交給你了。我知道你是想開出一條雪道好讓大家一起走，但這是不可能的。孩子們已經餓得走不動了，我明天不把藏醫喇嘛叫來，達娃就會死掉，你希望達娃死掉嗎？不希望是吧？」多吉來吧似乎不想聽父親說什麼，煩躁地搖了搖碩大的獒頭，又搖了搖蜷起的尾巴，看著父親朝前走去，一口咬住了父親的衣襟。

父親說：「什麼意思啊，你是不想讓我走嗎？那好，我不走了，你走吧，你去把吃的給我們找來，把藏醫喇嘛尕宇陀給我們叫來。」說著父親揮了揮手。多吉來吧明白了，跳起來朝前走去，走了幾步又停下來，回頭若有所思地望著父親，好像是說：「我走了你們怎麼辦？」父親立刻看懂了多吉來吧的眼神，說：「是啊，你走了我們怎麼辦？狼會吃掉我們的，可要是你在這裡，狼就沒辦法了。」父親來到牠身邊，重托似地使勁拍了拍牠，把一條黃色經幡拴在了牠的鬣毛上，「這十二個學生就靠你了，多吉來吧，你在，他們在，知道嗎多吉來吧。夏天死了一個學生，秋天死了一個學生，可不能再死學生了。」說罷，踩著沒腿的積雪緩慢地朝前走去。

多吉來吧不由自主地跟上了他。父親揮動另一條經幡說：「放心吧，我有吉祥的經幡，經幡會保佑我。再說野驢河邊到處都是領地狗，岡日森格肯定會跑來迎接我的。」一聽父親說起岡日森格，多吉來吧就不跟了，好像這個名字是安然無恙的象徵，只要提到牠，所有的危害險阻就會蕩然無存。

多吉來吧側過身子去，一邊警惕地觀察著帳房四周的動靜，一邊依依不捨地望著父親，一直望到父親消失在瀰漫的雪霧裡，望到狼群的氣息從帳房那邊隨風而來。牠的耳朵驚然一抖，陰鷙的三角吊眼朝那邊一橫，跳起來沿著牠刨出的雪道跑向了帳房。多吉來吧知道周圍有狼，三天前圍住達娃的那群饑餓的狼，那匹咬傷了達娃的紅額斑公狼，一直埋伏在離帳房不遠的雪梁後面，時刻盯梢著帳房內外的動靜。但是牠沒想到狼群會出現得這麼快，漢扎西剛剛離開，狼群就以爲吃人充饑的機會來到了。

多吉來吧呼哧呼哧冷笑著：這些狼的眼睛裡居然只有漢扎西沒有我，狼們居然也敢於蔑視一隻曾經是飲血王黨項羅刹的鐵包金公獒，那你們就等著瞧吧，到底是漢扎西厲害，還是我厲害。牠看到三匹老狼已經搶先來到帳房門口，便憤怒地抖動火紅如燃的胸毛和拴在鬣毛上的黃色經幡，汪汪汪地叫著衝向了牠們。

3

其實集結在這裡的狼沒有一隻是敢於蔑視多吉來吧的，牠們有的先前曾遠遠地看見過這隻凶神惡煞般的藏獒，有的雖然第一次看見，但一聞牠那濃烈刺鼻的獒臊味兒，一看牠那悍然霸道的獒姿獒影，就知道那是一個能夠吞噬狼命豹命熊命的黝黑無比的深淵。但是所有來這裡的狼都沒有辦法放棄，饑餓的催動就是生命的催動，蜷縮在帳房裡的十二個孩子的誘惑，就是冬天的莽原上雪災的地獄中狼的天堂。

許多狼已經很多天沒吃到東西了，冬天來臨之後，那些能夠成為狼食的野物冬眠的冬眠，遷徙的遷徙，生機盎然的原野一下子變得荒涼無度，而大雪紛飛的日子又把狼群的饑荒推向了極致。牠們只能這樣：冒著死亡的危險走向人群。通常情況下，牠們走向人群是為了咬殺屬於人的牛羊，但這次牠們把目標直接對準了人——寄宿學校的十二個孩子。

誰也不知道這是為了什麼：為什麼狼群不去咬殺牠們習慣於咬殺和更容易咬殺的羊群和牛群，而把果腹的欲望寄託給了最難吃到口也很少吃到口的人？為什麼這麼多的狼突然集結到了這裡？開始是一群幾十匹，一天之後又來了一群，又來了一群，等到父親離開的時候，寄宿學校的周圍已經有兩百多匹荒原狼了。父親不知道四周埋伏著這麼多的狼，多吉來吧也不知道，他們只感到狼害的氣息愈來愈濃，卻無法預測那種血腥殘忍的結果：這麼多的狼要是一起撲過來，十二個孩子和他們的保護者多吉來吧將會是一種什麼情形呢？

好在荒原狼們沒有一起撲上來，似乎牠們還沒有形成一起撲上去的決定，正在商量和試探。牠們也很難做到一起撲上去，因為跑來圍住寄宿學校的不是一股狼群，而是三股狼群。三股狼群的領地都屬於野驢河流域，牠們各有各的地盤，從來沒有過一起圍獵的記錄，無論在散居的夏天，還是在群居的冬天。但是今年不同了，牠們從野驢河的上游和下游來到了中游，就像事先協商好了，從東、西、南三面圍住了寄宿學校。

三匹老狼搶先來到了帳房門口，牠們來幹什麼？牠們明明知道僅靠牠們的能耐萬難抵擋多吉來吧的撕咬，爲什麼還要冒險而來？三匹老狼一匹站在雪道上，兩匹站在雪道兩邊踩實的積雪中，擺成了一個彎月形的陣勢，好像帳房裡十二個孩子的保護者是牠們而不是多吉來吧。

多吉來吧最生氣的就是這種帶有蔑視意味的喧賓奪主。牠一邊汪汪汪地叫著，一邊噝噝噝地吐氣。這是一種表達，翻譯成人的語言就應該是：哎呀呀，你們的蔑視就是你們的喪鐘，你們是狼，你們永遠不明白藏獒的另一個名字就是忠於職守，更不明白爲什麼你們動不動就會死在藏獒的利牙之下。

多吉來吧在衝跑的途中噗地一個停頓，然後飛騰而起，朝著站在雪道上的那匹老公狼撲了過去。

老公狼一動不動。藏獒撲向牠的時候離牠還有五米多，牠完全可以轉身跑掉，但是牠沒有，牠似乎等待的就是多吉來吧的撲咬。多吉來吧心裡一愣：牠爲什麼不跑？眼睛的餘光朝兩邊一掃，立刻就明白了：老不死的你想誘殺我。以牠的經驗不難看出三匹老狼的戰術：讓老公狼站在雪道上引誘牠，一旦牠撲向老公狼，雪道兩邊的兩匹老母狼就會一左一右從後面撲向牠。多吉來吧不屑地「嗤」了一聲，眼睛依然瞪著老公狼，身子卻猛地一斜，朝著右邊那匹老母狼砉然蹬出了前爪。

這是三匹老狼沒有想到的。更沒有想到的是，多吉來吧的一隻前爪會快速而準確地蹬在老母狼的眼睛上。老母狼歪倒在地，剛來得及慘叫一聲，多吉來吧就扭頭撲向了還在雪道上發愣的老公狼。這次是牙刀相向，只一刀就扎住了對方的脖子，接著便是奮力咬合。老公狼畢竟已是生命的暮年，機敏不夠，速度不快，連躲閃也顯得有心無力。想到自己非死不可，牠渾身顫抖著發出了一陣告別世間的淒叫。多吉來吧一口咬斷了老公狼的喉管，也咬斷了牠的淒叫，然後撲向了左邊那匹老母狼。

老母狼已經開始逃跑，但是牠那老朽的身體在這個生命攸關的時刻顯得比牠詛咒的還要遲鈍。牠離開踩實的積雪跑向疏鬆的積雪，剛撲跳了兩下，就被多吉來吧咬住了。死亡是必然的，眨眼之間，老母狼的生命就在多吉來吧的牙刀之間消失了。

多吉來吧舔著狼血，一條腿搭在狼屍上，餘怒未消地瞪視著自己的戰利品——兩具狼屍和一匹被牠瞪瞎了一隻眼的老母狼。

瞎了一隻眼的老母狼趴臥在原地，痙攣似的顫抖著，做出逃跑的樣子卻沒有逃跑。多吉來吧咆哮一聲，縱身跨過雪道，撲過去一口叼住了獨眼母狼的喉嚨。但是牠沒有咬合，牠的利牙、牠的嘴巴、牠的咬狼意識突然之間停頓在一個茫然無措的雪崖上——牠聽到了一陣別致的狼叫，那是狼崽驚怕稚嫩的尖叫，是哭爹喊娘似的哀叫。多吉來吧愣住了，嘴巴不由得離開了獨眼母狼的喉嚨，一個閃念出現在腦海裡：那或許是獨眼母狼的孩子，正在凝視母親就要死去的悲慘場面，感到無力挽救，就叫啊，哭啊。

多吉來吧哆嗦了一下，作爲曾經是飲血王黨項羅剎的牠，天性裡絕對沒有對狼的憐憫，用不著同情一隻傷殘的老狼而收斂自己的殘殺之氣。但牠畢竟是一隻馴化了的狗，牠時刻遵循著這樣一條規律：跟著閻王學鬼，跟著強盜學匪。後天的教化曾把牠扭曲成了送鬼人達赤的化身，又把牠改造成了父親的影子，牠在父親身邊的耳濡目染，讓牠在內心深處不期然而然地萌動著對弱小、對幼年生命的憐愛。

多吉來吧抬頭看著洋洋灑灑的雪花，想知道那匹哀叫著的狼崽到底在哪裡，但是牠沒有看到，只看到眼前的獨眼母狼在狼崽的哀叫聲中掙扎著站了起來，用一隻眼睛驚恐萬狀地瞪著牠，一步一步後退著。多吉來吧輕輕一跳，卻沒有撲過去，眼睛依然暴怒地凹凸著，豎起的鬣毛卻緩緩落下了，一隻前腿不停地把積雪踢到獨眼母狼身上，好像是不耐煩的催促：快走吧，快走吧，你是狼崽的阿媽你趕緊走吧，再不走我可要反悔了，畢竟我是藏獒你是狼啊。

獨眼母狼讀懂了多吉來吧，轉身朝前走去，走了幾步又停下，望了望隱蔽著狼群也隱蔽著狼崽哭聲的茫茫雪幕，突然掉過頭來，朝著多吉來吧挑釁似的齜了齜牙。多吉來吧疑惑地「哦」了一聲：牠為什麼不逃跑？孩子在呼叫牠，牠居然無動於衷，非要待在這裡等著送死。突然又「哦」了一聲，意識到獨眼母狼原本就是來送死的，為什麼要逃跑？來到帳房門口的三匹老狼都是來送死的，不是送死牠們就不來了。多吉來吧驚訝得抖了一下碩大的獒頭，舉著鼻子使勁嗅了嗅北來的寒風。

寒風正在送來父親和狼群的氣息，那些氣息混雜在一起，絲絲縷縷地纏繞在雪花之上。牠伸出舌頭舔了一下雪花，感到一根火辣辣的鋒芒直走心底：父親危險了，父親的氣息裡嚴重混雜著狼群的氣息，說明狼群離父親已經很近很近了。而三匹老狼之所以前來送死，就是為了用三條衰朽的生命羈絆住牠，使牠無法跑過去給父親解圍。

多吉來吧高抬起頭顱，生氣地大叫一聲。主人危險了，快去啊，主人危險了。牠跳了起來，看到獨眼母狼朝牠一頭撞來，知道這匹視死如歸的老母狼想繼續纏住牠，便不屑一顧地從老母狼身上一躍而過。

多吉來吧狂跑著，帶著鬣毛上的那條黃色經幡，跑向了狼群靠近父親的地方。這時候牠還不知道，出現在學校原野上的，是三股狼群，一股狼群跟蹤父親去了，剩下的兩股依然潛伏在寄宿學校的周圍。學校是極其危險的，帳房裡的十二個孩子已經是狼嘴邊的活肉了。

饑餓難耐的狼群就在多吉來吧跑出去兩百多米後，迫不及待地鑽出隱藏自己的雪窩雪坎，密密麻麻地擁向了帳房。

帳房裡，十二個孩子依然躺在氈鋪上。他們剛才聽到了多吉來吧撕咬三匹狼的聲音，很想起來看個究竟，但是最大的孩子平措赤烈不讓他們起來。平措赤烈學著父親的口吻說：「你們不要動，盡可能地保持體力，一點也不能消耗。」調皮的孩子們這個時候變得十分聽話，已經餓了三天了，沒有力氣調皮了。他們互相摟抱著緊挨在一起，平靜地閉著眼睛，一點兒也不害怕，外面有多吉來吧，多吉來吧讓他們天不怕，地不怕，狼豹不怕。

可是誰會想到，多吉來吧已經走了，牠爲了援救牠的主人居然把十二個孩子拋棄了。狼群迅速而有序地圍住了帳房，非常安靜，連踩踏積雪的聲音也沒有。牠們是多疑的，儘管已經偷偷觀察了好幾天，知道裡面只有十二個根本不是對手的孩子，但牠們還是打算再忍耐一會兒饑餓的痛苦，搞清楚毫無動靜的帳房裡孩子們到底在幹什麼。

一種默契或者說狼群之間互爲仇敵的規律正在發揮著作用，帶領兩股狼群的兩匹高大的頭狼在距離二十米遠的地方定定地對視著。片刻，那匹像極了寺院裡泥塑命主敵鬼的頭狼用大尾巴掃了掃雪地，帶著一種哲人似的深不可測的表情，謙讓地坐了下來，屬於牠的狼群也都謙讓地坐了下來。另一匹斷掉了半個尾巴的頭狼轉身走開了，牠在自己統轄的狼群裡走出了一個S

形的符號，又沿著S形的符號走了回來。

彷彿斷尾頭狼的走動便是命令，就見三天前咬傷了達娃的紅額斑公狼突然跳出了狼群，迅速走到帳房門口，小心用鼻子掀開門簾，悄悄地望了一會兒，幽靈一樣溜了進去。

紅額斑公狼首先來到了熱烘烘、迷沈沈的達娃身邊，聞了聞，認出他就是那個被自己咬傷的人，卻沒有意識到正是牠的毒牙才使這個人又是昏迷又是發燒的。牠覺得一股燒燙的氣息撲面而來，趕緊躲開了。狼天生就知道動物和人得了重病才會發燒，發燒的同伴和異類都是不能接近的，萬一傳染上了瘟病怎麼辦？牠想搞清楚是不是所有人都在發燒，便一個一個聞了過去，最後來到了平措赤烈跟前。牠不聞了，想出去告訴狼群：「孩子們都睡著了，趕快來吃啊，只有一個發燒的孩子不能吃。」又忍不住貪饞地伸出舌頭，滴瀝著口水，嘴巴遲疑地湊近了平措赤烈的脖子。

一根細硬的狼鬚觸到了平措赤烈的下巴上，他感覺癢癢的，摳了一下，還是癢，便睜開了眼睛，愣了，接著就大喊一聲：「狼，狼。」

4

敞開的狼道峽口形如一個巨大的白色彎月，在雪花的遮掩下豪邁地朦朧著，天空正在呼嘯，雪原正在流淌，白色的浩茫中，那悄無聲息的，卻是最應該鬧騰起來的狼群。

南邊是來自多獼草原的狼群，北邊是來自上阿媽草原的狼群，牠們井水不犯河水，冷靜地互相保持著足夠的距離。對牠們來說，這裡既不是本土，也不是疆界，不存在行使狼性中固有的領地保護權的問題。更重要的是，當牠們不約而同地穿越狼道峽，來到這裡面對陌生草原的險惡和未知時，就已經意識到，牠們的目的是共同的，敵人是共同的，犯不著一見面互相就掐起來，至少現在犯不著，現在是大敵當前——藏獒來了，西結古草原的領地狗群來了。

靜悄悄地，兩股狼群在雪霧的掩飾下一聲不吭地完成了各自的布陣。這樣的布陣既是古老狼陣的延續，也是頭狼智慧的體現。雖然狼姓種族的許多陣法傳了一代又一代，是約定俗成的，但也往往體現著頭狼對事態的判斷和牠採取的應對方式，其中不乏創意，不乏靈活機動的改變。所以兩股狼群的狼陣在大致相同的佈局中，又有了一些不同。

相同的是，多獼狼群和上阿媽狼群的布陣用人類的語言都可以概括爲散點式陣法，就是壯狼、弱狼、公狼、母狼、大狼、小狼插花分佈，遠遠看上去，零零散散一片全是狼，到處都是弱狼小狼，到處又都是壯狼大狼。如果敵手想要擒賊先擒王，或者採取凌強震弱的戰法，牠就不知道哪兒是王，哪兒是強；如果敵手想從虛弱的地方尋找突破口進入狼陣，或者先吃掉弱的來牠個下馬威，牠就不知道哪兒是弱，哪兒是突破口。散點式陣法裡，狼與狼前後左右的間距大致是五米，五米是個雙保險的距離，既可以在進攻時一撲到位，又可以保證逃跑時不至於你擠我撞，自相踩踏。還有，散點式陣法可以讓攻入狼陣的敵手在任何一個地方受到壯狼大狼的猛烈反擊，而把狼群的損失減少到最低程度。

不同的是，多獼狼群的布陣裡，中間基本上是空的，方圓二十步只有一匹狼，遠遠一看牠就是頭狼，多獼頭狼在這個危險時刻一反常態地顯示了自己的中心地位。上阿媽狼群的布陣裡，中間也是空的，但沒有頭狼，頭狼在什麼地方？仔細觀察，就會發現狼陣北緣的一角，狼的分布不是五米一匹，而是密集到兩米一匹，那兒有頭狼，上阿媽頭狼是隱而不蔽的。

多獼頭狼傲立在牠的群體中揚頭觀望，牠已經看清楚了狼道峽口的北邊上阿媽狼群的布陣，心裡一陣不快。對方是一種向北傾斜的陣勢，北緣一角密集的狼影和頭狼所處的位置說明，牠們隨時都想逃跑。在面迎領地狗群，南靠多獼狼群，又絕對不能退進狼道峽的情況下，牠們只能往北逃跑。多獼頭狼冷笑一聲：還沒有開始廝殺，就已經想到逃跑了。那就跑吧，北去的山原上，雖然有可能是牛羊成群的牧地，但也有可能是藏獒眾多的戰場，要想立足這片陌生的草原而不付出代價，那是不可能的。

但從上阿媽頭狼的立場來說，牠的布陣一點也沒錯。在獒與狼的對陣中，狼永遠是被動的，是防守的。個體的狼和小集群的狼要是遇到領地狗群，毫無疑問是要溜之大吉；大集群的狼面對領地狗群時，首選的仍然是逃跑，除非領地狗群裡沒有藏獒，或者只有少量的藏獒。作爲一股外來的身處險境的狼群，上阿媽狼群的布陣並沒有超越狼的慣常思維和一般行爲。狼群首先得有一片生存的空間。你不能指責牠的貪生怕死，因爲在貪生怕死的背後，隱藏著一匹頭狼老辣而周全的考慮，這樣的頭狼一定是一匹歷經滄桑而又老成持重的頭狼。

多獼頭狼遠遠地看了一眼上阿媽狼群的頭狼，再次審視了一番自家狼群的布陣，固執地搖了搖頭。雖然牠也可以老辣而周全地設置一個便於逃跑的狼陣，但便於逃跑的狼陣往往又是容易遭到攻擊的狼陣，牠不能還沒有看清對方就逃之夭夭。作爲一匹身經百戰的頭狼，牠必須知道西結古草原的領地狗群到底是什麼樣的——是以藏獒爲主，還是以藏狗爲主？單打獨鬥的本領如何？集群作戰的能力怎樣？尤其是至關重要的獒王，到底是怎樣一隻藏獒，牠有超群的勇敢嗎？有超群的智慧嗎？知己知彼，是生存的需要，是宜早不宜遲的。

更重要的是，牠必須按照祖先的遺傳和自己的經驗行事：狼群應該在失敗中逃跑，不能沒有失敗就逃跑，必須留下幾具狼屍再逃跑，一逃就脫。因爲同樣處在饑餓中的領地狗群一定會像狼一樣撲向食物而放棄追攆，不留下幾具狼屍就逃跑，領地狗群就會一直追下去，追得狼群筋疲力盡，然後多多地咬死狼，一鼓作氣把狼群攆出西結古草原。

多獼頭狼研究著狼陣，又看了看飛馳而來的西結古草原的領地狗群，走動了幾下，便尖銳地嗥叫起來，向自己的狼群發出了準備戰鬥的信號。

所有的多獼狼都豎起耳朵揚起了頭，眼睛噴吐著雖然驚怕卻不失堅頑的火焰，豎起的狼毛波浪似的掀動著，掀起了陣陣死滅前的陰森之風。雪花膽怯地抖起來，還沒落到地上就悄然消逝。獸性的戰場已經形成，原始的暴虐漸漸清晰了。

多獼頭狼繼續嗥叫著，似乎是爲了引起領地狗的注意，牠把自己的叫聲變成了響亮的狗叫。叫聲未落，席捲而來的領地狗群就嘩的一下停住了。

是獒王岡日森格首先停下來的，牠跑在最前面。牠一停下，身後的大灰獒江秋邦窮和大力王徒欽甲保就戛然止步，接著所有的領地狗也都停了下來。大力王徒欽甲保悶悶地叫著，左右兩翼和獒王身後的領地狗們也跟著牠悶悶地叫著，似乎是說：怎麼了，眼看就要短兵相接了，爲什麼要停下？

按照狗群進攻狼群的慣例，這個時候是不應該停下的，就像一股跑動中勁力十足的風，一停下就什麼也不是了。

但獒王岡日森格寧肯讓領地狗群失去勁力和鋒銳，也要停下來搞明白爲什麼面前的狼群不跑，還故意用狗叫挑釁。牠用雄壯的吼聲回答著徒欽甲保和所有領地狗們的詢問，以不可置疑的威嚴讓牠們安靜下來。牠從容地揚起碩大的獒頭，把穿透雪幕的眼光從南邊橫掃到北邊，仔細聽了聽，聞了聞，然後用兩隻前爪輪番刨著積雪，似乎在尋找答案：爲什麼多獮狼群要用狗叫吸引領地狗群的注意？難道牠們希望領地狗群首先進攻牠們？難道牠們願意犧牲自己，給上阿媽狼群創造一個逃跑的機會？

一直站在獒王身邊的大灰獒江秋邦窮用一種發自胸腔的聲音提醒牠：不不，狼不是獒，兩股互不相干的狼群，從來不會有幫助對方脫險的意識和舉動。岡日森格哼哼了兩聲，彷彿是說：你是對的。

岡日森格朝前走去，走到一個雪丘前，把前腿搭上去，揚頭望了望上阿媽狼群的布陣。牠一眼就看出那是一個隨時準備逃跑的狼陣。領地狗群一旦進攻多獮狼群，上阿媽狼群肯定會伺機向北逃跑，而藏獒以及藏狗的習性往往是咬死撲來的，追攆逃跑的，放棄不動的。上阿媽狼群一跑，領地狗群必然會追上去，這樣多獮狼群就會伺機擺脫領地狗群的襲擾，快速向南移動。南邊是昂拉雪山綿綿不絕的山脈，隱藏一群狼就像大海隱藏一滴水一樣容易。狡猾的多獮狼群，牠們的布陣給領地狗群的感覺是既不想進攻，也不想逃跑，實際上牠們是既想著進攻，又想著逃跑的。

既然這樣，那就不能首先進攻多獮狼群了。

但是不首先進攻多獼狼群，並不意味著首先進攻上阿媽狼群。獒王岡日森格明白，如果自己帶著領地狗群從正面或南面撲向上阿媽狼群，上阿媽狼群的一部分狼一定會快速移動起來。一方面是躲閃，一方面是周旋。就在領地狗追來追去撕咬撲打的時候，狼陣北緣密集的狼群就會在上阿媽頭狼的帶領下乘機向北逃竄。這時候領地狗群肯定分不出兵力去奔逐追打，北竄的狼群會很快隱沒在地形複雜的西結古北部草原。不，這是絕對不可以的，北部草原牛多羊多牧家多，決不能讓外來的狼群流竄到那裡去。更重要的是，在牠們進攻上阿媽狼群的時候，多獼狼群就會悄然消失，等你明天或者後天再追上牠們的時候，牠們就已經是吃夠了牛羊肉喝夠了牛羊血的勝利之狼了。狼的勝利永遠意味著藏獒的失敗，而藏獒的失敗又意味著畜群的死亡和牧家的災難。這是不能接受的，永遠不能。

獒王岡日森格掉轉身子，看了看大灰獒江秋邦窮和大力王徒欽甲保，又掃視著大家，似乎在詢問：你們說說，到底怎麼辦？又是大力王徒欽甲保著急地帶頭，領地狗們此起彼伏地叫起來：獒王你怎麼了？你從來都是果敢勇毅的，從來沒有像今天這樣拿不定主意過。大灰獒江秋邦窮跨前一步，吐著舌頭用一種呵呵呵的聲音替獒王解釋道：今年不同於往年，往年我們見過這麼多外來的狼嗎？岡日森格汪汪汪地叫著，好像是說：是啊，是啊，也不知多獼草原和上阿媽草原到底發生了什麼，居然迫使這麼龐大的兩股狼群，不顧死活地要來侵犯我們西結古草原了。

這麼深奧的問題，自然不是領地狗們所能參悟的，牠們沈默了。

獒王岡日森格晃了晃碩大的獒頭，沈思片刻，轉身朝前走去，走著走著就跑起來。那從容不迫、雍容大雅的姿態，正在無聲而肯定地告訴牠的部眾：牠已經想好辦法了，而領地狗們要做的，就是緊緊跟著牠，不要掉隊，也不要亂闖。

大灰獒江秋邦窮和大力王徒欽甲保互相比賽著跟了過去，領地狗們一個個精神抖擻地跟了過去，排列的次序好像是提前商量好了的：先是能打能拚的青壯藏獒和那些命中注定要老死於沙場的年邁藏獒，再是小嘍囉藏狗，最後是小獒小狗。

這時小公獒攝命霹靂王生氣地喊叫起來，像自己這樣一隻驕傲的小公獒居然不被重視，落在了隊伍後面，簡直就是恥辱。牠想得到允許跟著阿爸阿媽去前面衝鋒陷陣。但是牠喊叫了半天也沒有人理睬，就著急地跑起來。牠撞開擋路的小獒小狗，又撞開隊伍中間的小嘍囉藏狗，直接跑到了獒王岡日森格身邊。

岡日森格突然停下了，嚴肅地望著小公獒，呼呼地叫著，彷彿說：不行，這不是平時鬧著玩，你趕緊回到後面去。小公獒倚小賣小，梗著脖子不聽話。牠的阿爸大力王徒欽甲保跳了過來，大吼一聲：回到後面去。小公獒求救地望著獒王，還是不聽。就見一向對牠溫柔體貼的阿媽黑雪蓮穆穆忽地撲過來，一口叼起牠，轉身就走。

小公獒絕望了，在阿媽嘴上哭著喊著，直到被阿媽放回到領地狗群後面的小獒小狗群裡。阿媽黑雪蓮穆穆厲聲警告牠：領地狗群自古就有服從命令聽指揮的規矩，你要是亂來你就得死，知道嗎？說罷就匆匆忙忙回到前鋒線上去了。小公獒望著阿媽跑遠的背影，委屈地哭了。突然意識到周圍的小獒小狗正在嘲笑牠，便怒叫一聲，朝著一隻比自己大不了幾天的小雪獒撲了過去：你敢嘲笑我，我是攝命霹靂王。

領地狗群跑向了上阿媽狼群，跑向了狼道峽口的北邊，愈跑愈快，以狼群來不及反應的速度攔截在了狼陣北緣狼影密集的地方。

獒王岡日森格停下來，目光如電地掃視著十步遠的狼群：頭狼？頭狼？上阿媽狼群的頭狼在哪裡？岡日森格的眼光突然停在了一匹大狼身上，那是一匹身形魁偉、毛色青蒼、眼光如刀的狼。歲月的血光和生存的殘酷把牠刻畫成了一個滿臉傷痕的醜八怪，牠的蠻惡奸邪由此而來，狼威獸儀也由此而來。

岡日森格跳了起來，刨揚著積雪，直撲那個牠認定的隱而不蔽的頭狼。

第二章　小母獒

1

原野就像宇宙的空白，坦坦蕩蕩地散佈著白色的恐怖。風是鬼，雪是魔，天上地下到處都是冬天的凶暴。冷啊。父親把手中那條黃色的經幡使勁繫在了棉衣領子上，這一來可以防止風雪往脖子裡灌，二來可以保佑自己。他知道經幡上的藏文是《白傘蓋經》裡的咒語，念誦這樣的咒語，毒不能害，器不能傷，火不能焚，寒不能壞。可現在他念誦不了，嘴唇差不多就要凍僵了，只能把經幡繫在脖子上，讓路過嘴邊的風替他去念誦：「嗶啦啦啦，缽邏嗉嚕娑婆柯。」

父親吃力地行走著，一腳插下去，雪就沒及大腿。使勁拔出來，再往前插。這樣一插一拔，不是在走，而是在挪。有時候他只能在雪地上爬，或者順著雪坡往前滾，心裡頭著急得直想變成一股荒風吹到碉房山上去，吹到西結古寺的藏醫喇嘛尕宇陀跟前去。但事實上他是愈走愈慢，慢到不光他著急，連等在野驢河邊的狼都著急了。

跟蹤他的狼群已經分成兩撥，一撥繼續跟在後面，截斷退路，一撥則悄沒聲息地繞到前面，堵住去路。狼的意圖是，既要讓他遠離寄宿學校以及多吉來吧，又不讓他靠近碉房山，就選定在野驢河畔，神不知鬼不覺地吃掉他。

父親渾然不知，他全神貫注於身下的積雪，根本就顧不上抬頭觀察一下遠方。等他走累了停下來喘息的時候，就低著頭一陣陣地哆嗦。他把皮大衣脫給了他的學生，只穿著一件棉襖。棉襖在冬天的西結古草原單薄得好比一件襯衫，好在他胸前戴了一塊藏醫喇嘛尕宇陀送給他的熱力雷石，那是可以閃爍熒光、產生熱量、具有法力的天然礦石。當然更大的威脅還是饑餓，他和孩子們一樣，也是三天沒吃東西了。

哆嗦夠了繼續往前走，父親看到自己已經來到一座臥駝似的雪梁前，不禁長喘一口氣。他知道翻過這道雪梁就是一面慢坡，順著慢坡滾下去，就是野驢河邊了。他伸出舌頭舔了舔脖子上的經幡，心說我這就是念經了，猛厲大神保佑，非天燃敵保佑，妙高女尊保佑。吃的來，喝的來，藏醫喇嘛快快來。達娃好好的，十二個孩子都給我好好的。父親就像一個真正的牧人，念了經，做了禱告，心裡就踏實起來，渾身似乎又有力氣了。

在心念的經聲陪伴下，父親終於爬上了雪梁。他跪在雪梁之上，瞇著眼睛朝下望去，一望就有些高興：一覽無餘的皓白之上，夾雜著星星點點的黑色，不用說，那是來迎接他的領地狗群了。他揉了揉眼睛，再次讓眼光透過了雪花的帷幕，想看清獒王岡日森格在哪裡。父親倒吸一口冷氣：哪裡是什麼領地狗群，是狼，是一群不受藏獒威懾的自由自在的狼。

狼是跑來跑去的，看到他之後，跑動得更加活躍了，明顯是按捺不住激動的樣子。

草原上的大風只要裹挾著雪，就會讓滿地的積雪變得虛實不均，原因是風頭的力量比風身風尾要大得多。當它面對著傾斜的地面時，就像一些直上直下的舌頭，有力地捲走了虛浮的雪花。而風又是連環排隊的，一股風的風頭落下的地方，也是後面無數風頭落下的地方。這些地方的積雪會變得又鬆又薄，鬆薄的積雪在奇寒無比的氣溫下起不到給地面保暖的作用，地面上的凍土就會因結冰而膨脹起來。這樣一來，覆蓋厚雪的地面和膨脹起來的地面看起來一樣平整，卻有著軟硬虛實的不同。對這樣的不同，有經驗的牧民能夠分辨，那些靈性的動物更是一望而知，對牠們靈敏的嗅覺來說，覆雪的軟地面和膨脹的硬地面有著完全不一樣的味道。

來到野驢河邊攔截父親的狼，就是踩著那些不規則的硬地面跑來跑去的。

父親又開始哆嗦，是冷餓的哆嗦，也是害怕的哆嗦，心裡一個勁地鼓搗：完蛋了，完蛋了，今天要把性命交代在這裡了。他深知雪災中狼群的窮凶極惡是異常恐怖的，饑餓的鞭子抽打著牠們，會讓牠們捨生忘死地撲向所有可以作爲食物的東西。前去碉房山尋找食物的他，就要變成狼群的食物了。

父親看到狼群朝他走來，就像軍隊進攻時的散兵線，二十多匹狼錯落成了兩條弧線，交叉著走上了雪梁。一匹顯然是頭狼的黑耳朵大狼走在離他最近的地方，不時地吐出長長的舌頭，在空中一捲一捲的。父親哆嗦著用下巴碰了碰脖子上的經幡，嘴唇一顫一顫地禱告著：「猛厲大神保佑啊，非天燃敵保佑啊，妙高女尊保佑啊。」他心裡愈害怕，聲音也就愈大，漸漸地就把禱告變成了絕望的詛咒：「狼我告訴你們，你們今天可以吃掉我，但即便是我用我的肉體餵飽了你們，你們也活不過這個冬天去。獒王岡日森格饒不了你們，我的多吉來吧饒不了你們，西結古草原的所有藏獒都饒不了你們。」

狼近了，二十多匹狼的散兵線近在咫尺了。黑耳朵頭狼挺立在最前面，用貪饞陰惡的眼光盯著父親，似乎在研究從哪裡下口。父親一屁股坐到積雪中，低頭哆嗦著，什麼也不想，就等著狼群撲過來把他撕個粉碎。

2

就像我們大家都知道的，奇蹟是命運的轉捩點。父親沒有想到，就在他已經絕望，準備好了以身飼狼的時候，他的禱告居然起了作用：保佑出現了，猛厲大神降臨了。就像他後來說的，人是離不開神的，尤其是冬天，神是冬天的溫暖，只要你虔誠地禱告，就不會不起作用。

一陣尖銳的狗叫凌空而起。父親猛地抬起了頭，驚喜得眼淚都出來了，心想我早就說過，野驢河邊到處都是領地狗，岡日森格會跑來迎接我的。說完了馬上又發現自己高興得太早了，因爲沿著拐來拐去的硬地面撲向狼群和跑向他的，並不是岡日森格和牠的領地狗群，甚至都不是一隻成年的藏獒或者成年的小嘍囉藏狗，而是一隻出生肯定不超過三個月的小藏獒。小藏獒是鐵包金的，黑背紅胸金子腿，奔跑在雪地上就像滾動著一團深色的風。

小藏獒從冰封雪蓋的野驢河中跑來，那裡是牠居住的雪窩子。冬天雪沃大地的時候，領地狗群就會刨挖出一些雪坑作爲睡覺休息的地方。積雪如果太厚，雪坑就會很深，很深的雪坑是很暖很暖的，而藏獒和其他藏狗都會在冬天加長加密自己的皮毛，待在雪坑裡就有冬天不是冬天的感覺，往往會融化身下的積雪。於是牠們想出一個兩全其美的辦法，就是把雪坑刨挖在野驢河厚厚的冰面上，河冰的溫度低於積雪的溫度，這樣既有了躲避風寒的雪窩子，又不至於因爲皮毛加長體溫加熱而融化了身下的積雪。

一直待在冰上雪窩子裡的小藏獒其實早就看到那些狼了，牠非常生氣，狼群居然敢到野驢河邊藏獒的雪窩子跟前來。但是牠沒有出來干涉，也沒有發出任何聲音。家裡就牠一個人，牠本能地知道雪天裡狼群的險惡，而自己還是個毫無威懾力的小孩子，一旦暴露，就會成爲餓狼肚子裡的肉。牠靜靜地趴在雪坎後面死死地盯著狼群，盯著盯著就忍不住了。在看到父親出現在雪梁上之後，看到滴瀝著口水的狼群的散兵線逼向父親之後，牠突然跑出來了。牠忘了雪天裡狼群的險惡和自己的孤單弱小，忘了牠作爲一隻小藏獒根本不可能從這麼多狼的嘴邊救出父親，更忘了牠自己就要被狼牙撕碎的後果，朝著狼群吠叫著奔跑而去。

父親呆住了。他認識這隻小藏獒，小藏獒是岡日森格和大黑獒那日的孩子，是個女孩，名叫卓嘎。卓嘎一個人跑來了，出生不到三個月的小母獒卓嘎膽大妄爲地跑向了二十多匹狼的散兵線。父親用驚異的眼光連連發問：怎麼就你一個人？你的阿爸阿媽呢？你的那麼多叔叔阿姨呢？

逼近著父親的狼群停了下來，轉頭同樣吃驚地望著小母獒卓嘎：原來這裡是有藏獒的，不過是小的，是母的。這麼小的一隻母藏獒，也想來威脅我們嗎？真是不知天高地厚了。吃掉牠，吃掉牠，首先吃掉這隻藏獒，然後再吃掉人。黑耳朵頭狼用爪子刨了幾下積雪，似乎是一種指揮，狼群的散兵線頓時分開了，五匹大狼迎著小母獒跑了過去。

危險了，危險了，小母獒就要被吃掉了。父親大喊一聲：「卓嘎快過來。」喊著就站了起來，就跑了過去。他也和小母獒一樣把什麼都忘了，忘了雪災中狼群的恐怖和人的危險，忘了一旦二十多匹餓狼發威，他根本就不可能從那麼多利牙之下救出小母獒。他跑了兩步就翻倒在地，沿著雪坡滾了下去。

現在的情形是，小母獒卓嘎正在不顧一切地朝著父親這邊跑來，父親正在不顧一切地朝著小母獒卓嘎滾去，他們的中間是二十多匹饑餓的狼。

狼是多疑的，依據牠們自己的習性，決不相信小母獒的狂奔是爲了援救父親、父親的翻滾是爲了援救小母獒；也不相信孤孤單單的一個人和一隻小母獒在援救別人時會有這麼大的膽量。牠們覺得在人和小母獒的大膽後面一定隱藏著深深的詭計——許多藏獒和許多人一定會緊跟著他們夾擊而來，而避免中計的唯一辦法就是趕快躲開。

黑耳朵頭狼首先躲開了，接著二十多匹饑餓的狼爭先恐後地躲開了，速度之快是小母獒卓嘎追不上的。小母獒停了下來，看到狼群已經離開父親，就如釋重負地喘息著，朝著父親搖搖晃晃走來。父親已經不滾了，坐在雪坡上朝下溜著，一直溜到了小母獒卓嘎跟前，張開雙臂滿懷抱住了牠，又氣又急地說：「怎麼就你一個人？別的藏獒呢？岡日森格呢？大黑獒那日呢？果日呢？牠們怎麼不管你了，多危險啊。」

小母獒卓嘎聽懂了父親的話，一下子就把剛才朝著狼群勇敢衝鋒時的大將風度丟開了，變成了一個小女孩，蜷縮在父親懷裡，嗚嗚嗚地哭起來。牠舔著父親的手，舔著父親胸前飄飄揚揚的經幡，用稚嫩的小嗓音哭訴著牠的委屈和可憐：阿媽大黑獒那日不見了，阿爸岡日森格也不見了，所有的叔叔阿姨都不見了。牠是自己跑出去玩的，玩累了就在暖融融的熊洞裡睡了一夜，今天早晨回到野驢河的冰面上時，看到所有的雪窩子都空了，所有的領地狗都不知去哪裡了。

父親當然聽不懂小母獒卓嘎哭訴的全部內容，只猜測到了一個嚴峻的事實：野驢河邊沒有別的藏獒，領地狗們都走了，獒王岡日森格不會來迎接他了。他仰頭望了望聚集在雪梁上俯視著他們的狼群，問道：「岡日森格和領地狗群到底去了哪裡？牠們會不會馬上就回來？」小卓嘎知道父親說的是什麼，卻不知道如何回答，汪汪了幾聲，便跳出父親的懷抱，朝前走去。

小母獒卓嘎拐來拐去地，準確地踩踏著膨脹起來的硬地面。父親踩著牠的爪印跟了過去，頓時就不再大喘著氣、雙腿一插一拔地走路了。

很快他們來到野驢河的冰面上，走進了獒王岡日森格和大黑獒那日居住的雪窩子。小母獒卓嘎細細地叫著，好像是說：你看你看，牠們沒有馬上回來。父親蹲下來撫摩著小卓嘎說：「那你就帶著我趕快離開這裡，這裡很危險。」小卓嘎沒有聽懂，父親就指了指碉房山，用藏語說：「開路，開路。」小卓嘎明白了，轉身就走。

他們走出了雪窩子，走過了野驢河，正要踏上河灘，小母獒卓嘎突然停下了。牠舉著鼻子四下裡聞了聞，毫不猶豫地改變了方向，帶著父親來到了一座覆滿積雪的高岸前。父親哆嗦著說：「走啊，你怎麼不走了？」看牠不聽話，就佯裝生氣地說：「那你就留在這裡餵狼吧，我走了。」說著朝前走去。小母獒卓嘎撲過來一口咬住了他的褲腳，身子後拽著不讓他走。

父親彎腰抱起了牠，正要起步，就見狼影穿梭而來，五十步開外，飛舞旋轉的雪花中，一道道刺眼的灰黃色無聲地集結著。

已經不是二十多匹狼了，而是更多。父親不知道除了在野驢河畔堵截他的二十多匹狼，還有二十多匹狼一直跟蹤著他。這會兒五十匹狼匯合到了一起，就要對他和小母獒卓嘎張開利牙猙獰的大嘴了。父親絕望地說：「小卓嘎我知道你爲什麼來到了有高岸的地方，你是不想讓我們四面受敵對不對？但是沒有用，這麼多的狼，我們只有一大一小兩個人，肯定是保護不了自己的。」說著他緊緊抱住了小卓嘎，好像只要抱緊了，可愛的小母獒就不會被狼吃掉了。

狼群快速而無聲地靠近著，三十步開外，二十步開外，轉眼之間，離他們最近的黑耳朵頭狼和另外三匹大狼已經只有五步之遙了。小母獒卓嘎掙扎著，牠想掙脫父親的摟抱，完全按照一隻藏獒的天賦本能，應對這個眼看人和藏獒都要遭受滅頂之災的局面。但是父親不鬆手，在父親的意識裡，只要他不死，就不能讓小母獒卓嘎死。小卓嘎急了，細嗓門狂叫著，一口咬在了父親的手背上。父親「哎喲」一聲，禁不住鬆開了手。

小卓嘎跳出了父親的懷抱，撲揚著地上的積雪，做出俯衝的樣子，朝著狼群無畏地吠鳴了幾聲，轉身就跑。跑了幾步，就把頭伸進高岸下的積雪使勁拱起來，拱著拱著又把整個身子埋了進去，然後就不見了。如同消失了一樣，連翹起的小尾巴也看不到了。父親心說牠這是幹什麼呢？是害怕了吧？到底是小女孩，牠終於還是害怕了，害怕得把自己埋起來了。

父親朝著高岸挪了挪，用身子擋住了小卓嘎消失的地方，瞪著狼群死僵僵地立著。他已經不再哆嗦了，冷也好，餓也罷，都已經不重要，他現在唯一能感覺到的就是恐懼。而恐懼的表現就是僵硬，僵硬得他什麼表示也沒有，連舔舔脖子上的經幡，祈求猛厲大神、非天燃敵、妙高女尊保佑的舉動也沒有了。

但是在黑耳朵頭狼和團團圍著他的狼群看來，父親的毫無表示是不對勁的，他不哭不喊不抖不跑就意味著鎮靜。而他憑什麼會如此鎮靜呢？是不是那個一直存在著的深深的詭計直到這個時候才會顯露殺機？更重要的是，那隻小母獒不見了，從來就是見狼就撲的藏獒居然躲到積雪裡頭去了，這是爲什麼？如果不能用詭計來解釋，就不好再解釋了。

就在重重疑慮之中，狼群猶豫著，離父親最近的黑耳朵頭狼和另外三匹大狼在一撲就可以讓對方斃命的時候，突然又把撕咬的衝動交給了隨時都會到來的耐心。狼是世界上最有耐心的動物，耐心幫助牠們戰勝了不少本來不可戰勝的對手，也幫助牠們躲過了許多本來不可避免的災難，現在耐心又來幫助牠們了。牠們強壓著饑餓等待著，觀察著。父親也就一直恐懼著，僵硬著。

狼群等待的結果是，詭計終於顯露了。而對父親來說，這又是藏獒帶給他的一個奇蹟、一個命運的轉捩點。

父親萬分驚訝地看到，消失了的小母獒卓嘎會突然從掩埋了牠的積雪中躥出來，無所畏懼地吠鳴了幾聲後，一口咬住了父親的褲腳，使勁朝後拽著。這是跟牠走的意思，父親僵硬地走了幾步，又走了幾步。黑耳朵頭狼和另外三匹大狼跟了過來，始終保持在一撲就能咬住父親喉嚨的那個距離上。垂涎著一人一獒兩堆活肉的整個狼群隨之動蕩了一下，就像靜止不動的一片黑樹林在大雪的推動下猛地移動起來。

接著就是靜止。狼群靜止著，牠們盯死的活肉——我的父親靜止著，連小母獒卓嘎也啞然靜止了。靜止的末端是一聲嘩變，覆滿高岸的積雪突然崩潰了，嘩啦啦啦。雪崩的同時，出現了一個棕褐色的龐然大物，嗷嗷地吼叫著，又出現了一個龐然大物，也是嗷嗷地吼叫著。

小母獒卓嘎悄悄的，悄悄的，父親學著牠的樣子也是悄悄的，悄悄的。而狼群卻抑制不住地騷動起來，牠們用各種姿影互相傳遞著消息：詭計啊，果然是詭計，不可戰勝的對手、死亡的象徵原來隱藏在這裡。

雪大了，不知不覺又大了，大得天上除了雪花再沒有別的空間了。

3

風吹著，亂紛紛的雪花從天上下來，又從地下上去，情緒是那麼歡快、飽滿，這是草原的冬天最偉大的飽滿和最自由的歡快。就在永恒的大雪飽滿歡快的時候，血雨腥風出現了。

上阿媽狼群的所有狼都沒有想到，打鬥會是這樣開始的：從北端開打，從頭狼開打，從防止逃跑開打。這對一門心思準備向北逃跑的上阿媽狼群來說，無疑遭遇了當頭棒喝，用人類的戰術形容就是上兵伐謀。上阿媽頭狼不免有些心驚肉跳，看到領地狗群在一隻金黃色獅頭公獒的帶領下奔撲而來，立刻意識到獒王來了。

上阿媽頭狼覺得這獒王偉岸，挺拔，高貴，典雅，就像一座傲視萬物的雪山，有一種來自天上的宏大氣勢。但讓牠感到恐怖的還不是外形上的不凡，而是那看不見的智慧的火花：這獒王不僅識破了上阿媽狼群和多獼狼群準備分道揚鑣、各奔南北的意圖，而且採取了唯一能夠同時打擊兩股狼群的辦法，那就是來到上阿媽狼陣的北緣，斷然堵住牠們的逃跑之路。一眨眼工夫，牠的老辣而周全的佈置就成了必須立刻改變的愚蠢之舉。來得及嗎？恐怕來不及了。但上阿媽頭狼畢竟是一匹歷經滄桑而又老辣成性的頭狼，即便來不及改變戰術，牠也要盡最大可能挽救牠自己，挽救牠的狼群。

上阿媽頭狼短促急切地嗥叫著，狼陣北緣的一角，密集到兩米一匹的狼突然靠得更近了，身貼身，肩靠肩，張大嘴巴，飛出牙刀，從嗓子眼裡呼呼地嘶叫著，保護著自己，也保護著頭狼。頭狼立在牠們身後，瞪視著橫衝過來的岡日森格，差不多要把眼珠子瞪出來了，一副立刻就要跳起來迎接撕咬同時也要撕咬對方的架勢。

岡日森格本來打算凌空躍過最前面的一排狼，把牙刀的第一次切割留在頭狼的脖子上，跑近了才意識到，也許是不可能的。這匹頭狼看上去體大身健，非同小可，且滿眼都是詭詐或者說是嫻熟的經驗。便迅速改變主意，低下頭顱，蹭著地面猛烈地撞了過去。沒有哪匹狼能經得起獒王的撞擊，倒地了，一倒就是兩匹。一匹是用頭撞倒的，一匹是用爪子撲倒的。接著咻的一下，又是咻的一下，兩匹狼的脖子幾乎同時開裂了。死去吧你們。岡日森格吼了一聲，這才一躍而起，直撲上阿媽頭狼。

上阿媽頭狼噌地跳了起來，凶惡的神情和尖利的牙齒都好像是撲上前去撕咬對方的樣子，柔韌的狼腰卻明智而彈性地彎過去，忽地一下掉轉了身子。等岡日森格的牙刀飛刺而來時，牠的喉嚨已經安然無恙地離開了獒王攻擊的鋒芒。這時一匹身材臃腫的尖嘴母狼瘋跑過來擋住了獒王撲跳的線路。上阿媽頭狼蹭著母狼的身子跳起來，一頭扎進了前面密集的狼群，只讓岡日森格鋒利的牙刀飛在了牠的大腿上。

嗨，我怎麼咬在了狼的大腿上?!岡日森格憤怒地想著，躍過那匹身材臃腫的尖嘴母狼，眼光鋼針一樣盯著頭狼，再次撲了過去。

頭狼混跡在狼群裡東躥西躥，把自己的部眾看作了擋箭牌。岡日森格緊追不捨，忽而騰空，忽而落地，每一次落地都會讓一匹做了頭狼擋箭牌的狼受傷或者斃命。幾次撲跳之後，眼看就要咬住對方的喉嚨了，突然又收回牙刀停了下來，「鋼鋼鋼」地叫著。好棒一匹狼，不愧是頭狼，居然躲過了獒王六次撲咬。這麼棒的一匹頭狼是不能死的，牠死了誰來和多獼頭狼對抗？生生死死的草原法則告訴獒王，制約狼群的，除了藏獒和藏狗，還有狼群本身，有時候狼群對狼群的制約往往比藏獒和藏狗更有效。尤其是頭狼之間的爭鬥，從來就是你死我活的，在狼的世界裡，牠是超越了一切仇恨的最高仇恨。

獒王吼叫著放跑了上阿媽頭狼，眼睛裡刀子一樣的寒光左右一閃，跳起來嘩嘩嘩地開始掃蕩別的狼。牠的身邊，一左一右，是大灰獒江秋邦窮和大力王徒欽甲保，兩個訓練有素的獒界殺手，把撲打撕咬的技藝發揮得淋漓盡致。每一個動作都俐落而精確，如同精心設計的一道殺戮流程線，倒在地上的壯狼大狼身上，不是脖子上血流如注，就是肚子上洞口爛開。

擁擠在狼陣北緣的狼大約有七十多匹，而跟著獒王岡日森格搶先撲向狼群的藏獒，至少有三十多隻，七十多匹狼哪裡是三十多隻藏獒的對手，很快就是狼屍遍地了。天上飛的、地下鋪的，都是雪一樣零碎、雪一樣厚重的狼血。藏獒也有受傷的，獒血一落地，就和狼血不分彼此。只是，對狼來說，流血是亡命奔跑的理由，對藏獒來說，流血是更加生猛的藉口。準備北竄的上阿媽狼群這個時候不得不在頭狼的帶領下朝南跑去，沒跑多遠就碰到了多獼狼群的狼陣。

按照狼的世界永遠不變的古老習慣，狼陣是決不允許衝撞的，不管是作為異類的藏獒藏狗，還是作爲同類的外群之狼，誰闖進狼陣就咬誰。潰散中的上阿媽狼群本來是想繞過多獼狼陣的，但領地狗群尤其那些藏獒追得太急，撲得太猛，牠們慌不擇路。就像來到了河岸邊，撲通撲通跳進了深不可測的水裡，接著就是浪起波湧，多獼狼群和上阿媽狼群打起來了。

好啊，好啊，打起來就好啊。獒王岡日森格希望的就是狼跟狼打起來，只是沒想到牠們的內訌會來得這麼快。追攆中的獒王停下了，沈沈地叫了幾聲，讓緊隨其後的領地狗群也都停了下來。領地狗們看著狼跟狼的混戰，叫著，喊著，多少有點驚詫地互相詢問著：照這樣打下去，還要我們藏獒幹什麼？

同樣驚詫的還有上阿媽頭狼，以牠的經驗，牠知道寧肯讓追上來的藏獒咬死，也不能闖入多獼狼陣。狼陣都是利牙的汪洋，牠們會從四面八方刺向你，刺得你遍體鱗傷，然後讓你死掉。而藏獒咬你，只要是面對面的，往往會一口咬死，讓你少受許多痛苦。上阿媽頭狼嗥叫起來，告訴闖入多獼狼陣的部眾趕快出來，沒有闖入多獼狼陣的部眾跟著自己迅速繞過這裡。牠邊叫邊跑，不斷回頭看著，發現自己的妻子——那匹身材臃腫的尖嘴母狼就在自己身後，沒有闖入多獼狼陣的狼正在快速跟來，而那些不小心闖入多獼狼陣的狼卻已經無法出來，只能是死無葬身之地了。

上阿媽頭狼心裡恨恨的：好啊，多獼狼群，居然咬死了我的狼，咱們走著瞧。牠愈想愈恨，愈恨就愈希望繞開這裡，因爲只有繞開這裡，才會把多獼狼群暴露在藏獒面前，也才能保證自己的狼群安全南逃。上阿媽頭狼愈跑愈快，儘管牠的大腿已經被獒王岡日森格的牙刀戳了一下，但並不影響牠在自己的狼群危難存亡之際，履行一個頭狼的職責。

繞過去了，馬上就要繞過去了，繞過去就是勝利。當上阿媽狼群和領地狗群之間橫亙著一個多獼狼群時，往南就不再是逃跑，而是行進了。

上阿媽狼群的舉動立刻引起了多獼頭狼的注意，牠依然處在狼陣中間方圓二十步的空地上，不停息地嗥叫著，一邊指揮自己的狼群堅守陣地，咬死一切闖入狼陣的野獸，一邊警告上阿媽狼群不要繞過多獼狼陣向南逃跑。規則在領地狗群到來之前就已經確定了，多獼狼群向南報復人類，上阿媽狼群朝北雪恨畜群，你們怎麼不遵守了呢？

多獼頭狼完全明白，如果上阿媽狼群跟牠們一起向南逃跑，那就意味著兩股狼群要互相競爭著把危險留給對方，把安全留給自己。這樣的競爭肯定是要打起來的，而且會一打到底。兩股外來的狼群一旦擺脫前來堵截的領地狗群，就會把佔領一片屬於自己的領地當作首要目標。這時候唯一要做的，就是徹底戰勝並最後吃掉同類而不是報復人類了。多獼頭狼不希望出現這樣的局面，一再地警告著，很快就發現牠的警告毫無作用，上阿媽頭狼不僅不聽牠的，反而帶著自己的狼群跑得更快了。

繞過去了，馬上就要繞過去了，繞過去就是牠們的勝利。多獼頭狼仰頭觀望著，呼呼地吹了幾口粗氣，把飄搖的雪花吹得活蹦亂跳。牠再次嗥叫起來，聲音顫顫悠悠的，已不是鼓吹堅守，而是攛掇逃跑了。

嘩的一聲響，就像浪潮奔湧，是朝著一個方向的奔湧，多獼狼群整齊劃一地丟下了闖入狼陣沒被咬死的上阿媽狼，丟下了狼陣中所有的狼都必須至死堅守的崗位，撤退了，逃跑了，去和上阿媽狼群比賽亡命的速度了。都是朝南，在兩條平行線上，都是朝向昂拉雪山的生命的野性展示。迷迷茫茫的平行線無盡地延伸著，上阿媽狼群想跑到多獼狼群前面去，多獼狼群想跑到上阿媽狼群前面去。跑啊，跑啊，不光是狼群的瘋狂，而是整個草原的瘋狂，是冬日大雪上天入地的瘋狂。瘋狂的逃跑後面，是藏獒以及所有領地狗更加瘋狂的追攆。

追上了，眼看就要追上了。獒王岡日森格把追兵分成了三路，一路由大灰獒江秋邦窮率領，追攆上阿媽狼群；一路由大力王徒欽甲保率領，追攆多獼狼群；另一路由獒王自己率領，處在兩條平行線的中間，作爲兩路追兵的接應。最先被追上的是上阿媽狼群，畢竟牠的頭狼是受了傷的，整個狼群也在和藏獒和多獼狼群的廝打中消耗了體力。

領地狗群的撲咬開始了，誰跑得慢誰倒楣。眼睛傷了，喉嚨穿了，被咬出血窟窿後跑不動的狼就要死了。大灰獒江秋邦窮一連撲倒了三匹殿後的狼，又大吼一聲，嚇得一匹母狼和一匹幼狼栽倒在地，渾身顫抖著再也站不起來了。江秋邦窮讓開了母狼和幼狼，所有的領地狗都讓開了母狼和幼狼，牠們是獸中的君子草原的王者，不屑於也不習慣以雄性的驃勇悍烈面對年輕的母狼和孱弱的孺子。

但是外來的母狼不了解西結古草原的王者之風，望著一個比一個凶悍的領地狗從自己身邊踏踏而過，腦子轟然一響，肚子一陣劇痛，哀號了一聲，便口吐鮮血閉上了眼睛。母狼死了，驚嚇讓牠的苦膽砉然迸裂，只留下幼狼依偎在母親的屍體上兀自發抖。

小公獒攝命霹靂王跑到幼狼身邊，好奇而憤怒地吠叫著，一口咬住了幼狼的脖子，牠是多麼想咬死這匹幼狼，多麼想使自己跟牠的父輩們那樣，勇敢而激動地讓舌頭沾滿狼血。但是牠很快鬆口了，只咬下幾根狼毛粘連在自己嫩生生的虎牙上。畢竟規則比欲望更強大。欲望是來自心理和生理的，是現實的需要。規則是來自遺傳和骨血的，是祖先的支配。祖先的遺傳規則正在告訴牠：你要是咬死小的，等你長大了，你就再也無狼可咬了，而無狼可咬的藏獒也一定是衰落遲暮的藏獒。小公獒用吠叫發泄著對狼天然生成的憤怒，漸漸後退著，突然轉身，追逐別的狼去了。

就在部眾紛紛倒下的時候，上阿媽頭狼採取了一個引敵向鄰的辦法，牠帶著自己的狼群迅速向多獼狼群靠攏，好像這樣就能把追兵全部甩給多獼狼群。岡日森格心想如此也好，三路追兵就可以合為一路了。獒王吼起來，吼了三聲，大灰獒江秋邦窮和大力王徒欽甲保就率領自己的隊伍，迅速橫斜過來，跑在了獒王的兩翼和身後。

岡日森格步態穩健地奔跑著，瀟瀟灑灑就像鷹的飛翔，沒費多少工夫就追上了上阿媽頭狼和牠身邊的身材臃腫的尖嘴母狼。只差一步就可以咬住頭狼的喉嚨了，但就是這一步的距離似乎永遠不能縮短，固定著，追了那麼長時間仍然固定著。不是獒王追不上，而是牠還在思考那個問題：好棒的一匹頭狼，牠要是被我咬死了誰來和多獼頭狼對抗？可牠畢竟是一匹危害極大的壯狼，不咬死牠對西結古草原、對牧民的牛羊，乃至對領地狗都會是巨大的威脅。

獒王岡日森格突然不再猶豫了。距離陡然縮小，不是一步，而是一寸。一寸的距離就要消失，上阿媽頭狼斃命的時刻已經來到了。

4

小母獒卓嘎早就知道這裡有個藏馬熊冬眠的洞穴。洞穴被乾草和積雪覆蓋著。牠曾經不止一次地鑽進去，趴臥在沈睡不起的藏馬熊身邊，感受牠們的體溫散發出的暖融融的氣息。牠覺得這是好玩的，是一種值得褒獎的勇敢冒險的行爲。憑著牠對藏馬熊氣味的神經質的反應，牠知道身邊這兩個睡死過去的大傢伙是極其凶悍的。而在牠和所有藏獒的性格裡，挑戰凶悍便是最基本的特徵。

但是小母獒卓嘎也知道，自己還太小太小，小得只能挑戰睡著的凶悍，而不能挑戰醒著的凶悍。所以當牠在阿爸岡日森格和阿媽大黑獒那日以及所有的領地狗都離去的時候，當牠遇到父親，又遇到狼群，必須按照一隻藏獒的職守保護父親，攆走狼群的時候，牠是那麼自然地依靠著父母遺傳的聰明，想到了自己的無能，也想到了一個解救父親的好辦法。

牠帶著父親來到了河邊的高岸前，又鑽進一公一母兩隻藏馬熊一起冬眠的洞穴，用吃奶的力氣咬牠們的肉，撕牠們的皮。看到牠們驚醒後怒然而起，便趕緊跑出來，機敏地把父親拽離了洞口。

兩隻藏馬熊一前一後衝出了洞穴，牠們生氣啊，惱怒啊：誰攪擾了我們的睡眠，要知道我們在冬天是不醒來的。牠們看見了狼群，也看見了父親和小母獒卓嘎。小母獒卓嘎悄悄靜靜的，也啓示父親悄悄靜靜的，因爲牠天然就知道悄然不動的結果一定是藏馬熊對他們的忽略。而狼群還沒有來得及意識到這一點，牠們毫無理智地騷動著，爲了想像中父親與小母獒的詭計而激憤而沮喪得放聲大叫。

一公一母兩隻高大的藏馬熊氣得呼哧呼哧直喘息，以爲咬醒牠們的肯定就是這夥騷動不寧的傢伙，便揚起四肢衝撞而去。黑耳朵頭狼首先後退了，接著所有的狼都四散而去。等牠們擺脫兩隻藏馬熊的追攆，重新聚攏到一起，尋找獵逐了大半天的父親和小母獒卓嘎時，發現他們早已離開被狼群追逐的危險之地，走到碉房山上去了。

父親在小母獒卓嘎的帶領下，準確地踩踏著膨脹起來的硬地面，朝著碉房山最高處的西結古寺走去。

野驢河邊，五十四狼透過瀰揚的雪花絕望地看著他們，此起彼伏地發出了一陣陣尖亮悠長的嗥叫。牠們依然忍受著饑餓的折磨，嘶叫裡充滿了淒哀動人的苦難之悲、命運之外。但這並不意味著牠們會就此罷休，牠們在悲哀中承認著失敗，而承認失敗的目的，卻是爲了下一次的不失敗。

父親不走了，站在半山坡的飛雪中聽了一會兒狼叫，然後坐下來抱起了小母獒卓嘎，動情地說：「是你救了我的命，小卓嘎，這輩子我是忘不掉你了，我會報答你的，我也希望救你一次命。」父親的眼睛淚汪汪的，他一想到小卓嘎出生不到三個月就能救人的命，胸腔就有些熱，鼻子就有些酸。他從頭到尾撫摩著小母獒卓嘎，突然長歎一聲說：「可惜你太小了，你要是一隻大藏獒，就能把你阿爸岡日森格和你阿媽大黑獒那日找回來了，我現在需要牠們，寄宿學校的十二個孩子需要牠們。你看這陣勢，雪災恐怕一時半會過不去，狼只會愈來愈多，多吉來吧一個人是顧不過來的。」

小母獒卓嘎仰臉望著父親的嘴，認真地聽著，牠當然聽不懂父親的全部意思，但是有幾個詞彙牠是熟悉的：阿爸岡日森格、阿媽大黑獒那日以及多吉來吧。牠眨巴著眼睛想了想就明白了：父親在想念牠的阿爸和阿媽以及多吉來吧，自己應該去尋找牠們，先找到阿爸和阿媽，再找到多吉來吧。多吉來吧？不就是寄宿學校那個冷漠傲慢不理人的大個頭藏獒嗎？

一個月以前，小母獒卓嘎跟著阿爸阿媽去過一次寄宿學校，牠們是去看望父親的，是定期看望，差不多一個月一次。以學校為家的多吉來吧雖然不叫不咬，但那冷若冰霜的眼神，那假裝沒看見的傲慢，讓牠感到十分不舒服。牠甚至有點奇怪，和藹可親、十分面善的父親怎麼會和一隻相貌凶狠、目空一切的藏獒生活在一起？多吉來吧——當父親叫喚著那個傲慢的傢伙，希望牠過來理理客人時，小卓嘎記住了這個名字。多吉來吧不聽父親的，梗著脖子堅決不過來，父親就把小母獒卓嘎抱到了牠跟前說：「你們熱乎熱乎吧，或許將來有一天，你多吉來吧也會有孩子的。」多吉來吧無奈地張開嘴，重重地舔了牠一舌頭，把牠舔得翻滾在地上。站在一邊的大黑獒那日看見了，心疼地吼了一聲：「你想幹什麼？」還好，多吉來吧沒有舔疼牠，牠感到多吉來吧的舌頭有力而溫暖，帶著一股傲慢的驕氣、一股野蠻的愛憐。

父親放開了小母獒卓嘎，跟著牠繼續往上走。心裡著急地說，到了，到了，西結古寺馬上就要到了。他發現，狼已經不叫了，原野轟隆隆的，風聲和雪聲恣情地響動著，彷彿是為了掩護狼群的逸去。狼群去了哪裡？不會是去了寄宿學校吧？那兒本來就有狼，加上這一群，多吉來吧可怎麼辦哪？寄宿學校已經死了兩個孩子，千萬不能再死人了。牧民們說，吉利的漢扎西已經不吉利了，不念經的寄宿學校應該念經了，昂拉山神、礱寶山神、黨項大雪山仁慈的雅拉香波山神已經開始懲罰學校了。誰說我不吉利了？我要是不吉利，多吉來吧會跟著我？獒王岡日森格會常來看我？誰說寄宿學校沒有念經？學校裡是學生跟著我學文化，我跟著學生學念經。誰說山神開始懲罰學校了？我們又沒做錯什麼，爲什麼要懲罰？懲罰？丹增活佛保佑，整個西結古寺保佑，千萬不要再有什麼莫名其妙的懲罰。

父親這時候還沒有意識到，他所擔憂的，也正是跟蹤圍堵他的狼群急切想做到的。狼群迅速回去了，回到寄宿學校去了，在吃掉父親的希望破滅之後，牠們把更大的希望寄託在了十二個孩子身上。牠們並不擔心多吉來吧的保護，多吉來吧再強橫也只是孤零零的一個，狼群要是一哄而上，那就是山崩地坼，誰也無法阻擋。牠們擔心的倒是別的狼群已經成了這次圍獵的勝利者，十二個孩子已經被命主敵鬼的狼群或者斷尾頭狼的狼群吃掉，連滲透著人血的積雪都被舔食得一乾二淨。

狼群跑啊，瘋狂地跑啊，帶著饑荒時刻吃肉喝血的欲望，沿著膨脹起來的硬地面，跳來跳去地跑啊。

黑耳朵頭狼一直跑在最前面，牠身材修長，四肢強壯，步幅大得不像是狼跑，而像是虎跳，即使餓得前胸貼著後背，依然保持著狼界之中卓越不凡的領袖風采。

第三章　魔獒血搏群狼

1

寄宿學校的帳房裡，躺在氈鋪上的平措赤烈剛喊了一聲「狼」，用一根細硬的狼鬚觸醒了他的紅額斑公狼就跑出了帳房。倒不是這一聲喊讓牠受到了驚嚇，而是斷尾頭狼並沒有給牠首先撕咬和首先吃肉的權利，牠是前來偵察動靜的：帳房裡的孩子們到底在幹什麼？偵察完了，牠就應該出去向斷尾頭狼報告了。

斷尾頭狼看著紅額斑公狼，從牠扭來扭去的姿勢中，明白了牠的意思。正要向自己的狼群發出撲進帳房的信號，就見對面不遠處，那匹像極了寺院裡泥塑命主敵鬼的頭狼，那匹始終帶著一種深不可測的哲人表情坐在雪地上的頭狼，沒有任何過渡地一躍而起，直撲帳房，一直環侍在命主敵鬼身後的屬於牠的狼群嘩的一下動蕩起來，向著帳房包圍而去。

斷尾頭狼愣了一下：不是剛才說好了嗎？由我們首先行動，我們吃夠了你們再吃，怎麼你們不信守約定了？牠連連咆哮著，想提醒命主敵鬼似的頭狼不要亂來。看對方絲毫不聽牠的，便厲叫一聲，朝著命主敵鬼橫撲過去。轉眼之間，兩匹頭狼扭打在一起了，牠們身後的兩群狼也對撞過去，一個對一個地廝打起來。

其實荒原狼是不應該這樣的，儘管這兩群狼從來沒有一起合圍過獵物，但如果需要，牠們並不在乎打破這種老死不相往來的習慣。可這次不行，當父親和十二個孩子以及多吉來吧被綿延不絕的大雪災鎖定爲孤立無援的獵物時，冥冥之中的指令，那個只允許強者生存的自然法則，讓牠們無比清晰地獲得了這樣一個啓示：變化就要出現了，野驢河流域只需要一股狼群，只需要一個頭狼，而這股狼群和這個頭狼，只能是這次圍獵的勝利者。

本來斷尾頭狼以爲，黑耳朵頭狼已經帶著牠的狼群追逐著父親遠遠地去了，命主敵鬼也已經代表牠的狼群公開表示了謙讓，這個勝利者篤定是牠和牠的狼群了。萬萬沒想到，就在獵物馬上就要到手的瞬間，謙讓的突然不謙讓了，戰爭首先爆發在了狼與狼之間，而不是狼與敵手之間。

狼群和狼群的打鬥其實就跟古老的人類戰爭一樣，決定勝負的並不是那些兵卒，而是將軍，頭狼對頭狼的勝利，才是最後的勝利。但是現在誰也沒有勝利，斷尾頭狼和命主敵鬼勢均力敵的打鬥沒有一天一夜是不會結束的。狼血正在濡染著雪地，命主敵鬼的肩膀爛了，斷尾頭狼的肩膀也爛了，命主敵鬼的臉上有了牙齒深深的劃痕，斷尾頭狼的臉上也有了劃痕。分開了，撲過去，再一次分開，再一次撲過去。地面上，血色愈來愈燦爛，有兩匹頭狼的血，也有狼群的血，源源不斷地，一片片積雪正在變成一堆堆紅色的晶體。

難分難解的打鬥還在繼續，突然從天上傳來金屬般堅硬的聲音。所有的狼，包括斷尾頭狼和命主敵鬼，一個個都豎起耳朵，戛然不動了。那是一聲狼嗥，來自狼群的邊緣、哨兵的口中，緊張而恐怖。沒有一匹狼不明白這是什麼意思：出現藏獒了，一隻藏獒朝這裡跑來了。

狼群愣怔著，似乎大家都在想，一場凶吉難測的廝殺已是不可避免，饑寒交迫的狼群靠什麼和藏獒打鬥？體力呢？精神呢？按理說，體力和精神都在食物上，可是食物看不清楚了，已經來到嘴邊的食物突然又遠去了。

酷似命主敵鬼的頭狼恨恨地朝前看著，看到了被多吉來吧咬死的兩具狼屍，深不可測的表情一下子變得淺顯易懂了：還等什麼，早就應該吃掉牠們了。牠撲了過去，牠的狼群緊跟著牠，以同樣的速度撲向了同類的屍體。

斷尾頭狼尖叫一聲，似乎是後悔的樣子：晚了，我怎麼晚了？牠帶著自己的狼群迅速衝上去，沒命地搶奪著，搶到一口是一口，決不能讓別的狼群獨吞了本該屬於牠們的肉。三匹老狼是牠這個狼群的，牠派牠們首先來和多吉來吧對陣，除了試探對方的凶狠程度、打鬥能力，更重要的是爲了讓牠們在這個關鍵時刻做出犧牲。三匹老狼已經很老很老了，牠們一死就變成了食物，就能補充活狼衰弱的體力，有了體力才能保證狼群打敗藏獒，吃掉寄宿學校的人。想不到的是，自己安排的食物卻被命主敵鬼一夥搶先了，牠怒不可遏，又毫無辦法，狼本來就是爲搶奪食物而生的，草原上沒有一種生活會讓牠們變得溫文爾雅。

兩具狼屍轉眼被撕碎了，狼群不是撕肉，而是在喀吧喀吧地斷骨扯筋。等撕搶到了骨肉的狼跑向遠方，躲在雪坑雪窪裡大口吞咽的時候，那兒已經什麼也沒有了，連滲透了狼血的積雪也被舔食乾淨了。狼多肉少，很多狼急紅了眼，卻連一滴狼血也沒有舔到，氣得牠們來回直跳。

斷尾頭狼更是憤怒有加，牠雖然搶到了肉，但遠遠不夠牠填飽肚子。牠覺得這是不能容忍的，死狼出自牠的狼群，第一個滿足的只應該是牠。牠氣急敗壞地踱著步子，看到獨眼母狼坐在地上，用鼻子不無同情地指著牠，便暴怒地叫了一聲：你怎麼沒死啊？我是要你去死的，你卻活得比我都安閒自在。牠邊叫邊靠了過去，一口咬住了獨眼母狼已經被多吉來吧咬傷的喉嚨。

獨眼母狼痛苦地扭曲了身子，卻沒有掙扎著逃脫。牠知道自己不死是不行了，頭狼和瘋狂的狼群以及愈來愈猙獰的饑餓，已經把牠看成是一具活著的屍體了。牠現在唯一要做的，就是少受一些痛苦的折磨，快快地死掉。斷尾頭狼似乎知道牠的心思，迅速換了一下口，銼動著牙齒，飛快地咬斷了牠的喉管，鮮血頓時滋滿了斷尾頭狼的臉。

許多狼撲了過去。斷尾頭狼丟開還在無助地蹬踢著腿的獨眼母狼，瞇著眼睛，向所有撲過來的狼發出了攻擊。不管是自己這一群的，還是命主敵鬼那一群的。

一聲驚怕到極點的稚嫩的狼嗥顫顫悠悠地響起來，那是狼崽的哭聲，彷彿也是牠對這個世界的質疑：爲什麼呀，爲什麼對我好的，給我愛的，讓我感到溫暖的，就要這麼快這麼慘地死掉呢？獨眼母狼不是狼崽的阿媽，狼崽的阿爸阿媽都死了，是被斷尾頭狼咬死的。斷尾頭狼咬死了這群狼的前任頭狼，又咬死了對牠一直憤恨不已的前任頭狼的妻子，現在又咬死了阿爸阿媽去世後一直撫養著狼崽的獨眼母狼。狼崽覺得世界或許就應該是這樣：身強的吃掉體弱的，年輕的吃掉年老的。但狼崽不明白自己爲什麼會對這樣的事情感到悲傷和痛切，牠總是不由自主地想哭，想喊，總是一遇到流血和死亡，心臟就咚咚大跳，身子就瑟瑟發抖。牠覺得流血和死亡就像一片水，給別人的是狂喜和渴望，給牠的卻是窒息和深悲。

狼崽深悲的哭叫一直持續著，卻絲毫沒有影響狼群搶食獨眼母狼的行動。狼愈聚愈攏，愈搶愈猛，命主敵鬼甚至都用上了和藏獒打鬥的技巧和力量來抗衡斷尾頭狼的攻擊。斷尾頭狼看到自己的攻擊毫無作用，便回過頭來，一口咬破了獨眼母狼柔薄的肚腹，奮不顧身地把嘴伸進去，在熱烘烘的肚子裡又吃又喝。那裡沒有骨頭，沒有皮毛，連韌性的筋條都沒有，有的只是血液浸泡著的綿軟的五臟，不用牙齒，僅靠吮吸和吞咽就可以饕餮一番。命主敵鬼眼饞了，嫉妒了，忍不住撲過去，叼住斷尾頭狼的半個尾巴使勁往外拽著。斷尾頭狼回身就咬，兩匹頭狼又扭打在一起，打了一陣再去搶食獨眼母狼時，獨眼母狼已經不見了，連骨頭也不見了，只剩下一些狼毛在風中和雪花一起飛揚飄舞。

斷尾頭狼用凶狠的目光掃視著狼群，好像是在追查誰吃掉了獨眼母狼，最後眼光落在了依然哭叫不已的狼崽身上。似乎牠認爲是狼崽的哭叫破壞了牠的狼屍之宴，牠伸著脖子低著頭，把鼻子撮成四道楞，邁著滯重的步態，以一種懲罰內賊的姿勢乖謬地逼向了狼崽。

氣氛頓時凝重了，狼們都知道，斷尾頭狼要咬死並吃掉狼崽了。誰也不敢跟過去，跟過去就意味著你想和斷尾頭狼搶食，或者你想阻止牠這種乖謬之舉。而此刻的狼們既不想吃掉一個弱小的同類，也不想衝撞了斷尾頭狼，就那麼冷漠地眼睛直勾勾地看著：近了，近了，斷尾頭狼和狼崽之間的距離眼看就要消失了。

狼崽不哭了，牠盯著斷尾頭狼凶狠的眼睛。知道對方是來懲罰自己的，反而不怎麼害怕了，心臟不再咚咚地跳，身子也不再瑟瑟地抖，奇怪地想：我就要死了嗎？我就要被牠吃掉了嗎？難道我們這些狼活著，就是爲了讓牠們這些狼吃掉？

回答牠的是命主敵鬼哲人似的一陣鼻息，似乎是在意味深長地告訴狼崽：「是啊，是啊，有些狼來到這個世上，就是爲了吃掉別人，有些狼來到這個世上，就是爲了被別人吃掉。」鼻息完了又是一聲嗥叫，牠帶著金屬般堅硬的力量告訴所有的狼：藏獒來了，已經來到眼前身邊了，危險的時刻、血戰的時刻來到了。

2

就在獒王追上上阿媽頭狼，準備立刻咬死牠的時候，驀然一股黃風吹來，那匹身材臃腫的尖嘴母狼身子一歪，楔進獒王和上阿媽頭狼之間，淒厲地叫了一聲，唰地停下，橫擋在了岡日森格面前。獒王岡日森格一頭撞過去，把母狼撞翻在地上，張口就咬。但是牠沒有咬住對方的喉嚨，而是咬在了對方的肩膀上——獒王手下留情了，如果不是來不及剎住撕咬的慣性，牠甚至都不想咬傷對方的肩膀，只想嚇唬嚇唬，讓牠逃走。獒王尋思，牠是母狼，已經懷孕，眼看就要生了。作爲一個心智超群、生理健全的雄性的藏獒，牠對所有的母性，包括宿敵狼族的母性，尤其是妊娠的母性都抱有一種發自骨髓的憐愛心情。

獒王岡日森格用兩隻前爪死死地踩住母狼，不讓牠跑掉，牠覺得母狼的丈夫——那匹上阿媽頭狼一定會來救牠的妻子，就故意用爪子揉動著母狼的胸脯，讓牠發出了陣陣淒厲的叫聲。

很失望，獒王岡日森格對狼太失望了。上阿媽頭狼居然逃跑得更快，任憑救了牠的命的妻子如何慘叫，牠都沒有絲毫返回來營救妻子的意思，甚至連回頭看一眼的舉動也沒有，只顧自己活命去了。

獒王吐著舌頭仰頭觀望，領地狗群對兩股狼群的追殺正在進入最猛烈的狀態。雪粉就像迷霧，升騰在西結古草原的大雪災中。飛雪似乎小了，一片白色之上，狼影和獒影的奔騰叫囂，就像山洪的暴發。能夠沖決一切的，是生命驕橫恣肆的靈韻，是物種豪放不羈的神采。藏獒們正在勝利，以少勝多的領地狗群很快就要把兩股外來的狼群趕進綿延不絕的昂拉雪山了。

那兒沒有牛羊，沒有牧家，那兒只有狼群和豹群。只要守住昂拉山口，不讓牠們出來，就等於把牠們趕進了一個死亡之地。狼與狼的戰爭馬上就會到來，多獼狼群和上阿媽狼群的你死我活，外來狼群和本地狼群的你死我活，還有狼和豹子的你死我活，都將變成一種有利於牲畜和牧民，有利於藏獒和藏狗的結果。

岡日森格這麼想著，突然意識到自己憐憫一匹懷孕的母狼是不明智的，因爲牠很快就會死掉，與其以後讓牠的同類把牠殺死吃掉，不如此刻就結果了牠的性命，讓牠少受些饑餓、冷凍、仇恨、驚悸的折磨。牠舔了舔母狼的脖子，再一次望了望前方，似乎還在期盼那個被妻子營救而去的丈夫回來營救牠的妻子。但是沒有，荒茫的雪原上，依然是朝前奔逐跳躍著的狼群和領地狗群。

身材臃腫的尖嘴母狼在獒王岡日森格強勁有力的爪子下面拚命掙扎著，岡日森格張開了嘴，擺動著脖子咬了下去。動作不僅一點也不凶猛，反而十分的優雅大方。就是這優雅大方的動作，給了母狼一個被救的機會。一道閃電出現了，一匹大狼出現了，一次營救出現了。那匹大狼肯定是蹭著厚實的積雪悄悄地匍匐而來的，等牠出現的時候，機敏如獒王岡日森格者，也大吃一驚：都這樣近了，自己居然沒看見。

岡日森格本能地護住獵物，甩頭就咬，大狼似乎只想營救母狼而沒有考慮自己的安危，並不躲閃，齜出狼牙接住了對方的犬牙。只聽喀吧一聲響，電光石火噴濺，大狼身子一歪倒了下去。這樣的硬拚，再健壯的狼都不是藏獒的對手。獒王張嘴再咬，不禁「哎喲」一聲，飛出的牙刀倏然收回了。牠眨了眨眼睛，瞪著大狼呆愣著，甚至讓跳起來的大狼在牠肩膀上咬了一口，牠還是呆愣著：這是怎麼回事兒啊，前來營救的居然是多獼頭狼。

是的，是多獼頭狼，岡日森格一來到狼道峽口就注意到牠並記住牠了。牠聞了聞，氣味分明是不一樣的，母狼是上阿媽狼群的氣味，大狼是多獼狼群的氣味。多獼狼群的頭狼怎麼會來營救上阿媽狼群的母狼呢？

或許在神秘的豺狼世界裡，爲了種的延續，有一個暗中起著巨大作用的天然法則。在這個法則裡保護後代是超越現實和超越界線的，不管後代是哪一股狼群哪一片草原的。或許什麼法則也沒有，牠就是多獼頭狼的獨立行動，就像獒王毫無原則地天然同情著所有的母性包括宿敵狼族的母性尤其是妊娠的母性一樣，多獼頭狼也天生柔情地憐愛著懷了孕的母狼，而不管牠屬於自己的狼群還是敵對的狼群。

獒王岡日森格一直呆愣著，多獼頭狼輕而易舉地又咬了牠一口，這一次是咬在了前腿上，因爲牠勁健的前腿仍然踩踏在母狼身上。岡日森格疼得吸了一口冷氣，卻沒有反咬一口，一瞬間甚至都沒有了絲毫對狼的憤怒。不僅沒有憤怒，還按照多獼頭狼的願望，抬起前腿，放開了母狼，用嘴一拱：走吧。

身材臃腫的尖嘴母狼跳了起來。這匹因爲營救自己的丈夫上阿媽頭狼而被獒王抓住的母狼，這匹正在爲一個只管自己逃逸不管妻子死活的丈夫而滿臉羞愧的母狼，這匹有孕在身卻得不到丈夫的保護自己還要捨命保護丈夫的偉大而可憐的母狼，牠被獒王岡日森格放跑了。

慘烈的戰伐之中，死亡的血泊之上，震怒的獒王、廝殺成性的岡日森格，厚道地放跑了一匹懷孕的母狼。就像父親後來說的，這是一種超越物種和超越仇恨的表達，是一隻氣魄驚人的藏獒對一匹敢於在刀刃之下營救丈夫的母狼的致敬。父親還說，在草原上藏獒寬恕狼尤其是母狼和幼狼的事情多了，每年都能聽到或者看到，要不怎麼說藏獒的品德首先不是凶猛勇敢，而是寬厚仁愛呢。

母狼跑了。跑離的瞬間，牠好像非常留意地看了一眼多獼頭狼，眼裡充滿了感激、提防和疑慮：怎麼是你救了我呀？母狼跑向了上阿媽狼群，那是牠活著就得依附的群體，是神聖的不可脫離的生命之所繫。

多獼頭狼也跑了，邊跑邊衝著尖嘴母狼的背影嚴厲地叫了一聲，彷彿是說：告訴你丈夫，讓牠保護好你。獒王岡日森格望著母狼，又望著多獼頭狼，默默的，憑著一切偉大生命都應該具備的對高尚與勇敢的欽佩，克制了自己追上去殺死多獼頭狼的欲望。牠舔了舔腿上的傷口，靜立著，直到看見母狼和多獼頭狼都繞開領地狗群，回到了自己的群落，才悶悶地叫著，恢復了自己對狼的深仇大恨，又開始奔跑起來。

岡日森格很快追上了領地狗群，追上了兩股挨得很近的狼群，心裡一再重複著剛才那個決定：咬死牠，咬死上阿媽頭狼，這種忘恩負義的頭狼要牠活著幹什麼。牠眼光流螢般飛走，很快發現了體大身健的上阿媽頭狼，便加快速度追了過去。

上阿媽頭狼狐疑地盯著又回到狼群裡來的妻子：居然你死裡逃生了，爲什麼那獒王沒有咬死你？母狼不理牠，叉開後腿，儘量保護著下墜的肚子，用一種看上去很彆扭的姿勢奔跑著。

上阿媽頭狼妒忌地吼起來，意思是說：爲什麼？爲什麼牠不咬你？牠連我都咬傷了，憑什麼不咬死你？回頭一看，只見氣勢雄偉的獒王正朝著自己奔撲而來，便橫斜過去，攔在尖嘴母狼前面，齜出利牙威脅地命令道：你給我擋住，擋住。說罷撇下妻子轉身就跑，一溜煙地跑到狼群前面去了。

尖嘴母狼委屈地流出了眼淚，聲音細細地嗥叫著，似乎在質問丈夫：怎麼這個世界上就你的命重要？我的命不重要嗎？孩子的命不重要嗎？

獒王岡日森格看到了母狼的眼淚，彷彿也聽懂了對方的心聲，牠繞過母狼，在狼群中殺出一條血路，直奔上阿媽頭狼。緊隨身後的大灰獒江秋邦窮和大力王徒欽甲保以及別的領地狗立刻意識到，獒王是要放過這匹母狼的，也都從母狼身邊紛紛閃過，撲向了另外的目標。

上阿媽頭狼一看不好，知道自己已經成了獒王確定要殺死的對象，恐懼而絕望地嗥叫一聲，身子一傾，離開狼群奔西而去。

西邊是一條雪崗，緩慢的雪坡勻淨得就像剛剛擦洗過。這樣的雪崗對上阿媽頭狼是有利的，因爲狼比藏獒更能爬高就低，只要雪崗那邊有陡坡，牠就有把握擺脫追攆。牠朝著雪崗跑去，獒王追攆著，一前一後，牠們跑上了雪崗。

上阿媽頭狼大失所望，雪崗那邊沒有陡坡，只有牙長一點的緩坡，然後就是一馬平川。牠在失望中跑下緩坡，知道自己死期已到，跑著跑著就不跑了，疲累不堪地趴在積雪中，告別世間似的淒聲叫喚起來。

上阿媽頭狼叫了半晌也不見獒王岡日森格撲過來咬牠，扭頭一看，不禁大爲迷惑：獒王根本就不在自己身後，也不在雪崗上。再一看，獒王跑到那邊去了，那邊什麼也沒有，只有雪花在飄舞。上阿媽頭狼倏地站起，也不想追究獒王放棄牠的原因了，撒腿就跑，很快繞過雪崗，朝著自己的狼群追奔而去。這時牠聽到了獒王的吼叫，那吼叫滾雷似的運動著，讓奔馳在雪野裡的所有狼、所有領地狗都聽到了。

狼們依然在逃命，領地狗群卻紛紛停下了，呼哧呼哧喘著粗氣。大力王徒欽甲保和獒王一樣轟隆隆地叫著，似乎在遺憾地詢問：爲什麼不追了？眼看狼群就要跑不動了。大灰獒江秋邦窮二話不說，朝著雪崗那邊的獒王跑了過去。徒欽甲保猶豫了一下，跳起來跟了過去，領地狗們也都紛紛跟了過去。牠們知道：又有別的事情了，獒王在召集牠們呢，什麼事情會比追殺入侵領地的外來的狼群更重要呢？

獒王岡日森格繼續吼叫著，看到自己的部眾一個個跑來，便把吼叫變成了悲鬱哀痛的哭聲。

領地狗們一聽也哭起來。蒼茫無際的雪原上，藏獒以及藏狗們的哭聲就像遠處昂拉雪山的造型，綿綿地陡峻著。漫天的雪花紛紛把純潔的問候落向牠們：獒王怎麼了？領地狗群怎麼了？

3

和以往許多次一樣，一直待在狼群邊緣的哨兵，並不是看見了藏獒，而是聞到了藏獒風捲而來的濃烈氣息，所以在牠發出緊張而恐怖的警告之後，總得過一段時間藏獒才能到來。但是這一段預期中的時間在今天會是如此短暫，沒等兩股狼群把自己的事情處理好，藏獒的身影就在飛雪中翩翩而至了。

還是那隻碩大的黑紅色魔怪多吉來吧，牠是這個地方的守護神，牠一口氣咬死了兩匹老狼，咬傷了一匹老狼，然後就去追攆牠的主人——我的父親。父親危險了，狼就要把他吃掉了。追著追著牠突然又停了下來，因爲牠比誰都清楚，只要牠離開，帳房裡的十二個孩子就必死無疑，而父親，父親真的就會被狼吃掉嗎？多吉來吧看了看拴在自己鬣毛上的黃色經幡，想起父親離開牠時手裡也揮動著一條經幡，想起父親說到了領地狗群，還說到了獒王岡日森格。岡日森格和領地狗群都在野驢河邊，牠們怎麼可能容忍狼群對父親的侵害呢？十二個孩子顯得比父親更需要牠了。牠轉身就跑，邊跑邊後悔：我怎麼離開了呀，我這個笨蛋。

多吉來吧穿過蜂擁在寄宿學校四周的狼群，跑向了學生住宿的帳房，牠在門口一站，放眼一掃，便狂叫著奔撲而去。誰也無法理解在那麼多狼影之中，牠怎麼一眼就看到了斷尾頭狼，一眼就明白了對方正打算咬死並吃掉狼崽，更無法理解牠的奮猛的奔撲竟是爲了營救狼崽。

父親後來對我說：藏獒總有一些舉動是我們無法解釋的，在牠們複雜而幻變的天性裡，彷彿有一種神秘的力量，引導著牠們的表現，使牠們往往出人意料。有些本該屬於人類而人類又很難做到的舉動，也就通過這樣的表現變成了藏獒天賦的智慧。

多吉來吧撲過去嚇跑了斷尾頭狼，一口叼起狼崽，迅速回到帳房門口，把狼崽放在了門邊的積雪中。狼崽又開始哭叫了，牠不願意離開自己的群體，更不願意來到一隻藏獒的身邊。藏獒是狼的剋星，狼是藏獒的天敵，而現在牠卻瑟縮在剋星的身邊，一邊仇恨著，一邊害怕著。牠朝前爬去，知道一回到狼群自己就會被斷尾頭狼咬死並吃掉，但還是想回去。牠是狼，牠必然要回到狼的群體當中去。多吉來吧用唬聲威脅著不讓牠走。看牠不聽，就用嘴輕輕一拱，把牠拱進了帳房門口。

帳房裡，除了昏迷中的達娃，所有的孩子都起來了。他們擠成一團，緊張地看著門外狼群之間的打鬥和狼吃狼的血腥場面。直到多吉來吧出現在門外的雪霧中，才鬆了一口氣。正準備回到氈鋪上躺下，就見一匹灰色的狼撲了進來。他們齊聲叫喚著互相抱在了一起，仔細一瞅，才看清是一匹狼崽。

平措赤烈挺身而出，一腳把狼崽踢出了門外。狼崽打著滾兒，疼痛地尖叫著。多吉來吧回頭衝著帳房裡面「汪」了一聲，似乎表示了牠的反對：爲什麼要殘害一個幼小的生命呢？多吉來吧走過去，再次把狼崽拱進了帳房。這一次平措赤烈沒有踢，而是一把從脊背上揪起了牠，到處摸了摸。發現牠的氣息是溫熱的，肚腹也是溫熱的，就把牠摟在了懷裡，告訴別的孩子：「我要用狼保暖我的身子，我不消耗體力了，我要睡啦。」

孩子們都跟著平措赤烈躺在了氈鋪上。狼崽哭著叫著，與其說是害怕，不如說是吃驚，牠太不習慣這樣被人緊緊摟了。但是平措赤烈摟著牠不放，牠意識到哭叫掙扎是沒用的，就安靜下來不動了。一絲溫暖從牠的皮毛和人的懷抱接觸的那個地方升起，很快襲遍了全身。牠感覺昏昏沈沈的，打了個哈欠，就把自己的危險處境拋在了腦後。牠閉上眼睛，睡著了。畢竟牠太小，還屬於懵懂無知的階段，一睡就睡出了一個美好境界：斷尾頭狼死掉了，阿爸阿媽活過來了，一直撫養著牠的獨眼母狼也活過來了。牠們輪番在牠身上舔著，那個舒服和甜美，是饑餐血肉的時候沒有的。

但摟著狼崽取暖的平措赤烈是睡不著的，別的孩子也睡不著。冷啊，餓啊，還有聲音，外面的聲音大起來了。風聲、雪聲、多吉來吧攘斥狼群的吠鳴聲。噗啦啦，是藏獒撲過去了，還是狼群撲過來了？孩子們猜測著，卻沒有誰強掙著起來看個究竟，饑餓引起的乏力讓他們連孩童的好奇也沒有了。唯一能夠讓他們爬起來的，大概只有漢扎西老師的腳步聲。漢扎西老師什麼時候才能帶著吃的回來呢？

此刻，多吉來吧也和孩子們一樣，肚子癟癟的，咕嚕嚕直響。牠看到被牠咬死咬傷的三匹狼不在原地，就知道牠們已經被狼群吃掉了，突然就後悔起來：自己剛才爲什麼不吃牠幾口狼肉呢？三匹老狼是來送死的，牠們視死如歸把自己變成了食物，又變成了狼群的力氣，這樣的力氣是專門用來對付牠的。牠很生氣，以爲是自己的失誤造成了狼對自己放肆的覬覦。牠必須挽回失誤，而挽回失誤的唯一辦法，就是再咬死幾匹狼，不，咬死所有的狼。多吉來吧朝著狼群狂躁地廝殺而去。

狼群已經準備好了，多吉來吧一回來，牠們就按照最初聚集在這裡的目的，自動調整好了心理。那就是一致對外，先幹掉這隻悍猛的藏獒，再吃掉那些被困在帳房裡的孩子。

狼影快速移動著，很快以東南兩個半月狀的隊形，圍住了帳房。東邊是斷尾頭狼的狼群，南邊是命主敵鬼的狼群。兩股狼群的隊形都是四層的佈局，最前面一層都是老狼，中間兩層分別是壯狼和青年狼，後面一層是幼狼和正處在孕期或哺乳期的母狼。這樣的佈局很明顯是要犧牲一些老狼的，老狼是自願的，還是被逼迫的？父親告訴我，人有多複雜，動物就有多複雜。那些在狼群中必須衝鋒陷陣的老狼，肯定有自願的，也有不自願的，更有在自願和不自願之間徘徊的。但不管哪一種，牠們都是一些積累了無數打鬥經驗的狼，個個老奸巨猾，一定會讓對手遭受沈重打擊。等牠們犧牲夠了，無論怎樣悍猛的藏獒就都不可能保持最初的鋒銳，對接下來蜂擁而至的壯狼和青年狼的攻擊也就無能為力了。

然而來到這裡的所有狼都沒有想到，在牠們十二分地畏懼魁偉剽悍的多吉來吧的時候，仍然低估了對方的能力。對方決不是一隻按照狼的安排進行打鬥的藏獒，牠曾經是飲血王黨項羅刹，牠向來不懂得避重就輕、欺軟怕硬、柿子揀軟的捏等等做法是一種必要的選擇。不，牠已經殺死殺傷了三匹老狼，牠現在不想再跟老狼鬥，只想咬翻最強壯最厲害的。誰啊？誰是最強壯最厲害的？那就是頭狼，多吉來吧眼光一掃，就認出誰是頭狼了。

多吉來吧是朝著南邊狼群的月牙陣廝殺而去的。南邊狼群的頭狼是命主敵鬼，牠處在中間一層壯年狼的簇擁裡，正瞪著眼睛期待著前鋒線上老狼和藏獒的廝殺。沒想到一眨眼工夫老狼的陣線就出現了豁口。多吉來吧直衝過來，眼睛的寒光刺著牠，出鞘的牙刀指著牠。命主敵鬼本能地縮了一下身子，想回身躲開，意識到自己已是躲無可躲，便驚叫一聲，趴伏在地，蹭著積雪像一條大蟒一樣溜了過去。

多吉來吧已經凌空而起了，按照牠撲跳的規律，無論對方逃跑，還是跳起來迎擊，在牠落地的刹那，牠都會用前爪摁住對方的肩胛，然後用牙刀一刀挑斷對方的喉嚨。但牠沒想到命主敵鬼會來這一手：反方向溜爬，一溜就從牠巨大的陰影下面溜過去了。

多吉來吧大爲惱火，覺得自己居然被對手戲弄了。戲弄是一百倍的侮辱，牠決不允許自己容忍這樣的侮辱，尤其是來自狼的侮辱。牠沒有讓自己落地，就像長了翅膀一樣，在空中扭歪了身子，伸出前腿斜岔裡一蹬，蹬在了另一匹狼的脊背上。那是一匹緊靠著命主敵鬼的壯狼，壯狼有壯狼的結實，這一蹬沒有蹬飛牠，只是把牠蹬趴了下來。而多吉來吧需要的就是這種結實，就像蹬在了堅硬的地面上，牠借此在空中來了一個九十度的轉彎，橫撲過去，一爪踩住了眼看就要溜掉的命主敵鬼。這是運足了力氣的一踩，擊石石爛、夯鐵鐵碎，只聽嘎吧一聲響，命主敵鬼的屁股爛了，胯骨裂了，整個身子癱在了地上。

命主敵鬼痛苦地皺起臉上的皮肉，扭過脖子來，閃爍著利牙嚓嚓撕咬。但牠挺不起身子來，利牙全部咬在了空氣裡。多吉來吧一副不屑於對咬的架勢，踩著命主敵鬼，昂揚著頭顱，睥睨著四周。似乎想用自己威風凜凜的儀表朝著狼群炫耀一番後，再咬死和吃掉牠們的頭狼。

狼群竄來竄去的，沒有一匹狼敢於衝過來營救牠們的首領，但也沒有一匹就此亂了陣腳，或者望風而逃。牠們的竄來竄去似乎是一種語言的交流，商量著到底怎麼做才能打敗這隻藏獒。突然牠們不商量了，所有的狼都停下來，血紅的狼眼齊唰唰地瞪在了多吉來吧身上。

多吉來吧依然克制著吞食血肉的欲望，望了望狼群中一匹離自己很近的大個頭公狼，確定牠就是自己下一個撲咬的目標後，才傲慢地晃動著頭，哼哼了兩聲，吐出血紅的舌頭，從容地滴瀝著口水，準備牙刀伺候了。

喉嚨，喉嚨，藏獒的牙刀和胃腸共同呼喚著頭狼的喉嚨，頭狼命主敵鬼的喉嚨馬上就要被撕裂被吮血了。

4

安然無恙，誰也沒有想到，頭狼命主敵鬼的喉嚨最終會安然無恙地保留在原來的地方。原因是多吉來吧過於自信，以爲食物已經到口，多分泌一些口水再把狼肉吞下肚子似乎更有味道、更有助於消化。就在這樣的自信裡，四周的狼群突然又開始竄來竄去了，比剛才更加迅疾而有聲有色。多吉來吧警惕地看著，多少有些分神，不禁放鬆了踩住對手的爪子。

爪子下面的對手，不愧是一匹在精神氣質上像極了寺院裡泥塑命主敵鬼的頭狼，利用放鬆的縫隙，在屁股流血、胯骨斷裂的時候，竟然還能奔躍而起。就是這玩命的一躍，讓牠逃脫了在狼群看來已經死定了的命運。

命主敵鬼聰明地意識到自己是跑不遠的，便放棄逃離，一頭扎進了身前不遠處虛浮而深厚的積雪。那些白色的晶體立刻陷埋了牠，牠不見了，只剩下尾巴在白雪之上搖曳不止。

多吉來吧暴怒，跳過去，正要刨雪而食，就見狼群潮水一樣嘩地一下朝牠湧過來。牠知道吃掉頭狼已是不可能了，睜圓了吊眼，橫斜著一掃，立刻盯上了剛才被牠確定的那個目標——大個頭的公狼。牠毫不遲疑地撲了過去。這是在牠幼年時代由送鬼人達赤用非人的手段逼迫出來的魔鬼似的一撲，幾乎是所向無敵的。狼們都沒有看清楚是怎麼回事，就聽大個頭的公狼慘叫一聲，倒在了地上。多吉來吧牙刀一閃，一口咬在了對方的喉嚨上，獒頭奮力一晃，喉嚨立刻變成了一個血洞。命沒了，升天了，一匹鮮活靈動的大狼轉眼就變成一堆食物了。

多吉來吧來不及吞咽一口，再一次奔撲而去。狼群有點亂了，但仍然沒有逃離此地的意思。

牠們跑動著，既不遠去，也不靠近，是躲命，也是牽制，或者說躲命就是牽制。這個也牽制，那個也牽制，讓多吉來吧不得不採取一種斗折蛇行的奔撲路線。撲倒了這個，再撲倒那個。牙刀是決不惜用的，撲倒一個咬牠一口，每每都在一刀致命的喉嚨上。那速度彷彿取消了時間，快得讓狼們眼花繚亂，腦子一片空白。好幾匹逃命的狼反而撞進了多吉來吧的懷抱，一撞之下，立刻變成了刀下鬼。

聚攏在一起的狼群漸漸散開了，一匹匹驚恐無度的狼毋庸置疑地傳遞著離開的信號。多吉來吧哼哼了幾聲，彷彿是得意的冷笑，舞蹈一般騰挪跌宕的撲殺也漸趨停止了。牠吼喘著，挺身在血泊之上，看到十三匹已死或將死的狼橫陳的地上，地上已經沒有白色了，積雪變成了一片污跡，無聲地昭示著戰爭的殘酷和醜陋。

天上的雪小了一些，向晚時分的光線似乎比中午更明亮。風還在鼓動，帳房被掀動得呼啦呼啦響。東面以斷尾頭狼爲首的狼群靜悄悄的，本來牠們是可以乘機襲擊帳房裡的人的，但是沒有。多吉來吧很奇怪，牠們居然沒有趁火打劫。多吉來吧拉長了舌頭，在涼風中散發著胸腹裡的火氣，低下頭，撕了一嘴狼肉，連毛帶皮吞了下去。牠想迅速填飽肚子，然後回到帳房門口。只有站在那兒，心裡才是踏實的。

遺憾的是，多吉來吧還沒有來得及實現自己的想法，漸漸散開的命主敵鬼的狼群就又開始往一起聚攏，傳遞過來的信號也已經不是驚恐無度和離開這裡了。多吉來吧立馬吐掉了嘴裡的狼肉，牠要繼續讓自己餓著，要讓極度饑餓的感覺成爲牠殺狼護人的巨大動力。牠專注地觀察著，發現那匹被自己一爪擊爛了屁股，擊裂了胯骨的頭狼命主敵鬼又出現在了狼群裡。

命主敵鬼頭狼重傷加身而權威猶在，牠蹲踞在地上，用紅亮的眼睛狠毒地盯視著多吉來吧，也盯視著自己的同伴，不時地發出幾聲痛苦而焦急的嗥叫。大概牠的盯視和嗥叫就是牠的命令，聚攏過來的狼群迅速調整著隊形，由原來四層的佈局，變成了兩層。靠近多吉來吧的一層是老狼和壯狼，外面的一層是青年狼和幼狼以及正處在孕期或哺乳期的母狼。更重要的是，老狼和壯狼形成了好幾撥，一撥差不多八九匹，好比人類軍隊中戰鬥班的建制。

多吉來吧從胸腔裡發出一陣低沈的呼嚕聲，警告似的朝前走了兩步。看到狼的陣線居然一點也不慌亂，便朝後一蹲，狂躁地撲了過去。

就像一石擊水，狼群頓時騷動起來，但卻騷動得富有章法，就像牠們在表演一種排練有序的集體舞，驚而不亂地跑動在廣場上。多吉來吧自然是不會撲空的，身體的速度、前爪的力量和牙刀的鋒利依然如舊，很輕鬆地又使一匹壯狼斃命了。然而這一次撲殺並不是值得稱讚的一次，牠那舞蹈般的騰挪跌宕還沒有出現，八九匹狼就從前後左右一哄而上。牠們要破釜沈舟了，不打算要命了。八九匹狼中有老狼，也有壯狼，老狼從前面撲來，壯狼從兩側和後面撲來。當多吉來吧用牙刀和前爪對付幾匹老狼的時候，兩側和後面的壯狼也正好可以飛出自己的牙刀來對付多吉來吧。

多吉來吧受傷了，好幾匹狼的牙刀同時扎在了牠的屁股、大腿和腰腹之間，這是牠第一次被荒原狼咬傷，牠不相信似的扭頭看了看咬傷牠的幾匹狼，又忽左忽右地看了看自己的傷口，驚詫地眨了眨眼，獒頭高揚著，跳起來，朝著狼群俯衝而去。邊衝邊叫，彷彿是說：有本事你們別逃。

狼群嘩地散開了，在多吉來吧俯衝之前就散開了。牠的俯衝雖然沒有落空，但跑來和牠較量的已不是剛才那一撥狼，而是另一撥。牠們的戰術和剛才那一撥一樣，也是八九匹狼圍住多吉來吧，老狼從前面迎擊，壯狼從兩側和後面圍攻。

又是一陣激烈殘酷的撕咬，一匹老狼死掉了，牠用自己的生命給同伴創造了一個牙刀出手的機會。同伴們緊緊抓住這個機會，再一次讓多吉來吧付出了忠誠於人類的代價。多吉來吧的傷口成倍增加，鮮血在周身滴瀝，都能聽到下雨一樣的響聲了。牠再一次驚詫萬分地看了看自己的傷口，悲憤地吠叫著，毫不憐惜自己地開始了新一輪的進攻。

狼又變了，第三撥狼代替了第二撥狼，八九匹狼按照事先商量好的，圍繞著多吉來吧，準確地站到了各自的位置上。但這次多吉來吧並沒有理睬跑到嘴邊來送死的老狼，而是不停地旋轉，讓圍住牠的狼搞不明白牠到底要撲向誰。於是狼們也開始旋轉，狼們始終想讓老狼對準多吉來吧的利牙，只好隨著牠的旋轉而旋轉。

天上地下呼呼地響，風大了，雪急了，飄風驟雪在狼群和藏獒的攪拌下變成了一個巨大的渦流，光影奔馳著，飛起一片驚天動地的喧囂。狼們暈了，但還是在旋轉，似乎愈暈愈要旋轉。而多吉來吧卻已經騰空而起，越過了狼影旋轉的包圍圈，撲向了簇擁在圈外觀戰的另一些老狼和壯狼。

狼群措手不及，頓時亂了，密集的狼影奔來突去，攻又不能，逃又不肯，只能閃來閃去地躲避對方的撲咬。多吉來吧亢奮地吼叫著，只要狼群沒有形成陣線，牠就可以隨心所欲了。只見牠眼睛放電似的閃爍著，以快如流星的速度左撲右殺，漆黑如墨的脊影連成了一條線，火紅如燃的胸脯連成了另一條線，矯健有力的四腿連成了第三條線。三條線並行著，就在黑壓壓一片狼群之間忽東忽西，時南時北。不時有狼的慘叫，不時有皮肉撕裂和鮮血迸濺的聲音，不時有狼的倒下，倒下就起不來了，就只能死了。

來到這裡的荒原狼完全沒有想到多吉來吧會是這樣一個獰厲可怕的護人魔怪，現在遭遇了，見識了，就有些後悔：為什麼要來這裡呢？但既然已經來了，就不能半途退卻，死了這麼多的同伴，付出了這麼慘重的代價，而依然饑腸轆轆，那就太不像狼了。

頭狼命主敵鬼叫起來，牠躲在一個多吉來吧看不到的雪窪裡，用一陣銳利的叫聲傳達了牠的意思。牠的狼群聽明白了，所有的狼，那些還活著的有傷和沒傷的老狼和壯狼，那些直到現在還沒有靠近過多吉來吧的青年狼和幼狼以及正處在孕期或哺乳期的母狼，都知道一個背水一戰、拚死求勝的時刻來到了。

戛然而止，所有的狼都站著不動了，都用陰鷙的眼光盯著多吉來吧。多吉來吧感覺到有什麼不對，卻沒有停下，依然撲打著。撲倒了一匹狼，又撲倒了一匹狼。牠顧不上用利牙割斷狼的喉嚨了，牠不再使用牙齒，只用岩石一樣堅硬的前爪，迅雷般地打擊著對方——搗爛這匹狼的鼻子，搗瞎那匹狼的眼睛。

命主敵鬼的銳叫再次響起來。狼動了，所有的狼都動起來了，這一動就是鋪天蓋地，奔撲啊，跳躍啊，廝殺啊，也不管自己的牙齒和爪子能不能搆著對方，所有的狼都撲向了多吉來吧。

多吉來吧咆哮了一聲，想看清到底有多少狼朝牠撲來都來不及了。牠奮力反擊著，牙刀和前爪依然能夠讓靠近牠的狼遭受重創。但牠自己也在受傷，受傷，一再地受傷。甚至有兩匹狼把牙刀插在牠身上後，就不再離開，切割著，韌性地切割著，任牠東甩西甩怎麼也甩不掉。

撲向多吉來吧的狼還在增加，一匹比一匹沈重地壓在了牠身上。牠根本就無法施展威力，唯一的想法就是站著不要倒下，牠用粗壯的四條獒腿支撐起身體，也支撐起身體上面的一座狼山。

狼山移動著，那是多吉來吧在移動。多吉來吧突然明白過來，牠不能再這樣廝殺下去，牠得回到帳房門口。帳房這個時候很可能已經危險了，裡面的十二個孩子，那個幾乎被斷尾頭狼吃掉的狼崽，很可能已經危險了。牠馱著一座狼山，想著十二個孩子和一個邂逅沙場的狼崽，忍受著鮮血滿身、牙刀滿身的疼痛，吃力地挪動著步子，一步比一步艱難。

但是彷彿帳房已經離牠遠去，牠怎麼努力也走不到跟前去了。更慘的是，牠聽到了一個聲音，那是命主敵鬼的嗥叫，是那種帶著顫音的滿足欣喜的嗥叫。牠心想完了，這樣的滿足欣喜是吃到了食物的表示，是飽足的意思。頭狼吃到了什麼，是孩子們，還是狼崽？牠覺得孩子們已經死了，牠沒有盡到責任致使主人的學生一個個都成了狼的食物。牠不走了，拚命地挺立著，突然一陣顫抖，軟了，軟了，心勁沒有了，四腿乏力了，撲通一聲響，牠倒了下去，牠背負著的整個狼山倒了下去。

狼們從牠身上散開，圍繞著牠看了看，那無盡的悲傷遺恨，就在這一刻變成了歡欣鼓舞。牠們嗥叫著，一個個揚起脖子，指著雪花飄飄的天空，嗚哦嗚哦地宣告著死亡後的勝利。

多吉來吧一動不動，血已經流了很多，現在還流著，無數傷口積累著難以忍受的疼痛。更重要的是，牠覺得孩子們已經死了，牠也就沒有必要活下去了。牠看到兩匹健壯的公狼搶先朝著牠的喉嚨齜出了鋼牙，便把眼睛一閉，靜靜地等待著那種讓牠頃刻喪命的狼牙的切割。

第四章　魔洞前的禱祝

1

獒王岡日森格和領地狗的哭聲讓雪花收斂了歡快的飄舞，沈重地直落而下。風和雪花都知道：藏獒死了。死去的兩隻藏獒被大雪覆蓋著，平地升起的雪丘是牠們的墳墓，那麼高，好像天公格外同情逝去的草原精靈，盡把雪花朝這裡堆積了。聞味而來的獒王岡日森格又是用鼻子拱，又是用爪子刨，好像只要刨出來，兩隻藏獒就能復活。

當大灰獒江秋邦窮和大力王徒欽甲保帶著領地狗群蜂擁而來時，獒王已經把積雪的墳墓刨開了。死去的藏獒赫然裸露，獒王和領地狗們一看就認出來了，一隻是大牧狗新獅子薩傑森格，一隻是曾經做過看家狗現在也是大牧狗的瘸腿阿媽。牠們死了，牠們是尼瑪爺爺家的幫手，在大雪災的日子裡，死在了遠離帳房的高山牧場。牠們的四周是一片高低不平的積雪，積雪下面埋葬著餓死凍死的羊群，有一百多隻，或者二百多隻。

完全能夠想像兩隻藏獒是怎麼死在這裡的，就跟去年一樣，當大雪災降臨的時候，尼瑪爺爺家的羊群被突如其來的暴風雪吹散了。羊是最沒有定力的牲畜，風往哪裡吹牠們就往哪裡跑，風的速度幾乎就是牠們的速度，人是看不見也跟不上的。只有藏獒既看得見也聞得著，牠們隨羊而去。開始是想把羊群趕回到帳房旁邊，趕不回來就只好跟著羊群跑，也不知會跑向哪裡。直到積雪厚實起來，羊群再也跑不動了的時候才會停下。對羊群來說，停下來就是等死，不是凍死，就是餓死。這樣的命運是牧羊的藏獒無法改變的，牠們只能眼看著羊一隻隻死去，一隻隻被大雪掩埋。牠們堅定地守護著，就像守護活著的畜群那樣，盡職盡責不讓狼群和別的野獸靠近。藏獒是從來不會吃掉自己看護的牛羊的，哪怕牛羊已經凍死餓死，這是世代相傳並且滲透在血液裡的規矩，是牠們至死不變的自律原則。而堅守這個原則的結果卻是讓牠們自己也像羊一樣凍死餓死。在冬天，大雪災的日子裡，許多牧羊的藏獒就這樣死掉了。去年尼瑪爺爺家死掉了鷹獅子瓊保森格，今年又死掉了新獅子薩傑森格和瘸腿阿媽。寧肯自己餓死也不吃一口自己看護的已經死掉的牛羊的藏獒，就這樣在用生命的代價換來聲譽之後，悄悄地消失了。

天上，是大雪的惋歎，沈重得就像整個冬天。獒王岡日森格呆愣著，已經不再發出任何聲音了，無聲的哭泣讓眼淚變成了滾燙的熱流，順著臉頰滴下來，很快在嘴邊的獒毛上結成了冰。領地狗們悄悄的，有的在流淚，有的在一口一口地舔去同伴臉上的淚。牠們是悲情的動物，牠們對兩種死亡有著天然敏感的傷痛，一種是主人的死，一種是同伴的死。一遇到這樣的死亡牠們就會情不自禁地哭泣和憑吊，然後就是撒尿——把獒臊味留下來，不讓狼豹吃掉死者的屍體，只等著鷹鵰和禿鷲前來送葬。鷹鵰和禿鷲是不怕獒臊味的，甚至對獒臊味充滿了歡喜。牠們是天上的動物，和藏獒無怨無仇，牠們負責人和藏獒的天葬，負責把人和藏獒的靈魂送上生生不息的輪迴之路。

尿撒了，鷹鵰和禿鷲還沒有來。獒王岡日森格甩了甩頭，甩掉了糊滿眼眶的淚水，悶悶地叫了一聲，掉轉身子，示意大家該走了，情勢危急，更重要的事情不是哭泣，而是戰鬥。

大力王徒欽甲保首先跑起來。大灰獒江秋邦窮追過去攔住牠，輕輕地叫著，好像是說：你不能這樣，獒王岡日森格應該跑在最前頭。徒欽甲保回頭看了看獒王。獒王大度地噴吐著氣霧，有意放慢了腳步，意思是說：跑吧跑吧，追殺狼群要緊，並不是所有的時候，我都應該跑在前面。徒欽甲保跳起來，一頭撞開江秋邦窮的阻攔，朝前瘋跑而去。大灰獒江秋邦窮生怕徒欽甲保搶了頭功似的緊緊跟上了牠。

狼群已經不見了，浩淼的雪海雄渾地起伏著，和遠方的山浪連在了一起。正北風變成了西北風，空氣中的狼味已經很淡很淡，似乎就要消失了。大力王徒欽甲保停了下來，迷惑地搖晃著獒頭：狼呢？狼呢？哪兒去了？身後傳來大灰獒江秋邦窮的叫聲，似乎是一種嘲笑，又似乎是一種提醒：叫你別往前跑，你非要往前跑，迷失了目標是吧？你看獒王是怎麼做的。說著，朝著獒王岡日森格靠了過去。

獒王岡日森格並沒有停止跑動，只是略微改變了一下方向，地形的起伏和風向的改變並不影響牠的判斷。牠知道狼群並沒有跑遠，就在前面不遠處的雪浪後面。牠超過了大力王徒欽甲保，來到領地狗群的最前面，放慢速度，四肢彎曲，身子低伏著，用自己的形體語言告訴部眾：悄悄地跑啊，就像我這樣，別發出聲音來。

多獼狼群和上阿媽狼群都以爲領地狗群已經放棄了追擊，便不再狂奔，漸漸停下來，一邊喘息，一邊咆哮。這是一種互不相讓的爭吵，多獼頭狼的意思是：這是我們的逃跑路線，憑什麼你們要來啊？上阿媽頭狼的意思是：誰搶先就是誰的，我們已經搶先了，你們就不能再和我們爭了。

爭吵持續了一會兒，接著就是廝打，多獼頭狼直撲上阿媽頭狼：你連你妻子都敢拋棄，你有什麼資格跟我說話？在祖先遺傳的規則裡，兩匹頭狼的打鬥是絕對不允許別的狼參與的，誰失敗誰就得帶著自己的群體離開這裡，去尋找新的生存之地。上阿媽頭狼立刻應戰，撲上去，張嘴就咬。

都有同樣的橫暴和狡詐，都有同樣的力量和技巧，多獼頭狼和上阿媽頭狼的打鬥沒有幾十個回合是分不出輸贏的。大雪奔馳的原野上，兩匹凶悍的頭狼你一嘴我一嘴地撕咬著，激烈得就像水流碰到了石頭，一會兒一個浪花，一會兒一個浪花。

就在這時，獒王來了，領地狗群來了。等狼群發現的時候，已經離得很近很近了。兩匹頭狼的打鬥倏然停止。幾乎在停止打鬥的同時，上阿媽頭狼長嗥一聲，轉身就跑。牠的狼群迅速跟上了牠，嘩的一下，狼影鼠竄而去。多獼頭狼仇恨地望了一眼獒王岡日森格，咆哮了一聲，然後緊張而不慌亂地跑了起來。牠的狼群似乎有意要保護牠，等牠跑出去幾米才跟了過去。

又一場瘋狂的逃命和追逐開始了，逃命和追逐的雙方都抱定了不進入昂拉雪山不罷休的目的。雪原上狼影和狗影的移動，就像降落的雪花一樣緊急。

似乎喜歡遊蕩在冰天雪地裡的凶暴贊神和有情贊神突然顯靈了，牠們不願意獒王岡日森格和領地狗群就在這個時候把狼群趕進冰封雪罩的昂拉山脈，更不願意領地狗群只管抵禦外來的狼群而不去管管本地的狼群。風大了，嗚嗚地大了，從西北方向吹來的風突然把很多內容都包括了進來。除了寒冷和雪花，還有遠方的資訊，那就是血腥的味道，好幾股本地狼群的味道，依稀還有多吉來吧和孩子們的味道。獒王岡日森格打了個愣怔：怎麼會是這樣？好幾種味道膠結在一起，就說明牠們來自同一個地方，那是什麼地方呢？一想就明白了。哎呀不好，寄宿學校很可能出事了，那是個有許多孩子的地方，是牠的恩人漢扎西居住的地方，是多吉來吧應該捨生忘死的地方。

獒王岡日森格驚叫了一聲，奔逐的腳步沒有停下，身子卻傾斜著拐了一個彎，朝著和狼群的逃逸大相逕庭的方向跑去。大灰獒江秋邦窮首先跟上了牠。大力王徒欽甲保打了個愣怔，剛想問一聲為什麼，鼻子一抽立刻就明白了。身後的領地狗群遠遠近近地跟了過去，那些藏獒是知道獒王為什麼改變方向的，牠們也聞到了西北風送來的消息。那些藏狗暫時還不知道為什麼，但是牠們服從了，牠們一貫的做法就是無條件地服從獒王。

只有一隻藏獒沒有跟著領地狗群改變方向往回跑，那就是小公獒攝命霹靂王。牠仍然追攆著狼群，全然不顧身邊同伴的紛紛離去，一副不達目的不罷休的樣子。這一刻，天然生成的剛毅頑強就在牠苦累艱辛的奔逐中彰顯了不朽的風采，生命最優良的素質被牠演繹成了寧肯累死也不放棄追殺的衝刺。似乎遊蕩在冰天雪地裡決定著生物命運的凶暴贊神和有情贊神，也無法抗衡一隻幼小藏獒表現力量、意志、精神和氣質的信念，也不能阻攔這隻小公獒在抵禦外來狼群時捨生忘死的最平凡最自然的舉動。

小公獒的阿媽黑雪蓮穆穆首先意識到孩子沒跟上來，停下來，嚴厲地吼叫著：過來，過來。

接著小公獒的阿爸大力王徒欽甲保也停下了，獒王岡日森格也停下了，所有的領地狗群都停下了。徒欽甲保生氣地叫囂著，就要跑過去把小公獒趕過來，卻被獒王岡日森格跳起來攔住了。

獒王的舉動似乎在告訴大家：也許小公獒攝命霹靂王是對的，兩股狼群眼看就要被趕進昂拉雪山了，現在放棄，那就是功敗垂成。怎麼辦？獒王的大吊眼在長毛之中忽閃忽閃地望著領地狗群，在提出問題的同時，立刻由牠自己的吠叫做了回答。吠叫是兩種不同的聲音，分別指揮著不同的領地狗，也就是說，牠們要兵分兩路了。

分工瞬間完成：獒王岡日森格帶著大力王徒欽甲保等二十多隻奔跑和打鬥俱佳的藏獒，繼續追殺多獼狼群和上阿媽狼群，直到把牠們趕進昂拉雪山；大灰獒江秋邦窮則帶領大部分領地狗，去救援寄宿學校。獒王用碰鼻子的方法告訴江秋邦窮：我們把狼群趕進昂拉雪山後就去追你們，我們一定會趕上你們的。然後悶雷般地叫了一聲，朝著狼群，也朝著小公獒攝命霹靂王奔馳而去。

兩個多小時後，獒王岡日森格帶著二十多隻頑強超群的藏獒，終於把多獼狼群和上阿媽狼群趕進了昂拉雪山深邃幽靜的山懷，又有幾匹狼慘死在了逃跑的路上。

這時候獒王已經從狼的情緒、狼的語言中知道，兩股外來的狼群來到西結古草原的目的，決不僅僅是爲了吃掉一些牲畜，填飽自己的肚皮，也不僅僅是爲了謀取一片領地，固執而頑梗地生存下去，牠們有著更加凶險毒辣的目的，刻骨的仇恨和殘酷的搏殺不過是剛剛拉開序幕。

好在兩股外來的狼群都是死傷慘重，饑餓難忍，勞乏得就像抽了筋斷了骨，牠們需要休整，需要過幾天才能恢復足夠的膽量和力氣。也就是說，狼群暫時還不會有大的報復行動，作爲必須扼制外來狼群的獒王，牠可以走了，可以去追趕大灰獒江秋邦窮，去奔赴寄宿學校的危難了。

獒王岡日森格和大力王徒欽甲保默契地扭轉了身子，朝回跑去。另外二十多隻藏獒緊緊地跟了過去。

獒王邊跑邊想：漢扎西的寄宿學校、寄宿學校的漢扎西，還有孩子們，可要好好的，好好的。夏天被狼咬死了一個孩子，秋天又被狼咬死了一個孩子，現在可不能再被狼咬死孩子了。多吉來吧，你是一隻勇猛無敵的藏獒，一定要保護好他們，我來了，我們來了，所有的領地狗都來了。

2

帳房東面，以斷尾頭狼爲首的狼群一直靜悄悄的，這樣的坐山觀虎鬥自然是一種默契的體現，而默契來源於我們此前說過的那個也許就要出現的變化：未來的野驢河流域的草原上，只需要一股狼群、一個頭狼，而不是像現在這樣由三股狼群、三個頭狼各領風騷。哪股狼群是這次圍獵的勝利者，哪股狼群就應該是未來狼群的主力。從這個默契出發，斷尾頭狼決不會率眾去幫助命主敵鬼，因爲實際上牠們並不希望自己的同類取得對多吉來吧的勝利。地球上的生存法則就是這樣，你首先不是跟你的敵人爭搶，而是跟你的同類爭搶。現在，不希望勝利的已經勝利，斷尾頭狼和牠的狼群就更需要沈默了。

沈默之後就是離開，牠們要遠遠地離開，而且已經邁開了步子。但是且慢，情況好像正在發生變化，有一群野獸正在朝這邊跑來，轉眼就近了，都可以看到牠們沿著膨脹起來的硬地面扭曲奔跑的姿影了。

牠們是黑耳朵頭狼率領的狼群。牠們一來就直奔帳房，聞出十二個孩子還在裡面，就把帳房擠擠蹭蹭地圍住了。

斷尾頭狼發出了一陣狗一樣的吠鳴，告訴自己的狼群先別走，你看你看牠們居然要搶了；還要警告黑耳朵頭狼不要胡來，誰付出了慘重的代價，食物就應該屬於誰。

斷尾頭狼的叫聲突然變得尖銳起來，彷彿是對自己人的慫恿：我們為什麼要放棄呢？走啊，走啊，別人能搶，我們也能搶啊。牠叫著，率領自己的狼群撲了過去。

這是什麼意思？我們在這裡前仆後繼地打，憑什麼你們要來搶肉吃？帳房南面的狼群裡，首先做出反應的是命主敵鬼，牠爛了屁股，裂了胯骨，疼痛得都走不成路了，卻還在那裡用嗥叫指揮著牠的狼群：打敗多吉來吧並不是最後的勝利，吃掉十二個孩子才是最後的勝利，快啊，快去吃掉啊。

但是命主敵鬼這次指揮絕對是一個失誤，牠的狼聽到了牠的聲音，就都把頭抬了起來，包括那兩匹健壯的公狼。

兩匹健壯的公狼已經朝著多吉來吧的喉嚨齜出了鋼牙，眼看就要扎進去奮力切割了，突然抬起頭，跳起來，在頭狼不斷嗥叫的催促聲中，朝著帳房奔跑而去。

圍繞多吉來吧的所有狼都朝著帳房跑去。牠們以為多吉來吧已是盤中之餐，吃完了人還可以回來再吃牠，哪裡會料到，對方天生是一隻九死一生的藏獒，難以想像的艱難早在牠的童年時代就已經給牠的生命鍛造出了難以想像的皮實堅韌，死裡逃生對牠來說不過是一次尋常經歷。

多吉來吧睜開了眼睛，看到身邊沒有一匹狼，便站了起來。牠這一站，抵抗命運的意志、廝鬥搏殺的能量就又回來了。因爲牠看到帳房居然是完好無損的，甚至連門也是原來的樣子。環繞著帳房擠滿了狼，狼們正在自相殘殺，說明帳房裡的十二個孩子依舊安然無恙。

多吉來吧大義凜然地走了過去，張著大嘴，齜著虎牙，噴吐著由殺性分泌而出的野獸的黏液，豎著鮮血的重量壓不倒的頭毛、鬃毛和身毛，旁若無狼地走了過去。這時候牠並不主動出擊，只是用牠的磅礴氣勢、牠的熊姿虎威震懾著群狼。牠高昂著大頭，微閉了眼睛，似乎根本就不屑於瞅狼群一眼，只用一身驚心動魄的創傷和依然滴瀝不止的鮮血蔑視著狼群，健步走了過去。狼群讓開了，按照多吉來吧的意志給牠讓開了一條通往帳房門口的路。

多吉來吧站在了帳房門口，面對著厚重的原野和漫天傲慢的飛雪，巍然獨立著，凝神不動。

三股狼群依然糾纏在一起，不打出個一佛升天二佛出世絕不罷休。

但是透過雪簾能看清多吉來吧的狼已經不打了，斷尾頭狼和黑耳朵頭狼以及牠們身邊那些健壯聰明的狼也已經不打了。命主敵鬼忍著傷痛，蹭著積雪爬過來，對自己的狼群拚命嗥叫著。狼們聽明白了，不光牠這股狼群的狼，所有的狼都聽明白了：死屍復興了，活鬼出現了，大敵當前，狼跟狼就不要死掐了。那個藏獒是咬不死的嗎？有了咬不死的藏獒，咱們狼就別想活著了。

狼們突然安靜下來，互相張望著，一會兒又開始走動，回到各自的群落中去了。一片寂靜，什麼聲音也沒有，就連狼的喘息也消失了。除了風雪的腳步聲，還在颯颯地爬過天地的縫隙。

多吉來吧依舊巍巍然屹立著，心裡比遠方的冰山還要明白：狼群在密謀，在愈蓄愈多的仇恨的推動下，醞釀著一種前所未有的集體殘暴，群起而攻之的時刻又要來到，更加艱難殘酷的打鬥就要開始了。

悄悄地，狼群動蕩起來。斷尾頭狼帶著牠的狼群從帳房東面包圍過來，黑耳朵頭狼帶著牠的狼群從帳房後面包圍過來，屬於命主敵鬼的狼群從帳房南面包圍過來。這就是說，在堅固而悠久的野性和生存需要的推動下，從來沒有同心協力圍殺過獵物的三股狼群，現在要一起出擊了。這樣的出擊並不意味著彼此配合，互相關照，但牠們絕對會一起撲向這隻比世界上最凶猛的野獸還要凶猛一百倍的藏獒，一起撲向牠們既定的目標——帳房裡毫無反抗能力的十二個孩子。

多吉來吧仰天長喘了一口氣，感覺到那種從未有過的巨大危險已經從天上地下降臨，看了看鬣毛上的黃色經幡，不由自主地邁開了步子。

牠疲倦地走著，走著，張著大嘴，吐著舌頭，沿著帳房緩慢地走了一圈，然後就跑起來。牠其實已經跑不動了，但作為曾經是飲血王黨項羅剎的多吉來吧，牠就是要在極端的困厄之中超越自己的能力和體力。牠環繞著帳房跑了一圈，又跑了一圈，似乎就要這樣跑下去了，直到把渾身的鮮血全部灑落在環繞著帳房的雪地上。

紅了，紅了，鮮血把帳房圈起來了，那是浩浩大雪淹沒不掉的藏獒之血，是堵擋狼群撲向十二個孩子的防衛之血。

狼們愣怔著，四面八方的三股狼群三百多匹狼形成了一個巨大的愣怔，星星一樣密集的狼眼呆望著多吉來吧環繞帳房的奔跑。本來牠們可以從任何一個地方衝過去，撕裂帳房，撲到孩子們跟前，但是牠們沒有。牠們對這樣一隻剛猛無比的藏獒有著與生俱來的敬畏，或者牠們喜歡沈浸在愣怔之中，喜歡把愣怔演化成非凡的耐心，等待一個更加適合撲咬的機會。

這個機會終於被斷尾頭狼首先捕捉到了，那一刻，就在牠的前面，多吉來吧打了個趔趄。一個驍勇得超過了激雷超過了蠻力金剛的藏獒，一個有萬夫不當之勇的英雄，差一點摔倒在血色燦爛的雪地上。斷尾頭狼立刻嗥叫了一聲，向自己的狼群發出了準備撲殺的命令。

多吉來吧愣了一下，馬上挺住了，牠穩了穩身子，也穩了穩意識，歪頭舔了舔那條依然飄搖不止的黃色經幡，再次頑強而蹣跚地跑起來。這次牠跑進了帳房，牠知道自己已經到了幾乎無血可流的地步，再也沒有力氣用魔鬼似的跑動來威懾狼群了，只能來到孩子們身邊，用最後的堅韌和剛猛咬死第一個也是最後一個敢於把牙刀齜向孩子們的狼。

牠臥在餓得沒有一點熱量和力氣的平措赤烈身邊。平措赤烈睜開眼睛看了看牠，吃驚地想問：你怎麼進來了，外面是不是太冷了？但是他問不出來，張張嘴，又把眼睛閉上了。而他摟著取暖的狼崽卻依然沈睡在他的懷抱中，做著那個似乎永遠做不完的美夢：斷尾頭狼死掉了，阿爸阿媽和一直撫養著牠的獨眼母狼活過來了，牠們輪番在牠身上舔著，舔著。

帳房嘩啦嘩啦響起來，先是斷尾頭狼率領自己的狼群越過了獒血淋漓的防衛線，從帳房門口魚貫而入。接著黑耳朵頭狼的狼群和命主敵鬼的狼群也都撲了過去，一個個奮勇爭先地趴在帳房上，用利牙撕咬著牛毛擀製的帳壁帳頂，撕咬著支撐帳房的幾根木杆。

帳房爛了，接著就塌了，密密麻麻的狼影烏雲一般覆蓋過去。孩子們驚恐萬狀地喊起來，但已經晚了，多吉來吧死命掙扎著咬起來，但已經無濟於事了。

3

小母獒卓嘎帶著父親躲閃著虛浮陷人的雪坑雪窪，順利來到了碉房山最高處的西結古寺。父親來到照壁似的嘛呢石經牆前，聆聽著從一片參差錯落的寺院殿堂上面傳來的勝樂吉祥鈴的聲音，趕緊趴倒在勻淨的積雪中，一連磕了好幾個等身長頭。

父親從來沒有通過某種儀式把自己變成一個虔誠的藏傳佛教信徒，但他知道每一個寺院外的藏民到了這裡都會這樣做，所以他也就這樣做了。他堅信這樣做是有好處的，吉祥如意會永遠陪伴著他，就好比一個出生在西結古草原的孩子，用不著拿任何宗教義理來啓蒙他，他天然就是一個把靈魂和肉體交付於信仰的皈依者。

父親磕了頭，繞過嘛呢石經牆，來到自己曾經住過的僧舍前。推開門看到裡面沒有人，便走向了經幡獵獵的大經堂。大經堂裡還是沒有人，也沒有一盞點亮的酥油燈，黑乎乎地空曠著，似乎連沿牆一周的七世佛五方佛八大菩薩都滅燈走人了。父親忍不住喊了一聲：「阿卡

（喇嘛），阿卡，我來了，我是寄宿學校的漢扎西，我來了。」沒有人回答，他又走向了環繞著大經堂的護法神殿，走向了辛饒米沃且大殿和雙身佛雅布尤姆殿，不斷地喊著，還是沒有人回答。

父親奇怪了，趕緊走向大醫王佛殿。心想藏醫尕宇陀不會不在吧？他喊著：「藥王喇嘛，藥王喇嘛你快出來。」不大的佛殿裡，也是一片原野般的空曠，只有七朵蓮花的法座上，一手捧著藥缽一手撚著無病花葉的青藍色的藥師佛，在戶外雪光的映照下，寂寞地散發出一片清寒的琉璃之光。

父親頂著風雪繼續往前走，路過了活佛的僧院和別的一些殿堂，也沒有看到人影和祭神的燈影。他打著冷戰，愣怔在那裡：偌大一座寺院，怎麼一個人也沒有？甚至也沒有一隻狗，那些盛氣凌人的寺院狗都跑到哪裡去了？進入寺院後一直跟在父親後面的小母獒卓嘎突然跑到了父親前面，叫了幾聲便往前走，不斷地回過頭來，用眼睛招呼著：走啊，我知道人在哪裡，我帶你去找人啊。

父親跟了過去。他們繞過飄著經旗、護衛著箭叢的八座佛塔，來到西結古寺最高處的密宗札倉明王殿前。父親從門縫裡瞅進去，果然看到裡面搖晃著幾襲紅色袈裟，丹增活佛的身影在唯一一盞酥油燈昏暗的燈光下顯得十分模糊，好像都不是人，而僅僅是影子了。父親推門走進去，立刻就有人喊起來：「漢扎西來了。」

五個喇嘛圍住了父親。他們都是老喇嘛，他們望著父親，眼睛裡都有一種突如其來的純淨而希冀的光芒，這樣的光芒只會出現在這樣的時刻：大災難來臨了，微不足道的草原人除了更加強烈地倚重神佛，還希望倚重在他們看來無所不能的外來的漢人。老喇嘛頓嘎眼裡的光芒似乎更加熠亮，用殷切到有點諂媚的口氣說：「漢扎西你是來救我們的嗎？聽說天上會掉下吃的來，你看見吃的了？你有吃的了？」

父親打了個愣怔，他萬萬想不到，神佛的寺院，他一心求助的對象，倒來搶先求助於他了。

他神情木然地朝著老喇嘛頓嘎搖了搖頭，走向盤腿打坐的丹增活佛，想告訴這位活在人間的救苦救難的神：「我是找吃的來了，丹增活佛你可千萬不要吝嗇，多接濟我們一些，寄宿學校已經三天沒吃沒喝了。誰知道大雪災還會持續多久？十二個孩子和多吉來吧的飯量大著呢，還有我，我也得吃啊。更要緊的是，藥王喇嘛得跟我走一趟，他去了念一遍《光輝無垢琉璃經》，用一點豹皮藥囊裡的藥，達娃就會好起來，我的學生就一個也不會死了。」

但是父親最終什麼也沒說，因爲打坐念經的丹增活佛這時站了起來，對他嚴肅地點了點頭說：「寄宿學校沒有吃的了，碉房山下的牧民沒有吃的了，野驢河部落的牧民、整個西結古草原的牧民，都沒有吃的了，很多人來到寺院找吃的，我說了，你們等著，我給你們好好念經。我已經念了一天一夜的《吉祥焰火忿怒明王咒》和《獨雄智慧不動明王咒》。念著念著你就來了，你來了好啊，你去後面的降閻魔洞裡看看，一魔洞的人，他們都吃的是什麼。」父親問道：「他們吃的是什麼？」丹增活佛不回答，只是催促著：「去吧去吧漢扎西，你是個遠來的漢菩薩，你去魔洞裡，對那裡的人念一遍六字真言，再念一遍七字文殊咒，你的使命就完成了，你就可以回到學校去了。」他看父親站著不動，就推了一把說：「趕快去吧，你離開了學校，你和學校就都是危險的，夏天死了一個孩子，秋天死了一個孩子，再要是死了孩子，漢菩薩就不是漢菩薩，寄宿學校就不是寄宿學校了。」父親說：「爲什麼？」丹增活佛手摸念珠，閉上了眼睛，也閉上了嘴。

在老喇嘛頓嘎的帶領下，父親和小母獒卓嘎一前一後去了。

果然就有一魔洞的人，都是野驢河流域臨近碉房山的牧民，他們千辛萬苦來到西結古寺企求溫飽，到了以後才知道，寺裡的佛爺喇嘛們包括藏醫尕宇陀和鐵棒喇嘛藏扎西七天前就分散到草原上救苦救難去了。爲了在大雪原上找到受困的牧民，他們帶走了所有的寺院狗，也帶走了大部分吃的和燒的，只給留守寺院的幾個佛爺喇嘛留下了三天的食物。如今三天的食物已經吃乾喝光，可是預期中早就應該走開的雪災不僅不走，反而愈來愈嚴重了。牧民們來到之後，丹增活佛熄滅了殿堂裡的所有酥油燈，只在明王殿馬頭明王和馬頭明王的正身觀世音菩薩的神像前留下了小小的一盞。這是必須的一盞，是爲了祈請天佛之尊，趕快摧破這皚皚無邊的寒冬之魔的天燈，天燈不滅，他那顆靜猛剛軟的活佛之心就能變成乘風之龍，悲行於世界了。丹增活佛帶著幾個老喇嘛，親自動手把熄滅了的酥油燈裡殘剩的酥油一滴不剩地取出來，分發給了來寺院的牧民：「吃吧，吃吧，也就這一點點不至於讓你們餓死的聖油了。」完了他就讓牧民們去了降閻魔洞，寺院裡已經沒有取暖的牛糞羊糞了，而降閻魔洞卻是冬暖夏涼的。丹增活佛說：「你們向降閻魔尊禱告啊，向十八尊護法地獄主禱告啊，向火焰沖天的大五色曼荼羅禱告啊，禱告一萬遍，吃的喝的就來了，渾身上下就暖和了，西結古草原，不，整個青果阿媽草原的大雪災就走了。」

父親來到降閻魔洞的時候，裡面的所有牧民都在禱告。他看不清他們，只聽到抑揚頓挫的聲浪從漆黑如墨的魔洞裡傳出來，就像一個巨大的蜂房正在嗡嗡鳴響。父親頓時受到了感染，摸進去，按照丹增活佛的吩咐，大聲念誦了一遍六字真言：唵嘛呢叭咪吽。又念誦了一遍七字文殊咒：嗡啊喏吧咂吶嘀。跟在他身後的小母獒卓嘎「汪汪汪」地叫起來，似乎牠也受到了感染，也要用經咒為自己求得吉祥平安。

父親害怕黑暗中那麼多人不小心把小卓嘎踩了，趕緊彎腰抱起了牠，心說走了走了，我得趕緊回到學校去了，你給我帶路吧小卓嘎，咱們爭取天黑前趕回學校。

父親抱著小母獒卓嘎匆匆離去。他並不明白丹增活佛讓他來降閻魔洞看看祈禱食物的牧民，他有點往歪裡想：丹增活佛你沒有必要讓我來這裡，我就是看不到這些饑寒中禱告的牧民，也完全相信你的話，寺院裡真的沒吃的了，但凡有一點點，你也會給我的。父親愈想愈絕望，打著冷戰，用藏話說：「哪兒都沒有吃的，到底怎麼辦哪？總不能讓孩子們活生生餓死吧？」

走在前面帶路的老喇嘛頓嘎說：「漢扎西連你都不知道怎麼辦，那我們就更不知道了。」父親不無埋怨地說：「我不知道是應該的，丹增活佛怎麼能不知道呢？他可是唯一一個能讓我看見他呼吸的神。」老喇嘛頓嘎不願意父親埋怨一個他所尊崇的活佛，生氣地說：「你這個漢扎西，你不要這樣說嘛，丹增活佛已經念過經了，馬頭明王是聽經的，就算他不知道，明王也會告訴他。」父親認真地問道：「明王告訴他什麼了？」老喇嘛頓嘎眼睛一暗，痛苦地搖搖頭說：「我也不知道啊。」

兩個人說著，密宗札倉明王殿到了。

父親放下小母獒卓嘎，進去向丹增活佛告別。丹增活佛神情冷峻地說：「漢扎西你說寄宿學校裡除了學生還有誰？多吉來吧？岡日森格不在你那裡？領地狗沒有一隻在你那裡？怪不得我的預感不好了，愈來愈不好了。我想念一遍默記在心的《八面黑敵閻摩德迦調伏諸魔經》，可是怎麼也想不起來了，這可不是好兆頭啊。」父親聽著，心裡一驚，身子不禁哆嗦了一下，抬腳就走。

丹增活佛緊跟了幾步說：「我聽到天上的聲音了，上午和中午都有嗡嗡的響聲，漢扎西你聽到了嗎，天上的響聲？」他看父親搖著頭，又說：「要是再傳來一次響聲，我就可以抓住它了，我想用火抓住它，你知道火從哪裡來嗎？」父親不明白他在說什麼，問道：「你抓住什麼呀？什麼火從哪裡來？」丹增活佛欲言又止，望了望塞滿雪花的天空，朝父親揮了揮手：「走吧，走吧，你趕快回學校去吧，我的心是跳的，已經跳到嘴裡頭了。」

父親要走，丹增活佛又一把抓住他，問了一個莫名其妙的問題：「西工委的人不會現在就回來吧？」父親揣測著寄宿學校裡十二個孩子和多吉來吧現在的情形，著急得不想回答，支吾了幾聲，走人了。丹增活佛跨前幾步，一直目送著他，不停地念誦著祝福平安的經咒。

風大雪狂，遮住了聲音，也遮住了視線，很快父親就看不見身後的密宗札倉明王殿，更看不見雖然拿不出吃的來但依然被人信賴著的丹增活佛了。

丹增活佛這個時候跪了下來，用一種誰也沒有聽到過的聲腔，悲切憂戚地喊起來：「慈悲的觀世音、智慧的妙吉祥、威武的秘密主啊，我要燒了，我要燒了，我要把明王殿燒掉了，只要天上再出現聲音，我就要燒了。三怙主看到了，漢扎西看到了，眾生有情正在受難，餓殍就要遍地了，屍林就要出現了，我是不得不燒啊，馬頭明王、不動明王、金剛手明王，你們乘願而來，如今就要隨火升天了。」喊著，他哭起來，一個早已超越了俗世情感的佛爺，一個以護渡眾生靈魂為己任的高僧，在大雪災的日子裡，面對他就要一把火燒掉的明王聖殿和那些木質的明王神像，失聲痛哭。

他身邊的幾個老喇嘛面面相覷：怎麼了？我們的佛爺怎麼了？

4

還是小母獒卓嘎在前面帶路，他們沿著來時的方向，朝山下走去。突然父親摔倒了，他走得很急，沒踩到小卓嘎踩出來的硬地面上，一腳插進浮雪的坑窩，便沿著山坡一路滑下去。小母獒卓嘎連滾帶爬地撲過來，從後面一口咬住了他的衣服，蹬直了四條腿，使勁往後拽著。牠當然是拽不住的，自己跟著父親往下滑去。父親回頭看了一眼，喊道：「小卓嘎你鬆開我，快鬆開我。」小母獒卓嘎就是不鬆口，滾翻了身子也不鬆口。

幸好碉房山的路是「之」字形的，父親滑到下面的路上就停住了。他回身一把抱起小母獒卓嘎，疼愛地說：「小卓嘎你這麼小，出生還不到三個月，怎麼能拽得住我呢？以後千萬別這樣，如果下面是懸崖，會把你拖下去跟我一起摔死的。」小卓嘎不聽他的，這樣的嘮叨在牠看來絕對多餘。牠是一隻藏獒，牠天生就是護人救人的，這跟年齡大小沒什麼關係。牠掙扎著從父親懷裡跳到地上，晃著尾巴飛快地朝前跑去。

前面是一座碉房，碉房的白牆上原來糊滿了黑牛糞，現在牛糞已經沒有了，只剩下了幾面和雪色一樣乾淨的白牆。但在父親的語言裡，它仍然是西結古工作委員會的牛糞碉房。父親望著小母獒卓嘎，喊了一聲：「別亂跑，回來。」小卓嘎「汪汪汪」地叫著不聽他的。父親突然愣住了，意識到小卓嘎不是在亂跑，牠很可能聞到食物的味道了。又想起剛才丹增活佛那個莫名其妙的問題：「西工委的人不會現在就回來吧？」活佛的這句話肯定不是隨便問的，很可能是想提醒他：如果西工委的人不回來，牛糞碉房裡的吃的就不一定留著了。

牛糞碉房裡真的會有吃的？

父親知道，西工委的班瑪多吉主任和兩個工作人員半個月前就離開西結古草原去了州府。走的那天，路過寄宿學校時，班瑪多吉主任下馬來到了帳房前，他一邊摸著孩子們的頭，一邊對父親說：「以後就好了，以後我們會給寄宿學校蓋教室的，教室比帳房好。帳房太小了，有了教室，再拉上電燈，那就是天堂啦。天堂不點酥油燈，酥油燈太暗了，看不清書上的字。」父親說：「真的要蓋教室？什麼時候？」班瑪多吉說：「等我們草原變成極樂世界的時候。」父親「哎喲」了一聲說：「那是不是要用金子銀子蓋教室了？」父親聽丹增活佛說起過極樂世界，那是一片超出三界外的佛國淨土，是阿彌陀佛獻給眾生的一個到處都是金宮銀殿的地方。班瑪多吉認真地說：「很有可能，不光是金子銀子，還有琉璃牆、珊瑚磚、瑪瑙地、琥珀瓦。」父親哈哈一笑，指著班瑪多吉主任說：「你可不要吹牛！」班瑪多吉一臉正色地說：「央「亂懷疑，我們是吹牛的人嗎？」說罷牽馬就走，突然又回過頭來，盯著帳房大聲問道：「

金卓瑪呢？我怎麼沒見央金卓瑪？」父親說：「央金卓瑪十天才來一趟，你要是想喝她送來的酸奶子，我去給你拿。」班瑪多吉主任呵呵地笑著說：「她的酸奶子就不喝了，要喝就喝不酸的奶子。」說著縱身跨上鞍韉，打馬而去。

父親尋思，如今雪災了，班瑪多吉主任他們肯定回不來了。他們在牛糞碉房裡生火做飯，不可能一點吃的也不留下吧？

小母獒卓嘎經過牛糞碉房下面的馬圈，沿著石階走到了人居前，衝著厚實的門，又是用頭頂，又是用爪子摳。父親用手撥拉著石階上的積雪，幾乎是爬著走了上去，發現門是上了鎖的，那是一把老舊的藏式銅鎖，鎖得住門板，鎖不住想進去的人——他知道草原上的鎖都是樣子貨，從來就不是為了真正意義上的防盜防賊，人們習慣於把財產的安全交給藏獒，而不是什麼銅鎖鐵鎖。再說西結古草原幾乎沒有什麼盜賊，要有也只是極個別的盜馬賊盜牛賊，而不會是入室行竊的賊。

父親先是用手掰，凍僵了的手使不出力氣來，只好用腳踹。冬天的銅是鬆脆的，踹著踹著鎖齒就斷了。小母獒卓嘎搶先跑了進去，徑直撲向了竈火旁邊裝著糌粑的木頭匣子，然後激動地回過頭來，衝著父親「汪汪汪」地呼喚著。父親用同樣激動的聲音問道：「真的有吃的呀？」一撲過去，嘩地一下打開了木頭匣子。

糌粑啊，香噴噴的糌粑，居然還有半匣子。好啊，好啊，父親的口水咕咚咕咚往肚裡流著，小母獒卓嘎的口水滴答滴答往外淌著。好啊，好啊，父親和小母獒卓嘎都已經好幾天沒吃東西了，都有一種把頭埋進木頭匣子裡猛舔一陣的欲望。但是誰也沒有這樣做，當父親想要舔的時候，看到小母獒卓嘎以克制的神態冷靜地坐在那裡；當小母獒卓嘎想要舔的時候，也看到父親以克制的神態冷靜地坐在那裡。

他們兩個就這樣互相觀望著，感染著，一動不動。父親突然決定了：這糌粑自己不能吃，一口也不能吃，要吃就和孩子們以及多吉來吧一起吃。他望著小母獒卓嘎，捏起一小撮，遞到了小母獒卓嘎的嘴邊。小母獒卓嘎頓時伸出舌頭，舔了過來，但牠沒有舔在父親的手上，而是舔在了地上，地上灑落了一小點，那是幾乎看不見的一小點。小卓嘎知道，要是不舔進嘴裡，那肯定就浪費了。

接著，小卓嘎做出了一個讓父親完全沒有想到的舉動，那就是假裝不屑一顧地走開。父親看著牠毅然轉身，邁步離去的身影，眼淚差一點掉下來。多好的小藏獒啊，出生還不到三個月，就這麼懂事兒。

父親揉了揉眼睛，把那一小撮糌粑擱到鼻子上聞了聞，小心翼翼地放回了匣子，然後關好匣子蓋，抱起來就走。還沒走出門去，就想到了丹增活佛。活佛其實早就意識到牛糞碉房裡可能還有吃的，但他沒有讓一個牧民或者一個僧人來拿，自己也沒有來拿。因爲他總覺得西工委的人隨時都會回來，他們回來吃什麼？丹增活佛能想到別人，別人就不能想到丹增活佛？

父親這麼一想，就知道這糌粑自己是不能全部帶走的。他又把木頭匣子放下，到處翻了翻，找出一個裝酥油的羊皮口袋，用一隻埋在糌粑裡的木碗把糌粑分開了。羊皮口袋裡是多的，木頭匣子裡是少的，少的自己帶走，多的送給西結古寺。要緊的是，誰去送呢？父親覺得自己是不能去了，他必須趕快回到十二個孩子和多吉來吧身邊去。丹增活佛說他預感不好，父親的預感也不好，愈來愈不好了。他喊起來：「小卓嘎，小卓嘎。」

小母獒卓嘎沒有走遠，就在石階下面等著父親。父親拎著羊皮口袋，站在門口說：「你說怎麼辦小卓嘎，我們兩個恐怕得分開了。」突然又意識到，讓這麼小的一隻小藏獒把糌粑送到西結古寺幾乎是不可能的，便歎口氣說：「你太小了，你不行啊，要是你阿爸岡日森格或者你阿媽大黑獒那日在這裡就好了，要是我能把多吉來吧帶在身邊就好了。」

小母獒卓嘎仰起面孔，認真地聽著父親的話，這是牠第二次聽到父親在牠面前提起這幾個牠熟悉的辭彙：阿爸岡日森格、阿媽大黑獒那日和多吉來吧。牠再一次準確地意識到：父親在想念牠的阿爸和阿媽以及多吉來吧，自己應該去尋找牠們，先找到阿爸和阿媽，再找到寄宿學校那個冷漠傲慢不理人的大個頭的多吉來吧。

小母獒卓嘎要走了，告別似的朝著父親叫喚了一聲。父親看著牠，不知道怎麼辦好。一陣寒風吹來，他一陣哆嗦，羊皮口袋從凍硬的手裡掉到地上，順著石階滾了下來，眼看就要滾到雪坡下面去了。小卓嘎忽地跳起來，撲過去一口咬住。

小卓嘎看父親還在門口立著，便叼起羊皮口袋，放在了第一層石階上，然後自己跳上去，再叼起羊皮口袋，放在了第二層石階上。就這樣，牠叼一次上一層，最終把羊皮口袋叼到了父親腳前。父親驚呆了：這是誰教牠的？牠不僅是有力氣的，也是有辦法的，牠這樣的藏獒幹什麼不成？

父親蹲下來，摟著小母獒卓嘎，親熱地舔了舔牠冰涼的鼻子說：「現在只能靠你了小卓嘎，你把糌粑，送到西結古寺，交給丹增活佛，知道嗎？西結古寺，丹增活佛。」父親把羊皮口袋放到牠面前，指了指山上面，山上面什麼也看不見，整個寺院都處在雪罩霧鎖之中。父親又說了一遍，又指了指山上面，小卓嘎好像懂了，一口叼起了羊皮口袋。

小母獒卓嘎走了，牠叼著羊皮口袋，幾乎是翻滾著來到了石階下面，抖了抖身上的雪，回望了一眼父親，吃力地邁動步子，走了。父親戀戀不捨地目送著牠，直到牠消失在雪霧中，才毅然回身，抱著裝糌粑的木頭匣子，踏雪而去。

父親沒走多遠就離開了路，他想順著雪坡滑下去，滑下去就是野驢河邊，比走路快多了。他坐在地上，朝下輕輕移動了幾米，然後就飛快地滑起來。

滑呀，滑呀，揚起的雪塵就像升起了一堵厚實的牆，父親什麼也看不清楚，只覺得雪濤托舉著他，一股向下的力量推動著他，讓他騰雲駕霧一般毫不費力地運動著。突然他看清楚了，看清楚了身邊眼前的一切，發現自己已經不知不覺改變了滑翔的路線，來到面前的不是野驢河邊平整的灘頭，而是一個巨大的看不見底的雪坑。他來不及刹住自己，「哎喲」一聲，便一頭栽了下去。

第五章　活佛與小藏獒

1

已經晚了，來不及援救了，獒王岡日森格用悲慘的叫聲表達了牠極其複雜的情緒：對自己的失望與指責，對狼群的憤怒與仇恨。牠追上了大灰獒江秋邦窮一行，然後帶著領地狗群風馳而來，一刻不停，幾乎累死在路上。但還是晚了，帳房已經坍塌，死亡已經發生，狼影已經散去，什麼也沒有了，保護的對象沒有了，撕咬的對象也沒有了。

嗚嗚嗚的哭嚎響起來，迴蕩著，是獒王和所有領地狗對人類死亡的悲悼，也是對藏獒自身的檢討：多吉來吧，你是最最勇敢頂頂凶猛的藏獒，你怎麼沒有保護好寄宿學校？學校的孩子死了，而你自己卻活著。

多吉來吧還活著，牠活著是因爲狼群還沒有來得及咬死牠，獒王岡日森格和領地狗群就奔騰而來了。狼群倉皇而逃，牠們咬死了十個孩子，來不及吃掉，就奪路而去了。牠們沒有咬死達娃，達娃正在發燒，而牠們是不吃發燒的人和動物的。牠們本能地以爲發燒是瘟病的徵兆，吃了發燒的人和動物，自己就會染病死掉。但不知爲什麼，狼群也沒有咬死平措赤烈，平措赤烈是唯一一個沒有發燒而毫髮未損的人。

平措赤烈坐在血泊中瑟瑟發抖，他被瘋狂的狼群咬死同伴的情形嚇傻了，沒有眼淚，沒有聲音，只有極度的恐怖深陷在黑汪汪的眸子裡。面對著跑來救命的領地狗群，他只管呼呼地哈著白氣，似乎忘了懷裡依然摟抱著那個用來取暖的狼崽。

狼崽乖覺地閉著眼睛，似乎也閉住了呼吸。牠知道所有的狼已經離開這裡了，離開的時候牠本來是要跳出人的懷抱跟牠們去的，想了想又沒去。去了就是死啊，斷尾頭狼一定會咬死牠，這個咬死了牠的阿爸阿媽，咬死了一直撫養牠的獨眼母狼的惡魔，不咬死牠是不罷休的。

牠不想死，當牠意識到自己如果進入別的狼群也難免一死的時候，就假裝不知道狼們正在撤離，留在了平措赤烈的懷抱裡。牠已經想好了，只要三股狼群一跑遠，牠就跳出人懷，離開這裡，去野驢河邊那個阿爸曾經跟牠嬉戲、阿媽曾經給牠餵奶的地方。那兒有牠出生的窩，還有阿爸阿媽埋藏起來的食物。

可是牠沒想到，三股狼群還沒有跑遠，許許多多藏獒和藏狗就來了。牠蜷縮著身子一動不動，心裡的害怕就像一隻鳥飛進了一個黑暗的深洞，愈飛愈深，深到地獄裡去了。好在獒王岡日森格和領地狗群早已是淚眼汪汪，牠們沈浸在極度的自責和悲憤之中，根本沒有心思走到平措赤烈身邊來，仔細看看他懷裡揣的是什麼東西。狼崽還活著，在牠以爲自己馬上就要死掉的時候，牠吃驚地意識到自己居然還活著。

到處都是帳房的碎片，被咬死的十個孩子橫七豎八地躺在地上。積雪是紅色的，有紫紅色和深紅色，也有淺紅色，偌大一片積雪都被染紅了，整個雪原整個冬天都被染紅了。獒王岡日森格一個一個地看著死去的孩子，不斷地抽搐著，都是牠認識的孩子啊，他們怎麼就死在狼牙之下了呢？悼亡的悲哀和失職的痛苦折磨得獒王幾乎暈過去。牠趴下去，再站起來，接著又趴下去，都不知道如何立足，不知道自己還是不是藏獒了。

略感欣慰的是，牠沒有看到牠的恩人——寄宿學校的校長漢扎西，沒看到就好，就說明他還活著。可是活著的漢扎西現在到底在哪裡呢？獒王岡日森格臥下來哭著，站起來哭著，後來又邊聞邊哭。狼群留下來的味道濃烈到刺鼻刺肺，牠一聞就知道來到這裡的狼至少有三百匹，怪不得多吉來吧傷成了那樣，爬都爬不起來了，連眼睛都睜不開了。

多吉來吧知道自己還活著，也知道獒王帶著領地狗群來到了這裡。但牠就是不睜開眼睛，牠覺得自己是該死的，那麼多孩子被狼咬死了，自己還活著幹什麼。快死吧，快死吧，無邊的大地、飽滿的天空，每一片雪花都是牠的恥辱。一隻藏獒，要麼死在勝利的血泊中，要麼死在失敗的恥辱中，反正是不能苟活，不能在無臉見江東父老的時候還去見江東父老，所以牠閉著眼睛，一直閉著在血水裡浸泡著的眼睛。

獒王岡日森格甩著眼淚，四處走動著，好像是在視察戰場，清點狼屍，一邊清點一邊佩服著：不愧是多吉來吧——曾經的飲血王黨項羅剎，孤膽對壘，單刀爭衡，竟然殺死了這麼多狼，十五匹，二十匹，那邊還有五六匹。牠邊數邊走，漸漸離開了寄宿學校，沿著狼群逃遁的路線，咬牙切齒地走了過去。

根據三種不同的氣味，岡日森格已經知道來到這裡的是三股狼群，三股狼群都朝著同一個方向逃跑了。牠們是西結古草原上野驢河流域的狼群，牠們從來不會出現在一個地方，今年怎麼都來到了寄宿學校？是大雪災的原因嗎？不是，不是，好像不是，往年也有大雪災，往年牠們可都是各自為陣，從來不遠離自己的領地。

獒王岡日森格加快了腳步。大灰獒江秋邦窮和大力王徒欽甲保，還有黑雪蓮穆穆和小公獒攝命霹靂王，用同樣的速度跑過去，幾乎同時超過了獒王。獒王用眼神鼓勵著牠們：跑啊，跑啊，誰首先追上狼群，誰就是好樣兒的。江秋邦窮和徒欽甲保頓時像利箭一樣奔躍而去。

領地狗群新的一輪奔跑又開始了，湧蕩胸間的大悲大痛讓牠們已經顧不得長途奔馳的疲倦，顧不得去尋找獒王的恩人漢扎西，也顧不得去撫慰重傷在身的多吉來吧和恐怖未消的平措赤烈。報仇的衝動、雪恨的欲望，鼓動著牠們，就像冬天鼓動著暴風雪，所向披靡地流淌在無邊的雪原上。牠們抱定了一拚到底的決心，攢足了滅敵殺狼的力量，一個個狂奔狂叫著：狼群在哪裡？兇手在哪裡？風雪正在告訴牠們：就在前面，和牠們相距十公里的地方。

要消除十公里的距離，對獒王岡日森格和領地狗群來說並不輕鬆，因為狼群也在奔跑。狼群知道，有仇必報的獒王必然會帶著領地狗群追攆而來，就把逃跑的路線引向了野驢河以南的煙障掛。那兒是雪線描繪四季的地方，是雪豹群居的王國，那兒有一條迷宮似的屋脊寶瓶溝。狼群唯一能夠逃脫復仇的辦法，就是自己藏進溝裡，而讓雪豹出面迎戰領地狗群。

獒王岡日森格很奇怪：這麼大的草原，四通八達的西結古，三股狼群聚集到寄宿學校共同咬狗吃人，已經不好解釋，朝著一個方向共同逃跑，就更不可思議了。一定有一個不可抗拒的原因，迫使牠們不得不違背狼界的習慣，去做一件連牠們自己都不知道結果好壞的事情。到底是什麼原因呢？獒王岡日森格一直奇怪著，又尋思這樣也好，要是三股狼群逃往三個不同的地方，那還得一股一股地收拾，等你咬殺了這一股，再去尋找另一股，說不定人家早就不見蹤影了。

岡日森格步態穩健地奔跑著，漸漸超過了跑在牠前面的黑雪蓮穆穆和小公獒攝命霹靂王，又超過了跑在最前面的大灰獒江秋邦窮和大力王徒欽甲保。牠不時地朝後看看，每看一次都會放慢一回腳步，等著後面的隊伍全部跟上來。

領地狗群已經十分疲倦了，連續的打鬥和連續的奔跑讓牠們又累又餓，體力嚴重下滑，生理上的每一種需要都在提醒牠們：必須即刻找個地方好好吃一頓，美美睡一覺。但使命是至高無上的驅動，藏獒藏狗的天然稟賦不允許牠們放棄追逐。讓狼群咬死了那麼多孩子，就已經算是徹底的丟臉徹底的失職，如果再放棄報仇那就等於是「活死人」了。藏獒是世界上最不願意成爲「活死人」的那種動物。牠們即使頃刻死掉，也不會在仇恨面前保持沈默，爲了狼的殺性永遠是牠們保持生命活力的原始基因。

獒王岡日森格始終保持著最快的速度，牠是奔跑的聖手，是藏獒世界裡的「神行太保」。牠也有點累，但不要緊，四條腿上勁健的肌肉每一棱每一絲都是力量的息壤。牠跑著，不時地抬頭看看四周，就像欣賞風景那樣，神態怡然地瀏覽著雪色的山原和漫天的飄風驟雪，不時地從胸腔裡滾出一陣雷鳴般的叫聲。那彷彿是宣言，是早已有過的祖先對狼的宣言。

領地狗群的前面，被追逐的狼群並沒有因爲聽到了獒王的宣言而亂了陣腳。黑耳朵頭狼率領自己的狼群跑在最前面，下來是斷尾頭狼的狼群，最後是命主敵鬼的狼群。

被多吉來吧撲成重傷的命主敵鬼已經跟不上自己的狼群了，殿後的這股狼群暫時沒有頭狼，但牠們的逃跑一點也不凌亂。大狼在前，母狼和小狼在中間，所有的老狼和一些壯狼跑在最後面。老狼是用來做出犧牲以延緩追剿的，壯狼是用來和強勁的追敵拚死一搏的。狼是這樣一種動物，在一個群體裡，牠們有自相殘殺的習慣，又固守著協同作戰、共同抵禦外敵的規矩。誰先死，誰後死，誰該死，誰不該死，似乎是早已由狼群法則確定好了的。

煙障掛已是遙遙在望，狼群放慢了移動的速度，漸漸停了下來。先是黑耳朵頭狼的狼群停了下來，接著是斷尾頭狼的狼群停了下來。命主敵鬼的狼群好像不想停下來，卻被紅額斑公狼用嚴厲的叫聲喝止住了。紅額斑公狼屬於斷尾頭狼的狼群，但這一路卻時刻關注著命主敵鬼的狼群的行動，並不時地衝牠們吆喝幾聲，告訴牠們要這樣不要那樣，好像要代替受了重傷而沒有跟上來的命主敵鬼履行頭狼的職責似的。所謂狼子野心啊，從來就是迫不及待的，是不會掩飾的。

三股狼群靜靜地等待著，這裡是屋脊寶瓶溝溝口巨大的覆雪沖積扇，再往前，就是渾渾莽莽的雪線，就是雪豹的王國了。過早地靠近迷宮似的屋脊寶瓶溝，雪豹的攻擊就會對準狼群，等領地狗群到了再衝進屋脊寶瓶溝，雪豹的攻擊就是藏獒而不是狼了。真的會這樣嗎？黑耳朵頭狼認爲肯定會這樣，斷尾頭狼認爲也許會這樣，想取代命主敵鬼成爲頭狼的紅額斑公狼認爲未必會這樣。但不管是怎麼認爲的，這都是狼的想法，藏獒是怎麼想的，獒王岡日森格是怎麼想的呢？

獒王岡日森格和牠的領地狗群已經看到煙障掛了。煙障掛就像牠的名字那樣，即使在大雪紛飛的日子裡，那山脈高聳的脊頂上，也是煙蒸霧繞的。這煙氣讓岡日森格驀然明白，牠們已經進入了一個危機四伏的地方。牠放慢腳步走了一會兒，漸漸停下了，回頭望了一眼領地狗群，突然臥了下來，似乎是說：休息吧，大家都累了。喘氣不迭的領地狗們紛紛臥了下來，馬上就要打鬥了，的確需要休息片刻。

獒王尋思，這裡是雪豹的王國，領地狗群從來沒有進犯過這裡，根本不是雪豹對手的狼群也不可能進犯這裡，可爲什麼狼群把牠們帶到了這裡呢？過於明顯的意圖讓牠在心裡哼哼直笑：狼真是小看領地狗群了，好像我們都是傻子，根本就不知道闖入雪豹王國的厲害。我們怎麼可能和雪豹打起來呢，又不是雪豹咬死了寄宿學校的孩子。藏獒從來不會跑進別人的領地跟人家胡亂咬殺，我們的復仇也從來不是漫無目標的。走著瞧吧，看到底雪豹會跟誰打起來。

獒王起身，抖了抖渾身金黃色的獒毛，威武雄壯地朝前走去。牠要行動了，要發揮自己的聰明才智，讓雪豹代替領地狗群去爲西結古草原死去的孩子報仇雪恨了。

2

領地狗群轉眼離去了，平措赤烈依然枯坐在血泊中。他已經不再發抖，傻呆呆的臉上漸漸有了表情，那是悲戚，是噴湧的眼淚糊在臉上的痛苦和驚悸。狼崽這時睜開了眼睛，發現摟著牠的那雙手已經離開牠，正在一把一把地揩著眼淚，便悄悄地挺起身子，小心翼翼地爬出了平措赤烈的懷抱，又爬到了他身後。狼崽停下來四下看了看，感覺腥風血雨正在撲面而來，受不了似的趕緊轉過臉去，飛快地跑了。

狼崽一口氣跑出去了兩百米，翻過一座低矮的雪梁又停了下來。牠辨別著牠要去的地方：

野驢河上游的方向在哪裡？那個阿爸曾經跟牠嬉戲、阿媽曾經給牠餵奶的狼窩在哪裡？牠轉著圈翹起小鼻子呼哧呼哧聞著，覺得四面八方都是野驢河的氣息，就不知道往哪裡走了。牠徘徊著，發現不遠處的雪丘上突然冒出了一雙眼睛正在牢牢地盯著牠。那是一雙狼眼，狼被雪花蓋住了，變成了一座雪丘，只露出一雙黃色的眼睛毒箭似的閃射著。狼崽渾身一陣哆嗦，驚怕地轉身就走。

雪丘動蕩著，銀裝紛紛散落，狼站了起來，用一種喑啞短促的聲音叫住了狼崽。狼崽停下了，回過身去，警惕地望著狼。狼一瘸一拐地走過來，看狼崽害怕地後退著，就晃了晃腦袋，似乎是說：我知道你是誰，你是斷尾頭狼的人，但斷尾頭狼不喜歡你，想要吃掉你是不是？你不要害怕，牠已經跑遠了，這個地方只有我，我不會吃掉你的。狼崽點了點頭，表示相信牠的話，撲騰著眼睛奇怪地問牠：你在這裡幹什麼？你爲什麼不跑？那麼多藏獒剛才來過了，你不害怕牠們咬死你？

狼挪了挪身子，把屁股上的血跡亮給了狼崽，好像是說：我的屁股負傷了，我的胯骨斷裂了，我是一匹傷殘之狼，我怎麼跑啊？說著又朝狼崽靠近了些。狼崽這才看清楚，牠就是那匹名叫命主敵鬼的頭狼，也是一匹分餐了牠的義母獨眼母狼的狼。牠嚇得連連後退，就要逃開，卻聽命主敵鬼聲音哀哀地乞求起來：你不要把我撇下，我就要死了，明天就要死了，我想死在野驢河的上游我自己的領地，你能不能帶我去啊？狼崽猶豫著：我爲什麼要帶你去野驢河的上游？野驢河的上游在哪裡連我自己都不知道。命主敵鬼用鼻子指著說：就在那邊，那邊，你到我跟前來，我告訴你。狼崽說：你已經告訴我是那邊了，我爲什麼還要走到你跟前去？

狼崽朝著野驢河上游的方向走去，命主敵鬼跟上了牠。牠們一前一後慢騰騰地走著。狼崽雖然害怕跟牠在一起，但更害怕孤獨，更害怕別的野獸，就不時地停下來，等著一瘸一拐的命主敵鬼。命主敵鬼對牠很客氣，每次看牠停下來等自己，就殷勤地點點頭，全然沒有了頭狼那種悍然霸道的樣子。這讓幼稚的狼崽感到舒服，心裡的害怕慢慢消散了。

牠們走了差不多一天，隨著黑夜的來臨，狼崽和命主敵鬼之間的距離漸漸縮小著，眼看就要挨到一起了。

命主敵鬼不禁在心裡獰笑起來：得逞了，得逞了，自己立刻就要得逞了。狼崽是食物，而且是唯一的食物。命主敵鬼知道自己傷勢很重，已經失去了捕獵的能力，如果不能想辦法把食物騙到自己嘴邊，就只能餓死了。

幼稚的狼崽哪裡會想到這些，牠那失去依靠的心靈期待著的不就是一匹大狼嗎？蒼茫的雪原蒼茫的日子裡，有一匹和藹可親的大狼陪伴著自己，比什麼都踏實。

牠們繼續互相靠近著。狼崽還不知道，自己在命主敵鬼眼裡早就不是一匹狼崽，而是一堆嫩生生的鮮肉了。命主敵鬼正在咧嘴等待，只要狼崽再靠前半步，哦，半步。

3

小母獒卓嘎其實已經很累很累了，一離開父親的視線牠就放下了羊皮口袋。牠坐在地上喘息著，直到力氣重新回來，才又叼起羊皮口袋朝碉房山上走去。父親說過，好的藏獒，優秀的喜馬拉雅藏獒，自尊心都很強，一般不願意在主人面前顯出無能來。任何時候，任何事情上都不會有承擔不起的樣子。要是成了孬種，首先不屑的是牠自己。小母獒卓嘎作為岡日森格和大黑獒那日的後代，繼承了父母身上最優秀的品質，聰明勇敢，吃苦耐勞，心理穩健，而且早熟，出生還不到三個月，就已經擔負起大藏獒的責任了。但小卓嘎的體力畢竟是孩子的體力，而且是女孩兒的體力，拖著疲倦饑餓的身軀，叼著沈重的羊皮口袋，行走在積雪覆蓋的上山的路上，牠停下來休息的次數愈來愈多了。

每一次停下來，小卓嘎都要把兩隻前爪搭在口袋上，流淌著口水，聞一聞糌粑散發出來的香味。牠要是人，一定會說：真想吃一口啊。但牠不是人，也就比人更自覺地信守著一隻藏獒的承諾：把糌粑送上西結古寺，送到丹增活佛面前。至於牠自己的饑餓，那是不能用咬開口袋吃掉糌粑來解決的，儘管藏獒跟藏民一樣喜歡吃炒熟的青稞磨成的糌粑。

小母獒卓嘎幻想著像阿爸岡日森格和阿媽大黑獒那日那樣，勇敢地撲向野物填飽肚子的情形，愈來愈艱難地沿著山路往上移動著。停下來多少次，就要重新起步多少次，終於不起步了，也就到達西結古寺了。這時候，牠已經累得挺不起腰來。趴在地上，呼哧呼哧喘息著，似乎再也起不來了。而牠面前的羊皮口袋，除了完好無損之外，還結了一層厚厚的冰，那是小母獒卓嘎的口水，牠把自己的口水都流盡了。

西結古寺最高處的密宗札倉明王殿的門前，就要黑下去的天色裡，五個老喇嘛圍住了小母獒卓嘎，大眼瞪小眼地互相看了看，不知道牠怎麼了。老喇嘛頓嘎問道：「你為什麼回來了？漢扎西呢？你不給他帶路他怎麼回寄宿學校去？」小卓嘎不吭氣，牠連「汪」一聲的力氣都沒有了。老喇嘛頓嘎蹲下身子愛憐地摸了摸牠，又捧起羊皮口袋聞了聞，驚叫一聲：「糌粑。」起身走向了丹增活佛。

丹增活佛一直在念經。他很少跪著念經，但這次他跪下了。不是塌著腰坐在腿上的那種舒服一點的跪法，而是抬起屁股直起腰，低頭用天靈蓋頂著佛菩薩的神光和護法明王的肅殺之氣，卯足了精氣神的那種跪法。這樣的跪法對他凍餒已極的身體無異於上刑。他咬牙堅持著，從嘴裡迸出來的經文瓷實得就像磚窯裡燒過了一般，那是《明王悲願經咒》，明王們的悲願就是在大災大難中護持眾生有情。既然這樣，那你們就升天吧，你們的升天是最好的護持。

丹增活佛已經決定放火燒掉明王殿了。念經的意思就是虔心告知列位明王他們必須化爲灰燼的理由，再就是等待天上的聲音。他預感到那聲音天黑以後就會出現，一旦出現，大火就會燒起來，明王殿就要煙消雲散了。

丹增活佛看了一眼老喇嘛頓嘎捧在手裡的羊皮口袋，又回頭看了看肚皮貼著地面趴在地上的小母獒卓嘎，意識到是父親把牛糞碉房裡西工委的食物送來了，指了指明王殿的後面，揮了揮手。

老喇嘛頓嘎會意地走開了。這時候他沒有想到活佛也是饑餓中的活佛，喇嘛也是饑餓中的喇嘛，就覺得只要有吃的，就都應該是牧民的。他抱著羊皮口袋匆匆走向了明王殿后面的降閻魔洞，一路上情不自禁地嘿嘿笑著，不住地嘮叨：「糌粑來了，糌粑來了，用雪一拌，就是天上的酥油拌著地上的糌粑了。」到了洞口，他把羊皮口袋放到地上，衝裡面說：「出來吧，出來吧，趁著天還沒有黑透，你們把糌粑分掉吧。」

人們湧出了洞口，老喇嘛頓嘎簡單說了糌粑的來歷，害怕自己也分到一口，趕快離開了那裡。

然而降閻魔洞裡的牧民，四五十個饑荒難耐的人，並沒有吃完小母獒卓嘎都能叼起來的半口袋糌粑。他們每個人只是撮了一點點，放在嘴裡塞了塞牙縫，就把剩餘的糌粑送回來了。不是一個人送回來的，是所有人排著隊送回來的。他們把羊皮口袋放到明王殿的門前，一個個跪下了。五大三粗的牧民貢巴饒賽說：「佛爺吃吧，佛爺跟我們一樣也是幾天沒吃東西了。」

丹增活佛走出來，面色蒼白地說：「我要是這個時候吃東西，我還是佛爺嗎？不吃東西的佛爺才是真正的佛爺。你們吃吧，這是漢扎西送給你們的，不是送給我的。」說著，彎腰拿起羊皮口袋，解開袋口的皮繩，抓起一把糌粑遞了過去。所有人都捧起了手。丹增活佛一撮一撮地抓出糌粑，均勻地分給了所有的牧民，也分給了五個老喇嘛。

分到最後，羊皮口袋裡還剩差不多一把糌粑，丹增活佛拿著它走向了趴臥在明王殿門口的小母獒卓嘎。牧民貢巴饒賽知道活佛要去幹什麼，看了看自己手心裡的糌粑，瞪著羊皮口袋說：「佛爺你還是顧顧你自己吧。」丹增活佛搖了搖頭說：「我吃和牠吃是一樣的，這個小藏獒啊，給我們送來了救命的糌粑，牠自己卻快要餓死了。」說著蹲了下去，撫摩著小母獒卓嘎，把手伸進羊皮口袋，摳著底，抓著，抓著。他想多抓一點出來，多餵一點小藏獒，大雪災的日子裡，其實動物比人更需要照顧。

小母獒卓嘎站了起來，牠知道人要給牠餵糌粑了，感激得搖著尾巴，親切地從喉嚨裡發出一陣嗞嗞的叫聲。牠已經看到差不多所有的人都吃到了糌粑，也就不想如同在父親面前那樣假裝不屑一顧地走開。牠仰頭望著丹增活佛，伸出舌頭張開了嘴，一根一根地流著口水。

丹增活佛憐愛地點著頭，正要把抓著糌粑的手掏出羊皮口袋，牧民貢巴饒賽快步走過去，撲通一聲跪下，一把揪住羊皮口袋說：「尊敬的佛爺啊你慢著，慢著，我來給牠餵。」丹增活佛鬆開了手，似乎是爲了把一個做善業的機會讓給貢巴饒賽，趕快起身走開了。但是貢巴饒賽沒有餵，他端詳著小母獒卓嘎說：「我認識這隻小藏獒，牠是領地狗，領地狗是用不著餵的，牠自己會去找吃的。佛爺，佛爺，這一點糌粑還是你吃了吧。」

丹增活佛依然搖著頭。貢巴饒賽站了起來，看到許多人都用驚異的眼光瞪著他，害怕被人搶了似的把羊皮口袋揣進了自己寬敞的胸兜，然後大聲說：「佛爺不吃，那就用它來祭祀帶給我們災難的山神吧，還有我自己的這一點糌粑，都讓我去獻給震怒的怖德龔嘉山神、雅拉香波山神、念青唐古喇山神、阿尼瑪卿山神、巴顏喀拉山神和昂拉山神、礱寶山神吧，還要獻給九毒黑龍魔的兒子地獄餓鬼食童大哭，獻給護狼神瓦恰，讓牠們再不要吃掉我們的孩子。夏天吃掉了一個，他是我的兒子，秋天吃掉了一個，他是我的侄子，已經夠了，夠了，可不能再吃了。」說著他哭起來，他感覺自己是悲慘而崇高的，於是就傷心得淚流滿面，也感動得淚流滿面。

既然是要去祭祀山神以及地獄餓鬼食童大哭和護狼神瓦恰的，就不會有人阻止貢巴饒賽了。貢巴饒賽走了，他朝著遠方的各大山神謙卑地低著頭，在跪拜著的牧民恭敬有加的目光中，帶著羊皮口袋裡差不多只有一把的糌粑，匆匆離開了那裡。

小母獒卓嘎望著貢巴饒賽，先是有點驚訝，接著就很失望。牠年紀太小，還不能完全理解人的行為，心想你們所有人都吃到了糌粑，為什麼就不能給我吃一口呢？阿媽大黑獒那日和阿爸岡日森格可不是這樣，領地狗群中所有的叔叔阿姨都不是這樣，牠們只要找到吃的，總是要先給我一些，哪怕牠們自己不吃呢。小母獒卓嘎委屈地哭了，嗚嗚嗚地哭了。牠是個女孩兒，發現牠對人家好，人家對牠不好，就忍不住哭了。

丹增活佛趕緊走過去，把右手伸到了小母獒卓嘎面前。那隻手是剛才抓過糌粑的手，上面還沾著一點糌粑。小卓嘎看了看那隻手，又抬頭看了看手的主人，滴著眼淚走開了。牠不舔，牠為什麼要舔活佛的手？牠知道活佛跟自己一樣也是一口未吃。牠來到明王殿的門邊，臥下來，歪著頭把嘴埋進鬣毛，思念著阿爸阿媽和領地狗群以及牠覺得對牠不錯的漢扎西，傷心地閉上了眼睛。牠還不知道阿媽大黑獒那日已經死了，一閉上眼睛，立刻覺得阿媽就要來了，就要叼著肥嘟嘟的黑狼獾或者雪鼬來餵牠了。

一股寒烈的風呼呼地吹來。丹增活佛生怕沾在手上的糌粑被風吹掉，舉到嘴邊，伸出舌頭仔仔細細舔著，舔著舔著就僵住了，就像一尊泥佛那樣被塑造在那裡一動不動了。而且脖子是歪著的，耳朵是斜著的，眼睛是朝上翻著的，一副想抽筋又抽不起來的樣子。

所有人都瞪起眼睛望著他：佛爺啊，你怎麼了，總不會是剛才這一陣寒風頃刻把你吹僵了吧？丹增活佛還是不動。老喇嘛頓嘎撲了過去，搖晃著丹增活佛的身軀說：「佛爺啊，你到底怎麼了？」

4

「聽，你們聽。」丹增活佛喊起來。天已經黑了，天一黑地就亮了，一片白亮，亮得似乎一點皺褶、一點雜色也沒有。雪花還在飄灑，好像是由下往上走，波浪一般從地面翻滾到天上去了。「聽，你們聽。」丹增活佛又喊了一聲。

跪在地上的牧民都站了起來，支棱起耳朵聽著，什麼異樣的聲音也沒有，只有風聲雪聲。但僧俗人眾絕對相信丹增活佛是聽到了什麼的，因爲大家都知道他修煉過佛智密集，證悟到了瑜伽一境，聰明的耳朵可以自除暗障，聽得很遠很遠。丹增活佛聽了一會兒又說：「東方來的聲音愈來愈大了，你們好好地聽啊。」說著他轉身走進明王殿，從靠牆的經龕裡拿出了據說是密宗祖師蓮花生親傳的《鄔魔天女遊戲根本續》和《馬頭明王遊戲根本續》，小心揣在懷裡，然後撲通一聲跪下，從右到左最後看了一眼列位明王，猛猛地磕了一個頭，伸直胳膊，輕輕一揮，打翻了供案上唯一一盞酥油燈。

火苗消失了，又突然增大了，不是燈撚的燃燒，而是木頭供案的燃燒。著火了，明王殿裡著火了。

這時老喇嘛頓嘎喊起來：「聽到了，我也聽到了，就在我們的頭頂。」接著一個牧民也說：「聲音，聲音，天上的聲音，嗡嗡嗡的聲音。」所有的牧民都在說：「哦，天上的聲音。」

彷彿聲音就是火焰的驅動，風來了，鑽到明王殿裡頭去了。供案上的火焰乘風而起，朝著明王木質的身軀飛舔而去。木質的身軀是塗了桐油和酥油的，是披掛著經綢和哈達的，見火就著，忽的一聲響，火焰高了，胖了。先是金剛手明王身上燃起了大火，接著是不動明王，最後是馬頭明王。那馬頭明王是畜生道的教主、觀世音的變化，是密宗佛主大日如來的理性體現。祂的正身觀世音菩薩以溫靜慈悲的形態站在祂的身後，搶著把自己燃燒起來了。彷彿燃燒便是涅槃，便是顯示了神像來到人間的因緣。

火焰忽忽地升騰著，高了，高了。丹增活佛退出了明王殿，張開雙臂攔住了撲過來要去救火的牧民和喇嘛：「走開，走開，小心燒壞了你們。」幾個老喇嘛和一堆牧民不聽活佛的，活佛愈關照，就愈不聽活佛的。救火要緊啊，這是寺院的火，是神聖機密的密宗札倉明王殿的火，燒壞了自己算什麼，燒壞了靈佛那可就是天塌地陷了。他們擠著撲著，攔不住他們的丹增活佛只好厲聲喊起來：「退回去，退回去，這裡是咒語王的聖殿，我是咒語王的化身，我要咒你們，你們這些只顧救火不顧命的人啊，我要咒你們。」他喊罷，真的念起了蓮花生大師咒：「嗡叭嘛吧雜日弘。」

這是不常用的咒語，老喇嘛頓嘎首先聽懂了，驚呼著告訴了另外幾個老喇嘛。幾個老喇嘛趕快轉身，跟著活佛張開了雙臂，喊著：「哎喲快快快，快走快走，這裡的火你們救不得，救火的人要吃咒哩。」他們幫著丹增活佛把牧民們攆離了火場，然後走過來，疑惑地圍住了丹增活佛。

丹增活佛說：「明王們要走了，從此就不再陪伴我們了，走吧，走吧，我送你們走吧。」說著眼睛濕潤了。幾個老喇嘛也隨著丹增活佛哭起來，頓嘎撲通一聲跪下說：「可是佛爺，我們為什麼要這樣？」丹增活佛說：「地上沒有火，天上看不到，白茫茫一片的草原，哪兒有人有牲畜啊？我們沒有牛糞，沒有柴草，沒有燔煙，也沒有點燈的酥油，我們拿什麼點火呢？」老喇嘛頓嘎說：「就是非要點火，也不能點著明王殿哪。」丹增活佛說：「我們只能點著明王殿，明王殿是離西結古寺建築群最遠的一個殿。」

幾個老喇嘛仍然不明白，但他們習慣於聽從佛爺的，就又把佛爺的意思用他們的話傳達給了牧民。牧民們一個個跪下了，朝著莫名其妙的火焰磕起了頭。

丹增活佛傷心難抑地喊起來：「馬頭明王走了，走了走了走了，不動明王走了，走了走了走了，金剛手明王走了，走了走了走了。」喊到最後，突然就痛聲大哭。五個老喇嘛也哭了，也是痛聲大哭。情不自禁的哭聲裡，裝滿了撕心裂肺的離愁別緒。

這些明王，這些木質的古老塑像，已經不僅僅是寺院僧眾內心崇拜的偶像了，而是朝夕相處的伴侶，是如影隨形的親人。他們和祂們，天天都是眼睛對著眼睛，共照著一盞燈，共用著一盆水，共有著一種日子。他們用經聲向祂們無休無止地說呀說呀，而這些密宗的本尊大神——恐怖憤怒的明王們卻用機密神聖的沈默，殷勤地首肯了他們的所有祈求。「明」是真言咒語之意，明王就是咒語王。咒語王無聲的咒語，對魔鬼是投槍，對善良的活佛喇嘛卻是無比親切的呼喚。這樣的呼喚如同阿爸阿媽的呼喚，把他們的感情喚走了，把母愛和父愛的溫暖送來了。可是如今，一切都將遠去，去了就不再回來，等到大火熄滅，這裡就什麼也沒有了。

丹增活佛和五個老喇嘛沈甸甸的哭聲蓋過了風雪的肆虐。牧民們也哭了，除了傷別，還有驚怕：天大的事情發生了，眼前的佛爺放棄了保佑，火中的神祇就要離開西結古草原了。隨著火勢的增大，他們哭著，跪在地上往後退著，突然尖叫起來，看到火焰燒著的已不僅僅是幾尊震伏魔怪的咒語王的塑像，而是整個密宗札倉明王殿了。

碉房山上一片火紅，籠罩大地的無邊夜色被燒開了一個深深的亮洞。只見亮洞破雪化霧，拓展出偌大一片清白來。天上嗡嗡嗡的響聲就從這片清白中灑落下來，愈來愈大了。接著便是另一種聲音的出現，就像敲響了一面巨大的鼙鼓，咚的一下，又是咚的一下。丹增活佛喊起來：「不要哭了，不要哭了。」於是大家不哭了，靜靜地聽著。咚的一聲，又是咚的一聲，好像在那邊，碉房山的坡面上。

丹增活佛長舒一口氣，一屁股坐在地上，指著遠方，抖抖索索地說：「去啊，你們快去啊，有聲音的地方。」大家疑惑地看著他不動。他又說：「誰找到有聲音的地方，誰就會得到保佑，去啊，快去啊，你們愣著幹什麼？明王到了天上，就會把福音降臨到人間。」

老喇嘛頓嘎首先反應過來，問道：「佛爺你是說西結古草原有救了？天上掉下來吃的了？」

他看丹增活佛在點頭，就朝牧民們招著手說：「走嘍，走嘍，你們跟我走了。」頓嘎和另外幾個老喇嘛朝山下走去，牧民們滿腹狐疑地跟上了他們，議論著：天上就會掉雪，什麼時候掉下來過吃的？

丹增活佛看他們走下山去，回頭再次望著火焰沖天的明王殿，突然打了個愣怔，喊起來：「小藏獒呢，那隻給我們送來糌粑的小藏獒呢，怎麼不見了？」沒有人回答，都走了，連明王殿裡的金剛手明王、不動明王、馬頭明王以及馬頭明王的正身觀世音菩薩都已經隨火而去了。

丹增活佛直勾勾地盯著密宗札倉明王殿的門邊，門邊的地上，就在剛才，委屈壞了的小母獒卓嘎滴著眼淚歪著頭，把嘴埋進鬣毛，傷心地趴臥著。可是現在，那兒正在燃燒，一片熊熊烈火把小卓嘎趴臥著的地方裹到火陣裡去了。

丹增活佛忽地站起來，撲向了火陣，撲向了被大火埋葬的小母獒卓嘎。

第六章　獒王大戰寶瓶溝

1

當獒王岡日森格想到辦法讓雪豹去爲十個死去的孩子報仇的時候，同樣的辦法也出現在了大灰獒江秋邦窮的腦子裡。江秋邦窮疾步過去，想把自己的想法告訴獒王，卻見岡日森格也朝自己快步走來。

兩隻藏獒碰了碰鼻子，會心地笑了，真是英雄所見略同。獒王岡日森格欣賞地咬了大灰獒江秋邦窮一口，用甩頭踱步的姿勢告訴對方：我去前面攔住狼群，不讓牠們進入屋脊寶瓶溝，你帶著大家從後面追趕，一定要迫使狼群跑上煙障掛的雪線。雪線是雪豹王國的界線，只有越過了這個界線，才能引來雪豹的攻擊。大灰獒江秋邦窮汪汪地叫著，好像是說：獒王你多帶幾隻領地狗去吧，畢竟狼太多太多，連多吉來吧都被牠們咬得半死不活了。

獒王岡日森格本來是打算帶幾隻藏獒去的，聽大灰獒江秋邦窮這麼一說，就斷然決定一隻藏獒也不帶。我是西結古草原的獒王，我怎麼可能不如多吉來吧呢？牠被咬得半死不活，不等於我也會被咬得半死不活。牠豪氣十足地走來走去，哼哼哼地叫著，那是說：還是讓我去單打獨鬥吧，如果我不能一個人把狼群堵擋在屋脊寶瓶溝外面，我就不做獒王了。說著抬腿就走，突然又回來，審視著江秋邦窮，再次和牠碰了碰鼻子，獒王說：江秋邦窮你聽著，在西結古草原的領地狗群裡，我下來就是你了，萬一我出了事兒，萬一我一個人沒有把狼群堵擋在屋脊寶瓶溝外面，你就要多多承擔責任，你就是獒王。江秋邦窮嚇得朝後一跳，渾身的獒毛抖顫著說：你是在嘲笑我吧偉大的獒王？我一沒有你的智慧，二沒有你的勇敢，三沒有你的威望，我要是能當獒王，所有的領地狗就都是獒王了。岡日森格眼睛裡充滿了對同伴的溫情，信任地用鼻子指著牠：聽我的江秋邦窮，你是一隻了不起的藏獒，你不能太小看自己。

這時大力王徒欽甲保走了過來，嫉妒地望了一眼大灰獒江秋邦窮，用一種沈鬱不爽的眼神詢問獒王：你們在說什麼？爲什麼還不出擊？

獒王岡日森格也用眼神簡單回答著牠：你們聽江秋邦窮的，牠讓你們什麼時候出擊你們再出擊。說罷轉身迅速離開了那裡。牠無聲地奔跑著，在朦朧雪幕的掩護下，沿著沖積扇的邊緣，低伏著身子，繞過狼群，來到了屋脊寶瓶溝的溝口。

屋脊寶瓶溝是一道佈滿風蝕殘丘的溝，也就是雅丹地貌。奇妙的是，所有的殘丘都是一種造型，就像聳立在寺院殿堂脊頂上的金色寶瓶，組成了一片望不到邊際的迷宮，不光地形複雜，連能夠傳遞味道的風也是東南西北亂吹亂跑的。狼群只要進入迷宮，就會消失得無影無蹤。

獒王警覺地站在聳立溝口的第一座寶瓶前，溝裡溝外地觀察了一番，然後飛快地刨深了一個雪窪，跳進去藏了起來。

這時在狼群的後面，大灰獒江秋邦窮已經帶著領地狗群及時衝了過去。狗的吠鳴響成一片，揚風攪雪的集體奔馳讓雪原變成了一片沸騰的海，沙啦啦的喧囂就像狂風裡的潮水奔著高岸洶湧而去。三股狼群動蕩起來，按照一路跑來的次序逃向了屋脊寶瓶溝。

溝口兩側的雪線上，錯落疊加著許多如牛如象的冰石雪岩，一片累累凹凸的潔白之上，什麼也看不到，看不到雪豹的影子，看不到生命的任何跡象。但是奔跑的狼和追攆的藏獒都很清楚，雪豹是不會忽略任何闖入者的，牠們一定躲在冰石雪岩的縫隙裡，驚訝地望著狼群和狗群的到來，隨時準備跳出來和闖入者廝殺一番。

所有的狼都知道，牠們必須在雪豹準備廝殺而沒有廝殺的瞬間，躲進屋脊寶瓶溝，否則不僅不會達到引誘雪豹襲擊領地狗群的目的，反而會陷入被雪豹和藏獒前後夾擊的局面，那樣就完了，就死無葬身之地了。狼群瘋狂地奔跑著，馬上就要到了，屋脊寶瓶溝的溝口就像一個巨大的佛掌，伸展而來，只要跳上去就能安全脫險。但是狼群沒想到，安全脫險在離牠們只有一步之遙的時候，突然消失了。

獒王岡日森格從雪窪裡猛地跳了出來，狂叫一聲，疾撲過去，準確地撲向了跑在最前面的黑耳朵頭狼。黑耳朵頭狼大吃一驚，剎又剎不住，躲又躲不開，一頭撞進了岡日森格的懷抱。

岡日森格搖晃著頭顱，牙刀一飛，頓時在狼臉上劃出了一道深深的血痕。黑耳朵頭狼慘叫一聲，以頭狼的敏捷滾倒在地，滾向了自己的狼群。

狼群呼啦啦停下了，瞪著自己的頭狼，也瞪著從天而降的獒王岡日森格。岡日森格龍騰虎跳，閃爍不定，一次次的撲擊使牠變成了一股忽東忽西的金色電脈，誰也不知道牠會射向哪裡。轉眼之間，七匹大狼滾倒在地了，有死的，有傷的，也有不等對手撲過來就提前倒地的。

但死傷幾匹狼並不能說服狼群放棄目標，隨著黑耳朵頭狼一聲聲的催促，狼群又開始朝前奔跑。

獒王岡日森格像一隻貓科動物，敏捷地跳向了溝口的高地，兩股陰寒的目光探照燈似的掃視著衝鋒而來的狼群。突然轉過身去，用屁股對著白花花的狼牙，朝著屋脊寶瓶溝寶瓶林立的溝腦，用發自肺腑的聲音咕嚕嚕地叫起來。這是藏獒招呼同伴的聲音，誰都聽得出來，狼也聽得出來，而且格外敏感。衝鋒而來的狼群急煞車似的停下了，傳來一片哧哧聲，蹭起的雪粉一浪一浪地沖上了天。高地上的岡日森格沖著空洞無物的屋脊寶瓶溝激動地搖著尾巴，那穿透力極強的聲音變得親切而柔情，好像許多領地狗，那些早就埋伏在屋脊寶瓶溝裡的激動而好戰的藏獒，正在朝牠跑來。

好厲害的領地狗群，居然早就算計好了狼群的逃跑路線。反應最快的是已經受傷的黑耳朵頭狼，牠把劃出深深血痕的狼臉埋進積雪中蹭了蹭，然後嗥叫一聲，跳起來就跑。既然獒王親自帶著藏獒在這裡設伏，那就絕對不可能進入屋脊寶瓶溝了，不如搶佔先機，趁雪豹還沒有反應過來，逃出這個很可能要被前後夾擊的危險境地。黑耳朵頭狼一跑，牠的狼群跟著牠跑起來。牠們沿著溝口東側風中顫動的雪線，儘量和那些隱藏著雪豹的冰石雪岩保持著距離，一路狂顛而去。

緊跟在牠們身後的是斷尾頭狼的狼群。斷尾頭狼早就看到了出現在屋脊寶瓶溝溝口的獒王岡日森格，也正在懷疑是否有重兵埋伏。一看前面的狼群改變了方向，馬上意識到黑耳朵頭狼已經把最危險的處境留給了牠們，現在自己的狼群首當其衝，既暴露在獒王的伏兵面前，又暴露在雪豹的覬覦之下。牠心裡憤憤不平：好陰險的黑耳朵，往屋脊寶瓶溝逃跑的時候，你搶在最前面，現在遇到了埋伏，卻要把我們亮出來承擔危險。不行，絕對不行，你們能逃跑我們也能逃跑，看誰跑得快。斷尾頭狼帶著牠的狼群，以分道揚鑣的姿態，沿著溝口西側風中顫動的雪線，躲開那些雪豹藏身的冰石雪岩，一路風馳而去。

現在，暴露在獒王岡日森格面前的就只有命主敵鬼的狼群了。這是一股失去了頭狼之後還沒有來得及產生新頭狼的狼群，是一股被一匹野心膨脹的紅額斑公狼視爲麾下之卒的狼群。牠們停了下來，一瞬間有些茫然：是跟著黑耳朵頭狼的狼群往東跑，還是跟著斷尾頭狼的狼群往西跑？身後就是緊追不捨的領地狗群，容不得牠們三思而行，得趕快決定。大家互相瞪來瞪去，不知道該由誰來拿主意，誰的主意是最好的。

這時紅額斑公狼嗚哇嗚哇叫起來：聽我的，你們聽我的。牠朝前走了幾步，狠狠地盯了一眼不遠處的溝口高地上威風凜凜的獒王岡日森格，疑惑地用前爪刨弄著積雪：不對啊，兩股狼群都跑掉了，埋伏在這裡的領地狗群怎麼不追？獒王用發自肺腑的咕嚕嚕的叫聲招呼著牠的部下，牠的部下——那些早就埋伏在溝裡的凶悍而霸道的藏獒怎麼一個也不露出溝口？更不好解釋的是，身後追攆而來的領地狗群這麼多，看不出狗員減少的樣子，怎麼可能又會在面前的屋脊寶瓶溝裡冒出一大群藏獒呢？

紅額斑公狼再次嗚哇嗚哇地叫了幾聲：快啊，領地狗群就要追上來了，你們跟著我，往屋脊寶瓶溝裡跑，溝裡沒有埋伏，我保證，溝裡沒有埋伏，只有獒王一隻藏獒。

紅額斑公狼率先跑了過去。命主敵鬼的狼群猶豫著，看到身後追兵已至，便紛紛亂亂地跑起來。跟人群一樣，狼群是由許多個家族組成的，在緊急慌亂之中，在沒有了頭狼，而又不可能絕對信任紅額斑公狼的情況下，每個家族都會做出自己的選擇。有的家族朝東去了，有的家族往西跑了，只有三個家族三十多匹大小不等的狼跟在紅額斑公狼的後面，朝著溝口，朝著獒王岡日森格奔跑而來。

獒王岡日森格吃了一驚：你們不要命了，這麼一點兵力就想衝破我的防線？牠跳下高地，橫擋在了狼群面前，做出隨時都要撲過去的樣子等待著。近了，近了，透過瀰揚的雪片，已經可以看清爲首那匹狼額頭上的紅斑了。先咬死牠，一定要先咬死牠，而且必須一口咬死，讓牠和敢於衝過來的狼都知道，誰忽視了獒王的存在，誰就要流失鮮血，流失牠的性命。

奔跑中的紅額斑公狼從獒王岡日森格的姿勢和眼神裡看到了死神的咆哮，知道再跑前一步就是肝腦塗地，本能地也是智慧地戛然止步。牠身後的三十多匹狼也都停了下來，驚恐地望著岡日森格，又不時地朝後看看。

後面，追攆而來的領地狗群突然分開了。牠們在大灰獒江秋邦窮的指揮下，一部分由牠自己率領，朝東去追攆黑耳朵頭狼的狼群，一部分由大力王徒欽甲保率領，朝西去追攆斷尾頭狼的狼群。照江秋邦窮的意思，只有把狼群逼上雪線，逼到摞上山頂的冰石雪岩上去，才會真正激怒隱藏在石洞岩穴裡的雪豹，引得牠們瘋狂出擊。更重要的是，大灰獒江秋邦窮還記得岡日森格的話——如果我不能一個人把狼群堵擋在屋脊寶瓶溝外面，我就不做獒王了。江秋邦窮以爲作爲獒王，岡日森格是唯一的，誰也不能代替，所以牠不能帶著領地狗群繼續追攆跑向溝口的狼，追急了狼就會瘋跑，三十多匹狼要是不顧死活地往溝裡亂撞，岡日森格說不定就來不及一一堵擋了。

岡日森格看到狼停了下來，又看到領地狗群在大灰獒江秋邦窮的指揮下，兵分兩路去追攆跑向溝口兩側的狼群，不禁微微一笑。牠知道江秋邦窮是爲了牠好，讓牠實現自己的諾言——一個人把狼群堵擋在屋脊寶瓶溝外面。也知道只要牠岡日森格願意，牠永遠都會是西結古草原的獒王。但牠更知道領地狗群中寬厚謙讓的可貴，大灰獒江秋邦窮是寬厚謙讓的，難道牠獒王岡日森格就不應該是寬厚謙讓的？

紅額斑公狼看到後面已經沒有了追兵，膽氣頓時大了一倍，後退著進入身後的狼群，用鼻子碰碰這個又碰碰那個，彷彿是說：一起上，咱們一起上，一起咬死牠，咬死這隻獒王。三十多匹大小不等的狼中有十二匹壯狼，體大身長，凶狠生猛，在草原上也算是風騷卓異的壯士，如果不是跟藏獒比，那也是威武不凡的一代天驕。儘管牠們還不習慣聽從紅額斑公狼的話，但也不會堅決反對，共同的仇恨和共同的求生欲望促使牠們認同地點著頭：對，一起上，只有一起上，才能咬死這隻身爲獒王的藏獒。

十二匹壯狼跟著紅額斑公狼慢騰騰走向了獒王岡日森格，在離對方一撲之遙的地方嘩地散開了，散成了一個半圓的包圍圈。

岡日森格臥低了身子，用鋼錐一樣的眼光一匹一匹地盯著狼，彷彿從鏡子一樣明亮的狼眼裡看到了鮮血淋淋的孩子的屍體。一共十個，十個孩子都死了，都是斷裂的脖子，都是滿身的血窟窿。牠們咬死牛羊馬匹倒也罷了，爲什麼還要咬死人呢？作爲獒王牠饒不了牠們，所有的藏獒都饒不了牠們。咬死牠們，咬死牠們，只要牠們不是一起朝牠撲來，牠就能首先咬死領頭的狼，再一匹一匹咬死別的狼。

獒王岡日森格不希望對手一起撲來，但對手琢磨的恰恰是一起撲過去。也就是說，一旦撲撞發生，就在岡日森格一口咬住一匹狼的同時，另外十二匹壯狼的所有狼牙，也會齊頭並進地扎在獒王身體的各個部位。那是密集的利刀，是切割皮肉的最好武器，獒王就是當場不死，也會因爲滿身的皮開肉綻和失血過多而疼死，氣死，暈死。

岡日森格意識到了危險的程度，朝著顯然是領頭的紅額斑公狼警告似的吼了一聲：你小子注意了，就是我自己死掉，我也要首先咬死你。

顯然獒王的警告沒有起到任何作用，紅額斑公狼撮了撮鼻子，齜了齜牙，身子朝後一傾，招呼自己的同伴：上啊，上啊，我們一起上啊。

2

小母獒卓嘎走了，走的時候牠沒有聲張。牠並不是不知道什麼叫告別，藏獒與藏獒之間，藏獒與人之間，離開的時候，總是要打一聲招呼的。用聲音，或者動作，或者眼神。但這次牠沒有，因爲牠是被丹增活佛突然點著的大火嚇跑的，嚇跑的時候牠把驚叫憋回到了肚子裡。

牠知道那是很丟臉的，一隻優秀藏獒的基本素質之一就是沈穩冷靜，就是無論面對什麼危險都不該發出驚怕恐懼的尖叫，不管牠是大藏獒還是小藏獒。

小卓嘎悄悄跑離明王殿後，就沒有再回去，牠感覺自己又有力氣了，有了力氣就得到處跑一跑，做自己該做的事情。牠一直沒有忘記父親，那個叫做漢扎西的人，幾個小時前給牠說起過牠的阿爸岡日森格和阿媽大黑獒那日，說起過寄宿學校那個大個頭的多吉來吧。牠意識到父親的思念也正是牠自己的思念。牠不可能抑制住自己的思念，一直待在碉房山下的野驢河邊哪兒也不去。更何況牠是一隻以幫助人為天職的藏獒，牠不去找牠們，誰去找牠們？先找到阿媽大黑獒那日和阿爸岡日森格，再找到多吉來吧，告訴牠們：漢扎西想你們了。

其實牠這個時候已經餓得連石頭都想啃了，牠多麼希望待在人的身邊，讓人餵牠一點吃的。但牠又知道人也處在凍餓當中，牠不可以奢求什麼。牠覺得找到阿媽阿爸就好了，阿媽阿爸一看牠的表情就知道牠多長時間沒吃東西了。牠們一定會想辦法搞到吃的，搞不到就會把自己肚子裡的東西吐出來。對牠們來說，就是自己餓死，也得餵飽孩子，這是天經地義的。

就這樣，小母獒卓嘎強忍著冷凍和饑餓，帶著每隻藏獒都會有的被人信任、為人做事的美好感覺，走向了雪野深處。以牠的閱歷和小小年紀，牠決不會想到，凶險的雪野、猙獰的深處，到處都是虎口，死神的眼睛正瞪著牠，在所有的路段，所有的雪丘之巔，設下了擄奪性命的埋伏。而牠的尋找，與其說是尋找親人，不如說是尋找死亡。牠走著，聞著，沿著膨脹起來的硬地面，踏上了一條牠自認為走下去就能見到阿媽阿爸的路，很快走遠了，遠得連碉房山上明王殿的火焰也看不見牠了。

能夠看見牠的是另外一些亮色，是虛空裡飄然而來的陰森森的藍光，藍光一閃一閃的，靠近著牠，突然熄滅了，什麼也沒有了。

黯夜的天空，隱藏了落雪，大地在一塵不染的白色中無極地荒茫著。那些曠世的寂寥，以無聲的恐怖，塞滿了無所不在的空間。唯一的動靜應該來源於狼，但是現在，狼們屏住了呼吸，閉上了眼睛，利用嗅覺摸索著走來，不讓小母獒卓嘎看見和聽見。牠們躡手躡腳，移動著，移動著，九匹荒原狼從兩個方向，朝著一隻束手待斃的小天敵，鬼鬼祟祟移動著。牠們聰明地佔據了下風，讓處在上風的小卓嘎聞不到刺鼻的狼臊，而牠們卻可以聞到小卓嘎的氣息並準確地判斷出牠的距離：一百米了，七十米了，五十米了，牠們匍匐行進，只剩下十五米了。白爪子的頭狼停了下來，所有的狼都停了下來。而迎面走來的小母獒卓嘎沒有停下，牠還在走，懵懵懂懂地徑直走向了白爪子頭狼。

嘩的一下，亮了，雪原之上，一溜兒燈光，都是藍幽幽的燈光，所有的狼眼剎那間睜開了。

小母獒卓嘎倏然停止了腳步，愣了，連脖子上的鬣毛都愣怔得豎起來了。

3

丹增活佛後來說：我沒看見小藏獒離開寺院，要是看見了，一定會抱住牠不讓牠走。是我的疏忽啊，我怎麼可以疏忽一隻給我們送來救命糌粑的小藏獒呢？

老喇嘛頓嘎後來說：可惜大家都沒看見，牠肯定是滴著眼淚悄悄走掉的，牠看到我們大家都吃到了糌粑，就是不給牠吃糌粑，就委屈地走掉了。

父親後來說：都怪我都怪我，我爲什麼要讓小卓嘎獨自去給西結古寺送糌粑呢？要是我一直跟牠在一起，一切就都不一樣了，牠不會遇到狼群，我也不會掉到雪坑裡了。

父親順著碉房山的雪坡滑下去，一頭栽進了一個巨大的看不見底的雪坑。那雪坑雖然看不見底，但並不是沒有底，是因為天地都是白色，坑壁也是白色，坑底也就跟天空一樣深遠了。落底的剎那，雪粉飛濺而起，就像沈重的岩石掉進了水裡。好在坑底的積雪是鬆軟的，栽下去的父親無傷無痛，扒拉著身邊的積雪站起來，什麼也不想，就想找到已經脫手的木頭匣子。

雪光映照著坑底，坑底光潔一片。幾步遠的地方，一個黑色的圓洞赫然在目，一看就知道是砸出來的。父親從圓洞一米多深的地方挖出了木頭匣子，看到裡面的糌粑好好的，這才長舒一口氣，揚起頭朝上看了看。

這是一個漏斗形的雪坑，感覺是巨大的，其實也不大，只有十米見方。坑深是不等的，靠山的一面有十四五米，靠原的一面有七八米。對一個栽進坑裡的人來說，這七八米的深度，差不多是高不可攀的。

父親把木頭匣子放到雪地上，走過去用手摸了摸，發現直上直下的白色坑壁上覆蓋著一層雪，雪裡面是堅固的冰和更加堅固的岩石。這就是說，他很難刨開一條雪道爬上去，至少在這裡是不行的。他沿著坑壁走去，不時地摸一摸，瞪起眼睛看一看。覺得希望不大，便下意識地捋著脖子上的黃色經幡，嘴裡輕聲念叨著：「猛厲大神啊，非天燃敵啊，妙高女尊啊，你們這些大神大仙可要保佑我呀。」這些神祇是他在西結古寺裡朝拜過的，丹增活佛告訴他，祂們原先都是西結古草原喜怒無常、善惡無定的地方神，被護法神吉祥天母和大威德怖畏金剛降伏後成了如意善良的隨護神，祈求祂們是很靈的，佛菩薩、金剛神們管不過來的事情祂們都管。

父親在坑底走了一圈，借著雪光到處看了看，沒發現可以爬上去的地方。只在靠山的一面，十四五米高的坑壁上，看到了一道裂隙。裂隙看上去不足一人寬，彎彎曲曲不知道通向哪裡。裂隙的中間裸露著一片黑色，說明那是土石，有土石就好，就可以踩著往上爬了。

但是父親有點疑惑，那土石怎麼是長了毛的，毛在風中沙沙地抖。父親正要伸手去摸，突然驚叫一聲，發現那不是土石，那是一隻野獸。

野獸爲了不讓人發現自己而瞇起的眼睛倏然射出兩束光芒，照亮了父親。父親一連打了三個寒戰，寒戰未止，那野獸便忽一聲撲過來，一口咬在了父親的肩膀上。父親一個趔趄倒在積雪中，爬起來就跑。可是他能跑到哪裡去呢？他站住了，回過頭去大吼一聲：「什麼東西咬了我？」吼完了他就不怎麼害怕了，就準備面迎攻擊了。父親就是這樣，他和所有人一樣害怕野獸，但他又從來不是一個膽小怕死的人，一想到大不了死掉，他就顯得遇事不慌，處變不驚了。這一點幾乎和藏獒一樣，父親有時候其實就是一隻藏獒。

父親攥起拳頭望著前面，又一次看到了裂隙，看到了裂隙中間的黑色——野獸又回去了，回到了裂隙裡，把自己變成了土石的模樣。父親知道那是狼，狼的眼睛閃著幽藍的光，一波一波的，如針如箭，變成了最陰毒的威脅，正要穿透他的胸膛。

父親尋思：狼怎麼會在這裡？難道和自己一樣，也是掉進來的？掉進來後就出不去了？可見這是一個連狼都跳不出去的地方。人出不去，狼也出不去，這麼一點地方，就等於是在一個窩裡，你不吃掉牠，牠就要吃掉你，真正是你死我活了。父親這麼想著，心裡並不特別緊張，他覺得一個人對抗一匹狼，吃虧的並不一定是人。重要的是人必須拿出膽量來，讓狼感覺到你根本就不怕牠。

父親隔著棉襖揉了揉被狼牙刺傷的肩膀，朝前跨了一步，威懾似的咳嗽一聲，吐了一口痰。狼抖動了一下身子，警惕地瞪視著父親，眼裡的藍光更幽更毒了。父親想，要是我的眼睛也能發光就好了，最好是紅光，火一樣的，一燒起來狼就不敢過來了。

狼似乎馬上看透了父親的心思，跳出裂隙走了過來。牠是歪著身子橫著走的，走得很慢，磨磨蹭蹭的，好像在試探人的反應。父親大著膽子又朝前跨了一步，想把狼嚇回去，沒想到狼不僅沒有停下，反而擺正身子，衝了過來。父親嚇了一跳，正要後退，就見狼又停下了，停在了離他五六步的地方。這才看到在他和狼之間的雪地上，放著那個木頭匣子，狼是衝向木頭匣子的，匣子裡的糌粑被牠聞到了。

狼一邊警惕地瞄著父親，一邊緊張地啃咬匣子。咬了幾下咬不開，就想叼起來回到裂隙裡去。父親瞪起了眼睛，那是十二個孩子的口糧，是多吉來吧的口糧，我都捨不得吃，怎麼能讓你吃！他大喊一聲，不假思索地跑過去，抬腳就踢。狼似乎沒想到父親的反應會這麼勇敢這麼快捷，丟下木頭匣子，忽地轉身，一蹦子跳進了裂隙。好像對牠來說，木頭匣子裡的糌粑並不是非搶不可的，占住裂隙才是最重要的。

父親抱起木頭匣子，退到了緊靠坑壁的地方。站了一會兒，看狼貼在裂隙中一動不動，便疲倦地坐在了雪地上。一坐下就感到奇冷難忍，開始一陣陣地哆嗦。他放下木頭匣子，刨出一個雪窩子坐了進去，感覺好多了，不再哆嗦了。

他想靜下來，琢磨出一個爬上雪坑的辦法，被狼咬傷的肩膀卻又如火如燎地疼起來。他解開棉襖扣子，手伸進去摸了摸，摸到一把又黏又濕的東西。知道自己流血了，趕緊從脖子上的那條黃色經幡上撕下來一綹，紮在了傷口上。他心說，保佑我，保佑我，天佛地神都來保佑我，狼牙是有毒的，達娃中了紅額斑公狼的牙毒，傷口腫了，發著燒昏迷不醒了，你們千萬不要讓我中毒呀。他用手焐了焐凍僵的嘴，使勁念起了經幡上的咒語：「缽邏嗦嚕娑婆柯，缽邏嗦嚕娑婆柯。」

和草原上的牧民一樣，父親是個遇事容易往好處想的樂觀主義者。念了幾遍咒語，心就放下了，就覺得自己已是金剛不壞之身，一時半會兒不會受到惡煞、凝神、非時、夭壽的危害了。父親活動了一下肩膀，感覺已經不疼了，一點也不疼了，好像從此再也不會疼了。

父親坐在雪窩子裡，頭露在外面。爲了不讓嘴陷進疏鬆的積雪，他把木頭匣子支在了下巴上，然後忍著肩膀的疼痛望著十步遠的狼，心裡恨恨的：居然咬了我，要是讓多吉來吧或者岡日森格知道你居然咬了我，那你就沒命了，就是有十個護狼神瓦恰也保佑不了你了。狼你聽著，你是個瘌痢頭我記住了。我一定會告訴牠們是你咬了我，一定會讓牠們咬住你的後頸把你的靈魂憋死在軀殼裡。只要我能出去，我一定要想辦法出去。

父親這麼想著，發現已經看不見狼了。雪又開始紛紛飄落，而且很大，厚重的雪簾拉滿了夜空，兩步之外什麼也看不見。他想這樣下去我會不會被雪埋掉啊？不能這樣坐著，要起來，起來。但他在心裡愈是叫喚「起來」，就愈懶得起來，他很餓，很睏，身上一點力氣也沒有，還有冷，他知道一站起來自己就會哆嗦，哆嗦幾下寒氣就哆嗦到骨頭縫裡去了，那樣他很快就會凍僵，就會凍死。

父親沒有起來，冷凍威脅著他，睏乏纏繞著他。更不妙的是，在雪簾遮去了狼影之後，他由不得自己地漸漸鬆懈了，甚至有一個瞬間他忘記了狼，也忘記了自己爲之負責的十二個孩子和多吉來吧。這樣的忘記直接導致了他的閉眼，一閉上眼睛他就睡著了。雪花在他身上灑著灑著，漫不經心地埋葬著他，很快他就沒有了。漏斗形的雪坑裡，一片皓白，除了那個裂隙，除了那匹狼。

狼跳出了裂隙，牠那雙能夠穿透夜色的眼睛此時穿透著雪花的簾幕，已經看到父親被大雪掩埋的情形了。父親紋絲不動。狼撮著鼻子，齜著牙，鬼蜮一樣走過來，站在了父親跟前。父親的頭就在牠的嘴邊，那已經不是頭了，是一個鼓起的雪包。狼用鼻子吹著氣，吹散了雪粉，吹出了父親的黑頭髮。狼知道，離黑頭髮不遠，那被雪粉依然覆蓋著的，就是致命的喉嚨。狼的肚皮在顫抖，那是極度饑餓的神經質反應。一匹爲了活下去的餓狼，馬上就要把牠與生俱來的凶狠殘暴演繹成利牙的切割了。

而即將被切割的父親一點覺察也沒有，他還在沈睡，甚至有了一陣鼾息。好像在做夢，夢到自己正在吃肉喝酒，面前是一堆篝火，暖烘烘的。多吉來吧臥在自己腳前，獒王岡日森格和大黑獒那日以及牠們的領地狗群環繞在四周。太陽冉冉升起，藍天無比高遠，草新花豔，百靈啁啾，原野奢侈地和平著，寧靜著。央金卓瑪朝他走來，她牽著馱了兩桶酸奶子的大白馬，嘻嘻哈哈地朝他走來。白花花的酸奶子啊，在央金卓瑪的笑聲中變成了享不盡的溫暖和愜意。

狼似乎看到了父親的夢，伸出舌頭，在他那一堆亂草一樣的頭髮上舔了幾下，好像先要舔掉他那美妙如歌的夢，再一口咬向他的喉嚨。

當紅額斑公狼招呼跟隨自己的十二匹壯狼在同一時刻一起舉著牙刀刺向獒王岡日森格的時候，公狼已經做好了首先撲上去犧牲掉自己的準備。在牠看來，用自己的一條狼命換來西結古草原獒王的命，這樣的同歸於盡太合算了。

紅額斑公狼一邊招呼，一邊用碰鼻子的方式一一叮囑十二匹壯狼：當獒王咬住我的時候，你，咬住牠的脖子，你，咬住牠的頭皮，你，咬住牠的右前腿，你，咬住牠的左前腿，你，咬住牠的右肋，你，咬住牠的左肋……你們咬住以後就拚命撕扯，撕爛一切能夠撕爛的，撕掉一切能夠撕掉的。叮囑完了，便喊一聲：上啊，大家一起上啊。然後就義無反顧地撲了過去，所有的狼都撲了過去，從不同的方向撲向了牠們既定的目標。

獒王岡日森格愣了一下：狼群果然採取了自己最不願意看到的極狠極毒的群毆式戰法。面對這樣的戰法，牠不得不退後幾步。就在這退後幾步的時間裡，牠明智地意識到，牠首先應該做到的並不是自己咬住撲來的狼，而是不讓撲來的狼咬住自己。牠迎敵而上，跳了起來，一跳就很高，高得所有的狼都不知道目標哪裡去了。狼們紛紛抬頭仰視，才發現獒王正在空中飛翔，已經和下面的牠們交錯而過。

而對獒王岡日森格來說，真正的能耐還在於和狼群交錯而過的同時，完成了空中轉向的動作。當牠噗然落地的時候，牠面對的已經不是十三匹壯狼那直戳而來的陰寒徹骨的牙刀，而是一片灰色的側影。岡日森格大吼一聲，不失時機地再次跳起，直撲紅額斑公狼。

紅額斑公狼非同小可，就在獒王高跳而起的瞬間，牠就已經知道狼群的這一次進攻失敗了，及至獒王在空中和狼群交錯而過，牠又馬上估計到了側面受敵的危險。藏獒是那種最懂得擒賊先擒王的動物，只要牠們進攻，首先受到攻擊的自然是對方的領袖。不，牠不想承受這樣的攻擊，因爲在牠看來，如果不能換來獒王的死，自己的任何犧牲都是不合算的。牠拚命朝前躥去，一下子躥出了一隻優秀藏獒的撲跳極限。

獒王岡日森格撲到了狼群中間，卻沒有咬住牠想咬的，只好順勢一頂，從肚腹上頂翻了一匹壯狼。一口咬過去，正中咽喉。獒頭一甩，哧喇一聲，一股狼血飛濺而起。接著又是一次撲咬，這一次岡日森格把利牙攮進了一匹壯狼的屁股。壯狼還在朝前奔跑，獒王的拽力和壯狼的拉力一起撕開了屁股上的血肉。壯狼疼得慘叫一聲，趺趺撞撞朝前跑去，一頭撞在了溝口高地下硬邦邦的冰岩上，歪倒在地。

轉眼就是一死一傷，狼群亂了，四散開去。獒王岡日森格停了下來，把叼在嘴裡的一片狼屁股肉吞了下去，然後回到牠應該把守的地方，用滿臉的凶鷙張揚著自己的憤怒，盯著狼群，氣勢磅礴地走來走去。

離獒王二十步遠的地方，紅額斑公狼發出一陣威嚴的叫聲，迅速穩住了狼群。散去的狼群紛紛回來，重新聚攏在了牠身邊。紅額斑公狼和牠們碰著鼻子，告訴牠們：我們還有十一匹精明強悍的狼，絕對的優勢仍然在我們這邊。不要氣餒啊，咬死牠，咬死牠，我們一定會咬死牠。

精壯的狼群做出很受鼓舞的樣子，邁動勁健的步伐，迅速排列出一條弧形的攻擊線，堵擋在了獒王岡日森格面前。攻擊線上居中的和最突出的自然還是紅額斑公狼。岡日森格冷颼颼地望著紅額斑公狼，也像對手那樣琢磨著：咬死牠，咬死牠，我一定要咬死牠。

新一輪打鬥開始了，又是準備做出犧牲的紅額斑公狼首先義無反顧地撲了過去，所有的狼都撲了過去，從不同的方向撲向了獒王岡日森格。這就是說，狼群的戰術沒有變，依舊抱定了最初的企圖：在獒王咬住紅額斑公狼的同時，別的狼迅速咬住獒王，即使不能當場置獒王於死地，也要讓牠在皮開肉綻和失血過多之後疼死、氣死、暈死。

似乎岡日森格也沒有改變戰術，牠狂跳而起，一跳就很高，如同在空中飛翔。吃過虧的狼群突然刹住了，意識到獒王會在空中轉向然後從側後攻擊牠們，便一個比一個迅速地扭轉了身子。但是牠們沒有看到獒王岡日森格的影子，當噗然落地的聲音從牠們側後砸起一陣雪浪時，狼群才發現獒王並沒有像上次那樣在空中和牠們交錯而過，而是高高地跳起之後，又原地落下了。落地的時候，狼群恰好挪開了牠們那陰寒徹骨的牙刀，來到岡日森格嘴巴前面的，又是一片灰色的側影。

咬啊，盡情地咬啊，想咬誰就咬誰。獒王岡日森格鍥而不捨地直撲狼群中間的紅額斑公狼。

紅額斑公狼立刻意識到進攻又一次失敗了，牠們的敵手不愧是獒王，不僅有超凡的勇猛，更有超凡的智慧。牠就像上次那樣，拚命地朝前躥去，以一匹最優秀的狼的逃竄速度，離開了獒王的撲咬距離。沒有撲到紅額斑公狼的岡日森格，借慣性撲翻了另一匹壯狼，一口咬在了後頸上。狼的後頸是護狼神瓦恰寄住的地方，也是狼的靈魂逃離軀殼的通道，獒王岡日森格不讓護狼神瓦恰寄住，也不讓狼的靈魂逃離，只讓粗大的血管激射出一股狼血刺進了牠的喉嚨。獒王舒暢地咽了一口，又咽了一口，然後從狼身上跳起來，撲向了另一匹離牠最近的黑脊毛壯狼。

狼散了，除了那匹黑脊毛壯狼被獒王壓在粗壯的前爪之下，正在將死而未死之間掙扎之外，別的狼都踢雪而去。但是所有的狼都沒有跑遠，牠們轉身從不同的方向看著黑脊毛壯狼被獒王岡日森格咬死的慘景，悲憤地齊聲嗥叫。叫著叫著，牠們走到了一起，是紅額斑公狼再一次把牠們召集到了自己身邊。有一匹狼在紅額斑公狼面前不安地跑來跑去，似乎在詢問：到底怎麼辦？紅額斑公狼陰森森地瞪了牠一眼，哈著白霧告訴牠：你說怎麼辦，總不能就此跑掉吧，我們還有九匹壯狼，優勢還在我們這一邊。然後又用昂頭向敵的姿勢對大家說：絕對不能放棄，也許就在下一刻，我們就能咬死獒王了。

獒王岡日森格從死狼的血泊中抬起了頭，喘了一口氣，輕蔑地望著九匹壯狼哼哼了一聲：又湊到一起幹什麼，還不快跑啊？兩個回合就死了四匹狼，你們都不想活了？回答牠的是狼群對抗到底的決心，九匹狼排成了兩列縱隊，一隊四匹狼，兩隊的中間靠前是紅額斑公狼。紅額斑公狼還是一副不犧牲掉自己不罷休的架勢，帶著兩列縱隊，一步比一步沈穩有力地走了過來。

岡日森格一邊深長地呼吸著雪沫濡染的空氣，一邊研究著狼群進攻的隊形，呼啦啦地搖了搖沾滿狼血的鬣毛。牠知道狼群的隊形對自己非常不利，牠既不能像第一次那樣跳到側面攻擊狼群，也不能像第二次那樣採用原地跳起的辦法，到底怎麼辦？牠突然把身子一擺，朝一邊跑去。

獒王岡日森格跑向了另一個方向，那兒站立著另一群狼，牠們是跟著紅額斑公狼準備衝進屋脊寶瓶溝的三個狼家族的其他成員，是不能參加惡戰的母狼、弱狼和幼狼。牠們憂心如焚地觀看著壯狼們的打鬥和犧牲，根本想不到岡日森格會朝自己奔撲而來。牠們愣了，反應最快的母狼趕緊護住了幼狼，嗷嗚嗷嗚地叫起來，這是叫給壯狼們聽的，意思是我們危險了，我們危險了。

紅額斑公狼吃驚地望著岡日森格，正在琢磨這個獒王想要幹什麼，就見身邊所有的壯狼都朝獒王跑去，試圖阻攔牠對母狼、弱狼和幼狼的襲擊。排好的兩列縱隊頓時散亂了，壯狼們個個爭先恐後，生怕晚一步自己的妻子兒女就會慘死在獒王的牙刀之下。紅額斑公狼一屁股坐在地上，沮喪地大叫一聲：完蛋了，這一個回合又要失敗了。牠深知藏獒的習性，尤其是作爲獒王的藏獒，在沒有消滅強大的壯狼之前，根本不可能去撲咬那些對獒王絲毫沒有威脅的母狼、弱狼和幼狼，獒王的舉動必定有詐。

岡日森格一看壯狼們不顧一切地朝自己跑來，心裡釋然而笑，要的就是你們這樣。牠放慢了速度，突然轉身迎著壯狼們撲了過去。沒有隊形和沒有指揮的壯狼，在獒王岡日森格眼裡，不過是一群倒楣蛋。牠騰蛟起鳳，電閃雷鳴。一連撲倒了五匹壯狼之後，才利用牙齒連續挑破了兩匹壯狼的肚子，然後牠用這一個回合中最野蠻最舒展也最能代表獒王氣質的一撲，撲向了一匹正準備逃跑的壯狼，大吼一聲：晚了，為什麼早點不逃？聲音未落，形影已到，牠一口咬住了對方的喉嚨，嘴巴奮力咬合著，牙刀一陣銼動。血出來了，性命就要失去了，狼蹬踢著四條腿徒然掙扎著。獒王岡日森格呼出一口粗壯的悶氣，從容不迫地咕了幾口狼血，抬頭望了一眼不遠處擠在一起瑟瑟發抖的母狼、弱狼和幼狼，又望了一眼惡狠狠地瞪著牠的紅額斑公狼，甩了甩碩大的獒頭，漫不經心地走向了屋脊寶瓶溝口牠最初守護的地方，伸直前腿臥了下來。

獒王岡日森格很滿意這一個回合自己的戰績，兩傷一死，受傷的很快也會死，肚子上的窟窿深到腸胃裡去了，那是到了陰間也無法癒合的。牠伸出舌頭舔了幾口積雪，給自己的火氣降了降溫，用一種怒目金剛般的冷靜而超然的眼光望了望雪片奮勇的天空，然後陰沈沈地盯住紅額斑公狼。

紅額斑公狼走向那些倖存的壯狼，衝牠們咈咈咈地吹著鼻息，牠說：加上我，我們還有六匹壯狼，還不到畏避退卻的時候，上啊，跟我一起上啊。兩匹壯狼不聽牠的，轉身就走，走到那幾匹顫抖不止的母狼、弱狼和幼狼身邊去了。那頭也不回的姿態似在說：反正你紅額斑公狼又不是頭狼，我們為什麼非要聽你的？

紅額斑公狼不滿地衝牠們咆哮了幾聲，又把舌頭吐出來，朝著仍然圍繞著自己的另外三匹壯狼放鬆地甩了幾下，牠說：知道為什麼我們狼總是打不過藏獒嗎？不是本領不行，而是膽氣不壯。你們是膽氣超群的三個，跟著我衝啊，不到最後見分曉的時候決不要後退。三匹壯狼也把舌頭吐出來甩了幾下，贊同地點著頭，然後在紅額斑公狼的指揮下，排成了幾乎沒有間距的一線，不屈不撓地衝了過去。

獒王岡日森格忽地站了起來，把大吊眼從長毛裡瞪出來，看著這個以命相拚的隊形。牠知道這樣的隊形就跟人類老鷹捉小雞的遊戲一樣，你很難跳過去從側面和後面攻擊狼群，也不能首先撕咬爲首的紅額斑公狼而給別的狼造成群起而攻之的機會，最好的辦法……啊，最好的辦法是什麼？

獒王跳了起來，不是原地跳起，也不是從狼群頭頂飛翔過去，而是恰到好處地從狼群中間隕落而下，用沈重的身軀夯開了沒有間距的一條線。

局勢馬上就變了，現在是兩匹狼在前，兩匹狼在後，在前的兩匹狼必須迅速轉過身來，否則難免被對手撕爛屁股。可是當牠們緊急轉身，牙刀相向的時候，發現獒王已經再一次跳起，跳到狼的夾擊之外去了，速度之快是狼所無法想像的。四匹狼頭對著頭，齜牙咧嘴而又莫名其妙地瞪視著自己人。而獒王卻以更快的速度在兩匹狼的身後發起了進攻，牠猛撲過去，一頭撞翻了一匹壯狼。在對方仰面朝天的同時，一口咬住柔軟的肚腹，獒頭一擺，撕出了裡面的腸子。然後就用牙齒帶著這根腸子，撲向另一匹壯狼。

依然是撞翻，咬噬，這次咬住的不是肚腹而是喉嚨。喉嚨破了，後頸也破了，狼還活著，但已經活不久了。獒王岡日森格揚起頭顱，讓飄落的雪花舔了舔自己滿臉的狼血，看到紅額斑公狼和另一匹壯狼正一左一右朝自己衝來，便往後一挫，撲向了左邊的紅額斑公狼。

紅額斑公狼毫不退縮，對著一片鋪天蓋地的金黃色獒毛張嘴就咬。咬了兩下什麼也沒有咬到，定睛一看，才發現岡日森格已經改變方向，撲到右邊的壯狼身上去了。那壯狼毫無防備，想要躲開，身體卻根本來不及做出反應，幾乎就是把脖子主動送到了獒王的大嘴裡。獒王一陣猛烈的咬合，看到狼血汩汩地冒出來，便不再戀戰，跳到一邊，用一雙恨到滴血的眼睛望著紅額斑公狼。

獒王岡日森格喘著氣，胸腹大起大落著，似乎是說：十個孩子啊，十個孩子都被你們咬死了，我們的報復這才開始，但是對於你，我不咬了，你是一匹勇敢的狼。你回去吧你，我不咬了，你帶了別的狼再來和我鬥，我跟一匹狼一對一地打鬥，算什麼本事？紅額斑公狼前後左右地望著已經死去和就要死去的同伴，悲憤地搖晃著身子，嗥叫起來：這才多大一會兒工夫，你就一口氣殺掉了我們十匹狼。我要報仇，一定要新仇舊恨一起報。

紅額斑公狼不屈不撓地嗥叫著，牠的全部經歷就是在草原上見識、接觸和惡鬥藏獒，這樣的經歷讓牠在肉體和精神上都更加地相像著牠終生的敵手。牠不像別的狼，一味地用畏懼和仇恨蒙蔽著自己的眼睛。不，牠在學習，潛移默化中牠學會了藏獒的剛毅、堅忍、頑強、發憤。牠和藏獒一樣，永不言敗，永不後退，永遠都是出發、奔走、進攻、犧牲的戰鬥姿態。獒王岡日森格欣賞地看著牠，深深地歎息道：如果牠是一隻藏獒該多好啊，可惜牠是狼，可惜了，可惜了，這種無所畏懼、敢打敢拚的素質，這種鐵骨錚錚、悍烈悲壯的做派，居然也會屬於狼。

紅額斑公狼一步比一步堅定地靠近著獒王岡日森格，岡日森格也一步比一步深沈地靠近著紅額斑公狼。都是英雄，都是寧爲玉碎不爲瓦全的荒野的靈魂，都在用生命最激烈的燃燒、最豐滿的形式成就著種族的聲譽。

風大了，吹來一天朵大的雪片。冬天正在釋放所有的憤懣，好像這些晶體的憤懣聚攢在天上已經很久很久了，一旦釋放就不是飄灑，而是爆發。大雪正在爆發，寒冷正在爆發，屋脊寶瓶溝的溝口，唯一一匹敢於獨立挑戰獒王的戰狼也正在爆發，似乎此前的所有撲咬打鬥都不過是預演，現在正式開始了，紅額斑公狼挑戰獒王岡日森格的撲咬正式開始了。

第七章　在雪豹的家園奔跑

1

這是九匹荒原狼和一隻小母獒的遭遇，在小母獒卓嘎這邊，根本就談不上對抗，結果是唯一的：在慘烈的叫聲中變成狼的食物。

但藏獒是世界上唯一一種遇到任何危險都不知道退卻的動物，見厲害的就溜，或者不經過殊死搏鬥就變成食物的舉動，在老虎豹子藏馬熊那裡都是可能的，在藏獒卻連萬分之一的可能都沒有，不管是大藏獒，還是小藏獒，也不管是公藏獒，還是母藏獒，遇到強大敵陣的唯一反應，就是以最快的速度撲上去，在最短的時間裡把自己犧牲掉。

小母獒卓嘎就是這樣做的，牠吼了一聲，毫不猶豫地撲了過去。牠撲向了白爪子頭狼，感覺告訴牠，這是九匹荒原狼中最強大的一匹。在牠的記憶裡，最強大的敵手都是由阿爸岡日森格來解決的，所以當牠撲過去時，覺得自己已不是小母獒卓嘎，而是威風凜凜、氣派非凡的阿爸岡日森格了。

白爪子頭狼獰笑一聲躲開了。牠知道藏獒的習性，面對再強大的敵手都不可能不撲，那就撲吧，看你能撲幾下。

小母獒卓嘎一撲沒有奏效，便又來了第二下。這一下可不得了，牠雖然沒有撲到白爪子頭狼，九匹荒原狼的狼陣卻被牠一下子衝垮了。只見狼們嘩地散開，一個個驚慌失措地離開牠，飛也似的朝遠處跑去。小卓嘎很得意，爽朗地叫了一聲，正要撒腿追過去，就聽一聲轟響，夜色中一團黑影從天而降，在牠前面五米遠的地方砸出了一個大坑，鬆軟厚實的積雪頓時浪湧而起，鋪天蓋地地埋住了牠。牠拚命掙扎著，好半天才從覆雪中鑽了出來，看到一個體積很大的東西出現在面前的雪光中，以爲又是一個什麼敵手要來傷害牠，想都沒想就撲了過去。

噗哧一聲響，牠以爲很硬的東西突然變軟了，軟得就像浮土，就像草灰，一頭撞上去，連脖子都陷進去了。牠趕緊拔出頭來，甩了甩粘滿了頭的粉末，疑惑地看了看，才發現那不是什麼有嘴有牙的敵手，而是一個大麻袋。麻袋摔爛了，從裂開的地方露出一角麵袋。麵袋也爛了，淌出一些十分誘人的東西。是什麼？牠小心翼翼地聞了聞，更加小心翼翼地嘗了一舌頭，不禁驚喜地叫起來：糌粑？啊，糌粑。

其實並不是糌粑，而是青稞麵粉。小母獒卓嘎還不知道這是飛機空投的救災物資，也不知道那九匹狼逃離此地並不是因了牠的威力，而是空投物資的驚嚇。就在麻袋還在空中呼嘯的時候，狼群就已經看到了。見多識廣的狼群和小卓嘎一樣，也從未見識過飛機空投，不知道天上也能掉下食物來。以爲那是藏獒或者人類的武器，是專門用來對付狼群的。狼群飛快地跑開了，跑著跑著就有幾匹狼停了下來，白爪子頭狼呵斥道：「你們還想著那隻小藏獒呢？那是個誘餌你們怎麼不明白，要不是剛才跑得快，天上的東西早就砸死我們了。你們聽，你們聽。」又是一聲轟響，離牠們很近，好像是追著牠們的。牠們再次奔跑而去，比賽似的，一匹比一匹爭先。

九匹荒原狼轉眼不見了蹤影。小母獒卓嘎舉著鼻子到處聞了聞，沒聞到刺鼻的狼臊味，心裡便不再怒氣沖沖了。圍繞著麻袋轉了一圈，站在裂開的口子前，張口就舔。卻沒有舔到糌粑上，而是舔在了積雪裡。牠知道糌粑是人的，作為一隻領地狗，牠從來不隨便吃人的東西，除非人家拋撒給牠。但是牠很餓，牠不能總是在想舔糌粑的時候舔到雪粉上。牠半是果敢半是遲疑地又舔了舔，才把舌頭穩穩當當地擱在了糌粑裡。

真舒服啊，糌粑是溫暖的，而不是冰涼的，一股阿媽的乳汁一樣的溫暖清香，鋒利地刺痛了牠的腸胃，腸胃神經質地蠕動起來，牠再也無法按照習慣決定自己什麼可以吃，什麼不可以吃了。牠吃起來，先是用口水拌一拌糌粑再往嘴裡送，很快口水沒有了，牠就把積雪摻了進去，一口下去差不多一半是糌粑一半是雪。雪在嘴裡很快化成了水，喉嚨輕輕一抽就把糌粑沖下去了。小母獒卓嘎從來沒有大口吃過乾糌粑，第一次吃就一口也沒有嗆住。牠很高興，意識到人是對的，卻沒有意識到自己非常聰明，見識過人用青稞炒麵加水拌糌粑的情形，就知道水之於糌粑的意義了。

小卓嘎很快吃飽了，肚子鼓鼓的，舒暢地打著哈欠，臥了下來。牠想睡一會兒，睡一會兒再去尋找阿媽阿爸。剛閉上眼睛就在心裡嘀咕了一句：我怎麼這麼懶惰啊，不是出現了兩次轟響嗎？這邊的轟響是天上掉下來了糌粑，那邊的轟響呢？看看去，到底掉下來了什麼。畢竟牠是一隻小藏獒，是個女孩兒，對什麼都充滿了好奇。

牠走了過去，還沒到跟前就聞到了一股熟羊皮的味道，立刻就知道這是人穿的那種羊皮大衣。牠高興地跑起來，以為馬上就要見到人了。到了跟前才發現，原來只有大衣沒有人。大衣本來是十件一捆，一摔，散了，變成七零八落的一大片了。

小母獒卓嘎從每一件大衣旁邊走過，失望地把吐出來的舌頭縮了回去，把搖著的尾巴貼在了胯骨上：居然這麼多羊皮大衣都不是穿在人身上的，那麼人呢？牠覺得很可能有人會把自己蓋起來，便鑽到每一件羊皮大衣下面看了看。牠沒看到人，只在一件大衣的胸兜裡發現了一封薄薄的信。

信是牛皮紙的，中間有個紅色的方框，方框裡面寫著藍色的鋼筆字。小卓嘎認識這樣的信，牠記得有一次西工委的班瑪多吉主任把這樣一封信交給了阿爸岡日森格。阿爸叼著牠跑了，跑到很遠很遠的結古阿媽縣縣府所在地的上阿媽草原去了。回來的時候又叼著一封也是牛皮紙的信，交給了班瑪多吉主任。班瑪多吉主任高興得拍了拍阿爸的頭，拿出一塊熟牛肉作爲獎勵。

阿爸把熟牛肉叼回來，一撕兩半，一半給了牠，一半給了領地狗群中的另一隻跟牠同齡的小公獒。牠很高興，正想美美地吃一頓，沒想到小公獒三口兩口吞掉了自己的，然後跑過來搶牠的。牠是個女孩兒，力氣沒有男孩兒大，不僅熟肉沒有保住，自己還被對方撲翻在了地上。牠很生氣，從此再也不理小公獒了，儘管小公獒見了牠總想跟牠鬧一鬧打一打，但牠總是躲著：去你的去你的，我說不玩就不玩。

小公獒名叫攝命霹靂王，是人給牠起的名字，人以爲牠出生在祭祀誓願攝命霹靂王的日子裡，肯定和這位了不起的密宗厲神有關係，就給牠起了這麼個名字。牠很得意，牠的阿爸大力王徒欽甲保和阿媽黑雪蓮穆穆也很得意。牠們知道人並不輕易用神的名字命名藏獒，一旦命名了，就意味著他們對小公獒的欣賞和厚愛，也意味著他們對小公獒的阿爸和阿媽的倚重：蒼鷲生不出麻雀，仙鶴的窩裡沒有野鴦，什麼樣的父母生出什麼樣的孩子，你們看，你們看，多麼壯碩的大力王徒欽甲保和黑雪蓮穆穆啊，生出了這麼好的攝命霹靂王。

小母獒卓嘎想著小公獒攝命霹靂王，把信從羊皮大衣的胸兜裡叼了出來，立刻有了一種使命感：快啊，快啊，快找到阿爸岡日森格和阿媽大黑獒那日，讓牠們看看，這裡有一封信呢。

牠想像著自己把信交給阿爸，阿爸再把信交給班瑪多吉主任的情形。彷彿看到這封牛皮紙的信已經變成了一塊獎勵來的熟牛肉。熟牛肉是好吃的，被小公獒攝命霹靂王搶走的熟牛肉更是好吃的。

小卓嘎再次上路了，沒走多遠，突然又停了下來，回過頭去，呆望著自己剛剛駐足的地方。彷彿那兒有人了，人的氣息和聲音夾雜在風捲的雪花中零零碎碎地紛揚著。牠尋思自己是不是應該回去，看看到底是什麼人到了那裡。又一想，算了吧，萬一是牧民貢巴饒賽呢？牠可不願意再見到這個人了。牠是個女孩兒，想到牠對人家好，人家對牠不好，就忍不住要傷心。牠不願意傷心，牠知道找到阿爸阿媽就不會傷心了。

牠繼續朝前走去，叼著信，選擇著積雪中膨脹起來的硬地面，一邊走一邊聞。領地狗群的氣息，阿媽和阿爸的氣息，好像在那邊。那邊是雪山峙立的地方，是浩浩無邊的雪原袒胸露懷的地方。

小母獒卓嘎沒想到，牠前去的正是白爪子頭狼帶著牠的狼群逃逸的地方。九匹狼跑出去一公里多一點就不跑了，停下來，大眼瞪小眼地商量著：怎麼辦，到哪裡才能搞到吃的啊？白爪子頭狼不吭聲，牠一直警惕地回望著剛才跑來的路，突然臥下了。等著，就在這兒等著，我感覺這兒是很好的，這兒是個平坦向陽的原坡，積雪不厚，雪下面就有羊糞牛糞狗糞的氣息，是個家畜必經之要道。

九匹狼全部臥下了，靜靜地等待著。一個時辰後，獵物果然出現了，遠遠的，一個小黑點在夜幕下的雪光裡移動著。白爪子頭狼忽地站了起來，瞇起眼睛看了看，抬起鼻子嗅了嗅，用壓低的唬聲緊張地告訴牠的同夥：怎麼還是那個小藏獒？狼們紛紛站起，根據約定俗成的排列，迅速分散開來，組成了一個準備出擊的埋伏線。親自擔任瞭望哨的白爪子頭狼走上一座高高的雪丘，伏貼著耳朵，只露出眼睛，監視著漸漸靠近的小卓嘎。

小母獒卓嘎揚起脖子豎起鬣毛直走過去，天生靈敏的嗅覺已經告訴牠前面有狼，而且就是剛才遇到的那一夥。但是牠沒有停下，牠一點也不害怕牠們，幹嗎要停下。不知深淺的小卓嘎加快腳步，多少有點興奮地迎狼而去。

2

小母獒卓嘎的感覺沒有錯，是有人出現在了空投的青稞麵粉和羊皮大衣旁邊。

這些人是從西結古寺下來的，他們按照丹增活佛的指引，在碉房山的坡面上，找到了最先發出聲音的地方。那地方有一個雪坑，雪坑裡橫躺著一個鼓圓的麻袋。不知道裡面是什麼，大家誰也不敢動。左看右看研究了半晌，老喇嘛頓嘎說：「走，我們去那邊看看，響聲不是一個。」他們蜂擁而去，看到的居然是一頂沒有支起來的白帳篷。白帳篷連在一個人的身上，這個人正躺在地上往天上看，一見他們就坐起來大聲問道：「喇嘛們，牧民們，你們怎麼知道我在這裡？」

黑壓壓一夥人朝他圍過去，近到不能再近的時候老喇嘛頓嘎才喊起來：「班瑪主任，是西工委的班瑪多吉主任。」老喇嘛頓嘎和另外幾個老喇嘛都知道班瑪多吉半個月前去了州府，吃驚他在這個大雪災的夜晚居然會出現在這裡，異口同聲地問道：「班瑪主任，你從哪裡來？」

班瑪多吉是個性格開朗喜歡說話的人，你問一句他一定要回答十句：「你們說我從哪裡來？我從天上來。」他伸展胳膊，氣派地指了指天，「我張開翅膀在天上轉了整整一個白天，看到地上白茫茫一片到處都一樣就不知道往哪裡降落了。萬一降落到了豹子窩裡，餓狼群裡，我就不是你們的班瑪主任啦，我就成了豹子的肉狼的屎啦。還有救災物資，飛機裝了一肚子不知道往哪裡丟。州委的麥書記說，天黑了以後再飛一次，牧民們說不定會點起火來，哪裡有火就往哪裡投。看來你們也知道我在天上飛著，救災物資在天上飛著，點起了那麼大的火。」說著，拽了拽連在腰裡的降落傘的繩子，「喂，拿一把刀子來，把它給我割斷，麥書記怕我掉下來摔死，給我綁得太緊了。我說摔不死，下面是雪，雪是軟的，掉下去也是雪爛我不爛。快啊，刀子，我已經解了半天了，就是解不開。這個麥書記，我沒有摔死，倒叫他綁死了。快，刀子。你們說我從哪裡來？我從天上來，哈哈，天上來的都是神，我也是神啦，是白衣白馬白傘蓋的寶藏神增祿天王，我來了，吃的用的就來了，快，刀子。」

有個牧民拔出自己的腰刀交給了老喇嘛頓嘎，頓嘎持刀要割，看到綁在班瑪多吉主任身上的既不是羊皮繩也不是牛皮繩，而是一種和雪光一樣乾淨白亮的繩子，突然就不敢了，想到他自稱是天上來的寶藏神，就把刀轉過來，刀尖朝裡，刀柄朝外，雙手捧著，遞了過去。

班瑪多吉拿過鑲銅包銀的腰刀，三下五除二割斷了綁在自己身上的尼龍繩，站起來說：「走啊，找吃的穿的去，你們看到吃的穿的了嗎？」他把腰刀還給了頓嘎，觀望著雪光映照著的夜色，抬腳就走。

老喇嘛頓嘎看了看堆在積雪中的降落傘，疑惑地問道：「這個帳篷不要了？」班瑪多吉主任「哦」了一聲，看周圍的人都望著降落傘，哈哈一笑說：「對，這是天上的帳篷，不要啦，送給你們啦，你們捲起來拿走。」幾個老喇嘛和牧民們呆愣著，沒有人敢去捲走天上的帳篷。班瑪多吉說：「那就算了，放這兒吧，想拿的時候你們再來拿，不拿也沒關係，反正你們也不缺帳篷。」

一夥人來到了那個鼓圓的麻袋旁，班瑪多吉主任說：「幸虧我從天上下來了，要是我不下來，這些救災物資算是白投了，你們怎麼就不知道把麻袋打開呢？裡面是麵粉，麵粉啊，麵粉是什麼？就是沒炒熟的糌粑。」說著，縱身跳進被麻袋砸出的雪坑，騎在麻袋上，喊一聲：「給我刀子。」

班瑪多吉主任割開了麻袋，也割開了裡面的麵袋，抓出一把麵粉給大家看：「天上掉下麵粉來啦，你們看，如今的日子多好啊，下雪就是下麵粉。」說著朝嘴裡丟了一口，頓時嗆得連連咳嗽，咳得吐盡了麵粉，才喘著氣，從麻袋上下來，一步跨出雪坑說：「趕快把它分掉，不夠的話，再到別的地方去找，我們一共空投了十二麻袋麵粉和八捆羊皮大衣。」

大家都很餓，而且不光自己餓，分散在雪原四周的家人家畜此刻比他們還要餓，說不定有的已經餓死了。但牧民們以最大的毅力忍耐著，就是沒人敢過去動一動這些天上來的麵粉。他們互相看著，一個個搖著頭：天上的麵粉是神靈的享用，大雪災的日子裡，神靈的享用一定也不寬裕，怎麼能隨便拿走呢？寧肯餓死也不能拿走，餓死的人來世說不定還能升天或者成人，拿走了神靈的，來世就只能是地獄裡的餓鬼了。只有老喇嘛頓嘎顯得很高興，喃喃地說：「佛爺保佑，有吃的了，終於有吃的了。」

班瑪多吉主任看牧民們不動，著急地喊起來：「你們不餓啊？現在你們連這點麵粉都不敢拿，以後西結古草原變成了極樂世界，給你們金山銀山你們怎麼辦？」

老喇嘛頓嘎對牧民們說：「佛爺說了，誰找到有聲音的地方，誰就會得到保佑，明王到了天上，就會把福音降臨到人間。眼看著西結古草原有救了，你們怎麼站著不動啊？」說著，招呼幾個老喇嘛走下了雪坑，開始把麵粉一把一把往袈裟襟懷裡抓。

牧民們看到喇嘛們帶了頭，顧慮頓時少了許多，有幾個大膽的首先走了過來，捧起麵粉一口一口地舔。嘴巴的響動頓時蓋過了風聲，好幾個人嗆住了，一把眼淚一把鼻涕地咳嗽著。後面的人紛紛擠過來，湊不到跟前有人就喊起來：「神賜的麵粉人人有份，我家的老人三天沒吃了，我家的女人四天沒吃了，我家的牧狗五天沒吃了，我家的牛羊好多天沒吃了。」

老喇嘛頓嘎兜著一懷麵粉擠出雪坑，對那個喊喊叫叫的牧民說：「你把皮袍撩起來，我把我的倒給你。」又吩咐另外幾個老喇嘛：「你們趕快回到寺裡去，丹增佛爺還餓著呢，三世佛、五方佛、怙主菩薩、一切本尊、四十二護法、五十八飲血，他們都餓著，所有神靈都餓著。快啊，快回去，已經好幾天沒有焚香獻供了。」幾個老喇嘛兜著麵粉匆忙朝山上走去。頓嘎留下來，想知道哪裡還有麵粉，是不是真的就像班瑪多吉主任說的，從天上掉下來了十二麻袋麵粉和八捆羊皮大衣。

一麻袋麵粉根本不夠四五十個牧民分的，他們每個人身後都有幾十張嗷嗷待哺的嘴，救人救畜救狗是他們來到碉房山上求救於寺院的目的。有人失望地哭了：「沒有了，沒有了，這麼快就沒有了。」班瑪多吉主任立刻喊起來：「誰說沒有了，走走走，跟我走，我們到別的地方再找去。」

班瑪多吉不斷吆喝著，帶著牧民們走下碉房山，來到雪原上，沿著剛才空投飛機的走向艱難地走了過去，走了差不多一個小時，終於找到了已經被小母獒卓嘎發現的一麻袋青稞麵粉和一捆摔散了的羊皮大衣。

班瑪多吉得意地說：「怎麼樣？我沒說錯吧，如今的草原上，到處都是天上掉下來的東西。」老喇嘛頓嘎若有所思地點著頭說：「這種事情我以前也見過。」班瑪多吉瞪起眼睛問道：「你見過？在哪裡？」頓嘎鄭重其事地說：「在夢裡，我夢見從天上掉下來了一座比草原上最大的帳房還要大的金房子。」班瑪多吉主任一巴掌拍在老喇嘛頓嘎的肩膀上，幾乎把頓嘎拍倒在地：「金房子？是閃閃發光的金房子嗎？是地上鋪滿了珍珠、牆上掛滿了寶石、頂上綴滿了瑪瑙的金房子嗎？那就是極樂世界，極樂世界已經在你心裡了。」

班瑪多吉是一個來自安多地區的藏民，老家在甘南草原一個漢藏雜居的地方。從小就是見了藏民說藏話，見了漢人說漢話，藏文和漢文也都識得幾個。這在當時當地肯定是個不小的能耐，很快他就成了政府機關的幹部。沒幹多久，就因為「工作需要」西進到了青海的西寧，又從西寧西進到了青果阿媽州。那時候梅朵拉姆已經調到縣上出任婦聯主任去了，西結古工作委員會沒有頭兒，麥書記就讓他臨時負責，三個月後便順理成章成了主任。班瑪多吉是個幹什麼都熱情似火的人，麥書記很器重他，對他說：「在西結古草原就要靠你多做工作了。」

班瑪多吉拍著胸脯說：「靠我吧，我是靠得住的，我是個藏民，草原上的人絕對相信我。麥書記你就記住我的一句話，藏民都是屬藏獒的，你要是對他們好，他們就是上刀山下火海都會聽你的。就說馬上就要開展的『除狼』運動吧，誰都知道狼是禍害，一年要吃掉牧民的多少羊啊。號召『除狼』是為他們好啊，他們沒有理由不聽話。」麥書記憂心忡忡地說：「我看不那麼簡單，喇嘛和牧民除了念著六字真言宰羊吃肉外，對野生動物尤其是狼，絕對不會動刀動槍，好像有了藏獒，人就可以高枕無憂了。你一定要一戶一戶地做工作，扎扎實實地發動群眾。州上的安排是一個地方一個地方地輪著搞，西結古草原安排在最後，到時候我們會來開一個動員大會。」

這天晚上，千辛萬苦來到西結古寺祈求溫飽的所有牧民，都得到了足夠維持三天的麵粉，然後四散而去，各回各的帳房了。

班瑪多吉主任和老喇嘛頓嘎與牧民們分手，返身往回走。雪愈來愈厚，路愈走愈難，他們好像迷路了，怎麼走都走不到碉房山下。班瑪多吉奇怪地說：「不對啊，天都快亮了，我們怎麼還在走？是遇到了鬼打牆，還是遇到了白水晶夜叉鬼要把我們引誘到地獄裡去？」老喇嘛頓嘎再也走不動了，坐下來喘著氣說：「我得挖個雪窩子睡一覺了，你要是不想休息，你就先走吧。」班瑪多吉吃力地爬上了一座雪丘，朝前仔細看了看，突然喊起來：「寄宿學校，我們怎麼來到寄宿學校了？」趕緊溜下雪丘，拉起老喇嘛頓嘎說：「走，到了漢扎西的帳房裡你再睡，睡在這裡會叫狼和豹子吃掉的。」

黎明正在驅趕著黑夜，黑夜就要離開雪原了。在東方天際巨大的泛白之光的照耀下，兩個人朝著不遠處靜悄悄的寄宿學校走去。還沒走到跟前，班瑪多吉就喊起來：「漢扎西你好嗎？孩子們都好嗎？央金卓瑪來過了沒有？我可實在是想吃她的酸奶子了。多吉來吧，多吉來吧你好嗎？你怎麼不來迎接我們？哎喲媽呀帳房，帳房怎麼塌掉了？」他打了個愣怔，突然丟開老喇嘛頓嘎，瘋了似的朝前跑去。

3

真是一匹了不起的狼，明知道衝過來就是死居然還要衝。獒王岡日森格抖擻起精神，迎著紅額斑公狼撲了過去。卻有意沒有撲到牠身上，而是和牠擦肩而過。穩住自己的同時，岡日森格倨傲地揚起了脖子，然後喟然長歎：狼啊，說實在的，我還真有點佩服你了，真不想立刻就把你咬死。以往的狼都無法和藏獒相比，那是因爲狼怕死。現在你不怕死了，你就至少在精神氣質上可以和藏獒平分秋色了。那就來吧，紅額斑公狼，我給你一個成就聲譽的機會，你得逞了你就滾。

獒王岡日森格挺身不動，紅額斑公狼撲過去在牠亮出的肩膀上咬了一口，又咬了一口。正準備咬第三口時，獒王大吼一聲：行啦，你還想咬死我呀。看紅額斑公狼還是一副不罷不休的樣子，便一頭頂過去，頂得牠連打了幾個滾兒。

紅額斑公狼翻身起來，透過一天紛亂的雪片，用陰毒的眼光凝視著獒王，豎起耳朵聽了聽，突然扭轉身子，緊緊張張跑向了那些需要保護的母狼、弱狼和幼狼。

領地狗群就要來了，紅額斑公狼聽到聞到了牠們凌亂而有力的腳步聲，心說牠們來幹什麼？是來咬死並吃掉滯留在溝口的狼群的嗎？事不宜遲，得趕快離開這裡。紅額斑公狼堅定地嗥叫著，對那些狼說：你們跟著我，一定要跟著我，當我撲向獒王，當獒王咬住我之後，你們就往屋脊寶瓶溝裡跑，愈快愈好。千萬不要回頭看，只要跑進溝裡一百米，你們就沒事了。

狼群聽話地跟上了紅額斑公狼。牠們朝獒王岡日森格把守的溝口走去。岡日森格奇怪地想：牠們怎麼又來了？這一次，我是不會再讓任何一匹狼咬住我了。我是獒王，我可不能丟臉地讓自己遍體鱗傷。

屋脊寶瓶溝的兩側，狼群終於被兵分兩路的領地狗群逼上了雪線，但是雪豹——被狼群懼怕著的雪豹，被領地狗群期待著的雪豹，並沒有出現。那些平日裡豹影出沒的冰石雪岩，那些散發著濃烈的豹臊味的深洞淺穴，在這個大雪災的日子裡，變得跟沒有生命的太古一樣寂然無聲。

狼群在雪豹的家園裡奔逃著，開始是膽戰心驚的，之後就無所顧忌了，不停地探尋著四周的嗅覺告訴牠們：這裡，現在，一隻雪豹也沒有，連那些還不能奔撲騰跳的豹子豹孫也沒有。

而追攆著狼群的藏獒比狼群更早更明確地意識到：雪豹搬家了，整個煙障掛——雪豹的家園已經不是牠們的棲息之地了，至少暫時不是，在這個大雪災的日子裡不是。

沒有就好，沒有雪豹我們就有救了。這是狼群的想法。狼群逃竄在摞上山頂的冰石雪岩之間，已經不再擔憂前邊有堵截，兩邊有埋伏了。牠們加快了逃跑的速度，離追攆的領地狗群愈來愈遠了。而領地狗群此刻想到的是：牠們去了哪裡？那麼多雪豹到底去了哪裡？想著想著，就有了另一層隱憂，就放慢了追攆的速度。尤其是大灰獒江秋邦窮，當牠意識到豹群和狼群一樣，也會被饑餓驅使著，去襲擊這個季節比較容易得手的羊群牛群和人群時，突然就停了下來，不追了。牠身後的領地狗也都不追了。

大灰獒江秋邦窮吩咐另一隻藏獒：你快去，快去屋脊寶瓶溝的東邊，讓大力王徒欽甲保也不要追了。然後朝著自己身邊的領地狗急急巴巴地叫起來：現在重要的已不是對付狼群，而是要搞清這麼多雪豹到底去了哪裡。找到雪豹，必須儘快找到雪豹，一刻也不能耽誤。不然我們找到的就很可能是人和牲畜的噩耗，是跟寄宿學校一樣的悲慘景象了。

江秋邦窮放棄了狼群，帶著一撥領地狗朝獒王岡日森格跑去。

聽到了領地狗群的喧囂聲，獒王岡日森格不禁有些奇怪：牠們怎麼回來了，難道這麼快就把狼群逼到了雪豹的攻擊之下？又看看面前的狼群，心想看來這些狼是逃不脫死神的追攆了，即使我不咬死牠們，群情激憤的領地狗群也會把牠們撕個粉碎。

獒王再次挺身抬頭望了一眼從屋脊寶瓶溝的兩側跑過來的領地狗群，望到了奔跑在前的大灰獒江秋邦窮，一絲尖銳的來自內心的預感，伴隨著如同針芒刺身的擔憂油然而來。

預感是由於悲傷和思念，悲傷和思念的痛楚對獒王岡日森格來說，早就是一種牠無法克服也無法丟棄的情感的遊走了。在這大雪災的日子裡，牠思念曾經和牠相依為命的主人「七個上阿媽的孩子」尤其是刀疤，思念曾經救過牠的命的恩人漢扎西。大雪災一開始牠就在痛徹骨髓的思念中東奔西走。現在，思念到了一個極點，就變成了天然發達的預感。預感來自遙遠的風、奔馳的空氣、漫天的雪花，更來自牠那顆金子一般珍貴的藏獒之心，來自牠對主人和恩人深入骨髓的忠誠，來自牠伸縮無限而又無形無色的所有的感官。很可能，很可能已經出事了，刀疤已經出事了，漢扎西已經出事了。漢扎西的學校裡，十個孩子已經被狼咬死，漢扎西到底去了哪裡？有一種祖先的遺傳隱隱約約左右著牠的行動，堅定地消解著牠對自由奔馳和追殺狼群的迷戀。那就是牠必須為牠的主人和恩人付出一切，包括生命，也包括了至高無上的獒王的地位。

岡日森格知道為什麼自己一見到大灰獒江秋邦窮，思念帶來的預感就會變成尖銳的針芒刺出牠內心的痛楚。因為潛在的邏輯是這樣的：只有丟開獒王的位置和責任，牠才有可能前往尋找已經很久沒見面的刀疤和漢扎西。而丟開獒王位置和責任的前提是，必須有一隻藏獒代替牠成為新的獒王。江秋邦窮我的好兄弟，你是可以的，你碩大的身軀、威嚴的形貌、高貴的儀表、堅毅的性格、超群的智慧、剛猛的作風，使你天生就是一個出類拔萃的獒中之王。你應該代替我，你必須代替我，哪怕是暫時的。我說過，如果我不能獨自把狼群堵擋在屋脊寶瓶溝外面，我就不做獒王了。江秋邦窮你是知道的，我從來不食言，從來不，有諾必踐向來是我的信條。我現在已經失職了，我沒有把狼群堵擋在屋脊寶瓶溝的外面，你看，你看，牠們就要從我身邊溜過去了，不，已經溜過去了。

就在獒王岡日森格眼皮底下，兩隻本該立刻死掉的壯狼安然無恙地溜過去了，一些母狼、弱狼和幼狼心驚肉跳地溜過去了，一群突然又回到這裡來的原屬於命主敵鬼狼群的狼喜出望外地溜過去了，最後溜過去了那匹用自己的生命掩護著別的狼的紅額斑公狼。

紅額斑公狼非常奇怪：獒王怎麼了？牠不僅容忍了這麼多的狼的安全逃離，還容忍了我對牠肆無忌憚的挑釁——我暴躁異常，狂撲不已，而牠卻始終無動於衷？不撲了，不撲了，趕緊走吧，領地狗群就要來了。

狼群跑進了屋脊寶瓶溝，獒王岡日森格一副不屑一顧的樣子，看都沒看牠們一眼，心裡就想著刀疤和漢扎西：預感怎麼這麼不好啊，很可能，很可能已經出事了，主人刀疤出事了，恩人漢扎西出事了。

獒王岡日森格煩躁不安地踱著步子。大灰獒江秋邦窮疾步來到牠跟前，用身體的扭動對牠說起了雪豹失蹤的事情。岡日森格驚駭得狂叫起來，像是說原來狼群和我們都估計錯了呀。然後舉著鼻子吸了吸飛舞的雪片，心緒不寧地又是張嘴又是齜牙，意思是說：風太亂，雪太亂，我的心也亂，我什麼也聞不出來，只能聞出我的預感來。我的預感中：刀疤出事了，漢扎西出事了。對不對啊？你們聞聞，好好聞聞。

所有的領地狗都聞起來，嗅覺格外靈敏的大力王徒欽甲保很快聞到了雪豹遠去的足跡，激動地吠叫著，就要跑過去。獒王岡日森格用自己撲向狼屍的行動告訴徒欽甲保：等一等，等吃了狼肉再走，大家已經很長時間沒吃東西了。徒欽甲保摁住狼屍吃起來，牠的妻子黑雪蓮穆穆和孩子小公獒攝命霹靂王跟著牠吃起來，所有的領地狗群也都你撕我扯地吃起來。

岡日森格來到大灰獒江秋邦窮身邊，拿嘴唇摩挲對方的鼻子，用眼睛裡的語言和鼻子裡的表達絮叨著：你已經看見了，那麼多狼居然在我的眼皮底下溜進了屋脊寶瓶溝，這就是說，我要走了，我已經不是獒王了。牠說罷就走。江秋邦窮跳過去攔住了牠：偉大的岡日森格你不能這樣，你是唯一的獒王你不能走，你走了領地狗群怎麼辦？岡日森格依然拿嘴摩挲著對方的鼻子，纏磨地說：草原上的獒王雖然是唯一的，但不是永遠的，我走了還有你，你就是獒王。江秋邦窮吼叫起來，彷彿是說：沒有哪隻藏獒會服氣我。岡日森格說：你帶著領地狗群去找雪豹，一定要找到雪豹，決不能讓牠們趁著大雪害牛害羊甚至害人。等你咬死了最多的雪豹，就不會有藏獒不服氣了。江秋邦窮堅決而激切地吼叫著：即使我咬死最多的雪豹，我也不能是獒王。岡日森格不聽牠的，忽地掉轉了身子。

岡日森格閃開了大灰獒江秋邦窮，朝著碉房山的方向奔跑而去。江秋邦窮追了幾步，知道獒王去意已定，自己根本追不上，停下來，無奈地歎著氣：岡日森格你其實並不了解我，我幹什麼都可以，唯一不能幹的就是獒王。因爲我時不時地會有猶疑，會有迷茫，我是一隻感情很容易出現傾斜的藏獒。每當感情出現傾斜，我就迷茫得不知道應該幹什麼了。

大力王徒欽甲保不解地望著遠去的岡日森格，意識到獒王給大灰獒江秋邦窮已經託付了什麼，便慢騰騰走到江秋邦窮身邊，假裝沒看見，用肩膀撞了牠一下。江秋邦窮忍讓地退了一步，謙虛地哈著氣，似乎在問候徒欽甲保：你已經吃飽啦？

半個時辰後，吞掉了十具狼屍的領地狗群在大灰獒江秋邦窮的帶領下，離開煙障掛的屋脊寶瓶溝口，循著開闊的沖積扇上雪豹留下的足跡的氣味，跑向了遠方看不見的昂拉雪山。

雪豹，所有的領地狗都在心裡念叨著雪豹，都已經感覺到饑餓的雪豹正在大肆咬殺牧民的牛羊馬匹，一場勢必要血流成河的廝殺就要發生了。

4

父親後來說，絕對是猛厲大神、非天燃敵和妙高女尊的保佑。過去，這些西結古草原的山野之神是隨心所欲，無惡不作的。你不殷勤周到地供奉祈求祂們，祂們就會毫不留情地把災難降臨給你。但自從皈依藏傳佛教，變得只行善不作惡之後，祂們就寂寞了，無所事事了。因爲人遇到大事小事，到了寺院首先祈求的是釋迦牟尼、無量光佛、琉璃如來、大悲觀音、大智文殊、吉祥天母、怖畏金剛等等一些至尊大神，很少有人麻煩祂們。祂們在冷落中天天盼著人的祈求，好不容易盼來了，那就要一起出動，使勁保佑。要不然我怎麼知道應該把木頭匣子支在下巴上呢？我的喉嚨離狼牙只有兩寸，可牠就是咬不著，一咬就咬到木頭匣子上去了。木頭匣子被雪覆蓋著，牠看不見卻可以聞得著，但神把牠的嗅覺蒙蔽住了，牠連肉的喉嚨和木頭的匣子也分不清了。

父親的說法也是牧民們的說法，肯定是對的。在西結古草原，所有的牧民都相信，父親是一個許多神靈都願意保佑的有福之人，甚至連狼都覺得不可思議：送到嘴邊的肉怎麼就吃不上呢？

那一刻，在瘌痢頭的狼看來，父親已是半死不活了。面對一個半死不活的人，咬斷他的喉嚨再把他吃掉，是每一匹餓瘋了的狼的必然行動。牠毫不猶豫地咬了下去，牙齒咔啦一響，才發現牠咬住的根本就不是柔軟的喉嚨，而是木頭匣子。牠用力過猛，牙齒一下子深嵌在了木頭裡。等牠拖著匣子又甩又蹬地拔出牙齒，再次咬向父親時，父親已經不是一個半死不活的人了。他的頭倏然而起，滿頭滿臉滿脖子的雪粉唰唰落下，眼睛裡噴射著來自生命深處的驚懼之光，奮起膽力大吼一聲：「哎呀你這匹狼，你怎麼敢咬我，岡日森格快來啊，多吉來吧快來啊，狼要吃我了。」然後起身，跳出雪窩子，就像一隻藏獒一樣，趴在地上撲了過去，一邊不停地喊著：「岡日森格快來啊，多吉來吧快來啊。」狼吃了一驚，張開的嘴巴砉然一合，轉身就跑，以最快的速度撤回到了裂隙裡。

父親後來說，我們經常說狗仗人勢，其實在草原上，往往是人仗狗勢。我一喊岡日森格和多吉來吧就把狼嚇跑了。狼肯定知道我喊叫的是狼的剋星的名字。就像在人的世界裡，在藏獒的世界裡，傳說著虎豹豺狼一樣。在狼的世界裡，肯定也傳說著藏獒的故事，哪隻藏獒叫什麼名字，是什麼毛色，長什麼樣兒，凶猛程度如何，咬死過幾匹狼和幾隻豹子，狼們肯定知道。狼有自己的語言和思維，牠們用一種特殊的方式遺傳了這些語言和思維。對生存的法則、種群的消長、剋星的數量、食物的來源以及所有關於內部關係和外部關係的認識，就是通過這種遺傳得到了世代不絕的延續。也就是說，不管我面前的這匹狼有沒有在很近的距離上窺伺過岡日森格和多吉來吧，牠都有可能知道岡日森格是西結古草原戰無不勝的獒王，多吉來吧是一股曾經是飲血王黨項羅剎的橫掃一切的原始風暴。所以我要讓牠明白：我是誰，我跟這兩隻藏獒的關係，我是不可以被狼被一切野獸吃掉的。一旦你頭腦發昏吃掉了我，那你和你的家族就別想活了，藏獒不報復就不是藏獒。

雪花依然狂猛地飄落著，還是兩步之外什麼也看不見。父親走過去，抱起了被狼拖到雪坑中間的木頭匣子，返身回到了雪窩子裡。他吃了幾口雪，就開始大聲說話：「狼你給我聽著，我叫漢扎西，是寄宿學校的校長和老師，學校有一隻藏獒你知道吧？牠日夜和我廝守在一起，牠的名字叫多吉來吧。」父親講起了多吉來吧的故事，尤其講到了牠對狼的威懾，牠咬死一匹狼就像咬死一隻兔子那樣容易的往事。完了又用更加細緻的描述說起了獒王岡日森格和牠的領地狗群，說著說著父親就看見狼了。原來落雪正在小去，天色漸漸亮了，狼離開裂隙，站在雪地上，正在靜靜地聽他說話。

狼聽人說話的姿勢有點古怪：歪扭著頭，把嘴藏進肩膀。一隻耳朵對著人，就像木偶那樣一抽一抽的。尾巴耷拉在地上，後腿繃直著，前腿彎曲著，一副只要聽得不耐煩馬上就會離開的架勢。

父親不說話了，他累了，覺得如果語言真的是管用的，自己已經說得夠多夠好，用不著再說了。狼警覺地直起了脖子，亮起陰險的丹鳳眼，直勾勾地瞪著面前這個驀然陷入了沈默的人。

父親比狼還要警覺地望著狼，心說天亮了，我得想辦法爬出雪坑了。他朝上看了看，剛要站起來，突然感到腸胃一陣抽搐，天轉起來，雪坑轉起來，眼前嘩地一下又變成黑夜了。他閉上眼睛，雙手捂住了頭，等著，等著，似乎等了好長時間，天旋地轉才過去。他知道這是休克前的眩暈，其後果就是很快躺倒在地上讓狼吃掉。他也知道眩暈的原因，是饑餓，他已經四天沒有進食了。他不由自主地盯住了放在面前的木頭匣子，又毅然搖了搖頭，再把眼光投向狼時，狼已經回到裂隙裡去了。

雪愈來愈小，天愈來愈亮，一切都能看清楚了，而看得最清楚的卻是絕望。父親發現自己昨天夜裡想對了：這是一個連狼都出不去的地方。四壁高陡光滑，根本就無法攀緣，除非有人從上面放下繩子來，可是誰會知道他在這裡呢？岡日森格、大黑獒那日、所有的領地狗，還有多吉來吧，你們的鼻子可是很靈的，趕緊聞啊，聞到我的危險把我救出去啊。父親愈是這麼想，就愈覺得希望渺茫。這是大雪災的日子，天上的飛雪和地上的積雪早已隔斷了他的氣味，況且他身陷雪坑，氣味不可能發散到原野上隨風進入藏獒的嗅覺。

父親絕望地喊起來，但聲音小得似乎連對面的狼都無法聽到。他餓得已經沒有力氣了，連大喊一聲也不行了。怎麼辦？總不能就這樣坐著，最終變成狼的食物吧？父親再次盯住了面前的木頭匣子。這次他沒有搖頭，他一直盯著，盯了差不多半個小時，才伸出手去，死死抓住了似乎已經自動打開的匣子蓋。

父親終於抓出了一把糌粑，吃了一口，又吃了一口。吃糌粑的時候他似乎忘記了學校的十二個學生和多吉來吧。他後來辯解說，即使想著他們我也會吃的，因爲他們離糌粑太遠太遠，而我就在眼前——離食物近的饑餓比離食物遠的饑餓更難以忍受，這肯定是個真理。況且我要爬出雪坑，對我來說天大的事兒就是爬出雪坑。

父親把抓出來的一把糌粑吃完後就不吃了。他舔著自己的手掌，瞅了一眼裂隙，吃驚地發現狼正在看著他，不是一雙眼睛看著他，而是兩雙眼睛看著他。也就是說，在這個看清楚了困境，也看清楚了絕望的早晨，他又看到了更加絕望的情形：十步遠的地方是兩匹虎視鷹瞵的狼。哎喲媽呀，怎麼會是兩匹狼，而且都是大狼。一匹是他已經十分熟悉的瘌痢頭公狼，另一匹也是瘌痢頭，看肚子上的奶頭顯然是一匹已經多次哺育過後代的母狼。母狼一直躲在裂隙裡頭，現在牠出來了，看到父親吃糌粑，不想露面的母狼忍不住露面了。

父親幾乎驚厥，呆望了片刻，才看明白，狼肯定不是掉到雪坑裡來的，牠們很可能一直住在裂隙裡。裂隙很深，是可以通向地面的。但是現在不行，從山上滾下來的冰雪封死了裂隙口，牠們只好困守在這裡。困守的時候，餓得互相啃咬毛髮而使牠們變成瘌痢頭的時候，一個人從天而降。

公狼和母狼一起流著口水，貪饞地凝視著父親。凝視當然不是目的，牠們走來了，公狼在前，母狼在後，慢慢地，邁著堅定而詭譎的步伐，走到了雪坑中央，用天生的虐人害物的眼光，告訴父親：你完了，一分鐘之後你就完了，我們是兩匹狼，一公一母兩匹大狼，知道嗎？困獸的意思是什麼？餓狼的意思是什麼？就是寧肯一輩子背著怙惡不悛的惡名聲也要吃掉你的兩排鋼牙鐵齒。

父親驚懼得腦袋一片空白，連用岡日森格和多吉來吧的名字威脅對方都不會了。抱著木頭匣子站起來，渾身哆嗦著，哆嗦了幾下，腿就軟了，就站不住了，一屁股坐進了雪窩子。現在，白色的地面上只露著父親黑色的頭和一雙驚恐失色的眼睛；現在，狼來了，兩匹大狼衝著父親軟弱的腦袋，不可阻擋地走來了。

父親下意識地抓住了繫在脖子上的黃色經幡，使勁捋了一下，好像要把經幡上藏文的《白傘蓋經咒》抓在手裡，變成殺狼護身的利器。他張嘴吃風地大聲嘮叨著：「缽邏嗦嚕娑婆柯，缽邏嗦嚕娑婆柯。」看到兩匹大狼一點收斂的樣子也沒有，趕緊閉上眼睛，絕望地說：「吃吧，吃吧，要吃就快點吃吧，反正就要死了，害怕已經沒用了。」

第八章 尖嘴母狼的義行

1

岡日森格奔跑著，累了，累了，牠一直都在奔跑和打鬥，已經體力不支了，漸漸地慢了下來，吼喘著，內心的焦灼和強大的運動量讓牠在這冰天雪地裡燥熱異常。披紛的毛髮蓬鬆起來，舌頭也拉得奇長，熱氣就從張開的大嘴和吐出的舌頭上散發著，被風一吹，轉眼就是一層白霜了。好像牠改變了毛色，由一隻金色的獅頭藏獒，變成了一隻渾身潔白的雪獒。

牠停下來，奇怪地看了看自己，趕緊舔了幾口雪。牠知道自己必須降溫，否則熱氣就會愈冒愈多，白霜也會愈積愈厚，白霜一厚就是冰了，牠背著沈重的冰甲是跑不了多少路的。可降溫是需要心靜體靜的，在這種預感到主人和恩人已經出事的時候，牠怎麼能靜得下來呢？

岡日森格忍不住又開始狂跑，心焦愈來愈嚴重，身體裡的每一個器官都變成了一團焦炭，熾熱地燃燒著。再加上狂跑，吞吐的白霧愈來愈多，愈來愈潮濕，一再下降的氣溫迅速把蒸騰而潮濕的熱氣改造成了晶體，很快牠就是冰甲披身了。

但是岡日森格沒有停下，風從東方吹來，從碉房山的方向吹來，就像億萬滴水匯成了海，億萬縷疾走的空氣匯成了雪野裡激蕩的風。它是那麼的無邊，以至於淹沒著你，讓你根本就無法選擇你想要什麼，不想要什麼。幾乎在同一個瞬間，岡日森格得到了狼的資訊、自己的孩子小母獒卓嘎的資訊、刀疤的資訊、漢扎西的資訊，牠用寬闊的鼻子迎風而嗅，心急如火地思考著：到底應該先去哪裡啊，是先去殺狼，還是先去尋找小母獒卓嘎？是先去尋找恩人漢扎西，還是先去尋找主人刀疤？

岡日森格帶著渾身的冰甲沒命地跑啊，跑著跑著風就告訴了牠：好像都在一條線上，狼是最近的，下來是小母獒卓嘎，再下來是漢扎西，最後是刀疤，刀疤在昂拉山群銜接著多獼雪山的某一個冰雪的山坳裡。這就是說，次序是早已安排好了的，牠只管用最快的速度往前奔走就是了。

天黑了，大雪災的白天和黑夜似乎沒有區別。白天有多亮，夜晚就有多亮，夜晚有多黑，白天就有多黑。岡日森格接近了狼群，狼在上風，牠在下風，狼沒有發現牠，牠已經發現了狼。再說牠是渾身披著冰甲的，牠和天地渾然一色，牠的移動就是雪的移動，而狂風暴雪的日子裡，雪的移動是最正常的移動，狼群根本就不在乎。

是一股九匹狼的小型狼群，牠們在白爪子頭狼的帶領下逃逸到了這個地方，這是個平坦向陽的原坡，是個家畜必經之要道，也是岡日森格必經之要道。

這會兒，九匹狼正排列成一個準備出擊的埋伏線，全神貫注地等待著獵物——小母獒卓嘎的出現。站在高高的雪丘上，親自擔任瞭望哨的白爪子頭狼不禁有些奇怪：小藏獒怎麼還不過來？牠走到一座雪梁背面後就再也沒有出來，是不是牠發現了我們，正準備逃跑呢？想著，白爪子頭狼跑下雪丘，來到埋伏線的中間，噗噗地吹著氣，好像是說：過去吧，我們過去吧，再不過去，到嘴的肉就會消失得無影無蹤了。別的狼亢奮地用大尾巴掃著積雪，一跳一跳地做著準備，就要奔跑而去了。

一隻小藏獒，一個手到擒來的獵物，一堆活生生血汪汪的肉。狼群的口水已經流出來了，流到地上就結成了冰。

迷亂的狂風大雪中，一座雪丘奔馳而來，突然停下了，停在了狼群的後面。嘩啦啦一陣響，狼群驚愕地回顧著，發現那不是雪丘，那是一個披著冰甲的怪物。那也不是一個怪物，那就是一隻碩大的藏獒。反應最快的白爪子頭狼跳起來就跑：上當了，我們又一次上當了，原來那小藏獒自始至終都是誘餌。狡猾的藏獒，陰險的藏獒，快跑啊，你們還傻愣著幹什麼？

岡日森格撲了過去，咬住了一匹來不及逃跑的狼，甩頭揮舞著牙刀，割破了喉嚨，又割破了後頸，然後追攆而去。

狼群當然不可能逃向被牠們認定為誘餌的小母獒卓嘎，而是逃向了北邊，岡日森格追了一陣就不追了。牠停下來，舉著鼻子聞了聞，發現已經聞不到自己的孩子小母獒卓嘎的氣味了，而恩人漢扎西和主人刀疤的氣味卻愈加強烈地撲鼻而來，馬上意識到小母獒卓嘎已經被牠拋到身後，不在上風的地方了。

岡日森格抖動滿身的冰甲徘徊著：是回去尋找，還是丟下自己的孩子不管，只管去尋找愈來愈危險的恩人漢扎西和主人刀疤？是的，漢扎西和刀疤已經十分危險了，氣味正在告訴牠——人和藏獒一樣，在危險的時候，將死的時候，總會因為緊張、驚怕、悲傷、痛苦等等情緒，散發出一種特殊的氣味。這種預告危險的氣味，人是聞不到的。一般的藏獒也很難區分，只有那些嗅覺特別發達的藏獒才可以辨認。現在，岡日森格辨認出了牠的恩人漢扎西和主人刀疤的危險，牠就只能丟下自己的孩子不管了。

岡日森格心焦如焚，迎風的奔跑就像逆浪而行，愈來愈吃力了。體內的熱氣一團一團地從張開的大嘴裡冒出來，冰甲也就不斷增厚著，一寸，兩寸，最厚的地方都變成三寸了。奔跑沈重起來，慢了，慢了，漸漸跑不動了，只能往前走了。開始是快走，後來變成了慢走，愈走愈慢，慢得都不是行走，而是蠕動了。這是堅頑而拚命的蠕動，岡日森格好幾次差一點倒下，每一次都又開粗壯的四肢，硬是挺住了。挺住的力量來自於挽救恩人和主人的心願，也來自於一陣陣長笛奏鳴一樣的狼嗥。

又來了一群狼，從側面快速跑來，截斷了前去的路，也截斷了恩人漢扎西和主人刀疤隨風傳來的味道。岡日森格慢騰騰地挪動著步子，鼻孔的熱氣和眼睛的眨巴在冰甲上掏出了幾個孔洞，兩隻暗紅色的眼睛就像探照燈一樣掃視著面前飛雪的幕帳。牠看不透，發現不了狼的影子，但鼻子已經告訴牠，狼群離牠只有不到半公里，而且非常迅速地朝這邊跑來。

藏獒的天性是見狼必咬的，但岡日森格的智慧正在提醒牠，這一次牠必須違背牠的天性，因爲營救恩人和主人才是最最重要的。這樣的提醒讓牠突然趴下了，牠打了幾個滾兒，想讓冰甲趕快脫落，結果冰甲不僅沒有脫落，反而沾了厚厚一層雪。牠不敢再滾了，再滾下去就會愈滾愈大，就像人類滾雪球那樣。牠站了起來，如同一座雪丘，滯重地挪動著，挪動了不到一百米，就再也挪不動了。牠身子一歪坐了下去，一座移動著的雪丘坐了下去，啪啦一聲響，就生了根似的靜止不動了。

夜色在淒寒中凝凍著，天地間裝滿了寂寞，寂寞得連雪片都有了大雁鳴叫似的聲音。素來粗獷的野風這時候顯示了少有的細緻，把一縷至關重要的資訊送進了雪丘的孔洞。那裡透露著岡日森格的鼻息和眼睛，那裡的大腦和記憶正在根據風的資訊準確地判斷著狼群的來歷：是牠帶著領地狗群曾經堵截過的上阿媽草原的狼群，牠們被領地狗群趕進了綿延不絕的昂拉雪山，卻沒有按照領地狗群的願望，在狼群與狼群、狼群與豹群的打鬥中自然消亡。牠們來了，來到了西結古草原的縱深地帶，正在尋找圍困在大雪災中的人群和畜群。

岡日森格知道，對不熟悉西結古草原的狼群來說，要在暴風雪中，在這片浩浩茫茫的原野上，找到死去的或者正在死去的人群和畜群並不容易，所以狼群直到現在還處在饑餓當中，還是極其瘋狂的凶殘和橫暴。岡日森格一遍遍地問著自己：現在到底怎麼辦？還沒有問出個究竟來，上阿媽狼群的影子就黑黝黝地出現在了不遠處的雪色白光裡。

狼群奔跑著，爲首的是上阿媽頭狼，牠身後不遠，是身材臃腫的尖嘴母狼。頭狼和牠的妻子好像已經看到或聞到了一隻藏獒的存在，甚至都已經感覺到了這隻藏獒的乏弱無力，帶著整個狼群，無所顧忌地朝著雪丘掩蓋下的岡日森格包抄而來。

2

當狼崽朝前跨出了最後半步，咧嘴等待的命主敵鬼一口咬住牠的時候，狼崽不禁發出了一聲撕心裂肺的尖叫。尖叫是牠這個年紀的狼崽所能做出的最強烈的反應，牠浸透了對世界的吃驚，浸透了牠對自己所從屬的這個物種的質疑：這就是狼嗎？狼怎麼能這樣？我知道你是匹頭狼，你分餐了我的義母獨眼母狼，現在又要吃掉我了，可我是個小孩，我還沒長大，身上沒有多少肉，你爲什麼要吃掉我呀？就是這樣一聲出於生命本能的尖叫，這樣一種鋒利的質疑，挽救了狼崽的性命，也挽救了小母獒卓嘎的性命。

小母獒卓嘎一聽到尖叫就不走了，牠本來是走向九匹狼的埋伏線的，狼崽的尖叫卻讓那準備要牠命的埋伏線徒然失去了作用。小卓嘎好奇地眺望著發出尖叫的地方：怎麼了？那兒怎麼了？哪裡來的小孩，是不是在叫我呢？小孩對小孩總有一種天然默契的吸引力，叼著一封信的小母獒卓嘎大膽而興奮地走了過去。沒看到什麼，便沿著一道雪壑，來到了一座雪梁的背後，借著夜色中的雪光仔細一看，柔軟的鬣毛倏然就挺硬了。

小卓嘎看到了一匹嘴臉乖謬的狼，看到狼牙猙獰的大嘴正叼著一匹狼崽。狼崽掙扎著，繼續用尖叫質疑著：爲什麼呀，爲什麼？你是我的父輩你怎麼能這樣？小母獒卓嘎的第一個反應便是把整個身子朝後一坐，低伏著身子撲了過去。突然又停下了，意識到自己還叼著一封從羊皮大衣裡找出來的信。張嘴丟開，稚嫩地狺叫了一聲，一頭撞了過去。

按照小母獒卓嘎的屬性，牠當然不是爲了營救狼崽，可如果不是爲了營救狼崽，牠幹嘛要如此快速地撲過去呢？也許牠可以等大狼吃掉了小狼，然後再實施藏獒對狼的天然追殺。可是牠沒有，牠似乎心中充滿了憤怒：該死的壞蛋，你居然要咬小孩！牠撞在了命主敵鬼的胸脯上，是何等的猛烈，頓時就讓命主敵鬼一個趔趄倒了下去。命主敵鬼的屁股負傷了，胯骨斷裂了，而且一瘸一拐走了這麼多路，早已餓餒不堪了，哪裡經得起一隻小藏獒不知天高地厚的碰撞。倒地的同時，口中的狼崽也脫落到了地上。

狼崽翻身起來，掉頭就跑，跑出去了十多米，才停下來舔了舔被命主敵鬼咬疼的地方。出血了，有牙印的腰窩已經出血了，但是不要緊，沒有咬斷牠脆生生的骨頭，牠還能跑，還能叫。牠仇恨地叫了幾聲，又傷心地叫了幾聲，這才意識到是別的動物救了牠。誰啊，誰救了我？定睛一看，頓時就傻眉瞪眼的了：藏獒？居然是藏獒救了牠？

狼崽轉身就跑，牠覺得現在威脅到牠的不僅是命主敵鬼，還有藏獒，儘管是一隻那麼小那麼小的藏獒，但畢竟也是作爲剋星的藏獒。牠跑啊跑啊，想跑到很遠很遠的地方去，突然又停下了。畢竟是個小孩，不可遏止的好奇心暫時戰勝了恐懼，牠很想知道，那隻勇敢的小藏獒是如何對付命主敵鬼的。

小母獒卓嘎撲著，吼著。命主敵鬼把受傷的屁股塌下去，拱起腰來，凶惡地張嘴吐舌，一次次用自己的利牙迎接著對方的利牙。和所有的狼一樣，命主敵鬼無法克服作爲一匹狼在藏獒面前本能的畏葸。儘管這隻藏獒的身量如此之小，小得就像一隻夏天的旱獺。牠在畏葸中極力防護著自己，眼看防護就要失去作用，突然意識到，也許孤注一擲才是擺脫撕咬的最好辦法，於是就撲通一聲趴下，把整個身子展展地貼在了地上。

小卓嘎撲上去輕而易舉地咬了命主敵鬼一口，發現自己居然一口就咬死了這匹嘴臉乖謬、獠牙猙獰的狼。狼全身伏地，閉著眼睛，沒了呼吸，一動不動。小卓嘎又一次撲了過去，卻沒有再咬，藏獒天生是不咬已經斷了氣的對手的，除非肚子餓了要吃肉。小卓嘎這個時候哪裡顧得上吃肉，牠太興奮了，平生第一次咬死了狼，而且是一匹大狼，自己多麼了不起啊。

牠圍著死狼轉著圈，炫耀似的喊叫著，突然瞅見不遠處正在瞪視著自己的狼崽，便歡天喜地地跑了過去：我把牠咬死了，我把吃你的惡狼咬死了。

裝死的命主敵鬼睜開眼睛，迅速站起來，用幽暗的眼光掃視著小藏獒遠去的背影，情緒複雜地吐了吐舌頭，轉身一瘸一拐地離開了那裡。牠很慶幸，慶幸自己騙過了小藏獒，又很遺憾，遺憾自己沒能吃掉狼崽。更重要的是，前途未卜，牠心裡裝著愈來愈沈重的擔憂和恐懼。

牠知道自己愈來愈難了，在受傷的屁股痊癒、斷裂的胯骨復原之前，即使牠回到自己的狼群裡，死亡也會隨時發生。

狼崽一見小母獒卓嘎朝自己跑來，轉身就逃。小卓嘎追了過去，依然高興地喊叫著，突然愣了一下，停下來驚奇地看著狼崽，似乎這才意識到：自己從狼嘴裡救出來的這個小孩，也是一匹狼。

是狼就必須撲咬，小母獒卓嘎撲過去了。作為藏獒牠似乎只能用最猛惡的姿態對付所有的狼，不管牠是大狼還是狼崽。緩緩起伏的原野上，雪幕朦朧的夜色裡，一隻小藏獒對一匹狼崽的追逐就像兩隻皮球的滾動，使勁朝一起滾著，一旦碰上，就又會倏然分開。

狼崽喜歡順著雪崗跑上去再跑下來。牠的腿比身子長，這樣跑上跑下似乎更帶勁。而小母獒卓嘎總是在對方上爬下顛的時候，從雪崗根裡繞過去堵擋在對方面前。牠是天生的追捕能手，腿比狼短卻比狼粗壯有力，跑動的頻率和肌肉的耐力都是動物裡面第一流的。對牠來說，追上一匹也許年齡比牠還要小個十天半月的狼崽，並不很難。

狼崽知道自己今天是跑不脫了，但牠又奇怪每次被小藏獒擋住的時候，自己都能安全逃離。

牠為什麼不咬死我？牠本來完全可以咬死我，卻又一次次放過了我。其實狼崽的疑惑，也是小母獒卓嘎的疑惑，每一次追捕的過程中，小卓嘎都是怒氣沖沖恨不得立刻咬死牠。一旦和狼崽碰了面，就又會情不自禁地停下來，或者撲上去咬一嘴狼毛，然後再放跑狼崽。小卓嘎心說我這是幹什麼呢？是在跟狼崽玩嗎？牠是藏獒，牠有和狼死鬥死掐的天性，但牠又是一隻小藏獒，一個小孩，更有和別的小孩一起玩的天性。兩種天性交叉起來，同時制約著牠的行動，讓牠一會兒是憤怒的戰士，一會兒是充滿童稚的玩伴，一會兒吃驚自己居然沒有咬死狼崽，一會兒又覺得這個狼崽多好玩啊，每一次都會讓我抓住牠。

就這樣，逃跑的還在逃跑，追逐的一直在追逐。終於逃跑的停下了，追逐的也追不動了，狼崽和小母獒卓嘎雙雙累癱在一座雪崗下面，擠在一起呼哧呼哧地喘著氣。好像牠們壓根就不是互為仇寇的敵手，而是一個窩裡出來的姐弟。

這時狼崽嗚嗚嗚地哭起來，牠害怕自己被小母獒卓嘎咬死，想跑又跑不掉，只好哭起來。一哭就又想到了別的傷心事：為什麼呀，為什麼對我好的，給我愛的，讓我感到溫暖的，都一個個悲慘地死掉了？先是阿爸阿媽被斷尾頭狼咬死了，後是一直撫養著牠的獨眼母狼被狼群吃掉了，牠沒有了親人，沒有了依靠，連賴以生存的狼群也失去了。牠失去了狼群牠就得死，不是被別的狼咬死，就是被藏獒咬死。牠一想到死，想到親人的死和自己的死，就會感到無比的窒息和悲傷，一絲疼痛催動著牠的聲音，牠一聲比一聲哀慟地哭著：死了，死了，我就要死了。

小母獒卓嘎知道狼崽在哭，還知道哭是需要安慰和同情的，尤其是一個小孩的哭。於是牠便同情起狼崽來，用鼻子蹭了蹭對方脖頸上硬生生的狼鬃，好像是說：怎麼了？你怎麼了？回答小卓嘎的是一股濃烈的狼臊味兒，刺激得牠腦袋裡轟然一聲，幾乎要爆炸。

狼和藏獒身上都散發著野獸的味道，這樣的味道在人看來差不多是一種味道，但在動物的鼻子裡，狼有狼味兒，獒有獒味兒。獒聞了狼味兒就會憤怒，狼聞了獒味兒就會驚悸。

小母獒卓嘎憤怒地唬了一聲，狼崽一陣哆嗦，哭聲也就顫慄起來，好像馬上就要咽氣了。小卓嘎聽著，那種由草原上的人感染而來的同情心再一次升起，趕緊止住了唬聲。牠是個小孩，還沒有長成堅硬而穩固的藏獒心理，先天的稟賦和後天的塑造正在膠結起來影響著牠的一舉一動。牠歪過頭去，把鼻子埋進對方灰黃的狼鬃，像是要適應一下，半天沒有起來。

狼臊味兒的刺激又來了，腦袋裡轟轟的，就要爆炸的感覺又來了。憤怒又一次纏住了小卓嘎，牠用地道的藏獒咬狼的聲音低沈地吠了一聲，抬起頭一口咬在了狼崽的脖子上。

狼崽頓時啞巴了，似乎連呼吸也沒有了。小母獒卓嘎不禁打了一個激靈，趕緊放開了狼崽：我咬死牠了嗎？真的咬死牠了嗎？哎呀呀，我又一次一口咬死了一匹狼。但是這次，小母獒卓嘎一點也不興奮，更沒有自己多麼了不起的感覺。牠圍著狼崽轉著圈，禁不住悲傷起來：你怎麼就這樣死了？你跟我一樣是小孩，怎麼還沒長大就死了？轉了幾圈牠就撲到狼崽身上，鼻子湊過去，呼呼地聞著，似乎狼臊味兒沒有了，腦袋裡也不再轟轟作響了，憤怒隱逸而去，只有絲絲不絕的同情單純地陪伴著牠：小孩，小孩，你要是不死就好了，就可以和我玩了。

小母獒卓嘎伸出小舌頭惜別似的舔著狼崽，突然聽到一陣咚咚咚的響聲。抬起頭來四處尋找，什麼也沒找到。又側著耳朵把頭貼在了狼崽身上，才發現那聲音居然來自狼崽的胸脯。小卓嘎知道這是心臟的跳動，這樣的跳動在牠還沒有出生時就已經十分熟悉了，阿媽大黑獒那日讓牠在感受到心跳的同時也讓牠感受到了母愛的存在。但是牠從來沒有聽到過自己的心跳，牠甚至不知道自己也是有心跳的。一聽到狼崽的心跳，就感到十分吃驚，一種源自母親胎腹與懷抱的溫存，一種讓牠迷戀的親切，油然而生。

小母獒卓嘎這個時候還不知道心跳和生命的存活有著直接的關係。牠仍然以爲狼崽已經死了，而死了的狼崽身上居然有著似曾相識的母愛的律動。小卓嘎戀戀不捨地用鼻子觸摸著狼崽心跳的地方，一種巨大而空曠的孤獨悄然爬上了牠的心室，思念出現了，就像雪片一樣輕盈而妖嬈，無邊而絕望。牠坐在地上哭起來，聲音細細的，是屬於藏獒那種隱忍而多情的哭泣。

佯死的狼崽知道小母獒卓嘎爲什麼會哭：想阿爸阿媽了，這個小藏獒跟我一樣想牠的阿爸阿媽了。但牠畢竟是狼種，不知道哭是需要安慰和同情的，或者說牠現在還沒有發育出一種對異類的同情來。牠只把對方的哭泣當成了一個逃跑的機會。牠猛地睜開眼睛，瞄了一下小卓嘎，跳起來就跑。

小卓嘎愣了，不哭了，一瞬間就把孤獨、思念和傷心全部丟開了。牠跳起來就追：哎呀呀，你活了，你活了，不許你活，我要咬死你，咬死你。

3

一公一母兩匹大狼半天沒有把鋼牙鐵齒攮在父親的脖子上，等死的父親奇怪地睜開了眼睛，一瞥之下，不禁叫了一聲：「天哪。」

兩匹狼就在三步之外，定定地站著，一眼不眨地望著他。不，不是站著，而是趴著，瘌瘌頭母狼趴著，瘌瘌頭公狼也趴著。不，不是趴著，而是跪著，瘌瘌頭公狼跪著，瘌瘌頭母狼也跪著。不僅僅是跪著，而是在磕頭，牠們的磕頭不像人那樣是撅起屁股以額搗地，而是翹起屁股，把閉合著的嘴巴平伸在地上。

父親驚異地看著牠們，看著牠們奴顏婢膝的姿勢，看著牠們水色汪汪的眼睛，似乎覺得自己已經用不著害怕了，問道：「你們這是幹什麼？」

狼不回答，牠們聽不懂父親的話，即使聽懂了也不會用聲音回答。牠們就像人類的聾子和啞巴，只會用動作和眼神，用跪著磕頭的姿勢和乞求的淚眼表達牠們的意思：糌粑，給我們一口糌粑。

父親還是不明白，問道：「詭詐奸猾的東西，你們不是要吃我嗎，爲什麼又不吃了？」說著他突然有了一種十分不好的感覺，那就是狼在做一件牠們並不情願做的事情。這樣的事情雖然符合牠們牟取食物時不擇手段的本性，卻是不到萬不得已不會做的。而他漢扎西，一個兩條腿走路的人，是不是也要做一件自己並不情願做的事情呢？不，他心說，我不做，就算面前的狼不是吃人的狼，而是乞求糌粑的狼，我也決不能把糌粑送給牠們。糌粑不是我的，是學校裡十二個孩子的，是多吉來吧的。

但是手，父親凍硬的手，兩隻似乎已經不屬於他的手，卻毅然決然地違背他的意志，把木頭匣子端出了胸懷，端到了兩匹狼的跟前，甚至還幫牠們打開了匣子蓋。父親的嘴而不是父親說：「吃吧，豬耙，我知道你們狼餓極了也會吃糧食。」

兩匹狼狐疑地望著父親，先是母狼點了一下頭，把平伸過來的嘴點進了積雪，然後是公狼點了一下頭，但沒有把嘴點進積雪。瘌痢頭公狼迅速站了起來，猜忌難消地瞅著父親，飛快地把嘴巴伸進匣子，又飛快地伸了出來。牠沒有急著吃，再次瞅瞅父親，看他依然坐著，白色的地面上依然只露著他那顆黑色的頭，便一口叼住了木頭匣子。

瘌痢頭公狼沒有把匣子叼起來，牠似乎知道那樣會使匣子失去平衡，灑掉裡面的豬耙。牠是拖著走的，就像拉車那樣，讓木頭匣子蹭著積雪的地面平穩地移動著，很快離開了父親，靠近了裂隙。

母狼跟了過去，牠走得很慢，幾乎不是走，而是挪，後半個身子沈重地累贅著，兩條後腿似乎一點勁也用不上。父親看了一眼就知道，母狼受傷了，大概是腰傷，從山上滾下來的冰雪在封死裂隙出口的同時，砸傷了牠的腰。怪不得牠昨天整夜都躲在裂隙裡不出來，怪不得牠的伴侶──那匹瘌痢頭的公狼會把占住裂隙看得比什麼都重要。

父親看著，突然就有些後悔：自己剛才爲什麼要害怕呢？牠不過是匹虛有其表的殘狼、疲狼、將死而未死的病狼，自己完全沒有必要把豬耙送給牠們。可是，把豬耙送出去是由於害怕嗎？不是，不是啊，是因爲狼的下跪磕頭，是因爲這樣一種狡猾或者說智慧的野獸居然學著人的樣子引發了他的惻隱之心。而且是如此可憐的一匹野獸，傷痛在身，幾乎都走不成路了，爲了一口吃的，還要艱難地挪過來，朝著他，前腿折疊著，把嘴平伸到地上，磕頭啊磕頭。

父親後來才知道，西結古草原上，許多動物，尤其是藏獒和狼，都會像人一樣跪拜磕頭，因爲牠們幾乎天天都能看到給佛寺，給神像，給雪山，給河水，給曠野裡的嘛呢堆、嘛呢筒和「拉則神宮」跪拜磕頭的牧民，也能揣測到牧民們爲什麼磕頭。就像人在很多方面都會學習動物一樣，動物也會模仿人的行爲，讓牠們在性命攸關的時刻像人一樣做出跪拜磕頭的舉動，乞求命運的轉機，根本就不是什麼難以想像的事情。

父親望著依然慢慢移動的母狼，不禁生出一絲憐憫，在心裡給牠鼓著勁：快啊，快啊，快走啊，去晚了糌粑就沒了，公狼三口兩口就吃乾淨了。馬上又發現，自己真是有點以小人之心度君子之腹。瘌痢頭公狼根本就沒有吃，牠把木頭匣子拖到裂隙下面後，就耐心等著自己的伴侶，連看都不看一眼糌粑，只讓難以控制的口水一串一串往下流著。一瞬間，瘌痢頭公狼好像不是狼了，不是父親眼裡自私自利的惡獸了，而是一隻先人後己的藏獒，或者是一個人，一個從來就不會貪得無厭的僧人。

轉世？父親突然想到了這個詞。他尋思，瘌痢頭公狼的前世很可能是一個人或一隻藏獒，不知爲了什麼，這輩子轉世成狼了。

母狼終於挪到了木頭匣子跟前，疲倦地臥下來，也不急著吃，而是用一種情意綿綿的眼神望著公狼。公狼把嘴伸進匣子，做了一個吃的動作，好像是說：快吃啊。母狼吃起來，剛舔了兩口，就被糌粑嗆住了，嗬嗬嗬地咳嗽著，瞪著糌粑不敢吃了。公狼示範似的張開了嘴，讓口水一攤一攤地流進了木頭匣子，然後伸進嘴去，舔了一口浸濕的糌粑，伸了伸脖子朝下咽去。沒有嗆住，公狼似乎早就知道糌粑只有用液體拌一拌才不會嗆住。母狼一看就懂了，也把口水流進了木頭匣子，然後伸進嘴去，用舌頭攪一攪再舔起來。就這樣，一公一母兩匹狼不斷把口水流進匣子，互相謙讓著你一嘴我一嘴地吃起來。牠們吃得很仔細，很溫馨，一點也沒有平時吃肉時那種拚命爭搶，大口吞咽的樣子。

父親看呆了，禁不住也像狼一樣一攤一攤地流出口水來，恍然之間覺得自己也正在舔食糌粑。咕嘟咕嘟咽了幾下，才意識到糌粑已經全部給狼了，自己什麼依靠也沒有了。如果不能很快回到地面上去，說不定就熬不過這個白天和接著到來的夜晚了。他站起來，爬出雪窩子，於心不甘地站到坑壁下面朝上看著。這兒上不去，那兒也上不去，再換個地方還是上不去。

他沿著坑壁的半徑來回走，一次比一次沈重地歎息著。最後不走了，也不朝上看了，上牙碰下牙地哆嗦著，想到跟自己在一起的還有兩匹狼，趕緊掉轉了身子。

糌粑吃完了，母狼已經回到了裂隙裡。公狼守在裂隙口，用一種沈鬱幽深的眼光望著父親，好像在研究著什麼。突然牠不研究了，跳起來，毫不猶豫地來到了雪坑中央，當著父親的面抬起了屁股。牠要幹什麼？撒尿？牠爲什麼要把尿撒在這裡？這絕對是雪坑底下最中央的地方？這裡撒完了，又去兩邊的坑壁根裡撒。一共撒了三脬尿，三脬尿不偏不倚處在一條線上，這條線正好把雪坑從中間一分爲二截斷了。

當公狼滿意地看了看牠的三脬尿，走回裂隙時，父親明白了：狼在劃分界線，意思是那邊是牠們的領地，這邊是他的領地，誰也不得逾越。其實父親也沒有想過逾越，因爲在狼佔據的那半個雪坑的坑壁上，更沒有攀緣而上的可能。他格外擔心的倒是狼過來，他知道自己很快就要撐不住了，死亡隨時都會發生。他只希望自己死僵了以後再變成狼食，而不是還沒等到咽氣就被兩匹狼迫不及待地撕破喉嚨。

父親打著哆嗦回到了雪窩子裡，坐了一會兒，還是在哆嗦，小哆嗦變成了大哆嗦，渾身難受得真想把自己咬一口。他尋思這雪窩子多像一個自己給自己挖好的墓穴啊，待在這裡不死也得死了。他起身來到雪窩子外面，在狼劃分給他的領地上胡亂走著，冷不丁搖晃了一下，又是一陣腸胃抽搐的難受，又是一陣天旋地轉的感覺。眼前黑了，休克前的眩暈又來了。他「哎呀」一聲，靠在了坑壁上，接著腿就軟了，沈重的身子滑了下去，滑倒在雪窩子旁邊後，就什麼也不知道了。

瘌痢頭公狼在那邊看著，疑惑地瞪起了眼：怎麼了，這個人怎麼了？牠直起脖子觀察了一會兒，看父親半天沒有動靜，就離開裂隙走過來，走到牠劃定的界線前就不走了。還是觀察著，並且用鼻子使勁嗅了嗅。牠嗅到了食物的氣息，人即將變成屍體的氣息，似乎很興奮，來回走動著，沿著牠劃定的那條分界線，差不多走了二十個來回。牠猶豫不決，往這邊抬了幾次腿，都沒有超越界線。突然牠停下了，加固界碑似的又在雪坑中央尿了一脬尿，然後拉長脖子，揚起了頭，用鼻子指著鉛雲密布的天空，扯起嗓子嗚兒嗚兒地嗥叫起來。

雪又下大了，父親身上很快覆蓋了一層雪花。瘌痢頭公狼忽高忽底地嗥叫著，不知為什麼，牠一直用一種聲音嗥叫著。母狼聽到後走出了裂隙，坐在地上，也跟著丈夫嗥叫起來。牠們的嗥叫很有規律，基本上是公狼兩聲，母狼一聲，然後兩匹狼合起來再叫一聲，好像饕餮前牠們要好好地歡呼一番，又好像不是。到底為了什麼，父親要是醒著，他肯定知道，可惜父親昏死過去了，已經主動變成一堆供狼吃喝的熱血浸泡著的鮮肉了。

岡日森格把仇恨和勇氣收斂在了凝固的雪丘裡，屏聲靜息地趴臥著。牠不相信狼群已經發現了牠，發現了牠的狼群絕對不會這麼大膽地朝牠跑來。牠從雪丘的孔洞裡望出去，看到一匹匹狼影的跑動不急不躁，穩健而富有彈性，就知道牠們已經確定了奔赴的目標，這目標正處在不遠不近的距離之中。

4

很快體大身健的上阿媽頭狼從雪丘一側跑過去了，許多狼影紛紛閃過去了，岡日森格禁不住放鬆地呼出了一口氣。大概就是這口氣的原因，上阿媽頭狼突然不跑了，回過頭去，疑惑地望著：味道，好像有味道，是藏獒的味道。狼群非常整齊地停了下來。上阿媽頭狼舉著鼻子在空氣中嗅了嗅，小心翼翼地走過來，站在五步之外，謹慎地盯住了雪丘。就是這個地方，沒錯，就是這個地方散發出了藏獒的味道。牠驚恐地朝後退了退，看到尖嘴母狼居然走到了雪丘的跟前，便警告似的叫了一聲：回來。

尖嘴母狼沒有聽丈夫的，鼻子幾乎挨著雪丘聞起來，一直聞到了岡日森格呼吸和窺伺的孔洞前，驚詫地揚起了頭，儼然一種果然不出我之所料的神情。牠跳起來就跑，突然又停下來，看了一眼上阿媽頭狼，回到雪丘跟前，用屁股堵住了雪丘的孔洞，搖晃著那條毛茸茸的大尾巴，一副安然、悠閒的樣子，似乎在告訴上阿媽頭狼：沒事，這裡什麼也沒有。

一般來說，母狼尤其是妊娠期的母狼，爲了養育和保護後代的需要，嗅覺要比公狼靈敏得多，牠說沒事，那就肯定沒事。上阿媽頭狼困惑地嗅著空氣，走過去在雪丘上抓了幾下，感到疏鬆的積雪裡面是堅硬的冰殼，就覺得是自己的鼻子出了問題。牠銜著隨牠停下來的狼群彎彎曲曲叫了幾聲，又開始奔跑起來。狼群再次啟程了。

尖嘴母狼看到所有的狼跑進了雪霧，這才又一次用鼻子聞了聞雪丘的孔洞，好像是通知裡面的岡日森格：沒事了，狼群離開了。然後悄然而去，很快跟上狼群，消失在了一地沙沙流淌的黑影裡。

這到底是怎麼回事？尖嘴母狼不僅沒有撕咬牠，反而用屁股堵住雪丘的孔洞掩護了牠？岡日森格怎麼也想不明白。牠認識這匹尖嘴母狼，那牢牢記住的氣味讓牠想起了領地狗群和上阿媽狼群以及多獼狼群的交鋒，卻忘了出於一隻雄性藏獒超群的心智和健全的生理，出於對所有母性包括宿敵狼族的妊娠期母性的憐愛之心，牠曾經在可以一口咬死的情況下放跑了尖嘴母狼。岡日森格很容易忘記自己那些俠義仁愛、厚道寬恕的舉動，所以就不明白尖嘴母狼的掩護是一種報答，也不明白這樣的報答雖然罕見卻很正常。牠一方面意味著母狼對狼族狼行的背叛，一方面又意味著對狼族的忠誠和對狼族聲譽的提拔。

在草原的傳說裡，狼是那種「千惡一義」的野獸。這「千惡一義」的意思是，一千匹「惡狼」裡定會產生一匹「義狼」，或者說，狼在千次惡行之後，定會有一次義舉。這樣的義舉能夠保證牠們在生命的輪迴之中有一個好的轉世，比如可以進入天道、人道、阿修羅道，而不至於墮入餓鬼道、地獄道，或者繼續生活在畜生道。

尖嘴母狼大概就是一匹「千惡一義」的「義狼」吧，岡日森格雖然不能完全理解，卻並不等於糊塗到分不清好壞。牠記不住自己對別人的施恩，卻永遠不會忘記別人對自己的施恩。牠蜷縮在雪丘裡感激著這匹母狼，一再地感歎著：今年的冬天，怎麼這麼多的狼，怎麼外來的狼群裡居然有高義行善之狼？但願牠也像掩護我一樣去掩護牧民，掩護已經十分危險了的恩人漢扎西和主人刀疤。

一想到漢扎西和刀疤，岡日森格就再也臥不住了。牠試圖站起來繼續走路，但已經不大可能。大雪傾盆而灑，壓迫著身體的雪丘快速變大著，冰甲的重量和積雪的重量早已超出了牠的負荷能力。牠只能一動不動，就像被如來佛扣壓在了五行山下的孫悟空那樣，眼睛可以觀望，呼吸可以暢通，思想可以活動，但就是不能運動著四肢奔走而去。

岡日森格焦躁起來，一焦躁口腔裡和舌頭上就大冒熱氣，一冒熱氣就又在冰甲之內塗抹了一層冰。這層冰很快封住了雪丘上眼睛的孔洞，牠發現自己什麼也看不見了，一片漆黑。牠搖起了頭，發現頭被卡在冰甲之中絲毫動彈不得，趕緊大口噴氣，似乎再不噴氣，呼吸的孔洞——這個牠和外界唯一的聯繫就要被寒冷和霜雪封堵住了。

風小了，大雪垂直而下，掩埋著岡日森格的雪丘轉眼又增大了一些，雪海之上所有的雪丘都增大了一些。彷彿再也無法擺脫了，豐盈而飽滿的西結古草原的冬天，把神威無窮的雪山獅子岡日森格，牢牢禁錮在了前往營救恩人和主人的途中。死亡的魔鬼正在顯示法力，靈肉危在旦夕。命運對藏獒的不公就是這樣，儘管牠們冒著生命危險救過許多動物許多人，可一旦自己陷入絕境，卻是誰也靠不住的，只能在孤立無援中自己營救自己。

牠有自救的辦法嗎？有啊有啊，岡日森格是雪山獅子，牠有能力對付所有的冬天，對付冰天雪地中的一切困厄。牠在生命之火走向熄滅的時候，仍然以最強大的力量爆發出了智慧的亮光。那就是依靠本能，從肉體到內心，斷然拋棄憤怒和焦躁，沈著冷靜、安詳閑定，在生命需要蟄伏的時刻，清醒地把蟄伏進行到底。這就是藏獒的素質，是人所不能的天然稟性。

岡日森格安靜了，眼睛閉上了，心靈閉上了，什麼也不想，連呼吸的孔洞是否會被寒冷和霜雪堵住也不想了，就想著安靜本身。如同草原上的高僧大德們躲在深洞黑穴裡修煉密法那樣，讓虛空和無有佔領一切，在所有的時間和空間裡，忘掉世界，更忘掉自己。

就這樣過了很長時間，天亮了，雪還在下，風又起，雪丘幾乎變成了一道圓滿的雪崗。岡日森格依然安靜著，安靜的結果是，牠體內的五臟六腑、渾身的每一個細胞都在產生熱量，熱量在安靜中氤氳著，愈聚愈多。就像種子在分蘗、釀母在發酵，而嘴巴卻在不焦不躁中閉合著，既沒有冒火氣，也沒有出熱汗。這樣的熱量是從皮毛裡透出來的，不會增加冰甲的厚度，只會慢慢地融化凍結在皮毛上的冰雪。更要緊的是，雪丘，不，雪崗已經十分厚實，外面寒冷的空氣進不來，融化的冰水不會馬上再次結冰。

岡日森格漸漸感覺到了融冰在脊背上的流淌，感覺到雪崗裡的空間正在擴大，身子正在解脫，禁錮正在消失。牠試著站了一下，沒等四腿站直，頭已經碰頂了，趕緊又趴臥下來，安靜了一會兒，再次一站，居然挺挺地站住了。

好啊，好啊，站起來就有力量了。對岡日森格來說，安靜已經過去，現在能夠挽救牠的，就是牠在安靜中蓄積的力量了。牠必須奮力一跳，衝破這碩大的房子一樣的雪崗。牠把獒頭對準了鼻息穿流的孔洞，決定就朝著那兒衝撞，那兒是雪崗最薄弱的地方。成敗在此一舉，生死在此一搏，岡日森格跳起來了，安靜了這麼長時間之後，牠終於凶暴地跳起來了。

第九章　雪豹．狳猁．燃燒的喇嘛

1

小母獒卓嘎追逐著狼崽，不斷地喊著：我要咬死你，咬死你。狼崽嚇壞了，沒命地逃跑著。

其實這樣的喊聲在小卓嘎並不意味著憤怒和仇恨，更多的是頑皮搗蛋和遊戲的興奮。小卓嘎想起領地狗群裡跟牠同齡的小公獒攝命霹靂王，想起這隻被人寵愛著的驕傲的小公獒是個蠻不講理的傢伙，動不動就會追牠咬牠。追牠的時候總是威脅地喊著：你停下，你停下，不許你跑，我要咬死你，咬死你。牠當時想：我就要跑，就要跑，等我長大了我也要咬死你。但牠似乎永遠跑不脫小公獒的追逐，每次都會被對方撲倒在地，狠狠地撕咬。當然小公獒是不會咬死牠的，獒類世界裡遺傳的規則發揮著作用，小公獒牙齒的咬合總會在咬疼牠並讓牠難以忍受的時候停下來，好像藏獒之間，難受是可以互相感應的。在小卓嘎的皮肉難以忍受的時候，也會讓小公獒的牙齒難以忍受。

這會兒，小母獒卓嘎學著小公獒攝命霹靂王的樣子喊叫著，很快追上嚇蒙了的狼崽，像小公獒撲牠那樣撲倒了狼崽，一口咬住了對方的脖子。狼崽尖叫起來，一叫就把小卓嘎嚇壞了，趕緊鬆口，跳到了一邊，不停地搖晃著尾巴。像是一種解釋：我跟你玩呢，跟你玩呢。

狼崽想跑，又沒跑，定定地望著對方。牠從小卓嘎的動作神情裡讀懂了對方的友好，猛然想到正是這隻小藏獒把自己從命主敵鬼的利牙之中救了下來。想到小藏獒或許是不會吃掉自己的，要吃的話早就吃了，在自己哭泣或者裝死的時候就已經下口了。

狼崽用孩子的迷茫忽閃著美麗的丹鳳眼，走到一個離小卓嘎遠一點的雪窩裡臥了下來，伸出兩條前腿，把下巴平穩地放在了上邊。這就是說，牠知道小卓嘎跟牠玩呢，雖然牠依然心懷警惕，但已經不怎麼害怕了。

小母獒卓嘎走了過去，用一種頑皮而得意的眼光研究狼崽。以前都是小公獒攝命霹靂王追牠，現在牠可以追別人了，多有意思啊。被人追和追別人、自己逃和讓別人逃，感覺是完全不同的；有一個隨便可以被牠追攆的夥伴，和沒有一個這樣的夥伴，感覺也是完全不同的。

小卓嘎緊挨著狼崽臥了下來，歪過頭去，聞了聞依然濃烈的狼臊味兒，覺得已經不那麼刺激了，腦袋裡也沒有了讓牠暴躁憤怒的轟轟聲。而狼崽好像仍然不能適應牠的獒臊味兒，更擔心對方再次咬住自己。抬起頭，緊張而恐懼地望著牠，不時地撮起鼻子露露狼牙。

但是狼崽沒有起身跑掉，這說明緊張已不似從前，恐懼正在消減。牠和小卓嘎一樣，也已經把對方當成了自己的夥伴，也許這個夥伴並不牢靠，但卻是現在唯一的夥伴。在到處都是死亡陷阱的雪原上行動，即使是天性孤獨的狼和天性孤傲的藏獒，內心也充滿了對孤獨和孤傲的排斥，充滿了對友誼和伴侶的渴望。

牠們相安無事地臥著，過了很久，一個共同的感覺讓牠們站了起來，那就是饑餓。小母獒卓嘎的腦海裡突然出現了一個麻袋，麻袋是裂開口子的，裂口中溢出了許多積雪一樣的麵粉。

牠用鼻子碰著狼崽，好像是說：我帶你去吃麵粉吧，我知道有個地方有麵粉。你喜歡吃麵粉嗎？我告訴你，麵粉是溫暖的，麵粉裡有著乳汁一樣清香的味道。

就在小卓嘎這麼說著的時候，突然就愣了。牠記得當時自己吃了麵粉以後，還看到了一些羊皮大衣，牠從一件大衣的胸兜裡叼出了一封薄薄的信。信？信到哪裡去了？壞了，我把信給丟了。牠立刻撿回已經丟在腦後的使命感，彷彿看到自己正在把信交給阿爸，阿爸又把信交給了班瑪多吉主任，班瑪多吉主任摸著牠的頭，稱讚著牠，給牠獎勵了一大塊熟牛肉。

小母獒卓嘎跳起來就跑，突然又停下來望著狼崽，意思好像是：走啊，你跟我走啊。狼崽沒有動，牠現在還不可能跟著小卓嘎去尋找勞什子信，牠想到的是應該去野驢河邊，那個阿爸曾經跟牠嬉戲、阿媽曾經給牠餵奶的地方。那兒有牠出生的窩，還有阿爸阿媽埋藏起來的食物。狼崽轉身想離開，又覺得前途渺茫，孤寂難忍。趕緊回過頭，乞求地說：你還是跟我在一起吧。

小母獒卓嘎丟下狼崽不管了，信是最重要的，那是人的東西，對牠和牠所從屬的種族來說，只要是人的東西，哪怕是一方紙片，也比屬於自己的一切包括夥伴包括性命更重要。這是真正的喜馬拉雅獒種的天然本性。這個本性讓牠們無比清透地意識到，任何時候，任何情況下，人的需要和人的利益都是高於一切的，在先人後己和先己後人之間，牠們選擇的永遠是前者。

小母獒卓嘎奔跑而去，不時地停下來呼哧呼哧嗅著積雪。牠記得信是黃色牛皮紙的，中間有個紅色方框，方框裡面寫著藍色的字。記得牛皮紙的信封上有一股牠從來沒有聞過的酸味兒，牠現在要找的，就是這股記憶猶新的酸味兒。而對牠來說，在毫無雜質異味的雪原上，找到一個牠已經有了深刻的味覺記憶的東西，似乎並不是一件很難辦到的事情。牠快速地跑著，聞著，一個小時後終於找到嘴臉乖謬的命主敵鬼正要吃掉狼崽的地方，牠記得就是在這個地方，牠丟棄了那封薄薄的信。

牠用鼻子吹著積雪，粗枝大葉地聞了聞，就知道信朝著什麼方向跑遠了。牠自信地追蹤而去，發現有時候信是蹭著地面跑的，有時候又會凌空而起，在天上飛一陣子，再落到地上，飛起來的時候信的酸味兒就消失了。但是不要緊，只要牠順風往前找，就又會發現信的蹤跡。

終於信再也飛不起來了，信被埋住了，大概有一尺深。小母獒卓嘎坐下來長舒一口氣，然後就開始刨挖積雪。牠先用前爪輪番刨一刨，再調轉屁股用後爪輪番刨一刨。吱啦一聲響，爪子劃到信封上了，牠激動地使勁搖著尾巴，就像見到了思念已久的藏獒或者久別未逢的人。

小卓嘎把頭伸進雪坑，在那黃色的牛皮紙、紅色的方框、藍色的字上逐一舔了舔。牠是色盲，從顏色上分辨不出牠們的不同來。但是從形狀和味道上牠知道那是完全不一樣的。舔完了，又深情地聞了聞信封上氤氳不去的酸味兒，這才叼起來，往回走去。

小母獒卓嘎走了很長時間才走回到原來的地方，牠驚喜地發現，都過去好幾個小時了，狼崽一直等著牠。狼崽生怕走開了小卓嘎找不到自己，就一步也沒有挪動，甚至連面對的方向也沒有改變一下。爲什麼要這樣？狼崽並不十分清楚，牠只清楚一點，自己一直生活在狼群裡，對孤身一人闖蕩荒原的日子沒有太多的準備。牠需要一個夥伴，這個夥伴帶給牠的應該是一種安全的感覺和驅散孤獨的依靠。

狼崽一見到小母獒卓嘎，就飛快地跑了過來，似乎已經忘了對方是一隻藏獒，而牠是一匹作爲藏獒天敵的狼。幾個小時的苦苦等待，讓牠以爲這隻跟牠邂逅又救了牠的命的小藏獒也許再也不會照面了。牠正處在極度失望中，嚴重地孤獨著，淒涼著，傷感著，突然發現對方又回來了，這個喜歡跟牠追追打打卻從來不真的傷害牠的異類的夥伴又回來了。

牠邊跑邊叫，叫出來的聲音連牠自己都感到吃驚：不是狼叫，而是獒叫，是小藏獒那種雖然稚嫩卻不失穿透力的吼叫。

狼崽和小母獒卓嘎這時候都還不知道，西結古草原的狼，尤其是公狼，有著極強的模仿能力，只要需要，牠們都能發出藏獒一樣的叫聲。小卓嘎也愣了：怎麼你已經不是狼了，你突然變成藏獒了？小卓嘎喜歡這樣的變化，這樣的變化讓牠進一步剝蝕了內心深處對狼崽的拒絕，愈加清晰地意識到，一個夥伴跑來了，一個年齡跟自己一般大的小孩跑來了。

小母獒卓嘎和狼崽撲抱到了一起，這是沒有任何敵意的撲抱，彷彿是朋友之間情不自禁的擁摟。一個說：你沒走啊，我真擔心你會丟下我走掉。一個說：你終於回來了，我以爲你再也不回來了。

兩個小傢伙你頂我撞地激動了一會兒，饑餓又來糾纏牠們了。狼崽用鼻子拱了拱小母獒卓嘎，毫不猶豫地朝著牠認定的野驢河的方向走去。牠要去尋找牠出生的窩，那個狼爸和狼媽埋藏食物的地方。

小卓嘎果斷地跟上了牠，彷彿已經用不著爭吵商量了，狼崽要去的，也應該是牠想去的。牠想去尋找阿爸岡日森格和阿媽大黑獒那日，牠不知道牠們在哪裡，也就沒有認定要走的路，總覺得只要選擇積雪中膨脹起來的硬地面走下去，就一定能見到牠們。

走著走著，小母獒卓嘎吃驚地叫起來：信呢？好不容易找到的信呢？再一看，也不知什麼時候，那封信跑到狼崽嘴上了。小卓嘎笑著，沒做出搶奪的樣子，像是說：好啊，那你就幫我叼著吧，可千萬別弄丟了。

牠們走了很長時間，走過了夜晚，走進了八隻猞猁的視野，走到了被白天描畫出波浪的地平線上。雪還是沒有消停的意思，颼颼的風迎面而來，把兩個小傢伙的眼睛吹得瞇了起來。小母獒卓嘎和狼崽都累了，不約而同地停在了一道雪崗的旁邊。這兒背風，可以依偎在一起暖和暖和。牠們靠著雪崗臥了下來，互相摟抱著，都說：睡一會兒吧，睡一會兒再走。說著，一起閉上眼睛，你呼我哼地拉起了鼾。

到底是小孩，這樣的時刻居然還能酣然大睡。風聲獰笑著，凶險從深曠的雪色中悄然淡出，兩個流浪兒的背景一片陰沈。

一直跟蹤著牠們的饑餓的大口，獠牙癢癢的大口，一群八隻猞猁的八張血盆大口，已經離牠們很近很近了。猞猁又叫唐古特林魔，在牧民們眼裡，牠們是山神的一種，是極其恐怖而又隱秘的大念怖畏神。猞猁一般不會成群結隊地行動，除非牠們不群聚就無法獵獲食物，就會成爲別人的食物。唐古特林魔身量比豹子小，但凶殘和靈敏的程度是豹子的兩倍。在草原上，由於棲息地的大致相同，牠們死掐活鬥的往往是雪豹或者金錢豹。一般來說牠們不會給喜歡群鬥的狼和喜歡冒死衝鋒的藏獒找麻煩。牠們遠離著草原，只在雪山和森林之間活動，可以說牠們是距離藏獒和狼最遠的猛獸。

但是現在不同了，久久不去的大雪災讓草原上的所有野生動物都感到了熱量的快速散失和饑餓的迅猛到來。超越界線的獵食蔓延著，凶暴和殘酷正在被牠們推向極端。天真無邪的小母獒卓嘎和狼崽，摟抱在一起睡得一塌糊塗的小母獒卓嘎和狼崽，在八隻猞猁血紅的眼睛裡，早就是溫暖如春的血湯肉醬了。

八隻猞猁快速走過去，圍住雪崗下面酣睡著的小卓嘎和狼崽。痛快的咬嚼就要開始，猞猁們交換著眼神，似乎想讓開胃的涎水多懸吊一會兒，然後再割而食之。或者牠們正在商量：誰首先開口，你還是牠？

雪崗之上，浮雪一股一股地瀰揚起來，加入了風的行列，呼呼地遠了。又有新雪覆蓋住了雪崗，雪崗靜悄悄的。風正在說：死了，死了，小母獒卓嘎和狼崽就要死了。

終於商量妥當了，一隻雄性的花斑猞猁率先跳過去，張嘴就咬。只聽喀吧一聲響，上牙和下牙的會合咬出了一嘴的粉齏，噗啦啦地落在了雪崗下。

2

離開煙障掛的領地狗群一路奔馳，彷彿生命就挑在牠們寬大的額頭上，任由牠們在寒冷的大冰磧地帶，唰唰唰地揮灑著。風的力量讓輕盈的雪片有了砂石般的沈重，所有的地方都被壓瓷了，膨脹起來的是硬地面，凹下去的也是硬地面，消失了虛浮積雪的雪原讓領地狗群變得格外豪烈而放達。領地狗群剛剛吞掉了十具狼屍，處於半饑半飽的狀態，既有體力，又有吃殺的欲望，正是奔跑行獵、阻擊頑敵的時候。牠們士氣正高，在大灰獒江秋邦窮的帶領下，風暴一般撲向了隱藏在朦朧雪色中的目標。

風中的資訊已經告訴大灰獒江秋邦窮，雪豹群就在遠方的大雪梁那邊，那邊是一片連接著昂拉雪山的大盆地，是牧民的冬窩子。整個冬天，這裡集中了野驢河部落三分之一的牲畜和牧民。雪豹群就是衝他們而去的。

雪豹的日常生活大多以家庭以母豹爲核心，公豹是自由的，牠可以換妻，也可以天長日久地守著一個妻子。但無論是專　的，還是不專一的，公豹之間並不經常發生爲了母豹的打鬥，這樣的和平共處使牠們有了另　種可能，那就是在極端困苦的狀態下，公豹會聯合起來，帶動母豹打破家庭的界線，以豹群的形式出現在因爲有了牠們而更加殘酷的雪原上。但無論雪豹多麼驕橫蠻惡，豹群的形成首先並不是爲了逐獵和圍獵，而是爲了保護自己。因爲荒原狼和猞猁都已經群聚而動了，如果雪豹的行動還以家庭爲單位，就很可能成爲狼群或者猞猁群的獵物。據說西結古草原上曾經出現過　群二百多隻的大集群雪豹，而通常年份的豹群大都在二十隻到五十隻之間。豹群一旦形成，膽氣就粗了，就是一個危害極大的團隊，襲擊的對象除了牛羊，還有人，還有藏獒。

領地狗群秩序井然地奔跑著，大力王徒欽甲保奮力追上了跑在最前面的大灰獒江秋邦窮，十分不滿地叫了幾聲：你跑得太慢了，你這樣的速度跑在最前面，會讓後面的領地狗伸展不開四肢的，還是我來吧，我來領著大家跑。說著，迅速超過了江秋邦窮。

大灰獒江秋邦窮驀然跳起，攔在了徒欽甲保面前，大吼一聲，張嘴就在對方肩膀上留下了一道牙痕，彷彿是在警告牠：不得胡來，現在是長途奔走，跑得太快就會失去耐力你知道嗎？一旦跑累了再遇到雪豹群，我們將不堪一擊你知道嗎？再說還有一些小嘍囉藏狗，牠們要是跟不上，留下來就等於留給了狼口豹口你知道嗎？

大力王徒欽甲保沒想到一向寬厚忍讓的江秋邦窮會有這麼激烈的反應，不服氣地咆哮了一聲，意識到這裡是集體，現在是打仗，服從是唯一的要求，趕緊退回到原來的位置上跑起來。

開闊的盆地中央，野驢河部落的冬窩子裡，二十多個西結古寺的活佛和喇嘛脫下紅色的袈裟和紅色的達喀穆大披風，舉在手裡，按照吉祥符咒萬字紋的模樣排列在了雪地上。袈裟和大披風獵獵浪浪地迎風而舞，加上他們穿在身上的紅色堆噶坎肩和紅色霞牧塔卜裙子，白茫茫的原野上，彷彿正在進行一場劇烈的燃燒。

藏醫喇嘛尕宇陀站在萬字符咒的前面，沙啞地喊著：「燒啊，燒啊，就這樣使勁燒啊，一直燒下去，這是大祭天的火啊，億萬個如意空行母飛起來了，飛起來了，佛爺喇嘛們喊起來，就像藏獒那樣喊起來。」

首先喊起來的是鐵棒喇嘛藏扎西：「哦——嗚——哇，哦——嗚——哇。」渾闊的音量是藏獒的，抑揚的音調卻是狼的。所有的活佛和喇嘛都喊起來，跟著活佛和喇嘛來這裡的六隻寺院狗和原本就在這裡的三隻牧家藏獒也都喊起來，喊聲的氣浪衝撞著雪花，雪花劇烈地騰躍翻飛著，半空裡一片舞蹈。

讓火紅的袈裟，讓更加火紅的達喀穆大披風，讓尤其火紅的堆噶坎肩和霞牧塔卜裙子，在一片皓白的雪原上燃燒似的飛揚起來。這是藏醫喇嘛尕宇陀的主意。尕宇陀一個人帶著一隻領路護身的寺院狗去礱寶澤雪原的牧馬鶴部落救治了寒病在身的大格列頭人回到西結古寺後，發現明王殿已經燒沒了，而食物卻因爲火的原因出現在了碉房山下的雪原上。他對丹增活佛說：「尊敬的佛爺，你是對的，你讓明王們回到了天上，天上就有神蹟出現了。快把敬佛的糌粑給我一口，我有了力氣就去把雪原燒起來，地上是白的，燒起來就是紅的，天上一見紅的，就知道人在哪裡了。」

丹增活佛說：「藥王喇嘛你有多大的法力能把雪原燒起來，你不會是想到了牧民的牛糞吧？我告訴你，牧民已經沒有牛糞了，有牛糞就不會凍死了。」尕宇陀說：「佛爺說得沒錯，即使有牛糞也不能一把火全燒掉啊，我倒是祈願天上掉下牛糞來。我想啊，要是讓紅披風的佛爺和紅袈裟的喇嘛們都燒起來，天窗就開了，明王們就能看得見了，堆在雲朵裡的吃的用的就都會讓空行母背到牧民們那裡去了。」

丹增活佛明白了藏醫喇嘛尕宇陀的意思，從供案上拿了一碗雪水拌成團的糌粑，雙手捧給他說：「受難的眾生有福了，餓殍不再遍地了，去吧去吧，你就替我去吧，你的意思就是我的意思，也是升上天的馬頭明王、不動明王、金剛手明王的意思，佛爺和喇嘛們會明白的。」

藏醫喇嘛尕宇陀一到這裡就把活佛和喇嘛們集中了起來。他把丹增活佛的意思告訴了他們，又說他已經得到了大藥王琉璃佛的旨意，只要地上有火，天上就能出現神蹟，等燃燒結束的時候，吃的用的就來了，冬窩子裡的牧民就有救了。

活佛和喇嘛們是來這裡救苦救難的，已經有七八天了，天天都有餓死凍死的牧民，他們的救苦救難就是爲死去的人念誦《中陰聞教得度經》，舉行頗瓦，也就是靈肉分離、魂魄升遷的儀式。

按理說牲畜要是凍死餓死了，牧民們就不會死，因爲牧民們是可以吃掉死牛死羊的，但是各家各戶牧放的牲畜往往都不會死在牧民們身邊，暴風雪一來，就把什麼都捲走了，帳房捲走了，牛群羊群和馬匹捲走了，甚至連人和狗都捲走了。畜群是見風就跑的，如同捲起了一張紙，輕飄飄的很快不見了蹤影。藏狗尤其是藏獒能憑著嗅覺找到畜群，人就不行了，只要眼睛看不見，就什麼也找不到了。

袈裟和達喀穆大披風依然在無涯白色中飄舞，滯留在冬窩子裡的五十多個部落牧民和他們的老婆孩子簇擁在一起，殷勤急切地望著神聖的活佛和喇嘛，期待著神蹟的出現。在他們看來，活佛和喇嘛們的排列，吉祥符咒萬字紋的形成，袈裟和大披風的獵獵響動，完全是一種機密而莊嚴的祭祀儀式，是擺脫饑餓和冷凍乃至死亡的必經之路。儀式一旦舉行，神靈就會降臨，有吃有喝的幸福生活就又要開始了。但他們沒有想到，活佛和喇嘛們也處在極端難受的凍餒之中，大藥王琉璃佛的旨意、天上的神蹟，對活佛和喇嘛也是一種未知、一個秘密。火焰一樣的萬字紋的飄動到底能不能引來神佛的關照，儀式的執行者其實並沒有十足的把握。

風一會兒大了，一會兒小了，火紅的袈裟和披風蓬蓬勃勃的，活佛和喇嘛們一個個就像天真的孩子，癡迷地望著寂寥無聲的天空和雪霧。六隻寺院狗和三隻牧家藏獒一直在叫，叫著叫著就朝前面的雪谷跑了過去，好像發現了什麼，奔跑顯得猛烈而狂躁，叫聲也充滿了剛健橫暴的意味。

鐵棒喇嘛藏扎西哦了一聲，警覺地瞪起了眼睛。坐臥在雪地上的牧民紛紛站了起來，目送著跑過去的藏獒，預感不祥地說著什麼。敏感的藏醫喇嘛尕宇陀揮舞著手中的袈裟喊起來：「馬頭明王、吉祥天母、大威德怖畏金剛，快來啊，快來啊。」

六隻寺院狗都是清一色的大藏獒，加上三隻牧家藏獒，一股悍猛驕人的獒群朝著突然來臨的危險奔撲過去，很快跑進了雪谷馬蹄形的谷口。

立馬就有了雪煙白浪，吼聲響成一片，猛獸與猛獸的決一死戰突然爆發了，人眼暫時看不到的雪谷裡，白浪霎時變成了血潮。

鐵棒喇嘛藏扎西綽起鐵棒跑了過去，看活佛和喇嘛以及牧民們都跟上了他，又停下來制止道：「你們聽到聲音了吧？不是狼的聲音，是山神的聲音，是山神的兒子雪豹的聲音，豹群下山了，山神的兒子又要胡作非爲了。我是鐵棒喇嘛我來懲罰牠們，你們定定的，不要亂啊。吉祥萬字紋的符咒千萬不要亂，看護好我們的孩子和女人，念想著我們法力無邊的密法本尊勝樂金剛和大威德怖畏金剛，讓神聖的本尊給我給藏獒們破天荒的力量吧，我們要把乖戾不正的山神和山神的兒子趕回山上去。」藏扎西說罷就走，就像藏獒的奔馳那樣，攜帶一股凜然不可犯的氣勢，掀起了一陣雪塵的煙浪。

果然就是驍勇異常的雪豹群。藏扎西看到，已經有兩隻藏獒倒下了，雪豹也有倒下的，一隻、兩隻，一共五隻。廝殺還在激烈進行，四十多隻雪豹如同一盤棋上的棋子，有條不紊地圍攻著剩下的七隻藏獒。每一隻藏獒都在和兩隻雪豹扭在一起死掐，受傷是必然的，倒下卻不那麼容易。吼著，咬著，翻滾跳躍著，只要咬死咬倒一隻雪豹，就會有另一隻雪豹補上來。

雪豹在身體的敏捷、四肢的撲打、牙齒的咬合、肌肉的彈性、力量的爆發等方面，一點也不比藏獒差，有時候還能超過藏獒許多。但心智、勇敢、氣勢、耐力以及那種大氣從容的姿態，都不如藏獒，所以一對一地打鬥，往往不是藏獒的對手，必須兩隻雪豹一起上，才能勢均力敵地打下去。

劇烈的打鬥持續著，每一隻藏獒的倒下，都會換來兩隻甚至三隻四隻雪豹的死亡或者重傷。

半個小時過去了，雪谷裡已是死傷一片，獒血和豹血的流淌已是如溪如河，奔撲過來的九隻藏獒靠著穩健的心理素質、超拔的勇敢精神和保衛家園而不是竊取他人財物的堂堂正義感，讓二十多隻雪豹躺在了血泊之中，有的死了，有的傷了，傷了的也快死了。

而九隻藏獒也無一倖免地倒了下去，都已經死了，牠們只要不死，就會掙扎著搏殺，只要倒下不動，那就一定是死了。

鐵棒喇嘛藏扎西看呆了，呆愣的原因還不是藏獒和雪豹的死亡，而是雪豹作爲山神的兒子正在出現神變。剛才他看到的是一股四十多隻的豹群，被藏獒咬倒了二十多隻以後，再看那些暴戾恣睢的雪豹，居然還有四十多隻。這就是說雪谷裡的豹群還在不斷增加，也不知會增加到多少，而能夠抗衡雪豹的藏獒卻已經全部死去。現在，頂用的就只有他了，他是人而不是藏獒，就算他是一個不同於一般人的鐵棒喇嘛，那也是喇嘛世界裡和草原牧民中秩序和規則的維護者，而對這股龐大的雪豹群卻絲毫沒有威懾力。

藏扎西來不及爲死去的九隻藏獒傷心落淚，緊張而嚴峻地考慮著如何堵截雪豹群的問題：

身後是五十多個牧民和他們的老婆孩子，是二十多個排列成吉祥符咒萬字紋的活佛和喇嘛，命懸一線，危險就在眨眼之間，到底應該怎麼辦？

他炸起頭髮，豎起眉毛，不由自主地把手中的鐵棒端了起來，突然發現自己根本用不著考慮怎麼辦，雪豹已經替他做了回答。摧枯拉朽的雪豹群朝他走過來，已經只有二十步遠了。他唯一的選擇就是像藏獒一樣義無反顧地撲向牠們，然後在撲打中死掉。

鐵棒喇嘛藏扎西回頭望了一眼藏獒和他必須捨命保護的牧民和僧人，大叫一聲，朝著他認定的一隻領頭的大雪豹撲了過去。

3

這是誰也沒有料到的。

八隻猞猁沒有料到已經來到嘴邊的血湯肉醬會轉眼之間逸然而去。那隻雄性的花斑猞猁更沒有料到，牠率先跳起來，張嘴咬住的並不是小藏獒或者狼崽汩汩冒血的脖子，而是一嘴冰塊，喀吧一聲響，冰塊在嘴裡變成了粉齏。冰塊是飛來的，冰塊怎麼能飛到牠嘴裡來呢？

小母獒卓嘎和狼崽沒有料到，牠們依靠著的這座雪崗，正是禁錮了雪山獅子岡日森格的雪崗。現在，雪崗的懷抱裡，禁錮正在融化，岡日森格已經凶暴地跳起來了。

一聲巨響，雪崗爆發了，就像火山爆發那樣，崩裂的冰塊和雪塊噴濺而起，凶猛地飛上了天，又唰啦啦地掉了下來。雪山獅子岡日森格在雪光裡躍然而出，牠抖擻著神威，落地的同時，又猛然跳起，躲開了冰塊的砸擊。等牠打算跳向更遠的地方時，突然看到八隻唐古特林魔就在五步遠的地方張牙舞爪地瞪視著牠，不禁停下來，狂吼了一聲。

牠見識過這種野獸，知道牠們的靈敏和殘暴勝過了豹子，還知道在這樣的野獸面前，任何理由的忍讓和退卻都只能是死亡的代名詞。牠毫不猶豫地撲了過去，八隻猞猁也毫不猶豫地撲了過來。

碰撞發生了，猛烈的吼聲中，岡日森格首先咬住了花斑猞猁的脖子，同時用沈重的身體夯倒了另一隻猞猁。但是牠沒有時間咬死牠們，牠必須趕快跳起來躲開其他猞猁的攻擊。即使這樣牠的前腿和屁股上已經有了兩處滴血的傷口。何等敏捷的猞猁，速度快得居然讓牠躲閃不及。不能這樣，不能貪婪於勇敢，光靠勇敢是贏不了猞猁的。

岡日森格後退了幾步，窺伺著猞猁，也窺伺著機會。猞猁們張開大嘴呼哧呼哧地進逼著，除了已經被咬成重傷起不來的花斑猞猁，七隻猞猁排列成半圓的一線，都把距離保持在了可以一撲到位的地方。這就是說，下一次碰撞還是七隻猞猁一起上，而岡日森格要做的就是避開眾口，各個擊破。

但是岡日森格根本就無法避開，七隻猞猁就是七支利箭，幾乎不差一秒地同時而起，從不同的方向朝牠激射而來。牠躲無可躲，只好奮起迎擊。完全是第一次碰撞的重複，岡日森格咬住了一隻猞猁，用身體夯倒了一隻猞猁，牠自己也被再次咬傷，一處傷在肩膀上，一處傷在脖子上。

不行，這樣下去絕對不行，牠已經有四處傷口了，有一處甚至在離喉嚨和大血管很近的地方。岡日森格奮身跳開，後退了幾步，繼續窺伺著。除了那隻在第二次碰撞中幾乎被咬死的猞猁，六隻猞猁再次排成一條線，凜凜地靠近著，朝著岡日森格飄過來一層陰惡毒辣的眼光。

岡日森格心想，誰是牠們的頭？幹掉牠們的頭，牠們就不會如此整齊地發動進攻了。岡日森格挨個看了一遍，沒看出誰是頭來。正在疑惑，就見最邊上那隻母猞猁突然停下，回頭望了一眼已經崩塌的雪崗。所有的猞猁也都停下了，也都回頭望了一眼雪崗坍塌以後堆積起來的冰雪。

岡日森格立刻意識到這隻母猞猁就是牠們的頭，往後一蹲，就要朝牠撲去，突然看到從雪崗坍塌的冰雪裡冒出一顆頭來，是一隻小藏獒的頭。接著就露出了鐵包金的身子，露出了從父母那裡繼承來的黑背紅胸金子腿。哦，卓嘎？岡日森格叫了一聲，問道：你在這裡幹什麼？沒等小卓嘎回答，牠發現小卓嘎的身邊又冒出一顆頭來，居然是一顆狼崽的頭。牠吼了一聲，不是衝著狼崽，而是衝著小卓嘎：你還愣著幹什麼，趕快咬死牠。

但試圖咬死狼崽的顯然不是小母獒卓嘎，而是那隻作爲猞猁首領的母猞猁。似乎是爲了避免腹背受敵，母猞猁丟開岡日森格，轉身朝著狼崽和小卓嘎疾風一般撲了過去。牠把狼崽和小卓嘎看成了嚴重威脅猞猁群的背後之敵，卻沒有想到，這樣一來，反而給自己造成了真正的背後之敵，岡日森格怎麼可能允許牠的孩子小母獒卓嘎的生命受到威脅呢？

岡日森格不顧一切地奔躍而起，從背後直撲母猞猁。這是最能體現岡日森格風格的一撲，就像暴風雪的運動，迅疾而無所不包。母猞猁顯然是跑不掉了，對岡日森格來說，躲開了猞猁群的集體攻擊，任何野獸包括在殘暴和靈敏方面超豹超狼的唐古特林魔，都不可能是真正的敵手。母猞猁被撲倒在了小卓嘎的面前，正好是仰面朝天的，白嫩的肚腹哪裡經得起岡日森格的撕咬，開膛露腸的時間只用了一秒鐘。岡日森格跳過去，堵擋在了小卓嘎和狼崽前面，又順勢準確地咬在了母猞猁的脖子上，獒頭一甩，那大血管就砉然開裂了。

現在還剩下五隻猞猁了，牠們依然迅捷、格外凶猛，絲毫沒有撤退的意思。但牠們已經失去了首領，失去了統一的指揮，就只會爭先恐後，而不會密切配合，一起撲咬。而向來是獨鬥英雄的岡日森格最不在乎的就是對手的爭先恐後，先來的先死，後來的後死，牠會精確地利用對方你撲我咬的時間差，實現牠各個擊破的目的。

岡日森格沈著冷靜地跳來跳去，一頭撞倒了首先撲來的一隻猞猁，幾乎在利牙割破喉嚨的同時，跳起來迎著第二隻撲向牠的猞猁撞了過去。猞猁再凶猛其力量也沒有藏獒大，對撞的結果，只能是猞猁滾翻在地。岡日森格放過了被牠撞翻的第二隻猞猁，又去迎擊第三隻第四隻朝牠撲來的猞猁。第三隻和第四隻猞猁依然被牠撞倒又被牠放過了，輪到撞擊第五隻猞猁時，牠才真正發威，吼聲如雷，牙刀如飛，不僅沒有放過，而且在咬死之後，又多餘地在牠脖子上劃了一牙刀。

現在還剩下三隻猞猁了。三隻猞猁輪番從地上爬起來，很想馬上進攻，卻又停了下來，抖動著皮毛，想抖落滿身的積雪。猞猁是一種非常喜歡乾淨的野獸，不允許自己身上沾染絲毫的塵土或者雪末，即使死到臨頭，也要保持一世的清爽純潔。等牠們抖盡了皮毛上的積雪，再準備撲咬對手時，岡日森格新一輪的進攻已經風捲而來了。嘎的一聲，一隻猞猁的右耳朵被撕了下來。猞猁慘叫一聲，回身就咬，只見岡日森格從牠身邊騰空而起，沈重地砸在了一隻金猞猁身上。金猞猁被壓得趴了下來，岡日森格並不咬牠，卻把鋼鐵般的牙刀飛向了朝牠橫斜裡撲來的另一隻猞猁。

那猞猁原以爲自己是在夾擊，或者是在身後偷襲，沒想到一下子變成了正面交鋒的對手，本能地縮起身子，伸出兩隻銳利的前爪抓向了岡日森格的眼睛。岡日森格似乎已經料到這一招，獒頭一抬，大嘴一張，便把抓過來的前爪含進了嘴裡，只聽嘎巴一聲響，猞猁的爪子被獒牙咬斷了，兩隻前爪都被咬斷了。猞猁翻倒在地，沙啞地叫著連打了幾個滾。

岡日森格從騎著的金猞猁身上蹦起來，飛向了前面，落地的同時，後腿並攏，以此爲軸心，仰著身子猛轉過來，恰好迎上了撕咬而來的金猞猁。岡日森格一頭撞翻了牠，然後一口咬在了牠的喉嚨上。

金猞猁死了，另外兩隻猞猁轉眼變成了殘廢：一隻沒有了右耳朵，一隻沒有了前爪，沒有了前爪的猞猁寸步難行，篤定是要死掉的，而且很快，很快牠就會成爲狼群的食物。沒有了右耳朵的猞猁還能活，能活的就讓牠活著吧，岡日森格瞪著牠，不斷地嚇唬著：走啊，你趕緊走啊。獨耳猞猁看懂了岡日森格的意思，徘徊著，告別似的把七隻死去的和重傷不能動的猞猁挨個看了看，舔了幾口牠們身上的血，最後仇恨地望了一眼魔鬼一樣的荒野殺手雪山獅子岡日森格，頭也不回地走了。

一直在驚愕中觀望這場打鬥的小母獒卓嘎高興地叫起來，欣喜若狂地跑過去，在岡日森格身上又撲又咬。岡日森格溫情地舔著自己的孩子，不時地睃一眼狼崽。

狼崽嚇傻了，嘴裡還叼著那封信，抖抖索索地蜷縮在積雪裡，似乎連轉身逃跑都想不起來了。

小母獒卓嘎急切地要把自己的新夥伴介紹給阿爸，跑過去打著滾兒從狼崽身上翻過去，又跑回到阿爸身邊，撒嬌地咬住阿爸粗壯的前腿不鬆口。岡日森格用鼻子撥開了牠，彷彿說：快啊，快去把狼崽收拾掉，牠正好是你的對手。小卓嘎解釋似的跑過去，搖著尾巴在狼崽鼻子上舔了一下，又搖著尾巴回到了阿爸岡日森格身邊。

岡日森格愣了：這到底是怎麼回事兒？自己的孩子居然交上了一個狼夥伴、一個狼弟弟。怎麼辦？吃掉狼崽，天經地義，因爲在狼崽長大的過程裡，牠會吃掉多少羊啊；放過狼崽，也是天經地義，因爲畢竟藏獒尤其是雄性的成熟的是惜婦憐幼的。最好的辦法還是剛才牠的主意，讓小卓嘎把狼崽收拾掉，牠們旗鼓相當，正好可以磨練磨練小卓嘎的咬殺能力。

岡日森格舔了舔自己的傷口，也讓小母獒卓嘎幫著牠舔了舔傷口，然後用鼻息，用吼聲，用眼睛和身體的語言，一再地催促著小母獒卓嘎：快啊，快去咬死吃掉這匹跟你一般大的狼崽。看固執的小卓嘎就是不聽話，覺得再這樣下去就是浪費時間，便一頭頂開了小卓嘎，挫動著牙齒，朝著狼崽大步走去：我也該吃點東西了，狼崽的肉，是最鮮嫩的肉。

4

小母獒卓嘎吃驚地望著自己的阿爸，汪汪地叫著，好像是說：不行，你不能吃掉狼崽，牠是我的夥伴。可是岡日森格怎麼會聽一個孩子的話呢？牠信步走去，把一口熱氣噴在了狼崽身上。狼崽感覺到已是大難臨頭，抖得更厲害了，叼在嘴裡的信發出了一陣唰啦啦的響聲。岡日森格奇怪地看了看信，突然聽到小卓嘎哭了，嗚兒嗚兒的。哭聲冷冷的硬硬的，有一種大力刺激的感覺，讓牠那因爲搏殺猞猁而變得熱烘烘的腦袋驟然涼爽了許多。牠好像清醒過來：真是糊塗透頂了，我一個如此偉岸的大塊頭，怎麼要去吃掉這麼小的一匹狼崽呢？祖先制定的規矩可不是這樣的，還是應該把牠交給小卓嘎，還是要說服小卓嘎去吃掉牠。

但是說服已經來不及了。遊蕩在冰天雪地裡的凶暴贊神和有情贊神似乎不願意一匹狼崽這麼小就被藏獒吃掉，讓雪花悠悠地送來了一種聲音。這幾乎就是神音了，牠讓幸運的狼崽頃刻脫離了死亡的危險。

這是一聲狼嗥，隱隱約約從遠方傳來。岡日森格倏地抬起碩大的獒頭，掀動著耳朵，把如夢似幻的眼光送給了雪花的舞蹈，一再地穿透著。牠立刻就知道，傳來狼嗥的那個雪遮霧鎖的深處，是野驢河邊碉房山升起的地方，也是恩人漢扎西的味道順風而來的源頭。

岡日森格聽出是一公一母兩匹狼在嗥叫，嗥叫很有規律，基本上是公狼兩聲，母狼一聲，然後兩匹狼合起來再叫一聲。好像在呼叫別的狼，又好像不是，是在哭嗚，或者是在威脅人畜。到底是什麼，岡日森格一時還無法判斷。對無法判斷的狼嗥牠必須立刻搞清楚，更何況還有對恩人漢扎西和主人刀疤的擔憂。

刀疤的味道已經聞不到了，而風依然是從昂拉雪山和多獼雪山那邊吹來的，這說明刀疤很可能已經沈寂在昂拉山群銜接著多獼雪山的某個冰壑雪坳裡。而漢扎西的味道卻愈來愈濃烈，這是象徵危險的濃烈，是讓岡日森格必須捨棄親情和生命的無言的驅動。

岡日森格毅然丟開了狼崽，丟開了小母獒卓嘎，朝著恩人漢扎西和碉房山奔跑而去。

小母獒卓嘎不由得跟在了阿爸後面，跑著，跑著，突然想到了狼崽。回頭一看，狼崽也已經跑起來，但不是朝這邊跑，而是朝著相反的方向跑去。嘴裡依然叼著那封信，就像牠變成了信使，要去交給班瑪多吉主任。小卓嘎喊起來：那是我的信，我的信。看狼崽不理牠，就又追著阿爸汪汪地叫：阿爸，阿爸，有一封信。

岡日森格這時候哪裡有心思聽孩子囉嗦，頭也不回地往前跑著。小卓嘎只好放棄阿爸，轉身去追趕狼崽，追趕狼崽嘴裡的那封信。牠從小就是一隻責任感強烈的藏獒，這樣的責任感是遺傳的，也是後天感染的。阿爸岡日森格和阿媽大黑獒那日以及領地狗群中其他父輩們的所作所爲，一直都潛移默化地影響著牠，所以與其說牠惦記著那封信，不如說牠更惦記自己對責任感的身體力行——如果牠丟失了這封信，牠不能把這封信交給阿爸岡日森格，再讓阿爸交給西工委的班瑪多吉主任，牠就連吃飯遊戲的心思也沒有了。

小母獒卓嘎好不容易追上了驚魂未定的狼崽，一獒一狼兩個小傢伙吼喘著趴在了地上，休息了半天才站起來。一個說往這邊走，一個說往那邊走。兩個小孩只想說服對方跟自己走，卻不肯各走各的路，互相的依賴仍然左右著牠們的行動。嚷嚷了一會兒，小卓嘎就撲過去搶奪那封信，意思是說：你不知道人的事情的重要，我是知道的，我要去送信啦。狼崽轉身就跑，牠並不知道信是幹什麼的，只知道別人要搶的東西牠偏不給。

小卓嘎追了過去，到底是孩子，追著追著，心思就變了，不再是不搶過來不罷休的意思，而是信走到哪裡我就跟到哪裡的意思了。狼崽看出了小卓嘎的心思，停下來，討好地把信放在了小卓嘎腳前。小母獒卓嘎友好地搖了搖尾巴，舌頭一捲，把信叼了起來。

牠們碎步輕鬆地奔跑著，忽兒一前一後，忽兒齊頭並肩，方向是狼崽認定的野驢河邊，那個有著牠出生的窩，有著狼爸狼媽埋藏起食物的地方。遺憾的是，牠們始終沒有找到這個地方，而對狼崽來說，找不到這個地方，也就是找不到安全，找不到生命的依託。牠情緒低沈，步履滯澀，似乎已經預感到，前去的道路上，到處都是未知的凶險、無名的陰謀。

大雪覆蓋的草原上，逆著勁力十足的豪風，連續兩個小時風馳電掣的岡日森格，已經累得跑不動了，但牠還是在跑。牠調動體內的每一絲力量，盡可能地擠壓著渾身滾動的每一條肌肉，在超越自我的運動中，始終保持著奔跑的姿勢。一直都有狼嗥，一直都有恩人漢扎西濃烈的味道，那就是兩根牢牢牽連著牠的繩索，拽著牠拚命地向前，向前。

終於來到了狼嗥響起的地方，來到了漢扎西遇險的地方。哦，原來是一個陷阱，是碉房山下一個陰深惡狠的雪坑。岡日森格吼著叫著，噌地一下停在了雪坑的邊沿，只朝下掃了一眼，就奮身跳了下去。

岡日森格本來可以選擇一處坑淺的地方往下跳，但是牠沒有。在牠看來，為了自身安全的任何耽擱，哪怕是一秒鐘的耽擱，都是不可饒恕的罪過。牠從十四五米的高度跳到了坑底，就像炸彈落地，轟然一聲，白花花的雪塵激揚而起。雪塵還沒有落地，牠就從積雪中自己砸出的地洞裡爬了出來，撲向了父親。牠沒有理睬狼，在牠跳入坑底的一剎那，牠就已經看到牠們了，只有兩匹狼，沒什麼大不了的，過一會兒我再咬死牠們。牠現在最想接近的是恩人漢扎西。牠看到漢扎西已經死了，他被兩匹癩痢頭的狼咬死了。

岡日森格撲到了父親跟前，用搖晃的尾巴訴說著牠的思念和哀悼，趴在地上，一邊流淚，一邊舔著，舔著，好像是說：是我的失職啊，我沒有及時趕到。牠舔乾淨了父親頭上脖子上的積雪，想撕著棉襖把父親從雪窩子裡拉出來，牠吃驚地發現，父親光潔的脖子上居然是沒有傷口的，怎麼可能呢？狼咬死了恩人，怎麼可能不在恩人的脖子上留下撕裂的傷痕呢？如果沒有在脖子尤其是喉嚨上留下傷痕，那就說明不是狼咬死的。再說了，狼咬死了他，爲什麼不趕快吃掉他，而要在那裡長嗥短叫地暴露目標呢？

岡日森格掀動著獅子般漂亮的頭風問著自己，禁不住用碩大的獒頭頂起了父親的頭。父親的嘴邊結著冰，那是氣流的痕跡，氣流的進出如果發生在嘴邊，就叫呼吸。啊，父親還在呼吸，我的父親牠的恩人居然還在呼吸。岡日森格激動了，眼淚簌簌而下，父親沒有死，父親是昏死了。岡日森格知道，昏死不是死，昏死是那種死了以後還能活過來的死，就像牠自己經歷過的那樣。不同的是，牠昏死了好幾天才活過來，而父親，被牠輕輕一喚，輕輕一舔，就活過來了。

岡日森格站起來，朝著天空汪汪汪地叫著，一瞬間的喜悅，讓牠忘記了狼的存在，或者牠現在是這樣認爲的：沒有咬死恩人的狼就不是真正的狼，既然不是真正的狼，那我爲什麼還要咬死牠們呢？愛憎分明的岡日森格，有恩必報的岡日森格，這時候不咬狼了。牠甚至遵循了狼對界線的劃分，不打算越過狼尿的遺漬去雪坑的那邊走一走。牠望了一眼隱身在裂隙裡的狼，問候似的呼喚了一聲，繼續深情地舔舐著父親。

父親醒來了，一睜眼就看到了岡日森格。他愣怔著，皺起眉頭想了半晌，才隱隱約約想起昏死以前的事情來。他蠕動著嘴唇，想說什麼又說不出來，吃力地舉起胳膊，抱住了岡日森格的頭。他唰啦啦地流著眼淚，就像見到親人的孩子那樣，在心裡埋怨著：你終於來了，岡日森格你終於來了，你為什麼這個時候才來啊，岡日森格。

岡日森格的眼淚和父親的眼淚交滙在了一起，整張獒臉和整張人臉都濕了，濕得就像淋了雨，又很快結成了冰。好長時間他們才分開，分開以後眼淚依然在流淌。

父親從雪窩子裡爬了出來，扶著岡日森格站直了身子。他渾身無力，兩腿發軟，渴望著食物。他知道自己必須立刻吃到東西，否則還會昏死過去。可是食物在哪裡？他求救似的望了一眼岡日森格。

岡日森格知道他很餓，卻沒有理解他眼神裡的那股攛掇之意，牠仰起獒頭，朝著天空疲倦地叫著，想把這裡有人需要救援的消息傳達給坑外的世界。虛弱的父親只好又扶著牠坐下來，抬起手，給牠指了指前面的狼。這一次岡日森格明白了，父親的意思是讓牠去咬狼，咬死了狼，就有吃的了。岡日森格聽話地掉轉了身子，用牠慣有的驕橫輕蔑的眼光掃視著對面的裂隙。

瘌痢頭母狼已經藏起來了。瘌痢頭公狼守在裂隙口，瞪著岡日森格，恐懼地蜷縮著，渾身發抖。牠們曾經遠遠地見識過獒王岡日森格，狼界裡對岡日森格也有許多傳說，那傳說在狼的語言裡就像在人的語言裡一樣，充滿了威懾與傳奇，鎮服了所有冷酷殘暴的野狼之心，讓牠們一想起來就心驚膽寒。此刻，這一對瘌痢頭的狼夫狼妻知道自己已是死到臨頭，便不再有任何逃跑反抗的舉動，深深地沈入死前的恐怖，一再地發抖，連裂隙沿上的積雪都抖下來了。

岡日森格站著不動，牠還在想剛才想過的那個問題：狼也處在極端饑餓的狀態中，爲什麼沒有咬死恩人？沒有咬死恩人的狼就是手下留情的狼，就是該活不該死的狼，我們爲什麼還要吃掉牠？父親不知道岡日森格在想什麼，奇怪牠居然如此滯緩，用手推了推牠：去啊，快去咬啊，咬死了好吃肉啊。岡日森格看了看父親，覺得恩人的命令和主人的命令一樣，是不能不服從的，就往前走了一步，還想往前走一步，聞到了狼尿的界碑，就又停下了。

岡日森格在猶豫：咬死面前這兩匹狼，對牠來說不費吹灰之力，更何況牠有知恩報恩的義務——恩人餓得不行了，不吃就要餓昏餓死了。可面前的這兩匹狼，是沒有對恩人下毒手的兩匹善狼，更是用嗚叫引來了援救者的兩匹義狼，牠們對人是有恩的，吃掉牠們是不對的。牠回望著父親，希望父親能收回自己的命令。但是父親沒有收回，父親再次指了指狼，又朝牠揮了揮手：快去啊岡日森格，你還猶豫什麼呢。岡日森格茫然不知所措地吼叫著，前爪不停地刨著積雪，用眼睛的餘光看到父親幾乎抬不起來的手還在吃力地朝牠揮動，便毅然越過狼尿畫出的界線，走向了裂隙。

瘌痢頭公狼嗚嗚地叫起來，彷彿是冤屈的哭喊，是無奈的祈籲，也是深深的後悔。狼知道，如果牠們不用嗥叫引來岡日森格，這個人就死定了，也知道，這樣的嗥叫幾乎等於給自己敲響了喪鐘，雄風鼓蕩的獒王岡日森格，或者別的藏獒，在跑來救人的同時，會毫不客氣地咬死並吃掉牠們，但牠們還是堅持不懈地嗥叫著，寧肯讓自己陷入性命攸關的泥淖。

或者，這一對狼夫狼妻壓根沒有料到結果會是這樣，牠們比人更了解自己的死對頭藏獒：

藏獒有恩必報，你沒有咬死人，而且還救了人，牠們就絕對不會對你下毒手了。可是能了解藏獒的狼，卻不一定了解千奇百怪的人，人和藏獒相比，往往是少講或不講感恩戴德的，感恩戴德這個詞，幾乎是個貶義詞。比如父親，在他糊塗的時候，在他餓得就要死去的時候，就想不起狼的好來了，執意要求一身正氣的雪山獅子岡日森格去卑鄙地咬死兩匹對他有救命之恩的狼。

岡日森格再次回頭看了一眼就要餓昏過去的恩人，恩人眼巴巴地望著牠，深陷的眼窩裡，就像籠罩著一張迷茫的網，網上的所有資訊都是督促，都是用狼肉救他一命的渴望。不能再猶豫了，岡日森格吼叫了幾聲，縱身一跳，來到了裂隙口，用兩隻蠻力十足的前爪，死死地摁住了瘌痢頭公狼。

瘌痢頭公狼悲慘地發出了最後一叫，算是向裂隙裡面的母狼的告別，胡亂掙扎了幾下，就瞪起眼睛，凝然不動了。好像是說：早知道是這樣的下場，我們就不會嗥叫著求援了，我們死不瞑目，死不瞑目啊。

第十章　當神鳥從遠方飛來

1

鐵棒喇嘛藏扎西舉起鐵棒砸向那隻領頭的大雪豹。大雪豹忽地一下跳開了。藏扎西再砸牠再跳，就像要把藏扎西吸引住似的，大雪豹總是跳不遠，總在一個鐵棒幾乎可以砸到的地方唬唬有聲地威脅著他。而其他雪豹卻令人意外地冷漠著，一個個都是一副坐山觀虎鬥的樣子。

藏扎西膽子更大了，一邊追攆一邊喊叫著：「來了來了都來了，六臂護法來了，騾子天王來了，閻摩德迦來了，勝樂金剛來了，來了來了，都到我的身體裡來了。」大雪豹跑起來。藏扎西緊追不捨，他覺得只要打死這隻雪豹群的首領，雪豹群才有可能撤退，五十多個牧民和二十多個活佛喇嘛也才有可能保全性命。

他用裹身的紅氆氌兜著凌厲的風，追過了兩座小雪丘，又追過了一座大雪丘，突然發現大雪豹不見了。他追尋著足跡，沿著雪谷南坡往上跑，又看到大雪豹的足跡延伸到雪坡下方去了。雪坡的下方正在揚風攪雪。他沿著雪坡往下滑去，滑著滑著，發現腳前的一堆雪忽地跳了起來，等落地的時候就變成了那隻大雪豹。

藏扎西哎喲了一聲，用鐵棒支撐著身子站了起來，愣對著大雪豹。大雪豹呼呼地叫著，齜牙咧嘴，意思是說：我是雪山之王，你是誰？你怎麼敢來挑釁我？藏扎西下意識地朝後挪了挪。他有點緊張，他一緊張臉上的肌肉就會皺出一些笑，他呵呵地笑起來。大雪豹知道人在笑，牠最忌諱的似乎就是人對牠的嘲笑。牠匍匐在地上，扭動著身軀，把粗壯的尾巴擺來擺去。

藏扎西再次哎喲了一聲，只見一股雪塵風捲而來，眨眼之間，大雪豹的一隻前爪抓在了他的手上，另一隻前爪牢牢摁住了他的胸脯。他手裡的鐵棒頓時掉在了積雪中，胸脯一陣陣發燒發虛。

藏扎西知道雪豹和狼不一樣，狼的撲咬，目的首先是咬住對方，雪豹的撲咬，目的首先是摁住對方；狼是先咬後抓，雪豹是先抓後咬，對付狼首先是對付牠的利牙，對付雪豹首先是對付牠的利爪。

也就是說，在大雪豹撲住對方和下口撕咬之間有一個間隔，這個間隔雖然短暫得只有零點幾秒，但對不想讓大雪豹咬死的藏扎西來說足足夠用了。藏扎西兩手迅速抓住雪豹的一隻前爪，奮力朝一邊扯去。大雪豹歪過頭去咬他的手，正好把一隻毛烘烘的短耳朵蹭到了他的鼻子上。藏扎西一口咬住了大雪豹的耳朵，彎起身來，把臉貼在了大雪豹的後腦勺上。

大雪豹沒想到，轉眼之間牠就抓不著藏扎西的臉也咬不著對方的脖子了，反而讓對方咬住了自己的耳朵，讓對方騰出一隻胳膊摟死了自己的脖子。大雪豹猛烈地甩頭，猛烈地張嘴，但很快就發現自己的頭已經無法自由轉動，吃人的嘴只能對著空氣猙獰地張合。呼吸也不再流暢，一隻前爪被藏扎西撕扯著正在失去抓撓和拍打的作用。

大雪豹狂躁地用另一隻爪子抓撓藏扎西的肩膀，抓了一下，又抓了一下。裹身的紅氆氌頓時破了，血流了出來，割肉的疼痛流了出來。藏扎西在心裡哎喲了一聲，這一聲哎喲就像擂鼓，讓他突然意識到，他是個見鮮血就發力，有疼痛就興奮的人。他甚至以為血是大雪豹的血，疼痛也是大雪豹的疼痛，而他要做的就是讓大雪豹痛盡血乾。

一股勁風衝了上來，又跌了下去。藏扎西在心裡叫著六臂護法、騾子天王、閻摩德迦、勝樂金剛的名號，毫不遲疑地抱緊了大雪豹，朝著谷底滾了下去。雪粉瀰揚起來，煙浪就像蟒蛇奔走，是愈來愈長的一溜兒。積雪的山坡上一陣兒噗噗噗，一陣兒嘩嘩嘩。

突然，安靜了。揚風攪雪的雪谷靜如死地。風悄悄的，漫天的雪花悄悄的，冰雪的起伏悄悄的，都在看著：那個喇嘛，那隻雪豹，滾著滾著怎麼就不滾了？不滾的時候鐵棒喇嘛藏扎西騎在了大雪豹的身上。

藏扎西兩手撕住大雪豹脖頸的厚毛，大聲喊著：「六臂護法、騾子天王、閻摩德迦、勝樂金剛……」邊喊邊使勁往下蹲。大雪豹撐起了前腿，被他蹲了下去；大雪豹撐起了後腿，又被他蹲了下去。他不停地蹲著，喊著：「六臂護法、騾子天王、閻摩德迦、勝樂金剛……」只聽喀嚓一聲響，大雪豹的身軀再也撐不起來了。

藏扎西就像馴服了一匹烈馬，翻身下來，吼喘著躺在了大雪豹的身邊。這時候他才發現，大雪豹的長短就是他的長短，大雪豹的粗細就是他的粗細。大雪豹還活著，扭過頭來衝他嗷嗷地叫，叫著叫著就想撲。但是大雪豹怎麼也動彈不了，牠是銅頭鐵腿麻杆腰，所有的雪豹都是銅頭鐵腿麻杆腰，大雪豹的腰已經被高大壯碩的鐵棒喇嘛藏扎西蹲斷了。

漸漸地，大雪豹連頭也抬不起來了，體內正在出血，牠就要死了。

藏扎西也和大雪豹一樣平靜地躺著，突然感覺到有什麼不對，噌的一下跳了起來。他發現北風的嘯叫格外響亮，雪谷裡一片曠古的寧靜，雪豹群早已不見了蹤影，前方升騰瀰漫的雪塵告訴他，雪豹群跑向了雪谷外面，跑向了五十多個牧民和二十多個活佛喇嘛。好像牠們給他玩了一個花招，用一隻並不是首領的普通大雪豹引誘著他，讓他顧此失彼，然後集中兵力，襲擊更大的人群去了。

藏扎西彎腰抓起一把雪，擦了擦肩膀上的血跡，連祈請山神原諒和禱告雪豹亡靈升天的簡單儀式都沒做，就沿著雪坡爬了上去。他在積雪中找到了自己的鐵棒，心急火燎地朝著雪谷外面的牧民和活佛喇嘛奔跑而去。

藏扎西跑出雪谷，大喊大叫著跑向了人群，突然停下了。面前的情形驚得他扔掉鐵棒，一屁股坐在了地上：「我的青果阿媽草原啊，這到底是怎麼回事兒？」

一片死屍，一片大雪遮不去的鮮血。死屍和鮮血不是牧民的，不是活佛和喇嘛的。在這開闊的盆地中央，野驢河部落的冬窩子裡，二十多個活佛和喇嘛依舊按照吉祥符咒萬字紋的模樣排列在雪地上，他們手中的紅色袈裟和紅色達喀穆大披風依舊燃燒似的飄揚著，加上他們身上的紅色堆噶坎肩和紅色霞牧塔卜裙子，白茫茫的原野上，一片愈來愈醒目的火紅。活佛和喇嘛們經聲大作，是降伏山神的密宗祖師蓮花生大師具力咒：「嘐阿嗎吔唖日咕如唄嘛咻嘀。」這是一種驅邪禳災的普通經咒，牧民們也在跟著念誦，聲音就像火焰的升騰，呼呼嗡嗡地擴散而去。

牧民和活佛喇嘛們的前面，一片驚心動魄的死屍，一片大雪遮不去、積雪滲不掉的鮮血。環繞著死屍，是一些魁偉生猛的藏獒。藏扎西尋思，死去的藏獒又活過來了。再一看，哪裡是出現了死而復生的奇蹟，是領地狗群來到了這裡。

領地狗們一個個呵呵地噴吐著氣霧，表情複雜地望著雪地上橫七豎八的死屍。死屍有藏獒藏狗的，也有雪豹的，藏獒藏狗死了六隻，雪豹死了十三隻。十三隻雪豹一眨眼工夫就比賽似的命喪黃泉，可見這是一場多麼激烈的打鬥。雪豹群是跑來襲擊人群的，沒想到幾乎在同時領地狗群兼程並進來到了人群的身邊，爲了食物的攻擊和爲了職守的保衛就這樣演繹成了一場血雨腥風的戰爭。

藏醫喇嘛尕宇陀正在一邊念誦《光輝無垢琉璃經》，一邊查看死屍身上的傷口，他不光查看了六隻死去的藏獒藏狗，也查看了十三隻死去的雪豹。斷定牠們確實沒有活的希望了，這才抱著圓鼓一樣的豹皮藥囊，去給那些受傷的藏獒藏狗餵藥抹藥。

鐵棒喇嘛藏扎西站起來，眺望著遠方。視野之內，已不見活著的雪豹，殘存的雪豹群已經逃之夭夭了。他走向似乎一點也沒有受到驚嚇的牧民，以喇嘛的身分關照地問道：「你們可好，你們沒有誰讓山神的壞兒子嚇掉魂吧？」好幾個牧民都認真地搖著頭說：「沒有啊，沒有，你看看大灰獒江秋邦窮，牠是多麼了不起啊，就像真正的護法神，一口氣咬死了三隻雪豹。還有大力王徒欽甲保，就像長了翅膀，飛來飛去地咬啊，咬了這個的喉嚨，又去咬那個的肚子。牠的孩子攝命霹靂王一點也不像個出生才三個月的小公獒，哪個雪豹凶狠就往哪個雪豹身上撲。還有黑雪蓮穆穆，牠哪裡是黑雪蓮，叫牠黑老虎還差不多，牠咬死了那隻個頭最大的雪豹，又和小公獒一起咬死了一隻母豹。」

藏扎西這才發現，整個領地狗群裡，居然沒有獒王岡日森格。他走向大灰獒江秋邦窮，撫摩著牠血染的鬣毛，問道：「岡日森格呢？我們的獒王岡日森格呢？」江秋邦窮知道他在問什麼，轉身把頭指向了東方。藏扎西理解了，又問道：「牠去了東方？去東方幹什麼？牠是獒王，怎麼可以在這個時候離開領地狗群呢？幸虧還有你，你是勇敢無敵的，江秋邦窮。」

大灰獒江秋邦窮知道這個威嚴的鐵棒喇嘛是在表揚自己，不好意思地搖了搖尾巴，吐著舌頭低下了頭，似乎是說：還差得遠呢，比起我們的獒王岡日森格，我不過是個聽命的走卒。說著牠走過去，站在一隻死藏獒的身邊，不停地舔著，舔著舔著就潸然淚下了。

藏獒們開始哭泣了，不是藏獒的藏狗也跟著哽咽起來。牠們在大灰獒江秋邦窮的帶領下，把死去的六隻藏獒藏狗團團圍住，眼淚撲簌簌地往下滴。有幾隻藏獒哭出了聲，哭聲沙啞而隱忍。受到感染的牧民們也哭起來，一哭聲音就很大，一個年輕牧民跪下來說：「這麼快你們就要去轉世了，下輩子你們一定是人，是我的阿爸和阿媽，是我的舅舅和叔叔。」

鐵棒喇嘛藏扎西回到了活佛和喇嘛的隊伍裡。活佛和喇嘛們已經不再念誦蓮花生大師具力咒了，改成了超送亡靈的救度法咒。法咒的背景上，藏醫喇嘛尕宇陀大聲地絮叨著：「去吧，去吧，寬心地去吧，世上沒有一隻狗、一個人，不是死了又活過來的，每一個生命，在轉世來到此生此命之前，生生死死不知經過了多少個輪迴。去吧，去吧，自由地去吧，你們會很快回到世上來，這個世上，還留著你們的主人，留著你們的朋友和仇家。」

一種聲音出現了，與活佛和喇嘛們的集體法咒和尕宇陀的絮叨相比，那是一種洪大到驚天動地的聲音。銜著這種聲音，領地狗們全都仰起了頭，狂妄地吠叫著。牧民們、活佛和喇嘛們，頓時就喑啞無聲了，只把眼睛凸瞪成了兩束疑惑的光芒，探照燈似的在雪花飄飄的天上搜尋著。

2

父親真是後悔啊。他後來說，他是餓糊塗了，什麼也顧不得了，居然攛掇岡日森格去咬死那一對狼夫狼妻。狼夫狼妻寬容地對待了他，他爲什麼非要置人家於死地呢？他說其實他一直沒有真正清醒過來，先前被岡日森格舔醒的時候，眼睛雖然睜開了，腦子卻依然是糊塗的。

瘌痢頭公狼在生命的最後關頭悲慘的向母狼告別似的一叫，以及那一陣錐子一樣尖亮的對岡日森格的喊叫，才把他徹底叫醒，讓他想起他和這對狼夫狼妻共同待在雪坑裡的每一分鐘。

父親說，如果兩匹狼在他昏死之後不動聲色地吃掉他，那就連鬼都不知道了，永遠都不會知道。可是兩匹狼沒有，牠們甚至都沒有跨越公狼用尿液畫定的界線，就在牠們自己的領地上，用聲嘶力竭的嗥叫召喚來了岡日森格。他怎麼能恩將仇報呢？恩將仇報的人，不僅死了不能轉世成人，還會在地獄中天天接受陰魔黑閻羅的火刑折磨和骷髏鬼卒的濕鞭抽打。

父親後來還說，他幾乎就要改變對狼的看法了，如果不是狼咬死了寄宿學校的十個孩子，如果不是以後狼的乖謬反常和怙惡不悛遠遠超過了狼夫狼妻在雪坑裡留給他的好印象，如果不是草原上藏獒與狼的戰爭一浪高過一浪地持續下去，他一定會想方設法阻止藏獒繼續殺狼，至少會讓能夠聽從他的岡日森格和多吉來吧收斂牠們的殺狼天性。可惜在狼的本性裡，更多的還是凶殘自私和吃羊害人，一旦群居，一旦集體行動，由生存法則決定的惡劣品行，就會在互相傳染中比賽一樣超量地發揮出來。也就是說，如果集體是壞的，個體的品質再好也是無法體現的，甚至爲了求得壞集體的容納，個體只能更壞更惡劣地表現自己。所以在父親看來，那些只有夫妻兩個在一起的狼、一個家庭爲一群的狼、單幹的狼，應該是好的，是人類的朋友，集體匯合時的狼，絕對是壞的，匯合得愈多就愈壞。荒原狼在很多情況下，很多時間裡，是要集體匯合的，所以父親最終還是沒有改變對狼的看法。

還有一點，父親很長時間以後才明白，那就是狼種之間的區別。荒原狼中，雪狼是最奸猾最陰險的；土狼是最猛惡最凶狠的；相比之下，馬狼則顯得不那麼譎詐不那麼殘暴，是狼裡的君子、獸中的鴿派。馬狼集體匯合的時間最短，一年只有四個月，群情飛揚地表現弱肉強食的機會、發揮偷搶擄掠的機會、比賽殘暴凶狠的機會，也就少得多了。藏民們管馬狼叫「玉都狼」，「玉都」是山神的意思，「玉都狼」就是山神的狼。既然是山神的狼，當然就不能對人太無情無義，因爲草原人對山神的祭祀從來沒有間斷過，也從來沒有缺少過虔誠。父親在雪坑裡遇到的，就是馬狼即「玉都狼」。

父親的後悔是一生的，他一生都在爲自己一閃念的不良意識而後悔莫及，檢點不已。好在他的糊塗最終並沒有變成結果。就在那一陣「岡日森格，岡日森格」的呼喊被雪花運載著從遠處傳來，就在尖亮的呼喊如同錐子刺得父親徹底清醒的時候，岡日森格還沒有把牙刀刺入瘌痢頭公狼的喉嚨。父親一聽那呼喊就愣住了：央金卓瑪？央金卓瑪來了。他幾乎站起來，又乏力地坐了下去，然後就明亮地發出了一聲驚人的吼叫：「岡日森格，不要，不要，岡日森格。」

岡日森格忽地抬起了頭。牠沒有把張開的大嘴、含住公狼喉嚨的大嘴，迅速合攏，似乎就是爲了等待那姑娘的呼喊，也等待父親的這一聲吼叫。牠慶幸地長出一口氣，兩隻蠻力十足的前爪迅速離開了被牠死死摁住的癩痢頭公狼，跳出裂隙口，回到了父親身邊。

癩痢頭公狼站了起來，很吃驚自己沒有被咬死，短促地咳嗽著，似乎在告訴裂隙裡面的母狼：我沒死啊，我沒死。

雪小了，風也小了，沈甸甸的驟雪變成了輕飄飄的柔雪，雪網漸漸稀疏著，可以看到天空的烏青了。岡日森格仰起獒頭，衝著天空滾雷般地叫起來。這是一種發自胸腔肺腑的極富衝力的吼叫，牠能逆著風向行走，能在勁風的吹打中保持很長時間的音量，而不至於立刻衰減消散。這樣的聲音正在告訴那個在遠處呼喊「岡日森格」的女人：牠就在這裡。

很快，央金卓瑪出現在了雪坑的邊沿。父親永遠忘不了，她的出現就像她的名字一樣美妙，那就是天上的妙音送來了福氣，就是從災難的茫茫苦海中被救渡到了幸福的彼岸。央金卓瑪是妙音救度母的意思，但父親和她認識了那麼久，直到今天這一刻，才對這個名字有了真正的理解。央金卓瑪來了，食物來了，性命來了，必死無疑的人這才可以說：我又活過來了。

央金卓瑪沒有牽著她的大白馬，也沒有帶來以往她總會帶來的酸奶子，她只從家裡背了一牛肚口袋糌粑，就一個人上路了。

糌粑是阿爸貢巴饒賽從曠野裡帶回來的，阿爸說，他拿了漢扎西送給西結古寺的一點點糌粑，去祭祀帶給草原災難的震怒的山神，山神立馬息怒了。

那一刻，他跪在野驢河冰凍的河面上大聲地喊著：「光榮的怖德龔嘉山神、尊敬的雅拉香波山神、偉大的念青唐古喇山神、高貴的阿尼瑪卿山神、英雄的巴顏喀拉山神、博拉（祖父）一樣可親可敬的昂拉山神、嫫拉（祖母）一樣慈祥和藹的礱寶山神，還有善良的九毒黑龍魔的兒子地獄餓鬼食童大哭、吉祥的護狼神瓦恰，你們看啊，這是獻給你們的糌粑，糌粑不多，但心是很多很多的，是所有頭人和牧民的心，是所有佛爺和喇嘛的心。這麼多的心都在祈求你們，可憐可憐草原，可憐可憐我們這些受苦的人，讓災難離開，讓死亡離開，尤其是不能再吃掉我們的孩子了。夏天吃掉了一個，他是我的兒子，秋天吃掉了一個，他是我的侄子，已經夠了，夠了，可不能再吃了。」

他就這麼喊著，也不知喊了多少遍，突然一聲巨響，整整一麻袋糌粑從天而降，就落在了離他十步遠的地方。貢巴饒賽後來說：「掉在別處的都是沒炒過的麵粉，唯獨掉在我面前的是用炒熟的青稞磨好的糌粑。這就是虔誠祭祀的好處啊，山神、大哭、瓦恰聽到我的聲音了，他們可憐我這個失去了一個兒子，又失去了一個侄子的苦命的人，把饑餓中的幸福降臨給我了。」

貢巴饒賽帶回家了許多糌粑，用雪水一拌，就可以捏成團了，儘管沒有酥油糌粑那麼好吃。央金卓瑪對阿爸說：「漢扎西把糌粑送給了西結古寺，他自己吃什麼？寄宿學校的孩子吃什麼？漢扎西的命根根多吉來吧吃什麼？我要去了，要給他們送點吃的去了。」阿爸貢巴饒賽說：「你不能去，這麼大的雪，你會迷路的。」她說：「阿爸你就放心吧，我就是閉著眼睛走也不會迷路。」貢巴饒賽說：「雪厚風緊，你會陷到積雪裡出不來的。」她說：「阿爸呀，我像山神一樣認識膨脹起來的硬地面，我不會往浮雪上踩。」貢巴饒賽說：「大雪災的草原上，到處都是饑餓，是狼群，你會被狼群吃掉的。」她說：「阿爸呀，你已經祭祀過山神了，就不會有狼群要來吃我了。再說我有糌粑，牠們要是來吃我，我就說糌粑比我更好吃，牠們就會只吃糌粑不吃我了。」

但是阿爸貢巴饒賽還是不讓她去，氣憤地說：「夏天被狼吃掉了一個孩子，那是你的弟弟，秋天又被狼吃掉了一個孩子，也是你的弟弟，都是寄宿學校惹的禍。寄宿學校是不念經的學校，漢扎西讓孩子們學那些沒用的漢字漢書，神靈已經不高興了。草原上的人都說，讓我們的孩子去餵狼，是神靈的懲罰。你不能去，吉祥的漢扎西已經不吉祥了，你不能再去找他了。」央金卓瑪笑著說：「阿爸呀，你知道我是不會聽你的，我家的佛龕是草原上最聖潔最靈驗的佛龕，你要是不放心，就多多爲我念經祈禱吧。」

就這樣央金卓瑪不聽阿爸的話，狼群不怕、豹子不怕、迷路不怕、大雪不怕地走來了，野獸放過了她，所有的危險都放過了她，她幾乎是被風托舉著順利來到了這裡。

氣喘吁吁、滿臉通紅的央金卓瑪坐在雪坑沿上，兩條腿搭拉下來，望著父親咕咕咕地笑。好像笑聲就是她的喘息，笑夠了也喘夠了，這才說：「漢扎西你不待在寄宿學校守著那些孩子，跑到這個大雪坑裡來幹什麼？還有岡日森格，還有狼，哎喲我的阿爸，這個大雪坑裡還有狼。」說著又笑起來，咕咕咕的就像一股清澈的泉水在往外冒。突然她不笑了，她想起了自己對漢扎西的擔憂，就又冒著眼淚嗚嗚地哭起來。

父親躺倒在地上，感激萬分地望著她。他知道她爲什麼笑，卻不知道她爲什麼哭，就把手伸出去，聲音細弱地說：「你呀，你是怎麼知道我在這裡的？」央金卓瑪高興地指著岡日森格說：「是牠把我叫來的，我本來要去寄宿學校，離這兒老遠老遠，就聽到了牠的聲音。」

父親點著頭，用更加細弱的聲音說：「來啊，來啊。」是讓她下來，還是讓食物下來，父親好像並不十分清楚。但是岡日森格是清楚的，牠衝著坑沿上的央金卓瑪吼起來：快啊，快把你背著的牛肚口袋扔下來。央金卓瑪馬上聽懂了岡日森格的話，從背上解下牛肚口袋，丟給了牠。岡日森格迫不及待地跳起來，在空中張嘴接住了牛肚口袋，用前爪摁在地上，麻利地咬開了拴在袋口的牛皮繩，來到了父親跟前。

父親的眼睛閉上了，他沒有來得及吃一口央金卓瑪帶來的糌粑，就又一次昏死過去了。岡日森格舔著父親的眼睛，舔著他脖子上的黃色經幡，看舔不出他的清醒來，就衝著雪坑上面的央金卓瑪叫起來，意思是：你快下來啊，快下來。央金卓瑪已經起身離開了坑沿，聽到叫聲，她又回來，解開腰帶，脫下自己的光板老羊皮袍，扔了下去：「我下去幹什麼，我下去就上不來啦。」

皮袍落入雪坑的一瞬間，把岡日森格和癩癩頭公狼嚇了一跳。公狼在發抖，岡日森格卻縱身跳起，就像母雞護小雞那樣趴在了父親身上。岡日森格以爲是老鷹或者禿鷲俯衝而來了。一看不是什麼飛禽，便再一次跳起，接住皮袍，撕過去，蓋在了父親身上。然後舔了舔父親的臉，又叫起來，還是叫給央金卓瑪聽的：快下來啊，你快下來。

央金卓瑪沒有照面，她走了，只穿著一件裝了羊毛的黑褐布的薄袍子，在白皚皚的雪原上就像一隻母獸那樣，準確地尋找著膨脹起來的硬地面，腳步匆匆地走到遠方去了。

岡日森格只好自己想辦法。牠舔了一口牛肚口袋裡的糌粑，湊到父親跟前，又把糌粑舔在了父親的嘴上。父親紋絲不動。岡日森格就伸出前爪輕輕搖晃著父親的身子。父親還是不動。

岡日森格想了想，走過去從牛肚口袋裡又舔了一舌頭糌粑，再次湊到了父親跟前。這次牠沒有舔在父親的嘴上，而是把濡濕的糌粑糊在了父親的鼻子上。牠知道，無論是動物還是人，鼻子都是最靈的，父親聞到了糌粑的香味，就一定會醒來。即使他不醒來，腸胃也會本能地抽搐，嘴也會本能地張開。

岡日森格等待著，十分鐘以後，父親醒了。父親說，在他昏過去的時候他感覺自己正在索朗旺堆頭人的帳房裡參加一次盛大的宴會。到處都是上等糌粑和手抓肉的味道，可他的眼睛不行了，怎麼看也看不見，抽著鼻子到處聞，聞著聞著就醒了。原來噴香噴香的糌粑就糊在他的嘴上鼻子上。

父親睜開眼睛張開了嘴，岡日森格就舔一口糌粑餵一下他，餵得他滿臉滿脖子都是糌粑。餵著餵著他就可以坐起來了。食物的偉大和神奇就是這樣，它在很多情況下，在很多生命那裡，是畢生唯一的目標。而岡日森格的了不起就體現在當牠自己也是饑腸轆轆，也必須把食物當作唯一目標的時候，牠總能產生克制自己的驚人毅力，而把人的生死饑飽放在第一位。牠餵著父親，自己卻沒有咽下去一口糌粑，咽下去的全是口水。

父親坐起來後，就用不著岡日森格再餵了，他自己抓著糌粑吃起來，不時地把手舉到岡日森格嘴前：「吃啊，你也吃一點。」岡日森格躲開了，牠扭頭看著狼，看得非常專注。狼也在看著牠，是兩匹狼一起看著牠，母狼已經從裂隙裡出來了，似乎牠們已經確切地相信，自己沒有危險，獒王岡日森格不會咬死牠們。

兩匹狼看著岡日森格，其實是看著岡日森格掌管之下的牛肚口袋，那口袋散發出的濃重的糌粑香味，就像頭頂不可遏制的雪潮浩蕩而來，刺激著狼夫狼妻發達的味蕾。狼的眼睛是濕潤的，是那種亮如泉石的白色濕潤，濕潤裡又有許多明晃晃的欲求。憑著祖祖輩輩與狼打交道的經驗，岡日森格不會不明白牠們的眼神和眼神背後的欲望。牠猶豫著，並且商量似的看了看父親。父親是通狗性的，知道牠的意思，一手摸著自己脖子上的黃色經幡，一手朝牠揮了揮。岡日森格瞇起眼睛笑了笑，一口叼起了牛肚口袋，來到了狼尿畫出的界線那邊，放下口袋，把前爪伸進袋口，朝外扒拉著。

一堆糌粑出現了。岡日森格叼起牛肚口袋，回到了父親身邊。瘌瘌頭公狼幾步跳過來，使勁聞了聞糌粑，一口不吃，回望著自己的妻子。母狼走了過來，很慢，腰傷妨礙著牠，後半個身子似乎根本使不上力氣。終於走到了食物跟前，牠望著丈夫，半晌不動一口。大概是在悄悄地謙讓吧，兩匹狼的鼻子互相磨擦著，直到口水滴瀝而下，眼看就要凍成冰了，牠們才你一嘴我一嘴地吃起來。岡日森格注意到，就像藏獒之間的公平分配那樣，沒有誰會多吃一口，就連地上沾染了糌粑碎屑的積雪，狼夫狼妻也是各自都舔了三舌頭。

岡日森格癡癡地看著這一對患難與共的狼夫狼妻，眼睛禁不住潮潮的，淚水吧嗒吧嗒落了下來。牠想起了大黑獒那日，那日已經死了，牠被埋葬在荒雪之中，已經有好幾天了，果日守著牠，牠是不會孤單淒涼的吧。還有刀疤，牠的主人，此刻在哪裡呢？是不是還在昂拉山群銜接著多獼雪山的冰壑雪坳裡，刀疤的味道最初就是從那裡傳來的。本來能夠聞到的味道現在聞不到了，爲什麼？難道刀疤也會像大黑獒那日一樣沈寂在這個雪災和狼災一起泛濫的冬天？

父親吃驚地小聲問道：「岡日森格你怎麼了？」這話就像驅動岡日森格離開的力量，讓牠頓時顯得急躁異常，牠悶悶地叫起來。恩人漢扎西已經沒事兒了，他身邊有餓不死的食物，有凍不死的光板老羊皮袍，這裡的兩匹狼又不會傷害他，岡日森格放心了。現在要出去繼續牠的營救牠的奔跑牠的廝殺了。可是牠出不去，牠發現自己除了悶聲悶氣地喊叫，沒有任何別的辦法。牠一邊喊叫，一邊來回走動，突然不動了，靜靜地聽著，聽到了一陣沙沙沙的腳步聲，在很遠很遠的五公里以外的地方，不是一個人，而是幾個人。牠叫得更加沈重更有穿透力了，就像地震的震波從震源的雪坑出發，力大無窮地推向了前方：來人嘍，來人嘍。

3

野驢河部落的冬窩子裡，洪大到驚天動地的聲音，終於在牧民們和活佛喇嘛們又驚訝又疑惑的搜尋中有了答案：啊？神鳥？

龐大的神鳥隨著聲音的增大，漸漸清晰了，就在活佛和喇嘛們的頭頂，掀動著翅膀，嗡嗡嗡噠噠噠地盤旋著。顯然牠是看見了獵獵浪浪的紅色袈裟和紅色披風以及活佛喇嘛們的紅色坎肩和紅色裙子，才出現在這裡的。

亂了，燃燒似的吉祥符咒萬字紋突然亂了，活佛喇嘛們害怕得四散開來，就像升騰的火焰被神鳥巨大的翅膀搧成了零碎的火苗，星星點點地撒向了白色的原野。牧民們更是驚恐萬狀，忽東忽西地奔跑著，跑到哪裡都覺得逃不開神鳥翅膀的遮罩，只好一個個臥倒在能夠把自己埋起來的積雪中。而領地狗們卻無所畏懼地跑了過去，用最大的音量朝天空吼叫著。

鐵棒喇嘛藏扎西驚叫著：「神鳥，神鳥。」幾個喇嘛用一種更加奇特的聲音也跟著驚叫起來：「神鳥，神鳥。」牧民們紛紛跪下了，活佛和喇嘛們也都跪下了。人們不由得眼望天空，凶吉難測地禱告著：「神鳥啊，神鳥。」

藏醫喇嘛尕宇陀知道得多一點，跑過去朝亂紛紛的人群喊道：「不要怕，不要怕，這是飛雞。」他說「飛雞」這個詞的時候用的是漢話，懂漢話的藏扎西聽明白了，立馬改變了禱告的詞：「飛雞啊，飛雞，請賜給我們福分吧。」尕宇陀趕緊糾正道：「也不是飛雞，是……」

到底是什麼，他一時也說不明白了，吭哧了半天，只好說了一句他和別人都明白的話：「保佑的來了，保佑的來了，馬頭明王、吉祥天母、大威德怖畏金剛，變成飛雞保佑我們來了。」活佛和喇嘛以及牧民們反應敏捷地磕起了頭。藏醫喇嘛尕宇陀左右看看，也跟著他們無比虔誠地磕起了頭。

這時人們看到，那被稱作「飛雞」的巨大神鳥從半空裡下降著，愈來愈低，翅膀掀起的雪塵就像五彩的雲朵，翻滾在神鳥四周，儼然是天界氣象了。神鳥繼續下降著，落地的一剎那，地上的積雪嚓嚓地陷開了兩道口子。

領地狗群在大灰獒江秋邦窮的帶領下，跑進了翻滾的雪塵，既勇敢又茫然地朝著神鳥又蹦又叫。

「哦——哟」鐵棒喇嘛藏扎西和藏醫喇嘛尕宇陀首先驚呼起來，他們怎麼也想不通，神鳥的翅膀不是長在身體兩邊，而是長在脊背上的，不是上下搧動，而是像嘛呢輪一樣急速旋轉的。

「哦——哟」所有的牧民、所有的活佛和喇嘛都驚呼起來，他們不僅看到了翅膀的荒誕，還看到神鳥的頭上居然坐著一個人，看到神鳥的肚子上奇怪地安著一道門。門開了，肚子裡的東西嘩啦啦地流了出來。同時出來的還有人。那些人踩著神鳥的腿踏上了西結古草原的冬日雪野，朝著活佛和喇嘛以及牧民們走了過來。

「哦——哟」又是一陣更加整齊更加雄壯的驚呼，透過漸漸稀薄的翻滾著的雪塵，人們發現，從神鳥的肚子裡走出來的人居然是大家都認識的，而且有的還非常熟悉。他們是青果阿媽州委的麥書記，是結古阿媽縣的縣長夏巴才讓，是結古阿媽縣的婦聯主任梅朵拉姆。

梅朵拉姆走在最前面，不，是跑在最前面，一邊著急地跑，一邊緊張地用藏話問道：「誰死了？誰死了？」她已經從天上看到了死亡，還不知道是誰死了，就開始流淚。她心說西結古草原的每一個人每一隻狗我都認識，不管誰死了我都會難過的。

領地狗群迎了過去，一個個都把尾巴搖成了扇子。年壯的藏獒們矜持一些，在離她幾步遠的地方停下來，笑呵呵地望著她。藏狗和年小的藏獒撲過去你爭我搶地舔著梅朵拉姆的手，舔不上手的就撕扯她的衣服，似乎不跟她接觸一下，就是天大的遺憾。如同牧民們希求活佛摸頂那樣，爲了得到一種心理的滿足和慰藉，享受一次被美麗仙女撫摩的幸福，牠們甚至排起了隊。

大力王徒欽甲保不甘心自己排在隊伍中間，覺得不能搶在大灰獒江秋邦窮前面接近梅朵拉姆，至少也應該是第二個。牠氣狠狠地朝前擠了過去，發現有個傢伙飛快地從後面鑽過來，蠻不講理地用屁股抵住了牠的胸脯。牠生氣地張嘴就咬，卻發現這個敢於跟牠大力王爭搶的，原來是自己的孩子小公獒攝命霹靂王。

梅朵拉姆知道自己在領地狗中的地位，不停地摸摸這個又摸摸那個，儘量滿足著牠們。摸幾下就問一句：「誰死了？誰死了？」以首領的身分一直陪同著梅朵拉姆的大灰獒江秋邦窮好像聽懂了她的話，汪汪汪地回答起來。梅朵拉姆聽不明白，瞪著眼睛問牠：「你是什麼意思啊？」江秋邦窮轉身就跑，跑向了死去的藏獒藏狗，意思是說：到底誰死了你來看吧，你一看就知道了。

藏醫喇嘛尕宇陀從呆愣中清醒過來，迎上去告訴她：「六隻領地狗死了，十三隻雪豹死了。」又指著前面說：「雪谷裡還有，還有死的，九隻藏獒死了，二十多隻雪豹死了。」梅朵拉姆聽了還在問：「誰死了？誰死了？」鐵棒喇嘛藏扎西以爲她沒有聽懂，走過去把藏醫尕宇陀的話用漢話翻譯了一遍。梅朵拉姆急咻咻地說：「我知道不是人死了，是藏獒藏狗死了，我是問誰死了？」尕宇陀對藏扎西說：「你告訴她吧，她心裡裝著西結古草原的每一隻藏獒藏狗，每一隻藏獒藏狗都是她心尖尖上的肉。」藏扎西長歎一聲說：「巴桑布死了，多吉死了，米瑪死了，瓊達死了，拉毛加死了，赤松德加死了……」這些都是梅朵拉姆認識的藏獒藏狗，她急切地分開簇擁著她的領地狗，朝著死屍撲了過去。

梅朵拉姆一隻隻地撫摩著死去的藏獒藏狗，用仙女柔軟而純真的聲音嗚嗚地哭起來。所有的領地狗都跟著她嗚嗚嗚地哭起來。

麥書記遠遠地望著，遺憾地歎口氣說：「是剛剛發生的事情，我們要是早一點看到火，這些狗就死不了。」夏巴才讓縣長說：「不是火，是佛爺喇嘛們的袈裟和披風。」麥書記說：「那也是火，他們沒有燃料，就只能這樣點火，這些佛爺喇嘛們真聰明，他們居然預測到了飛機的到來。」夏巴才讓縣長說：「藏民的聰明是沒說的，尤其是佛爺喇嘛們。」

麥書記和夏巴才讓縣長走過去，看了看死掉的領地狗和雪豹，來到了人群裡。牧民們都恭敬地低著頭，彎著腰，活佛和喇嘛們則平視著來人，只用溫和的神情表達著他們誠實的敬意。

麥書記對鐵棒喇嘛藏扎西說：「你快帶幾個人過去，把飛機上卸下來的東西搬過來分給大家，有省裡支援的乾肉和麵粉，還有多獼草原支援的奶皮子。」

藏扎西畏葸地望著翅膀已不再旋轉的飛機，搖著頭不敢過去。夏巴才讓縣長說：「快去啊，為了在機艙裡裝上這些乾肉、麵粉和奶皮子，麥書記都減掉了自己的秘書和警衛員。」看藏扎西仍然站著不動，就一把拉起他說：「走走走，我們兩個一起去，我讓你在飛機的肚子裡坐一會兒你就不害怕了。這是蘇聯老大哥援助我們的，一共援助了兩架，漢人一架，我們草原藏民一架，是上級分配的，你們以後就可以坐著它上天啦。」

一聽說上天，藏扎西就想到了靈肉分離，想到了往生極樂世界。覺得自己修為一般，佛法成就遠遠不夠，還不是一塊脫離輪迴、超凡入聖的料，就更不敢過去了。藏醫喇嘛尕宇陀走到他跟前，推了他一把，嚴肅地說：「鐵棒喇嘛你聽著，你是護法大神的化身，沒有不敢過去的道理，千萬不要讓牧民們和這些外來的貴人笑話你啊。」

藏扎西聽他這麼說，只好壯起膽子，緊攥著鐵棒，朝飛機走去。突然回過身來，一屁股坐下，右手朝上抬著，對驚異地望著自己的活佛喇嘛們說：「念起經來，念起經來。」好像沒有經聲給他壯膽，他就會這樣一直坐下去。

經聲響起來，是《大空界幻化密咒經》。藏扎西端著鐵棒走了過去，沒走幾步，又停下來，回頭喊著：「江秋邦窮，江秋邦窮。」大灰獒江秋邦窮立馬跑了過去。藏扎西拍拍牠的頭，又推牠一把，讓牠走在了自己前面。

夏巴才讓縣長跟在他身後，大聲說著：「飛機又不吃人，你害怕什麼？我告訴你，今後的日子就是坐飛機上天，就是天上的奶皮子掉進藏民的肚子。」又回頭對梅朵拉姆說：「不要哭了，大家都應該高興起來，這麼大的雪災裡，死幾隻狗算什麼？況且又不是白死，六隻狗咬死了十三隻雪豹，一隻換兩隻還多出一隻來。多好的豹子皮啊，要是草原牧民的藏袍都是豹子皮鑲邊的，那就氣派了。」

雪還在下，但已經不那麼急驟。藏扎西看到大灰獒江秋邦窮在前面，夏巴才讓縣長在後面，膽子大了些，腳步不由得加快了。這位不懼虎豹豺狼，不畏艱難險阻，不怕魑魅魍魎的鐵棒喇嘛——草原法律和秩序的捍衛者，心驚膽戰地走向了西結古草原有史以來第一次降落在地面上的飛機。

離飛機五十步遠的地方，牧民們和活佛喇嘛們翹首等待著飛機送來的乾肉、麵粉和奶皮子。

等了一會兒還不見來。麥書記說：「怎麼搞的？」就要過去看看，突然傳來一聲極其恐怖的慘叫。

人們驚訝著，只見雪幕深處人影晃動，看不清到底發生了什麼。大灰獒江秋邦窮暴怒地吼叫著，似乎這是召喚。大力王徒欽甲保首先朝那裡奔撲而去，所有的領地狗都跟上了牠。麥書記往前走了兩步又停下來，和幾年前剛來草原那會兒相比，他已經基本不怕狗了，但骨子裡的恐狗症還會時不時地冒出來制約他的行動。

梅朵拉姆忽地從死獒身邊站起來，拔腿跑了過去，大聲問道：「怎麼了？怎麼了？江秋邦窮你把誰咬了？」

牧民們和活佛喇嘛們一個個呆愣著，誰也不敢往飛雞那邊挪動半步，愈是不敢，就愈是敬佩梅朵拉姆：不愧是仙女，說她是漢人吧，她和藏民的狗這麼好，天生就有緣分，說她是藏民吧，她又不怕漢人才不怕的飛雞，能從飛雞的肚子裡走出來。仙女是美麗、聰明、溫柔、善良、多情、賢慧的象徵，是草原人把理想女性和神性摶捏在一起，讓人敬拜嚮往的一尊世俗味濃厚的母系神祇。她既是真實的，又是想像的，如同面前的梅朵拉姆，要具體有具體，要虛幻有虛幻。

就聽梅朵拉姆緊張地用漢話喊叫著：「住口，住口，江秋邦窮你給我住口。」就聽仙女下凡的梅朵拉姆著急地用藏話喊叫著：「岡日森格，你快來啊岡日森格，管管你的部下。」她還不知道岡日森格不在這裡，一再地喊叫著，看喊不來就又大聲說：「藥王喇嘛，尕宇陀喇嘛，現在只能請你過來了，拿著你的豹皮藥囊快來啊，快來止血。」

4

天亮了，人心卻跌入暗夜深處，愈來愈黑了。西工委的班瑪多吉主任和西結古寺的老喇嘛頓嘎幾乎不相信自己的眼睛，巡視在寄宿學校的地界裡，連喘氣都沒有了。突然老喇嘛頓嘎喊起來：「我祈求偉大的忿怒王快來到我的夢裡頭，把我從夢魘中趕出去，夢醒來，夢醒來。」

班瑪多吉主任當然也希望自己是在夢中行走，但他畢竟是個來自漢藏交界處的藏民，已經不會用幻化的意念來麻痺和解脫自己了。他一把抓住頓嘎，渾身顫抖著說：「你說我們怎麼辦？白水晶夜叉鬼卒真的把我們引到地獄裡來了。」看到老喇嘛頓嘎一臉的茫然無措，就推了一把說：「快把大藥王琉璃光如來叫來，把觀世音菩薩叫來，把金剛、明王、護法、本尊統統都叫來，把藏醫喇嘛尕宇陀也叫來，讓他們活，讓他們活。」說著一屁股坐了下來，把頭埋進了自己的腿，嘴裡依然嘮叨著：「去啊，去啊，把丹增活佛請來，把西結古寺的所有活佛喇嘛都請來，這裡需要念經，就念那個《死去活來經》，一念經他們就活了。」

老喇嘛頓嘎神情木然地點著頭，他依然相信自己處在極其黑暗的夢魘裡，相信自己只要走出這片夢魘之地，眼睛看到的那些死亡、那些狼吃人的慘景就都會溘然逸去。因爲慘景本來就是不存在的：撕成碎片的帳房、還沒有被雪花完全蓋住的十個孩子的屍體、紫紅深紅淺紅的鮮血、渾身創傷就要死去的多吉來吧、幾十匹狼屍的陳列，都是不存在的。存在的只是大雪災以前的情形：孩子們的打鬧、漢扎西和央金卓瑪的身影、多吉來吧雄壯的叫聲伴隨著朗朗書聲。

老喇嘛頓嘎很快走了，他要按照班瑪多吉的吩咐，去西結古寺敦請天上的神佛、人間的喇嘛。走著走著突然自語道：「沒有啊，我當了一輩子喇嘛，怎麼從來沒聽說有個《死去活來經》？」

班瑪多吉主任一個人坐在積雪中，坐了很長時間，直到毫髮未損的平措赤烈來到他跟前，神情呆癡地望著他，才意識到自己不能這樣枯坐著等待佛爺喇嘛們來這裡念那《死去活來經》。他必須營救孩子，還有兩個孩子是活著的，多吉來吧也是活著的。他站了起來，摟住平措赤烈，撫摩著那顆冰涼如石的頭，眼淚嘩啦啦地流下來：「孩子啊，我們來晚了，你是怎麼活下來的，告訴我。」

平措赤烈不說話，身體微微顫抖著，黑汪汪的眸子裡依然深嵌著極度恐慌的神情。班瑪多吉在身上摸了摸，摸出一塊上飛機前裝在口袋裡的乾糧遞了過去。平措赤烈一把抓住，狼吞虎咽地吃起來。班瑪多吉轉身走向了還在發燒昏睡的達娃，一彎腰抱了起來。「走吧，咱們走吧，狼群光咬死了人，還沒吃上肉，說不定還會回來，這裡很危險。」說著，他來到剛才看見多吉來吧的地方，發現那兒已是空空如也。他吃驚地張望著：「哪兒去了？多吉來吧哪兒去了？牠渾身上下沒有一塊好肉了，居然還能起身離開這裡？」

多吉來吧走了，牠已經意識到自己沒有完成使命，和生命同等重要的職守出了重大紕漏，意識到牠已是一個無顏見江東父老的敗北之獒，渾身的傷痕將給主人帶來許多麻煩。意識到牠終身都要維護的榮譽感已經撕裂，至高無上的責任心已經粉碎。牠唯一的選擇就是像所有優秀藏獒都會選擇的那樣，離開領地，離開人的視域，走向孤獨和寂寞，在狼群迅速到來之前，舔乾淨身上的血跡，然後悄悄地死去。是的，必須悄悄地死去，而且要快，牠的嗅覺還有一點作用，知道狼群很快又要來了，牠不能活著讓狼撕咬，不能，這是尊嚴的需要，死了就什麼也不知道了，就沒有尊嚴了。

就這樣，多吉來吧踏雪而去，牠已經流盡了鮮血，失去了全部的力氣，只剩下了若斷似連的意識，牠就是靠著愧疚於漢扎西和愧疚於寄宿學校的意識，靠著一股只屬於藏獒的超越極限的毅力，站了起來，走了出去，消失在了雪色浩蕩的原野上。那條拴在鬣毛上的鮮血染紅的經幡一直飄舞著，彷彿是牠牽著多吉來吧及時離開了這個狼群必來之地。

西工委的班瑪多吉主任抱著達娃，帶著平措赤烈，朝著碉房山的方向走去。他還不知道，自己身後兩百米處就是一股逆著寒風聞血而來的狼群。

狼群哈哧哈哧噴著氣霧，流著饑餓的口水，知道不遠處就有死屍，便用毒箭一樣的狼眼目送著他們，輕易放過了。牠們是外來的狼群，深知要想在一片陌生的草原上立穩腳跟，絕對要掌握好殺性的分寸，該收斂的時候就得收斂，該爆發的時候必須爆發，該報復的時候才能報復。現在是死屍就在眼前，不吃白不吃的便宜就在眼前，還是暫時不要去撲咬活人了吧，免得過早地引來牧民們的注意，引來領地狗群的再次追殺。狼群耐心十足地看著人走遠了，才在多獼頭狼的帶領下衝向了十具孩子的屍體。

似乎走了很長時間，班瑪多吉主任才走到野驢河邊可以通往西結古寺的那個地方，遠遠看到雪丘後面一股白煙升起。知道那兒有人走來，便大喊一聲：「誰？」回答他的是一個姑娘的聲音：「救命啊，救命啊。」班瑪多吉快步走了過去，一看是央金卓瑪，驚訝地問道：「你怎麼一個人在這裡？不要命了？現在是冬天，這裡是雪原，到處都是野獸知道嗎？」

央金卓瑪雙臂抱在胸前，用手摸著自己黑褐布的薄袍子，上牙磕磕磕地碰著下牙說：「誰說現在是冬天，現在是夏天，誰說這裡是雪原，這裡是山前河邊。連你都不怕野獸，我怕什麼呀。」班瑪多吉說：「我跟你不一樣，我是男人。」說著，把懷裡的達娃放到地上，解開腰帶，冷峻地說：「你是想鑽到我懷裡來，還是想讓我把氆氌袍脫給你？」央金卓瑪沒有回答，看著地上喊起來：「達娃？達娃怎麼了？」又看了一眼平措赤烈，吃驚地問道：「平措？平措你怎麼也在這裡？」

平措赤烈一言不發。班瑪多吉主任脫下自己的紫色氆氌袍，走過去披在了她身上，然後把扭成粗麻花的腰帶展開，寬寬地裹在了腰身上，抱起達娃問道：「你現在要去哪裡？你不會是來迎接我的吧？」央金卓瑪說：「我迎接你幹什麼？我要去碉房山上找人。漢扎西不好了，漢扎西要死了。」班瑪多吉指著自己和平措赤烈說：「我們不是人嗎？」央金卓瑪瞪他一眼說：「你看你看，我忘記班瑪多吉是人了。」說罷轉身就走。班瑪多吉拉起平措赤烈跟了過去。

父親和岡日森格從雪坑裡出來了。他們是被西工委的班瑪多吉主任和央金卓瑪用腰帶拽上來的。那時候，父親已經吃了不少糌粑，糌粑在腸胃裡消化著，通過血液迅速變成了渾身的力氣，而對身陷困境的父親來說，力氣就是一切。

父親來到坑壁前，抓住了從上面吊下來的腰帶。那腰帶很長，一半是班瑪多吉的，一半是央金卓瑪的，他和她的腰帶都是幅寬一米、可以在腰裡纏三圈的紅色褐子，他們一撕兩半，變成四條腰帶後又對接了起來。父親先把腰帶綁在了岡日森格的腰身上，朝牠做了一個往上跑的動作。

岡日森格曾有過做獵狗的歷史，獵人從陷阱和峭壁下用繩索拉吊獵物的情形歷歷在目。牠雖然對父親的手勢不理解，但等到班瑪多吉和央金卓瑪從上面一拽，馬上就明白自己應該怎麼做了，甚至比父親想得更周到。牠生怕自己身體沈重，腰帶從自己身上迸開，便死死咬住了腰帶，走到雪坑的另一邊，給自己留下了一段助跑的距離，然後以撲殺狼敵的爆發力，衝向了對面的坑壁。

遺憾的是上面的人沒有及時拉緊腰帶，這一次上跳並沒有成功。又來了第二次，還是沒有成功，畢竟雪坑太高牠太過沈重了。聰明的岡日森格依靠發達的直覺總結起經驗來比人類要快速準確十倍，馬上意識到問題出在哪裡。牠來回走動著，朝著上面拉牠的人吼了一聲，開始了第三次努力。

這一次牠放棄了一下子躍出坑口的目的，而是利用助跑和奔跳使兩隻尖銳而結實的前爪儘量靠上地摳進了坑壁的冰雪，上面的人使勁拽拉著，父親跳過去用雙手拚命托住了牠的屁股，大聲喊著六字真言：「唵嘛呢叭咪吽。」岡日森格用勁力十足的前爪，一下比一下有效地摳著坑壁，刨著冰雪，上去了，終於上去了。

拽牠的班瑪多吉和央金卓瑪摞起來倒在了地上。他們哈著氣，冒著汗，你拉我拽地想站起來，岡日森格來不及喘一口氣，撲過去壓倒了他們，感激萬分地在他們臉上輪番舔舐著，用牠黏稠的唾液表達著難以言表的心情：謝謝啊，謝謝啊。央金卓瑪張臂摟住了牠的脖子：「大獒王，你快讓我起來大獒王，漢扎西還在下邊呢，下邊有狼。」

她這麼一說，岡日森格就跳開了，來到雪坑沿上，朝著下面呵呵地叫起來。不是威脅，而是安慰，安慰著父親，好像也在安慰著狼：別著急，馬上你們就上來了。父親仰頭望著牠，會意地點點頭，摸著脖子上的經幡，毅然走向了狼。

痢痢頭公狼守候在裂隙口，看到父親朝牠走來，趕忙朝裂隙裡頭的母狼叫了一聲。母狼探出頭來看了看，又倏地縮了回去。公狼驚怕地瞪著父親，把自己蜷成一團，齜牙咧嘴地威脅著父親。一直在雪坑沿上監視著下面的岡日森格暴喊起來，牠雖然大度地打算放過並挽救這一對沒有咬死父親的狼夫狼妻，但卻不允許牠們對父親有任何威脅的表示。公狼一聽岡日森格的暴喊，頓時把牙齒含在了嘴裡，眼睛裡流露著無盡的乞哀，渾身沙沙沙地抖起來。

父親停下了，看著三步遠的公狼那水汪汪的眼神，突然明白了牠的意思：牠們不想出去，牠們出去就是死，不是被藏獒藏狗咬死，就是被自己的同類或者其他野獸咬死。因爲母狼的腰嚴重受傷了，既沒有捕食的能力，也沒有不讓自己變成食物的能力。父親問公狼：「那怎麼辦？就在這裡待著？可待在這裡也是死啊，你們會餓死的，除非有人給你們供應吃的。」這麼說著，父親後退了一步，點點頭又說：「那就這樣辦吧，就按照你們的意思待在這裡，傷好了以後再說。我們也算是同甘苦共患難了一回，沒有情義，也有友誼，我不會丟下你們不管的。再見了，狼。」

父親就要上去了，當他穿起央金卓瑪的光板老羊皮袍，背起她帶來的牛肚口袋，把腰帶拴在自己身上時，公狼把母狼從裂隙裡叫了出來。一對狼夫狼妻肩並肩地站在一起，目送著父親，那眼神裡絕對是跟人類一樣的戀戀不捨。父親一再地回望著，來到坑壁前，就要拽著腰帶往上爬，突然又停下了。他把牛肚口袋解了下來，扔給了兩匹狼，大聲說：「裡面還有一些糌粑，再說牛肚口袋也能吃。」

父親很輕鬆地回到了地面上，因爲腰帶的一頭綁在岡日森格身上。岡日森格往前走著，好像還沒有真正用上力氣，眼睛的餘光裡就有了爬出坑沿的父親的身影。牠停下來，轉身跑過去，激動地舔著父親的衣服和臉，好像不是牠救了父親，而是父親救了牠。

班瑪多吉主任說：「漢扎西你怎麼在這裡？是被狼群追來的吧？」父親正要回答，一眼看到了雪地上坐著的平措赤烈和躺著的達娃，吃驚地撲了過去。「達娃，達娃。」父親喊著，跪到地上，看達娃還在呼吸，就問平措赤烈：「你們是怎麼來的？別的人呢，多吉來吧呢？」

平措赤烈愣愣地望著父親——寄宿學校的校長和他的老師漢扎西，撲過去，哇的一聲大哭起來。這是狼群咬死十個孩子後他發出的第一個聲音、第一次哭泣。

父親預感到大事不好，搖晃著平措赤烈，吼一聲：「到底怎麼了？」看他只哭不回答，就把脖子上的經幡捏在手心裡，雙手合十，一上一下地顛聲說：「如意善良的猛厲大神、非天燃敵、妙高女尊快告訴我，到底出了什麼事兒？你們可千萬要保佑啊，保佑孩子們。」說著磕了一個頭，抱著達娃站起來，喊道：「岡日森格，岡日森格，快，咱們走，去學校。」

岡日森格已經離開這裡了，牠想起了主人刀疤，想起了最初傳來刀疤味道的那個地方，那是昂拉山群和多獼雪山的銜接處，是一個冰壑雪坳裡長著茂密森林的地方。牠朝那裡狂跑而去，恩人已經無恙了，現在全力以赴要營救的是牠過去的主人了。

班瑪多吉主任走過來攔住父親說：「你不能去學校，學校已經沒人了。」說著，從他懷裡接過了達娃。父親問道：「學校的人呢？人都到哪裡去了？」班瑪多吉不回答。父親繞開他兀自走去，平措赤烈追上了父親。班瑪多吉說：「回來，不能去，學校很危險，這個時候肯定有狼群。」

父親不聽他的，一把抓起平措赤烈拽著自己的手，奮不顧身地走去。央金卓瑪喊道：「漢扎西等等我。」她脫下班瑪多吉的紫色氆氌袍，扔到班瑪多吉腳前說：「快把達娃裹起來，他會凍死的。」說罷，就去追攆父親。

一男一女和一個孩子朝著寄宿學校蹚雪而去，雪還在下，還在下。

第十一章　藏獒合力突圍

1

夏巴才讓縣長被咬傷了，大灰獒江秋邦窮一口咬在了他的右肩膀上，讓他仰倒在地後，又一口咬在了他的左肩膀上。這是一次嚴重警告，江秋邦窮似乎在告訴他：你不能拉著抱著硬要把藏扎西往飛雞肚子裡塞，藏扎西是威嚴而尊貴的鐵棒喇嘛，誰也不能強迫他幹任何他不願意幹的事情。幸虧梅朵拉姆跑來及時制止了江秋邦窮的再次撲咬，又喊來藏醫喇嘛尕宇陀給他上了藥又讓他吃了藥，沒事兒了。尕宇陀對他說：「才讓縣長你也是個藏民，也沒少來西結古草原，怎麼就不了解這裡的藏獒呢？西結古草原的藏獒，護人就像護牠們自己的眼睛，你可要小心一點。」

夏巴才讓縣長說：「真是狗咬呂洞賓，不識好人心，我又沒什麼壞意思，就是想讓藏扎西進到飛機機艙裡看一看，坐一坐，也算是長長見識。藏扎西硬是不去，我讓飛行員拉他進去，飛行員一見江秋邦窮瞪著自己，伸出的手就縮了回去。我只好抱著藏扎西的腰把他往裡推，他掙扎著死活不進。我是個強脾氣，你不進我偏要讓你進。我考慮我是縣長，我有這個權力，就算你鐵棒喇嘛是個神，是個和巴顏喀拉山神一樣厲害的大神，也在我的管轄之內，也得聽我的。沒想到江秋邦窮發怒了，這個畜生，差一點咬死我。」

梅朵拉姆說：「才讓縣長你說得不對，江秋邦窮咬你是因爲你剛才說了不該說的話，你說，而且是大聲說：『不要哭了，大家都應該高興起來，這麼大的雪災裡，死幾隻狗算什麼。』這些話你怎麼敢當著藏獒的面說，牠們完全聽得懂。人家藏獒藏狗是感情深厚的夥伴，又是爲了保護人才戰死的，怎麼能不哭？什麼叫死幾隻狗算什麼？生命都是要輪迴的，狗命和人命一樣重要你不知道嗎？你還說：『多好的豹子皮啊，要是草原牧民的藏袍都是豹子皮鑲邊的，那就氣派了。』你怎麼敢當著藏獒的面說豹子皮好呢？藏獒一聽就覺得你是在表揚牠們的敵手呢。」

夏巴才讓縣長氣急敗壞地說：「那好吧，以後牧民們的藏袍就都用藏獒的皮鑲邊。」梅朵拉姆瞪圓了美麗的眼睛，咬扁了潔白的牙齒說：「你敢，你要是這樣做，就是藏獒不咬死你，我也會咬死你。」夏巴才讓說：「那我就讓你咬好了，我看你是胡說八道，我也是個藏民，我怎麼不知道藏獒能聽懂人的話。」梅朵拉姆笑著說：「才讓縣長你是青稞莊園裡長大的藏民，你知道的草原還沒有我多，我現在已經是一個真正的草原藏民啦。」夏巴才讓說：「你嫁給了巴俄秋珠你當然是草原藏民了。」

梅朵拉姆又說：「才讓縣長你知道爲什麼江秋邦窮只咬在了你的肩膀上，而沒有咬斷你的喉嚨？」夏巴才讓說：「我是縣長，牠知道的，牠不敢。」梅朵拉姆抿嘴一笑說：「對了，牠以前見過你，知道你還不是一個大壞蛋。」夏巴才讓說：「我得感謝你啊，幸虧你及時趕到，你揪牠的尾巴，扯牠的鬣毛，用拳頭搗牠的腦袋，牠一點也不生氣，你把手伸到牠嘴裡掰牠的牙，牠居然沒傷著你。」梅朵拉姆說：「這就是我和藏獒的緣分，你不行，你得和牠們好好培養感情。」夏巴才讓縣長說：「以後再說，以後我要出任牠們的獒王，誰敢再咬我，我就把誰驅逐出領地狗群。」

梅朵拉姆嚴肅地說：「夏巴才讓同志你忘了你是縣長啦，縣長是要寬厚待人的，你要是抱著驅逐這個驅逐那個的想法出任獒王，兩天時間，所有的領地狗就都會離開你。因為牠們沒有不想咬你的，到了那個時候，領地狗群還是領地狗群，而你卻成了光杆司令。」夏巴才讓說：「這麼說我得原諒咬傷了我的江秋邦窮？」梅朵拉姆說：「當然得原諒，江秋邦窮跟你又沒有私仇，牠是為公，為別人，保護西結古草原的每一個人，是牠的工作。」夏巴才讓縣長點點頭說：「好吧，那我就聽你的，我原諒牠。」

牧民們和活佛喇嘛們眼裡的神鳥，那隻龐大的飛雞，很快飛走了。鐵棒喇嘛藏扎西望著飛雞消失了的天空，如釋重負地長出一口氣，咚的一聲坐在了地上。梅朵拉姆以仙女的姿態把從飛雞肚子裡卸下來的乾肉、麵粉和奶皮子分給了饑餓的人們，專門剩下一些乾肉和奶皮子，堆在了領地狗群的面前。

但是領地狗群中的所有成員，包括那些並不是藏獒的藏狗，都沒有吃一口梅朵拉姆留給牠們的食物。牠們流著口水聞了聞，抬頭看了一眼大灰獒江秋邦窮，就走到一邊去了。江秋邦窮走過來，叼起一根指頭粗的乾肉，放到了一個白鬍子的老牧民面前。這就是說，牠們不吃，牠們要讓牧民們和活佛喇嘛們吃。梅朵拉姆摸著大灰獒江秋邦窮的頭說：「沒關係的，吃吧，你們也餓了。」

江秋邦窮不聽她的，轉身離開了，所有的領地狗群都轉身離開了。牠們來到咬死的雪豹跟前，蹲踞在那裡，一串一串地流著口水，眼巴巴地望著面前的死雪豹，連頑皮搗蛋的小公獒攝命霹靂王也像父輩們那樣安靜地蹲踞著。那些不是藏獒的藏狗們饞得忍不住要下口吃肉，卻被獨自巡視在死雪豹中間的大力王徒欽甲保一個個趕開了。藏獒們一次次期望著坐了一地的牧民和活佛喇嘛，看到饑餓的他們低伏著頭顱，只顧自己吃東西，根本顧不上抬頭望一眼牠們，就只好耐心地等待著。

梅朵拉姆好奇地瞅著牠們，首先明白過來，長長地感歎了一聲說：「藏獒就是比人懂事嘛，還不承認。」也不知道是誰不承認了。她明白藏獒是不吃沒有剝皮的豹子肉的，不是牠們咬不動，而是在牠們的意識和習慣裡永遠都把人的需要放在第一位，拚命打鬥的時候想的是千方百計保護人，打鬥完了又想的是必須給人留下一張完整的皮子。梅朵拉姆喊起來：「快啊，快過來，剝了豹皮牠們才好吃肉。」

人們這才意識到這半天他們是只顧自己不顧別人的，這怎麼可以呢？等領地狗群關照完了人，人就應該關照一下領地狗群了。他們失悔地叫著：「阿肯，阿肯，怎麼就忘了。」幾個年輕牧民立刻跳起來，走了過去。藏醫喇嘛尕宇陀猛不丁地喊道：「讓牠們趕快去投胎吧，度亡了，度亡了。」

於是經聲大作，所有的活佛和喇嘛都念誦起了《妙勝大威德》，希望這位密法的本尊大神引領雪豹的亡魂順利找到一個投胎轉世的好去處。幾個年輕牧民從腰裡抽出七寸或者五寸的藏刀，摁住雪豹開始剝皮。

草原上的雪豹皮，是命主大梵天和瑪姆女王的衣裳，是山神獻給人類的最好禮物。它象徵了一個人的威儀和身分，也代表了這個人和山神的親密關係。而山神往往又是財神，就像牧民們說的那樣：豹子皮十張，金元寶一箱。一般來說，草原上的牧民和獵人很少自己動手獵捕雪豹，但卻希望藏獒能夠多多咬死雪豹或者金錢豹，以便減少牲畜的損失和得到美麗昂貴的皮毛。因爲在神的序列裡，雪豹屬於喜怒無常，好壞兼有，福禍交錯，吉凶莫測的山野之神，而藏獒是慈悲爲懷，祥瑞有加，法力無邊，道高一丈的在天之神和在天之神的伴侶。遠古的在天之神和山野之神本來是可以平起平坐的，但自從佛教密宗祖師蓮花生從印度進入西藏，降伏了雄野的念青唐古喇山神等諸多野神之後，作爲在天之神的佛神就開始管理各路山野之神了。管理的過程就是生殺予奪的過程。這個過程是天經地義的，那些草原人戴在頭上、穿在身上的豹子皮，大多是藏獒懲罰雪豹或者金錢豹的戰利品。

十三具雪豹的屍體很快皮肉分家，血淋淋的雪豹皮一張張攤在了雪地上。牧民們圍過去，捧著積雪把它們埋了起來，這是爲了防止豹皮凍硬然後折裂，也是爲了讓積雪儘快吸乾豹皮裡子上的血水。

按照慣例，這些雪豹皮是要交給頭人的，誰的藏獒或者誰看見藏獒咬死了雪豹，豹皮就應該由誰來呈送。頭人偶爾會發話把豹皮獎給送來豹皮的人，更多的時候會自己留下來，然後給呈送豹皮的人一定的獎勵，等於買下來。通常是一張雪豹皮獎勵五隻或六隻大羯羊。西結古草原上，很多牧民家都牧放著三群羊，一群小的是頭人的，一群大的是自家的，還有一群不大不小的羯羊，主要就是靠獎勵積攢來的（呈送熊皮、貂皮、猞猁皮、水獺皮都會得到獎勵）。羯羊就是閹割掉的公羊，只獎勵羯羊的意思就是既讓你擁有第三群羊，又不讓你繁殖擴大，和自己原有的畜群以及頭人的畜群爭奪草場。也就是說牠們主要是用來宰殺吃肉的。十三張雪豹皮將會從頭人那裡換得至少六十五隻大羯羊，被大雪災圍困在野驢河部落冬窩子裡的牧民人人有份。牧民們很高興，覺得這是領地狗群帶給他們的福分，一個個都說：「吃啊，你們也快吃啊。」

領地狗群開始吞吃雪豹肉，牠們的吃法是標準的野獸吃法，只有兩個步驟：撕扯和吞咽，幾乎沒有咀嚼。很快就沒有了，十三具雪豹無皮的屍體都沒有了，只剩下了咬不動的頭骨、腿骨和脊骨。吃飽了的藏狗紛紛臥下，舔著嘴上的血，也舔著地上的雪，陶然欲醉。藏獒們卻依然是精神抖擻的樣子，在雪地上走來走去的。尤其是大灰獒江秋邦窮，不斷地掀動耳朵聽著，舉起鼻子嗅著，抬起頭來看著，好像隨時都想發現什麼，或者已經發現了什麼。

父親後來告訴我：你要是分不清哪是藏獒哪是一般的藏狗，你就看牠們吃食，真正的喜馬拉雅獒種有個祖祖輩輩遺傳的習慣，就是從來不把胃填滿，吃到六分飽就會自動停止進食。好像生理機制就是這樣。而且也不像一般的狗那樣飽足了就犯睏就想臥地睡覺。藏獒是吃了就行動的野獸，六分飽是行動的最佳狀態，既沒有饑餓勞頓之睏，又沒有飽脹累贅之憂。永遠年輕的食慾是牠們永遠保持旺盛精力和戰鬥姿態的重要條件。

現在，大灰獒江秋邦窮就要行動了，從牠明亮的琥珀色眸子裡，從牠突然挺立不動翹首矚望遠方的舉動中，藏獒們都知道牠們馬上就要離開這裡。大力王徒欽甲保和自己的妻子黑雪蓮穆穆已經擺出了起步奔跑的姿勢。小公獒攝命霹靂王跑來跑去的，蠻有責任感地哄趕著臥在地上打瞌睡的藏狗：起來，起來，就要出發了，快起來。

梅朵拉姆突然喊起來：「岡日森格呢，怎麼沒見岡日森格？」

沒有人回答她。大灰獒江秋邦窮理解地搖了搖尾巴，姿態優雅地跑起來。似乎在告訴她：岡日森格就在前面呢。小公獒攝命霹靂王首先跟了過去。大力王徒欽甲保緊趲幾步，頂了一下小公獒，彷彿是說：往後，往後，現在還輪不到你逞能。所有的藏獒和藏狗都跟著跑起來。

一大片領地狗朝著碉房山的方向移動著。大灰獒江秋邦窮知道藏狗們滿肚子都是食物不能快跑，心裡儘管萬分著急，但仍然壓住陣腳跑得很慢。

梅朵拉姆走過去對麥書記和夏巴才讓縣長說：「我們也跟著去吧，沒有牠們引路，我們行動起來會很困難。」夏巴才讓縣長說：「就是不知道牠們要去哪裡。」梅朵拉姆說：「肯定是有人群的地方。」麥書記說：「有人群的地方就是我們應該去的地方，走。」

藏醫喇嘛尕宇陀和二十多個活佛喇嘛也要跟著去了。他們穿上了紅色的袈裟和紅色的達喀穆大披風，就像在寺院裡圍繞著大經堂四周的經筒轉經一樣，排成一隊，念誦著六字大明咒和七字文殊咒，有聲有色地走著。煞白一片的背景上，依然是迎風獵獵的袈裟和披風，依然是劇烈燃燒的堆噶坎肩和霞牧塔卜裙子，一溜兒火紅，老遠就能看到，老遠也能聽到：一會兒是「唵嘛呢叭咪吽」，一會兒是「嗡啊吽吧咂吶嘀」，七句一變，變換的間隙裡，會有鐵棒喇嘛藏扎西大喊一聲：「索，索，拉索羅，嘛齊白哈嘉索羅。」意思是：祭神了，祭神了，不死吉祥天保佑了。

活佛和喇嘛們又要去別處救助災民了，他們已經相信了藏醫尕宇陀的話：只要地上有火，天上就能出現神蹟，等燃燒結束的時候，吃的用的就來了。更重要的是，他們作爲被頭人和牧民供養的僧人，必須在殘酷的大雪災中盡到救苦救難的義務：為死去的人和家畜乃至野生動物，念誦《中陰聞教得度經》，舉行頗瓦超薦儀式。

但是領地狗群帶著三個從飛機上下來的俗人和一群僧人只走了一個小時，就突然加快速度把他們丟下了。一股濃烈的大狼群的味道就像一堵隨風走動的厚牆堵擋而來，大灰獒江秋邦窮以最快的速度首先穿牆而過，所有的領地狗也都穿牆而過，很快消失在危險籠罩下的前方。

前方是畜群和人群，是沒有炊煙的帳房。

2

一離開領地狗群的引路，人群的走動就慢了下來，儘管藏醫喇嘛尕宇陀和鐵棒喇嘛藏扎西憑著經驗也能認出膨脹起來的硬地面，但需要仔細分辨，而不能像動物那樣依靠感覺就能腳踏實地。走到天快黑的時候，他們才朦朦朧朧看到了碉房山，看到一個人冒著風雪朝他們會合而來，走得差不多貼上了，那人才喊了一聲：「麥書記。」

麥書記一愣，用手撥了一下擋在眼前的雪簾，才看清這人是先他們一步降落到西結古草原的班瑪多吉主任，急切地問道：「怎麼樣？快說情況怎麼樣？」班瑪多吉說：「什麼怎麼樣？」麥書記說：「災情哪，讓你先到一步，就是為了及時掌握災情，開展救災活動。」班瑪多吉主任一個五大三粗的安多藏人，這時嘩啦啦地流下眼淚來，嗚嗚咽咽地說：「還救什麼災啊，孩子們都死了，再救也救不活了，就剩下這一個了。」他抬頭看到了藏醫喇嘛尕宇陀，生怕他跑了似的一把抓著對方的袈裟領口，「快啊，快給這孩子治病，這孩子還喘著氣呢。」尕宇陀趕緊接了過去，摸了摸達娃的額頭說：「可憐的孩子，燒得就像點著的一爐子牛糞。」

大家坐下來休息。班瑪多吉主任說起了狼群咬死十個孩子的事兒，麥書記果斷地說：「走，立刻去寄宿學校。」梅朵拉姆哭了，活佛和喇嘛們念起了經。夏巴才讓縣長說：「漢扎西是怎麼搞的，他要為寄宿學校的孩子負責。」班瑪多吉說：「漢扎西怎麼負責？他一個人能擋住狼群？他沒讓狼吃掉就算萬幸。」夏巴才讓說：「你不要袒護了，夏天死了一個孩子，秋天死了一個孩子，這個冬天又一下子死了十個孩子，頭人牧民們會怎麼說？寄宿學校還能辦下去？」班瑪多吉說：「反正不能歸罪到漢扎西一個人頭上。」

夏巴才讓說：「那你說誰負責？總不能讓守護寄宿學校的狗來負責吧？」班瑪多吉說：「能擋住狼群的只能是狗，領地狗呢？領地狗們都到哪裡去了？」夏巴才讓說：「你不想讓漢扎西負責，想讓領地狗負責，也行啊，讓領地狗給牧民們解釋清楚，到底是怎麼回事兒。」麥書記說：「你們吵什麼，解釋清楚死去的孩子就能活過來啦？責任是大家的，首先是領導的，我有，你們也有。」說著站了起來，發現梅朵拉姆已經走到前面去了。

夜半的飛雪中，麥書記一行包括二十多個活佛和喇嘛來到了寄宿學校，意外地看到了丹增活佛和留在西結古寺的幾個老喇嘛。他們是得到老喇嘛頓嘎的報信後，來這裡念經的，當然念的不是班瑪多吉希望念的《死去活來經》，而是超渡的法咒。

丹增活佛告訴大家：「這兒什麼也沒有了，沒有了死去的孩子，沒有了孩子們的骨頭，包括結實的頭骨，都被餓瘋了的狼群咬碎吞到肚子裡去了。」班瑪多吉主任問道：「漢扎西呢？還有央金卓瑪，還有平措赤烈？」丹增活佛搖搖頭說：「我們沒有見到他們，只要是活著的，都沒有見到。」夏巴才讓縣長說：「是不是也被狼群吃掉了？」班瑪多吉說：「不可能，他們都是命大福大的人。」其實他最擔心的就是狼群吃掉他們，心想我不把漢扎西救出雪坑就好了，雪坑裡雖然也有狼，但絕對不會威脅到他的生命。麥書記說：「找，快找，我們分頭找。」

丹增活佛沈重而緩慢地說：「不能找，找不到，回去吧，在碉房山上等著領地狗群，讓獒王岡日森格帶著藏獒去找，人不行，人一找人，就會把自己給找丟了，別說你們不行，就連我們這些從生到死都屬於西結古草原的人，也會在大雪災的原野上迷路餵狼。」

梅朵拉姆一臉憂戚地說：「我們見到了領地狗，岡日森格不在狗群裡，牠是不是也被狼群吃掉了？」丹增活佛說：「從古到今，冤死的靈魂都會修煉成凶惡無度的贊神，現在天贊地贊岩贊水贊四面八方的猛贊都來懲罰我們了，大雪暴的天空下，什麼事情都會發生。回吧，回吧，大家都回吧，這裡不是草原的中心，麥書記來了，草原的中心就應該跟著他走了。」

麥書記一聽就明白這是丹增活佛善意的提醒：茫茫雪原上，中心人物只能在中心的地方發揮作用，要不然你要做的就只能是保護自己，而不是領導草原或者拯救牧民。趕緊說：「是啊，是啊，這裡不是草原的中心，中心在碉房山上，西結古寺裡。我來了，我就應該去中心和尊貴的佛爺待在一起，只有在那兒，我們才能把幸福的聲音傳達給整個草原。」

一行人冒著夜雪回到了碉房山，除了梅朵拉姆住進了西工委的牛糞碉房，別的人都去了西結古寺。丹增活佛把麥書記、夏巴才讓縣長和班瑪多吉主任安排在了他的僧舍裡，自己到雙身佛雅布尤姆殿打坐念經去了。

大活佛的僧舍和西結古寺的所有殿堂所有僧舍一樣，也已經斷絕了取暖的牛糞，三個人裹著皮大衣在大泥炕上睡了一會兒就被凍醒了。

聽著風中雪裡金剛鈴若斷似連的玎玲聲、經幡一刻不停的呼啦聲、嘛呢筒節奏舒緩的吱扭聲，夏巴才讓縣長坐起來說：「依我看，『除狼』運動不一定一個地方一個地方地按次序動員，應該全面鋪開，同時行動，西結古草原要是早一點搞，狼災就不會這麼嚴重。」麥書記躺在炕上，沈思地望著僧舍穹頂半晌不說話，突然說：「我也在想這個問題，看來我們來晚了，雪停以後，要立即召開西結古草原『除狼』動員大會。」

班瑪多吉主任打了一個哈欠說：「召開的時間我早就想過了，應該就在這個月，藏曆講究月內四吉辰：每月的八日為藥師佛的吉日，十日為空行母集會的吉日，十五日為釋迦牟尼的吉日，最後一日為無量光佛的吉日。我們最好就在無量光佛的吉日這天召開動員大會。」麥書記和夏巴才讓縣長都說：「現在才是月初，為什麼不能提前到八日或者十日？」班瑪多吉說：「無量光佛就是阿彌陀佛，是西方極樂世界的主尊佛。他發願說，凡是誠心念誦他的名號的人，都會被送渡到西方極樂世界。讓牧民們一邊念著無量光佛的佛號一邊『除狼』，雖然是殺生，但也不影響牠們進入極樂世界。」

麥書記說：「我看這個主意很好，一遇到吉日，頭人和牧民就高興，就覺得這一天發生的所有事情都是吉祥的。會議的名稱也可以叫作無量光會議，不光是佛光照臨，也是西結古草原無限光明的意思。在草原上工作就得這樣，信草原人所信，然後因勢利導，效果往往是好的。」

三個人定好了日子，又開始定地點。麥書記想按照西結古草原的規矩，在野驢河部落的頭人索朗旺堆家的大帳房裡召開，又覺得索朗旺堆頭人未必想得通「除狼」運動的意義，硬要在人家的帳房裡召開，似乎有點那個。夏巴才讓縣長說：「乾脆我從上阿媽草原調一頂最大的帳房過來，能容納三百多人，又氣派，又能顯示『除狼』運動的威力。」麥書記說：「這麼大的帳房，光運輸就得幾十頭犛牛，草原上積雪太厚，犛牛根本走不動。」

班瑪多吉主任說：「我看就應該在西結古寺裡開，既然叫無量光會議，怎麼能沒有無量光佛在場呢？西結古寺裡，有無量光佛的殿一共兩個，一個是大經堂，一個是十忿怒王殿。在大經堂裡開會，影響佛爺喇嘛們念經，咱們就在十忿怒王殿裡開。那是個開會的好地方，地方寬敞不說，還顯得莊嚴而權威。」麥書記點點頭說：「想法是好的，但我們做不了主，得和丹增活佛商量，我們的原則是，只要人家不給我們找麻煩，我們就儘量不要給人家找麻煩。」夏巴才讓縣長說：「我同意，在召開『除狼』動員大會之前，一定要把所有的麻煩消除掉。目前最重要的，就是處理好十個孩子的事情，畢竟孩子是死在寄宿學校的。我來草原這麼久了，還是第一次聽說狼群一下子吃掉了這麼多孩子，牧民們知道了會有什麼反應，很難預料。」

麥書記點著頭，望了一眼微光泛白的窗外，穿上鞋站到地上說：「天已經亮了，我們去看看附近能不能見到領地狗群，一定要儘快讓岡日森格帶著領地狗找到漢扎西。」

三個人來到僧舍外面，走向一處能夠眺望山下原野的地方，寒風夾帶著雪片一下子把他們裹了起來，別說是能看到領地狗群，就連身邊的殿堂也有影無形了。麥書記皺著眉頭想了想說：「走，我們去和丹增活佛商量，不能光在這裡等，等不來領地狗群難道我們就不找漢扎西了？」班瑪多吉說：「還有央金卓瑪和平措赤烈，一個姑娘，一個孩子，太危險了。」

經過了幾條巷道、幾座殿堂，他們見到了一個青年喇嘛，青年喇嘛告訴他們，丹增活佛走了，天不亮就帶著藏醫喇嘛尕宇陀和鐵棒喇嘛藏扎西以及一些身強力壯的喇嘛，到野驢河部落的頭人索朗旺堆的營帳裡去了。麥書記問道：「他們去幹什麼，怎麼走得怎麼急？」青年喇嘛說：「肯定出大事了，索朗旺堆家的一隻老黑獒來到了寺裡。牠渾身是血，尾巴被咬斷了，一隻眼睛被咬瞎了，瘸到雅布尤姆殿裡，撕破了丹增活佛的袈裟。」

麥書記說：「這個丹增活佛，爲什麼不告訴我們，走，趕緊走。」又對青年喇嘛說：「你能不能給我們帶路？」夏巴才讓縣長說：「麥書記你不是說西結古寺是草原的中心嗎，我們離開這裡不好吧？」麥書記說：「丹增活佛在哪裡，中心就在哪裡，長期在草原上工作，就要尊重和認可這個中心，只要我們和這個中心團結在一起，我們自然而然也就是中心了。」

一行四人穿過寺院，跌跌撞撞朝碉房山下走去。路過牛糞碉房的時候，又叫上了正準備去找他們的梅朵拉姆。

3

還沒有見到狼影，領地狗群就已經聞出來了：像一堵厚牆堵擋而來的大狼群的味道並不是一種味道，它是多獼狼群和上阿媽狼群的混合。又來了，幾天前和領地狗群在狼道峽口交鋒過的兩股外來的狼群，已經深入到西結古草原腹地了。大灰獒江秋邦窮憤怒得就像一尊傲厲而瘋張的獅子吼大神，飛揚的鬣毛抽打著遠方的雪山，牛卵似的血眼噴吐著狂雪的粉末，喘息一聲比一聲響亮，就像荒風嗚兒嗚兒地嗚叫著。

看見了，已經十分清晰了，狼影正在動蕩，正在一片沒有炊煙的帳房前迅速擺佈著迎擊領地狗群的陣勢。好像兩股狼群比第一次和領地狗群交鋒時還要囂張頑劣，一點驚慌失措、準備逃竄的樣子也沒有。

大灰獒江秋邦窮的奔跑就像一股仇恨的火焰飛速滾過荒涼的雪野，呼呼呼地煽動著，意思彷彿是說：不準備逃竄的蔑視是絕對不能允許的，狼，你就是狼，尤其是外來的狼，見了本土的藏獒你就得害怕，就得望風披靡。可是現在你居然沒有害怕更沒有潰散，好像這兒原本就是你的老家而不是領地狗群的老家。不，這兒是野驢河部落的頭人索朗旺堆一家紮營的地方，這兒不是狼道峽口，這兒沒有狼群停留片刻的自由。更何況牠大灰獒江秋邦窮還帶著更強的使命、更深的欲望：獒王岡日森格無比信任地把領地狗群交給了牠，牠就應該像獒王那樣，雄暴地戰鬥，戰鬥，迅速地趕走，趕走，把入侵的狼群全部趕走。

大灰獒江秋邦窮沒有停下，牠看到兩股狼群還在緊緊張張布陣，就帶著領地狗群直接衝了過去。牠的想法是一鼓作氣，不等兩股狼群做好準備，就先狂打猛鬥一陣，咬倒一大片，給對方一個下馬威。

大力王徒欽甲保猶豫了一下，想提醒江秋邦窮這樣也許不可以，但又覺得這種時候江秋邦窮不可能聽牠的，反而會認爲牠是怯懦的。不，自己絕不能表現出絲毫的怯懦，至少不能比江秋邦窮更怯懦。牠助威似的大叫著，緊貼著江秋邦窮衝了過去。所有的領地狗都毫不猶豫地跟著江秋邦窮衝進了狼陣，撲著，咬著，就像一把把尖刀，橫飛而去。

似乎給狼群的下馬威馬上就要實現了，喊叫聲、撕咬聲響成一片。狼群的動蕩突然激烈起來，好像有點亂了，幾匹來不及躲閃的狼頃刻倒在了藏獒的利牙之下。而更多的狼卻倉皇地從進攻者身邊閃過，閃到領地狗群後面去了。

領地狗群這時候有點糊塗，以爲自己進入了無人之境，想怎麼打就怎麼打。以爲面前的狼群既然是外來的，就應該是懵頭懵腦、膽小如鼠的。牠們雖然眾多，卻不可能眾志成城。大灰獒江秋邦窮這時候更是糊塗，牠沒有看出實際上兩股狼群的狼陣早已經布好，那是一種在運動中選擇進退的狼陣，牠的作用就在於以緊張的動蕩麻痹對方，誘敵深入，而後發出致命的攻擊。

大灰獒江秋邦窮還在帶頭衝鋒，愈衝愈興奮，好像所有遇到的狼都是不堪一擊的，在獒牙凶猛的切割之下，短促的哀嗥聲此起彼伏，倒斃的愈來愈多，轉眼就是一大片。

江秋邦窮沒有想到，對冷靜而狡猾的多獼頭狼和上阿媽頭狼來說，領地狗群正在做一件替狼群消除累贅，精幹隊伍，增強戰鬥力的事情。倒斃的都是一定活不過這個冬天的老狼和殘狼，而閃到領地狗群後面去的卻都是壯狼和大狼。這些壯狼和大狼是兩股狼群的主力，牠們既然早就來到了這裡，就不可能不做好準備，在殘酷的草原上歷經磨難之後，以逸待勞向來是狼群的基本戰術。而領地狗群雖然在本土作戰，卻是連續奔馳，大有勞師以襲遠的意思。

更不應該的是，在衝進狼陣後的搏殺中，當多獼狼群的味道和上阿媽狼群的味道涇渭分明地出現在領地狗群兩邊時，江秋邦窮用喊聲把領地狗群分成了兩撥，一撥由自己帶領，攻擊左邊的上阿媽狼群，一撥由大力王徒欽甲保帶領，攻擊右邊的多獼狼群。這樣的分工雖然可以在一瞬間讓兩股狼群同時受到震懾，但卻消弱了領地狗群的整體實力，損失立刻出現了。

進攻在前鋒線上的藏獒，在以一當十的情況下，頻繁地受傷，幾乎沒有一隻不受傷，包括大灰獒江秋邦窮，狼牙把牠的一隻耳朵和半個臉面撕爛了。鮮血飛濺著，好像天上飄來的不是雪花，而是血滴。狼們惡叫著，藏獒們更是惡叫著，每一匹狼的倒下，都會使撕咬這匹狼的藏獒兩肋受敵。終於一隻黑色的藏獒再也撕咬不動了，牠的肚子被三匹狼的利牙同時劃破，腸子拖拉了一地，拖拉著腸子的牠，還在拚命撕咬，咬傷了一匹狼，咬死了一匹狼，然後才同歸於盡地倒在了狼身上。

等第三隻藏獒的屍體出現在狼屍之上時，大灰獒江秋邦窮才發現兵分兩路是錯誤的，牠用喊聲急切地召集著，領地狗群邊殺邊朝牠簇擁過來。

狼群的動蕩戛然止息，就像突然消失了積雪覆蓋的一片灰色岩石，被動地等待著領地狗群的撞擊。這樣的止息又是一種麻痹，讓大灰獒江秋邦窮以爲糾正了兵分兩路的錯誤，牠就可以帶著領地狗群繼續橫衝直撞了。

面前依然是層層堵擋的狼，牠們毫不退卻，好像就願意死在藏獒的怒齒之下，這讓前鋒線上的藏獒們更加惱怒：殺呀，殺呀。渾身的血脈就要爆炸似的膨脹起來，撞擊，撲打，撕咬，每一隻藏獒都淋漓盡致地表現著原始的草原賦予牠們的拚殺藝術。隨著狼的接二連三的倒下，牠們一個個殺昏了頭，忘乎所以地嗜血，忘乎所以地受傷，忘乎所以地衝鋒，真正是山呼海嘯、風捲殘雲了。

多獼狼群和上阿媽狼群就在這個時候開始了牠們的第一次進攻。牠們似乎已經吸取了剛進西結古草原時互相掣肘的教訓，彼此配合著都把進攻選擇在了領地狗群的後面。

領地狗群的後面沒有一隻壯實的大藏獒，都是小藏獒和小嘍囉藏狗，壯實的大藏獒們都爭先恐後地跑到前面廝殺拚命去了。

而狼群的佈局恰恰相反，引誘藏獒撕咬的，都是些似乎甘願作爲擋箭牌的老狼和殘狼。從領地狗群後面進攻的，都是些直到現在還沒有參加戰鬥的壯狼和大狼。牠們既有廝殺躲閃的經驗，又有千錘百煉的凶狠，加上數量上的優勢——差不多是三匹狼對付一隻小藏獒或者藏狗，基本上是穩操勝券的。

一片狼牙和狗牙的碰響，地上的積雪一浪浪地掀上了天，再下來的時候，白色就變成了紅色。是狼血染紅的，也是小藏獒的血和藏狗的血染紅的。狼血和狗血明顯的不一樣，狼血更紅，狗血更紫，那雪花也就一片紅，一片紫。紫的顯然比紅的多，說明小藏獒和藏狗的血肉飛揚得更多。牠們頃刻皮開肉綻，第一次在狼牙面前顯出了無能的一面。怎麼咬也咬不過狼，剛躲過狼牙，又遇上狼爪，等你好不容易咬住了狼的喉嚨，你的喉嚨瞬間也進入了狼的血口。

狼群是義無反顧的，作爲以撲殺牛羊馬匹等弱者爲主的狼，很少主動撲咬藏獒和藏狗。但只要主動一次，就必然做好了不成功便成仁的準備。死亡似乎已經不重要，重要的是不能在饑餓中活著，更不能不報復人類而活著。活著就必須報復，就必須獲得食物，而且是在一片陌生的草原上，一勞永逸地獲得食物。

小嘍囉藏狗們畢竟沒有驚世駭俗的威猛之力，小藏獒們畢竟還沒有長出荒野蠻地中的王霸之氣。牠們無可挽回地倒下了，一隻一隻地倒下了，從來沒有這麼慘烈這麼迅速地倒下了。一倒下就再也別想起來，壯狼和大狼們堅硬的爪子和更加堅硬的牙齒，會讓牠們的命息毫無保留地頃刻離開肉體。

同時倒下的還有小公獒攝命霹靂王，但是牠沒有死，這個出生在人類祭祀誓願攝命霹靂王的日子裡的小公獒，似乎不願意辜負牠的名字，更不願意辜負給牠起了這個名字的人的期望。牠用連牠自己也想不到的遺傳的能力，帶著渾身的血跡和殘存的力氣，從死亡線上奮身而起，一口咬住了那匹就要舉著狼刀殺死牠的狼的喉嚨。牠還小，出生才三個月，牙齒還不能扎得更深，無法一下就挑斷氣管，但就是這種不能一擊致命的咬合救了牠一命。

狼沒有倒下，而是疼得朝前瘋躥，一躥就躥出了三米多遠。這等於帶著牠躥離了最危險的地方。而對這匹朝前瘋躥的狼來說，卻躥到了一個必死無疑的地方。狼倒了下去，是另一隻黑色小藏獒在跑向阿爸阿媽的途中順勢撲倒了牠。現在，小公獒攝命霹靂王已經壓住了狼的脖子，換口，又一次換口，連續換了三次口，那狼就動彈不了了。

風吹著，雪片雀躍著。小公獒攝命霹靂王站在狼屍之上抬起了頭，多麼威風啊，連牠自己都這麼認爲。牠還想跳起來，繼續和別的狼打鬥，但是不行，牠使勁跳了一下，卻只能跳到狼屍下面，前腿一滑，噗然趴下了。趴下後就再也沒有起來。四周到處都是屍體，有狼的，更多的是藏狗的。

小公獒攝命霹靂王發現，那隻剛才還在幫牠撲狼的小黑獒已經躺倒不動了，糊滿脖頸的血污說明牠已經死去。牠愣了一下，作爲藏獒，牠天生不怕狼的進攻，卻十分害怕同類在自己眼皮底下死掉。牠渾身抖了一下，想衝著咬死小黑獒的狼憤懣地叫一聲，可聲音一經過嗓子，就變成了哭泣。牠必須哭泣，藏獒是悲情的動物，牠是悲情的後代。牠要麼專注於勇敢打鬥，要麼專注於傷心難過。此刻，牠什麼也不顧了，只顧哀哀地哭泣著，爲同伴的死奮不顧身地哭泣著。

狼來了，就是那匹咬死了小黑獒的狼撲過來，用已經受傷的前爪無比仇恨地把小公獒摁住了。小公獒還是哭著，連狼，連牠自己都奇怪，本來應該條件反射似的撲咬反抗的牠，居然一直哭著。狼沒有咬牠，狼也是會哭的動物，知道哭是傷心難過，就沒有咬牠。狼打量牠，彷彿是說：喂，沒見過你們藏獒死前是哭的呀。

這時，就像狼用受傷的爪子摁住小公獒一樣，一雙同樣受傷的爪子也摁住了狼。是藏獒是那種體大力沈的藏獒。牠跳起來就跑，一跑就跑到另一隻大藏獒身邊去了，那隻大藏獒扭頭便咬，一口咬住了狼的後頸，鮮血帶著死亡同時出現在一片狼藉的雪地上。

原來是大藏獒們殺過來了。聽到了領地狗群後面劇烈的廝殺聲，大灰獒江秋邦窮這才意識到，自己帶著最凶猛的藏獒在前面濫咬濫殺老狼殘狼是個絕大的錯誤。老狼和殘狼在這個嚴酷的冬天本來就是要死掉的，領地狗群的玩命搏殺不過是提前了牠們的死期。而這樣的提前對極需要除臃瘦身的狼群只有好處沒有壞處。大灰獒江秋邦窮邊跑邊吼，帶動著領地狗群轉了半圈，就把壯狼和大狼轉到了自己面前。小公獒攝命霹靂王被狼摁倒在地的情形恰好讓牠的阿爸大力王徒欽甲保和阿媽黑雪蓮穆穆看到了。這怎麼可以呢？阿媽穆穆上前摁住了狼，阿爸徒欽甲保一口結果了狼。

形勢急轉直下，狼們紛紛撤退，先是上阿媽頭狼突然發出一聲銳叫，然後搶先退去。牠的狼群跟上了牠，就像一個偌大的灰色滑板，快速地在踩不盡的積雪中滑動著。然後是多獼狼群的撤退。牠的頭狼並沒有發出任何聲音，只是通過動作把撤退的意思告訴了身邊的狼。身邊的狼也是用動作一傳十十傳百。狼群開始大面積動蕩，轉眼就和領地狗群分開了。

藏獒們沒有追攆，牠們查看倒下的同伴，一邊仇恨著，一邊傷心著。大灰獒江秋邦窮悶悶地叫起來，所有的藏獒和藏狗都悶悶地叫起來。這是哭聲，是牠們必須表達的感情。牠們舔著死去的同伴身上的傷口，舔盡了上面的血，留下了自己的淚。藏獒的眼淚比人的渾濁，傷心愈重愈渾濁，傷心到最後就渾濁成黃色了。

忙著表達感情的領地狗群，牠們的首領大灰獒江秋邦窮，都知道傷心是聚積和膨脹仇恨的前提，所以就盡情地傷心著，沒料到已經得逞了一次的狼群又發動了第二次進攻。

多獼頭狼和上阿媽頭狼嗥叫著跑到一起，又嗥叫著互相分開。像是已經商量妥當，帶著各自的狼群，依靠數量上的優勢迅速包圍了領地狗群。然後就朝著一個方向旋轉起來，一轉就轉成最初的局面了：老狼和殘狼又來到了偉碩壯實的藏獒面前，壯狼和大狼又來到了領地狗群的後面那些小嘍囉藏狗和小藏獒面前。

4

這是一次大灰獒江秋邦窮和所有領地狗都沒有想到的進攻，從來都是見藏獒就逃之夭夭的狼群居然掌握最佳時機發動了第二次進攻。這次進攻十分有效，那些壯狼和大狼緊緊擠在一起，讓對手無法撕咬牠們的兩側，而牠們卻可以用整體推進的辦法，攻擊並沒有擠在一起的任何一個敵手。很快就有了分曉，撕天裂地的叫聲中，倒下去的都是小嘍囉藏狗和小藏獒，而牠們，狼，在草原人眼裡本應該一見領地狗群就哭爹喊娘的鬼蜮之獸，卻一個個威風八面，雄風鼓蕩起來。

死了，死了，等大灰獒江秋邦窮甩乾了珍珠般的眼淚，帶動著領地狗群旋轉起來，想把壯狼和大狼轉到壯獒和大獒面前時，已經晚了，又有幾隻藏狗死在了狼牙之下。

更糟的是，江秋邦窮怎麼也不能把壯狼和大狼轉到自己面前來，因爲狼群也在轉動，是和領地狗群同方向轉動。這樣的轉動表明，偉碩壯實的藏獒們只能面對根本就沒有必要殺死的老狼和殘狼，領地狗群後面的小嘍囉藏狗和小藏獒卻必須一直面對殺傷力極強的壯狼和大狼。

撕咬不停地發生著，是狼對領地狗的撕咬，血在旋轉著飛濺，把浩大的白色一片片逼退了。

急躁的大灰獒江秋邦窮想制止和報復這種撕咬卻無能爲力，憤怒得整個身子都燃燒起來，邊跑邊聲嘶力竭地吼叫著。

旋轉的奔跑還在持續，領地狗群的死傷在繼續。有一隻藏獒突然不跑了，那就是小公獒攝命霹靂王的阿媽黑雪蓮穆穆。穆穆保護著已經跑不動了的孩子，站在領地狗群的中央沒有跟著旋轉。穆穆就比領頭的大灰獒江秋邦窮更快地清醒過來：不能啊，不能讓狼群包圍著我們，更不能跟著狼群旋轉，必須衝出去，衝出去啊。

穆穆響亮地叫起來，看殺紅了眼的大灰獒江秋邦窮和自己的丈夫大力王徒欽甲保都不理睬牠，就一口叼起小公獒攝命霹靂王，朝著狼群突圍而去。徒欽甲保看見了牠，追過去汪汪地叫著：你怎麼亂跑啊？穆穆用跑動的姿勢告訴牠：跟上我，跟上我。徒欽甲保打了個愣怔，恍然大悟地叫了一聲，然後跳過去攔住妻子，回身朝著大灰獒江秋邦窮吼起來。牠的意思是：穆穆你等著，領地狗群是一個集體，要突圍一起突圍，咱們不能擅自行動。黑雪蓮穆穆明白了，放下小公獒，也跟著徒欽甲保吼起來。

大灰獒江秋邦窮聽見了吼聲，回頭一看，吃驚地喊起來，好像是說：你們瘋了，怎麼帶著孩子往狼群裡跑？回來，回來。喊了幾聲，正要追過去阻攔，突然意識到自己錯了，完全錯了，大力王徒欽甲保和黑雪蓮穆穆是對的，領地狗群必須衝出狼群的包圍圈，重新組織進攻，否則只能是慘上加慘。江秋邦窮用粗悶如椽的喊聲招呼著大家，看大家紛紛跑來，便身子一横，朝著徒欽甲保和穆穆跑了過去。

領地狗群奔騰叫囂著，在狼群的包圍線上奮力撕開了一道口子。

狼群似乎沒有想到領地狗群會突圍，當衝在最前面保護著妻子和孩子的徒欽甲保一連撞倒了四匹大狼後，才意識到這樣的衝鋒是不可阻擋的，便紛紛朝後退去。上阿媽頭狼停了下來，仰頭看了看，立刻明白領地狗群的突圍意味著戰場局面的改變，趕緊朝著自己的狼群長嗥一聲，轉身就跑。牠的妻子身材臃腫的尖嘴母狼緊跟著牠，所有的上阿媽狼也都跟上了牠。

狼群的包圍圈頓然消失了。多獼頭狼有點奇怪，憤憤地望著跑離戰場的上阿媽狼群，又看了一眼正在潮水般奔湧的領地狗，也意識到轉著圈咬殺領地狗群的情形已經不存在了，馬上就是兩軍對壘、楚界漢河的局面，這樣的對峙對自己是不利的。

追啊，追啊。多獼頭狼嗥叫起來，牠帶著自己的狼群朝著突圍的領地狗群的尾巴追了過去。

牠想做最後一次出擊，盡其可能地擴大戰果。狼群很快撂倒了幾隻小嘍囉藏狗。藏狗慘叫著，領地狗群停下了，大灰獒江秋邦窮突然意識到牠們的突圍已經變成了逃跑，便帶著幾隻壯獒和大獒迅速跑過來攔截狼群。處在追殺最前鋒的多獼頭狼立馬停了下來，緊張地尖叫著，指揮多獼狼群趕快撤退。

狼群以令人吃驚的速度撤退了。等突圍成功的領地狗群回過頭來，準備重新開戰，挽回丟失的面子時，上阿媽狼群已經消失在風雪瀰漫處，而給領地狗群最後一擊的多獼狼群，也只是一個遠去的背影，在雪花的遮掩下，漸漸消隱著，沒有了，沒有了。

一片哭聲。狂亂的飛雪之下，靜止的雪原無聲地奔湧著。死亡像冰塊一樣結實，寒風把領地狗群的傷心凝固成了冬天的山崗。白茫茫的景色之上，籠罩著白茫茫的心境，一片幽深的遠古的悲情如同雪原一樣肆無忌憚地起伏在藏獒們的心裡。

當領地狗群在死去的同伴身邊哽咽而泣時，大灰獒江秋邦窮帶著更加複雜的心情走向了野驢河部落的頭人索朗旺堆家的營帳。牠在大大小小十頂帳房之間穿行著，看到索朗旺堆家的一隻長毛如氈的老黑獒臥在地上，牠渾身是血，尾巴斷了，一隻眼睛也被狼牙刺瞎了。不遠處是另外五隻高大威猛的藏獒，都已經死了。牠們是戰死的，身上到處都是被狼牙掏出來的血窟窿。而牠們的四周，至少有十四匹狼的屍體橫陳在染紅了的雪地上。江秋邦窮發現，所有的藏獒都是皮包骨的，看上去至少有一個星期沒吃東西了。這些即將餓死餓昏的藏獒，在面對兩股愈是饑餓就愈會窮凶極惡、愈會把報復推向極致的狼群時，怎麼能不死呢？

連藏獒都餓成了皮包骨，那麼人呢？大灰獒江秋邦窮打了個愣怔，看到所有的帳房都靜悄悄的，不祥的感覺頓時遮罩了牠的心腦。牠朝著最大的那頂帳房衝了過去，牠知道那是頭人的帳房，頭人索朗旺堆在狼群走了以後還不出來，那就很可能是死了。

啊，一地的人頭，帳房裡面，隔著中間冰冰涼涼的爐竈，左右兩邊的氈鋪上，排列著兩溜兒人頭。人頭還長在人身上，人身是蜷著的，所有的人身都是蜷著的。這是一種不好的姿勢。

江秋邦窮知道，凍死的人都是蜷著的。牠撲了過去，挨個兒看著，聞著，還好，還好，這些連著人頭的身子還沒有凍僵，也沒有被狼咬出的血窟窿，更重要的是，牠還能聽到他們的心跳，能聞到他們微弱的氣息。牠長舒一口氣：索朗旺堆頭人還活著，他身邊的這些人還活著，但就是起不來了。有的昏死了，有的瀕臨昏死，還有的……啊，這是個女人，女人死了，她已經沒有氣息沒有心跳了。

都是餓昏和凍昏的，沒有一個人的躺倒與狼有關，狼群被索朗旺堆家的藏獒攔截在了大帳房之外，大帳房裡集中了營地中所有的人。可以想見，那幾隻藏獒是怎樣在寡不敵眾和饑餓困頓的情況下，保護了牠們的主人。荒野裡珍貴無比的生命就在神聖無比的保護中流逝了。

大灰獒江秋邦窮驚詫著，依靠藏獒的本能，牠想到了西結古寺，想到了丹增活佛。牠趕緊走出來，跑向了領地狗群。一邊叫著，一邊急躁地踱著步子，突然又跑回到索朗旺堆頭人的營帳前，和那隻長毛如氈、渾身是血、被狼牙咬斷了尾巴、刺瞎了一隻眼睛的老黑獒碰了碰鼻子。你還能走嗎？你得去一趟西結古寺了，你是頭人家的藏獒，你去了寺院裡的人才會知道是頭人索朗旺堆家出事兒了。

長毛如氈的老黑獒搖搖晃晃地站了起來，帶著前去報信的使命，艱難地邁開了步子。

誰也不知道這隻長毛如氈、渾身是血、被狼牙咬斷了尾巴、刺瞎了一隻眼睛的老黑獒是靠了怎樣的毅力，穿過漫漫雪原，到達了西結古寺的。牠嗅著氣息，一瘸一拐地來到雙身佛雅布尤姆殿，撕破了丹增活佛的袈裟，然後就撲通一聲癱倒在了地上。老黑獒已經沒有力氣站立了，牠抬頭看著丹增活佛，看到他明白了牠的意思，準備帶人離開時，頭便轟然耷拉下來，斜倚在了兩腿之間。老黑獒把資訊帶給丹增活佛後，就死在了雅布尤姆殿雙身佛大怒大悲的目光之下。

雪花亂舞著，一會兒稀了，一會兒稠了。稀的時候像蠅蚊飛走，稠的時候像幕布連天。大灰獒江秋邦窮回到領地狗群裡，走了一圈，吆喝了幾聲，便帶著所有的領地狗來到了索朗旺堆頭人的營帳前，走進了最大的那頂帳房。

領地狗們一個個臥下了，有的臥在了人的身邊，有的趴在了人的身上。牠們知道，包括索朗旺堆在內的所有人都是不堪凍餓才躺下起不來的，牠們要做的就是用自己的體溫儘快暖熱他們。甚至有一隻藏獒趴在了那個死去的女人身上，牠明知女人已經沒有了氣息沒有了心跳，但仍然毫不猶豫地趴在了她身上，好像只要牠付出了熱量和熱情女人就能死而復生。牠們一個個傷痕累累，悲哀重重，沾染著狼血，也流淌著自己的血，但牠們是那種從來不顧及自己更不憐惜自己的動物，只要能挽救人的生命，牠們就會忘掉自己的生命。就像小公獒攝命霹靂王那樣，牠已是血跡滿身，殘存的力氣不足以使牠自由地行動，但牠還是學著阿爸大力王徒欽甲保和阿媽黑雪蓮穆穆的樣子，趴到索朗旺堆頭人身上，用自己還有餘熱的肚子貼住了索朗旺堆冰涼的肚子。

終於有人坐了起來，他是索朗旺堆頭人的管家齊美。和別人一樣，齊美管家最初也是被饑餓的大棒打倒在地的，饑餓讓他癱軟乏力，昏迷不醒。一昏迷身體很快就被凍僵了，連舌頭連嘴唇都硬邦邦地說不出話來了。但是這會兒他醒了，他發現絲絲縷縷的溫暖正在血脈裡遊走，趴在自己身上的這隻藏獒已經把牠的全部熱量轉移給了他，那熱量彷彿是帶有營養的，饑餓造成的癱軟乏力漸漸地消弭著。

這時候齊美管家感覺到了一種猛然到來的沈重。這隻四肢撐著自己碩大的身體趴在人身上的藏獒，本來是只給人溫暖不給人重量的，但是現在，溫暖似乎已經沒有了，重量正在出現，一出現就死沈死沈的。齊美管家咬著牙坐了起來，伸出胳膊，抱住了伏在自己胸前的獒頭，兩股清冽的眼淚嘩啦啦地流了下來。

藏獒死了，趴在齊美管家身上的這隻藏獒，在用自己殘存的熱量焐熱焐醒了他之後，悄然死去了。齊美管家看到了牠肚子上的傷口，傷口紅豔豔的，但已不再流血，血已經流盡了，為了挽救人的生命，牠流盡了最後一滴血。

第十二章 獒王孤身出戰

1

正在大雪日盛一日的時候，西結古寺的住持丹增活佛就說過，從來沒有永恒不息的事情，什麼不是榮耀一時的過客呢？大雪也是一樣啊，消停的日子快了快了。大雪最後的泛濫就像天大的簸箕揚起了無數白花，是大朵大朵的白花，大得就像黨項大雪山山崖上的雪蓮花。大朵的雪花雖然無聲，卻能讓人感覺到那種洶湧澎湃的激越之音，天籟般地拍打著大地。然後就是寂靜，是清明，是一無遮攔的縞素世界。

雪停了，在下得正狂正烈的時候，猛然就停了。天空不再被佔領，雪片塞滿的天地之間突然變得空空蕩蕩。雪後的氣溫比大雪中的氣溫又降了許多。草原上了無生機，牧草被積雪覆蓋著，凍死餓死的牛羊被積雪覆蓋著，死亡還在發生。

人在雪後依然是饑餓的。牛群和羊群以及馬匹已經被暴風雪裹挾著遠遠地去了，誰也不知道是哪裡的風雪掩埋了牠們。偶爾會有一戶人家擁有一匹兩匹凍死餓死的馬，那是拴在石圈裡沒有被風雪吹走的馬。但馬絕對不是食物。對牧民們來說，所有的奇蹄類動物都不能作爲食物，人就是餓死也不能把牠吃掉。因爲那是佛經佛旨裡的禁令，是信仰告訴他們的無上規矩。一旦違背，人就沒有光明燦爛的未來了，就會轉世成爲畜生或者地獄之鬼。藏民是那種把血肉和骨頭託付給信仰的人群，爲了堅守不吃馬的信條而凍死餓死是再自然不過的事。

當然他們也不能吃掉被藏獒咬死在帳房周圍的狼。狼也是絕對被禁吃的，因爲狼和天葬臺上的禿鷲一樣吃過死人。牠們承擔了把人的肉體和靈魂分開的工作，而這項工作是神聖無比的，它讓狼和禿鷲在人的生死線上擁有了神性的光輝。還有戰死在營帳之前的藏獒和藏狗，那是更不能當作食物的。牧民們會說：那是我們的兄弟、我們的姐妹，怎麼能吃掉自己的兄弟姐妹呢？你就是讓我變成狼我也不能啊。

在野驢河部落的頭人索朗旺堆一家紮營帳的雪沃之野，跟隨丹增活佛來到這裡的二十多個活佛和喇嘛，再次脫下紅色的袈裟和紅色的達喀穆大披風，舉在了手裡。又按照降魔曼荼羅的程式，排成了人陣。袈裟舞起來，大披風舞起來，就像火焰的燃燒奔天而去，又貼地而飛。還有穿在身上的紅色堆噶坎肩和紅色霞牧塔卜裙子，都是火紅的旗幟。在白得耀眼的原野上，呼啦啦地燃燒著。

天空一片明淨，什麼雜質、什麼阻攔也沒有，好像一眼就能看到天堂的臺階。藏醫喇嘛尕宇陀站在降魔曼荼羅的前面，沙啞地喊著：「大祭天的火啊，紅豔豔的空行母，飛起來了，飛起來了。」鐵棒喇嘛藏扎西領著活佛和喇嘛們伴和著他：「哦——嗚——哇，哦——嗚——哇。」

他們喊了很長時間，聲音傳得很遠很遠。那種叫作飛雞的神鳥終於聽見了，也看見了，嗡嗡而來，瞅準了人陣排成的火紅的降魔曼荼羅，從肚子裡不斷吐出了一些東西。那都是急需的物資——原麥和大米，還有幾麻袋乾牛糞，轟轟轟地落到了地上。地上被砸出了幾個大雪坑，一陣陣雪浪飛揚而起。裝著大米的麻袋摔裂了，流淌出的大米變成了一簇簇綻放的花朵。

草原人沒見過大米，一個個驚奇地喊起來：「這是什麼東西啊？怎麼跟雪一樣白？」

這個時候從遙遠的地平線上走來了幾個人，他們是麥書記、夏巴才讓縣長、班瑪多吉主任和梅朵拉姆以及那個帶路的青年喇嘛。他們一來就仰天感歎：「太好了，太好了，救災物資來得太及時了。」

在牧民們面前似乎是無所不知的班瑪多吉主任搶著告訴那些不認識大米的人：「這是熱地方長出來的糧食，跟青稞和麥子一樣好吃。」說著抓起半把大米放在嘴裡，咯嘣咯嘣嚼起來。又說：「做熟了更好吃，可以吃乾飯，也可以吃稀飯。以後我們可以用牛羊換大米，天天煮飯吃。早晨吃稀飯，中午吃乾飯，晚上吃不乾不稀的飯。」

點起了乾牛糞，化開了滿鍋的積雪，再加上白花花的大米，在班瑪多吉主任和梅朵拉姆的操持下，一大鍋稀飯很快熬成了。這鍋西結古草原的人從來沒吃過的大米稀飯，被梅朵拉姆一碗一碗地遞送到了索朗旺堆一家人的手裡。他們剛剛從藏獒和藏狗的溫暖中清醒過來，看到了神鳥，又看到了非同尋常的大米。就把潔白溫暖的稀飯當作了天賜的瓊漿，捧在手裡，仔細而幸福地往肚子裡吸溜著。

救命了，救命了，天賜的瓊漿救命了。他們一個個又可以走動了，除了那個死去的女人。索朗旺堆頭人哭著說：「妹子啊，你要是再堅持一會兒就好了，神鳥和天食就來了。」那個死去的女人是索朗旺堆頭人的親妹妹，她一直有病，身體本來就不強壯，這麼大的雪災，一凍一餓就挺不過去了。索朗旺堆頭人哭了一陣，突然抬起頭來，端著捨不得喝的半碗稀飯，幾乎是哭著說：「快去找人啊，快去找人。」

班瑪多吉主任問道：「讓誰去找人？找誰啊？」梅朵拉姆說：「是啊，你快說找誰，我去找。」一直待在索朗旺堆頭人身邊的齊美管家說：「善良的頭人是要領地狗群去找人的，找我們野驢河部落的牧民。」班瑪多吉愣了一下，望著不遠處的麥書記喊起來：「對啊，這裡的人有吃有喝了，牧民們呢？牧民們在哪裡？」麥書記走過去說：「我和才讓縣長也正在考慮這個問題，牧民群眾怎麼辦？怎麼樣才能找到他們？」索朗旺堆頭人指著遠方說：「只能靠牠們了，藏獒，領地狗群，快讓牠們去找啊，藏獒，領地狗群。」

雪雖然停了，饑餓和寒冷依然像兩把刀子殺伐著西結古草原的牧民，牧民們很多都被圍困在茫茫雪海中，有的正在死去，有的還在死亡線上掙扎。而領地狗群的任務就是想辦法找到他們，給他們送去食物，或者把他們帶到這個有食物有乾牛糞的地方來。

梅朵拉姆跑了過去，她想告訴領地狗群：「你們必須分散開，四面八方都去找，用最快的速度找到牧民，不管他是哪個部落的，只要能走得動，都請他們到這裡來。對了，還有走不動的牧民，走不動的牧民怎麼辦？看樣子你們還得帶點吃的，遇到餓得走不動的牧民，你們讓他吃了再跟你們到這裡來。」

這時一股旋風捲上了天，迷亂的雪粉朝著梅朵拉姆蓋過來，嗆得她連連咳嗽。她什麼也看不見了，只聽到從前面的領地狗群裡傳來一陣撲撲騰騰的聲音。伴隨著低啞隱忍的吼聲，一陣比一陣激烈。打起來了，領地狗群和不知什麼野獸打起來了。慘叫就像銳痛的分娩，撕裂了雪原整齊如一的潔白。她彷彿看到了血，就像噴出來的雨，從地面往天上亂紛紛地下著。

她停了下來，不敢往前走了。一陣風從她身後吹來，吹跑了迷亂的雪粉，吹出了明淨的世界。一個令她驚惑不解的場面出現了：什麼野獸也沒有，撕打撲咬的風暴居然發生在領地狗之間，那個炸蓬著鬣毛，嘴巴張成黑洞，眼睛凸成血球的漆黑漆黑的藏獒是誰啊？

「徒欽甲保？徒欽甲保？」梅朵拉姆喊起來，她認識大力王徒欽甲保，所有的領地狗尤其是藏獒她都認識。還知道徒欽甲保是黑雪蓮穆穆的丈夫，是小公獒攝命霹靂王的阿爸。她跑過去問道：「徒欽甲保你怎麼了？」徒欽甲保後退了一步，衝她齜著牙，不希望她接近。梅朵拉姆說：「你瘋啦，你還想咬我呀？」徒欽甲保又退了一步，繼續把虎牙衝她齜出來，像是說：你別管，我們的事兒你別管。

大力王徒欽甲保轉過身去，朝前撲了一下，又站住，繃起四肢，身體儘量後傾著。就像人類拉弓射箭那樣，隨時準備把自己射出去，射向大灰獒江秋邦窮的胸脯。梅朵拉姆喊一聲：「我的天，這到底是為什麼？」

大灰獒江秋邦窮昂起頭，也昂起著作為首領的威風，怒目瞪視著大力王徒欽甲保。卻沒有聳起鬣毛，也沒有後傾起身子，這說明牠是忍讓的，牠並不打算以同樣的瘋狂回應這位挑戰者。或者牠知道徒欽甲保是有理的，當自己因為指揮失誤而使領地狗群大受損失、而讓上阿媽狼群和多獼狼群意外得逞的時候，徒欽甲保就應該這樣對待牠。牠只能用聳毛、怒視的辦法申辯，卻不能像對方那樣抱著一擊斃命的目的拉弓射箭。

失敗了，已經不可挽回地失敗了，牠大灰獒江秋邦窮從此無臉見人了。牠的失敗不是牠不勇敢不凶猛，而是牠沒有足夠的能力指揮好一個群體。牠具有王者之風，卻沒有王者的智慧，不配做領地狗群的首領，哪怕是暫時的首領。而徒欽甲保的意思也是這個：你趕快讓位吧，那個代替岡日森格成爲新獒王的應該是我，是我大力王徒欽甲保。

這是一個勝者爲王的地方，荒野的殘酷、命運的無情以及對勇力和智慧的嚴格而超常的要求，使藏獒在選擇領袖時決不心慈手軟。當打鬥成爲解決問題的必要手段時，任何一隻藏獒都不會放過。

就像草原上的摔跤手即將投入肉搏那樣，大力王徒欽甲保走來走去地敵視著對方，愈走愈快，愈走愈快，搏殺一觸即發。

2

所有的領地狗都知道大力王徒欽甲保爲什麼暴跳如雷，牠們把雙方圍了起來，以狗的好奇觀察著這場沒有懸念的搏殺。

徒欽甲保必勝，江秋邦窮必敗。這樣的結果連大灰獒江秋邦窮自己都知道——已經被事實證明不配當領袖的藏獒沒有必要再用武力去遏制別人做領袖的欲望，更何況牠江秋邦窮本來就不想當什麼首領，是岡日森格硬甩給牠的，就像甩給了牠一個過於沈重的包袱。牠勉強擔當著，時刻期待著岡日森格的歸來。投向遠方的眼光裡，每一縷水汪汪的線條都在深情地呼喚：獒王啊，你在哪裡，你怎麼還不歸來？

大力王徒欽甲保開始進攻了，牠覺得自己是爲群除庸，就正氣凜然、大模大樣地撲過去，一口撕爛了對方的肩膀。江秋邦窮搖晃著一連退了好幾步，心想徒欽甲保是不讓我丟盡臉面不罷休的。但我已經無臉見人，再丟臉就等於是死了，那還不如真的死掉呢。牠朝徒欽甲保邁出一大步，揚起頭顱，伸長脖子，亮出了自己的喉嚨：咬吧，咬吧，趕快咬吧，你最好一口咬死我。

徒欽甲保哼哼地冷笑著，再次撲過去，頭稍微一扁，一口咬在了離對方喉嚨只有兩寸半的地方。大灰獒江秋邦窮吃驚地想：我都亮出喉嚨了，牠怎麼能輕易放過呢？大力王兄弟啊，看來你的心胸並不開闊，心地也不善良，你爲了達到羞辱我的目的，毫不在乎你的同伴的尊嚴。你是一隻好藏獒，但你不是最好的。最好的藏獒，能夠擔當獒王的藏獒，只能是包容、厚道、勇毅的岡日森格。

既然不能爲恥辱立刻就死，那就爭一點臉面給自己。何況，一旦徒欽甲保戰勝了自己，就堵住了岡日森格重返獒王之位的路，而在牠看來，領地狗群裡，除了岡日森格，沒有一個是配做獒王的，自己不配，徒欽甲保更不配。

大灰獒江秋邦窮突然不想自甘失敗了，當徒欽甲保又一次撲向牠，準備咬掉牠的半個耳朵，讓牠留下永久的恥辱痕跡的時候，牠忽地跳起來朝一邊閃去。大力王徒欽甲保愣了一下，不禁大發雷霆，斬釘截鐵一般鋼鋼鋼地叫起來：你讓領地狗群死的死傷的傷，你是有罪的，還不趕快接受懲罰，躲什麼躲啊。說罷，就像狼一樣，把鼻子筆直地指向天空，發出了一陣更加脆亮的鋼鋼鋼的叫聲。像是表明牠在替天行道，牠是正義的化身。然後縱身一跳，直撲大灰獒江秋邦窮。這次牠把利牙直接對準了對方的喉嚨，牠要咬死牠，咬死一個不願接受懲罰的敗軍之將。

江秋邦窮一看對方朝天鋼鋼鋼地叫囂，就知道該死的自己可以不死了。在牠看來，善於叫囂和色厲內荏並沒有太大的區別，虛弱而缺乏自信的藏獒才會那樣。徒欽甲保是個性格浮躁、心智膚淺的傢伙，這樣的傢伙絕對沒有那種勢大如山、磅礴如海的戰鬥力，自己是完全可以打敗牠的。可以打敗而不去打敗，反而一味地退縮著，要去成全一個無能之輩的狂妄野心，這不應該是一隻富有責任感的藏獒的作爲：趕快回來吧，岡日森格，領地狗群的首領，西結古草原的獒王，只能是你。

大灰獒江秋邦窮四腿一彎，忽地一下降低自己的高度，讓喉嚨躲過了徒欽甲保的奪命撕咬，只讓自己銀灰色的頭毛輕輕拂過猛刺而來的鋼牙。然後爪子一蹬，假裝害怕地朝後一跳。徒欽甲保氣急敗壞地再一次鋼鋼鋼地叫囂起來。就在這時，江秋邦窮躍然而起，一個猛子扎了過去。

徒欽甲保受傷了，傷在要命的脖子上。江秋邦窮的兩顆虎牙深深地扎進去，又狠狠地劃了一下，這一劃足有兩寸長，差一點挑斷牠那嘣嘣彈跳的大血管。徒欽甲保吃了一驚，狂躁地吼叫著朝後退了一步。心說牠反抗了，居然反抗了，牠在狼群面前無能至極，卻敢於反抗我的懲罰。

大力王徒欽甲保再次撲了過去，這一次更加不幸，牠撲倒了江秋邦窮，把牙齒咬進了對方的後頸，卻被對方一頭頂開了。頂得牠眼冒金花，踉蹌後退著差一點坐到地上。徒欽甲保的獒頭形狀像一個寺廟頂上的金幢，比江秋邦窮的頭看上去要大一圈，但卻沒有對方的頭結實有力，當又一次頭頂頭的碰撞發生時，徒欽甲保一下子歪倒在了地上。

大灰獒江秋邦窮跳過去，用兩隻結實的前爪摁住了牠。撕咬是隨便的，既可以在脖子上，也可以在肚子上。但江秋邦窮卻一口咬在了牠的前腿上，而且沒有咬爛皮毛就鬆開了。這是饒恕，是寬容，也是自信。我犯不著立刻咬死你，因爲我不怕你，你可以再來，我保證你撲我幾次，我就能撞倒你幾次，起來啊，起來啊。江秋邦窮挑釁似的噴著鼻息。

徒欽甲保沒有起來，不是牠起不來，而是牠不想起來。實力的懸殊是如此明顯，大力王的怒氣就是衝破九天華蓋，也只能暫時忍著，痛心地放棄自己想做首領的野心。

徒欽甲保的妻子黑雪蓮穆穆走過去，朝著大灰獒江秋邦窮叫了一聲，衝上去一陣亂咬。江秋邦窮忍讓地躲閃著，任由穆穆咬爛了牠的鼻子，又咬掉了牠的一撮鬣毛。穆穆來到徒欽甲保身邊，在丈夫受傷的脖子和前腿上柔情地舔著。

這時小公獒攝命霹靂王來到了大灰獒江秋邦窮面前，憤怒地叫囂著：你壞啊，你又不是真的獒王，你憑什麼要對我阿爸下狠手？牠一副不知天高地厚要爲阿爸報仇雪恨的樣子，身後的阿爸和阿媽幾乎同時叫了一聲：回來，你不要過去，你會被牠咬死的。小公獒不聽阿爸阿媽的，牠的體力已經有所恢復，才不在乎是死是活呢。牠跳了起來，就跟牠的名字所揭示的那樣，又是攝命又是霹靂地直撲江秋邦窮挺起的胸脯，突然尖叫一聲：哎喲媽呀，我的頭，我的頭。牠感覺那根本就不是毛烘烘的胸脯，而是一面堅硬的山壁、一塊高大的岩石。牠被撞得頭疼欲裂，翻倒在地，而對方卻紋絲不動。

黑雪蓮穆穆跳過去護住自己的孩子，衝著圍觀的領地狗群汪汪汪地直嚷嚷：快來看啊快來看，江秋邦窮欺負小孩了，牠算什麼首領？江秋邦窮汪汪汪地辯解道：是牠自己撞倒的，我可是動都沒動。穆穆說：你不使勁牠能倒地嗎？牠撞我的胸脯怎麼撞不倒？領地狗們用聲音和眼光附和著黑雪蓮穆穆。牠們跟徒欽甲保和穆穆一樣，也對大灰獒江秋邦窮充滿了怨恨：你指揮我們打仗，卻讓狼群取得了勝利，你沒有做獒王的天然素質，你比岡日森格差遠了，要是指揮這場戰鬥的是岡日森格而不是你，我們的夥伴能死那麼多嗎？

江秋邦窮聽懂了領地狗群的埋怨，非常難過地望著牠們。發現牠們一個個都萎靡不振，茫然無措，突然意識到自己的榮辱成敗根本就不重要，重要的是領地狗群必須振作精神，重新開始。大雪已經不下了，但災難遠遠沒有離去，對遼闊的西結古草原來說，饑餓依舊，寒冷依舊，死神甚至比大雪紛飛時還要猙獰。這樣的時刻，散居在四野八荒的牧民們除了等待領地狗群的到來，還能依靠誰呢？往年的雪災，生死存亡之際，獒王岡日森格總會帶著領地狗群及時趕到那些將死而未死的牧民們跟前，告訴他們哪裡有大雪掩埋的牛羊的屍體，或者把西結古寺和頭人們的施捨馱著叼著帶到他們面前。可是現在，誰又能代替獒王岡日森格去完成這樣的使命呢？

大灰獒江秋邦窮昂然揚起了頭顱，衝著領地狗群朗朗地喊起來：出發了，出發了，該是援救牧民的時候了。喊了幾聲，就朝前走去。沒有誰跟上牠，牠用眼睛的餘光看到，黑壓壓一片領地狗群一直都是靜止不動的。牠很沮喪，卻又於心不甘，回過身來，以首領的嚴厲大聲吠叫著：快走啊，爲什麼不走，難道你們打算放棄領地狗的職責？

忽的一下，大力王徒欽甲保站了起來，惡狠狠地叫了幾聲，彷佛是說：滾蛋吧你，你有什麼資格說這樣的話？

徒欽甲保的喊叫頓時引來了所有領地狗的應和。牠們衝著江秋邦窮怒叫著，叫著叫著就跑起來。也許最初牠們僅僅是爲了用奔跑消耗掉迅速恢復過來的體力，也消耗掉溢滿胸腔的憤怒。但當心情複雜的大灰獒江秋邦窮也由不得自己地奔跑起來的時候，牠們那無目的的奔跑就變成了有目的的追攆。先是徒欽甲保，然後是黑雪蓮穆穆和小公獒攝命霹靂王，最後是所有的領地狗，都狂叫著追攆江秋邦窮而去。

轉眼之間，大灰獒江秋邦窮變成了逃跑的對象。按照藏獒的本性，無論面對誰牠們都不會逃跑。但是江秋邦窮太愧疚於自己作爲首領的無能，太愧疚於狼群的勝利和領地狗群的損失了，牠寧肯在逃跑中丟失本色，也不願讓心靈停留在愧疚之中。牠狼狽不堪地奔逃著，好幾次差一點被追上來的藏獒撲倒。牠使出吃奶的力氣躲閃著，一看躲不過，就哀號一聲，跑向了視野中的梅朵拉姆：救命啊，仙女姐姐救命啊。

3

梅朵拉姆這時候也正在朝牠跑去，邊跑邊衝著領地狗群喊道：「幹什麼？你們這是幹什麼？」一人一獒轉眼抱到一起滾翻在了積雪中。梅朵拉姆使勁爬起來跪在地上，像護著自己的孩子那樣擁摟著大灰獒江秋邦窮，指著瘋追過來的大力王徒欽甲保和另外十幾隻藏獒厲聲呵斥道：「站住，都給我站住，我不管你們之間發生了什麼，只要都是領地狗就不准互相殘殺，你們想咬死牠是不是?那你們就先咬死我。」

追過來的藏獒停下了,衝著江秋邦窮和梅朵拉姆吼叫著,卻沒有撲過來。梅朵拉姆起身又是揮手又是跺腳:「滾蛋吧你們,牧民們還在雪災中死活不知,你們倒有心思打架鬥毆啦。」

也不知牠們聽懂了沒有,徒欽甲保帶著黑雪蓮穆穆和小公獒攝命霹靂王首先走開了,所有追過來的藏獒都走開了。牠們走得遠遠的,走到了一座大雪梁的後邊,儘量不讓梅朵拉姆看到牠們。

大灰獒江秋邦窮嗚嗚地哭起來,就像一個備受委屈的小孩,在梅朵拉姆溫暖的懷抱裡止不住流出了滾燙的眼淚。梅朵拉姆柔情地問道:「到底怎麼了,為什麼要打起來,雪災還沒有過去,牧民們還等著你們去救呢。」說著她用一隻柔軟的手,一再地撫摩牠的頭、牠的沾血的鬣毛。

江秋邦窮搖晃著頭,在梅朵拉姆的衣襟上蹭乾了眼淚,掙脫她的摟抱和撫摩,轉身朝前走去。牠是聽懂了的,梅朵拉姆話中的每一個字牠都聽懂了。牠現在要做的,就是按照人的意志去履行一隻藏獒的職責。梅朵拉姆保護了牠,又如此信任地告訴牠牧民們還等著牠去救援呢。而牠一生都要遵守的那個簡單而實際的原則就是:人對牠好牠就得捨命為人。牠知道這不僅是道義的需要,也是尊嚴的需要。尊嚴和道義說到底是虛幻而空洞的,但藏獒和別種野獸的區別恰恰就在於牠能充分理解這樣的虛幻和空洞,並時刻準備著為它而生為它而死。牠在形而上的意義上付出,在一種看不見的理想色彩和獒格力量的驅動下衝鋒陷陣。

大灰獒江秋邦窮愈走愈快,路過領地狗群時,牠低下頭,用節奏明快的碎步跑起來。大力王徒欽甲保要追過去，突然想起了剛才梅朵拉姆的訓斥，便收住腳步喊起來：看啊，牠在逃跑。江秋邦窮一聽到喊聲就把尾巴夾了起來，頭也埋得更低了，嘴巴幾乎是蹭著積雪的。牠用裝出來的猥瑣的身姿告訴自己昔日的同伴：牠是個失敗者，牠要逃跑了，要逃離領地狗群，躲到一個人狗不見的地方兀自傷感去了。

牠滿身的傷痕在跑動中滴瀝著鮮血，疼痛一陣陣地糾纏著牠。但肉體的傷痛比起使命以及恥辱和丟臉來又算得了什麼？更何況牠現在又有了新的想法：靠自己一個，能找到多少被大雪圍困的牧民啊，必須讓領地狗群全體出動。而讓領地狗群全體出動的前提是讓獒王岡日森格趕快回來。是的，必須讓岡日森格趕快回來，這才是牠大灰獒江秋邦窮奔跑在寂寞雪原上的目的。儘管大腦並不覺得這個目的是最重要的，但渾身的細胞和堅固的神經卻執著地左右著牠，讓牠健壯的四肢只為了找到岡日森格而拚命奔走。

牠跑啊，跑了很長時間，不停地舉著鼻子迎風而嗅。嗅到了，嗅到了，終於嗅到了，岡日森格的氣息就像正在出土的化石漸漸清晰了，而且是伴著人的氣息的，也就是說，岡日森格和人在一起。這個人是誰呢？好像是寄宿學校的漢扎西。不對，不對，岡日森格的氣息從東邊來，漢扎西的氣息從南邊來。岡日森格和另外的人在一起，他們的氣息一陣陣地濃烈著，說明他們正在接近自己。

大灰獒江秋邦窮不再碎步奔跑，而是大步狂跑。跑著跑著又突然停下了，眨巴著一對琥珀色的眼睛，朝著南邊不停地攝著鼻子，尖銳地想：我彷彿看到漢扎西的悲慘了，他正在哭泣，正在淒厲地呼喚，他身邊還有一個女人和一個孩子，他們也正在哭泣，正在淒厲地呼喚。

為什麼？為什麼會這樣？一股刺鼻的獸臊味風捲而來——狼？狼群出現了，漢扎西和那個女人、那個孩子，就在狼群的包圍中哭泣著，呼喚著。

大灰獒江秋邦窮相信自己的判斷不會錯，問題是正確的判斷並不能帶給牠正確的選擇。到底應該怎麼辦，是繼續奔向東方去尋找岡日森格，還是轉身跑向南方去尋找漢扎西一行？找到岡日森格，是為了營救散落隱蔽在大雪原深處的所有牧民，跑向漢扎西，是為了營救危同累卵的三個人。到底哪個更重要？江秋邦窮用兩隻深藏在灰毛之中的三角眼東一瞥南一瞥地窺視著，思索的神情跟雪原一樣，茫茫然不著邊際。

是九匹荒原狼圍住了我的父親，西結古草原的漢扎西。和父親在一起的還有牧民貢巴饒賽的小女兒央金卓瑪和父親的學生平措赤烈。那九匹狼在一匹白爪子頭狼的帶領下，曾經勝券在握地圍堵過小母獒卓嘎，意外地失手之後，又跟蹤上了父親一行。

父親來到了寄宿學校，寄宿學校已經沒有了，沒有了聳起的帳房，也沒有了留在帳房裡的學生。消失的學生不是一個，而是十個，他們消失在了大雪之中、狼災之口。冬天的悲慘從來沒有這麼嚴重過。父親渾身發抖，連骨頭都在發抖，能聽到骨關節的磨擦聲、牙齒的碰撞聲和悲傷堅硬成石頭之後的迸裂聲。他哭著，眼淚彷彿是石頭縫裡冒出來的泉水，溫熱地洶湧著。哽咽的聲音就像解凍的河岸，咕咚咕咚地滴落著，轉眼就幽深到肚子裡面去了。

還有央金卓瑪，還有平措赤烈，還有遠方的雪山和近處的雪原，都哭了。然後就是尋找，父親沒有看到多吉來吧的任何遺留——那些咬不爛的骨頭和無法下咽的氈片一樣的長毛，就知道牠沒有死，牠肯定去了一個僻靜的地方，在那裡孤獨地蜷縮著，藏匿著巨大的身形，也藏匿著薄薄的面子。面子背後是沈重的恥辱，是散落得一塌糊塗的尊嚴。在沒有保護好孩子之後，不吃不喝，自殘而死，彷彿是多吉來吧唯一的出路。

而父親要做的，就是把多吉來吧從死亡線上拽回來。你不能死啊，多吉來吧。父親的心靈和眼睛都是這麼說的，還說他寧肯自己沒有心靈沒有眼睛，也不能沒有多吉來吧。父親就是這樣一個人，總是把藏獒的生命看得比自己更重要，就像藏獒把人的生命看得比自己更重要一樣。父親了解藏獒，更了解多吉來吧，深知牠們是輕生重義、輕榮重辱、輕己重人的。如果你不儘快找到牠，牠就不會再來見你，就要孤寂而死了。

父親一手拉著平措赤烈，一手不停地揩著已經結冰的眼淚，淒厲地呼喚著：「多吉來吧，多吉來吧。」他前面走著央金卓瑪，央金卓瑪和野獸一樣認得積雪中膨脹起來的硬地面。她一邊找路，一邊呼喚。尖亮的聲音就像飛翔的劍，穿透了雪停之後無邊的空霧。

狼群就是根據父親和央金卓瑪的聲音跟蹤而來的。牠們聽出了飽含在聲音裡的焦急和悲傷，知道悲傷的人是沒有力氣的人，就把距離愈拉愈近了，近到只有一撲之遙的時候，父親發現了牠們。

「狼。」父親驚喊一聲，兩腿打抖，渾身僵硬，一把抱住了平措赤烈。心說這孩子是雪災狼口裡的倖存者，可千萬不能再遭不幸。相比之下，央金卓瑪倒顯得不那麼緊張。她轉身跑過來，堵擋在父親前面，衝著狼群喊著：「來了來了來了，多吉來吧來了。」喊著，撲通一聲跪下，捧著積雪，在自己臉上擦了幾下，趴在地上，朝前撲了一下。

狼群哪裡見過這樣的人，驚慌地朝後退去。但是牠們沒有退遠，在十步遠的地方緊張地觀察著。央金卓瑪起身，踢著雪朝前走了兩步，再次尖叫起來：「多吉來吧，多吉來吧。」白爪子頭狼抖了抖耳朵，像是穩定團夥的情緒那樣，鬆弛地張開嘴，長長地吐著舌頭，邁步走去。牠走了一圈，等回到原地時，包圍圈就已經形成了。

九匹狼包圍著三個人，三個人是疲憊而軟弱的，而九匹狼則顯得精神抖擻。牠們被饑餓逼迫著，瘦骨嶙峋而又幾近瘋狂，就像一座座沒有積雪沒有植被的山，形削骨立，直插雲空。父親轉著圈看著這些狼，兩腿漸漸不打抖了。一邊抱著平措赤烈，一邊拽著央金卓瑪，用下巴磨蹭著飄曳在胸前的經幡，聲音顫顫地祈禱著：「保佑啊，保佑啊，勇敢無私的猛厲大神、非天燃敵、妙高女尊，千萬要保佑啊，你們沒有保佑我的學生，今天再不保佑我們，我就不信仰你們了。」

白爪子頭狼試探性地撲了一下，撲向了平措赤烈。父親哎呀一聲，抱著平措赤烈蹲了下去。

他本來是要躲閃的，往後一看，發現身後的狼就在三步之外，趕緊站起來，衝著白爪子頭狼猛吼一聲：「老子是藏獒，你敢吃了我？」這麼一吼，似乎膽氣就壯了，他丟開平措赤烈，把雪粉一股一股地踢了過去。

央金卓瑪咕咕地笑起來：「你就說你是岡日森格，我就說我是大黑獒那日，我們就是領地狗群裡做大王做王妃的那一對，狼們一聽肯定會嚇死。」笑了幾聲，突然想到了十個被狼吃掉的孩子，就毫無過度地變笑爲哭，嘩啦啦地流起了眼淚。沒哭幾下，又把父親還給她的光板老羊皮袍脫下來，跳過去，朝著白爪子頭狼仇恨地掄起來。

白爪子頭狼一步一步後退著，引誘央金卓瑪離開了父親。父親大喊一聲：「回來，央金卓瑪你回來。」她掄得正歡，根本就沒聽見，也沒有看到另有兩匹狼已經從她左右兩側包抄了過去。父親跑上前一把拉住她，驅趕那兩匹狼。

就在這時，另外六匹大小不等的狼衝向了平措赤烈。平措赤烈驚叫著跑向了父親。一匹大狼一口咬住他的皮袍下擺，狼頭一甩，把他拉翻在地上。別的狼嘩地一下蓋過去，壓在了他身上。

父親瘋了，丟開央金卓瑪撲了過去。他什麼也不怕了，真的變成了一隻他理想中的藏獒，勇敢地撲向了正要吃掉孩子的狼群。

狼群嘩地離開了平措赤烈，又嘩地撲向了父親。父親摞在了平措赤烈身上，狼群摞在了父親身上。除了白爪子頭狼繼續糾纏央金卓瑪，其餘的八匹狼都撲過去摞在了父親身上。牠們就像從墳墓裡飄出來的饑餓的骷髏，齜著白花花的牙齒，把父親的衣服一下子撕爛了。

肉啊肉，餓狼眼裡的父親的肉，以最鮮嫩的樣子，勾引著八個饑中之鬼最迫切的吞噬欲望。

4

雪崩了，昂拉冰峰的雪崩引來了多獼雪山的雪崩。就在一道深闊的雪坳之中，崩落的冰雪鋪天蓋地，掩埋了滿雪坳茂密結實的森林。那些冒出梢頭的樹木變成了松葉杉針的牧草，點綴在覆雪的蜿蜒裡。平靜得一點痛苦和一點慌亂掙扎也沒有，好像這裡從古到今就是這樣。

但是雪崩後的平靜並不能迷惑岡日森格。牠來過這裡，知道這裡是昂拉山群和多獮雪山的銜接處，是一個冰壑雪坳裡長著茂密森林的地方。牠疑惑地抬眼四瞧：那些密集到幾乎不透風雨的森林到哪裡去了？又用鼻子四下裡聞了聞，立刻就明白：埋掉了，埋掉了，傾瀉而下的冰雪把森林埋掉了，同時埋掉的還有牠昔日的主人刀疤。刀疤的味道從這個地方啓程，傳到了牠的鼻子裡，後來就聞不到了，這就是說，連散發味道的間隙也被埋堵起來了。

岡日森格站在多獮雪山堅硬的高坡上，深深地吸了一口氣，便朝著掩埋了森林的積雪撲了過去。嘩啦一陣響，牠感覺腳下的大地動蕩起來，鬆散的掉落似乎帶動了整個山體的滑動。牠立刻意識到腳下是空洞的，密集的森林支撐著崩塌的冰雪，讓這裡成了一個偌大的陷阱。

牠吃驚地蓬鬆起渾身的獒毛，深吸一口空氣，趕緊趴下了。那種來自經驗也來自遺傳的智慧告訴牠，自己身體接觸冰雪的面積愈大，就愈不可能陷落。

牠提心吊膽地趴了一會兒，發現動蕩消失了，四周又是一片平靜。牠輕輕地朝後滑動著，盡量把鬣毛和脊毛聳立起來，讓牠們成為翅膀接受風的托舉。這樣退了很長時間，終於退回到了多獮雪山堅硬的高坡上。

岡日森格四腿一蹬，立穩了身子，朝著看不出虛實的雪坳裡那些樹梢搖曳的地方大吼起來。

到處都是回音，回音是可怕的，就像一隻無形的大手，呼呼地拍打著，讓對面的昂拉冰峰和身後的多獼雪山頓時變得又鬆又脆，瀑布一樣掉下一些冰雪來。

牠趕緊閉上了嘴，搖晃著大頭琢磨著，突然一個警醒，沿著森林支撐著的覆雪的邊緣，走了過去。突然停下了，試了試虛實，小心翼翼地用前爪刨挖起緊挨山體的鬆散的冰雪。牠想挖出一個直通大陷阱的洞穴，跳下去，看看主人刀疤到底在不在裡面。

洞穴赫然出現了，被壓彎的樹幹從洞穴裡伸了出來。岡日森格愣了一下，立刻感覺到刀疤的氣息嫋嫋而來，是活人散發出的新鮮之氣和肺腑之氣。牠高興得狂搖尾巴，好像已經見到了刀疤，刀疤正在往外走。牠臥下前腿，高高地撅起屁股，把頭儘量朝下伸著，一邊輕輕地叫，一邊用那種在黑暗中毫無障礙的野獸的眼光，掃視著樹與樹的空隙。

這樣過了很長時間，岡日森格有點急了，忽地站起，正準備不顧一切地跳下去，就聽一個聲音沈沈地傳了上來。是刀疤的聲音，啊，刀疤。牠激動地回應著，當然是壓低嗓門輕輕地回應著。

茂密的森林支撐起了崩落的冰雪，在幾公里長的林帶上，留下了一些黑暗的空隙。已經在黑暗中摸索了一天一夜的獵人刀疤，靠著一棵高大的青樺樹，絕望地坐了下來。他是來打獵的，自從他離開寄宿學校也就是他長大以後，他就把打獵看成了自己的營生，他用獵物從頭人或牧民那裡換取吃的和用的，覺得這樣的日子挺不錯，自由而富裕，從來不會餓肚子。但是刀疤沒有料到會遇到雪崩，會被冰雪覆蓋在一片黑暗危險的林帶裡。他想自己可能就要死了，餓死，悶死，被同樣悶在林帶裡的野獸咬死，或者被隨時都會坍塌下來的冰雪砸死壓死。

他反反覆覆想著這幾種死，就是沒想到活。

想著死的人，頭總是低著的。他軟塌塌地垂吊著脖子，像一隻死前的野獸那樣把頭埋進自己的身體，閉上了眼睛。也不知過了多久，等他聽到頭頂掉落冰雪的聲音，淡漠地抬起頭來時，突然看到前面亮了，一束亮光從高高的覆冰蓋雪的樹冠上投了下來。他大叫一聲，坐麻的腿來不及站起，四肢著地，朝著亮光爬了過去，還沒爬到跟前，他就知道是怎麼回事兒了。

岡日森格，岡日森格你怎麼知道我在這裡？這麼大一片森林都被冰雪蓋住了，而你偏偏就在我坐下來準備死掉的地方挖出了一個洞。刀疤激動地叫著牠的名字，又是跳又是笑，最後哭了，用手掌一把一把地甩著眼淚：「岡日森格，岡日森格，你知道我沒有阿爸，你又一次救了我的命，你就是我的親阿爸。」

而岡日森格已經不再激動了，牠顯得平淡而冷靜，就像偶爾和昔日的主人邂逅了一樣，根本就沒把救命不救命的事兒放在心上。牠知道自己的叫聲會引發新的雪崩，就一聲不吭地趴在洞穴邊上，放鬆地伸出舌頭，呵呵呵地喘著氣，探頭望著下面。

刀疤是獵人，整天在森林裡鑽進鑽出，一碰到上樹就變成了猴子。他順著樹幹很快爬出了洞穴，還像小時候那樣，撲到岡日森格身上又拍又打。岡日森格老成持重地站著不動，生怕他一不小心，順著多獼雪山堅硬的高坡再滑到洞穴裡去，便始終歪著頭，緊咬著他的羊皮圍裙，直到他從牠身上下來，穩穩地站住。

他把攥在手裡拍打岡日森格的狐皮帽子戴在頭上，整理著身上的弓箭和藏刀，緊了緊貼肉穿著的豹皮袍子和羊皮圍裙以及牛皮繩的腰帶。岡日森格耐心地望著他，看他整理得差不多了，才邁開步子朝前走去。

刀疤跟了過去。他們一前一後，花了大半天時間，才走出昂拉冰峰和多獼雪山之間深闊的雪坳，來到了雪原上。

黑夜來臨了，刀疤停下來，想給自己挖個雪窩子睡一覺。岡日森格著急地圍著他轉起了圈子。刀疤揮著手說：「走吧走吧你走吧，你是獒王，你應該回到領地狗群裡去，等我明天扒了金錢豹的皮，掏了藏馬熊的窩，就去找你。現在，我要好好睡一覺了，你不要在這裡轉來轉去的，吵得我光打哈欠睡不著。」說著便哈欠連天。

岡日森格多次救過刀疤的命，但刀疤似乎是絕情的，一副毫不留戀的樣子。其實他的絕情完全是爲了岡日森格，他知道岡日森格救了他之後就非常爲難了：既想陪伴著昔日的主人，又想去做別的事情，作爲一隻以忠順主人和保衛他人爲天職的藏獒，如果沒有人的推動，牠自己很難做出選擇。「去吧去吧，我沒事的，需要你的時候我會去找你的。」刀疤跪在地上，一邊挖著雪窩子，一邊朝岡日森格不停地揮著手。

草原上的獵人差不多都是些無著無落無依無靠的人，他們像野獸一樣生活在曠野裡，天天都是風餐露宿，夜夜都是披星戴月。野獸一般是不會侵害獵人的。牠們知道，這種穿著獸皮帶著弓箭兩條腿走路的人，這種渾身散發著各種野獸的味道和野獸一樣機警靈敏的人，是專門獵殺牠們的。牠們見了就躲，聞了就跑，哪敢湊到跟前來。儘管如此，岡日森格還是不忍心就這樣離開昔日的主人，依然轉著圈子，看他挖好雪窩子睡了進去，便環繞著雪窩子，四面八方撒了幾脬尿，留下一道足可以威脅野獸、阻止牠們侵害的防護線，才悄悄地離去。

雪窩子裡，刀疤靜靜地聽著，突然坐起來，趴在了雪牆上。他癡癡地望著岡日森格，望著迷濛的夜色在吞沒岡日森格的瞬間張翕搏動的情形，心裡突然一酸，眼淚像兩匹被藏獒追逐的受傷的狼一樣躥了出來。那是從童年就開始了的思念深重的眼淚，是相依爲命的伴侶埋在他靈魂深處的傷感而溫暖的印記。他在心裡感歎道：「爲什麼非要回到領地狗群裡去呢？你是我的藏獒，你要是待在我身邊該多好啊。」

刀疤說錯了，岡日森格急著離開，並不是想回到領地狗群裡去，牠現在還感覺不到領地狗群已經出事了。牠在這裡聞到了尼瑪爺爺家的味道，牠要去看看了，好不好呢，這一家人？去年是不好的，去年的雪災裡，尼瑪爺爺全家都餓得動彈不了，是大黑獒那日用自己的乳汁救了他家的人，也救了他家的藏獒。

午夜時分，岡日森格在一個背風的山灣裡看到了尼瑪爺爺家的帳房，聞了聞就知道，這兒還不錯，帳房沒有坍塌，牛羊也沒有全部被暴風雪捲走，人和牲畜都擠在帳房裡，在互相取暖中等待著雪災的過去。忠於職守的看家狗斯毛以及格桑和普姆守護在帳房外面，發現了牠的到來，一邊用叫聲通知著主人，一邊跑了過來。牠們敬畏地搖著尾巴，走過去謙卑地嗅了嗅岡日森格的鼻子。

班覺出來了，岡日森格趕緊跑了過去，汪汪汪地叫著，好像是問他：還好嗎？家裡的人都好嗎？尼瑪爺爺好嗎？拉珍好嗎？兒子諾布好嗎？班覺認出是岡日森格，大聲喊叫著，喊出了全家所有的人。岡日森格跑向了尼瑪爺爺，在他身上撲了一下。尼瑪爺爺彎下腰，高興得和牠碰了碰頭。

岡日森格依然汪汪汪地叫著，像是在告訴他們：幾天前我看到了你家的牧狗新獅子薩傑森格和瘸腿阿媽，牠們已經死了，牠們不吃看護的羊群就只能凍死餓死了。牠們死在離這裡很遠很遠的高山牧場，死在餓死凍死的一二百隻羊群身邊，一片高低不平的積雪埋葬了牠們。岡日森格愈叫愈傷心，眼睛不禁濕潤了。

遺憾的是，尼瑪爺爺一家聽不懂牠的叫聲，也無法從雪光映照下的夜色裡看到牠的眼淚。他們興奮地輪番摟抱牠，向牠問了許多話：「領地狗群好嗎？頭人索朗旺堆好嗎？漢扎西好嗎？丹增活佛好嗎？你見到的牧民都好嗎？他們的牛羊馬匹還好嗎？」他們不停地問著，幾乎問遍了他們認識的所有的人、所有的藏獒，好像岡日森格什麼都應該知道，什麼都應該告訴他們。

岡日森格默默無語，牠想起了大黑獒那日，眼淚就流得更多了。尼瑪爺爺看牠情緒愈來愈低落，就說：「餓了，餓了，你餓了。」拉珍趕緊回身進了帳房，拿出一些肉來捧到牠嘴邊。

岡日森格把頭扭開了，牠想告訴尼瑪爺爺一家大黑獒那日的死訊，卻又不知道如何表達，著急地伸出舌頭，低頭一再地舔著自己的胸脯，像是要把心舔出來讓他們看。

還是女人拉珍心細，彎下腰看著牠，突然喊起來：「岡日森格哭了。」幾個人不再說話，蹲在牠面前，瞪著牠深藏在臉毛裡的一對亮如珍珠的眼睛，彷彿要從那眼睛裡看到一幅圖畫，看到牠傷心落淚的原因。

岡日森格也看著他們，眼光從尼瑪爺爺、班覺、拉珍和諾布臉上掃過，發現他們的表情一個比一個茫然之後，突然發出了一陣有點沙啞的若斷似連的叫聲。牠從來不這樣叫喚，這是大黑獒那日習慣的叫聲，牠要用大黑獒那日的叫聲讓聰明的人明白牠的意思：大黑獒那日死了。

四個人呆愣著，互相看了看，依舊是呆愣。岡日森格不停地用有點沙啞的若斷似連的聲音叫喚著，轉動明亮的眼睛，觀察著尼瑪爺爺、班覺、拉珍和諾布的神色。心想：你們四個人都是被大黑獒那日救過命的，看你們誰先聽懂我的意思。誰先聽懂了我的意思，誰就是最最惦記大黑獒那日的，誰就有權讓我、讓所有的領地狗，爲他去死，也爲他去活。

岡日森格的叫喚持續了大約十分鐘。十分鐘裡，牠聚精會神地等待著四個人的反應，突然聽到其中的一個人喊了一聲：「那日，大黑獒那日。」牠頓時感動得原地跳起，旋轉了一圈，哭著撲向了那個人。

第十三章　溫泉湖上的白爪子狼

1

誰也沒有覺察到大灰獒江秋邦窮的到來，狼和人都沒有覺察到。等被吃的人和吃人的狼看到一道灰色的閃電從天而降時，一匹狼的肚子就已是血水汩汩了，接著是另一匹狼的尾巴被獒牙割掉。失去了尾巴的狼疼得慘叫著，回頭便咬，恰好把脖子亮了出來。江秋邦窮後腿一蹬，利箭一樣射過去咬住了狼脖子上的大血管，哢嚓一聲響，那狼頭就再也抬不起來了。

狼們吃了一驚，也不知道來了多少藏獒，從父親身上跳起來就跑，跑出去兩丈，回頭再看時，發現居然只有一隻藏獒。

白爪子頭狼丟開央金卓瑪，跑回狼群裡，鼓勁似的把脖子上鋼針一樣的狼毫聳起來又伏下去。狼頭搖晃著，大膽地朝前走了幾步。狼群緊緊跟在牠身後，一個個用血紅的眼睛望著大灰獒江秋邦窮。

江秋邦窮使勁舔著父親袒露的脊背，以爲父親已經死掉了，沒想到父親爬了起來，吃驚得江秋邦窮仰起身子跳到了一邊。父親後來說，江秋邦窮來得太及時了，狼群剛剛撕開他的衣服，正要用牙刀割肉時，牠就來了。更加慶幸的是，狼群沒有來得及咬斷他的喉嚨，因爲按照牠們這群狼的規矩，只有白爪子頭狼才有權利首先把牙齒埋進獵物的喉嚨，享受血管沖著黑洞一樣的嗓門噴溢熱血的樂趣。白爪子頭狼晚來了一步，於是父親就安然無恙了。

父親感激地看著大灰獒江秋邦窮，把同樣沒有絲毫損傷的平措赤烈拉了起來。父親說：「你怎麼來了？岡日森格呢？」江秋邦窮搖晃著大頭望了望遠方，似乎是說：岡日森格在東邊，我收拾了這群狼，就去尋找牠。

央金卓瑪走過來，看到父親的衣服被狼撕得稀爛，就把自己的光板老羊皮袍披在了父親身上，指著狼群對江秋邦窮說：「你把牠們都給我咬死，牠們吃掉了十個孩子，十個孩子啊。」

大灰獒江秋邦窮反應敏捷地跳起來，直撲離牠最近的白爪子頭狼。白爪子頭狼朝一邊跑去，跑得很慢，好像並不在乎江秋邦窮的出現，儘管後者一出現就讓九匹狼變成了七匹狼。江秋邦窮追上了白爪子頭狼，眼看尖利的獒牙就要刺進牠的屁股，白爪子頭狼這才風快地刨動起了四隻有力的爪子。牠跑向遠方，翻過一座雪崗後又跑了回來，牠知道只要自己拚命跑，一隻藏獒不可能很快追上牠，就圍繞著三個人轉起了圈。

白爪子頭狼跑了一圈，又跑了一圈。牠想用兜圈子的方法拖疲拖垮江秋邦窮，就用眼神暗示站在追逃線外面觀望著的另外六匹狼：你們暫時不要動，等這隻狂妄的藏獒累得跑不動了再一擁而上。但牠沒料到，大灰獒江秋邦窮並不是牠想像中窮追不捨的那種藏獒，當奔跑的雙方第五次從六匹狼面前經過時，江秋邦窮突然離開了追攆的軌道，斜著身子颳風一樣撲了過去。

六匹狼一點防備都沒有，來不及散開，就被江秋邦窮一口咬住了一匹母狼的喉嚨。江秋邦窮在牙齒奮力咬合的同時跳了起來，直撲另一匹狼。那是一匹行動遲緩的老狼，知道自己已經跑不脫了，乾脆停下來，扎煞著狼毫，撮鼻齜牙地等待撕咬。但是江秋邦窮只是撲翻了牠，虛晃一槍，把本該咬死牠的時間留給了逃跑在前面的一匹殺傷力極強的年輕公狼。

年輕公狼雖然凶悍但缺乏經驗，以為有老狼斷後，追來的藏獒無論從時間還是從距離上，都不可能直接撲到自己。看到對方粗壯的前腿不可思議地踩住了自己的腰肋，吃驚得居然忘記了逃跑。死神的陰影就在這個時候籠罩了牠，牠在飛速而來的獒牙之下獻出了自己滾燙的狼血。

現在，九匹狼只剩下五匹狼了。五匹狼要想在一隻狂暴猛惡的大藏獒和三個人這裡占到便宜，那是根本不可能的。白爪子頭狼嗚嗚地嗚叫著，招呼自己的同夥趕快離開，牠自己不知羞恥地首先跑起來，別的狼急忙跟上了牠。

大灰獒江秋邦窮連吼帶叫地追了過去，牠是想徹底把牠們趕跑，卻聽央金卓瑪聲嘶力竭地喊起來：「一個也不要放跑，全部咬死，全部咬死。」江秋邦窮知道「全部咬死」是什麼意思，也知道聲嘶力竭的聲音裡包含了人類無限仇恨的意志。而自己便是仇恨的利器，是人的意志的實現者，絕對不能有絲毫的違拗。牠不再沿著膨脹起來的硬地面繞來繞去地追，而是加快速度，像一架力大無窮的開路機，用四條腿的蠻力在鬆軟的積雪中開出了一道溝壑，筆直地通向了奔逃中拐來拐去的狼群。

父親喊起來：「回來，回來，江秋邦窮你回來。」央金卓瑪說：「回來幹什麼？讓牠去咬，咬死全部的狼。」父親著急地說：「多吉來吧，讓牠去找多吉來吧，牠鼻子一聞、耳朵一聽就知道多吉來吧在哪裡了。」央金卓瑪一愣：「對啊對啊，我怎麼沒想到，讓牠去找多吉來吧。回來，江秋邦窮你給我回來。」她喊著朝前跑去。但已經喊不回來了，江秋邦窮要去完成

「全部咬死」的使命。這既是人的旨意，也是牠自己的想法。牠把渾身的每一個細胞都投入到了追攆中，都變成了創造速度的動力。

近了，近了，轉眼就在五步之外了。白爪子頭狼沒想到江秋邦窮靠近得這麼快，感覺到要是再這樣夥同在一起跑下去，都會死掉。牠用奔跑中擠出胸腔的粗氣嗥叫著：分開，分開，各走各的路。然後扭轉身子，朝西而去。

但是狼群沒有分開，出於對頭狼的信任和對群體的依賴，所有的狼仍然跟在白爪子頭狼身後，糾纏在一起，你碰我我碰你地奔跑著，愈跑愈慢，愈跑愈亂了。

江秋邦窮很快追上了牠們，撲咬是激烈的，在藏獒是仇讎敵愾的橫掃，在狼是置之死地而求生的死拚。但是這群狼的運氣太差了，他們遇到的大灰獒江秋邦窮是一隻曾經做過領地狗群短暫的首領而被狼群打敗後需要復仇需要發泄憤懣的藏獒，是一隻已經從人那裡領受了「全部咬死」的旨意的藏獒。這樣一隻藏獒在肉體和精神上都很容易進入最佳狀態。超乎常態的撲咬速度和力量將使狼群失去一切抵抗和提防的靈性，最終成為牠們無法逾越的死亡之淵。

江秋邦窮很倒楣地被一拚到底的狼群咬傷了鼻子、肩胛和胸脯，但是誰咬傷了牠誰就得倒下，倒下就是死，不是馬上死，就是過一會兒死。三匹狼轉眼不再鮮活靈動了，生命的氣息爭先恐後地從牠們脖子上的血洞而不是從嘴裡流進了雪後清新的空氣。

一直很好地保護著自己的白爪子頭狼又開始奔逃，那匹行動遲緩的老狼跟在了後面。大灰獒江秋邦窮揚頭看了幾秒鐘，抬腿便追。老狼突然停下了，張著嘴，喘著氣，橫擋在江秋邦窮面前，前腿彎曲著，小孩子一樣吱吱地叫起來，一副乞憐討好的樣子。

江秋邦窮愣了一下，戛然止步，牠看懂了老狼的動作，也聽懂了老狼的叫聲，知道牠不是在為自己乞命，而是在為白爪子頭狼告饒，不禁隱隱地有些感動。尋思牠大概是白爪子的母親或者奶奶吧，不然牠不會為了保護白爪子而把自己的生命置之度外。一種埋藏在獒性深處的憐憫，一種來源於人類的狗性的惻隱，悄悄地伸手摁住了牠的殺性，讓牠頓時忘掉了聲嘶力竭的央金卓瑪要牠「全部咬死」的旨意，牠叫了一聲，意思是說：為了你帶給我的感動我就饒了你吧。牠蹦跳而起，越過了老狼，繼續去追攆已經跑出去二十步的白爪子頭狼。

剎那間，老狼身子朝後一挫，用後腿作為軸心，忽地轉了過去，以狼性最後的也是最徹底的凶惡與瘋狂，撲向了江秋邦窮。

大灰獒江秋邦窮突然感覺到後腿一陣劇痛，整個身子被什麼死死拽住了。扭頭一看，原來是牠惻隱之中饒了一命的老狼咬住了牠，立刻暴怒得如同地火滾動。也是用後腿為軸心，忽地旋轉起來，張足了大嘴，狂咬一口。看都沒看一眼，就又把頭轉向了逃跑中的白爪子頭狼，猛追過去。

牠的身後，老狼死了，老狼的脖子上順著暴起的大動脈，兩個深深的牙痕就像冷兵器的金瘡一樣刺眼，紅肉翻滾著，鮮血朝天而汩。

現在，九匹狼只剩下一匹狼了。對大灰獒江秋邦窮來說，在一無遮攔的雪原上追殺一匹狼差不多就是甕中捉鱉，這一點連白爪子狼自己都知道。逃跑是茫昧而無奈的，失去了群體後就已經不是頭狼的白爪子狼只是服從於生命懼怕死亡的規律，機械地刨動著四肢。但牠的四肢是無數次疲於奔命的狂跑鍛造而成的鐵槳，即使在勢如破竹的獒牙前來奪命的一刻，也仍然保持著有力的划動，保持著荒原餓神爲食物而不馴的精神。

白爪子狼沿著一道被天光映照成青藍色的雪溝跑去，突然攀上雪梁，希望在翻過雪梁朝下衝刺時，能夠讓自己失蹤，或者至少把追攆的藏獒落得遠一點。但是願望畢竟只是願望，逼臨而來的事實是，大灰獒江秋邦窮和牠一起來到了雪梁頂上，朝下衝刺的時候幾乎就是藏獒的身子摞在了狼的影子上。

不能再跑了，再跑就連喘息乞憐的機會也沒有了。白爪子狼突然停了下來，頭朝上尾朝下地蜷縮起身子，張著嘴汪汪地叫著，搖晃著狼頭也搖晃著尾巴。這是最後的掙扎，是學著狗的樣子，試圖以遠古的記憶——狗與狼的親緣關係，喚起江秋邦窮的憐憫。可是大灰獒江秋邦窮卻一點也不記得牠的祖先和狼有血緣、是親戚的歷史，牠的記憶只告訴牠，那種和狼夾纏不清的親緣關係僅屬於一般的藏狗，而不屬於藏獒。如同父親後來告訴我的，藏獒是遠古的猛獸——那種被後人稱爲巨形古鬣犬的直系後裔，巨形古鬣犬在一千多萬年以前就已經活躍在廣闊的喜馬拉雅地區了。而狼的進化史則只有不到三百萬年，只有不到三百萬年歷史的年輕的小雜毛獸，身爲活化石的藏獒老爺爺跟牠有什麼關係？

大灰獒江秋邦窮不理睬對方狼模狗樣的乞憐，仗著奔跑的慣性，一爪伸過去把牠打翻在地。跳起來就要牙刀伺候，突然發現這一爪打得太厲害了，白爪子狼順著光滑而渾圓的雪梁飛速地朝下滾去。

江秋邦窮想追追不上，白爪子狼想刹刹不住，只聽咚的一聲響，就像大石入水，濺起的浪花把江秋邦窮的眼睛都糊住了。與此同時，追攆過去的江秋邦窮也像白爪子狼一樣，隕落而下，在水面上砸出了一個深深的坑窩。坑窩動蕩著，轉眼又彌合成了平面。

水？哪裡來的水啊？現在是嚴冬，苦寒伴隨著大雪災，除了還沒有凍僵的人體和獸體的血液，所有的流淌都被禁止，所有的液態都被凝固，所有的活躍都被凍結，溫暖和流淌只在記憶深處悄悄地運動著，最終成爲甜蜜的夢幻出現在將死者的眼前。可是白爪子狼和大灰獒江秋邦窮碰到的卻是一種真實的水，水不僅流淌，而且溫暖，哪裡來的水啊？

2

那聽懂了岡日森格有點沙啞的若斷似連的叫聲的，那喊出了「那日，大黑獒那日」而讓岡日森格感動得撲過去的，原來是年事已高反應本該遲鈍的尼瑪爺爺。尼瑪爺爺不僅理解了岡日森格的意思，而且立刻決定：跟著岡日森格走，去看看大黑獒那日。這個決定讓全家人潸然淚下：大黑獒那日出事了，凶險雪災的日子裡，出事意味著什麼呢？

尼瑪爺爺拍了拍岡日森格的頭說：「走吧走吧，我們一起走吧。」說著看了一眼兒子班覺和兒媳拉珍，兀自走去。他發現斯毛、格桑和普姆頭一律向著遠方站在他的前面，就知道自家的這三隻藏獒早就從那種有點沙啞的若斷似連的叫聲中聽明白了岡日森格的意思，已經做好了出發的準備，他滿意地點點頭，咕噥著：「狗啊，狗啊。」班覺追過去說：「阿爸，還是我去吧。」尼瑪爺爺固執地搖著頭：「不，我去，我一定要去。」

班覺只能留下了，哪兒有帳房和牛羊哪兒就是營地，他和妻子拉珍必須對營地負起責任來。他對兒子諾布說：「你跟著爺爺去，帶上斯毛，不，還是帶上年輕力壯的格桑和普姆，千萬要小心點啊，路上。」

格桑和普姆早就是大藏獒了，威武得跟他們的阿爸白獅子嘎保森格和瘸腿阿媽一樣。牠們知道草原上有個傳說說的就是牠們的阿爸白獅子嘎保森格被岡日森格打敗後自殺身亡的事兒，牠們曾經記恨過岡日森格，但是現在不了。自從去年大黑獒那日用乳汁救了尼瑪爺爺一家也包括牠們自己後，牠們就再也想不起仇恨了——大黑獒那日是獒王岡日森格的妻子，對那日的感激也應該是對岡日森格的感激。牠們都是優秀的喜馬拉雅藏獒，優秀的喜馬拉雅藏獒從來都把感恩看得比仇恨更重要。仇恨是水，可以流走，恩情如山，永遠都在挺立。為了獲得一個感恩的機會，牠們改變著本性，放棄了野蠻復仇的自由。就像父親說的，感恩是存在於藏獒血脈骨髓裡的基本素質，是牠們勝出於一切動物而成為草原王者的根本原因。尤其是現在，當格桑和普姆從岡日森格的聲音裡知道了大黑獒那日的不幸後，就比人還要快捷地踏上了感恩之路。大黑獒那日出事了，也就是恩情的豐碑倒塌了，快啊，快啊。格桑和普姆焦急地跑到前面去，看到尼瑪爺爺和諾布沒有跟上，又擔憂地跑回來，恨不得馱著一老一少兩個主人，長出翅膀飛過去。牠們汪汪汪地催促著：快啊，快啊。

三個時辰後，他們在岡日森格的帶領下，接近了埋葬著大黑獒那日的地方。遠遠地就聽到了那日的同胞姐姐大黑獒果日微弱的叫聲。格桑和普姆瘋了似的朝前跑去，一時間牠們顧不得尼瑪爺爺和諾布了，牠們以為大黑獒那日還活著，就激動地狂奔而去。尼瑪爺爺和諾布也很激動，但是尼瑪爺爺腿腳已經不靈便了，只能做出跑的樣子，在孫子諾布的攙扶下使勁挪動著身子。

格桑和普姆先到了，一看是果日，就汪汪地問道：那日呢？那日呢？大黑獒果日用鼻子吹了吹身邊的雪包，倦怠地朝前走去。

好幾天了，果日一直守護在妹妹的雪包旁。沒有食物來源，牠應該離開這裡去打野食。但是牠沒有，牠生怕野獸刨出來吃掉妹妹那日，就須臾不離地堅守著。現在，終於堅守到了人來狗來的時候，牠必須離開這裡去雪原上找一點果腹的東西了。牠的步履緩慢而堅定，牠不想讓自己倒下起不來，也不想在這個誰都需要食物的日子裡無能地去接受別人的食物，更不想在虛弱不堪的時候成爲狼或豹子的美餐。牠必須找到食物，而且要依靠自己的力量找到食物。牠走了，顯得平靜而冷漠，甚至在和岡日森格擦肩而過的時候也是不吭不哈的，似乎連表示歡迎和高興的力氣也沒有了。

岡日森格保護著尼瑪爺爺和諾布同時到達，接著就刨挖大黑獒那日的屍體，人和藏獒一起刨。刨著哭著，人和藏獒一起哭。終於大黑獒那日出現了，尼瑪爺爺抱住了牠，眼淚嘩啦啦的，一直嘩啦啦的。沒有聲音，只有眼淚，無聲的號啕比有聲的號啕更是撕心裂肺的。哭了很長時間，尼瑪爺爺用自己的體溫暖熱了已經凍硬的大黑獒那日，直到哭暈過去。

半個月以後，雪災已經全部解除，尼瑪爺爺一家給大黑獒那日舉行了天葬儀式，全家都給牠跪下了，跪了整整一上午。西結古寺的喇嘛們念起了超度獒魂的《金剛上師淨除因緣咒》，牧民們點起了柏枝、芭蘼和酥油糌粑，在瀰漫的香煙中，釋放了一萬個彩色風馬。人們看到，天葬臺上，翩躚的禿鷲已經吃盡了大黑獒那日的骨肉。彩虹架起了升天的橋樑，嫋嫋的香色裡，靈魂在屍林空行母和聖地空行母的陪伴下，在有情眾神的引導下，飄飄欲仙地走上了天堂之路。西結古草原上，牧民們就是這樣永別著對他們有恩有德的一切，一隻藏獒的忠誠和一個人的幫助，都會讓他們回報全部的感情和整個靈魂。堅定而敏感的信仰神經，就是送別親人和朋友進入天堂的保證。

就在尼瑪爺爺老淚縱橫的時候，岡日森格悄沒聲息地離開了自己死去的妻子，離開了這裡的人和藏獒。牠不能再沈溺在悲傷中了，牠必須立刻回到領地狗群裡去，這一點是牠帶著尼瑪爺爺一行來看望大黑獒那日的路上突然意識到的。誰也不知道牠爲什麼會有這樣的意識。不是風，不是味，不是天上地下的一切告訴了牠領地狗群的危機，而是牠內心深處的一片柔情和思念讓牠毫無理由地產生了一種幻象。

幻象激烈地閃現著，讓岡日森格相信它是那麼可靠而精準。牠腦海裡演繹著關於領地狗群的現狀：亂了，一切都亂了，大灰獒江秋邦窮被眾狗趕走了，大力王徒欽甲保試圖爲王，但許多藏獒不服氣，於是就打起來了。壯碩的藏獒與偉岸的藏獒、勇敢的藏獒與強悍的藏獒之間，你死我活地打起來了。

意識到自己依然是獒王、必須是獒王的岡日森格，用一隻優秀的喜馬拉雅獒種所具備的強烈責任感，堅決取消了自己的悲傷和對亡妻的流連，奮勇地踏上了回歸的路。

半路上，牠碰見了剛剛吃到一隻禿鷲的大黑獒果日。禿鷲是餓死的，牠在無邊的雪原上找不到活食，也找不到腐屍，就從天上掉下來把自己摔死了。獒王岡日森格停下來，四隻爪子原地刨動，好像是說：你不用回去了，就把那日交給尼瑪爺爺吧，尼瑪爺爺會處理好的。咱們走，趕緊走。大黑獒果日絲毫沒有猶豫，轉身跟著獒王去了。

雪色無涯，空曠到連死滅都沒有痕跡的西結古草原，在遠古的獸性中寂靜著。所有的生命都在掙扎。寒冷徹骨，殘酷泛濫到無邊。岡日森格和大黑獒果日奔跑在永遠顫動的地平線上，看到了一些帳房、一些牧民。牧民們還沒有死，但很快就要死了。他們沒有吃的燒的，四顧八荒，一籌莫展，就要長眠在雪霽之後更加寒冷的災難中了。吃的，吃的，哪裡能找到吃的？本應該找到吃的解救牧民的領地狗群，這時候卻因爲爭當獒王而內訌紛起。岡日森格懊惱地埋怨著：不應該啊，西結古草原的領地狗們，你們不應該這樣。

一黃一黑兩隻藏獒內心無比焦急，奔跑的姿影也就如飛如翔了。

3

父親淒厲地呼喚著：「多吉來吧，多吉來吧。」央金卓瑪淒厲地呼喚著：「多吉來吧，多吉來吧。」平措赤烈用稚嫩的聲音同樣淒厲地呼喚著：「多吉來吧，多吉來吧。」父親說：「我怎麼不是一隻藏獒啊，我要是一隻藏獒，鼻子一聞就知道牠在哪裡了。」

央金卓瑪說：「我都餓了，累了，我們能不能不找了呀？多吉來吧一定會自己回來的，只要牠活著。」父親悲傷地說：「你這個藏民丫頭，說出話來怎麼不像藏民說的？受了傷的藏獒，快要死的藏獒，都會離開主人默默死掉，你怎麼連這個都不知道？」央金卓瑪說：「漢扎西你聽我說，這麼大的雪原，只要多吉來吧自己不出來，你就永遠找不到。」父親說：「那我就永遠找下去。」

央金卓瑪一屁股坐在了雪地上：「找去吧，找去吧，漢扎西你丟下我和平措赤烈，一個人找去吧。」看父親不理她，就又說：「我現在走不動啦，你說怎麼辦？」父親說：「你知道我會怎麼辦。」央金卓瑪陰鬱地翻了一下眼皮說：「我知道你會丟下我的。」父親說：「你錯了，在這種時候，你家的藏獒會怎麼做，我也會怎麼做。」央金卓瑪說：「我家的藏獒會背著我。」父親說：「那我也會背著你。」央金卓瑪高興地說：「真的？那你快過來背我。」

父親走過去拉住她的手，想拽她起來。央金卓瑪拗著力氣，反而把父親拽到了她懷裡，她嘎嘎嘎地笑著，突然就躺倒了。父親也跟著躺倒了。他們滾翻在雪地上，緊緊地抱在一起。不，不是兩個人抱在一起，而是央金卓瑪抱著父親。父親使勁推著她，怎麼推也推不開。平措赤烈和遠方的雪山一樣呆愣著，他這個年紀還不知道面前正在發生著什麼。

父親終於推開她站了起來，喘息著說：「央金卓瑪我告訴你，班瑪多吉主任看上你啦，他早就看上你啦。」央金卓瑪仰躺在積雪中，望著父親幾乎是哭著說：「可是我看不上他，我看上你啦。」

父親說：「你這個丫頭，盡想著不可能的事情。班瑪多吉多好啊，他是西結古草原的主任，主任就是主人知道嗎，就像我是多吉來吧的主人。」央金卓瑪跳起來，瞪著父親氣憤地說：「多吉來吧，多吉來吧，你就知道多吉來吧。」說著轉身就走。父親說：「你要去哪裡？你不能一個人走。」央金卓瑪回頭說：「星星在黑暗的天上，你不是星星你怎麼能靠近它。」

說著，噗噗噗地踢著積雪，神情黯淡地繼續走去。父親愣怔著，突然拉起平措赤烈跟了過去：「你說得對啊央金卓瑪，只有星星才能靠近星星，我們應該先找到岡日森格，讓岡日森格帶著領地狗群去找多吉來吧，那就容易得多了。」

父親一行朝著碉房山走去，邊走邊喊：「多吉來吧，多吉來吧你回來。」輪番呼喚的三個人都沒有想到，就在離他們二百多米遠的雪丘後面，多吉來吧正在踽踽獨行。

多吉來吧聽到了他們的聲音，也聞到了他們的味道，牠激動地加快了腳步，甚至都發出了呵呵呵的親切的回應。但是就在沈重的獒頭探出雪丘，矚望主人的瞬間，牠把激動一下子埋在了心底。牠想到了寄宿學校的毀滅和十個孩子的死，想到了自己的責任和沒有盡到責任的愧疚，牠只能悄悄地遠離主人以及所有的人，然後死掉，默默地死掉。

但是多吉來吧馬上又站了起來，無奈地呻吟著：不能啊，不能現在就死。牠把頭再次探出雪丘，望著父親他們遠去的背影，蹣蹣跚跚地跟了過去。雪原上的凶險就像空氣，時刻伴隨著一切柔弱的生命，父親他們需要保護，而能夠保護他們的只有牠多吉來吧。多吉來吧遠遠地挪動著，牠知道自己雖然已經沒有能力進行劇烈的打鬥，但只要自己存在，就會有濃烈的氣息傳向四面八方。對任何凶殘的野獸，這氣息都有著強大而銳利的威懾作用，使牠們不敢輕易覬覦而來。

就這樣，在父親一行全然不知的情況下，多吉來吧護送他們來到碉房山下。朦朧的夜色浸透空明的天地，白天並不顯眼的雪光臨照而來。父親一行踏上盤山的路，這就是說凶險已經止步，他們安然無恙了。躲在積雪後面的多吉來吧望著自己的恩人也是主人的父親，無聲地流著淚，好像是說：再見了主人，永別了主人。然後戀戀不捨地轉身，帶著渾身的傷痕和痛苦，吃力地走向了空曠寂寥的天際深處。

其實大灰獒江秋邦窮和白爪子狼都知道西結古草原有一片叫作群果扎西的湖群，群果扎西是吉祥水源的意思。它告訴人們這裡是天下之水的源頭湖群。湖群裡有冷水湖，也有溫泉湖，人和動物一般都是從平展開闊的南邊而不是從光滑渾圓的雪梁這邊接近湖群的，所以當江秋邦窮和白爪子狼掉進冬天不會結冰的溫泉湖時，一時就不知道這裡是什麼地方了。

群果扎西溫泉湖的水很深，掉進水裡的白爪子狼半天才浮出水面，暈頭轉向地朝著剛才滾下來的雪梁游去。沒游幾下，就一頭撞在了大灰獒江秋邦窮身上，又趕緊轉身，游向了水面的中心。中心是白色的，像是一片覆雪的陸地。

白爪子狼的身後，大灰獒江秋邦窮乒乒乓乓地激濺著水花，像是在奮力追攆，其實是拚命掙扎。牠因為體重，掉進水裡後花了比白爪子狼更長的時間才浮出水面，然後就比白爪子狼還要暈頭轉向地亂游了一氣。意識到不可能再順著光滑而渾圓的雪梁爬上去，就遠遠地跟上了白爪子狼，好像此刻狼成了獲救的指航，狼的去向就是生命再生的去向。

白色的陸地依然遙遠，好像在你進它退，永遠跟你保持著足夠讓你絕望的距離。白爪子狼已是精疲力竭了，身子下沈著，好幾次都把狼頭拖進了水。牠在喝水，嗆水，不停地咳嗽著，滿眼都是驚恐之色，四肢的刨動顯得毫無章法，腰肢亂扭著，淹沒就在眨眼之間。

大灰獒江秋邦窮掙扎而來，畢竟牠是藏獒，牠有比狼更完美的肌肉、筋腱和關節，那是骨肉做的息壤，時時刻刻發酵著抵抗命運的力量。更重要的是，牠有比狼更遙遠的歷史，牠的祖先曾是古喜馬拉雅海裡類似海狗但比海狗大得多的一種動物。後來隨著古大海的退去，漸漸就兩棲了，就成爲橫行一方的陸地野獸了。但是遠古祖先的漂浮能力和游泳技巧並沒有喪失，生命的延續和遺傳的風景互相幫襯著來到了今天，讓牠作爲一隻優秀而純正的喜馬拉雅獒種有了一種跨越歷史長河的回歸，那就是和水的親和。牠開始在水中恢復體力和能力，一股神秘的左右著生命的熱能隨著溫泉水對冰涼身體的撫摩慢慢滋長著。等牠望著狼頭的指航，來到白爪子狼跟前時，掙扎已經不存在了。諧調的划動和順暢的呼吸讓江秋邦窮有時間停留在白爪子狼跟前，考慮這樣一個問題：是一爪子把狼拍進水裡淹死，還是一口咬爛狼的後頸血管，讓這清白的水面漂浮起一層鮮紅的狼血？

江秋邦窮想了想：還是咬死牠。咬死是更痛快更自然的，咬死就會流血，血是殘酷而美麗的。尤其是敵人的血。更要緊的是，仇敵的血能夠慰藉牠和滿足牠，自打領地狗群在兩股龐大的外來狼群面前失手以來，作爲臨時首領的江秋邦窮一直懊惱不已，牙齒愈來愈厲害地癢癢著，復仇的欲望並沒有因爲身體浸泡在水中而有絲毫消退。咬死牠，咬死牠，牙齒和大腦都這樣說。正好不斷被淹沒又不斷冒出頭來的白爪子狼又一次咳嗽著，以求生的本能把下巴搭在了江秋邦窮的肩膀上。江秋邦窮一口咬住了牠的後頸，用舌頭舔著濕漉漉的頸毛，瞇縫起眼睛獰笑著，只等稍微一用力，就可以讓牠濺血了。

但是風阻止了牠，風是從頭頂掉下來而不是橫空吹過來的。好像那風中的味道正要經過群果扎西溫泉湖，一看到大灰獒江秋邦窮就直落而下，忽一下鑽進了牠的鼻孔。江秋邦窮不禁翻起眼皮看了一眼頭頂的天空，也看了一眼白色的陸地，突然發現陸地已經很近了。牠著急地思考著灌進鼻孔的味道，叼著白爪子狼迅速划向了陸地。

上岸的瞬間，江秋邦窮感覺陸地朝後滑了一下，差一點讓牠上不了岸。牠趕緊鬆開嘴上的白爪子狼，拖著一身沈重的水，嘩嘩啦啦地站到了陸地上。而身後的白爪子狼卻本能地用前爪扒住了陸岸，下巴上翹著，拚命拒絕著下沈。白爪子狼還殘存著力量，緊閉的眼睛後面，頑強的生命意志依然發揮著作用。那就是乞生的表現，牠讓已經站到岸上的江秋邦窮意識到，必須拽牠上岸，在牠還活著的時候咬死牠，否則牠就會死掉。而等牠死了再咬牠，那就不是戰而勝之而是貪而食之了。

江秋邦窮前腿趴下，伸頭叼住了白爪子狼的肩膀，慢慢地朝後退去，直到把狼拖出水面，拖到陸地上。

又是風的到來，從頭頂掉下來而不是橫空吹過來，似乎是催促，鑽進大灰獒江秋邦窮的鼻孔後就變成了岡日森格的獒王之氣。那麼濃烈，就像面對面走過。江秋邦窮丟開白爪子狼，揚起獒頭，眺望著前面，一片雲山霧海，彷彿獒王岡日森格就在霧海裡頭，昂揚地走著。

江秋邦窮跳起來跑了過去，一瞬間牠忘記了自己滿身的傷痕鑽心的疼痛，忘記了拖上來打算咬死吃掉的白爪子狼。只想著一件事：趕快見到岡日森格，告訴牠領地狗群已是群龍無首，牠們不去救援圍困在大雪中的牧民，也不去報復咬死了那麼多領地狗的外來的兩股狼群，牠們丟棄了自己的職責，只想著誰來做頭，誰來爲王了。江秋邦窮知道，現在的領地狗群裡沒有一隻藏獒是全體信服大家公推的，如果獒王岡日森格不趕快回去，領地狗群將陷入無休無止的打鬥而一亂再亂。

大灰獒江秋邦窮在覆雪的陸地上直線奔跑，騰騰騰的腳步讓整個陸地搖晃起來。而風的搖晃更加有力，彷彿迷霧裡頭的岡日森格也正在朝牠奔來。牠激動得四腿騰上了雲彩，靈動妖嬈地飛翔著。只聽撲通一聲巨響，水花爆炸了，牠一頭栽進了清白閃亮的湖水，深沉的水浪立刻吞沒了牠。

4

草原上以藏獒為主的領地狗群是一個英雄薈萃的團體，但英雄的薈萃往往也是強盜的薈萃，當牠們不是為了忠誠而是為了爭奪權力大打出手的時候，英雄與強盜的界線就頓然消失了。

這就跟草原人一樣，部落的強盜如果不是捨生取義的英雄，那就只能是心胸褊狹、胡作非為的真正的強盜。現在，領地狗群的英雄們已經不再表現自己的英雄氣概了，獒王沒有回來，權力出現真空，互相傾軋的內部衝突隨著在狼群面前的失手而愈演愈烈。

趕走了大灰獒江秋邦窮後，大力王徒欽甲保傲慢地行走在狗群裡，企圖迫使別的藏獒臣服，給牠讓路，卻引起了眾多藏獒的不滿。

一隻火焰紅的公獒看到徒欽甲保走過自己身邊時，居然蠻橫地撞了自己一下，便忍不住撲上去咬了牠一口。一場血戰就這樣開始了，結果是誰也沒有占到便宜，都被咬爛了肩膀。在兩敗俱傷的情況下，徒欽甲保的妻子黑雪蓮穆穆違背單打獨鬥時不得有第三者參與的規則，撲過去咬住了火焰紅公獒的後腿。許多藏獒不滿地叫起來，牠們沒有懲罰作爲母獒的穆穆，卻一擁而上，頂撞著徒欽甲保，救下了火焰紅公獒。

其中一隻好戰的鐵包金公獒在頂撞大力王徒欽甲保的過程中，突然有了咬死對方自己爲王的妄想。牠用貨真價實的撕咬把徒欽甲保逼到了一座跳不出去的雪壑裡，一口咬斷了徒欽甲保的尾巴。困獸猶鬥的徒欽甲保狂叫一聲，以不想死亡的最後一拚，瘋了似的回身撲過去，掀翻了鐵包金公獒，然後一口咬住了對方的脖子。噗嗤一聲響，大血管裡的紅色液體過於激烈地噴湧而出，差一點刺瞎了徒欽甲保的眼睛。

大力王徒欽甲保回到了領地狗群裡，以咬死鐵包金公獒的驕傲，雄視著眾狗，馬上引來一片狂吠。就有另一隻鐵包金公獒撲上來挑戰徒欽甲保。

這一次徒欽甲保沒有占到什麼便宜，牠跟大灰獒江秋邦窮鬥，跟火焰紅公獒鬥，跟鐵包金公獒鬥，早已是遍體鱗傷。流淌的血讓牠耗損著體力，也讓牠失去了原有的反應能力。牠被撲倒在一片狼藉的雪地上，毛髮飛蓬似的揚起來，紛紛落地。牠聽到了對方的咆哮和自己的呻吟，然後痛苦地獻出了自己的一隻耳朵。

又是妻子黑雪蓮穆穆違背單打獨鬥的規則，跳出來給丈夫解圍。丈夫雖然得救了，但所有的領地狗包括那些小嘍囉藏狗都開始鄙視牠們。鄙視的結果就是憤怒和仇恨的產生，就是攻擊的開始，牠們把攻擊的目標對準了徒欽甲保和穆穆的孩子小公獒攝命霹靂王。

混戰以來，小公獒攝命霹靂王一直很緊張，牠非常想撲過去，幫幫自己的阿爸和阿媽。但是牠在猶豫，生命中的對藏獒規則的遵守，在牠每一次準備衝過去時，都會跑出來麻痹牠憤怒的神經，遏制牠的衝動。牠的心聲悄悄地對牠說：這沒什麼，沒什麼，大人們就是這樣，小孩是不能參與的。有一次牠似乎突破了規則的阻攔，全身匍匐在地，眼看就要跳過去了，打鬥的雙方突然又離開自己跑遠了。牠奇怪自己沒追，抑制住了那種人和動物都會有的儘量接近打鬥場面的好奇與激動，遠遠地觀望著。就像一個冷漠的局外人、一隻深沈的不屑於好奇的大藏獒，平靜地挺立著，一直挺立到阿媽穆穆撲過去給阿爸解圍。

但是現在，小公獒攝命霹靂王突然發現牠不能再這樣平靜地挺立了，三隻母性的大藏獒在全體領地狗的助威聲中，朝自己奔撲而來。牠從牠們狂怒的咆哮和獰厲的面孔中看到了自己的危險，轉身就跑。牠想跑到阿爸阿媽跟前去，但是不行，牠的這個意圖就在牠還沒有逃跑時，就已經被老辣的大藏獒截斷了。牠本能地跑向了人，人現在是看不見的，但牠知道就在大雪梁那邊，牠必須以最快的速度跑到大雪梁那邊去。然而還是不行，一隻母性的大藏獒搶先跑過去攔在了大雪梁的轉彎處牠必須經過的地方。小公獒只好再次轉向，朝著漫無際涯的曠野瘋跑。牠知道自己是個小孩，根本逃不脫大藏獒的追殺，就一邊玩命地奔跑，一邊尖利地哭叫著。

近了，三隻凶惡的母獒一隻比一隻近了，勢不可擋的衝撞伴隨著血盆大口和鋒利的牙刀，咬死牠的結果馬上就要到來。一個孩子在長輩們面前的哭叫、乞求和掙扎，在被野蠻地撲倒咬死前的一刻，淋漓盡致地表現著。

近了，永遠不可能被佔領的地平線一點一點近了。小公獒攝命霹靂王發現，這一次好像是可以被佔領的。佔領了地平線，就等於佔領了生與死的界線。這邊是死，那邊是生。不錯，那邊是生，是機會，是保佑，是牠小公獒命大福大的證明。因爲牠看到了另一隻藏獒，那是牠有生以來知道的最偉大的藏獒。

獒王岡日森格就在這個時候出現在了地平線上。不，不光是獒王，還有大黑獒果日。一黃一黑兩隻氣派非凡的藏獒，用牠們那彷彿有著使不完的力氣的四條粗碩勁健的腿，咚咚咚地敲打著冰雪覆蓋的大地，衝著小公獒攝命霹靂王雄跑而來。小公獒迎了過去，在只差三秒鐘就要被撲倒咬死的時候，牠跑向了獒王，啊，獒王，牠哭喊著，就像見到了救命的親人，突然跌倒在地，連滾帶爬地撲了過去。

獒王的出現就是公正的出現，在領地狗群裡牠決不允許以強凌弱，尤其是對小藏獒小生命，不管出於什麼原因，都只能保護，而不能殘害。牠的理由是：小孩永遠是正確的。牠大吼一聲，讓過小公獒，忽地一下橫過身子，擋在了飛奔而來的三隻母獒面前。三隻母獒根本來不及剎住，也來不及躲閃，一個個撞在岡日森格身上，岡日森格巍然不動，牠們卻接二連三地翻倒在地。

獒王岡日森格回來了。領地狗群一片騷動，朝著獒王吠鳴而來，接著就是安靜。牠們有的搖晃尾巴激動著，有的噴出鼻息熱情著，有的吊起眼睛肅穆著，有的吐出舌頭慶幸著，表情各有不同，但有一點是共同的，那就是尊重與敬畏。無論從表情還是身形，都表現出了一種無條件尊重的姿態。一個能力出色、公正無私、富有犧牲精神的領袖，在群體中得到的就應該是這樣一種姿態。

獒王岡日森格走進了領地狗群，一個一個地觀察。鴉雀無聲。獒王沒有發出聲音，所有的部下也都收斂了自己的聲音，但有一種我們人類還不能完全破譯的語言正在獒王和部眾們之間交流。它或許是肢體語言，或許是表情語言，更可能是吐出的舌頭和呼吸的語言。這樣的語言讓岡日森格明白了牠離開後發生的一切，明白了曾經激烈地閃現在牠腦海裡的幻象居然是如此的真實，更明白了肇事者是誰。

岡日森格揚頭巡視著，來到了大力王徒欽甲保身邊，把身子靠在後腿上，憐憫地看著對方，似乎是在詢問：牠們說的沒錯吧？徒欽甲保滿臉慚愧，一副低頭認罪的樣子。眼皮卻撩起來，警惕地偷覷著獒王。獒王吼了一聲，算是打了一聲招呼，起身來回走了幾下，突然撲過去，一口咬住了徒欽甲保的喉嚨。徒欽甲保沒有掙扎，牠知道懲罰是不可避免的，知道為了自己一時的輕率和譫妄，牠必須付出生命的代價。

然而大力王徒欽甲保沒有死，獒王鋼鐵的牙齒在咬合錯動的一瞬間突然變得柔軟溫情了。牠沒有按照領地狗群的定律，以獒王的鐵腕把一隻敢於擾亂秩序的叛逆者送上西天。

圍觀的領地狗們面面相覷，好像是說：為什麼要手下留情？是因為聽到了徒欽甲保的妻子黑雪蓮穆穆的哭嗚？或者是因為小公獒攝命霹靂王在意識到哭嗚無效後居然破膽撲向了獒王岡日森格？這樣的撲咬簡直不可思議，穩固在小公獒生命中的藏獒規則突然不再遏制牠的衝動了，牠忘恩負義地撲向了剛剛從三隻母獒的利牙之下救了牠的獒王，並把短小的虎牙扎進了獒王的大腿。

但是獒王岡日森格沒有生氣，牠放棄了對徒欽甲保的撕咬，扭頭驚奇地看著小公獒攝命霹靂王，突然伸長舌頭笑了笑，呵呵地叫著，彷彿是說：好樣的，蒼鷺生不出麻雀，仙鶴的窩裡沒有野鶩，壯碩的父母生出了如此有出息的孩子，這麼小就知道捨生忘死保護阿爸了。

似乎大家都相信，獒王岡日森格沒有咬死徒欽甲保是因爲小公獒攝命霹靂王的保護，獒王是大度而憐惜孩子的，看在兒子救老子的面子上，放了徒欽甲保一馬。但是徒欽甲保自己非常清楚，獒王並沒有真正放過牠，只是給了牠一個自己救贖自己的機會。在這個大雪成災，人類的需要壓倒一切的時刻，牠必須出類拔萃地表現自己，讓所有的領地狗都看到牠的可貴從而原諒牠的罪過，否則獒王的索命就會隨時爆發。

大力王徒欽甲保站起來，神情複雜地望著獒王，用一種僵硬的步態後退著，突然轉身，跑向了大雪梁那邊。

獒王岡日森格跑步跟了過去，所有的領地狗都按照既定的順序跟了過去。服從正在發揮著作用，岡日森格用獒王的權力和威信，強有力地影響了領地狗們的心理歸屬，毫不拖延地扭轉了混亂不堪的局面。領地狗群無聲而迅速地由一個強盜群體回歸到了一個英雄群體，剛剛還是甚囂塵上的傾軋內訌好像根本就沒有發生過。

徒欽甲保翻過了大雪梁，所有的領地狗都翻過了大雪梁，突然都愣住了：人呢？大雪梁這邊是有人的，有很多人，除了獒王岡日森格，大家都看到了。可是現在，這裡已是空空蕩蕩，只有一些風吹不盡的腳印和一些沒有人氣的帳房，帳房裡，擁塞著一些無法帶走的空投物資。

獒王岡日森格叫起來，好像是說：找人啊，趕快找人啊，人到哪裡去了？許多藏獒翹起了頭，望著天空呼呼地吹氣，好像這裡的人一個個升天入地了。大力王徒欽甲保隨便聞了聞就跑起來，牠那戴罪立功的心情讓牠急不可耐地跑向了人群消失的地方。

第十四章　食童大哭的化身

1

焦慮讓大雪梁這邊的人群失去了耐心，他們議論紛紛卻又無可奈何，讓雪後清寒的空氣充滿了不安和憂愁的氣息：到底怎麼辦？如果領地狗群不能像往年雪災時那樣，承擔起救苦救難的責任，那就只能依靠人了。依靠我們這些人，把饑寒的牧民帶到有吃有喝的地方來，或者把吃喝送到牧民們那裡去。可是雪原是無邊的，暴風雪是狂猛的，牧民和羊群都是隨風移動的，如果不依靠藏獒，人怎麼知道哪裡有人哪裡沒有人？

麥書記有點不理解，問道：「領地狗群不是無所不能嗎？爲什麼今年靠不住了？」梅朵拉姆告訴他：「獒王岡日森格沒有了，沒有了獒王的領地狗群就像失去了佛爺和信仰的牧民，從早到晚都是六神無主的，不知道該幹什麼好。」麥書記又問道：「獒王岡日森格呢，牠幹什麼去了？」

沒有人回答，不知道的人回答不了，知道的人好像不願意說。麥書記盯著野驢河部落的頭人索朗旺堆和管家齊美說：「連你們也不知道？」索朗旺堆頭人歎了口氣，想說什麼又把話咽了下去。齊美管家說：「岡日森格不是找牠的主人七個上阿媽的孩子，就是找牠的恩人漢扎西去了。往年遇到雪災時牠也會這樣，不過不像今年，今年的寄宿學校出了大事兒，漢扎西不知道去了哪裡，岡日森格是不找見不罷休的。」

夏巴才讓縣長走過來說：「那怎麼行呢，大事和小事、公事和私事都分不清，怎麼還能當獒王？這要是人，就叫擅離職守，是要撤職的。」藏醫喇嘛尕宇陀嘟嚕著臉，哼了一聲說：「俗話說，走路不能橫走，凡事不能怪狗。草原上沒有孬狗只有孬人，被狼吃掉的孩子作證，都是因爲漢扎西。神靈的懲罰已經開始，不念經的寄宿學校不能再辦了。」

夏巴才讓縣長無奈地搖了搖頭說：「這個漢扎西，現在一點也不扎西（吉祥）了，壞了我們的名聲。」班瑪多吉主任不服氣地說：「什麼叫大事小事分不清，對藏獒來說，忠誠救主，知恩報恩，這是最大的事情。至於公事私事分不清就更不對了，藏獒尤其獒王有什麼私事？牠們滿草原奔波，到處救命，哪一次是爲了自己啊？」夏巴才讓縣長說：「你跟我爭這個有什麼用？你就說現在怎麼辦吧。」班瑪多吉主任說：「怎麼辦我也不知道，反正不能怨人家漢扎西，更不能怨人家岡日森格。」說罷，望了望麥書記。麥書記一臉嚴峻地走向了丹增活佛。

丹增活佛告訴麥書記：「天上的神鳥送來了救命的食物，這都是政府的威力顯現在了西結古草原上，我們沒有理由不做神鳥的使者，把食物送給饑寒交迫的人。神佛會保佑我們的，光明的天佛、仁慈的山神，還有沿途無數個聖潔的拉則神宮，都會保佑我們的。」麥書記用已經十分熟練了的藏語說：「你是說我們該走了，我們是可以找到牧民們的？」丹增活佛深沈地點了點頭說：「是啊，是啊，只要不吉祥的人遠遠地離開我們，我們就一定能救活所有圍困在大雪災中的人。」

麥書記問道：「佛爺你說誰呢？誰是不吉祥的人，難道連你也認爲漢扎西是不吉祥的嗎？」

丹增活佛說：「寄宿學校的事情、孩子們的死亡、愈來愈嚴重的狼災，已經證明『漢扎西』是名不副實的，我要是不這樣說，就是沒有盡到責任啊。」麥書記說：「善良的佛爺你有所不知，西結古草原的狼災、吃掉孩子的事件愈來愈嚴重是另有原因的，它不該由漢扎西負責。」丹增活佛唰地一下撩起了眼皮：「什麼原因啊，麥書記能告訴我嗎？」麥書記皺著眉頭想了想，囁嚅道：「其實我也想不清楚，想不清楚啊。」

丹增活佛垂下了眼簾，用一種讀經念佛的聲音，悠長清晰地說：「馬頭明王已經升到了天上，他給所有的喇嘛都托了夢，那個夢是這樣的：九毒黑龍魔的兒子地獄餓鬼食童大哭來到了西結古草原，要求信仰他的人用孩子的血肉供養他。他說在他不想吃肉喝血的時候，他就是寄宿學校的漢扎西。想吃肉喝血的時候，就變成了狼，變成了護狼神瓦恰。這就是說地獄餓鬼食童大哭和護狼神瓦恰已經主宰了漢扎西的肉身。」麥書記搖了搖頭說：「胡說，胡說，這些都是胡說。」丹增活佛也搖了搖頭說：「政府啊，要是地獄餓鬼食童大哭沒有附麗在漢扎西身上，頭人和牧民還有喇嘛們就會尋找別的原因了，別的原因啊，嘖嘖嘖嘖，到底是什麼呢？」

麥書記長長地「哦」了一聲，直勾勾地望著面前這位睿智機敏的活佛說：「丹增活佛你真厲害，你是在替我們著想了，想用漢扎西的離開，抹去所有的責任。」丹增活佛閉上了眼睛，於心不忍地緊問一句，像是在問自己：「難道就只有請走漢扎西這一個辦法了？」麥書記也像是自己問自己：「別的辦法呢？還有沒有別的辦法呢？」丹增活佛搖了搖頭。麥書記說：「看來只能這樣了，不過我會給他說清楚的，讓他高高興興地走。」丹增活佛長歎一口氣說：「漢扎西會高興嗎？啊，不會的，不會的，他是岡日森格的恩人，是多吉來吧的主人，是西結古草原所有藏獒的親人，藏獒不高興的事兒，他是不會高興的。」

不能再嘮叨下去了，饑餓的還在饑餓，死去的正在死去，他們應該快快離開這裡，去營救所有被圍困在大雪災中的牧民。

準備出發了，喇嘛們把原麥和大米用紅氆氌的袈裟或達喀穆大披風包起來，拿皮繩捆在了身上。年老的丹增活佛和藏醫喇嘛尕宇陀跟別的喇嘛背的一樣多，因爲他們相信這是一次比打坐念經還要管用的禪行，是一次苦修。吃苦是應該的，萬一背不動倒在半路上也是應該的。

野驢河部落的頭人索朗旺堆家族的人，從帳房裡拿出了所有的羊肚口袋和牛肚口袋以及羊皮桶，裝滿食物後，分給了大家。麥書記挑了一個大牛肚口袋抱在了懷裡，夏巴才讓縣長搶過來說：「路長著呢，你能把一個羊肚背到牧民那裡就不錯了。大個的我來，我是藏民，這種事兒我比你能幹。」班瑪多吉主任和梅朵拉姆也都挑了一個比羊肚口袋大一倍的牛肚口袋背了起來，索朗旺堆頭人和齊美管家怎麼也不讓，一邊搶一邊說：「牛肚子我們背，羊肚子你們背，你們力氣小小的，我們力氣大大的。」

最後，鐵棒喇嘛藏扎西和另一個鐵棒喇嘛一人背起了一個圓鼓鼓的大麻袋，那裡面是燒火的乾牛糞。

空投下來的救援物資是背不完的，也不能背完，他們此去的目的，更主要的還是把能走動的牧民引到這裡來。這裡是那個名叫飛雞的神鳥常來下蛋吐寶的地方。索朗旺堆頭人問道：「神鳥還會來嗎？天食還會有嗎？」麥書記說：「神鳥還會來，天食還會有，只要雪災不去，天天都會來。」說完了才想起，如果沒有燃燒的地標，白茫茫的雪原上往哪裡空投啊？趕緊過去和丹增活佛商量。丹增活佛朝著鐵棒喇嘛藏扎西喊了一句什麼，藏扎西放下圓鼓鼓的大麻袋，立刻就去佈置。

轉眼之間，二十多個活佛和喇嘛解下了捆在身上的物資，脫下紅色的堆噶坎肩和紅色的霞牧塔卜裙子，一件一件接起來，按照吉祥符咒萬字紋的模樣，鋪在了白皚皚的雪地上，大地頓時火火灼灼地鮮豔起來。藏扎西怕被風吹散，跑進帳房搬來幾袋大米，壓在了紅色萬字的邊邊角角。

索朗旺堆頭人高興地說：「啊，神鳥就要來了，就要來了，這裡是我的營帳，在我的營帳上空，肯定飄舞著一百個吉祥的空行母。善方之神在這裡駐足，無垢蓮花在這裡開放。寶地啊，我的營帳是寶地啊。」

活佛和喇嘛們重新背起了物資，率先朝前走去，前面是一片溝壑縱橫的雪原。一溜長長的救援隊伍，就在這溝壑縱橫的高曠之地，變成了寂寞天空下、殘酷雪災中，唯一的溫暖。

救援隊伍沿著高高聳起的雪梁緩慢地扭曲移動著，他們不能走直線，直線上的溝壑裡，壅塞著一人厚甚至幾人厚的積雪，隨處可見置人於死地的陷阱。而在雪梁上，在彎彎曲曲的脊頂線上，風的不斷穿梭把積雪掃得又薄又硬，人走在上面幾乎沒有什麼阻力。但是很慢，繞來繞去走了半天，回頭一看，發現早就經過的雪梁，依然在視域之內。更糟糕的是，走了很長時間，還沒有遇到一戶牧民。大家都在想一個問題：牧民們被暴風雪裹到哪裡去了，這樣走下去行嗎？

一支隊伍，在沒有道路的空闊無邊的原野上行走，要想邂逅散若晨星的牧民，機率是很小很小的。可要想增大機率，那就只能分開走了。

「分開走行嗎？」麥書記問身邊的夏巴才讓縣長和班瑪多吉主任。班瑪多吉說：「不是行不行的問題，而是必須分開，救人要緊啊。」夏巴才讓說：「不行，遇到狼群怎麼辦？冬天的西結古草原，狼群都很大，十匹八匹不算群，人少了不好對付。」班瑪多吉說：「我就知道你會反對，反正只要是我贊同的，你肯定會反對。麥書記你都聽見了，他這種前怕狼後怕虎的人怎麼還能當縣長？我們藏民裡頭沒有他這樣的縣長。」

麥書記說：「那你來當縣長？你把西結古草原的工作做好了，我就讓你當縣長。」班瑪多吉主任指著夏巴才讓縣長說：「那他去幹什麼？他來西結古草原當主任？」麥書記說：「他去州上，還是你的領導。」班瑪多吉氣急敗壞地說：「還讓他當我的領導，那我就離開西結古草原，到別的草原去。」夏巴才讓說：「那你滾吧，你現在就滾，西結古草原的工作我來做。」

麥書記知道勸這兩個藏族部下不爭吵是沒用的，就朝一邊走去，邊走邊擺擺手說：「好好吵吧，最好你們打起來，拚出個你死我活，矛盾就解決了。」班瑪多吉跨前一步，做出要動手的樣子，突然又歎口氣說：「這次我饒了你吧夏巴才讓縣長，遲早我們得打一仗。」說罷轉身走開了。夏巴才讓衝著他的背影喊道：「你別不知道自己是幹什麼的，是我饒了你。」

休息的時候，麥書記和班瑪多吉主任又去問丹增活佛和索朗旺堆頭人：「能不能分兵三路？這樣走下去恐怕是白走。」索朗旺堆頭人像夏巴才讓縣長一樣斷然搖頭：「我們已經離開野驢河流域，來到了高山草場，這裡是狼群最多的地方，沒有一群藏獒跟著，人是不能分開的。」丹增活佛冷靜地說：「我們不會白走的，到了十忿怒王地，就能看到牧民了。」

十忿怒王地？前去的道路上，有一個地方，名叫十忿怒王地。那兒是大威德王、無敵王、馬頭明王、甘露漩明王、欲界明王、青杵不動王、大力王、頂髻轉輪明王、曖昧語訣明王現身說法的地方，是忿怒十王爭相保護的草場，那兒的拉則神宮高聳如塔，七彩的風馬旗波蕩如海，六色的燔柴煙彌天如雲，那兒的吉祥是別的地方沒有的。以往的年份裡，牧民們一遇到雪災，就都會把牲畜往那兒趕，即使被暴風雪捲沒了牛羊，他們自己也會朝那兒集中。那兒又是西結古草原的地理中心，往南是牧馬鶴部落的駐牧地礱寶澤草原，往西是黨項部落的駐牧地黨項草原，往東是狼道峽以及被狼道峽連接起來的多獼草原和上阿媽草原，往北是野驢河流域以及昂拉雪山。四面八方的牧民來到了那兒，那兒的荒涼寂靜就沒有了。人一多，藏獒就多，人氣和獒氣一旺，狼就不來了，藏馬熊和野犛牛也不來了，金錢豹和雪豹更不來了。

一個十分華麗美好的目標讓大家精神倍增，長長的救援隊伍朝著十忿怒王地逶邐而行。天黑了，又亮了，走在前面的活佛喇嘛停了下來。四周一片寂靜，氣氛空前緊張著，索朗旺堆頭人首先喊起來：「十忿怒王地到了。」

2

碉房山上鱗次櫛比的碉房一座比一座顯得冰涼、冷清，沒有炊煙，沒有聲音，也沒有狗叫。

這個季節裡，頭人們和牧民們都會待在各自的冬窩子裡。現在遇上了大雪災，就更不可能離開那兒了，碉房山上有人的只有西結古寺。

父親拉著平措赤烈，帶著央金卓瑪，深一腳淺一腳地朝西結古寺走去。他把希望寄託在幾天前見過的丹增活佛和幾個老喇嘛身上，他們一定會告訴他獒王岡日森格以及領地狗群的去向，還能告訴他現在應該怎麼辦。雪已經不下了，但災難並沒有過去，吃的用的去哪裡找啊。

央金卓瑪說：「餓啊，餓得我都走不動了，但願佛爺喇嘛能給我們一些吃的喝的。」她這麼一說，父親和平措赤烈的肚子也都咕咕咕地叫起來。父親說：「寺院裡不會有吃的喝的等著我們，喇嘛們自己沒有餓癱就算是好的。」央金卓瑪埋怨地說：「我帶了糌粑來找你，你卻把我的糌粑丟給了雪坑裡的狼，漢扎西你的心長歪了，誰對你好你就想把誰餓死。」父親說：「我們到了西結古寺，不是我讓你餓著，而是活佛喇嘛讓你餓著。」

父親說錯了，就在護法神殿裡，兩個老喇嘛給了他們一些吃的。那是他們從原野裡取回來的空投的麵粉，用明王殿的餘柴餘火炒熟後拌成了糌粑。不過不是青稞的，而是小麥的，也沒有酥油和曲拉，不怎麼香甜爽口。但對饑荒中的人來說，這來自天上的美食是跟生命一樣重要的神賜之物，那就要虔誠地吃，用一顆充滿敬畏的膜拜之心誠惶誠恐地吃。

父親和央金卓瑪以及平措赤烈一聲不吭地低頭吃了糌粑，趕緊跪下，給高高在上的護法大神吉祥天母、六臂怙主和具誓法王磕了頭，這才站起來，詢問兩個老喇嘛：「你們知道獒王岡日森格在哪裡？領地狗群在哪裡？」兩個老喇嘛不回答，互相看了看，轉身離開了護法神殿。父親追過去喊道：「喂，你們不認識我啦？我是漢扎西啊，寄宿學校的老師。」看他們還是不理睬，又喊道：「我可認識你們，老喇嘛桑布，老喇嘛貢卻，你們不要走。」他愈喊，兩個老喇嘛走得愈快，匆匆消失了。父親有些納悶：怎麼搞的？

再也沒有碰到一個喇嘛，父親一行磕磕絆絆走遍了西結古寺，不停地呼喊著，居然沒有一個人出來跟他們搭腔。丹增活佛、藏醫喇嘛尕宇陀、鐵棒喇嘛藏扎西，這些被父親視爲上師和朋友的人都好像啞了聾了，門也不開，聲氣也不給，就那麼悄悄的，躲在奇寒的暗夜裡，讓整個西結古寺變成了一片無邊寂靜的曠原大野。

父親生氣了，出言不遜地喊起來：「丹增活佛你怎麼不理我了，難道嫌我禮敬你禮敬得不夠嗎？藏醫喇嘛尕宇陀你給我出來，我知道你害怕我搶了你豹皮藥囊裡的寶貝藏藥，我沒傷沒病我這次不搶了。鐵棒喇嘛藏扎西你爲什麼躲著我，難道你忘了我們是兄弟，是患難與共的朋友？」父親知道他喊叫的這三個人也許不在寺裡，但他就是要這麼喊下去，他要讓別的活佛喇嘛明白，連住持活佛、藥王喇嘛和鐵棒喇嘛都應該出來親自招呼他，你們就更不應該不理睬了。

但是依然沒有人從黑暗中出來。父親傷感地流出了淚，天上看一眼，地上看一眼，不知如何是好。一會兒，他擦掉眼淚，又換了一副祈求哀怨的腔調喊起來：「釋迦牟尼啊，無量光佛啊，大慈大悲的觀世音菩薩啊，大智大勇的文殊菩薩啊，吉祥天母啊，怖畏金剛啊，猛厲大神、非天燃敵、妙高女尊啊，你們怎麼一聲不吭？我每次來都給你們下跪磕頭，你們怎麼說不理我就不理我了？僧寶們薄情，佛寶們難道也不厚道？不會的，不會的，你們不會不理我的，僧寶們也好，佛寶們也好，你們都不會不理我。」

父親哭著喊著，似乎終於感動了神靈，就在他們路過大經堂的時候，只聽吱呀一聲門響，從黑漆漆的門洞裡鑽出一個融化在夜氣裡的人。父親頓時有了受寵若驚的感覺，停下來，聲音熱切到幾乎是巴結了：「喇嘛，你怎麼才出來？」

那黑影不理父親，疾步過來叫了一聲「尕娃」，拽起父親身邊的平措赤烈就走。平措赤烈嚇得渾身一抖，哇地哭了。那人說：「尕娃你哭什麼，你是藏民娃娃你跟我走，你跟著漢扎西沒什麼好下場。」說著蠻橫地搡著平措赤烈走進了大經堂，吱呀一聲關上門，又咚的一聲閂死了。

只聽平措赤烈喊叫著：「漢扎西老師，漢扎西老師。」父親用顫抖的聲音回應著：「平措，平措。」平措赤烈的聲音漸漸小了，聽不見了。父親愣怔著，流著淚說：「我知道你是誰，你是老喇嘛頓嘎，善良的老喇嘛頓嘎，你爲什麼要這樣對待我？」沈默了，西結古寺對父親表示了空前的沈默。

父親愣怔了很久，等他要離去的時候，發現央金卓瑪也已經不在身邊了，更有些傷心：怎麼她也要拋棄我了？

漆黑的夜色抹暗了雪地，什麼也看不見，只有悲傷。那種失去了學生和學校的悲傷，那種無人理睬被人拋棄的悲傷，就像虛浮的黑雲鋪排在父親的面前腳下，父親在黑雲裡跌跌撞撞地走著，也不知要走到哪裡去。他住在寄宿學校，是寄宿學校的校長和老師，但是寄宿學校已經不存在了，學生死了，帳房沒了，他流離失所不知道歸宿何處了；他急切地想找到跟他相依爲命的多吉來吧，但是多吉來吧離他而去了，離他而去的意思是多吉來吧就要死了；他想託付獒王岡日森格帶著領地狗群去茫茫雪原把多吉來吧從死亡線上拽回來，但是，但是啊，所有的人都不告訴他去哪裡能找到岡日森格和領地狗群。

走著走著，父親停下了，心說不能啊，不能這樣胡亂走，還是得走到山下的雪原上去，還是得依靠自己，一聲聲地呼喚多吉來吧，一聲聲地呼喚岡日森格。再次邁步的時候，他便呼喚起來，殷切地、焦灼地、茫然無措地、憂心如焚地呼喚著。很快就有了回音：「我在這裡，我在這裡。」

寒冷的清夜裡，這回音就像多吉來吧對主人的叫聲，更像岡日森格對恩人的叫聲，父親很激動，儘管他知道無論多吉來吧還是岡日森格，都不可能發出這樣的回音，發出這種回音的只能是央金卓瑪。

央金卓瑪從後面跑來了，氣喘吁吁告訴父親，她剛才路過雙身佛雅布尤姆殿，聽到裡面有人就硬是推門擠了進去。裡面的幾個喇嘛讓她磕著等身長頭一一拜過了供案上方的病主瑪姆、食人羅剎、金剛狼狗、魔女黑喘狗、法身閻羅和骷髏鬼卒後才對她說，丹增活佛帶著藏醫尕宇陀、鐵棒喇嘛藏扎西和一些身強力壯的活佛喇嘛，去了野驢河部落的頭人索朗旺堆的營帳。人在的地方就是狗的家，岡日森格和領地狗群肯定都在那裡。

父親半晌不說話，他在想，央金卓瑪打聽到了，可是我卻打聽不到。央金卓瑪說：「走啊漢扎西，我們走啊。」父親說：「為什麼，為什麼喇嘛們不跟我說話？」央金卓瑪說：「十個孩子被狼吃掉的事情已經傳遍了草原，都說孩子們死的時候，你作為校長和老師不在身邊，你丟開孩子跑了，只留下多吉來吧跟孩子們在一起。」父親悲哀地點著頭：「是啊，我不在孩子們身邊，我要是在，他們就一定死不了，我會點著帳房燒死狼群的。我知道我沒法向孩子們的家長交代，我只能給家長們下跪了。」

央金卓瑪說：「我給喇嘛們說啦，你不在孩子們身邊是有原因的。你掉到了雪坑裡，出不去，差一點也被狼吃掉。」父親說：「可我畢竟沒有被狼吃掉，我好好的，我怎麼會好好的？那麼多孩子都被狼吃掉了。」說著父親哭了，央金卓瑪也哭了。父親又說：「我沒有救下孩子，但我一定要救下多吉來吧，沒有了多吉來吧，寄宿學校以後還會橫遭狼禍。」

央金卓瑪憂鬱地用手掌拍了拍剛才磕頭磕疼了的額頭，囁嚅道：「喇嘛們說，死了這麼多學生，以後就沒有寄宿學校了。」父親說：「不會沒有吧？沒有了寄宿學校，草原就沒有文化了。」央金卓瑪抬起了頭，望著漆黑的天空，難過地說：「喇嘛們說，這是神的意志，草原不需要文化，也不需要你。」父親渾身一陣發抖，也像央金卓瑪那樣抬頭望著天空，喃喃地說：「不會有這樣的神吧？」央金卓瑪說：「我給喇嘛們說了，草原需要寄宿學校，需要漢扎西，因為我看上漢扎西啦。喇嘛們說，寄宿學校再辦下去，西結古草原的孩子就會死盡。喇嘛們還說……」

父親盯著她問道：「喇嘛們說什麼？」央金卓瑪不禁打了一個寒顫，回望了一眼西結古寺，恐懼地說：「趕緊走啊漢扎西，我們趕緊走啊。」說著跌跌撞撞朝山下走去，走著走著，不禁一個馬趴，摔得她眼冒金花，哎喲哎喲地叫起來。父親跳過去，扶起了她：「怎麼了？央金卓瑪你怎麼了？」

父親和央金卓瑪來到了雪原上，一前一後走著，時不時地拉起手，互相拽一拽。走了一會兒，央金卓瑪喘著氣，疲倦地抬起頭，看了看黑糊糊的天說：「天是轉的嗎？漢扎西你看天，天怎麼是轉的？」父親看了看，搖搖頭說：「天肯定是轉的，從科學上說，地也是轉的。」

央金卓瑪拍了拍額頭說：「天一轉，我的頭就跑啦，跑到別的地方去啦。」父親說：「你不會是剛才摔暈了吧？」

他們繼續往前走。天色明亮了一點，可以看到不遠處雪丘雪梁的造型了，那些造型在夜風中嗞嗞地呻吟著，一座座地去了，又一座座地來了。央金卓瑪拍打著額頭，眼睛直勾勾地望著前面，似乎想從雪丘雪梁的造型上看到什麼。看著看著她就看到了，一些神怪鬼魅的影子，變幻而出的黑白兩色的造型，一會兒近了，一會兒遠了。

央金卓瑪停下來，大繃著眼睛，突然發現那些造型都是她剛才在雙身佛雅布尤姆殿裡拜見過的病主瑪姆、食人羅剎、金剛狼狗、魔女黑喘狗、法身閻羅和骷髏鬼卒。這些攝人魂魄的陰厲毒辣之神，活動著餓獸般的血盆大嘴，排著隊朝她走來，彷彿頃刻就要將她撕碎吃掉。

她害怕得渾身哆嗦，尖叫一聲，鑽到了父親懷裡。父親說：「央金卓瑪你哆嗦什麼，你病了？」央金卓瑪正要告訴他自己看到了什麼，突然發現父親的臉變了，變成一張狼臉了，她又尖叫一聲，趕緊離開了父親。

她想起雙身佛雅布尤姆殿裡，那幾個喇嘛對她說過的話：「升到天上的馬頭明王已經托夢了，漢扎西是九毒黑龍魔的兒子地獄餓鬼食童大哭的化身。他來到西結古草原，就是要吃掉孩子的，他有時候是人，有時候是狼，有時候又是護狼神瓦恰的變種，他變成狼的時候我們的孩子就不見了。你呀，央金卓瑪，你怎麼敢說你看上漢扎西了，趕快離開他，馬上就離開，千萬不要給他說丹增活佛去了哪裡，獒王岡日森格去了哪裡。」她當時並不相信喇嘛們的話，可是現在，當雅布尤姆殿裡的病主瑪姆、食人羅剎、金剛狼狗、魔女黑喘狗、法身閻羅和骷髏鬼卒在她面前一一顯形的時候，她突然意識到，顯形的原因肯定就是她不相信喇嘛們的話，把丹增活佛和岡日森格的行蹤告訴了漢扎西。

父親來到她身邊，伸過手去，想拉著她繼續走路。央金卓瑪後退著躲開父親，揮著手喊道：「你走吧，你一個人走吧，你是狼，你是護狼神瓦恰的變種，是你吃掉孩子的。」父親愣了一下說：「你怎麼能這麼說？我是狼嗎？我現在保護著你，說我是一隻藏獒還差不多。」話音未落，就聽起伏的積雪中、離央金卓瑪只有半步的地方，一聲號哭似的狼叫平地而起。

央金卓瑪嚇得躥了起來，落地的同時，一陣眩暈，歪扭著身子倒了下去。

3

群果扎西溫泉湖的水浪吞沒了大灰獒江秋邦窮，又在另一個地方把牠托舉而出。牠浮在水面上，轉了好幾個圈，才爬上陸地。

牠抖著渾身的水，望著遠方反應了一會兒才明白，原來這陸地並沒有連著草原，不過是湖中的一方島嶼。牠著急地來回走動著，不時地朝著闊水那邊的雲霧吼叫幾聲，似乎是在詢問：「那兒有人嗎？」風不知不覺強勁了，江秋邦窮突然發現腳下是漂動搖晃的，這才意識到自己立足的，甚至都不是一方島嶼，而是一塊運動著的浮冰。它說明雪災前後的氣溫太低，連溫泉都不溫了。也說明溫泉湖的水溫是不一樣的，有的地方在冰點以上，有的地方在冰點以下。

大灰獒江秋邦窮煩躁地跑動起來，牠本能地覺得搖晃是可怕的，就想用奔跑制止這種搖晃，或者找到一個不搖晃的地方。但是風的勁吹讓搖晃愈來愈厲害，甚至都有些顛簸的意思了。

牠猜測到正是自己的奔跑加劇了搖晃，突然停下來，警惕地瞪視著四肢已經站不穩了的浮冰。

還是搖晃，搖得牠身子都有些傾斜了。牠感到緊張，牠的祖先和遺傳了祖先素質的牠，都已經習慣了腳踏實地的生活，從來沒有因爲不能站穩而產生過恐慌。但是現在，穩固實在的感覺失去了，牠不僅無法信任腳下的地面，也無法信任自己站穩腳跟的能力，禁不住用粗硬的嗓門狂吠起來。好像是在命令那個牠從來沒有命令過的敵意的存在：別晃了，別晃了。

浮冰不聽江秋邦窮的，牠只聽風的。江秋邦窮暫時還意識不到搖晃是因爲風的強勁，更意識不到浮冰正在走向湖心，離湖岸愈來愈遠了。

無法制止搖晃的大灰獒江秋邦窮只好趴下，把身體的每一部分都依附在浮冰上，感覺似乎好了一點。這才發現牠來到了最初牠把白爪子狼拖上岸的那個地方。白爪子狼已經好多了，居然站了起來，揚起著頭，顯得一點也不害怕浮冰的搖晃。江秋邦窮吼叫著，想站起來撲過去，感覺身子是漂動的，趕緊又臥下了。白爪子狼看著牠，恐懼的眼波隨著浮冰一晃一晃的，往後退了退，想離開這裡，覺得自己還沒有力氣走遠，便撲通一聲，倒了下去。

大灰獒江秋邦窮和白爪子狼在距離五步遠的地方互相觀望著，在江秋邦窮是仇恨，在白爪子狼是恐懼。恐懼和仇恨都是那麼安靜，就像情緒和身體都被惡劣的天氣凍結在了浮冰上。悄悄的，只有風，呼兒啦啦，呼兒啦啦。風從浮冰和水面之間的夾縫裡吹進去，浮冰的搖晃更加劇烈了。江秋邦窮緊張地吐著舌頭，滿嘴流淌著口水，呼呼地呻吟著。

藏獒是這樣一種動物：牠一生最害怕的，一是失去主人，二是失去領地，三是失去平衡。江秋邦窮是領地狗，失去了牠所依賴的群體也就是失去了主人；離開穩固的大地來到牠絕對不會守護的漂浮的冰面上，也就是失去了領地；至於平衡，這是心理和生理的雙重需要，失去了它，也就等於失去了所有的能力。現在，平衡正在離牠而去，牠感到噁心，愈來愈噁心，忍不住吐起來。一吐似乎就把仇恨全部吐掉了。牠軟下來，意志和四肢乃至整個身體都軟塌塌的了。

而狼是這樣一種動物：牠們沒有主人，不怕失去；牠們既能依靠群體，又不怕孤獨；牠們擁有自己的領地，又會時不時地佔據新的領土。至於平衡，牠在心理和生理上都有著極強的適應能力，好像牠的祖先和有著祖先遺傳的牠，都是打著秋千長大的。現在，白爪子狼的力氣正在迅速恢復，牠又一次站了起來，眼瞪著面前的大灰獒江秋邦窮，看對方一點反應也沒有，才小心翼翼地轉身離開了。

白爪子狼走得很慢，卻很穩當，一點也不受浮冰搖晃的影響。快走到水邊時，牠又臥下了，肚子很餓，身體發虛，牠還得恢復一會兒。這一次牠睡著了，牠知道大灰獒江秋邦窮對牠已經沒有什麼威脅，就放心大膽地睡了一覺。後來醒了，依然很餓，而且就在牠睡著的這一會兒，本來就皮包骨的身體又消耗了一些能量，顯得更加皮薄骨露了。但牠感覺身體已不再發虛，四肢的力氣就像長出來的草，呼呼地迎風招展。牠站起來，朝著江秋邦窮癱軟在地的方向望了一眼，邁開步子跑起來。

白爪子狼跑到了水邊，又沿著水邊跑了一圈，突然站住了。就像江秋邦窮剛才那樣，牠吃驚地發現，原來這搖晃著漂動著的陸地四面都有水，而且是望不到邊的茫茫水域。牠愣愣地望著，筆直地揚起鼻子，猶豫了一會兒，便發出了一陣嗚嗚咽咽的絕望的嗚叫。

沒有食物，只有即使臥倒不起也讓牠心驚肉跳的一隻藏獒，藏獒是有食物的，食物就是牠，而牠卻永遠不可能把對方當作食物。更糟糕的是，牠出不去了，儘管牠是可以游泳的，但那只能在野驢河裡撲騰。面對這麼闊的水，這麼高的浪，牠只能望洋興歎。牠悲傷地嗚叫了一陣，感到毫無意義，就又開始沿著水邊奔跑。

浮冰大約方圓有一百五十米，白爪子狼跑了一圈，又跑了一圈，突然停下了，發現居然停在了大灰獒江秋邦窮身邊，趕緊跳起來再跑。

大灰獒江秋邦窮瞪著這隻生命力頑強的狼，憤怒嫉妒得就要跳起來。但是當牠意識到自己已經無力撲跳的時候，就乾脆閉上了眼睛，只用聽覺和嗅覺感受著白爪子狼的存在。

白爪子狼依然跑動著，一會兒近了，一會兒遠了。當狼近了的時候，江秋邦窮就會躥出一股怒火，在疲軟的身體裡燃燒著，恨不得燒掉面前這個世界。當狼遠了的時候，牠就會沮喪得把意識的鋒芒深深扎入自己的內心，悲哀地審視著：我爲什麼是綿軟的，爲什麼是噁心的，爲什麼是頭暈目眩的？搖晃啊，搖晃啊，到底是牠在搖晃，還是世界在搖晃？不管是誰在搖晃，再這樣搖晃下去，牠就沒法活了。

就在大灰獒江秋邦窮感到搖晃還在加劇，自己很可能就要死掉的時候，一種變化悄悄出現了。牠聽不到白爪子狼奔跑的聲音了，那種遠了又近了的重複突然消失了，一種新的聲音倏然而起。江秋邦窮警覺地睜開了眼睛，一眼就看到白爪子狼正在浮冰上跳舞，前腿躍起，再一次躍起，然後在前腿撲地的同時，後腿高高翹起，又一次高高翹起。冰面上傳來咚咚咚的聲音，然後又是嘩啦啦的響動。破冰了，江秋邦窮聽到了一陣冰和冰撕裂碰撞的聲音，想有一點奇怪的表示，卻發現自己連表示奇怪的力氣都沒有了。牠再次閉上眼睛，拋開了對狼的警惕，把自己交給浮冰的搖晃，專心致志地關注著自己失去平衡後的痛苦。

白爪子狼發出的聲音又有了新的變化，喀嚓喀嚓的，好像是咀嚼的聲音、吃冰的聲音。大灰獒江秋邦窮不理牠，噁心嘔吐的時候還不忘了譏笑：冰也是能吃的嗎？愚蠢的狼。但是狼吃得很來勁，吃了很長時間還在吃，煩躁得江秋邦窮把一隻耳朵貼在了冰面上，試圖拒絕那聲音的傳入。後來咀嚼的聲音消失了，卻聽到一種硬邦邦的東西在冰面上滑動，滑到自己跟前停下了。

大灰獒江秋邦窮猛地睜開了眼睛，一眼看到一條冰魚出現在自己面前。再一看，狼從剛才跳舞的地方朝牠靠近了些，站在一面略有傾斜的冰坡上畏葸地看著牠。冰魚就是從傾斜的冰坡上滑過來的。江秋邦窮使勁瞪著狼，又使勁瞪著魚，極力想從狼和魚之間找到必然的聯繫。

連白爪子狼自己都沒有想到，牠居然會在這個除了寒冷和堅硬別無所有的浮冰上找到食物。食物還不少呢，是每年都要從寒冷的水域游向溫泉孵卵的花斑裸鯉。牠們孵卵後會很長時間聚集在水面上張嘴吐出一些渾濁的氣泡，就像人類分娩時會流盡羊水那樣。但是今年這些花斑裸鯉太不幸了，氣溫寒冷到出乎意料，從來不結冰的溫泉湖面突然結冰了。沒等牠們吐盡氣泡安全離開，就被迅速凍結在了水面上。而對白爪子狼來說，天氣的反常變成了救命的良機，護狼神瓦恰似乎格外關照牠，讓牠不僅意外地聞到了這些裹在浮冰中的魚，也讓牠在費了九牛二虎之力後把冰魚填到了肚子裡。

不再饑餓的白爪子狼又開始琢磨如何離開這裡的問題，琢磨的結果是根本就沒有這個可能：漂移的浮冰來到了湖水的中央，水域更顯得浩大蒼茫，對於一匹雖然可以游泳卻無法判斷彼岸到底有多遠的狼來說，絕望是唯一的情緒。但絕望不等於呆傻，狼對生死存亡的敏感讓牠在這個時候把注意力對準了和自己同處一地的大灰獒江秋邦窮。是江秋邦窮把牠從水中叼上浮冰的，不是爲了救牠，而是爲了吃掉牠，這一點牠比誰都清楚。現在，吃掉牠的時候已經不遠了，風正在變小，浮冰的搖晃正在消失，而被搖晃暈倒的江秋邦窮很可能馬上就要站起來發威了。

生存的危機就在這個時候給了白爪子狼一擊閃電般的提醒，牠叼著一條冰魚來到一面略有傾斜的冰坡上，準確地把冰魚從冰坡上滑到了大灰獒江秋邦窮身邊，這既是巴結，也是堵嘴：吃吧，你吃了冰魚，填飽了肚子，就不會吃我了。白爪子狼畏葸地看著牠等了一會兒，看江秋邦窮還不站起來，就又把一條冰魚叼過來滑了下去。

大灰獒江秋邦窮看到白爪子狼把冰魚滑到自己面前的全過程，低低地發出了一陣警告的吼聲：你想幹什麼？但牠馬上就明白了，狼是想讓牠吃東西。牠能吃嗎？牠晃了晃頭，好像是告誡自己：狼的東西是不能吃的。又禁不住朝前挪了挪，伸出舌頭舔了一下魚，感到魚是新鮮好吃的，也感到饑餓的大門正在張開，噁心和渾身的綿軟正在消失。牠擺動著獒頭站了起來，抖了抖渾身的毛髮，這才發現讓牠難受的搖晃已經不存在，牠可以穩穩地立住了。牠看了看白爪子狼，一口叼起了冰魚。

白爪子狼又連續把三條冰魚滑到了大灰獒江秋邦窮面前。江秋邦窮毫不客氣地大口吞咽，一邊吞咽一邊隨便走動。等吞咽完了，發現四肢的肌肉正在悄悄繃緊，皮毛嗞嗞有聲地鼓脹著，渾身的力氣已經回來了。

江秋邦窮仰頭看了看，毫無預兆地一躍而起，朝著白爪子狼跑了過去。白爪子狼嚇得癱軟在浮冰上，縮成一團毛球撲棱棱地抖顫著。

4

藏獒和狼的不同在於，藏獒沒有太多曲裡拐彎的想法。牠不會想到白爪子狼對自己的巴結，也不會注意到狼的用意：用冰魚填飽牠的肚子以便讓牠不再去吃狼。江秋邦窮之所以沒有咬死白爪子狼，僅僅是靠了牠知恩圖報的本能。吃了人家的還要咬死人家，那和藏獒的本能大相徑庭。本能不等於意識，江秋邦窮還意識不到這是一種美德，只覺得有一種隱匿在血脈裡的強大力量要求牠必須如此。牠從給了牠冰魚的宿敵白爪子狼身邊一掠而過，跑向了浮冰的邊沿，揚頭張望著，呼呼地吸著遠來的冷氣。

藏獒有著數倍於狼的嗅覺，吸進鼻子的冷氣正在告訴牠彼岸的距離，牠感覺這個距離已經超過了牠體力的極限，感覺如果牠奮不顧身地游過去，結果很可能就是沈入湖底。但牠又知道牠必須奮不顧身，因爲吸引牠的不僅僅是水域那邊的陸岸，還有味道，不是岡日森格的味道——

岡日森格的獒王之氣已經煙消雲散，再也聞不到了，而是橫空吹來的人和狼的味道。人和狼的味道攪和在一起，就說明危機的存在，而危機尤其是人的危機，早在遙遠的古代就已經是藏獒勇敢頑強的首要理由了。

更重要的是，江秋邦窮已經聞出來，這個陷入危機的人是受到獒王岡日森格愛戴的寄宿學校的漢扎西。受到獒王愛戴的人，自然也會受到任何一隻藏獒的愛戴。愛戴的表示就是牢牢記住他的味道，並隨時聽從他的召喚。

大灰獒江秋邦窮淌進了水裡，咕咚咕咚地刨起來，很快隱沒在冬日的群果扎西湖仙女飄帶似的嵐光裡。

幾個小時後，江秋邦窮來到了生死線上，走過了牠奮身游泳的體力極限，牠感覺自己的力氣已經用完，立刻就要沈底淹死了，立刻，立刻。

就在一聲號哭似的狼叫嚇得央金卓瑪一陣眩暈，歪扭著身子倒在雪地上的時候，父親差一點一腳踢死那隻埋伏在半步遠的雪坎後面的小母獒卓嘎。父親收住腳，蹲下來吃驚地問牠：「你怎麼在這裡？爲什麼學狼叫？」小母獒卓嘎轉身就跑，跑向了不遠處的另一個雪坎。雪坎後面藏匿著膽戰心驚卻又不忍離去的狼崽。小卓嘎用頭頂了頂狼崽，似乎這就是解釋：看啊，一匹狼崽，我的叫聲就是跟牠學的。

寒夜裡的清光薄紗一樣縹緲，黎明就要來到了，朦朧如同搽在天空的胭脂。父親看不清也顧不上小卓嘎的解釋，抱住央金卓瑪搖晃著：「怎麼了，你怎麼了？」伸手摁住了她的頭說：

「這麼燙，你發燒了。」央金卓瑪睜開眼，撥開父親的手，掙扎著站起來說：「你不要動我，我是班瑪多吉的人，已經是啦，兩個月以前就是啦，你離開我，離開我。」父親說：「我說了班瑪多吉主任看上你了嘛。」

一陣大風吹過，雲層消散著，天一下子亮了。父親看到，不遠處小母獒卓嘎正在舔雪，不，不是在舔雪，而是在舔舐另一隻小狗。他好奇地走過去，還沒到跟前，就發現那不是小狗，那是一匹狼崽。

狼崽蜷縮在地上，用一雙琥珀色的丹鳳眼恐懼地瞪著父親，瑟瑟發抖。父親相信藏獒和狼之間一定有一種語言是可以互相理解的，小母獒卓嘎對狼崽的舔舐肯定是一種寬慰：你不要怕，沒事的，那個人不會對你怎麼樣。所以狼崽儘管怕得要死，卻鼓著勁沒有逃跑。

父親愣怔著，看著這麼一個小不點狼和小母獒卓嘎相依爲命的樣子，居然一點也沒有把牠和死去的孩子聯繫起來，或者說他甚至都沒有把狼崽當成是狼。他以一種對幼小生命的稀罕和喜歡彎腰抱起了狼崽，撫摩著說：「哎喲喲，你怎麼這麼冰涼。」

狼崽抖得更厲害了，小眼睛瞇起來，警惕地看著父親撫摩牠的手。小母獒卓嘎仰頭看著狼崽，放鬆地吐著舌頭，哈哈哈地噴著白氣，眼睛裡笑著，好像是說：沒事兒吧？我說了沒事兒就沒事兒。

父親抱著狼崽，帶著小母獒卓嘎，來到了央金卓瑪跟前。央金卓瑪瞪起眼睛，驚訝地望著狼崽，半晌不說話。父親拍著狼崽說：「就這麼一個小東西，你不用害怕。」央金卓瑪尖叫一聲，撲過來，就要撕搶狼崽。父親一手推著她，一手緊抱著狼崽說：「你要幹什麼？」央金卓瑪說：「牠是狼，你不知道牠是狼嗎？」父親說：「牠是狼？是啊，牠是狼，牠是一匹狼崽。」

父親這麼一說，突然意識到自己是仇恨狼的，不管是大狼還是小狼，對人和牲畜都是一種潛在的威脅。小狼會長大，長大了就要吃人，而被吃掉的總是那些弱小的孩子。他從脊背上揪起狼崽，高高地舉了起來。

狼崽立刻感覺到揪牠的這隻手正在傳遞一股毒辣之氣，吱哇吱哇地尖叫著。小母獒卓嘎也意識到狼崽立刻就要被摔死，蹦起來，衝著父親的手汪汪地叫。父親咬緊了牙關，把眼睛繃得牛眼一樣大，嗨地一聲摔了下去。

但是父親的手沒有在空中鬆開，他不過是揪著狼崽從高處掄到了低處，然後就把狼崽輕輕放下了。他是個天性善良不忍殺生的人，即使有一千個理由也不可能親手把狼崽摔死在生命無限寂寞也無限寶貴的雪原上。他對自己說：「咬死學生的不是狼崽，狼崽是孩子，孩子有什麼錯呢？人的孩子不會有錯，狼的孩子自然也不會有錯。」

父親看到央金卓瑪撲過來，抬腳就要踩死狼崽，趕緊把她抱住了：「央金卓瑪你聽我說，天上的神佛並沒有給我們殺狼打狼的權利。這個權利給了藏獒，藏獒向來不會咬死還是孩子的任何野獸，這你是知道的。藏獒不會殺死的，我們也不能殺死。」央金卓瑪疑懼地推搡著父親，用一種對待叛逆者的鄙夷的口氣喊著：「漢扎西你趕快離開我們的眼睛吧漢扎西，瞎了眼的西結古草原啊，怎麼把那麼多的孩子交給了你。」

狼崽恐怖地聳起了脊背上的毛，茸毛和狼毫迎風而動。小母獒卓嘎跳過來護住了這個和自己漫遊雪原的夥伴。牠生怕父親再次揪起來，用一種哀求、期待和驚怕的眼光看著父親的手，彷彿剛才試圖摔死狼崽的不是父親，而是這隻冰冷的生鐵一樣黝黑結實的手。

父親伸過手去，想拉著央金卓瑪趕快走路：「你正在發燒，需要治療，得儘快找到藏醫喇嘛尕宇陀。」央金卓瑪憤怒地用袖子擋開了父親的手，撲過去，又一次抬起腳來，狠狠地踩向了狼崽。父親想抱住她，發現已經來不及了，便一把推了過去。央金卓瑪趔趄著後退了幾步，一個屁股蹲兒坐了下去。她沒有立刻爬起來，兩手撐地，後仰著身子，驚訝地望著父親：「你怎麼能對我這樣？我是人，牠是狼，漢扎西你別忘了牠是吃人的狼。」

央金卓瑪又一次想起了西結古寺裡那幾個喇嘛的話：「升到天上的馬頭明王已經托夢了，漢扎西是九毒黑龍魔的兒子地獄餓鬼食童大哭的化身，他來到西結古草原，就是要吃掉孩子的。他有時候是人，有時候是狼，有時候又是護狼神瓦恰的變種。他變成狼的時候我們的孩子就不見了。」央金卓瑪爬起來就走，她後悔自己沒有聽從喇嘛們的叮囑，把丹增活佛的行蹤告訴了漢扎西。她現在唯一想做的，就是甩掉漢扎西，把他甩給原野裡的危險，甩給等在半路上的死亡。

父親喊道：「央金卓瑪等等我，你一個人走路小心餓狼吃了你。」央金卓瑪說：「你就是餓狼啊漢扎西，你最好去找領地狗群，讓牠們咬死你。」但她知道領地狗群是決不會咬死漢扎西的，就又放肆地詛咒道：「你這個人面獸心的黑龍魔、吃了孩子的地獄餓鬼，就讓你的狼祖宗咬死你吧。」

父親追了過去，又停下來對小母獒卓嘎說：「你們這樣胡走亂逛是很危險的，跟我走吧，去找有人的地方。有人的地方就是狗的家，到了家就安全了，就能見到岡日森格和領地狗群了。」他又一次忘了狼崽是狼而不是狗，看兩個小傢伙沒有聽懂他的話，就先抓起小卓嘎放在懷裡，又抓起狼崽放在懷裡，然後朝著央金卓瑪大步追了過去。

小母獒卓嘎在父親懷裡掙扎著，明顯是想下來的意思。父親說：「怎麼了，你想自己走啊？好好好，那你就自己走吧。」父親把小卓嘎放在了地上，看牠仰頭眼巴巴地望著狼崽，就又把狼崽放在了地上。

好像有一種語言不通過任何形式就可以心領神會，小母獒卓嘎轉身就跑，還有點發抖的狼崽立刻跟了過去。牠們並排回到了剛才狼崽被父親稀罕地抱起來的地方，頭對著頭，你一下我一下地刨起來。一封牛皮紙信封的信被牠們刨了出來。牠們互相看了看，似乎是在謙讓，小卓嘎用鼻子把信拱了拱：你叼吧。狼崽叼起來又放下，好像是說：還是你叼吧。最後由小卓嘎叼起了信。

小母獒卓嘎叼著信朝父親跑去。狼崽望著小卓嘎，眼睛裡充滿了不安和狐疑，作爲狼種，牠自然遺傳了亙古以來對人的戒備和懼怕，但作爲孩子，牠天性中又有著對孤獨的恐怖和對同伴的依戀。牠在狼種拒人以千里之外的稟賦和孩子不忍疏離同伴的天性之間搖擺，想跟過去，又不敢輕易邁步。小卓嘎停下了，顧望著牠，看牠把鼻子指向了跟人相反的方向，就回到牠身邊，又是爪子撲，又是鼻子拱，然後再一次朝父親跑去。狼崽跟上了牠，步子邁得很慢，似乎隨時準備停下來。

父親有點著急，看著央金卓瑪就要消失在雪原迷濛的晨色裡，揮著手喊道：「快啊，快過來啊。」狼崽沒見過人揮手的舉動，轉身就跑。父親不想再耽擱時間，追過去，一把抓起狼崽，抱在了懷裡。

他朝央金卓瑪消失的地方走去，不停地喊著她的名字。但是已經看不到央金卓瑪了，她好像拐了個彎，故意把自己隱藏在了起伏的雪丘後面晨色的迷濛裡。父親皺著眉頭，尋找央金卓瑪逸去的腳印，但是什麼也沒有找到。漫無邊際的雪原上，一個土生土長的人，想擺脫一個外來人的跟蹤，簡直太容易了。父親說：「佛爺啊，要是央金卓瑪出了問題，我怎麼給班瑪多吉主任交代？」又跺著腳喊道：「小卓嘎你快來幫忙啊，央金卓瑪到底去了哪裡？」

小母獒卓嘎似乎聽懂了父親的話，警覺地揚起了頭，四下裡看著，嗅著，嗅著。父親這才發現牠嘴上是叼著東西的，吃驚地說：「那是什麼？信？誰的信？快給我。」小卓嘎跳起來就跑，好像牠不願意把信交給父親，又好像牠嗅到了央金卓瑪的味道，要帶著父親追上她。

父親連跑帶顛地跟了過去，懷中的狼崽被顛得一起一伏，差一點掉到地上。狼崽恐怖得吱吱叫喚，不知道發生了什麼，以為人的懷抱就是死亡的陷阱，顛幾下牠就要死掉了。

終於小母獒卓嘎不跑了，停在了一片大水前。父親氣喘吁吁地跑過來問道：「哪兒呢？央金卓瑪在哪兒呢？」小卓嘎的回答就是衝著水面從咬緊的牙縫裡呼呼地出氣。父親舉頭一看，不相信似的用手背擦了一下眼睛，才明白自己看到的的確是一片大水，不是流淌的河水，而是靜止的湖水。湖面上，嵐光的白色和陸地的雪色混同在一起，不仔細看是分辨不出來的。

哪裡來的湖啊？為什麼沒有結冰？父親滿臉都是疑惑。

第十五章　生死線上的藏獒

1

東方流淌著牛奶，天上一片亮白。無邊的寂靜淹沒了十忿怒王地的早晨，緊張的氣氛一秒更比一秒緊張。救援的隊伍裡，僧俗人眾一個個目瞪口呆：哪裡有什麼高聳如塔的拉則神宮，所有的拉則神宮都被大雪壓塌了，掩埋了；哪裡有什麼七彩的波蕩如海的風馬旗、六色的彌天如雲的燔柴煙，都散了，散到看不見的冥冥之中去了。十忿怒王地的吉祥在哪裡？看不見的無敵王、大力王、曖昧語訣明王等等法王，在這個必須現身說法的時候，必須爭相保護的時候，怎麼都不顯神蹟了呢？

應該是四面八方的牧民都到這裡來，四面八方的藏獒也到這裡來，但是現在，救援隊伍裡的所有眼睛都看不到一個需要救援的牧民，更看不到一隻可以幫助自己的藏獒，看到的是一群野犛牛和一群包圍著野犛牛的狼。

三十多頭野犛牛就在五十米開外的雪坡上。狼群大約有一百多匹，在遠一點的雪坡下面，白雪之上，星星點點的灰黃色的狼影就像積雪蓋不住的土石。這樣的情況下，受到狼群威脅逼迫的野犛牛很可能以爲站在雪梁上的救援隊伍與狼共謀，也是來圍剿牠們的。牠們會在緊張、恐懼、憤怒的情緒嬗變中撲過來，撲向這些經過一夜的負重跋涉之後筋疲力盡的人。而對身壯如山、力大無窮的野犛牛來說，用犄角戳穿人的肚子，用腦袋頂飛人的身子，用蹄子踩扁人的任何一個部位，就像大石擊卵一樣容易。

怎麼辦？大家僵直地立著，互相詢問的眼睛裡流露著不無慌亂的神色。誰也不敢說什麼，似乎一點點聲音都會激怒野犛牛群。還是麥書記打破了沈默，他雖然從來沒有這麼近地面對過野犛牛群，但他是軍人出身，以遭遇敵人的敏銳首先想到了應該如何保護自己。他小聲而嚴厲地說：「快，把背著的東西放下來。」

大家猶豫了一下，都覺得這是明智的做法，匆匆照辦了。索朗旺堆頭人放下自己背著的糧食後憂急地擺著手說：「坐下，都坐下。」他的意思是，只要人坐下，野犛牛就不會認爲人對牠們有威脅了。麥書記說：「不能坐著，趴下，慢慢往後撤，撤到雪梁後邊，一旦野犛牛衝過來，大家都往雪梁下面跑。」索朗旺堆頭人立刻贊同地說：「呀，呀，就這麼辦。」

所有的人都趴下了，瞪著野犛牛群，慢慢地往後爬著，眼看就要消失在雪梁後邊野犛牛看不見的地方了。野犛牛群好像放鬆了對人的提防，石雕一樣的身子搖晃起來，頭顱輕輕擺動著，凝視的眼光正在移向別處。人們不禁鬆了一口氣，停止了爬動，靜靜觀察著野犛牛群的行動。

但就在這個時候，人們發現狼群動蕩起來。一直像土石一樣呆愣著的狼群突然改變了星星點點的布陣，飛快地朝前聚攏而來。前面是一匹身形高大、毛色青蒼的狼，一看就知道是頭狼。頭狼的身後，蹲踞著一匹身材臃腫的尖嘴母狼。

齊美管家小聲對自己右首的索朗旺堆頭人說：「西結古草原的狼世世代代和我們打交道，

我們都認識，這是哪裡來的狼啊，怎麼從來沒見過？」索朗旺堆頭人說：「是啊是啊，我也這麼想，個頭這麼大的狼，一群這麼多的狼，一定不是我們西結古草原的狼。」齊美管家說：「外面的狼怎麼會跑到我們的家園裡橫衝直撞呢，西結古草原的狼群和領地狗群難道會允許牠們這樣做？」索朗旺堆頭人說：「世道不一樣了，狼的表現也會不一樣，只有在自己的領地活不下去的狼群，才會冒死進入別人的領地。聽聽麥書記他們怎麼說吧，現在到了借著佛光好好修行的時候，修行會讓我們保持平和的態度，免去痛苦，看清未來的道路。」

狼群在聚攏之後，便舉著牙刀，朝著野犛牛群威逼而去。牠們已經識破了人的打算，決定在人群還沒有爬到雪梁後面溜出危險境地之前，用佯攻的方式迫使野犛牛群靠近人類，衝向人類。狼群的習性裡從來就沒有丟失過生存的奸猾，上阿媽頭狼的智慧使牠抱了這樣的希望：讓這些龐然大物去襲擊人類，狼群就可以坐收漁翁之利了。

但是上阿媽頭狼也知道，威逼野犛牛群的結果很可能是相反的：野犛牛群說不定不會因爲害怕狼群而衝向人類，反而會因爲緊張和憤怒扭頭衝向狼群，所以狼群的威逼非常謹慎，慢慢的，慢慢的，三步一停。一貫善於保護自己的上阿媽頭狼愈走愈龜縮，有意讓自己的兩翼凸現了出來，整個狼群的布陣很快形成了一個標準的「凹」字。

一頭母性的野犛牛回頭看了一眼凹凸而來的狼群，頓時就瞪鼓了眼睛，正要轉身衝向離自己最近的那匹狼，就見自己的孩子——那頭剛剛斷奶的小公牛神經過敏地跑向了人類已經悄然隱去的雪梁。母牛哞叫一聲，踢著積雪追了過去。一頭犄角如盤的雄性的頭牛跟在了後面，所有的野犛牛都跟在了後面，母牛往哪裡跑，牠們就會跟著往哪裡跑。牠們跑向了不堪一擊的人類，上阿媽頭狼的詭計馬上就要得逞了。

趴在地上的人一個個站了起來，就要轉身跑下雪坡。丹增活佛突然說話了：「你跑牠就追，在這麼高的地方，人的氣有一尺長，牛的氣有一百里長，人是跑不過野犛牛的。再說雪梁下面有深雪，就是野犛牛不踩死頂死我們，我們跑下去也是往陷阱裡跳。那可是幾丈深的雪淵啊。」說著盤腿坐了下來，手撫念珠，口齒清晰地念起了《金剛閻魔退敵咒》。所有的活佛喇嘛以及索朗旺堆頭人和齊美管家都信任地望了望丹增活佛，趺坐而下，鎮定自若地念起了經。

藏醫喇嘛尕宇陀和鐵棒喇嘛藏扎西跑過來，把麥書記、夏巴才讓縣長、班瑪多吉主任和梅朵拉姆一個個摁到地上：「打坐，打坐，念經，念經。」夏巴才讓縣長不願意坐，梅朵拉姆說：「現在就只能這樣了。」麥書記也說：「只能這樣，快快，坐下來，念經。」除了夏巴才讓和班瑪多吉，別的人哪裡會打坐，就是一個盤腿坐炕的樣子，把雙手在胸前合十了，咕咕嚕嚕念起了六字真言。

三十多頭野犛牛驚天動地地衝過來了，轟隆隆隆的，就像掀翻了天地，揚起著瀑布似的雪塵。人類形容這樣的陣勢就說它是摧枯拉朽，或者勢如破竹。但「拉朽」也好，「破竹」也罷，最終並沒有發生，因爲丹增活佛正在念誦經咒，所有的活佛喇嘛以及頭人管家都在念誦經咒，連外來的政府工作人員也都開始了「唵嘛呢叭咪吽」。

好像被經咒神奇地抹去了憤怒和力量，那隻神經過敏的小公牛和追攆而來的母牛突然同時停下了，緊接著那頭犄角如盤的頭牛和所有的野犛牛都停了下來。牠們就停在了離打坐念經的人群三四步遠的地方，吼喘著，把那一股股熱氣騰騰的鼻息噴在了人的臉上。丹增活佛後來說，金剛閻魔是他上師的本尊，《金剛閻魔退敵咒》是上師修煉過的最高密法，用這樣的密法對付幻變成野獸的厲神是最最有效的。

而麥書記後來的解釋是這樣的：野犛牛在草原上見慣了活佛喇嘛的打坐念經，也記得這種穿紅披紫的人經常從牠們面前走過，從來沒有傷害過牠們。動物哪怕是凶猛的野獸都會遵循這樣一種堪稱善願的規則：沒傷害過我們的，我們也決不傷害。更何況野犛牛是食草動物，盡管牠們在雪蓋牧草的災難中比誰都饑餓，但牠們的撲向人類卻跟饑餓沒有絲毫關係。如果不是緊張、恐懼、憤怒、報復、痛苦等等情緒的推動，牠們犯不著傷害人類。

氣勢洶洶的野犛牛群在離打坐念經的人群三四步遠的地方觀察了一會兒，便在頭牛的帶領下，一個個回身走開了。現在牠們已經搞明白，這些人跟狼群不是一夥的，對野犛牛群一點威脅都沒有。作為愛憎分明、直來直去的野犛牛，牠們現在只有一個敵手，那就是狼。

野犛牛看著雪梁坡面上密集的狼群，一個個怒氣沖天地張大了鼻孔，噗噗噗地吹著氣，彷佛是說：太過分了，居然離我們這麼近。犄角如盤的頭牛哞哞地叫起來，叫了幾聲便朝著狼群衝撞而去。上阿媽頭狼一聲尖嗥，轉身就跑，整個狼群便退潮一樣回到雪坡下面去了。野犛牛群停在了雪梁的坡面上，警惕地注視著狼群的動靜。

雪梁頂上，丹增活佛首先站了起來，用一種勝樂金剛般洪亮的聲音說：「走了，我們走了。」大家都知道，只要野犛牛認定你不會傷害牠們，就決不會出爾反爾，再來提防你並襲擊你。除非你做出了傷害牠們的事情。所有的人都起身把卸下的救援物資背在了身上。

救援隊伍又開始行進了，走過了這道雪梁，又登上另一道雪梁。這道雪梁算是十忿怒王地的制高點。站在這裡極目四望，原野一任奢侈地空曠著，除了雪的白色和天的白色，什麼也沒有，半個牧民的影子也沒有。可這裡怎麼會沒有呢？所有的年份裡，所有的雪災中，吉祥的十忿怒王地都會群集一些牧民，唯獨今年沒有，太不對勁了。

班瑪多吉主任又想到了那個已經想過的問題：能不能分開走呢？他對麥書記說：「要是分開就好了，朝南的遇不到牧民，朝北的就能遇到，遇到一戶是一戶，救活一個是一個。」麥書記謹慎地說：「你再去徵求一下當地人的意見。」班瑪多吉走過去詢問索朗旺堆頭人和齊美管家，頭人和管家都說：「不能啊，恐怕不能，你們都看見了，今年的狼群這麼大，外來的加上本地的，真正是狼災遍地了。」

班瑪多吉主任又過去詢問丹增活佛。活佛說：「你們在別人的生命和自己的生命之間選擇了別人的生命，高貴的人們啊，難道你們不害怕狼群吃掉你們嗎？」班瑪多吉說：「誰說不害怕，可是現在，說不定狼群已經把牧民吃掉了。」丹增活佛潸然淚下，爲了那些不知生死如何的牧民，也爲了這些和藏獒一樣只想著救援別人不想著自己安危的外來人，他對身邊的藏醫喇嘛尕宇陀和鐵棒喇嘛藏扎西說：「那就分開吧，首先是我們幾個分開，分成三路是最好的，不能鷹和鷹一起，鷲和鷲一起，插花，插花。」他的意思是人員要打亂，不能讓外來的人單獨一路，外來的人沒有經驗，單獨走一路是很危險的。

這時夏巴才讓縣長走過來了，指著班瑪多吉的鼻子說：「你就知道分開，分開幹什麼？分開你就可以出風頭了嗎？你不想跟大家一起走，你就給我滾，不要挑撥大家的關係。」班瑪多吉主任愣了，對這些莫須有的指責他簡直無言以對。他心說我出風頭幹什麼？現在是出風頭的時候嗎？你有什麼權力讓我滾？神佛在上，神佛在上，天哪，我說什麼好呢？我居然在挑撥大家的關係。他急得什麼也說不出來，回身就喊：「麥書記，麥書記。」想到夏巴才讓也是藏族，麥書記不可能全向著自己說話，就又說：「麥書記，你說了我們可以打起來，拚出個你死我活，那我現在就拚了，我不受他狗縣長的委屈，我要拚了。」說著，他撲過去，拿出打鬥的架勢撕住了夏巴才讓的衣肩。夏巴才讓縣長當然不能示弱，大喊一聲，也是一把撕住了對方的衣服。

打鬥開始了，一個是結古阿媽藏族自治縣的縣長，一個是西結古工作委員會的主任。一個是瀾滄江流域青稞莊園裡長大的農家藏民，一個是來自甘肅南部草原的牧家藏民。一個腰圓體大，一個粗黑壯實。誰贏了，誰輸了，誰死了，誰活了？肅靜的十忿怒王地收斂了肅靜，用荒風的嘯叫使勁助威著。

2

當父親疑惑地思考這是哪裡來的湖，為什麼沒有結冰時，很快想起了群果扎西這個名字。他知道它是西結古草原的一片湖群，是吉祥的河水源頭。他沒有來過這裡，不知道湖群裡有冷水湖，也有溫泉湖，溫泉湖在冬天一般是不結冰的。父親生氣地說：「小卓嘎你真糊塗，你怎麼把我領到這裡來了？央金卓瑪不可能來這裡。」話音未落，就見目力所及的白色湖面上非常刺眼地漂蕩著一個黑不黑、灰不灰的東西，就像一座根基很深的礁石，在湖浪的拍打下屹立不動。

父親專注地看著，心說不對啊，礁石上怎麼沒有冰雪覆蓋？看著看著，就看出那不是礁石，那是一隻毛髮披紛的動物。是什麼動物？個頭和毛色都跟牛差不多，野牛還是家養的犛牛？活著還是死了？正猜著，就見小卓嘎勇敢地跳進水裡，朝那動物游去，牠嘴上還叼著那封信，信已被浸濕了。

父親喊道：「你去幹什麼？回來，小卓嘎你回來。」看小卓嘎不聽他的，就放下懷裡的狼崽開始脫衣服。他首先想到的是應該把小卓嘎追回來，這麼大的水域，任由牠游出去牠就回不來了。再說還有信，誰知道那是一封什麼信，怎麼會在小卓嘎嘴上，萬一掉到水裡，就很難找回來了。

父親脫掉了衣服褲子才感覺到寒冷，用手撩撥著試了試水，發現是溫和的，就趕緊走了進去。父親就是這樣一個人，幹什麼都是率性魯莽、義無反顧的。幹起來以後才會想到後果，甚至有時候根本就不去想後果。他脫掉了衣服才想起下到水裡會不會凍死，結果發現不僅不會凍死，而且很舒服。他朝湖心走去，走了二三十米，湖水已經淹過膝蓋了，才意識到他基本上是不會游泳的，湖水到底有多深？它能把一頭牛漂起來，就肯定能把一個人淹掉。

父親停了下來，看看還在往前游動的小卓嘎，又看看吸引著小卓嘎的那隻漂浮的動物，突然發現那毛髮披紛的動物根本就不是什麼牛，而是一隻身軀偉碩的藏獒。又圓又沈的獒頭是翹著的，說明牠還活著，還在朝岸邊掙扎。但顯然牠已經沒有力氣了，四條爪子不再本能地刨動，身子沈浮著，一會兒大了，一會兒小了。父親毫不猶豫地走了過去，他忘了水的深淺，忘了自身的安危，只想著一個問題：藏獒怎麼會跑到這裡來？

水在升高，淹過了大腿，又淹過了腰際，小母獒卓嘎好像游不動了，速度明顯慢下來。那隻偉碩的藏獒似乎感覺到有人正在接近牠，突然發出了幾聲撲通撲通的刨水聲，很快又無聲無息了。父親兩手划著水，加快腳步，追上了小母獒卓嘎，又把牠落在了身後。

近了，離偉碩而將死的藏獒還有不到十米了，而水面卻已經升到了胸脯。父親沒有停下來，他眼睛盯著藏獒，卻忽視了水的上升，或者說在保護自己方面他是一個弱智，想不到一旦水浪撲過來首先淹死的只能是他。好在沒有風，也就沒有浪，好在偉碩而將死的藏獒在感覺到人的到來後，又掙扎著撲騰了幾下。就是這幾下，頓時朝父親靠近了至少兩米。

父親繼續往前走著，水慢慢地淹上了胸脯，眼看就要逼近喉嚨了。一股堵胸的沈重的壓迫突然降臨，窒息的感覺從身體內部冒出來，變成堅硬的塊壘堵住了他順暢的呼吸。他不得不停下來，穩住自己因爲水的浮力有點傾斜和搖晃的身子，大口地吸著氣。

只有五米了，父親和這隻偉碩而將死的藏獒之間只有五米的距離，而這五米卻變成了一道生死攸關的鴻溝，牢固地限制了生命得以再生的希望。父親伸出了手，卻無法拽著藏獒的鬣毛，把牠拖到水淺的地方。而身心疲憊、力量衰竭的藏獒似乎也不可能掙扎著朝父親靠近哪怕半米了。

藏獒眼睛睜一下閉一下，亮光一閃一閃的，好像是告別，又好像是期待。身子已經全部隱沒在水裡了，頭不斷地沈下去，又不斷地翹起來。每一次的翹起都很沈重，似乎在告訴父親，也許就在下一次，沈下去之後就再也翹不起來了。湖水在藏獒的嘴邊一進一出的，都可以聽到咕嚕咕嚕冒氣泡的聲音。父親憐惜地望著藏獒，朝前挪了一下，水頓時漫進了嘴裡，趕緊朝後退了退。

但是五米的距離畢竟給了父親一個認出藏獒的機會，他發現牠的毛髮是少有的深灰色，就驚訝地說：「原來是你啊大灰獒江秋邦窮，你怎麼跑到這個地方來了？」江秋邦窮聽到有人喊牠的名字，似乎又有了力氣，頭翹著，四肢刨了一下，撲通一聲，整個身子朝前滑動了半尺。父親說：「好啊，江秋邦窮，就這樣，動起來，再動啊，快動啊。」

大灰獒江秋邦窮再也沒有動起來，沈甸甸的頭顱耷拉了下去，眼看就要沈底了。父親驚叫起來：「江秋邦窮，江秋邦窮。」大概是父親的聲音拽住了大灰獒即將逸去的生命，或者是江秋邦窮憑藉牠從遠古的祖先那裡繼承來的岩石般堅硬的意志，牢牢拽住了父親的聲音。聲音是無形的，但卻是牢靠而有力的。牠的頭顱沒有沈下去，一直沒有沈下去。

這時小母獒卓嘎游了過來，酸軟無力地爬在了父親肩膀上，用鼻子呼哧呼哧喘著氣。父親回頭看了一眼，看到小卓嘎依然叼著那封信，心說你的牙齒不累啊？這麼一說，腦子裡便忽然一閃，大聲說：「江秋邦窮你聽著，現在就看你了，看你能不能用牙齒咬住東西了。」說著，他把兩手伸到水下面，拽住自己的褲衩拚命撕扯起來。水中傳來一聲響，他的褲衩被他撕裂了。他把褲衩拿出水面，撕成布條，回頭一把抓住了小卓嘎的前腿。

接下來的情形是這樣的：父親把布條連起來，一頭拴在了小母獒卓嘎的前腿上，一頭拽在了自己手裡，然後把小卓嘎推向了大灰獒江秋邦窮。父親對小卓嘎說：「去吧，去吧，你一定要讓江秋邦窮咬住你的尾巴。」又大喊了幾聲：「江秋邦窮你聽著，你一定要咬住小卓嘎，咬住牠的尾巴。」

小母獒卓嘎游了過去，牠當然沒有聽懂父親的話，但是牠知道牠和父親都是來營救大灰獒江秋邦窮的。牠在江秋邦窮的頭邊游來游去，不停地用鼻子碰著對方。生命的奇蹟就在這個時候發生了，同樣沒有聽懂父親的話的江秋邦窮，差不多已是半死不活的江秋邦窮，用最後的力氣張開嘴，咬向了小母獒卓嘎。牠沒有按照父親的願望咬在小卓嘎的尾巴上，而是比父親的願望還要理想地咬住了小卓嘎前腿上的布條。父親大喜過望，趕緊拽緊了布條，往後退去。

大灰獒江秋邦窮體重至少有八十公斤，但是牠漂在水面上，使勁一拽牠就過來了。過來了一米、兩米、五米、十米，父親丟開布條，走過去從脖子上摟住了牠。

大灰獒江秋邦窮睜開了眼睛，淚水嘩啦啦的。牠發不出聲音來，也沒有力氣用任何形體的動作表示牠的感激，只有無聲的眼淚訴說著牠的內心世界：牠是前來營救父親漢扎西的，沒想到反而被父親所營救。牠感到一種前所未有的慚愧正在周身湧動，而慚愧的背後卻是另一種發自肺腑的感情：人啊，我拿什麼報答你。

而此刻，父親想到的卻是：多虧了小母獒卓嘎，要不是牠把布條送到江秋邦窮面前，江秋邦窮肯定沈底了。也是江秋邦窮自己救了自己，牠聰明地咬住了布條，佛爺啊，牠怎麼知道應該咬住布條呢？

父親看到小母獒卓嘎游動得有些吃力，就把牠抱在了懷裡，然後用一隻手揪著大灰獒江秋邦窮的鬣毛，朝岸上走去。走了一會兒，水就淺得浮不起江秋邦窮了，他快步走到岸上，把小卓嘎放到縮成一團的狼崽身邊，又回來，雙手抱住江秋邦窮的腰身，連推帶搡地把牠挪到了湖水無法淹沒牠的地方。

3

一心想著營救父親而在群果扎西溫泉湖中累垮了的大灰獒江秋邦窮，一動不動地在雪地上趴臥了五六個小時。父親一直守著牠，守牠的時候父親靠在雪丘上睡著了，是狼崽的尖叫驚醒了他。他看到江秋邦窮已經站起來，正要感激地伸出舌頭舔一舔小母獒卓嘎，卻把小卓嘎身邊的狼崽嚇得吱哇亂叫。

父親以爲大灰獒一定會咬死吃掉狼崽，站起來喊道：「不要，不要，千萬不要。」

父親朝前走了兩步，就要撲過去阻止，卻發現江秋邦窮的眼睛裡流溢著冷靜而平和的光波，一點兒神惡煞的樣子也沒有。父親尋思：莫非藏獒的想法跟我是一樣的？父親想對了，以後他會愈來愈確切地知道，藏獒天生是不會恃強凌弱、以大欺小的。遠古的祖先給牠們遺傳了照顧弱小、疼愛孩子的習慣。而習慣就是法律，不管是藏獒的孩子，還是狼的孩子，都是這條法律無可爭議的受益者。

大灰獒江秋邦窮感激地舔著小母獒卓嘎，順便也把狼崽舔了一舌頭。父親走過去摸了摸江秋邦窮的前腿和後腿說：「能走路了吧？」江秋邦窮明白父親的意思，表現似的蹬了蹬後腿，朝前走去。父親對小卓嘎和狼崽說：「走嘍走嘍，該去尋找央金卓瑪尋找岡日森格尋找領地狗群了。找到了岡日森格，我還要讓牠帶著我去尋找多吉來吧呢，但願能找到多吉來吧，但願央金卓瑪安全回到家裡去。」

小母獒卓嘎揚頭望著父親，眨巴著眼睛弄明白了父親的話，然後就用前爪刨挖積雪，很快刨出了那封信，叼起來就走。狼崽跟了過去，似乎害怕把自己落下，緊趲慢趲地來到了小卓嘎身邊。牠們並肩齊跑著，看那耳鬢廝磨的樣子，哪裡是什麼針尖對鋒芒的仇敵，而是相依為命的兄弟。

父親尋思：這到底是一封什麼信，是誰交給小卓嘎的，讓小卓嘎覺得如此重要？父親緊追了幾步，彎腰攔住小卓嘎，想從牠嘴上把信取下來。小卓嘎緊緊叼住，搖頭晃腦地就是不放，父親害怕撕爛，趕快鬆了手，小卓嘎轉身跑離了父親。父親追了過去，喊著：「給我，給我，你拿著信幹什麼，你又看不懂。」小母獒卓嘎瘋了似的跑起來，這瘋跑讓父親很失望，大聲說：「你不信任我呀？你為什麼不信任我？」

父親這時候還不知道，在小母獒卓嘎的記憶裡，關於信是這樣一種情形：阿爸岡日森格叼著信風塵僕僕地從遠方跑來，把信交給了西工委的班瑪多吉主任。班瑪多吉高興得拍著阿爸的頭，拿出一塊熟牛肉作為獎勵。阿爸把熟牛肉一撕兩半，一半給了牠，一半給了小公獒攝命霹靂王，小公獒三口兩口吞掉了自己的，然後跑過來搶牠的。牠是個女孩兒，哪裡搶得過人家，熟牛肉沒有保住，還被對方撲翻在地上。

現在，小母獒卓嘎一心一意想把這封信交給班瑪多吉主任而不是交給任何一個別的人。交給了班瑪多吉主任，就可以得到拍頭的獎賞和熟牛肉的獎賞。得到了熟牛肉，牠就可以學著阿爸的樣子一撕兩半，一半給阿爸岡日森格，一半給阿媽大黑獒那日。給了阿爸和阿媽，小公獒攝命霹靂王就別想搶到手，就只有眼巴巴地望著流口水了。除非阿爸和阿媽自己不吃讓給牠，就像牠們經常會忍著饑餓把到嘴的食物讓給年幼的藏獒藏狗那樣。但這次是不行的，阿爸和阿媽，那是我給你們的肉，你們絕對不能讓給別人，尤其是不能讓給該死的小公獒攝命霹靂王。

小母獒卓嘎使勁跑著，狼崽趕緊跟了過去。牠以狼的多疑一直不相信父親和大灰獒江秋邦窮對牠的包容，以爲他們溫和的態度肯定是個陷阱。而避免掉進陷阱的唯一辦法就是跟緊小卓嘎，讓他們在看到牠和小卓嘎的親近之後，放棄謀劃已久的傷害。父親追不上牠們，就回頭對江秋邦窮喊道：「攔住牠們，江秋邦窮快啊，快過去攔住牠們。」

大灰獒江秋邦窮跑起來。其實在父親喊牠之前，牠就已經跑起來，但牠跑得不快，畢竟牠是把自己在群果扎西溫泉湖中累垮了的，五六個小時的休息不可能完全恢復。眼看兩個小傢伙和自己的距離愈來愈遠，江秋邦窮停下來，用滾雷似的聲音咆哮著。咆哮中充滿了痛恨、憤激和警告，完全是見了強勁的死敵才會有的那種聲音。

父親聽出來了，小母獒卓嘎聽出來了，連狼崽也靠著天生的敏感意識到變化正在發生，危險就要降臨了。

大家都停下來，揚起頭看著一百米之外的那座雪崗。雪崗就像一條游動在雪海裡的偌大的鯨魚，彎月似的脊線上，是一些鋸齒狀的排列。在每一個凹下去的齒豁裡，幾乎都有一雙豎起的耳朵，耳朵下面是眼睛。那些陰森森、火辣辣的眼睛，盯著奔跑而來的小母獒卓嘎和狼崽，既是百倍的貪饞又是萬分的好奇：狼崽怎麼會和藏獒在一起？而且居然是相安無事的？

風從人和藏獒的身後吹來，吹到雪崗那邊去了。也就是說，狼早就聞到了父親一行的味道，準確判斷出了對方的實力，牠們埋伏在這裡就是爲了不放棄這個可以饕餮一番的機會。而父親一行包括久經沙場的大灰獒江秋邦窮，直到肉眼能夠看見狼的時候才發現了危險的存在。不是一般的危險，而是必死無疑的重大危險。一股能夠排成橫隊站滿雪梁脊線的狼群，對付只有一隻大藏獒的父親一行，容易得就像吃掉幾隻羊。

大灰獒江秋邦窮首先感覺到了局勢的嚴峻，本能地朝前跑去，聳立到小卓嘎和狼崽前面，想用自己的肉軀護住同行的夥伴。這時候，牠和狼群的距離已經不到一百米，嗅覺發揮了作用，儘管是上風口，鼻子還是準確地告訴牠：這股狼群就是領地狗群曾經追攆到煙障掛的狼群中的一股，牠們是西結古草原的狼群，活動在野驢河流域，直接參與了咬死寄宿學校十個孩子的事件。而江秋邦窮的眼睛這時候比人更敏銳地捕捉到了狼群的數量和能量：八十多匹狼中至少有四十匹是壯狼和大狼，群集的殘暴和潮水般的凶惡以及和雪災一起沈澱而來的饑餓之勇，那是誰也無法阻攔的。

江秋邦窮回頭看了一眼父親和小母獒卓嘎以及狼崽，昂揚地挺起威風八面的獒頭，驕橫十足、目光灼人地瞪著雪梁上的狼群。脊背上的毛波浪似的聳起來，又像雨泡的麥子一樣倒下去，然後是鬣毛的動蕩，聳起來，倒下去，一再地重複著。是威懾，也是自勵：是同歸於盡的時候了，衝過去，衝過去，咬死一個是一個。遺憾的是，即使自己死了，也不能保護別人，這樣的死，不應該是牠大灰獒江秋邦窮的死。牠不無沮喪地再次回頭看了一眼父親和小卓嘎以及狼崽，好像是深切的告別：再見了呀再見了。

狼崽定定地看著前面，牠已經看出雪梁上的狼群正是自己歸屬的那群狼，便有了一種來自肉體深處的衝動。好像到家了，好像馬上就可以脫離失群的孤獨和寂苦了。牠不由自主地跑起來，跑了幾步突然又停了下來。牠聽到了斷尾頭狼的一聲陰暗險惡的嗥叫，就像條件反射，一下子勾起了那些痛徹肺腑的記憶，牠有生以來的全部驚悸和恐怖就因了這記憶的酵母而愈脹愈大。

阿爸和阿媽已經死了，一直撫養著牠的獨眼母狼也死了，牠們都是被斷尾頭狼咬死的。自己的種族、狼的世界似乎就是這樣：大的吃掉小的，強的吃掉弱的，牠是小的也是弱的。如果不是那隻叫作多吉來吧的藏獒把牠從利牙之下奪回來，牠早就成爲斷尾頭狼的果腹之物了。

狼崽一想到這些，就感到悲傷和痛切針芒一樣刺痛著牠的心。牠的心咚咚大跳，身子瑟瑟發抖，牠哭起來，發出一種驚怕至極、難過至極的嫩生生的嗥叫，戰戰兢兢地對自己和世界發出了疑問：爲什麼呀？爲什麼對我好的，給我快樂的，讓我感到溫暖的，偏偏又是狼的死敵呢？狼的死敵又怎麼樣？我不離開不行嗎？行啊，行啊，爲什麼不行？狼崽回答著自己的問題，轉身往回走去，走到了小母獒卓嘎和大灰獒江秋邦窮中間。這一刻，牠發現自己已經不再害怕江秋邦窮，也不再害怕父親了。

父親走到了大灰獒江秋邦窮身邊，生怕失去牠似的揪住了鬣毛。江秋邦窮深情地靠在了父親身上，蹭了蹭癢癢。牠意識到這是最後一次在人身上蹭癢癢，蹭得格外認真仔細，就像牠對人發自內心的撫摩，輕柔而抒情。然後，牠回過頭來，朝著父親齜了齜牙，大叫了一聲，彷彿是說：往後退，快往後退，我要衝過去了。看父親不退，牠就用頭頂了一下，又頂了一下。

父親的眼淚出來了，他揪住江秋邦窮的鬣毛不放，喃喃地說：「我知道你衝過去就回不來了。江秋邦窮啊，我不是你的主人，你可以遠遠地跑掉，不保護我。我反正是死定了，你衝過去也好，不衝過去也好，我都是狼口下的食物了。」大灰獒江秋邦窮聽懂了父親的話，又是一聲大叫，彷彿是說：誰讓我是藏獒呢，要是你死了我不死，那我就會撞死，所有的藏獒在這種情況下都會撞死。更何況你在群果扎西湖裡救了我的命，救了我的命的恩人啊。這次我就是豁出命來也救不了你了。江秋邦窮叫著，也像父親那樣流下了眼淚。

小母獒卓嘎助威似的叫了一聲，一直叼在嘴上的信掉落在了地上。牠趕緊又叼起來，不計後果地衝上了雪崗。父親喊道：「回來，小卓嘎你回來。」小卓嘎不聽父親的，牠是藏獒，盡管小了點，但志氣和勇氣一點也不小。當牠意識到身邊的漢扎西和狼崽需要保護，而保護別人從來就是牠至高無上的義務的時候，牠唯一的想法就是衝過去，把所有的狼統統咬死。

前面，宛若雪海鯨魚的雪崗，似乎正在快速遊動。顫顫悠悠的脊線上，那些鋸齒狀的凹凸後面，依然是一雙雙豎起的耳朵，一隻隻陰森森、火辣辣的眼睛。大灰獒江秋邦窮衝了過去，衝向了狼群的伏擊線。這是一次視死如歸的衝鋒，是一次知其不可爲而爲之的悲壯之舉。

父親撲通一聲跪下了，朝著天空和那座鯨魚似的雪崗砰砰砰地磕著頭，又使勁拽了一下依然飄搖在脖子上的黃色經幡，急急巴巴地喊道：「猛厲大神快來啊，非天燃敵快來啊，妙高女尊快來啊。你們是我的保護神。我平時給你們燒香磕頭就爲了今天的救命啊，救我的命，也救小卓嘎和江秋邦窮的命，還救這個狼崽的命。聽見了沒有？快來啊，你們要是不來，我憑什麼相信你們？還有吉祥天母、怖畏金剛、怙主菩薩、密法本尊，快來啊，快來啊，釋迦牟尼快來啊，觀音菩薩快來啊，三世佛、五方佛、四十二護法、五十八飲血、西結古寺的大神大佛們都來啊。」

父親就這樣喊著，把他在西結古寺裡認識的所有天佛地神都喊了出來，喊著喊著突然就閉嘴了。心說就你這不恭不敬的口氣還想求人家保護你？虔誠吧，禱告吧，用你的心，而不是用你的嘴，就像牧民們那樣，像活佛喇嘛們那樣，默默的，默默的，心到，情到，靈肉俱到。

但是父親並沒有虔誠地默默地禱告，而是站起來，一把揪起蜷縮在雪地上瑟瑟發抖的狼崽，放在懷裡，朝著面前的雪崗狂奔而去。父親的想法突然改變了：爲什麼要祈求救命呢？爲什麼只能讓江秋邦窮和小卓嘎保護我，而我就不能保護牠們呢？牠們不怕死，難道我就是怕死鬼一個？牠們不要命，我也不要命了。「衝啊，殺啊。」他一邊跑著一邊喊。

雪崗迎面撲來，我的不怕死的父親，我的一心想保護小卓嘎和江秋邦窮以及狼崽的父親，這時候站在了鯨魚似的雪崗上，腳踩著鋸齒狀的脊線，叉腰而立。他的左邊是大灰獒江秋邦窮，右邊是小母獒卓嘎。他們瞪視著狼群，狼群也瞪視著他們，電光碰撞著劍脈，雙方都是陰森森、惡狠狠、火辣辣的，誰也不讓誰。對峙著，連風也不動，雲也停下了。就看誰是先發制人的，誰是先死的。父親說：「那就讓我先死吧。」說著就要走過去。大灰獒江秋邦窮哪肯讓父親先死，跳起來攔住父親，一頭頂過來，差一點頂翻父親，然後轉身咆哮著撲向了狼群。

狼群嘩的一下騷動起來。

4

十忿怒王地的制高點上，人們都瞪起眼睛看著夏巴才讓縣長和班瑪多吉主任的打鬥。草原人是不勸架的，尤其是面對兩個男人的打架，即便是仁厚慈愛的活佛喇嘛，也會說：好啊，好啊，使勁，使勁。似乎一切都是遊戲，只要是撕在一起的打架就都應該是遊戲，不是遊戲的打架。真正的你死我活，一般不會有身體接觸，那是要動刀動槍的。

作爲漢姑娘的梅朵拉姆還不了解草原人不勸架的習慣，跑過去，著急地喊起來：「爲什麼，你們這是爲什麼？」其實原因她是知道的，就是兩個男人之間的爭強好勝。那時候，藏族人在政府裡當幹部的不多，夏巴才讓和班瑪多吉都覺得自己是藏族中最優秀的，又代表著東西兩地不同的藏鄉，互相不服氣，較著勁，競爭著，又嫉妒著，同時還鄙夷著，真誠地以爲對方什麼都不如自己而自己什麼都比對方強，所以打鬥時也就用足了力氣。

倒地了，青稞莊園的夏巴才讓縣長被甘南草原的班瑪多吉主任一拳打倒在地上了。夏巴才讓掙扎著爬起來，舉著拳頭朝前衝去。班瑪多吉趕緊側身防備，沒想到對方的拳頭僅僅是個幌子，真正給他造成威脅的卻是腳。夏巴才讓一腳踢在了他的兩腿之間，他哎喲一聲，雙手捂住小肚子，瞪著對方說：「你、你、你怎麼能這樣？」然後痛苦地扭歪了嘴，撲通一聲跪倒在了雪地上。

打人不打臉，踢人不踢肚。草原的規矩是對方用拳頭打你，你也必須用拳頭還擊。但是夏巴才讓縣長不僅動了腳，還用腳踢到了人家的命根根上，這怎麼可以呢？天南地北的藏民都不會像他這樣奸刁陰險。看的人愣了，連他自己也愣了，吃驚地叫著：「哦喲，哦喲。」好像他根本就沒有出腳踢肚的打算，鬼使神差就讓他這樣的卑鄙這樣的無恥了。

班瑪多吉主任痛苦地躺在了地上，齜牙咧嘴地叫喚著：「阿媽呀，阿媽呀。」汗水從額頭上掉下來，頭髮都疼得豎起來了。他受不了似的猛打一個滾兒，眼看就要從雪梁上滾下去，麥書記和梅朵拉姆一起跳過去抱住了他，急問道：「怎麼了？怎麼了？」

所有的人都圍了過來，丹增活佛大聲念起了經，好像只要經聲威猛就能驅散班瑪多吉的痛苦。藏醫喇嘛尕宇陀使勁掰開班瑪多吉捂住小肚子的手，要查看他的傷情。梅朵拉姆撲向了夏巴才讓縣長，捶打著他的胸脯說：「過分了，過分了，你太過分了。」夏巴才讓呆愣著，忽地蹲下，懊悔地雙手抱住了頭，一拳一拳地打著自己的頭。麥書記指著夏巴才讓氣憤地說：「你是縣長，怎麼能這樣，你還是藏民嗎？要是踢壞了人家，你給我賠。」

藏醫喇嘛尕宇陀脫掉了班瑪多吉主任的褲子，看到這一腳踢得著實不輕，小肚子那兒全腫了，而且是流血的，趕緊從豹皮藥囊裡拿出他自己配製的寒水金剛散，敷在了傷口上。他念了幾句《光輝無垢琉璃經》，又說：「有一隻藏獒就好了，藏獒能讓他生出陽氣來。」班瑪多吉說：「藥王喇嘛你說什麼？你是說我已經失掉了陽氣嗎？」

尕宇陀說：「啊，沒有，我是說即使失掉了陽氣也不要緊，古代的藏醫，把藏獒的精氣和神氣作爲藥寶，挽救了許許多多人家已經斷煙的香火。」班瑪多吉哼了一聲說：「藥王喇嘛你不要安慰我了，難道我會用藏獒的精氣和神氣治我的傷？你就說我的傷重不重吧。」尕宇陀說：「不重的，不重的，就是有點費事，這個地方的傷都有點費事。」說著給班瑪多吉穿上了褲子。

大概是藥力的作用，傷口突然一陣劇痛，班瑪多吉咬著牙，眼淚都出來了。他強掙著站起來，用手掌擦了一把眼淚，擦得滿臉濕汪汪的，然後甩了甩頭，似乎想甩掉一臉的痛苦。他破涕為笑，推開麥書記和尕宇陀的攙扶，說：「沒事，沒事，我好著呢，好著呢。前面就能見到牧民了，我們待在這裡幹什麼？得往前走啊。」說著一瘸一拐地朝前走去。

梅朵拉姆追上去說：「你能行嗎？要不要我背你？」班瑪多吉主任歪著嘴吃力地笑著說：「你真的要背我嗎？我把你壓塌了怎麼辦，我們兩個就都不要走了。」藏醫喇嘛尕宇陀走過來說：「捨不得啊，真是捨不得，這樣一丸紅藥，我花了三年才配成。可我要是不給你，我就不是喇嘛了。拿著，吃了這丸紅藥再往前走。」班瑪多吉接過一丸黑紅色的藥，看都沒看就塞進嘴裡，咽了下去，他渴望藏醫喇嘛的神藥能立刻止住他的疼痛。

尕宇陀嘿嘿一笑說：「吃了就好，吃了就不疼了。」班瑪多吉對跟過來的麥書記說：「也是我不好啊，是我挑起來的，我活該。麥書記，是不是還不想分開走，這樣走下去，什麼時候才能見到牧民呢？」麥書記回頭看了一眼丹增活佛，歎口氣說：「分開吧，分開吧，現在只有分開了。」

麥書記和丹增活佛商量後決定，分兵三路，一路是麥書記、梅朵拉姆和丹增活佛，丹增活佛以為麥書記和梅朵拉姆必須得到保護，而有能力保護麥書記的只能是大家眼裡法力超群的他；一路是班瑪多吉主任、藏醫尕宇陀和身強力壯的鐵棒喇嘛藏扎西。尕宇陀和藏扎西一個有醫術一個有力量，都可以照顧受傷的班瑪多吉；一路是夏巴才讓縣長、索朗旺堆頭人和齊美管家，頭人和管家比誰都熟悉西結古草原，加上夏巴才讓身強力壯，他們應該是最強大的一路。剩下的活佛喇嘛以及索朗旺堆家族的人，都平攤在了三路中。

沒有再囉嗦什麼，大家儘快上路了，一路向東，一路向南，一路向西。雪梁連接著雪梁，腳印緩慢地延伸著，漸漸遠了，三路人馬互相看不見了。十忿怒王地回到了原始的寂靜中，飽滿的荒涼輕輕發出了嗚咽，風在奔放，沈重得就像巨鳥飛翔的聲音，狼嗥就在這個時候悠然而起。

先是一匹狼的嗥叫，過了一會兒，又有一匹狼回應了一聲。能聽出牠們一匹在南邊，一匹在東邊。接著，狼嗥便多起來，就像此起彼伏的賽歌，你方唱罷我登場。有時候，不同方向的狼會一起唱起來，而且音調居然是一致的。嗥了一陣就不嗥了，悄悄的，連風的腳步聲也變得躡手躡腳。

三路人馬繼續朝前移動著，但幾乎在同時，他們停下了。狼群？他們看到了狼群，三路人馬看到了三股蓄謀已久的狼群。

沒有了聲音的狼群是靜悄悄等待著的狼群，是用嗥叫經過了動員、商量和部署的狼群。牠們知道人就要過來了，是兵分三路的，也知道一個報復人類、吃肉喝血的絕佳時刻已經來臨。

狼群既要堵住各路人馬的退路，防止他們重新合為一夥，又要攔在前面，防止他們奪路而逃。狼群緊張而有序地奔跑著，就像經過了無數次的訓練，借著風聲和雪梁的掩護，迅速完成了部署：黑耳朵頭狼帶著牠的狼群來到了東邊，外來的多獼頭狼帶著牠的狼群來到了南邊，紅額斑公狼帶著滿雪原收集來的已經臣服於自己的命主敵鬼的狼群來到了西邊。三股狼群雖然各有各的打算，但目的是相同的：一定要在最短的時間裡用最快的速度咬死吃掉全部三路人馬。

往東走去的夏巴才讓縣長埋怨地說：「看吧看吧，狼果然來了。狼肯定早就跟上了我們，就等著我們分開呢。」索朗旺堆頭人說：「是啊，是啊，狼就等著我們分開呢，因爲我們只能分開，分開了才能找到牧民。」夏巴才讓又說：「現在怎麼辦？」索朗旺堆頭人果斷地說：「退。」但是已經退不回去了，所有人都看到，他們的身後已是狼影幢幢，一隻黑耳朵健狼穿梭在前後兩撥狼之間用狼語交代著什麼。一看牠那高大的身坯和威嚴的神態，就知道這是一匹事必躬親的頭狼。

而在南邊，冷風颼颼的雪梁上，丹增活佛蠻有深意地望著麥書記說：「不對啊，這些餓的狼，牠們爲什麼不去積雪中刨挖死牛死羊呢？往年的雪災中，狼群從來沒有這樣對待過人，人把狼怎麼了，牠們這是不要命了，是要和人大幹一場了。」麥書記望著包抄而來的多獼狼群說：「你知道，狼是最記仇的，牠們這是在報復，爲什麼報復，你大概已經知道了吧？」丹增活佛搖了搖頭，沒說什麼，像是表示無奈，又像是表示不知道。梅朵拉姆說：「佛爺我知道你正在猜測，以後吧，以後我會告訴你的。」丹增活佛舉起手，輕輕一拂，好像是說：不需要了。

西去的道路上，班瑪多吉主任說：「狼來了，這麼快就來了，我早就知道狼會來。」藏醫喇嘛尕宇陀說：「你知道狼會來，怎麼還要讓大家分開？」班瑪多吉說：「不分開能找到大雪圍困的牧民嗎？我是抱了一線希望的，沒想到這麼快就連一線希望也沒有了，狼啊，狼啊，你們怎麼總是跟人過不去？」鐵棒喇嘛藏扎西說：「我聽說是人跟狼過不去，不是狼跟人過不去。」班瑪多吉點點頭說：「說的也是，說的也是，是人跟狼過不去，不過這個世界是人的世界，不是狼的世界，狼有什麼理由跟人過不去呢？」

又是一陣狼嗥，四面八方，你長我短，聽著好像有點亂，但絕對又是一種商量和部署。狼嗥剛剛消失，前後的夾擊就開始了。爲了避免三路人馬互相照應，在東南西三個不同方向圍堵著三路人馬的三股狼群，幾乎在同時朝著人群逼迫而去。

第十六章　飛翔的領地狗群

1

抱著戴罪立功的目的，心急意切地要去追尋救援隊伍和營救牧民的大力王徒欽甲保，被獒王岡日森格用嚴厲的吼聲叫住了：還不知道怎麼辦呢，你亂跑什麼。徒欽甲保停下來，迷惑地望著獒王，沙啞地叫了一聲，好像是說：讓我去吧，爲什麼不讓我去？我做錯了事兒，就得拿出勇敢無私的行動讓大家原諒我。

獒王岡日森格沒有理睬徒欽甲保，看到從帳房裡走出一個老人來，便跑了過去。老人是索朗旺堆家的一個僕人，留下來看護神鳥投下來的救災物資。一見到領地狗群就高聲埋怨起來：「啊，你們，你們怎麼才來？岡日森格，終於又見到你了，你到哪裡去了？快啊，快去營救牧民，活佛和頭人都已經出發了。」

獒王岡日森格聽懂了他的話，抬眼望著遠方，鼻子呼呼地吹著氣，十分憂慮地來回踱著步子，那意思是說：完全搞錯了，方向和路線都錯了。

岡日森格已經嗅到了丹增活佛和索朗旺堆頭人的味道，也嗅到了其他人的味道——啊，梅朵拉姆也來了，州上的麥書記、縣裡的夏巴才讓縣長，還有西工委的班瑪多吉主任，他們都來了。可是你們這麼多智慧超群的人，怎麼都走向了十岔怒王地呢？今年的風不往那裡吹，牛羊不往那裡跑，牧民怎麼可能往那裡去呢？

獒王不同尋常的鼻子已經聞出了十忿怒王地的危險：一個狼群的世界正在形成，一種空前殘酷的撕咬正在醞釀。狼和去救援牧民的人都有了一個錯誤的判斷，以為和往年一樣，許多走不出大雪災的牧民都集中在那裡。

不，今年的風向是散亂的，一會兒東西，一會兒南北，牛羊也就跟風亂跑，牧民更是到處奔走，暴風雪平息之後，四面八方都是亟待救援的人。

獒王岡日森格知道，領地狗群必須以最快的速度出現在被雪災圍困的牧民們跟前。更知道前往十忿怒王地的救援隊伍凶多吉少，領地狗群必須立刻追上他們。兩種責任都不能放棄，到底怎麼辦？最簡單的辦法就是兵分兩路，可是，可是，今年的冬天怎麼了，狼太多太多，把領地狗全部集中起來，都顯得勢單力薄，怎麼還能分開呢？

獒王用牠特有的踱步搖頭的方式思考著，思考得腦袋都疼了，最後還是確信：兵分兩路是唯一的辦法。

岡日森格來到大黑獒果日面前，和對方碰了碰鼻子，咬住對方的黑色鬣毛，使勁撕扯著，好像在強調著什麼，一而再再而三地強調著什麼：果日啊果日，現在是用得著你的時候了，我把營救受困牧民的重任交給你，你可要盡職盡責啊。大黑獒果日張著大嘴，吐著舌頭，呵呵呵地答應著，用碩大的獒頭晃著圈，中氣十足地叫了一聲，像是意味深長的告別，又像是斬釘截鐵的決心：放心吧獒王，我不會辜負你的信任。岡日森格哼哼地鼓勵著牠，點點頭，轉身走向了領地狗群。

獒王岡日森格身姿輕盈地在領地狗群中穿行著，似乎那一左一右變化著的步態是一種點兵點將的語言，讓所有藏獒和小嘍囉藏狗都明白了自己的歸屬。領地狗群很快分成了兩撥，一撥圍攏到了大黑獒果日旁邊，一撥跟隨在了岡日森格身後。

大力王徒欽甲保有些猶豫，好像不知道該站在哪一邊。岡日森格走過去，吐了吐牙齒，好像是說：該死的徒欽甲保，現在到了你將功補過的時候，你必須跟你的妻子黑雪蓮穆穆和你的孩子小公獒攝命霹靂王分開，這是對你的懲罰你知道嗎？跟著我走吧，前去的路上，有很苦很苦的戰鬥等待著你。徒欽甲保望著岡日森格，長長地拉著舌頭，似乎是說：獒王你是知道的，我徒欽甲保從來不怕戰鬥，再苦再難的戰鬥我都能勇敢衝鋒，但我就是不想和妻兒分開，我們從來沒有分開過。岡日森格一口咬住徒欽甲保的肩膀，用利牙劃了一下，蠻橫地表示著牠的想法：你必須聽我的，必須和牠們分開，快跟我走吧，趁著穆穆和小公獒還沒有意識到分別在即，你悄悄地跟我走吧。

獒王岡日森格帶著牠的狗群，朝著十岔怒王地的方向，刻不容緩地奔跑起來。大力王徒欽甲保下意識地跟了幾步，又停下，在留下來的狗群裡尋找著妻子黑雪蓮穆穆和小公獒攝命霹靂王。徒欽甲保用傷感的眼光告別著自己的妻兒，牠很想跑過去，跟自己的親人碰碰鼻子，告訴牠們，牠要跟著獒王去打仗了。但是牠沒有跑過去，牠知道一旦讓妻子和兒子感覺到分別的沈重和悲苦，牠就無法跟牠們告別了，穆穆和小公獒一定會跟上牠。還是獒王說得對，悄悄地離開吧。大力王徒欽甲保走了，一步三回頭地走了。

其實黑雪蓮穆穆早就看出獒王岡日森格把丈夫和牠們分開了。爲什麼要分開，穆穆並不知道，只是覺得既然是獒王的決定，就不是沒有道理的。牠用自己高大的身影擋住了小公獒攝命霹靂王，自己假裝沒看見徒欽甲保，也不讓孩子看見徒欽甲保。牠心說去吧，去吧，徒欽甲保你放心去吧，不要捨不得我們了，好好表現啊，將功補過啊，別給我們母子倆丟臉啊。黑雪蓮穆穆偷眼看著丈夫的背影，眼淚無聲地流滿了臉頰。牠用舌頭舔著，舔著，止不住渾身一抖，輕輕哽咽了一聲。

大黑獒果日送別著遙遙而逝的獒王岡日森格，毅然走過去，圍繞著索朗旺堆家的那個老人轉了兩圈。彷彿是早已重複過無數次的默契又重複了一遍，老人意會地從懷裡摸出一把藏刀，走過去，割斷繩索，放倒了一頂黑褐布的帳房，然後一刀一刀地割起來。

老人把鋪了一地的黑褐布割成許多方塊，再用它們包起原麥和大米，做成了一個個褡褳。

當老人首先把一個褡褳用牛皮繩固定在大黑獒果日身上之後，留下來的領地狗們立刻意識到自己要去幹什麼了，牠們你擠我蹭地環繞著老人，生怕黑褐布不夠或者糧食不夠，沒有了自己的份。對牠們來說，這不僅是一件必不可少的工作，更是一種信任，而來自人類的信任，永遠主宰著牠們的精神和肉體，生命的意義就在這種被信任被驅使的幸福中，雪蓮花一樣悄悄地綻放著。

小公獒攝命霹靂王十分不滿地吠叫了幾聲，使勁撕扯著阿媽黑雪蓮穆穆身上的褡褳。老人放上去一次，就被牠扯下來一次，因為牠發現馱在自己脊背上的褡褳比阿媽的小多了。不行啊，我為什麼馱的比阿媽少，阿媽能馱動的我也能馱動。老人一次次推開小公獒，小公獒又一次次擠到跟前來，就是不讓老人綁好阿媽穆穆身上的褡褳。老人知道小公獒想幹什麼，疼愛地摟抱著牠，裝出無奈的樣子打了牠一下說：「你怎麼不聽話呀，好好好，給你換個大的。」然後給牠換了一個很大的褡褳，不過褡褳裡裝的不是沈甸甸的糧食，而是輕飄飄的乾牛糞。

小公獒看到自己背著的褡褳甚至比阿媽的褡褳還要大，感激地舔了舔老人那隻給牠綁好了褡褳的手，歡天喜地地跑開了。阿媽黑雪蓮穆穆望著自己的孩子，又是愛憐又是欣賞地叫了幾聲，似乎是說：你也太逞能了，這麼大的褡褳你馱得動嗎，路可是很遠很遠的。老人聽懂了，狡黠地笑著，拍了拍穆穆的頭說：「馱得動，馱得動，你聞聞這個就知道了。」說著，抓起一塊乾牛糞放到了穆穆鼻子前。穆穆聞了聞，感動得使勁搖了搖尾巴：人啊，會體貼我們的人啊。

牠們出發了，每一隻領地狗都背負著一個屬於牠的褡褳，也背負著救苦救難的責任和使命，堅毅地邁開了步子。大黑獒果日走在最前面，牠的身邊是跟自己的丈夫一樣抱了戴罪立功之心的黑雪蓮穆穆，身後是小公獒攝命霹靂王。小傢伙馱著大褡褳，亢奮地走著，牠還不知道使命的意義，只從阿媽以及叔叔阿姨肅穆的眼神裡感覺到了一種跟自己的喜好天然相通的神聖，牠不停地歡呼著：要去救人了，要去救人了。

所有要去救人的藏獒和小嘍囉藏狗都顯得激動而昂揚，那種與生命同在的精神——付出和獻身、勇敢和忠誠，像牧草一樣接受著這片高峻之地細膩的養育，變成了藏獒柔情的眼神和領地狗矯健的形貌。

奔跑了不到兩個小時，前去十忿怒王地追尋救援隊伍的領地狗群，就遭遇了狼群。

先是獒王岡日森格看到雪坡上有三十多頭的野犛牛群，正要帶著領地狗繞過去，牠身邊的大力王徒欽甲保就用聲音提醒牠：看啊，雪梁下面，藏匿著一股大約有八九十匹狼的狼群。岡日森格立刻放慢了奔跑的速度，腦子快速轉動著：是從狼群和野犛牛群中間穿過去，還是從雪梁上面繞過去？不，繞過去看上去最保險，其實是最最危險的，你要是繞過去，狼群就會跟蹤而來，和必然遇到的前面的狼群形成包抄局面。牠討厭包抄，尤其是狼的包抄，一旦被包抄，自保都不能，還談什麼保護人呢？但領地狗也不能從狼群和野犛牛群之間穿過去，那樣會驚動野犛牛，讓牠們誤以爲領地狗群是來撕咬牠們的。一旦野犛牛群撲向領地狗群，那就太便宜狼群了。岡日森格想著，側著身子朝雪梁下面跑去。領地狗們風馳電掣地跟了過去，轉眼就來到了狼群的後面。

撕咬開始了，不是沈默寡言志在必得的那種撕咬，而是大呼小叫虛張聲勢的撕咬。驚慌失措的狼群亂紛紛地朝後退去。

上阿媽頭狼望著突襲而來的領地狗群，驚懼地抽搐著鼻子，直立而起的鬃毛和脊毛草浪一樣動蕩著，從胸腔裡擠壓出的仇恨在嗓子眼裡變成了謔謔謔的咆哮聲。但牠畢竟是一匹經驗豐富的頭狼，望了幾眼就明白，領地狗群並不想在這裡跟狼群來個生死決鬥，而是想把牠們趕上雪坡，去招惹野犛牛群。上阿媽頭狼朝上走了幾步，站到高處，發出一陣短促有力的嗥叫，想穩住狼群，想讓驚慌失措的狼群明白，牠們只能待在原地迎擊領地狗群，不能轉身向上往野犛牛群那裡逃跑。

然而，狼的本性是見獒就跑的，面對牠們已經領教過厲害的獒王岡日森格和一隻比一隻凶猛威武的領地狗，牠們根本就不具備原地不動的能耐。包括上阿媽頭狼在內，當牠看到狼群已經統統掉轉身子，自己的嗥叫絲毫不起作用時，牠的反應不是強迫狼群服從命令，而是迅速加入了逃跑的行列，比其他狼更快地脫離了領地狗群的撕咬。

狼群朝上跑去，迅速接近著野犛牛群。三十多頭野犛牛一個個凸瞪起眼睛，以為自己正在受到狼群的攻擊，頓時就火冒三丈。犄角如盤的頭牛發出一聲法號般洪亮的哞叫，帶著野犛牛群俯衝而下，巨大的蹄子踢揚著積雪，奔跑的速度超過了狼群的想像，很快就是牛角對狼牙的碰撞了。狼影亂紛紛地躲閃著，躲閃不及的就只好在牛蹄牛角的衝撞下橫屍在地。

也有不甘心就此死掉的悍烈之狼，瞅準機會一口咬住了一頭小牛的肚子，小牛疼痛驚嚇得亂跑亂顛，拖帶著死也不肯鬆口的狼跑離了野犛牛群，幾匹窺伺已久的猛狼立刻撲過去，代表死神在小牛的喉嚨和肚子上扼住了牠的命脈。這是這場戰鬥野犛牛群唯一的損失，相比之下，狼群的損失要大得多，至少有六匹狼被野犛牛頂死踩死，受傷的更多，痛苦的慘叫一直伴隨著狼群奔逃的身影。

狼群被迫從雪坡上跑下來，跑回到了雪梁下面。發現領地狗群已經離開了，獒王岡日森格帶領著牠的隊伍，流水一樣順暢地劃過了雪梁的根基，朝著前方奔湧而去。對岡日森格來說，牠挑起這場戰鬥，不過是一種看風吹火、順手牽羊的舉動，前方高地，還有更緊迫的事情要牠們去做，時間一點也不能耽擱。

上阿媽頭狼望著遠去的領地狗群，憤怒地咆哮著，痛恨狼群不聽自己的，使獒王岡日森格的詭計輕易得逞。又看看已經撤向雪梁頂端的野犛牛群，突然跳起來，跑向那六具被野犛牛頂死踩死的狼屍。牠用行動的語言告訴自己的部眾：終於有食物了，吃啊，快吃啊。饑餓難耐的狼群撲了過去，幾分鐘之內就你爭我搶地吞掉了死去的同伴。

上阿媽頭狼悲憤地嗥叫起來，牠知道哪兒有領地狗群哪兒就有人，跟著領地狗群就能找到人，報復的機會又一次來到了。牠用嗥叫傳遞著仇大恨深的情緒，把狼感染得一匹比一匹精神抖擻。狼們一個個聳起了耳朵，剛剛吃過同類的嘴巴流淌著帶血的口水，邪惡、毒辣、恐怖的眼睛裡充滿了殘殺的欲望。

上阿媽頭狼開始奔跑，狼群跟了過去。風停了，天地之間，只剩下狼的呼嘯，天音一般抑揚頓挫著。

2

十忿怒王地的南邊，丹增活佛自信地說：「誦咒吧，我們一起誦咒吧，我念一句，你跟一句，殊勝的佛法一定會挽救我們。」麥書記說：「來不及了，我又不是佛教徒，誦咒是不管用的。」丹增活佛說：「佛法大於佛教，內心善良的人，即使不在佛門之內，也可以顯現超人的法力，求得生命的吉祥。更何況你們漢族有立地成佛的說法，遇難呈祥的人啊，你就是佛。」

梅朵拉姆趕緊問道：「我也是佛嗎？」丹增活佛說：「是啊是啊，你是仙女下凡，你的吉祥是這個世界上沒有的。」說著手撫胸前的瑪瑙珠，念起了經。所有的人，包括麥書記和梅朵拉姆，都跟著丹增活佛誦起了經咒。沒有人不相信，驅散狼群、營救自己的法力一定會在經聲佛語中悄悄顯現。

十忿怒王地的西邊，班瑪多吉主任懊悔地說：「看來是我害了大家，我不提出分開就好了。」藏醫喇嘛尕宇陀說：「你不要怪罪自己了，你是對的，夏巴才讓縣長也是對的。」鐵棒喇嘛藏扎西迎著狼走了過去，嗖嗖嗖地揮舞著鐵棒。面前的幾匹狼退了幾步，另有幾匹狼卻跳起來，在頭狼紅額斑公狼的帶領下，迅速繞過藏扎西，跑向了班瑪多吉和尕宇陀。牠們已經看出班瑪多吉傷痛在身，而尕宇陀不過是個不堪一擊的老人。藏扎西扭頭一看，大吼一聲，回身撲向離班瑪多吉只有兩步的紅額斑公狼，掄起鐵棒打了過去。紅額斑公狼慘叫一聲，滾翻在地，四腿朝空踢踏著，掙扎了好幾下才爬起來。

狼退了，前後夾擊的狼都退了幾步，但並沒有撤離的意思。作爲新任頭狼的紅額斑公狼倔強地蹲踞在雪地上，用血光閃閃的眼睛陰險地盯著面前的人。突然牠叫起來，叫聲就像刀鋒一樣銳利。狼群動蕩著，似乎在按照牠的叫聲部署新的進攻，等部署結束的時候，人們看到，狼群已經不是前後夾擊，而是四面包圍了。

紅額斑頭狼站起來，用之字形的路線朝前走著。每走出一個之字，狼群的包圍圈就縮小一些，班瑪多吉主任緊張得就義似的舉起了拳頭，咚咚咚地敲打著自己的頭說：「『除狼』運動是趕早不趕晚的，我應該在秋天就搞起來，早早地把狼收拾掉。都怪我呀，我沒有把工作做好。」藏醫喇嘛尕宇陀說：「草原是佛光照臨的地方，是所有生命的天堂，它應該容納狼，不能把狼逼瘋了呀，逼瘋了誰也沒辦法。」鐵棒喇嘛藏扎西說：「狼瘋了，真的瘋了。」班瑪多吉說：「要是有一枝槍就好了，我就能把這些瘋子全殺掉。」藏醫喇嘛尕宇陀說：「不行啊，你不能殺狼，你殺了狼，來世就會進入畜生、餓鬼、地獄的輪迴。在我們草原上，能殺狼的除了藏獒和獵人，再就是鐵棒喇嘛和藏醫喇嘛，可我和藏扎西從來沒有殺過狼。」

十忿怒王地的東邊，夏巴才讓縣長憤憤地說：「我們毀在班瑪多吉手裡了，他這個人，就是要和我對著幹，從來不聽我的話，我恨死他了。」齊美管家說：「不能這麼說，班瑪主任也是好心啊。」索朗旺堆頭人一邊甩著藏袍的袖子嚇唬著狼，一邊對夏巴才讓說：「我們藏民活著，一輩子就是爲了念經，念經是爲了來世。只要你虔誠地念經，你的骨肉就會變成經。狼吃了你的肉就是吃了一堆經文，說不定牠就會一心向善了。你感化了一匹狼，來世你就是一個人人尊敬的佛爺了。」

狼群的夾擊愈來愈緊，緊到一躍就能咬住人。密不透風的狼影、雪白雪白的狼牙、鮮紅鮮紅的舌頭，讓人、讓風、讓整個雪梁都在打顫。

夏巴才讓憤怒地說：「我還沒活夠，還要好好當縣長，爲什麼要讓狼吃掉我？要吃就去吃班瑪多吉，他是願意讓狼吃掉的。」說著，撲通一聲跪下，給一步步逼過來的狼群磕了一個頭，悲切地乞求道：「不要過來，千萬不要過來，我是一個父母官，我的子民還在雪災中受苦，我不能死啊。」索朗旺堆頭人望著他，長歎一聲說：「糊塗的人啊，怎麼能給狼下跪呢，狼是不會同情你的。」

狼影在移動，前後夾擊很快變成了團團包圍。光壯狼和大狼就有至少六十匹的狼群閃爍著一片陰毒險惡的瞳光，靜靜地燃燒和膨脹著野蠻的嗜血的欲望，只等黑耳朵頭狼一聲令下，就會從四面八方一起撲向他們。

索朗旺堆頭人面無懼色地左右顧望著，對身後的齊美管家說：「還站著幹什麼，坐下來吧，坐下來用你的經聲和狼說說話，讓牠們在咬死你之前，不要帶給你太多的痛苦。」齊美管家說：「尊敬的頭人你聽著，最好的經還是由你來念，你就不要管別人了，閉上你的眼睛吧，在豺狼面前念經是要閉上眼睛的。」索朗旺堆頭人聽話地閉上了眼睛，而他的管家卻一步跨到他前面，風快地脫下華麗而陳舊的獐皮藏袍，摘下氣派而油膩的高筒氈帽，拔下結實而沾滿積雪的牛鼻靴子，取下脖子上佛爺加持過的紅色大瑪瑙，輕輕放在了頭人面前，然後坦坦然地躺倒在了積雪的梁頂。

齊美管家朝著雪梁下面，也朝著密集的狼群滾了過去。

夏巴才讓縣長大吃一驚，高叫一聲：「你要幹什麼？」回答他的是一個他立刻就明白了的事實：齊美管家要去死了，要去用自己的肉身挽救自己的頭人和別的人了。他把自己當成了一隻忠誠於主人的藏獒，全然忘掉了自己。他知道只要自己滾下去，狼群就會跟上他，也知道對狼來說，饑餓是凶猛的動力，要是狼先吃了他，也許就不會這樣步步緊逼他的頭人以及別的人了。更何況他還可以給別人爭取時間，即使狼群在雪梁下面吃了他再爬上梁頂繼續攻擊別人，說不定已經晚了，索朗旺堆頭人一行肯定會原路返回，迅速和另外兩路人馬會合。

狼群驚呆了，牠們無法想像一個人會主動滾向狼群，而滾向狼群的目的，竟是爲了讓狼群吃掉自己而不要吃掉別人。牠們本能地以爲這是一個詭計，嘩嘩地閃開，閃出了一個豁口。齊美管家滾過豁口，沿著雪坡滾向了雪梁下面，雪粉激揚而起，又匍匐而下。

狼群齊唰唰地回過頭去，死死地盯著下面。齊美管家不見了，空氣騷動著，被他砸爛的積雪旋起一陣陣白色的塵埃，隨著股股勁風，緩緩地瀰漫著。齊美管家從掩埋了他的雪粉中掙扎著站了起來，很吃驚狼群居然沒有撲過來咬他，便咬緊牙關，試圖以逃跑的背影把狼群引誘過來。但是他已經跑不動了，腿骨嚴重受傷，疼得他慘叫一聲，一頭栽倒在地上。

就在這一刻，黑耳朵頭狼長嗥一聲，清醒地發出了一個撲上去咬死的信號。頭狼當然仍然意識不到這個人主動滾下去是爲了救活別人，牠覺得這很可能是一次突圍，而突圍的結果必然是引來足可以抵禦狼群的人群或狗群。黑耳朵頭狼嗥完了就搶先跳起來撲了過去，狼群蜂擁而下，就像山體的崩落轟隆隆地覆蓋了雪梁下面的齊美管家。

齊美管家喊叫著：「索朗旺堆，快走啊，索朗旺堆。」這是他的頭人的名號，就像一隻藏獒習慣於用吠聲呼喚自己的主人那樣，他作爲一個忠心耿耿的管家，在臨死前發出的最後的聲音，只能是他服務了一輩子的頭人的名號。告別、悲傷、遺憾、戀戀不捨，或者還有對生活的怨恨和不滿，還有不能忠誠到底的喟歎，什麼都包含在那一聲喊叫中了：「索朗旺堆，索朗旺堆，快走啊，索朗旺堆。」

高高的雪梁上，索朗旺堆頭人聽清了齊美管家的喊聲，咚的一聲跪下，也像他的管家一樣喊起來：「齊美，齊美，回來，你給我回來。」突然意識到「回來」的期待已經毫無意義，就又喊道：「齊美，齊美，快快地走啊，好好地走，來世的好去處等著你呢，下一輩子你是頭人，我是管家。齊美，齊美……」索朗旺堆頭人一聲比一聲高地喊叫著，突然啞巴了，嗚嗚嗚地號哭起來。夏巴才讓縣長長歎一聲，用兩隻大巴掌塗抹著自己的眼淚，拉起索朗旺堆頭人說：「走啊，趕緊走啊，聽齊美管家的，我們趕緊走啊。」

雪梁上，依然堆積著齊美管家華麗而陳舊的獐皮藏袍、氣派而油膩的高筒氈帽、結實而沾滿積雪的牛鼻靴子和佛爺加持過的紅色大瑪瑙。荒風和積雪是知情的，怎麼也不肯把它們吹走掩埋，彷彿執意要告訴那些活著的人：這個地方曾經有一個管家，爲了解救他的頭人和他的鄉親，從這個高高的潔白的地方，滾向了雪梁下面，滾向了密如魚網的狼群。

齊美管家的喊聲漸漸衰弱了，沒有了，只有陣陣爭搶食物的撕咬聲隨風而來。狼群的內訌開始了。

黑耳朵頭狼搶先吃了幾口，然後就開始維持秩序，牠撲向那些在爭奪食物中十分有經驗的老狼，用利牙告訴牠們：你們快死了，已經不中用了，不要再浪費食物了。又撲向那些凶狠的壯年狼，用肩膀的碰撞告訴牠們：你們的食物只能靠爭搶，這是送到嘴邊的食物，你們不能吃，你們吃了送到嘴邊的食物，就不會去衝鋒陷陣報仇雪恨了。

黑耳朵頭狼只讓母狼和幼狼吃，這是維護種群發展的需要。不管母狼和幼狼跟牠自己有沒有關係，牠作爲頭狼都必須保證牠們能有更多的進食機會。然而即使光盡著母狼和幼狼以及頭狼進食，一個人的骨肉也是遠遠不夠的，因爲狼多肉少而引發的戰爭在母狼和幼狼之間持續了很長時間，直到齊美管家連骨頭帶肉全部被牠們填進了胃囊。

黑耳朵頭狼首先意識到時間已經耽擱得太久了，牠舔著殘留在嘴邊的人血，抬頭望著雪梁的頂端，發現那兒已經沒有了人影。恍然覺得自己中了調虎離山之計，趕緊嗥叫著招呼狼群跑上了雪梁。雪梁的一端，原路返回的那幾個人遙遙迢迢地移動著，已經是豆大的小黑點了。

黑耳朵頭狼坐在自己的腿上，朝天直直地翹起鼻子，嗚兒嗚兒叫起來。所有的狼都學著牠的樣子叫起來，牠們是在通知別處的狼群：注意啊，這邊的人回去了。很快，牠們得到了回應，南邊的狼群和西邊的狼群也用同樣的聲音傳達了牠們的意思，很可能是：堵住他們，不要讓他們會合。

黑耳朵頭狼跳起來就追，所有的狼都跟了過去。一陣撼天震地的奔跑，追上了，狼群馬上就要追上了。

索朗旺堆頭人和夏巴才讓縣長以及另外幾個人回頭看了看，知道自己是跑不過狼群的，乾脆停下了。夏巴才讓縣長說：「怎麼辦，難道我們就這樣死了嗎？餵狼的人是最最可悲的，我上一輩子造了什麼孽啊？」索朗旺堆頭人說：「這都是命啊，齊美管家救不了我們，誰也救不了我們，佛爺啊，藏獒啊，快來眷顧我們吧，我們就要死了，就要死了。」說著，放下一直背在身上的救災物資，從腰裡抽出了一把吃肉剔骨的五寸藏刀，迎著狼群走了過去。

夏巴才讓縣長追過去一把拽住他說：「你要幹什麼，不要命了？」索朗旺堆頭人甩開他說：「不要管我，你們繼續往前走，齊美管家救不了的，我來救。」夏巴才讓說：「怎麼是你救我，應該是我救你啊，把刀子給我，我去跟狼拚。媽的，都是班瑪多吉惹的禍，分開，分開，分開有什麼好啊，你們居然會同意他的胡說八道。」說著，他就要搶奪對方手裡的藏刀。

索朗旺堆頭人蠻橫地推開了他，吼道：「你知道冬天的狼是什麼，冬天的狼就是魔鬼，必須給牠們念咒，你不會念咒，撲過去就只能當人家磨牙的肉。」夏巴才讓縣長說：「那你就不是磨牙的肉了？」索朗旺堆說：「我是帶咒的肉，鷹吃了有福，狼吃了有禍。」說著，又舉刀又念咒地朝前跑去。

狼群已經很近了，近得都可以把牠們的呼吸吹送到人的肚子裡了。索朗旺堆頭人大叫一聲，衝著為首的黑耳朵頭狼撲了過去。

3

奔馳的領地狗群停下了。獒王岡日森格站在雪梁上看了看，聞了聞，立刻就知道這裡是十忿怒王地的制高點，救援隊伍就是在這裡兵分三路的。牠幾乎是憤怒地咆哮了一聲：為什麼要分開啊，分開就是死路一條。人怎麼這麼笨啊！

那麼，領地狗群呢？必須以保護人的生命為天職的領地狗群，到底是分開還是不分開呢？岡日森格呼呼地喘著氣，用自己的聲音給自己做出了回答：不，不能分開。不分開牠們就能十拿九穩地保護一路人馬，分開就連一路人馬也保護不了了。從空氣中飄來的氣息已經告訴牠，狼的聚集空前眾多，每一路人馬都面臨著一股大狼群的襲擊，已經分成兩半的領地狗群只能把所有的力量集中到一處。

然而，這個準確的判斷帶給獒王岡日森格的卻是萬分沮喪，因為對牠來說，放棄另外兩路就是放棄自己的一半職責，而古老的誓約曾經那麼牢固地把這樣一種信念根植在了牠的骨血中：放棄職責哪怕是一點點職責就等於放棄生命，藏獒的生命只有在保護別人的時候才具有真正的意義，否則，活著也是死。岡日森格突然昂起了頭，狂猛地吼起來：不，我們不能死，所有的領地狗都不能做活著等於死了的那種狗。

獒王岡日森格吼了幾聲，便大膽地做出了一個必須超越藏獒生命極限的決定，那就是領地狗群既要集中力量，決不分開，又要有效地保護好分佈在東、南、西三方的每一路人馬。牠跑起來，帶動著所有的領地狗跟牠一樣瘋狂地跑起來。牠們首先跑向了東邊，東邊的狼群和人群離牠們最近，大約只有五公里。獒王決定：先近後遠，也就是先東後南再往西。

索朗旺堆頭人大叫著，把含在嘴裡的毒咒噴向了黑耳朵頭狼，然後舉刀便刺。黑耳朵頭狼往後縱身一跳，輕鬆躲過，機敏地繞了一個半圓，來到了索朗旺堆的背後，朝著前面一匹大黃狼詭譎地眨了眨眼。大黃狼鼻子撮成鋸齒狀，跳起來，撲向了索朗旺堆頭人。索朗旺堆正要躲閃，只聽吱啦一聲響，背後的黑耳朵頭狼已經撕破了他的皮袍。與此同時，大黃狼的利牙來到了他的喉嚨前，他扭頭一閃，狼牙橫過來扎進了他的肩膀。他慘叫一聲，胡亂踢打著，卻引來更多的狼朝他瘋狂撲咬。

夏巴才讓縣長跑過來了，咬牙切齒地詛咒著：「狼，狼，班瑪多吉就是狼，是他媽的狼哥哥，狼哥哥今天讓我們死在這裡了。」然後脫下皮袍，朝著狼群拚命地掄起來，攪起一陣忽啦啦的風聲在雪梁之上迴旋。另外幾個人也跑過來，像夏巴才讓那樣掄起了皮袍。

狼群退了。大家都很奇怪，就這麼把皮袍一掄，密密麻麻的狼群居然紛紛撤退了。撤退伴隨著黑耳朵頭狼緊張急促的嗥叫，嗥叫未已，撤退就變成了逃跑。彷彿是從地下冒出來的，一群猙獰到無以復加的野獸出現在了人群後面，狂濤怒浪般朝著狼群席捲過去。索朗旺堆頭人愣了，夏巴才讓縣長愣了：啊，岡日森格，獒王岡日森格。

獒王岡日森格並沒有因爲人們抒情地喊了牠幾聲而絲毫減緩奔跑的速度，牠和牠的領地狗群都沒有來得及看人一眼，就從索朗旺堆頭人和夏巴才讓縣長身邊呼嘯而過。牠們知道爭取時間的重要，也知道領地狗群必須大量地咬死咬傷那些殺傷力極強的壯狼大狼，才能避免狼群捲土重來。

獒王首先衝進了狼陣，緊跟在牠身後的是大力王徒欽甲保。

撕咬轉眼開始了，首先咬住狼的是徒欽甲保，徒欽甲保一口咬在了大黃狼的喉嚨上，順勢一摁，又一爪踩住了大黃狼的肚腹。大黃狼用帶著氣泡的聲音喘息著，四個爪子拚命地朝空蹬踏，但顯然已是最後的掙扎，很快牠就將是一具可以充當狼食的屍體了。好猛的徒欽甲保，岡日森格欣賞地瞥了牠一眼，身子一斜，咬住了一匹狼，大嘴咬合的一瞬間，獒頭猛地一甩，也不管對方死了沒有，就又撲向了另一匹狼。

撲啊，咬啊，瘋狂，猛惡，暴烈，恣肆，雪崩一樣奔騰叫囂著，所有的領地狗都跟獒王岡日森格和大力王徒欽甲保一樣，拚出了生命的本色。拚得血飛肉濺、風黑雲低，牠們從狼群的這邊，拚向了狼群的那邊。

狼群招架不住了，儘管從數量上牠們仍然佔優勢，但在這種以一當十的進攻面前，數量已經微不足道。再說牠們壓根就沒有料到領地狗群的到來，排出的狼陣只利於進攻不利於防守，哪兒都是破綻，哪兒都是軟肋。黑耳朵頭狼明智地放棄了對抗，用尖叫招呼著狼群，以最快的速度，朝雪梁下面奔逃而去。

獒王岡日森格邊跑邊叫，一方面是繼續威懾和驅趕狼群，一方面是告訴同伴大力王徒欽甲保：不要停下，不必戀戰，改變方向往南跑，南邊的人更加危險了。徒欽甲保立馬來了個急轉彎，四隻爪子在雪面上飛一樣飄動著，領地狗群秩序井然地跟了過去。岡日森格停下來，監視著雪梁下面潰散不止的狼群，用滾雷般的聲音恐嚇了幾聲，轉身就跑，一眨眼，就追上了領地狗群。

獒王又一次跑在了領地狗群的最前面，牠的姿影依舊矯健，速度依舊迅疾，萬難不屈、驕傲沈穩的風度依舊和毛髮一樣結結實實披掛在牠身上。

狼去狗逝的雪梁上，被狼咬傷了肩膀的索朗旺堆頭人首先反應過來，對圍著他的那些人說：「走啊，我們快走啊。」夏巴才讓縣長跺跺腳也說：「對啊，我們愣在這裡幹什麼，趕緊走，尋找狼哥哥班瑪多吉去，我一定要收拾他。」人們朝回走去，生怕狼群再次追上來，咬著牙愈走愈快。

但是南轅北轍的三路人馬畢竟離得太遠，一時半會兒會合不上，而狼群裡又有一匹足夠聰明的黑耳朵頭狼。牠在看到領地狗群突然離去之後，第一個反應就是追上這些人，這些人依然沒有保護，狼群需要充饑也好，報復也罷，咬死他們的機會還像化不掉的積雪一樣存在著。

很快，索朗旺堆頭人和夏巴才讓縣長一行，又一次被狼群圍住了。

丹增活佛、麥書記以及梅朵拉姆一行，靜坐在雪梁上，絲毫沒有反抗的意思，而團團包圍著他們的多獮狼群，卻遲遲沒有下口咬噬。

或許是因爲丹增活佛的經咒起了作用，或許是因爲牠們是外來的狼群，還不習慣於在這片異陌的草原上囂張地報復人類，或許是因爲牠們意識到咬死和吃掉人的後果將使牠們在新地區的生存變得更加艱難，或許是因爲牠們覺得人的靜坐包藏著詭計，而詭計是需要時間來識破的，或許是梅朵拉姆的存在讓牠們詫異——這些外來的狼群，從來沒想過應該把一個如此美麗的姑娘當作食物。

狼群不斷調整著一層一層的包圍圈，離人最近的那一層狼只要待一會兒，就會被後面的狼換下去，換了一次又一次。換到前面的狼總會挨個兒把人看一遍，然後就仔細聽他們的經咒，觀察他們一個比一個淡漠的表情。好像狼是聽得懂經咒、讀得懂表情的。終於不再前後替換了，一直站在丹增活佛面前的多獮頭狼突然揚起頭，悲鬱地嗥叫了一聲。這是進攻的嗥叫，叫聲剛一落地，多獮頭狼就伸過頭去，像狗一樣舔了一下丹增活佛的脖子，似乎準備舔濕了以後再動牙刀。

但是，已經沒有動牙刀的時間了，狼群的後面，不太遙遠的地方，隱隱傳來了領地狗群的奔騰和叫囂。

所有的狼都揚頭支起了耳朵，看看身後的遠方，又看看多獮頭狼。多獮頭狼絲毫不爲所動，好像是說：現在還來得及，爲了報復的撕咬只需要幾秒鐘就能達到目的。但是，牠們爲什麼要咬死這些打坐念經的人和這個美麗的姑娘呢？在多獮草原，牠們看到的打坐念經的人和美麗的姑娘可都是從來不打狼的人。報復不打狼的人，並不是狼群非做不可的規矩。

多獼頭狼離開人群，穩步走到雪梁的高處，望了片刻領地狗群奔來的方向，扭身跑下了雪梁。狼群跟上了牠，轉眼消失了。

獒王岡日森格來了，領地狗群來了，牠們從丹增活佛和另外幾個喇嘛身邊經過，從麥書記和梅朵拉姆身邊經過，噴吐著白霧，呵呵呵地問候著，腳步卻沒有停下。牠們是來撻狼殺狼的，這裡沒有狼，這裡的狼已經逃跑了，留下的氣味告訴牠們，來到這裡的是多獼狼群，多獼狼群怎麼變得這麼膽小，還沒有跟領地狗群照面，就逃之夭夭了。

梅朵拉姆站起來，感激地喊著：「岡日森格，岡日森格。」岡日森格不理她，大敵當前，到處都是要命的危險，怎麼還能婆婆媽媽的。梅朵拉姆又喊道：「徒欽甲保，徒欽甲保。」徒欽甲保剛要回頭，就被獒王岡日森格在肩膀上飛了一牙刀。獒王連吼幾聲，意思是說：都什麼時候了，你還顧得上這個，衝，快往前衝。

岡日森格帶著領地狗群翻下了這道雪梁，又翻上了那道雪梁，奔西而去。牠已經聞出來，也聽出來了，西邊的雪梁上，班瑪多吉主任、藏醫喇嘛尕宇陀、鐵棒喇嘛藏扎西和其他一些人，已經是狼嘴邊的肉了。

4

藏在下風處的雪坎雪丘後面，多獼狼群看到了領地狗群奔騰而去的身影。牠們活躍起來，準備立刻返回去，再次圍住那幾個人。但是頭狼沒有動，多獼頭狼靜悄悄地佇立著，用淡漠的神情打消了狼群的企圖。爲什麼呀，爲什麼？狼群不滿地啞叫著。

多獼頭狼一聲不吭，牠在靜靜地諦聽，遠方是什麼？輕盈而詭秘的腳步聲，就像鬼蜮的出行，在積雪中無聲地滑翔著。不是人，也不是藏獒，更不是豹子野牛以及別的野獸，而是牠們的同類——狼。哪裡來的狼啊，怎麼這麼陰暗，白天白地之中，居然絲毫不顯露蹤跡。

多獼頭狼朝前跑出去五六十步，使勁聞了聞，立刻聞到了一股熟悉的味道：上阿媽狼群來了。準確地說，牠首先聞到的是上阿媽頭狼的妻子——那匹身材臃腫的尖嘴母狼的味道。這股味道讓牠記憶的櫥窗顯現了剛進入西結古草原後遭遇領地狗群時的一幕：

身材臃腫的尖嘴母狼在獒王岡日森格強勁有力的爪子下面拚命掙扎著。牠是一匹因爲營救自己的丈夫上阿媽頭狼而被獒王抓住的母狼，是一匹有孕在身卻得不到丈夫保護的可憐的母狼。大概就是因爲牠的懷孕和可憐吧，一道閃電從天而降，那是營救者的撲跳，非常及時地出現在了獒王就要咬死母狼的瞬間。獒王岡日森格非常吃驚：多獼狼群的頭狼怎麼會跑來營救上阿媽狼群的母狼呢？借著獒王吃驚的瞬間，母狼跑脫了，跑開的時候，牠非常留意地看了一眼勇敢的營救者多獼頭狼，眼裡充滿了只有知恩知情的同類才能流溢出來的感激和欽佩。

多獼頭狼朝前跑去，好像牠用身形的語言表達了什麼，牠的部眾一個個坐下了，沒有誰跟上牠，甚至都扭過頭去不看牠。牠愈跑愈快，直到看清楚上阿媽狼群的身影後才戛然止步。跟蹤著領地狗群來到這裡的上阿媽狼群也看到了牠，似乎是預料之中的，狼群並沒有停下，反而愈跑愈快，用老狼在前、壯狼居中、幼狼在後的進攻式隊形，跑上了有人群的那道雪梁。

上阿媽頭狼跑出隊形，衝著多獼頭狼嗡嗡地叫了幾聲，彷彿是警告：千萬別跟我們爭搶食物，我們可是遠道跑來的，不達目的決不罷休。

多獼頭狼也用嗡嗡的叫聲回答著，像是說：狼群對人的報復固然重要，但爲什麼要報復在那些打坐念經的人和那個美麗的姑娘身上呢？難道在你們上阿媽草原，打坐念經的人和美麗的姑娘也都是殘害狼的人？上阿媽頭狼不聽多獼頭狼的，轉身嗥叫著，催促自己的狼群儘快靠近人群，圍住人群，不要讓他們跑了。

多獼頭狼目光呆癡地望著緊隨上阿媽頭狼身後的尖嘴母狼，發現幾天不見，牠的身材愈來愈臃腫了，便用一種父性的愛憐嗥嗥地叫了幾聲，好像是在提醒牠：小心一點，保重自己啊。尖嘴母狼聽懂了，走出狼群，感激地望著多獼頭狼。大概尖嘴母狼停留的時間長了一點，立刻引起了上阿媽頭狼的不滿，牠撲過來，一口咬在了母狼的肩膀上。母狼疼得慘叫一聲，趕緊轉身，回到狼群裡頭去了。

多獼頭狼悲憤地朝天舉起了嘴，知道自己是萬般無奈的，又低下頭，放棄了抗議，快快不悅地走向了自己的狼群。一進入狼群，多獼頭狼就用狼族最悠長的聲調嗥叫起來，似乎是在安慰身材臃腫的尖嘴母狼，又像是在詛咒上阿媽頭狼，還可能是想讓遠去的領地狗群知道：上阿媽狼群出現了，那些打坐念經的人、那個美麗的姑娘危險了。散亂的多獼狼先是吃驚地望著自己的頭狼，接著就跟牠叫起來。嗥叫變得雄壯嘹亮，風浪一樣湧過了天空，湧到很高很遠的地方去了。

十忿怒王地的南邊，丹增活佛、麥書記、梅朵拉姆和另外幾個喇嘛已經開始往回走了，他們和東邊的索朗旺堆頭人以及夏巴才讓縣長一樣，意識到現在的當務之急已經不是營救受困於雪災的牧民，而是保護自己。保護自己的唯一辦法就是把分開的三路人馬重新合爲一路。他們迅速朝回走去，但並沒有走多久，上阿媽狼群就追了上來。

丹增活佛回頭一看，吃驚地說：「不是了，不是剛才那群狼，剛才圍住我們的是外來的玉都狼，是備受祭祀的山神的野牲。現在跑來的是土狼，土狼是荒原狼中最最凶惡的狼。」梅朵拉姆說：「是啊，我也看出來了。」麥書記問道：「我們怎麼辦？」沒有誰回答，除了狼群，上阿媽狼群的回答就是齜出利牙，迅速包抄。

十忿怒王地的西邊，鐵棒喇嘛藏扎西的鐵棒還在橫掃豎打，但撲過來的狼總會在嗖嗖的聲音還沒到來之前，就躲閃到安全的地方。七八匹老狼弱狼擺出拚命的架勢牽制著藏扎西，而紅額斑頭狼卻帶著大部分壯狼大狼，插進藏扎西和人群之間，把進攻的目標對準了帶傷的班瑪多吉主任和年邁的藏醫喇嘛尕宇陀以及另外幾個人。

人們背靠背擠在了一起，一腳一腳地朝狼踢著積雪，這種毫無威懾力的反抗讓狼覺得可笑，你踢一下，牠們就朝前挪一下。情急之中，尕宇陀從豹皮藥囊裡拿出了幾把柳葉刀和雀羽刀，分給了所有的人，人們就用那些指頭長的手術用具，在狼群面前胡亂比劃著，亂紛紛地閃爍出一片鋥亮的鐵器之光。狼群後退了幾步，牠們對刀具對鐵器的寒光有著天生敏感的怯懼，一時不知如何是好。

二十步遠的地方，藏扎西不顧七八匹老狼弱狼的撕咬，快速靠了過來，用鐵棒在狼群的包圍圈上打開了一道口子，站到了班瑪多吉主任和藏醫喇嘛尕宇陀中間。他一邊用鐵棒威脅著狼群，一邊說：「不能再分開了，不能再分開了。」班瑪多吉說：「是啊，我們要死就死在一起。」藏扎西說：「誰說要死了，我是說我們應該往回走，去跟丹增活佛和索朗旺堆頭人他們會合。」尕宇陀說：「他們已經走遠了。」藏扎西說：「那也得往回走，往前走只能是死，往回走說不定還能遇到領地狗群。」班瑪多吉說：「對，我們就這樣擠成團，一點一點往回挪，狼群一時半會也吃不了我們。」

於是他們肩靠著肩，手挽著手，擠擠蹭蹭地圍成了一圈，就像一個固體的群雕那樣移動著。所有人的手裡都揮舞著柳葉刀或雀羽刀，雖然刀短刃小，但閃閃的寒光絲毫不減鐵器的威力。還有藏扎西的鐵棒，忽忽不停地橫掃著，在這邊掃出一個半圓，又轉移到別人手裡，在另一邊掃出一個半圓，每掃一下，狼群就後退幾步，固體般的人群就朝回挪動幾尺。

紅額斑頭狼立刻覺得這樣下去對狼群極其不利，雖然牠們是極有耐心的一族，但成功並不僅僅屬於耐心。無論是抱了復仇的目的，還是因了饑餓的驅使，時間的延宕都將是最嚴重的不幸。牠嗥叫起來，想叫出狼群不怕死的精神，而牠自己，也以一貫身先士卒的做派，奮不顧身地撲了過去。

藏扎西的鐵棒又一次打中了紅額斑頭狼，就在牠滾翻在地的時候，處在包圍圈最裡層的所有狼都跳起來，不顧命地撲向了人群。冰寒鋒利的柳葉刀和雀羽刀發揮了作用，只聽嚓嚓嚓幾聲響，狼毛紛紛揚起，接著是血的飛濺，有狼血，也有人血，作爲殺退狼的代價，班瑪多吉和尕宇陀的手上都有了狼牙撕裂的痕跡。「狼瘋了，狼瘋了。」藏扎西喊著，沿著人群跑起來，那鐵棒也就嗡嗡嗡地響著，打倒了好幾匹狼。

狼退了，這次退得更遠了一點，是紅額斑頭狼帶頭退去的。「趕緊走啊，我們趕緊走啊。」

班瑪多吉主任忍著腿間和手上的傷痛，吆喝著，帶動人群朝前走去。但是走了還不到五十步，狼群就又跑過來團團圍住了他們。受了傷的紅額斑頭狼擺出一副不依不饒的架勢，再次站在了離人最近的地方。

但狼群的不依不饒，逼迫出來的是人的不屈不撓。又開始重複先前的情形：人手裡閃爍著柳葉刀和雀羽刀的寒光，鐵棒一會兒在前面掄出一個半圓，一會兒在後面掄出一個半圓。每掄一次，狼群就後退一點，人群就前進一點。時間就這樣過去了，好像是爲了等待獒王岡日森格和領地狗群的出現，當紅額斑頭狼預感不妙，吆喝狼群趕緊撤離時，時間突然不動了。

第十七章　黑雪蓮與小公獒

1

紅額斑頭狼怎麼也想不到，從發現領地狗群的蹤影到被牠們瘋狂撕咬，僅僅是一眨眼的事情。領地狗群怎麼跑得這麼快啊，尤其是獒王岡日森格，幾乎是飛鷹捕鼠一樣從天而降。紅額斑頭狼幾天前就在屋脊寶瓶溝的溝口跟獒王岡日森格較量過，那次獒王一口氣咬死了十匹壯狼，讓牠閉眼一想就不寒而慄。今天就更不能抗衡了，今天獒王的氣勢比先前還要強盛十倍，又帶領著這麼多性情暴躁、滿腔仇恨的部眾。狼群唯一要做的，就是使出吃奶的力氣逃跑。

紅額斑頭狼首先跑起來，想給自己的狼群帶出一個奮力逃命的速度。看到狼群中的老狼和弱狼落在了後面，就又返回來，用尖叫催促著：快啊，快啊，快啊。

已經快不了了，領地狗群的利牙比想像還要快地來到了跟前。在戴罪立功中把自己變成了黑色旋風的大力王徒欽甲保，首先咬住了一匹老狼，咬住就是死，牙刀的切割猛惡而準確，老狼慘叫著，躺倒在地，痙攣地搖著頭顱、晃著四肢。而獒王岡日森格對那些老狼弱狼根本就不屑一顧，颷風一樣從牠們身邊經過，直撲紅額斑頭狼，嗓子裡呼嚕嚕響著，彷彿是說：我認識你，我在屋脊寶瓶溝放了你一馬，你居然還要來挑釁。

紅額斑頭顱已經被藏扎西的鐵棒打過兩次了，肩膀和腰部都有傷，牠知道反抗是不能的，跳跑也是不能的，只好定定地站著。岡日森格一爪打翻了牠，張嘴就咬，卻沒有咬住牠的喉嚨，也沒有咬住牠脖子上的大血管，而是咬在了牠的胸脯上，胸脯頓時皮開肉綻，但沒有威脅到生命。獒王吼叫著，想咬又沒咬，順嘴舔了一下對方的傷口，轉身離開了。紅額斑頭狼詫異地站起來，追攆著狼群，迷茫地想：怎麼又放了我一馬？

狼群遠遠地跑了，領地狗群見好就收，迅速調整方向，朝著東邊再一次被狼群圍住的夏巴才讓縣長和索朗旺堆頭人一行奔騰而去。

雪梁上的人矚望著領地狗群，感激得都不知道說什麼好了。半晌，班瑪多吉主任說：「我看見岡日森格了，牠跑在最前面。」鐵棒喇嘛藏扎西說：「不對，是大力王徒欽甲保跑在最前面，也是牠第一個咬住狼的。你認識大力王徒欽甲保嗎？牠的妻子是黑雪蓮穆穆，牠們的孩子就是用寺院贊神命名的小公獒攝命霹靂王。」藏醫喇嘛尕宇陀說：「還不快走，會合要緊啊，走吧走吧。」

一行人匆匆忙忙地沿著來時的路走向了十忿怒王地的制高點。過了一會兒，紅額斑頭狼帶著狼群飛快地跟了上來，牠們不甘心啊，不甘心就這樣放棄報復，放棄這個饑餐血肉的機會。

一個小時後，獒王岡日森格帶著領地狗群跑向東邊，趕跑了又一次圍住夏巴才讓縣長和索朗旺堆頭人一行的狼群。黑耳朵頭狼萬分驚訝：怎麼這麼神速啊。牠知道從東邊到南邊再到西邊的距離很長很長，用人類的計算，至少有四十公里，還要加上打鬥撕咬，居然這麼快就有了一個來回。

狼群又一次散去了，夏巴才讓縣長和索朗旺堆頭人一行加快腳步，再次踏上了會合之路。

半個小時後，獒王岡日森格帶著領地狗群跑向南邊，解救出了被上阿媽狼群死死圍住的麥書記、丹增活佛和梅朵拉姆一行。岡日森格認識這一群來自上阿媽草原的狼，也知道牠們的頭狼是一個自私陰惡、忘恩負義的傢伙，很想撲上去咬死牠，但上阿媽頭狼躲在狼群的中心謹慎地避免著獒王的靠近。岡日森格幾次都用眼睛和利牙瞄準了牠，看到距離愈來愈遠，且有狼群堵擋在中間，只好作罷，時間是耽擱不起的，牠和牠的領地狗群還要去追趕廝殺別處的狼群。

就在獒王岡日森格準備離去的時候，突然發現上阿媽狼群裡居然夾雜著一匹多獼狼，仔細一看，認出牠就是多獼頭狼。多獼頭狼正在趁著上阿媽狼群被領地狗群追咬的混亂，跑來接近那匹身材臃腫的尖嘴母狼。

尖嘴母狼就在多獼頭狼身邊，假裝不理牠，卻又不肯趕快走開，一副裝傻充愣的樣子。多獼頭狼大膽地湊過去，舔了舔母狼的肩毛。母狼驚愣地縮了一下身子，下意識地咆哮了一聲，但聲音很低，周圍的狼都沒有聽到。多獼頭狼更加大膽地把鼻子伸了過去，似乎是想用喘息的聲音告訴母狼：你還記得吧，我救過你的命。

母狼半張著嘴，用舌尖在牙齒上磨蹭著，搖了搖頭。大概這是一種友善的表示。多獼頭狼迅速跨前一步，用自己的鼻子輕輕碰觸母狼的鼻子。尖嘴母狼半是生氣半是認可地接受了這樣一種親昵的問候，瞇縫起眼睛，無聲地抖了抖鬣毛。多獼頭狼立刻伸出舌頭，用力而不失溫情地舔了舔母狼的臉。母狼似乎特別享受這種在自己丈夫那裡從來沒有得到過的愛撫，咿咿地叫著，忘乎所以地猛抖了一下鬣毛，舒暢地發出一陣噗噗噗的聲音。

就是尖嘴母狼這一陣抖動鬣毛的聲音引起了周圍狼的注意，牠們立馬發出一種奇特的鼻息，把資訊傳達給了上阿媽頭狼。上阿媽頭狼扭頭一看，勃然大怒，不顧一切地撲了過來。多獼頭狼撒腿就跑，一溜煙跑回自己的狼群去了。

獒王岡日森格看清楚了這一切，覺得這是好的，亂七八糟的愛情發生了，矛盾就有了，多獼頭狼和上阿媽頭狼之間從此就沒有平安的日子了。鬥吧，鬥吧，爲了一匹母狼，你們就鬥得死去活來吧，狼與狼的爭鬥從來就是制約狼災的重要因素。

根據獒王的見識，只要出現兩匹公狼爭奪一匹母狼的事件，兩匹公狼之間就肯定會有一場生死決鬥。對上阿媽頭狼來說，這場決鬥只能贏不能輸，一旦輸了，牠不僅會失去自己已經懷孕的妻子，還會因爲不能保護妻子，而在狼群中失去威信，從而失去頭狼的地位。失去了頭狼地位的狼，肯定是被新任頭狼最先咬死吃掉的狼。而對多獼頭狼來說，這場決鬥不管是贏是輸，牠都得離開自己的狼群。輸了，就是丟臉，多獼狼群不可能認可一匹給本狼群丟了臉的狼繼續做自己的頭狼。贏了，就是叛逆，多獼狼群尤其是那些母狼決不會容忍一匹上阿媽狼群的母狼進入自己的群體並成爲頭狼的妻子。

獒王岡日森格搖晃著大頭呵呵一笑，好像是說：沒想到這多獼頭狼還是個情種呢，居然不計後果地喜歡上了上阿媽狼群的母狼。

又過了半個小時，獒王岡日森格帶著領地狗群跑向西邊，再次趕跑了圍攻著班瑪多吉主任、藏醫喇嘛尕宇陀和鐵棒喇嘛藏扎西一行的狼群。紅額斑頭狼帶著自己的狼群飛快地逃離了危險，慶幸地喘著氣：狼群這次跑得多快啊，居然沒有絲毫傷亡。又一想，到底是狼群跑得快，還是領地狗群追得慢了呢？

慢了，慢了，領地狗群追殺的速度明顯緩慢了。

領地狗群還在奔跑，獒王岡日森格最初的決定並沒有動搖：領地狗群既要集中力量，決不分開，又要有效地保護好分佈在東、南、西三方的每一路人馬。但是疲憊不期而至，包括獒王岡日森格在內，所有的領地狗都已經無法按照應該有的速度奔跑了。事實上，生命的極限早已超越，不管是藏獒，還是小嘍囉藏狗，都已經到了體力和心力的臨界點。但是牠們仍然跑著，向東，向南，向西；又一次向東，向南，向西。所有的領地狗都不願意停下，儘管愈來愈慢，儘管已經有藏狗在奔跑中倒下去了。

倒下去的就再也起不來了。牠們是跑死的，是爲了營救人類而累死的。累死的愈來愈多，開始是一位數，很快就變成了兩位數。悲傷立刻籠罩了領地狗群，眼淚嘩嘩的，所有活著的領地狗都眼淚嘩嘩的，尤其是那些飽經滄桑的壯年和老年的藏獒，都人似的哽咽出聲音來了。

但是沒有誰停下來，只要獒王不停下，就沒有一隻領地狗會駐足逗留片刻，哪怕死去的是自己的親屬。獒王岡日森格幾次想停下來，灑淚告別，或者放聲憑弔，但不散的狼群和時刻都在危險中的人群就像繃緊的繩索一樣拽拉著牠，使命和忠於使命的獒性擂鼓一樣催動著牠，牠的心剛想留在死去的同伴身上，四肢卻不由自主地跑到前面去了。

跑啊，跑啊，向東，向南，再向西，已經不知道是第幾次衝向狼群，攆走狼群了，爲了保護人類生命的奔跑已經滯重到吼喘不迭，步履蹣跚。終於，領地狗群中所有的小嘍囉藏狗都倒下了；終於，奔跑能力遠在雪豹和荒原狼之上的藏獒也有好幾隻倒下了。獒王岡日森格搖搖晃晃的，牠身邊的大力王徒欽甲保也是搖搖晃晃的，但依然沒有停下，依然是衝鋒陷陣的姿勢。

前面是西去的道路，道路的盡頭，高高的雪崗上，班瑪多吉主任、藏醫喇嘛尕宇陀和鐵棒喇嘛藏扎西一行艱難地移動著。他們是第一撥回到了十忿怒王地制高點的人，一踏上制高點，紅額斑頭狼就帶著自己的狼群追上來了。又是一次人與狼的對峙，又是一次鐵棒喇嘛的鐵棒以及各人手裡的柳葉刀和雀羽刀，反抗無數狼牙的戰鬥，戰鬥才開始幾分鐘，獒王岡日森格就帶著領地狗群追上來了。

狼群被領地狗群驅趕到了制高點下面的平地上。獒王岡日森格和大力王徒欽甲保肩並肩地追攆著，都很疲憊，都想停下來，靠在對方的身上休息一會兒。牠們互相看了一眼，看到的卻不是疲憊，而是堅忍不拔。堅忍不拔的意志從對方的眼神裡流溢而出，成了對自己的鞭策。

牠們又回頭看了看，發現身後所有的領地狗身形都是疲憊的，但那爲了保護人和抗擊狼的充血的眼睛，卻是無與倫比的堅毅和昂奮。

繼續往前追啊，追啊，追啊，突然停下了。獒王一停，所有的領地狗都停下了。牠們看到，又有人群出現在了制高點上，他們是從東邊走來的夏巴才讓縣長一行，和從南邊走來的麥書記一行。獒王岡日森格長出一口氣，所有的領地狗都長出一口氣：三路人馬終於集中到了一起，領地狗群就不用來回奔跑了。

休息，休息，每一隻藏獒、每一根迎風抖動的鬣毛，都在渴望休息。

但是，這個殘酷的大雪災的冬天，這個敵意的陰險的環境，不允許領地狗群有絲毫喘息的機會。人來了，狼群也都跟著來了。除了停在前面的紅額斑頭狼的狼群，從不同的方向，衝撞著積雲浩蕩的天際線，目中無人地走來了黑耳朵頭狼的狼群，走來了上阿媽狼群，走來了多獼狼群。領地狗群齊聲吼起來，那決不示弱的驚天動地的吼聲，似在告訴這個世界：堅忍，堅忍，堅忍是勇猛的基礎，堅忍加上勇猛，這就是不怕死的藏獒。

吼聲漸漸停止了。獒王岡日森格冷峻地巡視著突然集中到了一個地方的四股狼群，呼呼地吹著氣。彷彿在詢問身邊的大力王徒欽甲保：真正殘酷的打鬥這才開始，你怎麼樣，是不是已經把力氣用盡了？

徒欽甲保虎聲虎氣地吠叫著，好像是說：獒王啊，不要緊的，我還有力氣，真的還有力氣。

你看，我渾身的力氣又長出來了。說著，想要證明自己似的，用力齜了齜牙，跳起來朝前跑去，剛跑出去兩步，前腿突然一陣酸軟，撲通一聲栽倒在了地上。獒王驚呼一聲：徒欽甲保。

大黑獒果日一直走在最前面，不時地回過頭來，關照著身後的領地狗群。黑褐布的褡褳愈來愈沈，行走的速度也就愈來愈慢，本來預計天黑之前到達的目的地，顯然無法到達。從雪原深處吹來的氣息告訴大黑獒果日，最快也是午夜以後，牠們才能遇到被大雪圍困在山原上的牧民。

但是午夜過去了，預期中的牧民並沒有出現。前去的道路上積雪比別處厚實得多，膨脹起來的硬地面是彎彎扭扭的，有的地方不知爲什麼根本看不到硬地面，只能一邊探路一邊走。領地狗群排成了一線，像一條盤爬在曠野裡的蛇，使勁地穿透著雪霧中的黑夜，等牠們一個個累得半死，好不容易看到一堆牧民時，天已經亮了。

沒有帳房，沒有牛羊，帳房和牛羊已經被風雪捲走了。沒有糌粑，沒有乾肉，糌粑和乾肉幾天以前就吃完了。幾十個牧民只能緊緊地擠坐成一堆，等待著雪災慢慢過去，也等待著生命飛速地走向盡頭。祈禱啊，心的跳動是六字真言的跳動，血的循環是《守舍梵天呼救文》的循環，嘴的顫動是七馬太陽神照臨經咒的顫動。彷彿所有的祈禱都得到了獲准，牧民們的眼前，突然一抹亮色飄然而至，黎明來了，領地狗群來了，救援的物資來了。

一堆坐著的牧民變成了跪著的牧民，一個個說著：來了，來了，想你們的時候，你們就來了。感激領地狗的眼淚也是感激神的眼淚，救命的總是神，在牧民們的記憶裡，大災難時期，神的仁慈總是通過藏獒、通過領地狗來到人們面前和心裡的。

領地狗群卸下了一半黑褐布的褡褳，一刻的親熱和留戀也沒有，就跟著大黑獒果日走了。牠們知道，這裡並不是終點，前方雪原，連接著黨項大雪山的臺地上，還有人的氣息正在傳來，微弱到不絕如縷。大黑獒果日有點誇張地賣力行走著，似乎想用這種姿勢告訴領地狗群：趕快，趕快，臺地上的人已經不行了，都在眼巴巴地望著天空。天空沒有勝樂歡喜的空行母，只有如雲如蓋的拘魂無常、奪命鬼魅。領地狗們一個個加快了腳步。

黑雪蓮穆穆來到了大黑獒果日身邊，汪汪汪地吠鳴著。果日明白穆穆的意思，用最大的音量滾雷般地叫起來，所有的領地狗都用最大的音量叫起來。集體滙合的聲音猛烈地衝撞而去，衝開了厚重的雪霧，似乎也要衝掉橫亙的距離，讓那些死亡線上奄奄待斃的牧民聽到這樣的聲音：一定要堅持住啊，我們來了，就要到了。牠們邊叫邊走，整整兩個小時都在持續不斷地通知遠方氣息微弱的牧民：堅持住啊，堅持住啊，我們來了，我們來了。

突然大黑獒果日不叫了，所有的領地狗都不叫了，一股死亡的氣息讓牠們啞口無言。

已經在前面山原上卸去了褡褳的黑雪蓮穆穆揚起爪子跑了過去，因爲著急牠連有沒有膨脹起來的硬地面都不管了，該是彎曲的路線走成了直線，結果一頭夯進了疏鬆的積雪，牠拚命往前撲騰著，居然從雪丘下面穿了過去。小公獒攝命霹靂王緊跟在後面，叼住阿媽的尾巴，想把阿媽拉出來，反而被阿媽拉著來到了雪丘那邊。一個黑糊糊的東西出現了，母子倆抖了抖滿身的雪粉，眨巴了幾下眼皮才看清那是一頂倒塌了的牛毛帳房。

黑雪蓮穆穆和小公獒攝命霹靂王幾乎同時撲了過去，又幾乎同時用鼻子掀起了帳房的一角。

裡面有人，還有藏獒，人餓死凍死了，藏獒也餓死凍死了。當穆穆用身子撐著帳房來到人和藏獒跟前時，不禁嗚嗚地叫起來：晚了，我們來晚了，就晚了一個小時，一個小時前這個人和這隻藏獒還是活著的。小公獒攝命霹靂王也叫起來，叫聲跟阿媽有些不同，嗚嗚了兩聲又汪汪了兩聲，有一些傷感又有一些興奮：孩子，孩子，我看見這家人的孩子了。

黑雪蓮穆穆立刻發現小公獒是對的，就在斜躺著的死去藏獒的胸懷裡，蜷縮著一個孩子。孩子沒有死，孩子身上還有熱氣。他被藏獒的皮毛溫暖著，雖然餓昏了，卻還有一絲氣息呼進呼出。可以想像藏獒死前的情形，牠極力用自己的體溫焐著他，焐熱了小主人的生命，卻凍掉了自己的生命。

穆穆二話沒說，撕住孩子的皮袍，就朝帳房外面退去。小公獒跟在後面呼呼地叫著，好像是說：放下，放下，是我首先發現了他，就應該由我來救他。

帳房外面，翻過雪丘的領地狗群站了一圈。大黑獒果日朝著被黑雪蓮穆穆撕出來的孩子噴吐著熱氣，似乎這樣就能把孩子暖醒過來。看到孩子沒有反應，馬上又揚起了頭，若有所思地望著遠方，然後扭轉脖子和穆穆碰了碰鼻子。沒有聲音，只有眼神和身子的擺動，這就是牠們的商量——大黑獒果日說：遠方的氣息還在傳來，我們必須往前走，走到高高的臺地上去，那兒有更多的人，有更多具有生還希望的人。黑雪蓮穆穆說：可是這個孩子怎麼辦，總不能丟下不管吧？大黑獒果日說：交給你，我就是想把他交給你。

那就只好分手了，黑雪蓮穆穆用牙撕住孩子的皮袍，沿著來時的路朝後退去。孩子差不多有十三四歲了，牠無法把他叼起來，只能這樣拖著孩子往後退。領地狗群繼續往前走去。小公獒攝命霹靂王站在阿媽穆穆和領地狗群之間，一時沒有了主意：到底怎麼辦啊，我要跟誰去？牠本能地選擇了阿媽穆穆，朝阿媽走了兩步，突然覺得跟著阿媽走回頭路實在沒有意思，就又追上了領地狗群。

大黑獒果日張嘴輕輕咬了小公獒一口，用唬聲驅趕牠：你還是跟著阿媽去吧，牠需要幫手，反正你身上的褡褳已經卸掉，往前走已經沒有意義了。小公獒回到了阿媽穆穆身邊，悶悶不樂地走著，也不幫阿媽的忙。心裡好一陣埋怨：都是阿媽你，害得我不能跟著大夥到前面的高地上去看看。

但是很快，小公獒攝命霹靂王就不再埋怨了。牠看到阿媽黑雪蓮穆穆停了下來，呼哧呼哧喘著氣，爬在了孩子身上，就把一切不快拋在了腦後。阿媽累了，需要休息，阿媽休息的時候又用自己的身體溫暖著冰冷的孩子：這個還有一絲氣息的孩子啊，可千萬不能把他凍僵了。

小公獒亢奮地跳過去，用自己的小舌頭在孩子臉上舔了幾下，然後學著阿媽的樣子，用牙緊緊撕住了孩子的皮袍。牠拖著孩子往後退去，居然拖了一百米才停下。阿媽穆穆呵呵地鼓勵著牠：不錯，不錯，真不錯，孩子啊，你的力氣已經不小了。

接下來的路程是黑雪蓮穆穆和小公獒輪換著拖，拖一段路就停下來休息一會兒。休息的時候，母子倆又會輪番趴在孩子身上，用自己的體溫給孩子取暖。孩子的生命是頑強的，穆穆和小公獒給予的溫暖是及時的。孩子一直都有氣息，這不死的氣息給了母子倆真正的力量。拖啊，拖啊，後退著拖啊，儘管艱辛異常，但拖向希望的信心卻一點也沒有減弱。

牠們相信自己的能力，孩子只要交給牠們，就不可能再出問題了。相信最多再有半天就可以到達背起褡褳出發的地方。那兒有一個老人，有一些帳房，還有神鳥投下來的救災物資。那兒是孩子徹底獲救的地方。

這樣的自信讓牠們急切地有了想多做一些事情的想法——把孩子救出死神的魔爪，然後再去營救別的人，也有了急躁冒進。近路，近路，這兒是近路。小公獒攝命霹靂王在前面邊喊邊跑。阿媽黑雪蓮穆穆歪著身子朝後看了看，覺得自己身後有一條更近的路，就沒有聽小公獒的。牠拖著孩子，從一面覆雪的高坡上退了下去，卻沒有想到，高坡上有一道山隙，山隙裡塞滿了疏鬆的積雪，牠的後腿無法判斷山隙的存在，一爪踩空，嘩啦一聲掉了下去。

剎那間黑雪蓮穆穆意識到牠不能把孩子拖下去，牠鬆開了孩子，然後哀叫一聲，伸長四肢，最大限量地展開了身體。下陷的速度頓時減慢了，最後停在了離地面十米深的地方。牠揚起頭輕輕地吠鳴著，生怕一使勁，讓自己愈陷愈深。

突如其來的變化讓小公獒攝命霹靂王不知如何是好。牠汪汪地叫著，身子一低，就要隨著阿媽穆穆跳下去，聽到阿媽的吠鳴後突然又停下了。牠急得團團打轉，一聲比一聲悲哀地叫著：阿媽，阿媽。

阿媽黑雪蓮穆穆依然輕輕地吠鳴著，那是一種深情哀慟的表達，是帶著嚴厲的命令又帶著無邊憾恨的告別：走啊，走啊，你拖著孩子繼續走啊，你不聽我的話，就不是我生的孩子，你快走啊。小公獒聽明白了阿媽的話，一聲聲地答應著，卻無法做到丟下阿媽不管。

怎麼辦？到底怎麼辦？小公獒攝命霹靂王哭了，嗚嗚嗚的。阿媽黑雪蓮穆穆一再地吠鳴著：你不要管我你趕快走啊，別忘了你是一隻藏獒，藏獒就是狗，是狗性最強的那種狗，牠的使命就是救人於水火之中而不屑於同類之間的婆婆媽媽。小公獒還是不走，阿媽說的道理牠全明白，可牠又明白自己無論怎麼做，心裡都會非常難受——聽阿媽的話，是見死不救，不聽阿媽的話，也是見死不救，到底要對哪一個見死不救啊？

阿媽黑雪蓮穆穆知道小公獒是怎樣想的，肚子一挺，使勁叫了一下，頓時嘩地一陣陷落。小公獒驚叫起來：阿媽，阿媽。尖利的聲音拽住了阿媽穆穆，穆穆停住了，揚起頭繼續輕聲吠嗚著，似乎在告訴小公獒：你想救我，你救得了嗎，這麼深的地方？但那個孩子，你是可以救活他的。你的力氣已經不小了，拖啊，拖啊，就像剛才那樣，後退著拖啊。人的孩子只要到了我們手裡，就絕對不能再出事兒了。

小公獒攝命霹靂王在山隙的邊沿哭著喊著，眼淚唰啦啦地滴落在了阿媽身上和阿媽身邊的積雪中。幾滴眼淚的重負讓阿媽穆穆又是一陣陷落，雖然最終還是停下了，但愈來愈遠的距離殘酷地提醒著小公獒：你趕緊走吧，你待在這裡只能更糟。

小公獒低頭用牙齒撕住孩子，不讓孩子有滾下去的危險，也不讓眼淚滴進山隙，再一次讓阿媽陷落。牠難過地哭了一會兒，然後就依依不捨地走了，那痛徹肺腑的嗚咽似在告訴穆穆：阿媽呀，你等著，等救活了人的孩子，我就來救你。

還是拖起孩子後退著走，走一程休息一陣，每一次休息小公獒攝命霹靂王都不會忘記趴在孩子身上。每一次趴孩子身上牠都會聞聞孩子的鼻息，聞完了就慶幸地喘氣：好啊，好啊，他還活著。每一次慶幸的時候牠都會得意地想，牠可以單獨救人了，一個體重遠遠超過了牠的十三四歲的孩子就要被牠救活了。每當這種時候，悲傷就會不期而至，牠就會哭起來：阿媽呀阿媽。對阿媽穆穆的擔心成了牠抓緊時間上路的動力，牠立刻起身，拖著孩子，開始了新的一輪拖拉。

就這樣，牠無數次地重複著拖拉和趴臥的動作，終於來到了神鳥投下救災物資的地方。牠趴在孩子身上，用最大的力氣呵呵地叫著，叫著叫著就沒聲了，就再也叫不動了。

看護物資的老人從帳房裡走出來，看到了雪地上的小公犛和孩子，禁不住仰望著天空，撲通一聲跪下了：哎喲我的怙主菩薩、度母奶奶，你們這是從哪裡來？他不相信這個形體比小公犛大得多的孩子是小公犛從遠方拖來的，以爲他們是從天而降，趕緊朝天一拜，挪動著膝蓋爬了過去。

老人先抱起了小公犛，小公犛掙扎著示意他關注孩子，看他不理解自己，就用潔白的小虎牙在他手背上咬了一口。這次老人理解了，放下小公犛，低下額頭試了試孩子依稀尚存的氣息，趕緊抱了起來。

老人把孩子抱進了帳房，也把小公犛抱進了帳房。點燃著乾牛糞的帳房裡暖融融的，老人把孩子放在離牛糞火稍遠的地方，脫了他的靴子輕輕搓揉著腳，搓了一陣又去煮麵糊糊，煮熟了就一點一點地餵。孩子依然昏迷著，但卻可以接受食物的刺激，一口一口地吞咽了。

小公犛攝命霹靂王望著孩子吞咽食物的樣子，放心地耷拉下了頭，無聲地哭著。牠累癱了，一點力氣也沒有了，心思卻依然活躍著：救救阿媽，救救阿媽，阿媽掉下去了，掉進了遠方的山隙裡。遺憾的是，老人看不懂小公犛的眼淚，只會用手掌一把一把地在小公犛的臉上揩著：別哭了，別哭了，你救活了這孩子，你就是這孩子的恩人，他一輩子都會對你好。說著，老人給小公犛端來了麵糊糊。小公犛不吃，牠的種族是那種心事很重的動物，一有心事就會滴水不進。牠繼承了種族的習慣，任憑老人怎麼誘導牠都不吃。牠就想著站起來，站起來，趕快離開這裡去營救阿媽穆穆。

兩個小時後，小公獒攝命霹靂王站了起來。孩子已經醒了，小公獒徹底放心了。牠感覺自己又有力氣了，可以離開這裡了。牠不聲不響地走出了帳房，沒有讓老人發現，牠知道老人是疼愛自己的，一旦發現就不會讓牠走了。

小公獒原路返回，幾乎每走一步都要呼喊一聲阿媽。一陣陣寒風送來一陣陣不祥的感覺，不祥的感覺愈強烈牠走得就愈快。彷彿前面，天地雲霧之間，阿媽黑雪蓮穆穆正在眼巴巴地望著牠。牠雖然身心俱疲，幾乎虛脫，但仍然不停息地走動著。

到了，終於到了，就是這一面覆雪的高坡，高坡上有一道深深的山隙。阿媽一爪踩空，掉到山隙裡去了。阿媽，阿媽，阿媽。小公獒走上了高坡，來到了山隙的邊沿。阿媽，阿媽。小公獒來到了山隙的邊沿，探著身子使勁朝下看著。阿媽，阿媽。阿媽穆穆不見了。小公獒清楚地記得，在牠不得不離開的時候，阿媽穆穆停在了離地面很深很深的地方，但是現在不見了。深深的山隙裡只有一個黑黑的雪洞，這是阿媽消失的軌跡。

阿媽，阿媽。小公獒的叫聲愈來愈淒慘，淒慘得都聽不出是在叫阿媽了。阿媽走了，走得都看不見身影了。牠哭著，叫著，什麼回應也沒有，就又換了一種叫法：阿爸，阿爸。小公獒相信，只要阿爸大力王徒欽甲保在這裡，就一定不會讓阿媽穆穆消失，即使已經消失了，阿爸徒欽甲保也一定有辦法讓阿媽穆穆重新出現。

可惜的是，阿爸不在這裡，這裡只有小公獒自己。小公獒知道自己身單力薄，救不了掉進深隙的阿媽，就一聲比一聲哀慟地叫著。但是對牠以及牠的種族來說，並不是救得了才去救，打得過才去打的。藏獒的天性就是這樣，只知道將生死置之度外，不知道得不償失是什麼，好死不如賴活著是什麼。

小公獒攝命霹靂王最後叫了一聲阿爸，又最後叫了一聲阿媽，然後縱身一跳，下去了。牠跳進了深深的山隙，跳進了黑黑的雪洞。

彷彿是宿命的力量，出生才三個月，牠的行動就由「攝命」變成了「捨命」，小公獒攝命霹靂王還沒有長大就捨命而去了。對小公獒來說，這是一種義無反顧的營救，是藏獒天性的自然流露。對雪原和雪災來說，這是一次無所顧忌的殘殺，是對美好生命的無情吞沒。

過去了很長時間，在那面高坡上，那道山隙旁，依然迴蕩著小公獒攝命霹靂王的呼喊：阿媽，阿媽，阿爸，阿爸。牠是我們聽了就想哭的狗叫。這樣悲慘的狗叫被吸附在山壁岩石上，每逢冬天下雪，就會在風中亮亮地響起來：阿媽，阿媽，阿爸，阿爸。

3

踏上連接著黨項大雪山的臺地，往裡走不多遠，就聞到了看家藏獒阿旺措的味道。阿旺措，阿旺措。大黑獒果日大聲呼喚著跑了過去，所有的領地狗都呼喚著跑了過去。

草原上的人和狗都知道阿旺措，牠跟著孤獨的癱瘓老人拉甲生活在一起，已經有十二年了。

十二年裡，阿旺措每天的事情就是跑出去給沒有生活能力的主人討飯。牧民們都認得阿旺措，一見牠來，就會把裝著糌粑、乾肉或者酥油的羊肚口袋拴在牠身上。牠跑著來跑著去，在外面能不多待就不多待，生怕狼或者豹子在牠離去之後吃掉癱瘓的主人。有時候牧民們遷徙到了很遠很遠的地方，牠不能花幾天的時間去找他們，就會把捕捉到的野兔叼到主人面前。

那一年冬天，也是雪災，拉甲老人的帳房裡沒有了乾牛糞，阿旺措叼著三隻野兔跑了很遠的路才遇到牧民貢巴饒賽。貢巴饒賽看見牠停在帳房門口，就對牠說：「我們的糌粑乾肉也只剩一點點了，給了你，我們怎麼辦？你還有野兔你趕緊回去吧。」阿旺措一聽那口氣，就知道貢巴饒賽是在拒絕，放下野兔，衝進貢巴饒賽的帳房，趴在裝糌粑的箱子上就是不離開。

貢巴饒賽看了半天才恍然明白，感動地說：「你家用完了乾牛糞沒辦法煮熟野兔是不是？你知道雪災的日子裡各家各戶都沒有多少吃的，就想用野兔換糌粑是不是？啊，聰明的阿旺措，快起來走吧，我把所有的糌粑都給你。」

可是現在，阿旺措，阿旺措，你怎麼會這樣呢？大黑獒果日和領地狗們來到了一座雪包面前，不斷地搗動著爪子，憂傷地哭號著。牠們沒有刨挖雪包，知道阿旺措已經死了好幾天了，牠的主人拉甲老人也已經死了好幾天了。牠們能夠想像人和狗是怎麼死的：帳房被暴風雪刮跑後，拉甲老人先死了，阿旺措守候在老人身邊一動不動，失去了主人就是失去了靈魂，牠作為一隻看護和伺候老人十二年的藏獒，繼續守護著老人的屍體，直到把自己凍死餓死。

阿旺措，阿旺措。大黑獒果日哭著叫著，意識到使命在身，就先離開了那裡。領地狗們哭著叫著，一個個跟上了牠。

冬天是悲傷的日子，尤其是這個冬天。似乎爲了阿旺措的悲傷還沒有過去，就又有了新的悲傷。

馱著救災物資的領地狗群朝臺地深處走去，走了不到半個小時，就遇到了金獒波波。死了，金獒波波也死了。顯然是狼群挖出了牠的屍體來不及吃掉就跑了，暴露在積雪外面的屍體旁，到處都是狼的爪印。身邊沒有主人，也沒有羊群和牛群。牠是獨自死去的，死去的時候才六歲，相當於人的二十多歲，一個響噹噹的青年。

大黑獒果日和領地狗們惋惜地仰天長號，牠們都記得金獒波波三歲那年的神奇之舉。牠的主人羅桑死了，家裡人在悲傷夠了以後，把羅桑背到了天葬場。一路跟過來的金獒波波守在羅桑身邊，狂叫狂吼著，死活不讓天葬師靠前，更不讓禿鷲落近。家裡人把牠拉回了家，牠掙脫鎖鏈又跑向了天葬場。喇嘛們還在念經，天葬師還沒有動手分割屍體，金獒波波撲過去，再次守護在了羅桑的身邊。追過來的家裡人對牠又捶又打：你這是幹什麼呀，主人要去轉世了，靈魂要離開大地了，你怎麼不讓他走啊，是他活著的時候虧欠了你嗎？說著又把牠拉走了。

在金獒波波第三次掙脫鎖鏈來到天葬場後，牠撲翻了正要動手處理屍體的天葬師，撲飛了十幾隻饑腸轆轆的禿鷲，趴在羅桑身邊，在他黧黑的臉上深情地舔著。家裡人趕來了，看著金獒波波和羅桑，大驚失色，嚇得轉身就跑，連呼「喇嘛，喇嘛」。一個念經的老喇嘛走了過來，看到羅桑的眼皮在動，嘴在動，手也在動，愣了片刻，突然跪下了：「活了，活了，羅桑又活了，天葬的法臺上，神聖的多珠達古啊，你怎麼又讓羅桑活過來了？」老喇嘛看了一眼金獒波波，又說：「是羅桑捨不得金獒波波又回來了，是金獒波波把羅桑叫回來了。」

活過來的羅桑對人說：「家裡人都以爲我死了，喇嘛也以爲我死了。我也是真的死了，氣也沒有了，心也不跳了，《度亡經》念了三遍加五遍，天葬師的斧頭彎刀磨了五遍加三遍。可是我家的金獒波波啊，牠不想讓我死，牠給藏地的屍陀林主多珠達古下跪，把我的魂兒又叫回來了。」

父親後來說，這就是藏獒的本事，鼻子靈得超過了神，聞一聞氣味就知道主人不是真死是假死，命脈儘管微弱，但還是在輕輕跳動。既然金獒波波認爲主人沒有死，牠怎麼能允許天葬師下手、禿鷲啄食呢？

就是這樣一隻神奇的藏獒，也沒有逃脫這場大雪災的迫害。金獒波波，你是怎麼死的？曾經被你救活的主人羅桑呢，他到哪裡去了？

金獒波波，金獒波波。大黑獒果日哭著叫著，意識到還有使命在身，又先離開了那裡。領地狗們哭著叫著，一個個跟上了牠。

牠們走了一路，悲傷了一路。連接著黨項大雪山的開闊的臺地上，這片牧民相對集中的秋窩子和冬窩子的銜接處，到處都是悲傷，都是藏獒和人的故事。

大黑獒果日說：你們看啊，我們路過了什麼地方，就是這片高山草場，是旦木真駐牧的地方。說罷就嗚嗚地叫起來。所有的領地狗都聞到了一股強烈的氣息：旦木真死了。旦木真是一隻渾身漆黑的藏獒，牠長壽地活了二十三年（一般藏獒只有十六七年的壽限），如今終於不在世間了。一隻多好的藏獒啊，牠的死讓這個雪災泛濫的冬天變得格外沈重。

父親後來知道了旦木真死前的情形。主人桑傑把牠拉到了帳房裡，對牠說：「天太冷啦，你就待在帳房裡過夜吧，不要出去啦。」旦木真不聽主人的，轉身走了出去。牠來到羊群的旁邊，慢騰騰地巡邏著，然後臥在了冰天雪地裡。這是牠天天夜裡堅守的地方，一輩子都這樣，爲什麼要離開？桑傑於心不忍，又把牠拉進了帳房，溫存地對牠說：「羊群牛群你就不用管啦，有別的藏獒呢，你都這麼老啦，抵不住嚴寒啦，凍死了怎麼辦，辛苦了一輩子，就享享福吧。」

旦木真感激地搖著尾巴，趁著主人不注意，又走了出去。還是蹣跚巡邏，還是迎風堅守。桑傑有點生氣，第三次把牠拉進帳房，嚴厲地說：「你必須待在火爐邊，你老啦，不頂用啦，你要是出去，萬一凍死了，別人會怎麼說我？他們會說，那個桑傑，對自己的藏獒一點都不好，藏獒是你的兄弟，牠都老成這個樣子了，你怎麼還讓牠在寒冬裡守夜，你的心腸真狠啊。」

旦木真聽懂了，就老老實實臥了下來。但是牠睡不著，牠不習慣睡在帳房裡、火爐邊，不習慣這種不是自己保護別人而是別人保護自己的生活。忍耐到半夜，看主人睡著了，就又悄悄出去了。牠有一個預感：狼就要來了，而且很多，牠們是餓極了的狼，爲了食物牠們要來冒險了。

旦木真來到羊群旁邊，面對深邃的雪原，臥下來靜靜地等著，等著等著就長出一口氣，腦袋沈重地耷拉了下去。牠死了，牠不是凍死的，也不是餓死的，牠是老死的，牠老死在了自己的崗位上，牠死了以後，狼群才來到這裡。

一撥狼從右翼接近著羊群，吸引了別的藏獒，另一撥狼從中間也就是旦木真守護的地方接近著羊群。旦木真既不叫喚，也不撲咬，甚至連頭都不抬一下。牠死了，牠的頭當然抬不起來了。

可是狼群不知道牠死了，狼群認識旦木真，多少年以來牠都是牠們的巨大威脅。看到牠那山一樣偉岸的身軀居然一動不動，就非常奇怪，瞪直了眼睛，一點一點地靠近著。二十步了，旦木真巍然不動。十五步了，牠依然不動。只有七步之遙了，還是不動。有詐，肯定有詐，再往前一步，就是藏獒一撲便能咬住喉嚨的距離了。最前面的頭狼突然停了下來，看到漆黑如墨的獒毛正在風中掀起，便驚然一抖，轉身就跑。所有跟牠來的狼又跟牠跑了，連從右翼靠近著羊群的狼也都跟牠跑了。狼是多疑的，從來不願意相信有一種計謀叫作空城計。

大黑獒果日帶著領地狗群圍繞著埋葬旦木真的雪包痛哭了一會兒，然後走向不遠處的帳房，看到了旦木真的主人桑傑。桑傑歪倒在氈鋪上，泣不成聲地說：「都是我不好啊，我要是不睡著，要是守著牠，牠就不會出去了，不會出去牠就不會死了。牠生在我家，死在我家，牠一輩子都在我家，牠是我的親兄弟啊。」桑傑又說：「旦木真的厲害是別的藏獒沒有的，死了也能嚇退狼。那天夜裡，狼群硬是一根羊毛也沒有咬掉。」旦木真是馬頭明王的意思，桑傑給自己的藏獒起了神的名字，就把牠當成了神。藏獒旦木真走了，也就是保護神馬頭明王走了，家裡的靈魂走了。桑傑說：「我的親兄弟啊，牠就是神，神死了，神死了，今後的日子沒法過了。」

旦木真，旦木真。大黑獒果日哭著叫著，意識到使命仍然在身，又離開了那裡。領地狗們哭著叫著，一個個跟上了牠。

憑吊過旦木真之後，又走了兩個小時，黨項大雪山遙遙在望了。蒼茫無極的臺地南緣，男男女女、老老少少一溜兒牧民突然出現在領地狗群面前。所有人都是跪著的，他們看見了領地狗群，知道領地狗群是來營救自己的，就一個個跪地不起了。大黑獒果日停了下來，凝視著前面的人群，知道目的地已經到達，就撲通一聲臥了下來。累了，所有的領地狗都累了，都不堪忍受地臥地不起了。

人們迎狗而來，有些人爬著，有些人走著，有些人用膝蓋挪動著。一個個饑寒交迫、病病歪歪的樣子。他們哭起來，悲傷的眼淚和感恩的眼淚，在絕望之後變成了面迎曙光的激動之淚。喜悅不期而至，因爲他們不僅看到了大黑獒果日和牠帶領的領地狗群，看到了牠們脊背上黑褐布的褡褳裡那些來自天上的食物，還看到天際線上、雪光之中，救苦救難的二十一度母正在絡繹而來，仙女們翩翩起舞，吉祥的雲朵、純潔的風、波浪柔美的雪原，都在翩翩起舞。不朽的佛光就在這一刻，通過藏獒以及所有的領地狗對人的捨命相救，而變得無比溫情，也無比世俗了。

4

大力王徒欽甲保站起來了。許多藏獒在超越生命極限之後，就再也沒有站起來。但是徒欽甲保成了例外，牠在獒王岡日森格驚叫著跑過來，爲牠哭泣的時候，顫顫抖抖地站了起來。牠搖晃著沈重的獒頭，一再表示：沒事兒，狼群還沒有攆走，戴罪立功的我呀，怎麼可能倒下呢。徒欽甲保朝前走去。岡日森格跑過去，保護似的走在了牠前面，惡聲惡氣地威脅著不遠處的狼群。

狼群裡傳來一聲紅額斑頭狼的嗥叫，嗥叫堅硬而扭曲，沖到天上，又跌落到下面去了。一會兒，來自東邊的黑耳朵頭狼首先有了回應，同樣也是一聲堅硬而扭曲的嗥叫，只是略微有些沙啞。接著是來自南邊的上阿媽頭狼和多獼頭狼的嗥叫，聲音有點變了，變得幽曲而柔軟。

這是頭狼與頭狼之間的聯絡，像是在通報情況，或者是在協商新的部署。之後，同樣的聲音在各個頭狼那裡又響了至少三遍，四面八方的狼群便開始動蕩起來。

現在，所有的狼都知道領地狗群已是疲憊之極，無論數量，還是力量，都不可能是狼群的對手了。而狼群卻是以逸待勞、蓄勢待發的。狼群的膽子突然大起來，一邊謹慎地防備著狼群之間的互相混雜，一邊放肆地跑向領地狗群。愈來愈近了。牠們的意圖十分明顯：不給領地狗群喘息的機會，在對方恢復體力和能力之前，一鼓作氣咬死所有的領地狗，然後再專一地對付人類。

而在獒王岡日森格這裡，當牠看到漫蕩而來的狼群時，突然有了一種如釋重負的感覺。牠知道狼群的部署對人是有利的，人暫時沒有危險了。領地狗群和狼群的對峙一下子變得單純起來：不必再去考慮人，只管奮力廝殺就是了。至於領地狗群自己的危險，那是算不了什麼的，藏獒活著，不就是爲了毫無懼色地面對危險嗎？

獒王輕輕吼叫著，讓領地狗圍成圈一個個坐下：抓緊休息啊，在狼群撲過來之前，體力能恢復一點是一點。領地狗們都靠著腿坐下了，眼睛忽一下盯著坐姿嫻靜的獒王，又忽一下盯著快步跑來的狼群。五十步，三十步，二十步，十步，獒王依然沒有發出迎擊狼群的吼聲。

狼群停下了，牠們從來沒有遇到過離狼群十步遠依然端坐不動的藏獒，不會是誘敵深入的詭計吧？疑心使牠們收斂了進攻的速度，狼多勢眾且鋒芒畢露的優勢頓時大打折扣。

岡日森格呵呵地冷笑著，牠知道要是領地狗群就這樣圍成圈迎擊八面之敵，結果肯定是被鋪天蓋地的狼群撕成碎片，但要是主動撲過去進攻，結果就很難說了。而主動進攻的第一步，就是要讓從四面八方瘋狂跑來的狼群停下來，以便讓領地狗群看清楚狼群的布陣，選擇一個相對薄弱的目標。現在，獒王岡日森格的第一個目的已經達到了，狼群不僅停了下來，而且停在進攻起來很容易得手的距離中。

獒王岡日森格漫不經心地站了起來，放鬆地噴吐著白霧狀的氣息，用優雅的碎步沿著領地狗群圍成的圈，像牧民轉經一樣順時針跑起來。牠是在使用牠獨有的狼群看不懂的語言發佈著指令。三圈之後，突然氣宇軒昂地站住了，正好面對著上阿媽狼群。

只聽獒王一聲悶叫，領地狗們紛紛轉身。和獒王一樣，把頭朝向了上阿媽狼群。接著獒王又是一聲悶叫，領地狗群的進攻開始了。

自然是獒王岡日森格跑在最前面，下來是大力王徒欽甲保。徒欽甲保，這個在生命的極限中倒下後又站起來的贖罪的藏獒，居然還能跑得和獒王一樣快。牠們衝向了上阿媽狼群，在狼群的前鋒線上撞開了一道豁口。

上阿媽狼群沒想到，面對四股狼群，領地狗群首先進攻的是自己這股狼群，頓時傻了，不知道如何應對了。上阿媽頭狼不在狼群的前鋒線上，每一次進攻，牠都不會出現在前鋒線上。

儘管牠是上阿媽狼群中身體最壯、打鬥能力最強的一個。等牠從一個隱蔽自己的地方跳出來，搞清楚發生了什麼時，領地狗群已經衝到了上阿媽狼群的最中央。

這就是獒王岡日森格的主意：狼群和狼群之間是至死不混群的。領地狗群只要衝到上阿媽狼群的中間，別的狼群就不可能靠近牠們。結果是，狼群雖然有好幾股，但真正和領地狗群廝打的就只能是一股，僅靠一股狼群對付領地狗群，即使前者再凶狠，後者再疲憊，也不可能輕易勝利。

更重要的是，上阿媽狼群仗著狼多勢眾，太輕視疲於奔命、不斷有藏獒倒下的領地狗群了，擺出的陣勢居然是家族式的，也就是一個家族不管公母老幼都擠在一堆。這樣的狼陣除了親情之間互相關照起來比較容易之外，既不利於整個狼群的防守，也不利於整個狼群的進攻。一場獒牙對狼牙的激烈較量就在上阿媽狼群的中心爆發了。咆哮和慘叫此起彼伏，白牙轉眼就成了紅豔豔的血牙，傷口鮮花似的爭相開放，血水冰融一樣開始流淌。撲殺揚起的雪塵彌天而起，昏花迷亂了獒與狼的眼睛，看不見了，看不見了，只能憑著嗅覺判斷對方的強弱、距離的遠近了。

以家族為單位的狼陣立刻顯出了它的弊病：每個家族都把保護自己看得比進攻敵人更重要。

一旦領地狗衝向某個家族，抗擊敵手就成了這個家族的事情，別的家族很少有撲過來幫忙的。在狼群的中央地帶瘋咬瘋撲了一陣，智慧的獒王岡日森格立刻發現了對手的這個弱點，也立刻想出了自己的對策：要是一隻藏獒撲向一個狼家族，狼家族的全體成員就會同心協力反撲這隻藏獒。廝打的結果，肯定是藏獒在咬死狼家族主要成員的同時，自己也轟然倒在地上。死亡是必然的，慘劇已經發生了。要是幾隻藏獒同時進攻一個狼家族，在別的狼家族不來幫忙的情況下，死去的就只能是這個受到攻擊的狼家族了。

獒王岡日森格跳過去，和大力王徒欽甲保摩擦了一下鼻子，然後吼叫著把領地狗群迅速分成了兩撥，一撥由牠帶領，一撥由徒欽甲保帶領。

新的戰鬥開始了，兩撥領地狗儘管疲憊不堪卻依然十分果敢地撲向了狼。每一撥領地狗大約有二十多隻，二十多隻藏獒同時進攻一個狼家族，所向披靡、勢如破竹的情形出現了。在上阿媽狼群，最慘重的犧牲就發生在這個時候。在領地狗群，最痛快的廝殺也發生在這個時候。腳下已經沒有白雪了，白雪變成了紅雪，而且都是狼血染紅的雪。狼在迅速死亡，一匹一匹的狼好像都不是生命頑強、凶狠殘暴的野性的主宰，而成了四處奔竄的兔子。而領地狗群卻沒有一隻死亡，甚至連負傷的機會也沒有。

消滅了這個狼家族，再集體撲向另一個狼家族，兩撥領地狗群就像比賽一樣，用各個擊破的辦法，用團隊的力量，把一場身處劣勢的反抗變成了一次風捲落葉的橫掃。獒王岡日森格驕傲地抬起頭，掃了一眼前方，不禁暗暗稱奇：好啊，徒欽甲保，哪來這麼大的精神，眼看不行了，就要死掉了，卻又變得神勇無比，咬死的狼比我咬死的還要多。看來讓牠跟我來這裡是來對了，要是沒有牠，領地狗群說不定堅持不到現在。

風捲落葉的橫掃還在繼續，狼群裡傳出了上阿媽頭狼的緊急嗥叫，有點像翅膀的疾飛，又有點像冰塊的迸裂，一聲接著一聲。狼群不動了，除了被撕咬的兩個狼家族還在無謂地反抗，整個上阿媽狼群一下子僵住了，就像水突然變成了冰。很快，冰又變成了水，動蕩再次出現，狼們你擠我撞地奔跑起來，尤其是那些雄性的壯狼和大狼，都離開自己的家族，跑向了嗥叫聲起的地方。獒王岡日森格愣了一下，立刻明白：變陣了，狼群開始變陣了。壯狼和大狼拋開了自己的妻子兒女，簇擁到頭狼身邊去了。

獒王岡日森格吼起來，吼聲未已，大力王徒欽甲保就帶著自己的那一撥領地狗邊咬邊靠了過來。獒王從嗓子眼裡發出一陣呼嚕嚕的聲音，好像是說：休息，休息，我們要抓緊時間休息。領地狗們氣喘吁吁的，一個個坐下了，牠們的位置仍然處在上阿媽狼群的中間，無須憂慮其他狼群的進攻，而靠得最近的上阿媽狼，又都是老的小的弱的，強壯的都到前面去了。

前面五十步開外的壯狼大狼們，已經布成了一個能打能拚的進攻性狼陣，正在躍躍欲試地朝這邊走來。爲首的仍然不是上阿媽頭狼。牠好像有一種特殊的能力，自己怕死地躲在後面，卻能夠讓部眾玩命地衝殺在前。

壯狼大狼們很快近了，領地狗們呼呼地站了起來。獒王岡日森格和大力王徒欽甲保一前一後撲了過去，一場空前激烈的廝殺開始了。

第十八章　頭狼的愛情與嫉妒

1

狼的群體咆哮和藏獒的集體吼叫如雷如鼓，一瞬間的碰撞激發出一陣岩石擊打岩石的聲響。

到處都是準備咬合的血盆大口，牙齒像標槍一樣飛來飛去，獒影和狼影嗖嗖地閃動著，兔起鶻落，稍縱即逝。無論是藏獒，還是狼，僅靠頭腦的狡猾或聰明已經無法取勝了，僅靠身體的力量和速度也已經無法取勝了。牠們還必須柔韌，不是皮條那樣的柔韌，而是敏捷果斷中的柔韌。柔韌的後面還應該有鋼鐵一樣堅硬的肌肉和比鋼鐵還要堅硬的意志。只有把這一切結合起來，才能在這個生死攸關的時刻，在殘酷而激烈的撕咬中，完善地表達獸性的哲學和野性的品質，淋漓盡致地展露天生屬於牠們的飽滿豐盈的血性。

每一隻體力早已透支而苦苦支撐著生命的藏獒，都至少面對著四匹矯健生猛的壯狼或大狼。

鮮血和死亡同時出現了，有狼的死，也有藏獒的死。藏獒死得多一點。每一隻藏獒們撲倒一匹狼之後，自己就得飽嘗狼牙從側面和後面瘋狂撕咬的恥辱。牠們必須頑強地挺立著，一旦倒下，等待牠們的就只能是命歸西天。

獒王岡日森格知道，不能再這樣拚下去了，這樣拚下去，領地狗群就會全部死盡。怎麼辦？

總不能轉身逃跑吧？作爲藏獒，作爲西結古草原的守護神，牠們可從來沒有被狼追逃過，甚至都不知道當自己的屁股對著狼而不是利牙對著狼的時候，是應該往前邁步，還是往後邁步。再說四周也沒有可逃之路，一旦領地狗們跑出上阿媽狼群，別的狼群就會鋪天蓋地而來，轉眼把牠們撕碎吞掉。

岡日森格後退一步抬起了頭，四下裡看了看：頭狼呢，上阿媽狼群的頭狼呢？要是把頭狼幹掉，狼群就不可能這樣團結一致拚命廝殺了。引出來，必須把頭狼引出來。岡日森格想著，衝過去，幫助大力王徒欽甲保擺脫了四匹狼的圍攻，然後在徒欽甲保耳畔大吼小叫了幾聲。

大力王徒欽甲保明白了，轉身就跑，跑向了不遠處的尖嘴母狼。大概是擔心著肚腹裡的孩子吧，尖嘴母狼一見徒欽甲保張牙舞爪地朝自己跑來，就發出了一聲求救的嗥叫。徒欽甲保需要的就是這樣的嗥叫，牠在母狼面前又撲又吼，不斷把利牙摩擦在對方的脖子上，迫使母狼的嗥叫愈來愈焦急，愈來愈尖亮。

上阿媽頭狼聽到了，朝這邊看了看，意識到這很可能是誘餌，不僅沒有過來解救，反而惡狠狠地回應了一聲：喊什麼喊，你想讓我過去餵那隻藏獒啊？那還是你把你自己餵掉吧。尖嘴母狼失望委屈地哭起來，哭聲婉轉深長，彎彎曲曲地傳了出去。而大力王徒欽甲保的恫嚇變本加厲，好幾次都用利牙劃爛了母狼的鼻子。

尖嘴母狼驚恐地咆哮著，絕望的意味、哀怨的意味、求救的意味，讓牠變得無助而可憐。

讓上阿媽狼群以外的一匹公狼憂心如焚，牠豎起耳朵諦聽著，猶豫了片刻，便義無反顧地朝這邊飛奔而來。

多獼頭狼出現了，牠出現在上阿媽狼群裡，直撲正在威脅尖嘴母狼的大力王徒欽甲保。徒欽甲保後退著，退了十幾步才停下，怪聲怪氣地叫起來，一會兒像狼嗥，一會兒像狗吠。

多獼頭狼來到尖嘴母狼身邊，安慰地舔了舔母狼受傷的鼻子。母狼下意識地躲閃著，嗓子裡卻發出一陣十分受用的咿咿聲。多獼頭狼立刻用肩膀碰了碰母狼，似乎是說：快，跟我走，這裡危險，這裡沒有誰保護你。母狼搖頭不語，畢竟牠是上阿媽狼群的母狼，怎麼可以跟著多獼頭狼走呢？牠用頭使勁頂著多獼頭狼，意思是說：還是你走吧，走啊，快走，不走你就危險了。沒等忘乎所以的多獼頭狼反應過來，尖嘴母狼預感到的危險就橫逸而來。

上阿媽頭狼被大力王徒欽甲保怪聲怪氣的叫聲吸引，扭頭一看，不禁怒不可遏：居然有趁火打劫的，不要命的多獼頭狼你就色膽包天吧。憤怒使牠變得魯莽，牠一貫具有的智慧的分析、冷靜的判斷不起作用了。牠意識到這事兒關係到牠在狼群裡的威望和地位，決不能聽之任之。即使牠並不愛惜自己有孕在身的妻子，也要給多獼頭狼一點顏色瞧瞧。牠蹦跳而起，朝著無意中做了誘餌的多獼頭狼狂撲過來。

多獼頭狼愣了，牠本來完全來得及轉身跑掉，而且也下意識地伏下身子，像一個偷雞摸狗的賊那樣飛快地朝前溜去，但是牠又回來了，又昂起頭理直氣壯地站在了尖嘴母狼身邊。如果自己跑掉，上阿媽頭狼就會把仇恨宣泄在尖嘴母狼身上，那怎麼可以呢？自己惹的禍就應該由自己受罰，逃避責任的公狼，哪個母狼還會看得起呢？藏獒徒欽甲保怪聲怪氣的叫聲裡隱藏著領地狗的詭計，而詭計一旦得逞，牠將成爲真正的受益者。牠嘹亮地嗥叫著，彷彿是說：來吧，上阿媽頭狼，你就來吧，你要是咬不死我，尖嘴母狼就屬於我了。

多獼頭狼的挺胸昂首讓上阿媽頭狼吼聲如狗，牠忘掉了領地狗群的存在，眼光仇恨地聚焦著，幾乎失去了餘光，只能看見多獼頭狼而看不見任何別的東西。牠直線奔跑，想用最快的速度撲倒對方，咬死對方。

不遠處的獒王岡日森格冷笑一聲，似乎對自己能夠熟練掌握螳螂捕蟬黃雀在後的詭計而深感欣慰。牠開始奔跑，從斜後方無聲地插過去，速度快得超過了狼的兩倍，當上阿媽頭狼正準備一口咬住多獼頭狼時，自己的喉嚨卻呼哧一聲陷進了獒王的大嘴。獒牙的切割既快又準，噗噗兩下，傷口的深洞裡就冒出了一串氣泡。狼血泉湧而出，上阿媽頭狼徒然掙扎著，身子痛苦得扭成了麻花。岡日森格又咬了一口，就把上阿媽頭狼的命脈咬斷了。

死亡來得猝不及防，近處的幾匹上阿媽狼驚呆了。獒王岡日森格鬆開上阿媽頭狼，衝過去，在多獼頭狼的腦門上炸吼一聲：還不快走。多獼頭狼畏怯地後退著，看獒王並沒有咬死自己的意思，就撲過去，又是叫又是咬地推搡著尖嘴母狼。尖嘴母狼好一會兒才明白過來，轉身就跑。多獼頭狼緊緊跟上了母狼，跟了幾步，又搶過去攔住牠，引導牠改變方向，朝著上阿媽狼群之外跑去。牠們邊跑邊叫，聲音悲切，若斷似連，像是對上阿媽頭狼的告別，又像是給所有狼群的通報。

聲音傳得很快，所有的上阿媽狼都知道牠們的頭狼已經死了，所有的領地狗都知道牠們的獒王咬死了上阿媽頭狼。雙方停止了廝打，拉開十步遠的距離，互相仇恨地盯視著。

過了一會兒，獒王岡日森格臥了下來，所有的領地狗都臥了下來。牠們並不是要抓緊時間休息，而是實在支撐不住了。牠們垂吊著沈重的獒頭，舔著身上的傷口和地上的積雪，不斷發出一聲聲低啞的呻吟。而眼睛卻一刻不停地觀察著分散在四周的上阿媽狼群。

悲傷的上阿媽狼一個個凝然不動，也悄無聲息。牠們失去了狼群的主宰，也就等於失去了靈魂和力量，已經不知道幹什麼好了。沈默中的思考就像沒有腦子的思考，結果只能是錯誤。

隨著一聲母狼的召喚，一隻大狼突然跑起來，跑到自己家族裡面去了。狼群頓時一陣動蕩，所有的壯狼和大狼都跑起來，跑回到了自己的妻子兒女跟前。變陣了，上阿媽狼群在失去了頭狼之後，迅速放棄了集體進攻，變回到了各自爲陣的家族式狼陣。

這正是獒王岡日森格期待中的，也是牠盤算好的，只是沒想到來得這麼快。牠站起來朝前走去，知道這會兒上阿媽狼群對領地狗群沒有絲毫威脅，就心急意切地要去看看那些死去的藏獒。大力王徒欽甲保快步跟上了牠，所有的領地狗都跟上了牠。牠們邊走邊叫，眼淚不可遏止地溢淌著，滾落到地上，把藏獒對同伴深深的留戀和哀悼，化入腳印紛亂的積雪。

但是獒王岡日森格沒想到，牠們對同伴的哀悼立刻引起了上阿媽狼群的誤解，以爲牠們是前來厮殺的。離得最近的幾個狼家族幾乎同時驚叫起來，叫了幾聲就開始奔跑，牠們一跑，所有的狼家族、整個上阿媽狼群都開始奔跑。岡日森格趕快駐足，想發出幾聲柔和的喊叫不讓牠們跑，但已經來不及了，轉瞬之間，前後左右的上阿媽狼一個不剩地跑沒了影。

岡日森格叫了一聲不好，趕緊跳上一座雪丘，警覺地四下裡觀察起來。一分鐘前，領地狗群的位置還處在上阿媽狼群的中間，無須憂慮其他狼群的進攻。可是現在，牠們赫然暴露了，暴露在了所有狼群的鷹瞵鶚視裡。

四周爆起一片狼的咆哮，多獮頭狼的狼群、黑耳朵頭狼的狼群、紅額斑頭狼的狼群這時候發現，就像包粽子一樣被上阿媽狼群緊緊包住的領地狗群，突然裸現了。已經無需再用嗥叫商量，幾股狼群都知道，在混群的危險消失以後，牠們唯一要做的，就是一起撲過去咬死吃掉所有的領地狗。

紅額斑頭狼的狼群撲過去了，黑耳朵頭狼的狼群撲過去了，而多獮狼群眼看著就要撲過去，卻又沒有撲過去。

多獮狼群尤其是那些妒忌心很強的母狼，正在全體一致地怒視著頭狼帶來的尖嘴母狼，準備過一會兒再圍過去咬死牠。突然看到了領地狗群，又看到了別的狼群對領地狗群的奔撲撕咬，頓時躁動起來。

多獮頭狼直著脖子用尖叫發出了命令：衝啊，衝啊。沒有誰聽牠的命令，對狼群來說，雖然大敵當前，幹掉領地狗群再去報復人類遠比清除異己之狼重要得多，但狼的習慣歷來是先易後難，咬死一匹外群的母狼不費吹灰之力，爲什麼不先做了再去跟領地狗群拚命呢。那些妒忌的母狼首先跳起來，用一種奇怪的聲音詛咒著，撲向了尖嘴母狼。

多獮頭狼看到自己的命令毫無作用，反而加速了部眾對尖嘴母狼的攻擊，就惡狠狠地叫了一聲，帶著母狼轉身就跑。

多獮狼群互相吆喝著，朝著自己的頭狼和頭狼鍾愛的母狼追了過去。追著追著就停下了，牠們驚訝地看到，從雪海的波峰浪尖上，走來了一個人、一隻藏獒。牠們非常吃驚：埋伏？怎麼這裡還有埋伏？好偉壯的一隻藏獒，居然一聲不吭地埋伏在這裡。

2

鯨魚似的雪崗上，父親驚怪地佇立著。他沒有想到，狼群的騷動不是進攻而是逃跑。一股八十多匹狼多數是壯狼和大狼的狼群，在面對大灰獒江秋邦窮和小母獒卓嘎以及父親時，居然採取了逃跑。狼群久久地埋伏在雪崗後面就是爲了吃掉對方，可現在，當食物衝撞而來，吃掉就要變成事實時，群集的殘暴、潮水般的凶惡、雪災一樣狂猛的饑餓之勇，卻溘然逸去。

爲什麼？爲什麼？撲過去的大灰獒江秋邦窮停下了，衝著狼群逃離的背影大惑不解地吼叫著。小母獒卓嘎追了過去，意識到自己還叼著信，追上了也不能拿嘴咬狼，就又拐了回來。

父親眺望遠方，發現狼群靠後的一側一片混亂，透過迷茫不清的雪霧，傳來陣陣奔逐、撕咬、疼痛不堪的聲音。父親喊起來：「誰跟誰打呢？江秋邦窮你知道誰跟誰打呢？」大灰獒江秋邦窮的回答就是順著雪崗俯衝而下，迅速從狼群的邊沿擦過去，直奔那個騷亂正酣的地方。

但沒等江秋邦窮跑到跟前，騷亂就止息了，狼群改變了逃離的方向，放棄更容易隱蔽自己的前方，選擇一溜下坡很難快跑的右側奔馳而去。斷尾頭狼一直嗥叫著，叫聲短促乏力，似乎是催促，又似乎是一聲聲懊悔的歎息：上當了，上當了，藏獒們早就等在這裡了。

斷尾頭狼和整個狼群都沒有料到，就在牠們埋伏在這裡，眼看就要吃掉順風走來的父親一行時，狼群的後面突然殺出了一隻藏獒。斷尾頭狼大吃一驚，立刻想到自己中了敵人的奸計。

用人類的話說就是反客爲主，想伏擊對手的人，卻遭到了對手的伏擊。牠相信那隻脊背漆黑如墨、前胸火紅如燃的窮凶極惡的藏獒，那個在寄宿學校的狼獒苦戰中死而復生的名叫多吉來吧的黨項羅刹，早就守候在這裡，就等著前面的這個人和一大一小兩隻藏獒的靠近；更相信牠們都是誘餌，都是瞭望哨，無論後面的，還是前面的，包括那隻和藏獒廝混在一起的狼崽，都不過是一個巨大包圍圈的前鋒線，大批的領地狗群都還在後面，馬上就到，馬上就到。狼是那種三思而後行的動物，尤其是頭狼，當牠覺得牠應該承擔的不僅僅是自己的生命，而是整個群體的生死存亡時，就更加疑慮重重，謹小慎微了。斷尾頭狼繼續嗥叫著：跑啊，跑啊，快跑啊；就來了，就來了，大量的領地狗群就要來到了。

父親佇立在雪崗上，一眼不眨地望著混沌一片的前面。他已經意識到狼群的逃跑是因爲遭受了意外的襲擊，而襲擊狼群又顯然是爲了給他們解圍，誰呢？誰在給他們解圍？大灰獒江秋邦窮回來了，哈哈哈地吐著氣，滿眼迷惑地望著父親，牠好像也沒看明白到底是誰的出現讓多疑的狼群望風而逃。父親問了一句：「誰啊？你看見誰了？」牠不回答，只是不斷地回頭，用鼻子嗅著：味道，味道，那是誰的味道？站在上風的牠，似乎已經無法準確分辨下風處的味道到底屬於誰了。

狼群不見了，該是繼續走路的時候了。父親大聲說：「走吧走吧，天就要黑了，我們趕快走吧。央金卓瑪在哪裡？岡日森格在哪裡？領地狗群在哪裡？多吉來吧在哪裡？江秋邦窮你應該是知道的，趕快帶我們去找吧。」說著把狼崽放在了地上。

狼崽跳起來就跑，跑到小母獒卓嘎身邊，鼻子哼哼著，如釋重負地長喘一口氣。對狼崽來說，人的懷抱儘管舒服卻是一個毫無體驗的極大未知，只要是未知的就必然是恐怖的。現在牠終於脫離恐怖了，心情驟然變得很愉快，緊挨著小卓嘎，把嫩生生的白牙在對方的皮毛上蹭了又蹭。小母獒卓嘎信任地把嘴上的信丟在了狼崽面前，像是說：我累了，你叼一會兒吧。

狼崽叼起了信。小卓嘎張開嘴，噴著白氣，伸出舌頭，消乏解渴似的猛舔了一口積雪。

父親望著兩個小傢伙，又想到應該看看那封信了，便朝牠們走去。小母獒卓嘎警覺地揚起了頭，看到父親的眼光盯在那封信上，就用鼻子碰了碰狼崽的耳朵。狼崽叼著信跑起來。小卓嘎追了過去，斜著身子尾隨著狼崽，似乎這樣就能防範父親的靠近，保護狼崽嘴上的信。父親尋思：算了算了，就讓牠們一直叼著跑下去吧，我就是知道了信的內容又有什麼用，反正信又不是寫給我的。小卓嘎看到父親的眼光不再盯著信了，就用牙齒拽了拽狼崽的尾巴。狼崽停止了跑動，和小卓嘎肩並肩地走起來。大灰獒江秋邦窮似乎覺得牠們走的路線不對，緊跑了幾步，走在了最前面。

一行人走下了鯨魚似的雪崗，朝著一片廓落異陌的窪地迤邐而去。父親走在最後面，發現領頭的大灰獒江秋邦窮走得一點也不猶豫，心裡十分踏實。天黑前一定能找到的，找不到央金卓瑪，也能找到獒王岡日森格和領地狗群，或者直接找到多吉來吧。多吉來吧，你在哪裡呢？

然而，就像期望總是伴隨著失望那樣，天黑前他們什麼也沒有找到。疲憊不堪地穿過了整個漆黑的夜晚，當白晝的亮色在一陣嘶鳴的寒風中湧動而來時，窪地已經到了盡頭。他們沿著雪坡走到了下午，慢慢進入了十忿怒王地，只見雪浪如海，一片波蕩起伏的雪梁、一個血雨腥風的場面，赫然出現了。

廝殺，誰正在廝殺？死亡，誰正在死亡？

那邊是狗群，也是狼群。領地狗群和狼群正在你死我活地廝殺。父親驚呆了：怎麼這麼多啊，這麼多的狼群，一股，兩股，三股……用不著仔細分辨，打眼一瞧，就能清晰地看出這裡匯集著好幾股狼群。父親知道，狼是最忌混群的，牠們即使同心協力面對一個敵人，狼群和狼群之間也會留下明顯的距離。而對冬天的狼群來說，保持狼群與狼群之間的距離，就是避免了失去性命的一半危險。爲了杜絕混群，保持此狼群對於彼狼群的絕對獨立，狼群很少匯集到一起共同對付領地狗群。但是今天，牠們來了，好幾股狼群都跑到這裡來了，這到底是爲什麼？

父親呆愣著，突然聽到二百米開外的地方，傳來了一陣藏獒的呼喚，鋼鋼鋼的，就像金屬的碰撞，無比堅硬地穿透了逆向的荒風。他覺得這聲音是熟悉的，熟悉得就像聽到了自己的心跳。他朝著呼喚跑過去，跑了幾步就喊起來：「岡日森格，岡日森格。」父親激動著，他身後的大灰獒江秋邦窮也激動著，尤其激動的是小母獒卓嘎：見到阿爸了，終於又見到阿爸了。

一股狼群橫插過來，擋住了父親的去路。父親倏然停下，幾乎是本能地回身就跑，跑到了小卓嘎和狼崽跟前，一把抓起一個，摟在了懷裡。

岡日森格的呼喚持續不斷，父親再次跑起來，沒跑幾步，就又停下了。他看到由於他和大灰獒江秋邦窮的出現，領地狗群和狼群的廝殺突然止息了。狼群趁機運動著，迅速調整佈局，比剛才還要密集地堵擋在了他們前面。父親轉身往回走，發現已經沒有了退路，身後和左右兩側到處都是愈來愈近的狼，而且都是壯狼和大狼。

大灰獒江秋邦窮幾乎要氣瘋急瘋了，圍繞著父親轉了一圈又一圈，聲嘶力竭地咆哮著，向著潮水一般湧蕩不止的狼群一次次地做出衝鋒撲咬的樣子，卻沒有一次真的撲過去。牠是富有經驗的，牠知道狼群希望的就是牠撲過去。一旦撲過去，牠必須保護的父親就會被迅速包圍，大水漫漶似的狼群會用狂飆橫瀾一樣的氣勢，眨眼之間把父親瓜分到肚子裡去。瓜分到肚子裡的肯定還有小母獒卓嘎，還有渾身都是獒氣人味的狼崽，還有牠大灰獒江秋邦窮。江秋邦窮用凶極惡甚的姿態震懾著狼群，心裡卻充滿了期待：快來啊，獒王岡日森格快來啊。

父親定定地看著，發現在他和岡日森格之間，兩百多米的地界裡，流淌著一片滔滔汩汩的狼群的洪水，岡日森格根本就無法跑過來保護他們，只能送來一陣陣絲毫不起作用的呼喚。父親感到走過去的希望愈來愈渺茫，便用絕望和傷別的眼光望著遠處的人群和領地狗群，再一次摟緊了懷裡的小母獒卓嘎和狼崽，喃喃地說：「岡日森格，你不要過來了，你面前是一片狼海，你跳進去就上不來了。」

但在大灰獒江秋邦窮看來，父親絕望得未免太早了。牠比人更了解藏獒，尤其了解獒王岡日森格。岡日森格是可以飛的，只要牠願意，那一身金黃色的毛髮就能變成翱翔的翅膀。江秋邦窮繼續兇神惡煞般地震懾著狼群，繼續充滿了期待：快來啊，獒王岡日森格快來啊。

3

這是一場混戰，是紅額斑頭狼的狼群和黑耳朵頭狼的狼群對領地狗群的前後夾擊，是兩股狼群實施的一次最酷虐也最有效的殺傷。

本來獒王岡日森格想帶著領地狗群衝進紅額斑頭狼的狼群，就像衝進上阿媽狼群那樣，利用狼群對狼群的戒備，求得一個生存的機會。但是紅額斑頭狼顯然不僅是勇猛的，也是聰明的，領地狗群只要衝過去，牠就指揮自己的狼群朝一個方向散開，根本就拒絕把你包圍起來。

也就是說，只要你進攻牠們，你的背後就永遠要暴露給別的狼群。如果你不進攻牠們，牠們就要跑近你，肆無忌憚地挑釁你的生命。岡日森格只好放棄紅額斑頭狼的狼群，帶著領地狗群轉身朝向黑耳朵頭狼的狼群。

但領地狗群還是不能衝到狼群中間去，黑耳朵頭狼大概已經觀察到了上阿媽狼群的失誤，召集狼群中所有的壯狼和大狼，肩靠肩地排列出三層，挺立在領地狗群的面前。這是一個既能進攻又能防守的狼陣。岡日森格和大力王徒欽甲保輪番試了幾次，又聯手試了幾次，最後夥同所有的領地狗試了幾次，都無法撕開一道口子。太堅固了，對在連續奔跑和殘酷打鬥中備受傷痕、備受乏累之困的領地狗群來說，這樣的堵擋幾乎就是銅牆鐵壁。

就在獒王岡日森格對無力衝進狼群而懊惱不已的時候，狼群的夾擊開始了，先是紅額斑狼群從後面的撕咬，領地狗群回過頭去正要反擊，黑耳朵狼群的進攻突然打響。面對世世代代一直威脅鎮壓著狼群的藏獒，所有的狼在這一刻都成了屠夫，嗜殺的稟性、獸性的欲望、日積月累的仇恨，把牠們對人類對獒類的報復演繹成了一場噩夢、一場惡魔的率性表演、一場殘酷和暴烈的比賽。而藏獒的應對，就是把打不爛、拖不垮、咬不死的精神，再一次以超越極限的方式表現出來。牠們也是屠夫，也是野獸，也是惡魔。對牠們來說，鍾情肉筵是自然之道，殘酷嗜殺是天然稟賦，欲望和仇恨祖傳而來，狼帶給牠們的噩夢，牠們也將用噩夢的方式還給狼。

只是狼太多太多，漫山遍野，一望無際，藏獒太少太少，少得似乎都不夠狼們分配的。狼跳著，藏獒撲著，雙方的攻擊都顯得沈實有力，不是狼死，就是獒傷。慘叫此起彼伏，是狼的，也是藏獒的。一個個倒下了，比賽似的倒下了，只要狼倒下一匹，緊跟著藏獒就會倒下一隻。

好在所有的狼不可能一起撲上來，即使牠們一個挨著一個，能進行有效攻擊的，也只是靠近領地狗群的一部分。

獒王岡日森格在又撲又跳地廝打了一陣後，及時讓領地狗群圍成了團。大家屁股向裡頭向外，結實牢靠地擠在一起，節省著力氣，不再主動進攻，也不再威脅恫嚇，更不再隨便躲閃。只要狼撲過來，牠們就讓狼牙咬住自己，狼牙一咬住，狼就不會後退了，這時候獒嘴一張，一牙封喉。但這樣的抗擊幾乎等於自殺，轉眼之間，所有的藏獒血流如注。

就在這個時候，獒王岡日森格聞到了也看到了恩人漢扎西。牠用一種金屬碰撞似的聲音鋼鋼鋼地叫著，只叫了幾聲，就聽到了漢扎西的回應，就發現和漢扎西在一起的，還有大灰獒江秋邦窮，還有自己的孩子小母獒卓嘎。牠激動著，真想飛起來，越過狼群的頭頂，到達恩人漢扎西身邊。但是不行，面前的狼群密集猛惡，一層一層地延伸著，每一層都是一個深不可測的淵藪；再說牠已是遍體鱗傷，乏累之極，應付面前狼群的進攻，不至於讓自己立刻死掉，就已經勉爲其難了。牠痛苦到極點，內心不斷增生的焦急和淒慘幾乎要把牠吃掉，自責的潮水奔騰而來：畢生以保護別人爲天職的獒王啊，你現在除了保住自己之外還能幹什麼？死掉吧，死掉吧，既然你連你的恩人都不能保護，那就趕快死掉吧。

父親後來說，他之所以沒有立刻被狼群吞掉，肯定是因爲大灰獒江秋邦窮的存在。江秋邦窮一直用吼叫兇神惡煞般地震懾著狼群，也一直期待著獒王岡日森格的到來。但當牠在預計的時間裡，沒有看到岡日森格把那一身金黃色毛髮變成翅膀朝這邊飛來時，就意識到獒王肯定遇到麻煩了。牠奮不顧身地朝著離牠最近的多獼狼群撲去，拚命地喊叫著：獒王啊，我來了。

多獼狼群已是一股沒有頭狼指揮的狼群了。頭狼就在斜前方，這個愛美人勝過愛江山的頭狼本來打算帶著尖嘴母狼朝北跑去，看到父親和大灰獒江秋邦窮後，就不敢往那邊去了。牠滿臉狐疑地停留了一會兒，然後帶著尖嘴母狼，繞過自己的狼群，朝回跑去。擔憂著埋伏、畏懼著江秋邦窮的狼群立刻跟了過去，一方面是逃跑，一方面是追逐：該死的上阿媽狼群的母狼，你永遠別想成爲多獼狼群的母狼。

父親的眼前，大灰獒江秋邦窮的眼前，突然出現了一片空地，狼群河水一樣流淌著，須臾離去了。父親懷抱著小母獒卓嘎和狼崽，吆喝著大灰獒江秋邦窮，急步朝前走去，想儘快縮短他們和獒王岡日森格之間的距離，卻沒有想到，這一走就從幾股狼群共同圍剿領地狗群的邊緣，走向了圍剿的中心，走向了所有狼群都可以攻擊的地方。

更糟糕的是，他們的身後，突然冒出了另一股狼群，截斷了他們的退路。那就是曾在鯨魚似的雪崗上攔截過他們而沒有得逞的斷尾頭狼的狼群，原來這股狼群一直跟蹤著他們。

父親和大灰獒江秋邦窮都意識到了身後的危險，停下來張望著。

狼群靠近得很快，斷尾頭狼跑在最前面，好像都有點來不及了，食物就在眼前，要是牠們不吃，別的狼群頃刻之間就會一掃而空。大灰獒江秋邦窮狂猛地吼叫著，撲了過去，又害怕父親遭到其他狼群的攻擊，趕緊折了回來。而斷尾頭狼誤以爲這是藏獒的膽怯，更加放肆地咆哮著：衝啊，衝啊。狼群的奔撲峻急如山倒，呼啦啦地淹沒而來。

父親渾身抖了一下，摩挲著懷裡的小母獒卓嘎和狼崽，心說這就是命啊，我們就是被狼吃掉的命，不是被這群狼吃掉，就是被那群狼吃掉。他用一隻胳膊摟住兩個小傢伙，騰出一隻手，從依然飄搖在胸前的黃色經幡上撕下一綹來，朝著狼群扔了過去，喊道：「我要念經啦，狼你們聽著，我要請來猛厲大神、非天燃敵、妙高女尊跟我一起念經啦，我要把你們超度掉，也要把我自己超度掉，升天了，升天了，漢扎西就要升天了。」那一綹經幡隨風而逝，彷彿聽了父親的話，代替父親到狼群那裡念經去了。父親拍了拍大灰獒江秋邦窮的頭說：「別管我了，你自己走吧，你能衝出去的，去找你的獒王岡日森格。」

大灰獒江秋邦窮當然不會聽父親的，牠圍繞著父親轉來轉去，突然衝向了斷尾頭狼。斷尾頭狼停下了，整個狼群都停下了，就停了一會兒，還沒來得及和江秋邦窮交鋒，就轉身往回跑去。怎麼了？怎麼這股狼群是如此的膽小？江秋邦窮生怕有詐，趕緊回到父親身邊，奇怪地望著，望了一會兒才知道，不是斷尾頭狼的狼群膽小，而是就像在鯨魚似的雪崗上那樣，一隻隱身在雲裡霧裡的藏獒，又一次襲擊了斷尾頭狼的狼群。

斷尾頭狼吃驚地發現，就在牠們跟蹤父親和大灰獒江秋邦窮的時候，那隻脊背漆黑如墨、前胸火紅如燃的窮凶極惡的藏獒，那個在寄宿學校的廝打中死而復生的名叫多吉來吧的黨項羅剎，也一直跟蹤著牠們。斷尾頭狼立刻意識到，這隻藏獒是在保護前面的人，只要狼群威脅到那個人，牠就會從隱藏很深的地方冒出來，讓你背後受敵，讓你在丟下幾具狼屍之後失去咬死那個人的機會。但要是你調動兵力，全力以赴對付牠，牠又會迅速離開，繼續隱身在誰也看不見的地方，悄悄地鬼蜮一樣跟著你，可怕地監視著你的一舉一動。啊，牠爲什麼要這樣？爲什麼不能站出來待在那個人的身邊，正大光明地履行保護職責呢？

作爲一匹野獸，斷尾頭狼當然想不到，藏獒活著，一半是爲了忠誠，一半是爲了尊嚴。而職守是尊嚴的基礎，一旦牠意識到自己未能恪盡職守，就會喪失尊嚴。這一點和人不一樣，人是得到了以後才有尊嚴，藏獒是付出甚至犧牲了以後才有尊嚴。喪失尊嚴的感覺會讓牠遠離熟悉的人和狗，默默地死掉。這一點又和人不一樣，人是愈沒有尊嚴愈喜歡往人堆裡扎，藏獒是愈沒有尊嚴就愈喜歡孤獨，愈要離群索居，悄無聲息地消失在歲月的風塵裡。但是現在多吉來吧還不能死，大雪災沒有過去，牠既不能丟棄無臉見人的羞愧，又要繼續承擔保護主人安全的職責。

多吉來吧再次不見了，狼群後面出現了兩具狼屍，都是一口斃命的。斷尾頭狼憤怒地嗥叫著，好像是說：你出來，你出來，有本事你出來。嗥叫了一會兒，突然意識到這樣是沒用的，轉身就跑，邊跑邊招呼自己的部眾：追啊，追啊，報復的機會又來了，我們不能輕易放棄那個人。

父親看著再次追過來的狼群，對大灰獒江秋邦窮說：「怎麼回事兒，狼群來了又走了，走了又來了？」江秋邦窮知道父親在問什麼，可就是解釋不清楚，衝著斷尾頭狼的狼群高高低低地叫起來。父親說：「別叫了，我們只能往前走，退回去和停下來都是不可能的。」

父親壯著膽子，大大咧咧朝獒王岡日森格走去。好像一點都不在乎後面的追兵，也不在乎他們和岡日森格之間擁堵著多少隨時可能吃掉他們的狼。

4

對尖嘴母狼頃刻就會一命嗚呼的擔憂，讓多獼頭狼有點暈頭轉向。牠帶著母狼拚命奔馳，見空就鑽，見路就跑。跑著跑著，猛抬頭發現牠們已經來到了黑耳朵狼群的邊緣，趕緊扭身離開。沒跑多遠，又發現牠們差一點闖進紅額斑頭狼的狼群。眼看幾隻大狼就要撲過來撕咬，立馬掉轉身子，抱頭鼠竄。左也不能，右也不能，後面又有追攆而來的多獼狼群，那就只能往前跑了。但往前跑同樣是不能的，等牠們不得不停下來，吃驚地看著阻擋在面前的那堵牆時，才明白牠們居然來到了領地狗群的面前，獒王岡日森格就在離牠們五步遠的地方。

多獼頭狼愣住了，一時間不知如何是好。牠身邊的尖嘴母狼似乎反應比牠快，掉頭就跑，跑了兩步就發現已經來不及了。多獼狼群排成半圓的陣勢朝牠們包抄而來，跑在最前面的全是母狼。母狼們嫉妒的眼睛充滿了血絲，嗜血的母性的陰毒毫不掩飾地掛在眼角眉梢。尖嘴母狼嚇得渾身一抖，驚嗥著後退幾步，靠在了多獼頭狼身上。

已經無處可逃了，多獼頭狼緊張恐怖的咆哮一會兒向著領地狗群，一會兒向著自己的狼群。

那些妒火中燒的母狼不聽牠的，直撲尖嘴母狼，七八張大嘴同時咬住了這個陷入同仇敵愾的頭狼的情人。尖嘴母狼無奈地慘叫，多獼頭狼更加無奈地慘叫。這樣的慘叫意味著放棄，在尖嘴母狼是放棄生命，在多獮頭狼是放棄愛情。

但是尖嘴母狼和多獮頭狼萬萬沒想到，對生命來說，想擁有的不一定擁有，想放棄的未必就能放棄，死亡和割愛並不在這一刻，幫忙的出現了，居然是獒王岡日森格。

被嫉妒搞昏了頭的那些母狼直到被利牙驅散，也沒有搞明白爲什麼領地狗群的獒王也會像多獮頭狼一樣袒護一匹母狼。其實岡日森格也不明白這到底是爲什麼，是因爲幾天前在前去營救恩人漢扎西和主人刀疤的路上，當牠被冰甲困擾而又遭遇上阿媽狼群的時候，尖嘴母狼掩護了牠？不不不，絕對不是這個原因，岡日森格非常清楚，即使沒有這樣一次掩護，牠也會行俠仗義地去保護一匹孕期中的母狼。很多時候，牠的行動並不是出於思考，而是出於本能和天性——愛護母性的本能、幫助弱者的天性。彷彿遙遠的造物主是這樣告訴牠們的：你不能咬死母的小的，你斷絕了敵手的傳宗接代，也就帶來了你自己的衰減弱敗。久而久之，這種生命共生的意識變成了訓練有素的無意識，條件反射代替了思考判斷。這大概就是人和藏獒的區別：人，接受事物而思考原因；藏獒，接受事物而不問原因。岡日森格接受了自己對這匹母狼的同情，也接受了自己援救母狼的行動，就像要去援救自己的兄弟姐妹那樣，自然而然地撲了過去。

沒有哪匹狼敢於反抗這隻冒著生命危險援救一匹母狼的獒王，牠們都傻了，遠遠近近的狼都傻了，傻呆呆地看著獒王岡日森格連吼帶咬地把尖嘴母狼從七八張血盆大口中解救了出來。

嫉妒的母狼們帶著傷痕驚叫著退去，而尖嘴母狼以爲這隻碩大無朋的藏獒是來跟母狼們爭搶食物的，依然趴在地上，恐懼地蜷縮成一團，瑟瑟發抖。倒是離獒王最近的多獮頭狼首先丟開了驚怕和呆傻，悠悠地嗥叫了幾聲，像是對獒王的感謝，又像是對尖嘴母狼的安慰，嗥完了，就開始飛快地舔舐母狼身上的傷口。

獒王岡日森格回到了領地狗群中，就像根本沒有救過母狼似的，敵意而警覺地望著面前的所有狼。牠和牠的領地狗群依然需要結實牢靠地擠在一起，儘量節省力氣，等著狼撲過來咬住自己後，再實施殺戮。

但是狼沒有撲過來，所有看到了獒王救母狼這一幕的狼都沒有撲過來。

暫時的平靜中，尖嘴母狼坐了起來，牠懼怯而感激地看了一眼獒王，又仇恨而怨怒地看了一眼多獼狼群。知道那些天性嫉妒的多獼母狼決不會放過牠，而牠也不可能每一次都得到獒王的援救，便用尖嘴給多獼頭狼示意了一下，跳起來就跑。

多獼頭狼毫不猶疑地追隨而去，這一去就注定了牠的命運。牠再也不是多獼狼群的頭狼了，牠將成爲一匹沒有群落沒有領地的獨狼，寂寞而堅韌地守護著自己的愛情，孤魂野鬼般遊蕩在草原上。

大概是懾於獒王岡日森格的威力吧，多獼狼群沒有再去追殺尖嘴母狼。牠們直勾勾地望著獒王，好一會兒才離開。離開的時候好像突然受到了驚嚇，幾乎是整齊劃一地扭轉了身子，在紅額斑狼群和黑耳朵狼群組成的凶險難測的夾道中，奪路而去。

父親走來了，多獼狼群對尖嘴母狼的追逐，等於給父親和大灰獒江秋邦窮開通了一條通往獒王岡日森格的路。

堵擋在前面兩側的紅額斑狼群和黑耳朵狼群都以爲，讓多獮狼群去衝撞一下尚有餘勇可賈的領地狗群，當然是再好不過的。牠們謹防著混群，以夾道歡迎的姿態允許多獮狼群通過，卻沒有想到緊接著發生了一連串令牠們吃驚的事情：先是吃驚於多獮母狼對上阿媽尖嘴母狼的撕咬以及多獮頭狼的袒護；再吃驚於獒王對尖嘴母狼的援救；接著又吃驚於跟在多獮狼群後面的父親和大灰獒江秋邦窮會以最快的速度，穿越所有狼群都可以攻擊的高危險地帶，走向了領地狗群；最後吃驚於風一樣從父親和江秋邦窮後面飄然而來了另一股狼群。

紅額斑狼群和黑耳朵狼群都認識這股狼群，這股狼群就是幾天前跟牠們一起圍剿過寄宿學校、咬死過十個孩子、然後又一起逃往屋脊寶瓶溝的斷尾頭狼的狼群。牠們怎麼來了？眼看著領地狗群就要被徹底打敗，制高點上的人類就要一個不剩地被吃掉，這個時候卻橫斜裡插進來另一股狼群。該死的，你們付出了什麼，居然要和我們分享勝利果實？紅額斑頭狼和黑耳朵頭狼都嗚嗷嗚嗷的嗥叫起來，明顯表示出了對斷尾頭狼的狼群的憤怒和不滿。

這時領地狗群也看到了斷尾頭狼和牠的狼群，顯得異常平靜，很無所謂的樣子。對領地狗群來說，狼已經多得數不過來了，再多一群又有什麼要緊？反正是一場力量懸殊的對抗，歸根結底都是死。死在哪群狼的嘴下都一樣。更何況父親來了，慶幸的時刻到了，暫時也就顧不上狼了。

在見到恩人漢扎西的一刻，獒王岡日森格跳起來撲了過去，激動讓牠覺得牠再也不需要節省力氣，牠已經有力氣了，牠的力氣足以把父親撲倒，而且還一口咬住了父親的脖子。當然這是遊戲，是感情濃烈到無以言表的流露。牠旋即跳開，驚喜地看著站在二十步外的大灰獒江秋邦窮，叫了一聲，好像是說：過來呀。

大灰獒江秋邦窮沒有過去，牠看到除了獒王沒有哪隻領地狗理睬牠，就又一次意識到了作爲敗軍之將的悲哀。牠低低地叫著，像是說：我已是無臉見人哪獒王，我辜負了你的期望，我讓領地狗群打了敗仗，我就不過去了，我就待在這裡吧。

大力王徒欽甲保惡狠狠地叫起來，牠永遠忘不了江秋邦窮帶給領地狗群的恥辱，永遠都無法改變牠對給集體帶來災難的無能的領導者的鄙視。牠用吼叫驅趕著江秋邦窮：你滾吧，滾到遠遠的地方去。江秋邦窮沒有滾，搖晃著尾巴，似乎在乞求大力王徒欽甲保，也乞求獒王岡日森格：不要啊，不要讓我滾，我離不開領地狗群，我已經離開你們很久很久，好不容易回來了，現在就是死也要跟你們死在一起。

岡日森格走向了大灰獒江秋邦窮，想給牠一些安慰，突然看到了從父親懷裡躥出來的小母獒卓嘎和狼崽，頓時就被吸引住了。

第十九章　獒王的哭泣

1

依然叼著那封信的小母獒卓嘎撒嬌地撲向了阿爸，狠狠地在阿爸腿上撞了一下，好像是說：阿爸呀阿爸，你怎麼不管我了？阿媽呢？阿媽到哪裡去了，牠怎麼不在你身邊？岡日森格溫情地伸出大舌頭，使勁舔了舔小卓嘎，然後就奇怪地盯上了狼崽。父親趕緊從地上爬起來，指著趴在地上發抖的狼崽說：「你可不要傷害牠。」岡日森格搖了搖頭，牠的搖頭就是點頭，意思是說：不會的。然後就像舔小卓嘎那樣，使勁舔了一下狼崽。

狼崽嚇壞了，牠從來沒見過、更沒有如此貼近地接觸過這麼多威風凜凜的天敵，牠站起來就跑，跑到了小母獒卓嘎身邊。小卓嘎抬起前爪抱住了狼崽：啊，不要緊的，不要緊的，我阿爸不會咬你。看到身邊的大部分藏獒都奇怪地望著狼崽，小卓嘎便用肩膀撞了一下狼崽，然後就跑，牠想重現牠們一路走來時互相追逐著嬉戲玩耍的情形，以此消除大家對狼崽的疑慮。但牠沒想到，狼崽的追逐已不是玩耍而是尋找生命的依靠，臉上緊張恐懼的表情很容易讓別的藏獒理解成仇恨和憤怒。

大力王徒欽甲保首先發怒了，衝著狼崽大吼一聲，意思是警告：你不要命了，竟敢追咬我們的小母獒。狼崽跑得更快了，牠必須挨著小母獒卓嘎，挨著是安全的，離開就是危險的。徒欽甲保哪能允許狼在牠面前如此放肆地欺負一隻小母獒，輕蔑地哼了一聲，橫撲過去，咬住了狼崽。

完了，狼崽完了。獒王岡日森格知道大力王徒欽甲保的大嘴只要輕輕一合，狼崽就會斷成三截，牠顧不上喊叫一聲，縱身一跳，風捲而去。只聽轟然一響，徒欽甲保被撞倒在地。岡日森格一隻前爪摁住徒欽甲保的大吊嘴，一隻前爪踩住牠的脖子，迫使牠鬆開牙齒，讓狼崽從嘴邊滑了下來。

還好，只是有傷，而沒有被牙刀攔腰割斷，狼崽跑開了。

獒王岡日森格從大力王徒欽甲保身上下來，生氣地吼叫著，好像是說：你怎麼能這樣，即使是狼的孩子，也是孩子啊。徒欽甲保沒有起來，牠已是傷痕累累、精疲力竭，被獒王猛力一撞，只覺得頭暈腰疼、眼花耳鳴，似乎再也站不起來了。小母獒卓嘎撲了過來，想咬大力王徒欽甲保一口，意識到自己還叼著那封信，就用頭在徒欽甲保臉上又撞又頂，似乎是埋怨：徒欽甲保叔叔你真壞啊，牠是我的朋友你怎麼能咬牠？我阿爸說了，好藏獒是不欺負孩子的，你不是一隻好藏獒。徒欽甲保委屈地流著淚，用虛弱得連不起來的聲音哀哀地叫著：對不起了小卓嘎，我真笨啊，沒看出牠是你的朋友，我以爲牠是要咬你的。

這時突然聽到狼崽一聲驚叫，所有的領地狗都朝驚叫的地方望去。跑開去的狼崽再也不敢靠近領地狗群了，但牠又知道狼群也是充滿了險惡的，就只好在領地狗群和狼群之間的空地上來回跑著，跑著跑著，就看到了斷尾頭狼。牠驚叫一聲，戛然止步，愣怔了片刻，撲通一聲癱軟在地上，吱哇吱哇地哭起來。

傷心的往事絡繹而至：阿媽死了，阿爸死了，一直撫養著牠的獨眼母狼也死了，都是被斷尾頭狼咬死的，現在斷尾頭狼又要咬死牠了。牠沒有死在狼的天敵藏獒的嘴下，卻要死在自己種族的手裡了。

牠閉上了眼睛，等待著死亡。跳過來的斷尾頭狼似乎希望狼崽睜開眼睛，看到自己被咬死的情形，便戲弄地用嘴撥拉著，讓狼崽來回打著滾，直到狼崽睜開眼睛流出了因恐怖而帶血的眼淚。斷尾頭狼咆哮起來：你居然還活著，居然跟領地狗群混在一起，該死的叛徒，你終於落到我手裡了。牠咆哮了幾聲，然後一口咬住了狼崽。

獒王岡日森格發怒了，牠跳起來就要撲過去，發現堵擋在前面兩側的紅額斑狼群和黑耳朵狼群也都朝這邊看著，興奮得你擁我擠，便停了下來。牠擔心兩股狼群會趁機撲過來，就轉身把恩人漢扎西用頭頂到了領地狗群的中央，再想著要去營救狼崽時，不禁大驚失色，牠看到被斷尾頭狼咬住的，已不是狼崽，而是大力王徒欽甲保了。

誰也沒有留意徒欽甲保，牠居然站了起來。牠在生死線上已經奔馳得太久太久，身心早已虛脫，加上獒王的猛力一撞，差不多就要死了。但牠還是站了起來。牠說：獒王啊，我知道你是喜歡孩子的，那我就去把這孩子救下來吧。又說：小卓嘎你看著我，我其實是一隻好藏獒，真的是一隻好藏獒啊。說著，牠拖起沈重的身子撲了過去，這是牠生命中的最後一撲，牠撲翻了正準備咬死狼崽的斷尾頭狼，自己也轟然倒在了地上。

狼崽又一次脫險了，牠從斷尾頭狼的牙齒之間掉下來，掉到了幾乎和大力王徒欽甲保同時撲過來救牠的小母獒卓嘎身上。狼崽尖叫著，一看是小卓嘎，頓時就閉嘴了。牠哭起來，眼睛漸漸地明澈著，流出來的已不是恐怖的血淚，而是傷心的清淚。牠站起來，求生似的靠上了小母獒卓嘎。小卓嘎朝領地狗群走去，狼崽跌跌撞撞地跟了過去。

被撲翻的斷尾頭狼很快站了起來，看到大力王徒欽甲保趴在地上，滿嘴流血，就知道這隻藏獒已經累得內臟噴血，再也沒有打鬥能力了。牠撲過去，一口咬住了徒欽甲保的脖子。徒欽甲保渾身抽搐了一下，心有不甘地睜著眼睛，一直睜著眼睛，死了。這個爲了營救一匹狼崽而獻身的藏獒，這個背負著戴罪立功的沈重包袱黑旋風一樣南征北戰的藏獒，這個因爲必須服從獒王必須忠於職守而和妻子黑雪蓮穆穆、孩子小公獒攝命霹靂王生離死別的藏獒，這個大力王神的化身，牠就在今天，在十忿怒王地的積雪中，被狼咬死了。等獒王岡日森格撲過去救牠時，牠的最後一縷氣息已經被斷尾頭狼呼進了自己的肚子。

父親看到，黑色的鋼鑄鐵澆般的徒欽甲保，即使倒下，也保持著大力王神的風度，神情剛正威武，渾身黑光閃亮，在一地縞素的白雪中，耀出了半天的肅穆和驕傲。

斷尾頭狼扭身就跑，獒王岡日森格沒有追，牠趴在大力王徒欽甲保身上，呵呵呵地叫著，好像有無盡的感情需要抒發：徒欽甲保，徒欽甲保。獒王的眼淚，就像春天冰山的融水，從頑強和堅硬中流淌而來。牠什麼也不顧了，只顧沈浸在海一樣深沈的悲傷憂戚中，失聲痛哭。

父親就站在岡日森格身邊，呆癡地聽著那如泣如訴的哭聲，揣度著獒王的意思。父親後來說，獒王的意思應該是這樣的：「徒欽甲保啊，你原諒我，是我讓你戴罪立功的，我知道你會把自己拚死，早就知道啊。徒欽甲保，我不該一頭撞倒你，你受委屈了呀徒欽甲保。徒欽甲保你原諒我，是我把你和你的妻子還有你的孩子分開的，我知道黑雪蓮穆穆和小公獒攝命霹靂王也是好樣的。牠們要是來到了這裡，也會跟你一起拚命一起去死。我不想讓牠們死，牠們一個是母的，一個是小的，不能跟你一起死啊。」獒王岡日森格這個時候還不知道，大力王徒欽甲保的妻子和孩子已經死了，黑雪蓮穆穆和小公獒攝命霹靂王已經在營救牧民的過程中以身殉職了。

所有的藏獒都跟著獒王岡日森格哭起來，牠們不顧紅額斑狼群和黑耳朵狼群的窺伺，不顧斷尾頭狼的狼群的覬覦，只讓悲酸的淚水洶湧地糊住了深邃的眼睛，然後在無限迷茫的哀痛中失音地啞叫著。

一個機會出現了，對所有的狼群來說，這都是一個難得的機會。牠們可以撲向領地狗群，撲向牠們恨之入骨、畏之如虎的獒王岡日森格。咬死牠，咬死牠們，一鼓作氣全部咬死牠們。

但是狼群沒有這樣做，紅額斑頭狼嗚嗚地叫著，牠的狼群也跟著牠嗚嗚地叫著，好像是慶祝，更像是傷心，藏獒死了，狼們爲什麼要傷心？黑耳朵頭狼和牠的狼群丫杈著耳朵，諦聽著藏獒的哭聲凝然不動，似乎一個個都成了出土的狼俑。

斷尾頭狼不遠不近地看著，牠有些得意。畢竟這隻雄壯的黑色藏獒是牠咬死的，但牠卻再也沒有勇氣慫恿自己的狼群撲過去擴大戰果。牠當然一如既往地仇視著藏獒，也仇視著差點就要吞到肚子裡去的狼崽。但有一個問題不期然而然地糾纏著牠，讓牠不得不去收斂自己的殘暴和強烈的復仇心理：藏獒居然也會營救狼崽，居然會爲了營救狼崽而付出生命，爲什麼？

就在這時，一直和領地狗群保持著二十步距離的大灰獒江秋邦窮撲了過去，撲向了斷尾頭狼。牠是要爲大力王徒欽甲保報仇的，在牠看來，牠離斷尾頭狼最近，報仇的任務就只能由牠來擔當了。牠忘了大力王徒欽甲保曾經那麼輕蔑地對待過牠，忘了就是這個徒欽甲保首先發難把牠攆出了領地狗群。牠只有一個意念：眼看著徒欽甲保被斷尾頭狼咬死而無所作為，那就是天大的恥辱。

斷尾頭狼好像早有準備，沒等大灰獒江秋邦窮跑到跟前，尖嗥一聲，撒腿就跑。牠的狼群跟上了牠，轉眼就把牠裹到中間保護起來了。江秋邦窮緊追不捨，邊追邊咬，試圖咬開所有阻擋牠追上斷尾頭狼的狼。

狼們紛紛讓開，讓出了一條通往狼群中心的通道。大灰獒江秋邦窮不顧一切地直插進去，通道轉眼就被狼群從後面封死了。

獒王岡日森格遠遠地看著，叫了一聲不好，打起精神就追，領地狗群呼啦啦地跟上了牠，依然叼著那封信的小母獒卓嘎、跟著小卓嘎寸步不離的狼崽，還有父親，也都跟著跑起來。

2

堵擋在前面兩側的紅額斑狼群和黑耳朵狼群，給斷尾頭狼的狼群讓開了路，也給領地狗群讓開了路。十忿怒王地上，幾股狼群共同圍剿領地狗群的局面，突然演變成了領地狗群對一股狼群的追逐。

而在三百米開外的一片積雪勻淨的平地上，已經失去了頭狼的上阿媽狼群，正在吆三喝四地運動著，牠們走向了十忿怒王地的制高點，目標已經不是領地狗群，而是人群了。

人群正在從制高點的雪梁上走下來。他們看到領地狗群和狼群的對抗久拖不決，覺得已是黃昏，寒夜就要來臨，再這樣下去人和狗肯定都要吃大虧，便打算過來支援領地狗群，即使幫不了什麼忙，也可以跟領地狗群待在一起互相壯膽。但是他們想不到，剛沿著雪梁的陡坡滑入平地，就碰到了上阿媽狼群。

人們停下了。鐵棒喇嘛藏扎西跑到前面，端著鐵棒威脅著狼群：「你們不要過來，過來我就打死你們。」

上阿媽狼群不動了，互相觀望著，好像不知道怎麼辦好，沒有了頭狼也就沒有了命令，而狼群是習慣於聽從命令的。這時牠們發現，同樣失去了頭狼的多獼狼群，也朝著這邊走來，從另一個方向堵住了人。多獼狼群很快停下了，和人的距離跟上阿媽狼群差不多，這就是說，牠們不想靠近了冒險，也不想落後了吃虧。

鐵棒喇嘛又開始威脅：「打死你們，打死你們，敢過來我就打死你們。」

大概就是鐵棒喇嘛的喊聲引起了紅額斑頭狼和黑耳朵頭狼的注意，牠們遠遠地看了幾眼，馬上意識到自己應該怎麼辦了。牠們已經給斷尾頭狼的狼群讓開了路，也給領地狗群讓開了路，這就等於把最危險最難對付的藏獒，移交給了斷尾頭狼的狼群，而牠們卻可以像上阿媽狼群和多獼狼群那樣，直撲垂涎了許久、獵逐了許久的儒弱的人群。

紅額斑狼群和黑耳朵狼群跑起來，迅速來到了制高點下面的平地上，肆無忌憚地擠對著沒有了頭狼的上阿媽狼群和多獼狼群，給自己擠出了一片能攻能守、能撲能逃的寬敞之地。然後用貪饞而陰惡的眼光，胸有成竹地打量著這些暫時還能用兩條腿走路的鮮美的食物。

眼看狼愈來愈多，藏扎西有點泄氣了，收起鐵棒說：「狼怎麼這麼多啊。」夏巴才讓縣長氣急敗壞地指著班瑪多吉主任的鼻子喊起來：「都是因爲你，你要是不提分開，我們能從四面八方引來這麼多的狼嗎？」班瑪多吉瞪著對方不吭聲。夏巴才讓又說：「我告訴你，你是西結古草原工作委員會的主任，麥書記和丹增活佛，還有我們這些人出了問題，你要負全部責任。」

班瑪多吉說：「任何人出了問題我都負責，牲口死了我也負責，就是你，我不負責，你連牲口都不如，你死了活該。」夏巴才讓說：「可惜我不死，要死也是你先死。」麥書記走過來說：「你們一個縣長，一個主任，我今天倒要看看，你們除了吵架，還有沒有別的本事。」

班瑪多吉指著夏巴才讓說：「他有，他的本事就是咒別人早死。」丹增活佛不想聽他們吵架，大聲念起了經。

幾股狼群同時朝人靠近了一些，牠們也看出人正在吵架，吵架就意味著分裂，而分裂對狼群是有好處的。人們下意識地朝後退去，退了幾步就發現已經沒有退路了。他們爲了迅速靠近領地狗群，選擇了最近的也是最陡的一面雪坡，這面雪坡溜下來容易，爬上去就難了，一面三米高的冰壁斜立在身後。人必須攀上冰壁，才能沿著來時的路重新回到十忿怒王地的制高點。大家面面相覷，都用眼睛詢問著對方：我們應該怎麼辦？

狼群移動著，又靠近了一些。不能再猶豫了，鐵棒喇嘛抱著鐵棒蹲在了冰壁下面，憂急地喊著：「上，佛爺，麥書記，還有你們大家，快踩著我的肩膀上。」沈默了，誰也不說話。片刻，丹增活佛走過去，從藏扎西懷裡拿過鐵棒，立在地上，威嚴地望著狼群說：「只能這樣了，麥書記、夏巴才讓縣長、班瑪多吉主任、梅朵拉姆姑娘，請你們趕快上。」麥書記說：「還是佛爺、藏醫喇嘛和頭人先上。」

班瑪多吉主任一步跨過去，拉起藏扎西說：「你看，我的肩膀比你寬，你們踩著我的肩膀上。」藏扎西說：「我是鐵棒喇嘛，這裡我說了算。」班瑪多吉說：「我是西結古工作委員會的主任，你必須聽我的。」說著一把推開藏扎西，忽地蹲下去，回頭喊著：「麥書記、丹增活佛，除了夏巴才讓，大家趕快上，我的肩膀，哈哈，結實得像石頭。」

班瑪多吉主任沒想到，第一個踩到自己肩膀上的卻是他聲明不讓上的夏巴才讓縣長。夏巴才讓是跳上去的，跳到了班瑪多吉的肩膀上他還在跳，一邊跳，一邊說：「這就是結實？結實，我讓你結實，結實個屁，你不要顯能了，你還是老老實實自己逃命去吧。」高大魁梧的夏巴才讓縣長直到把班瑪多吉主任跳塌了，才從人家身上下來。

班瑪多吉從地上爬起來，揮拳就打。夏巴才讓忽地蹲了下來，喊道：「我的腰最圓，膀最闊，個子最高，你們趕緊上。書記、活佛、頭人、藏醫、梅朵拉姆，還有這些喇嘛，你們趕緊上。」班瑪多吉撲過去，揍了夏巴才讓一拳。夏巴才讓惡狠狠地說：「這一拳我記住了，以後我會還給你，王八蛋趕快逃命吧。」班瑪多吉哼了一聲說：「不要以爲我比你差，我比你強，各個方面都比你強。」說著，也蹲了下來，「上啊，你們趕快上啊。」

狼群繼續朝前挪動著，有幾匹膽子大的壯狼離人只有五步遠了。麥書記說：「丹增活佛，不要客氣了，趕快上啊。」說著抱起丹增活佛，放在了夏巴才讓縣長的肩膀上。夏巴才讓忽地一下站了起來。麥書記回身又要去抱藏醫喇嘛尕宇陀，自己卻被藏扎西抱起來，放在了班瑪多吉主任的肩膀上。班瑪多吉也是忽地一下站了起來。

人們開始往上攀了。三米高的冰壁，踩著人的肩膀，正好可以攀上去，攀上去就好了，就能或爬或走地重新回到十忿怒王地的制高點。人們自動分成了兩組，一組踩著夏巴才讓縣長的肩膀，一組踩著班瑪多吉主任的肩膀，一個接一個地攀上去，安全地站到了冰壁上。鐵棒喇嘛藏扎西背靠冰壁，面對狼群，端著鐵棒守護著夏巴才讓和班瑪多吉。

夏巴才讓縣長和班瑪多吉主任一邊扭頭互相怒視著，一邊咬緊牙關比賽著，看誰的肩膀馱上去的人多。「十四個。」夏巴才讓大聲說，除了他們自己和藏扎西，這是最後一個被他馱上去的人。班瑪多吉比他少了一個，頓時就不服氣了，撇著嘴朝身後的藏扎西喊道：「快上，從我這裡上。」藏扎西說：「你累了，還是我來馱你。」說著蹲了下去。班瑪多吉一把揪住他，使勁搖晃著說：「我還差一個，就差一個，快上，快從我這裡上，我求求你了。」藏扎西看著班瑪多吉懇求的眼光，把鐵棒交給他，一步踩上了他的肩膀。「哈哈，平了，平了，夏巴才讓我和你平了。」班瑪多吉笑著站了起來。

現在，冰壁下面只剩下夏巴才讓縣長和班瑪多吉主任了。半圓的狼群包圍圈又縮小了一些，最近的幾匹狼離他們只有三步遠了。

夏巴才讓望著班瑪多吉冷笑著說：「現在怎麼辦，快說。」班瑪多吉說：「說什麼說，快過來，你是縣長，我馱你上去。」夏巴才讓說：「不行，我官兒比你大，我應該馱你上去。」

班瑪多吉說：「你以爲你官兒大，狼就不吃你了？」夏巴才讓說：「你這個笨蛋，你沒聽說狼不吃縣長嗎？」班瑪多吉說：「狼更不吃主任，主任是管狼的，西結古草原的狼都認得我，快上吧，大笨蛋縣長。」夏巴才讓說：「這樣吧，我們比護身符，看誰的守舍神厲害誰就留下。」看對方沒表示反對就又說：「我是虎年生的，我的護身符上是虎威轉輪王。」班瑪多吉一聽就得意了：「我是龍年生的，我的護身符上是青龍騰飛的殊勝法王，我比你厲害多了。」夏巴才讓說：「你說了不算，讓丹增活佛說，到底誰厲害。」班瑪多吉說：「難道你沒聽說過『虛空界名聲最大者是青龍，任何好漢不能擒』嗎？」夏巴才讓說：「誰說的？」

班瑪多吉說：「格薩爾說的。」

這時一隻失去耐心的狼撲了過來，整個狼群忽地朝前湧蕩了一下。班瑪多吉猛地站起，比劃著鐵棒把狼趕到了三步之外，趕緊又回身蹲下，喊著：「快上，快上，又笨又蠢的虎威縣長，你快上。」

夏巴才讓縣長老虎一樣跳起來，撲向班瑪多吉主任，一手揪住他的衣袍領口，一手揪住他的腰帶，嗨的一聲扛在了肩上，又嗨的一聲舉了起來。他本來沒有這麼大的力氣，但是現在有了，洪水一樣凶險的狼群把力氣逼出來了。

鐵棒喇嘛藏扎西和索朗旺堆頭人趴在冰壁上面，伸手接住了班瑪多吉，又把一根接長了的腰帶放下去，告訴夏巴才讓：「快啊，快抓住腰帶，我們把你吊上來。」但是已經來不及了，剛剛鬆開班瑪多吉，夏巴才讓就慘叫一聲，倒了下去。

夏巴才讓縣長是被狼群拽倒的，十幾匹狼一起撲向了他。狼群覺得只剩下了最後一個，再不撲就一口肉也吃不上了。拽他倒地的同時，又有十幾匹狼撲向了他，覆蓋，狼的覆蓋就是死神的覆蓋。

但是夏巴才讓並不想死，他喊叫著，反抗著，他早就知道自己十有八九會被狼吃掉，但還是不懈地掙扎著，反抗著。

冰壁上面的人喊起來：「夏巴才讓縣長，夏巴才讓縣長。」喊聲最大的是班瑪多吉主任：「是我害了你呀，夏巴才讓縣長，我打了你一拳，你還沒還我呢，我等著你還我呢，夏巴才讓縣長。」

唯一沒有喊叫的是丹增活佛，他喃喃地說：「夏巴才讓縣長救了我們大家，我們爲什麼不能去救他呢？他不會死的，不會死的。」說著，他從好不容易攀上來的冰壁上溜了下去。接著麥書記溜了下去，班瑪多吉主任溜了下去，鐵棒喇嘛藏扎西和梅朵拉姆溜了下去，索朗旺堆頭人和藏醫喇嘛尕宇陀溜了下去，那些西結古寺的喇嘛，那些索朗旺堆家族的人，也都一個個溜了下去。

所有跳下去的人都不避危險地跑向了狼群，他們覺得夏巴才讓縣長還活著，不相信他的靈魂已經離他而去。梅朵拉姆說：「『夏巴才讓』的意思我知道，是彌勒長壽，是不是啊，彌勒長壽？」藏醫喇嘛尕宇陀說：「是啊，是啊，他叫彌勒，又叫長壽，他怎麼會死呢？」

來自不同狼群的幾十匹狼，搶奪著同一具屍體，爭吵和打鬥是不可避免的，互相撕咬的聲音響成一片。強壯的身體、蠻橫的態度、凶殘的程度，在這裡起著決定作用。有的吃到了，有的沒吃到，有的是搶，有的是偷，更有被咬得傷痕累累而沒有吃到一口的，嗚嗚嗚地在一旁哭叫。沒有哪匹狼會理睬牠們的哭叫，謙讓和同情不屬於野性的荒原，更不屬於殘酷的野獸群落。

更多的狼則站在搶奪現場的邊沿，流著口水，克制著自己的貪饞，儘量平靜地佇立著。牠們這是爲了保持群體的獨立，避免在混亂中狼群和狼群的交叉。狼群的紀律就是這樣，除了頭狼和被頭狼允許的母狼，在食物不夠的時候，大家都是輪著搶奪，不管你搶上沒搶上，這一次參與了搶奪的，下一次就不能再參與了。

沒有參與搶奪的狼首先發現：攀上冰壁逃命的人又回來了，而且是跑著回來的。怎麼回事兒？是因爲人知道一個人的血肉不夠狼吃，就主動把自己送來了嗎？牠們興奮得前擁後擠：來了來了，人又來了。牠們狼多勢眾，鬥志旺盛，一點也不怕人。人算什麼，只要他們手裡沒有槍，就只能受狼群的攻擊，而不能攻擊狼群。

黑耳朵頭狼正好搶到了一大塊大腿肉，突然看到了跑來的人群，便兩口吞了下去，趕緊離開那場屍肉爭奪戰，激動得嗥叫著，招呼自己的狼群迅速布陣，然後目中無人地圍了過去。沒有參與這次搶奪的紅額斑頭狼用更快的速度布起狼陣，從另一個方向迎人而上。還有多獼狼群和上阿媽狼群，牠們沒有了頭狼，並不等於沒有了欲望，欲望驅使著牠們散散亂亂地往前走，眼睛裡迸射著饑餓的寒光和復仇的血光，愈來愈亮。

人群停了下來。他們驚心動魄地看到了夏巴才讓縣長煙飛灰滅的情形，不禁一個個淚流滿面：沒有了，連骨頭也沒有了。索朗旺堆頭人哭著說：「夏巴才讓縣長你走好啊，你是菩薩縣長你要快點回來啊，我們等著，等著，你來世還是我們的縣長，我們等著你，等著你。」

狼群毫無收斂之意，更加貪婪地擁堵而來。麥書記首先意識到了人的盲目，懊悔地感歎一聲說：「都怪我呀，怪我沒有攔住大家，怎麼可以不計後果地從冰壁上溜下來呢？夏巴才讓縣長是爲了讓大家活著才被狼群吃掉的，我們這樣做是辜負了他，他算是白送了一條命。」班瑪多吉主任說：「大家的命都是一樣的，夏巴才讓縣長不怕送命，我也不怕送命。」說著一腳踢飛了面前的積雪，就要朝狼群撲去。麥書記和梅朵拉姆幾乎同時抓住了他。

丹增活佛平靜地望著大家說：「是我帶頭溜下來的，你們知道我爲什麼要溜下來嗎？」大家一臉茫然。丹增活佛說：「你們回頭往上看，看了你們就知道了。」大家回過頭去，不禁異口同聲地驚叫起來：「啊？」

3

大灰獒江秋邦窮插進狼群後跑了一會兒，才意識到自己已經陷入重圍，牠不僅不能咬死斷尾頭狼，反而很可能會被狼群咬死。牠倏然停下，撲咬著那些攔路的壯狼和大狼，朝著獒王岡日森格吼叫的地方突圍而去。一陣震天撼地的廝殺，從狼群的中心和狼群的邊沿同時開始，攪得積雪升天，烏雲鋪地，狼屍橫陳著，獒屍同樣橫陳著。

在數量上占絕對優勢的狼群突然從兩個方向來了一個迴旋，把父親和他懷裡的小母獒卓嘎以及狼崽裹進了狼群。

眨眼之間父親和大灰獒江秋邦窮同樣危險了。而獒王岡日森格和領地狗群不要命的廝殺，只能更多地讓狼死傷，卻無法攻破堅固而有序的狼陣。

大灰獒江秋邦窮奮力來到了父親身邊，牠已經放棄突圍，把撕咬的目的鎖定在了保護父親上。與此同時，獒王岡日森格把最強悍的幾隻藏獒集中在了自己身邊，正在殺出一條通往父親和大灰獒江秋邦窮的血路。

就在這時，狼群的前邊，那個不受藏獒攻擊、薄弱得只有老狼和弱狼的地方，幾乎是晴天霹靂般地冒出了一個一直跟蹤監視著斷尾頭狼的狼群的惡魔。所有的狼都認識牠，牠就是那隻脊背漆黑如墨、前胸火紅如燃的窮凶極惡的藏獒，那個在寄宿學校的廝打中死而復生的名叫多吉來吧的黨項羅剎。牠是父親的狗，只要父親一遇到危險，牠立刻就會出現。

如同遭受了天獸的打擊，那些老狼和弱狼爭著搶著躺下了，彷彿死亡是一件值得爭搶的事兒。斷尾頭狼緊急發出了一聲銳利如箭的嗥叫，這是逃跑的信號，狼群丟開幾乎就要圍死的大灰獒江秋邦窮和父親，紛紛轉身，奪路而去。

父親以及他懷裡的小母獒卓嘎和狼崽回到了獒王岡日森格身邊，大灰獒江秋邦窮也回到了安全的地方。岡日森格在他們身上聞著看著，沒發現致命的創傷，就安慰地舔了舔他們，然後帶著領地狗群追攆斷尾頭狼的狼群去了。牠倒不是非要追上狼群，而是想看到多吉來吧，牠已經聞出多吉來吧的味道了，而且感覺到斷尾頭狼的狼群走到哪裡，多吉來吧就會跟到哪裡。

但是直到追攆著斷尾頭狼的狼群來到十忿怒王地的制高點，獒王岡日森格也沒有看到多吉來吧。多吉來吧又一次消隱而去，不知道牠是用什麼辦法把自己藏起來的，身影和味道一瞬間都沒有了。

在異口同聲的驚叫聲中，人們看到，白晝漸逝的天色裡，十忿怒王地的制高點上，那巍然挺起的雪梁頂端，已是狼影幢幢了。對人來說，那是更大的危險，你一旦上去，佔領了制高點的斷尾頭狼的狼群很可能會俯衝而下，你也就很可能會順著雪坡滾下來，滾下來就是死，不等狼咬死你，你就已經摔死了。丹增活佛說：「你們看見了狼，你們再看看，還有什麼？」

沒等丹增活佛說完，大家都已經看到了：在坡度緩慢的雪梁南邊，獒王岡日森格帶著領地狗群正從緩坡上下來，慢騰騰地走向平地，走到這邊來了。

人們都有些感動，也有些遺憾，心裡嘴上都說著：岡日森格，岡日森格，你早一點來就好了，夏巴才讓縣長就不會死了。

朝著人群包圍而去的幾股狼群同時停了下來，緊張地望著領地狗群。離領地狗群最近的是紅額斑頭狼的狼群，狼群的一角正好橫擋在領地狗和人群之間，紅額斑頭狼從靠近人群的這邊蹦跳過去，站在了迎擊領地狗群的最前面。

獒王岡日森格似乎並不想招惹狼群，在五十步遠的地方拐了彎，繞開狼群走了過來。牠身後的領地狗們一個個都是怒髮衝冠、瞠目而視的樣子，但都緊跟獒王拐了彎，沒有一個違背獒王的意志撲過來和狼廝打。

這時梅朵拉姆喊起來：「誰啊？那是誰啊？」人們這才看到，在黃昏接近尾聲的朦朧裡，領地狗群的中間居然還有一個人。班瑪多吉主任往前跨了幾步，又跨了幾步，瞇起眼睛看了半晌，才看清那人是誰，不禁吃驚地喊起來：「漢扎西，漢扎西，漢扎西是你嗎？你怎麼到這個地方來了？」

班瑪多吉的喊聲引起了父親的注意，也引起了所有領地狗的注意，其中一隻領地狗是尤其注意的，那就是嘴上一直叼著那封信的小母獒卓嘎。

小母獒卓嘎剛剛被抱累了的父親放到地上，聽到喊聲，突然跳起來，躥到了領地狗群的前面，激動地衝著班瑪多吉主任叫了一聲，一叫信就掉到地上了，趕緊又叼起來，唰唰唰地使勁搖著尾巴。牠太激動了，牠這一路闖蕩而來，不就是為了把這封信交給班瑪多吉主任嗎？

小母獒卓嘎跑起來，牠心裡只有關於信的使命，眼睛裡只有班瑪多吉主任。牠沒有聽懂阿爸岡日森格的吼叫和父親的聲音：「回來，回來。」也沒有注意到狼群的位置只允許牠繞著彎兒奔跑，不允許牠直線而去。牠還是個孩子，想不了那麼周全，就覺得阿爸正在鼓勵牠，所有的人都在讚賞牠，牠就應該以最快的速度、最直接的路線跑向信的主人、使命的主人、榮耀的主人班瑪多吉。

狼群緊張地騷動起來，牠們並不知道小母獒卓嘎不過是要擦過狼群的邊沿，直達對面的人群，以為牠是來撕開狼陣，衝進狼群的。真是初生牛犢不怕虎啊，這麼一個小不點就敢於如此放肆地挑戰狼群。

紅額斑頭狼咆哮了一聲，縱身跳向了小母獒卓嘎必然經過的地方，腿腳剛剛站穩，小卓嘎便飛奔而來。只聽砰然一聲碰撞，積雪嘩地揚起來，掩埋了被撞翻在地的小卓嘎。小卓嘎想站起來，但是沒有奏效，一隻狼爪用力踩住了牠柔軟的肚子，一對狼牙奮然咬向了牠還沒有長粗的嫩脖子。

信還在嘴上，小母獒卓嘎到死也沒有鬆開叼著那封信的嘴，信是不能丟的，牠要把信送給班瑪多吉主任，牠到死都想的是把信送給信的主人。

小母獒卓嘎不動了，鮮血轉眼染紅了信，誰也不知道那是一封什麼信，如果小卓嘎認識字，牠會發現信封上寫的並不是「班瑪多吉收」，而是「麥書記親啟」。當然如果牠把信送給班瑪多吉主任，也算送到了，班瑪多吉一定會轉交給麥書記，也一定會代替麥書記好好獎勵牠，畢竟班瑪多吉主任是了解藏獒的，知道獎勵使命以及讓小母獒卓嘎由此感到幸福和榮耀是多麼的重要。

一切都成了未知數，等到獒王岡日森格奔撲過來，營救自己的孩子，搶奪那封信時，信已經被紅額斑頭狼吞進了喉嚨。奇怪的是，紅額斑頭狼只吞掉了信，而沒有吞掉小母獒卓嘎，小卓嘎的屍體被一匹母狼叼進了狼群的中央，和另外幾匹母狼一起，迅速地瓜分乾淨了。

獒王岡日森格怒氣沖天，卻無法衝進密集的狼群，奪回自己的孩子，只能一口咬住來不及逃走的紅額斑頭狼的喉嚨。狼們誰都知道紅額斑頭狼是必死無疑了，生怕厄運降臨到自己身上，紛紛朝後退去，狼陣立刻亂了。領地狗群全部跑了過來，一個個帶著切齒的痛恨撲向了狼群。

父親就像一隻藏獒一樣，來到了狼群的邊沿，急得又跳又喊：「小卓嘎，小卓嘎。」他腳邊的狼崽也知道小母獒卓嘎已經被狼吃掉，自己已經沒有依靠了，悲哀地哭起來。父親愛憐地抱起了狼崽，好像這樣心裡就好受一些，畢竟狼崽是小母獒卓嘎的朋友，畢竟他在抱著小卓嘎的時候也抱著狼崽。

獒王岡日森格用一隻爪子摁住紅額斑頭狼，牙齒離開了對方的喉嚨，抬起頭，悲痛地號哭著，淚水泉湧而出。片刻，牠吼起來，是那種只屬於獒王的威嚴而剛毅的吼叫，撲向狼群的領地狗們頓時停止了廝打，很快回到了獒王身邊。獒王岡日森格看著自己聽話的部眾，想到剛才小母獒卓嘎還在牠們中間蹦來跳去，禁不住又一次流下了兩股悲酸哀戚的眼淚。眼淚還沒有流盡，牠就毅然放開了紅額斑頭狼。

岡日森格衝著紅額斑頭狼嚴厲地叫著，好像是說：這是第三次，我放了你一馬，你要記住，第一次是在屋脊寶瓶溝的溝口，第二次是在十忿怒王地的西邊，第三次就是在這裡，十忿怒王地制高點的下面。叫了幾聲，牠就掉轉身子，把深仇大恨掩埋在心裡，帶著哀哀不絕的哭聲離去了。

領地狗們跟上了自己的獒王，也和獒王一樣悲憤地哭著叫著，卻沒有一隻藏獒撲過去咬死紅額斑頭狼。大家都領會獒王岡日森格的意思：要顧全大局啊，現在不是增加仇恨的時候，領地狗群在狼群這裡引發的仇恨，必然會被狼群報復在人身上，而現在保護人是最最重要的。

父親是最後一個離開的，他真想走到狼群裡去，再找一找小母獒卓嘎，他不相信牠死了，絕對不相信牠死了。他哭著，悲痛欲絕地說：「小卓嘎你是我的恩人哪，你救過我的命，我說了這輩子我忘不掉你，我會報答你。我還說我也希望救你一次命。可是我沒有做到，我眼看著狼群撕碎了你，卻沒有撲過去把你救出來。我太無能了小卓嘎。小卓嘎，小卓嘎，你回來吧小卓嘎。」

父親滾燙的淚水滴落在懷中的狼崽身上，狼崽緊張而好奇地仰視著他。

紅額斑頭狼翻身站起，驚悸地望著獒王岡日森格和領地狗群離去的背影，半晌才回過神來：我都咬死了獒王的孩子，獒王怎麼沒有咬死我呀？三次都是這樣，在可以要我的命的時候，獒王又放過了我，爲什麼？紅額斑頭狼感覺喉嚨痛痛的，搖了搖頭顱，知道不過是一點皮外傷，慶幸地長出一口氣，趕緊回到了狼群裡。

4

在獒王岡日森格的帶領下，領地狗群和父親走向了雪原的暮色裡影影綽綽的人群。會合的一瞬間，人和藏獒都無法清晰地看到對方的表情。但聲音代表了一切，所有的人都不止一次地呼喊著獒王和領地狗群中其他藏獒的名字。有些名字是再也呼不到回音了，因爲牠們已經遠遠地離開人間世界。所有來到十忿怒王地的小嘍囉藏狗全都戰死了，許多健壯如牛的藏獒也已經戰死了。藏獒和人都哭起來，那哭聲竟然是一樣的：人的哭聲像藏獒的，藏獒的哭聲像人的。他們哭著，互相擁抱在一起，連矜持的丹增活佛，連曾經怕狗的麥書記，也和藏獒緊緊地擁抱在一起。

梅朵拉姆更是哭著擁抱了每一隻藏獒，最後她抱住了獒王岡日森格，埋怨地說：「你怎麼才來啊，夏巴才讓縣長被狼咬死了你知道嗎？」岡日森格聽懂了她的話，自責地垂下了碩大的獒頭。其實梅朵拉姆也不是真心埋怨，已經非常不容易了，在大雪災的時刻，在狼群泛濫、危機四伏的十忿怒王地，人和藏獒互相牽掛著，居然堅持到了現在。現在天黑了，沒有星星的夜晚降臨了，人和藏獒就更需要相依爲命地廝守在一起了。

只有大灰獒江秋邦窮沒有過來和人擁抱，牠站在離人群和領地狗群二十步遠的黑暗裡，羞愧得都不忍心朝這邊看一眼。一隻在狼群面前吃了敗仗的藏獒，一隻辜負了獒王期望的藏獒，是不配得到人的愛戴和信任的，甚至都不該回到領地狗群中來。只是因爲牠特別害怕孤獨，牠想在保護人類、抵抗狼災中獻身，才帶著父親來到了這裡。現在，牠想到的還是獻身，感覺到的還是孤獨，無臉見人的孤獨和無人理睬的孤獨，讓牠難過得仰面朝天，吞聲飲泣。

沒有人看見黑暗中的大灰獒江秋邦窮，領地狗群能看見牠卻不想理睬牠。只有獒王岡日森格時不時地用眼睛關照著牠，很想過去安慰安慰牠，又覺得現在情勢危急，不是溫情脈脈的時候，就轉頭不再看牠了。

和大灰獒江秋邦窮同樣被冷落的還有父親。跟他主動打招呼的除了麥書記、班瑪多吉主任和梅朵拉姆，再就沒有人了，連關係一向親密的鐵棒喇嘛藏扎西和藏醫喇嘛尕宇陀也不想跟他說話了。父親的心裡酸楚而淒涼，眼淚吧嗒吧嗒往下掉著，心裡苦澀地說：是啊，是啊，不算夏天和秋天死去的，光這場雪災就有十個孩子被狼咬死吃掉了，人家不怪我怪誰呢？藏民的習俗裡，最最重要的就是孩子，我把草原上最最重要的生命丟棄了。

丹增活佛輕手輕腳地來到父親身邊，用右拳包著左拳，雙拳緊挨著自己的胸脯，兩個食指豎起來，做了一個極其機密的密宗大日如來智拳手印，悄悄地念了一遍蓮花生大師咒：「嗡叭嘛吧雜日弘。」彷彿是祝願，又彷彿是魔退——活佛把堅硬的斧鉞變成了柔軟的語言，驅散著隱藏在父親身上的食童大哭和護狼神瓦恰。父親不禁渾身一陣顫慄。丹增活佛說：「好了，好了，這就好了。」也不知是什麼好了，活佛變換出一個常見的祓濟眾生手印，念起了大智大勇的文殊七字咒：「嗡啊啫吧咂吶嘀。」

這時索朗旺堆頭人走過來，誠懇地說：「漢扎西啊，你不該到這裡來，你應該走了，遠遠地走了。」父親說：「我往哪裡去啊，西結古草原就是我的家。」索朗旺堆頭人搖搖頭說：「不是了，西結古草原已經不是你的家了。我們都知道地獄餓鬼食童大哭和護狼神瓦恰主宰了你的肉身，你應該到一個沒有狼的地方去。」父親還想說什麼，黑暗中走來了藏醫喇嘛尕宇陀，不客氣地說：「那麼多孩子死了，連多吉來吧也死了，你卻還活著，你已經不是漢扎西了，你一點也不扎西（吉祥）。」索朗旺堆頭人好心地說：「到了沒有狼的地方，地獄餓鬼食童大哭和護狼神瓦恰就不會糾纏你了，你就又變成漢扎西了。」

父親說：「我不走，我爲什麼要走？我是寄宿學校的老師和校長，這裡是我工作的地方。再說多吉來吧沒有死，我相信牠沒有死。」藏醫喇嘛尕宇陀說：「如果牠沒有死，就應該跟著你，可是現在牠在哪裡呢？」父親茫然四顧，傷心地說：「是啊，牠在哪裡呢？我一直在找，我沒有藏獒的眼睛，沒有藏獒的鼻子，我到哪裡去找牠？我一路走來，就是想找到岡日森格和領地狗群，讓牠們幫著我去找到多吉來吧，沒想到這裡這麼多的狼，岡日森格顧不上了。」

丹增活佛說：「你能斷定多吉來吧沒有死嗎？」父親說：「能啊，爲什麼不能斷定，多吉來吧就是沒有死。」不知道什麼時候走過來的鐵棒喇嘛藏扎西說：「佛爺的意思是，你必須找到多吉來吧，既然多吉來吧沒有死，你的不死當然也是可以原諒的。」丹增活佛搖了搖頭說：「從最早天地形成的時候，西結古草原就有了神，所有來這裡的人，都是神招來的有情之物，還是讓神來決定你的去留吧。你要好好找啊，找到多吉來吧。」

站在父親身後的麥書記說：「活佛的意思是，如果找到了多吉來吧，漢扎西就可以不走了？」丹增活佛說：「西結古草原的人都是神的信民，我們有山神、水神、魂神、體神、四季之神，這是最低一層的。我們有時間供贊眾神、猛厲詛咒眾神、女鬼差遣眾神，這是中間靠下一層的。我們有蓮花語眾神、真實意眾神、金剛橛眾神、甘露藥眾神、上師持明眾神，這是中間靠上一層的。我們有三世佛、五方佛、怙主菩薩、一切本尊、四十二護法、五十八飲血、忿怒極勝、吉祥天母、怖畏金剛、馬頭明王，這是最上一層的。頭人和牧民、活佛和喇嘛都相信，只要這麼多的神裡有一個神不願意讓漢扎西繼續留在西結古草原，那他就再也找不到多吉來吧了。」

鐵棒喇嘛藏扎西趕緊走過去，像宣佈聖諭那樣，把丹增活佛的意思告訴了所有的喇嘛所有的人，特別強調說：「佛爺說了，我們的神裡，不管是寺院裡的至尊大神，還是山野裡的靈異小神，只要有一個神不願意讓漢扎西繼續留在西結古草原，那他就再也找不到多吉來吧了。」大家聽著，議論了幾句，覺得這樣是妥當的，就沒有再說什麼。

父親後來才明白，其實這是丹增活佛的好心，他就像設賭局一樣給父親提供了一個留下來的機會。既然父親堅信多吉來吧還活著，那就不難找到牠，一旦找到，就有理由說服所有的牧民，說服那些失去了孩子的家長，說服認定了地獄餓鬼食童大哭和護狼神瓦恰附麗在父親身上的寺院的活佛喇嘛，也說服作爲寺院住持的自己：你們看，神不讓漢扎西走，他就不能走了。

麥書記似乎已經意識到了這一點，贊同地對父親說：「也好，找到了多吉來吧，就可以打消人們對你的疑慮，寄宿學校就可以繼續辦下去，要是不打消人們的疑慮，學生就不會來上學，你留下來也沒用。」

可是啊，可是多吉來吧到底在哪裡呢？父親長歎一聲，望著迷濛蒼茫的夜色，又一次哭了：「多吉來吧，多吉來吧。」

父親後來說，其實當時麥書記是知道狼災嚴重的原因的，但他就是不說出來。他想把責任推到父親身上，希望通過他的去留，平靜地消除頭人、僧人和牧民對狼災的追問。

大家你一言我一語地說著：「漢扎西你趕緊去尋找多吉來吧，要是找不到，那就離開西結古草原。大家看啊，漢扎西一來，這裡的狼就多了，我們這些人說不定都要死在這裡了，已經死了那麼多孩子，怎麼還能死人呢？人活著不容易，不能都毀在漢扎西手裡。漢扎西啊，你是食童大哭和護狼神瓦恰的肉身，你趕緊走吧，寄宿學校不辦了，我們草原不需要一個招狼惹狼的學校。」丹增活佛制止了這樣的議論，轉身對父親說：「一下子死了十個孩子，西結古草原從來沒有發生過這樣的事情，漢扎西你就多擔待一點吧，找到多吉來吧就好了。」父親點著頭，淚光閃閃爍爍的。

夜色中的狼群突然動蕩起來，眼睛的光亮朝前飄移著，明顯地靠近了，密集了。藏獒們叫起來，威脅著狼群不要有任何狂妄之舉。人們瞪視著前面，緊張得忘記了呼吸。

父親悄悄地離開了人群和領地狗群，沿著十忿怒王地制高點的山腳，一條暫時還沒有狼群的通道，走了過去。他知道離開人群是危險的，但他覺得比起自己帶給大家的恐懼來，任何危險都不應該成為他留存此地的理由，他是災星，是會讓狼群愈變愈多的惡神的代理，他要是離開了，人們在心理上首先就放鬆多了。再說，他必須儘快找到多吉來吧，也不想讓人們看到他懷裡還有一匹狼崽。狼崽會成為新的證據，證明他絕對就是那個地獄餓鬼食童大哭和護狼神瓦恰的化身。

狼崽更不想讓別人知道牠的存在，一聲不吭，連呼吸都很小心。自從小母獒卓嘎被狼群吃掉之後，狼崽就變得惶惶不安，感到喪命的危險頃刻就會降臨到自己頭頂。牠裝死地閉著眼睛，卻不時地睜開一條縫隙觀察著四周。這會兒，牠看到父親離開了人群，不禁睜大了眼睛，吱吱地叫起來，像是說：好啊，好啊。然後放鬆地抖了抖渾身的毛，不安分地扭動著身子。

父親知道狼崽想下來，就把牠放到了地上。牠朝遠處跑去，跑遠了又停下來等著父親，等父親走近了，牠又開始逃跑。父親尋思，畢竟是狼，要是一直跟著我，對我不好，對牠也不好。就從脖子上解下那條黃色經幡，拴在了狼崽身上，揮著手說：「去吧去吧，找你的狼朋友去吧，經幡上的經文會保佑你的。你要是待在我這裡，人們遲早會殺了你。記住我的話，不要輕易接近人，人是危險的。等你長大了，千萬不要吃羊，更不要吃人。」

狼崽並不就此遠去，身影總是出現在牠能看到父親，父親也能看到牠的地方。父親追過去，狠著心踢了狼崽一腳，假裝惱怒地呵斥了幾句。狼崽愣了一下，趕緊逃跑。這一逃，就逃得很遠，遠得父親再也看不見牠了。

大灰獒江秋邦窮望著父親，默默地跟了過去，似乎牠也像父親一樣希望離開這裡，離開一直對牠冷眼相看的領地狗群，去過另外一種生活——獨立自主地幫助那些需要幫助的人，或者，誰也不幫助，躲開一切熟悉的人和狗，自顧自地活著，直到死去。牠已經看出父親受到了人群的冷落甚至拋棄，跟自己一樣，同病相憐的感覺讓牠在隨著父親走向孤獨的時候，有了一種溫淡的興奮。陪伴並且幫助人是神聖的，作為一隻優秀的藏獒，牠那失意頹喪的心靈終於在助人爲樂的使命中得到了新的慰藉。牠猜測到父親要去幹什麼，也知道父親正在爲什麼憂鬱發愁，牠緊跑幾步，跑到了父親前面，好像是說：你不要發愁多吉來吧找不到，我給你帶路啊。

大灰獒江秋邦窮朝北跑去，愈跑愈快，邊跑邊叫著，好像多吉來吧就在前面，馬上就要露面了。但接著就是失望，那兒沒有多吉來吧，那兒不過是一個多吉來吧曾經待過的地方。牠不相信似的用鼻子吹著氣，回頭歉疚地望著父親。

父親走過去，拍了拍牠的頭說：「江秋邦窮你爲什麼要跟著我，是想保護我對吧？我已經是一個惡魔，是地獄餓鬼食童大哭和護狼神瓦恰的化身，我還害怕狼吃掉我嗎？回去吧，回去吧，回到領地狗群裡去吧，獒王需要你，麥書記和丹增活佛他們需要你。」說著，使勁推了一把江秋邦窮。

江秋邦窮猶豫著，望著父親毅然而去的背影，跟了幾步，突然又停下來，磨磨蹭蹭地走向了領地狗群。

這時獒王岡日森格看到了父親遠去的背影，也似乎知道父親的當務之急就是找到多吉來吧，便狂猛地吼叫起來。牠想告訴父親，多吉來吧就在十忿怒王地制高點的附近，正在監視著狼群的一舉一動。但是父親和別的人都沒有聽懂牠的話，以爲獒王的吼聲是對狼群的警告。

四面八方的狼群正在更加大膽地靠近著人，敵意的雪原、危機四伏的夜晚，顯得更加冰冷而堅硬。領地狗群身邊的人們望著狼群，不由得朝一起擠了擠。而父親卻倔強而孤獨地走著，邊走邊粗聲大氣地喊起來：「多吉來吧，你回來吧多吉來吧，你不回來我就要離開西結古草原了。」

第二十章 最後的對峙

1

父親邊喊邊走，沒有喊出多吉來吧，卻喊來了兩具狼的屍體。父親發現狼屍的周圍全是狼的爪印，一看就知道是一群狼襲擊了這兩隻孤獨的狼。父親心裡憤憤的：狼啊狼，你們什麼時候不讓我恨你們呢？他這樣想的時候，好像死去的這兩隻狼已經不是狼，而是兩隻羊了。父親後來總結道：狼會變成羊嗎？會的，但狼一變成羊，牠的命運就是死亡。而藏獒的好處就是，牠永遠不會變成羊，也永遠不會變成狼。

父親愣怔著，又是一陣悲傷，天性悲憫的父親誰死了他都會悲傷。這個時候父親還不知道，他看到的是多獼頭狼和尖嘴母狼。身材依然臃腫的尖嘴母狼和多獼頭狼的屍體，橫陳在原始血腥的雪原上。這一對為了愛情而放棄了群落、放棄了領地、放棄了頭狼地位的癡情之狼，在孤魂野鬼般遊蕩了幾個小時後，終於為牠們一見鍾情而又忠心守護的愛情獻出了生命。多獼頭狼和尖嘴母狼是被一直想咬死牠們的多獼狼群咬死的，多獼狼群中那些試圖成為新頭狼的公狼和試圖成為新王后的母狼，為了群體的存活，不得不忘恩負義地咬死了牠們的前首領和勾引了前首領的上阿媽母狼。父親更想不到，後來獒王岡日森格也看到了這兩具狼屍，也和他一樣產生了悲傷，因為岡日森格從狼群的殺戮中救下牠們，就是為了讓牠們在擁有生命的同時，也擁有愛情。可是現在，牠們除了狼群來不及吃掉的屍體，生命和愛情都沒有了。

父親站了一會兒，又朝前走去。一股狼群跟上了父親，牠們正是多獼狼群。多獼狼群一跟上，上阿媽狼群也不緊不慢地跟了過去。兩股狼群都已經失去了各自的頭狼，以狼陣、以戰術、以團隊的凶狠抗衡強敵譬如面前的領地狗群和人群，已經不可能了，只能按照生存的本能撲咬弱的、小的、對牠們不會造成傷害的，譬如此刻孤零零地行走在雪原上的父親。

父親很快發現了身後的狼群，也像藏獒一樣，發出了這樣的疑問：怎麼這麼多的狼啊？今年到底怎麼了，比往年冬天的狼多了好幾倍。他停了下來，回頭看著狼群的眼燈那詭秘毒惡的閃爍，長歎一口氣，再一次大聲喊叫起來：「多吉來吧，你回來吧多吉來吧，狼就要吃掉我了你怎麼還不回來？」喊著，突然一陣心酸，眼淚流了下來。人群拋棄了他，多吉來吧也拋棄了他，整個西結古草原、他投入了所有感情的全部生活都在拋棄他，他活著還有什麼意思啊？這麼一想，父親就不再呼喊多吉來吧了，心說牠不出現自有不出現的道理，或者牠已經死了，死也許並不是一件十分可怕的事情，就像現在，當我孤身一人面對狼群的時候，怎麼一點緊張、一點害怕也沒有呢？

緊張和害怕是沒用的，父親知道死是自己必然的選擇，因爲這也是一種責任，用自己的死承擔狼災嚴重的責任，免得讓別人去追究真正的原因。真正的原因是什麼呢？他相信麥書記是知道的，丹增活佛也是知道的。父親是從來不怕承擔責任的，哪怕是不該他承擔的責任，哪怕這樣的承擔意味著死亡的來臨。他心說死就死吧，怕死的男人不是真正的男人，照草原人的理解，不過是重新開始，再轉一次世嘛。我死了，責任清楚了，別人就沒事了，西結古草原也就平安了。所有的藏獒不都是這樣做的嗎？所有的神不都是這樣做的嗎？

父親走了過去，以藏獒的膽量、以神性的姿態，走向了跟蹤而來的狼群。

狼群停下了，能讓人感覺到藍幽幽的眼燈裡那些警惕、疑惑的內容。父親走著，突然豪壯無比地喊道：「狼你們聽著，我已經豁出去了，已經不怕狼了，你們想吃就吃吧，你們吃掉了十個孩子，再把我搭上也沒什麼，大不了和孩子們一起去轉世。我要去轉世了，快來啊狼，快來吃掉我呀。」狼群當然聽不懂父親在喊什麼，但能看得懂父親的神情舉止裡不僅一點怕死的樣子也沒有，而且是大義凜然、巍然獨存的。從狼的角度出發，牠們不相信世界上還有不怕死的人，只相信在所有的大膽後面都隱藏著深深的詭計。

狼群後退著，後退的速度和父親前進的速度一樣。也就是說，狼群希望和父親保持十步遠的距離，至少在牠們識破詭計、想出對策之前這個距離始終是存在的。但是父親不這麼想，他不僅大義凜然地使勁縮短著距離，而且還想到，既然狼群要後退，就讓牠們退到離麥書記和丹增活佛他們愈來愈遠的地方，也好給獒王岡日森格和領地狗群減輕壓力。他沿著兩股狼群的邊沿迅速走過去，然後轉身，再次豪壯無比地喊叫著，走向了狼群。

狼群後退的方向改變了，牠們似乎也明白這樣的後退等於被驅趕出了圍攻人群和領地狗群的中心，但兩股狼群沒有了頭狼的指揮，行動只能隨同大流、順其自然，全然沒有意識到牠們後退的結果將是狼對狼的瓦解。

父親的膽子愈來愈大了，深一腳淺一腳地走著喊起來：「來啊，來啊，吃啊，為什麼不吃我？我已經不想活了，你們為什麼不吃我？是嫌我的衣服太厚你們咬不動是不是？那我就脫掉了讓你們吃。」他開始脫衣服，先脫掉了棉襖，扔向了狼群。狼群不知道他要幹什麼，嘩地後退了一大截，又脫掉了棉褲，扔向了狼群。狼群更不知道他要幹什麼，嘩地又後退了一大截。最後父親把自己脫得精光，就像真正的神那樣赤條條地行走在雪原上，朝著狼群昂首向前：「來啊，來啊，你們快來吃啊，我已經脫得只剩下肉了，你們爲什麼還不過來吃啊？」

父親忘記了寒冷，忘記了性命的可貴，瘋狂地走著，啪啪啪地又是拍胸脯又是拍大腿，突然跑起來，朝著狼群「殺呀殺呀」地喊叫而去。

狼群呆愣著，牠們吃過人肉，卻沒有見過人在活著的時候那肉是什麼樣子的，吃驚地發現，人體是那麼白亮，律動是那麼富有節奏，而且在夜空下閃爍著十分刺眼的綠色熒光。那熒光是熱力雷石發出來的，藏醫喇嘛尕宇陀送給父親這塊可以發出熒光、產生熱量、具有法力的天然礦石，爲的是給他取暖禦寒，讓他在冬天不要患上十分難癒的虛寒病，沒想到卻在對付狼群的時候派上了用場。狼群當然不知道那是一塊礦石，以爲這個人的胸前睜開了一隻凶殘之光迸濺四射的巨大眼睛，牠們哪裡見過這樣的人、這樣的眼睛，先是吃驚，然後就是害怕，就加快了後退的速度，退著退著，近前的幾匹狼突然轉身跑起來，牠們覺得強烈的熒光射進了牠們的眼睛，恍惚以爲這就是那隻奇怪的眼睛和那個赤條條喊叫而來的人準備咬死牠們的預兆。

近處的狼驚慌地跑起來，遠處的狼不知道發生了什麼，只覺得別的狼的驚慌也應該是自己的驚慌，就跟著跑起來。沒有了頭狼領導的多獼狼群和上阿媽狼群，就這樣被脫光了衣服準備給狼群奉獻肉體的父親嚇退了。牠們跑離了十忿怒王地的制高點，跑離了圍剿人群和領地狗群的地方，直到父親看不見了那些詭秘毒惡的眼燈，狼群也看不見了父親身上凶光四射的熱力雷石。

父親莫名其妙地停下來，他當然不知道這兩股狼群是沒有頭狼的狼群，更不知道他的裸體和胸前的熱力雷石所產生的奇異的威力。他心說怎麼狼是害怕我的，這麼多的狼都是害怕我的？這時他聽到身後傳來一陣奔跑的聲音，扭頭一看，發現黑暗中一隻頭上長了翅膀的巨大怪獸朝他奔撲而來。他「啊」了一聲，一屁股坐到雪地上，閉上眼睛，心說終於有野獸要來吃掉我了，那就吃吧，請你們快點吃吧。吃了，我好去尋找孩子們，好去和他們一起轉世。

2

狼群已經變成了一片藍幽幽的鬼火，飄逸在夜色下的雪原上，彷彿燦爛的星光倒映在了寂靜而漫漠的湖水中，那麼壯麗、寬闊、汪洋恣肆。這是可怕的野性的壯麗，是肉宴的寬闊，是嗜殺者和暴食者的恣肆。最讓人們懼怕和最讓領地狗群擔憂的，是十忿怒王地的制高點，斷尾頭狼的狼群亮開所有的眼燈鳥瞰著下面。就像高高在上的懸石，隨時都會塌下來砸向人和狗。

獒王岡日森格抬起頭來，怒視著制高點上的狼眼，忐忑不安地吼叫著，一直吼叫著，發現雪原上藍幽幽的鬼火突然有了一陣動蕩，趕緊又把注意力集中在了前面。領地狗們狂叫起來，嗓子是疼痛的，聲音是沙啞的，但愈是這樣牠們愈要聲嘶力竭地叫囂，警告狼群不要輕易走過來。

獒王岡日森格已經看出來了，外來的多獼狼群和上阿媽狼群正在離開這裡。牠奇怪牠們的離開，一再用鼻子用耳朵用眼睛在無邊的夜色裡研究著：爲什麼？爲什麼牠們要離開？人群和領地狗群早就處於劣勢，眼看就要被咬死吃掉，牠們卻悄然離開了。難道是因爲牠們在失去頭狼之後，不再把報復人類看得比生存更重要？或者對牠們來說，當務之急是吃到更容易吃到的凍死餓死的牛羊，然後通過內部的比拚產生新的頭狼？

獒王岡日森格收回了注意力，意識到現在對人和領地狗群真正具有威脅的，還是原本屬於西結古草原野驢河流域的那幾股狼群——黑耳朵頭狼的狼群、斷尾頭狼的狼群、紅額斑頭狼的狼群。面對這三股窮凶惡極的大狼群，人和領地狗群只有收拾掉牠們的頭狼，才有可能保證自己不被吃掉，或者少被吃掉。

領地狗群繼續狂叫著，似乎狂叫也是一種掩護，就像人跟人的打仗，藏獒把聲音當成了掃射的機槍和煙幕彈，一來吸引了狼群的注意，二來掩護了同伴的出擊。就在領地狗群專注於狂叫的時候，獒王岡日森格走到了大灰獒江秋邦窮跟前，牠們互相嗅著鼻子碰著頭，用牙和舌頭摩挲著，好像在商量著什麼。江秋邦窮不停地首肯著：好啊，好啊，就這樣。然後就分開了。片刻，趁著愈來愈有聲威的藏獒的叫囂，大灰獒江秋邦窮離開人群和領地狗群，悄沒聲地走向了狼群。

雪原上的狼群處在上風的地方，牠們聞不到有藏獒正在悄悄靠近的資訊。更重要的是，大灰獒江秋邦窮閉上了深藏在長毛中的眼睛，不讓一絲光亮露向黑夜，僅憑著發達的嗅覺和四個爪子的探摸，判斷著方向、道路、狼群的遠近和頭狼的位置。牠的深灰色皮毛和夜色基本一致，當牠低伏著身子，來到距離狼群僅十步遠的雪丘後面時，狼群居然沒有發現牠。

黑夜裡的狼群，以爲獵逐對象已經衰弱的狼群，一般都會採取以攻爲主的狼陣，這樣的狼陣裡，頭狼必然會出現在最前面。大灰獒江秋邦窮就是衝著頭狼而去的，這是獒王岡日森格的吩咐：咬死牠，一定要咬死黑耳朵頭狼，黑耳朵頭狼和高高在上的斷尾頭狼，是我們最大的禍害。

對藏獒來說，黑夜裡找到頭狼的位置，比白天更容易一些。一片藍幽幽的光亮中，那兩盞處在前排的最亮的移來移去的似藍似綠的燈，就是頭狼的眼睛。獒王岡日森格的叫聲，似乎就是給大灰獒江秋邦窮的指令：往左，往右，照直……而閉著眼睛走路的江秋邦窮，還可以用超人的嗅覺捕捉到頭狼的味道。整個狼群中，最勤於交配的就是頭狼，那匹異常濃烈地散發著雄性的騷氣和母狼臊氣的狼，就一定是頭狼。

現在，無論是獒王岡日森格的指令，還是大灰獒江秋邦窮自己的嗅覺，都把目標的位置鎖定在了同一個地方。雪丘前面，十步遠的狼群邊沿，那匹凸然而出的大狼，就是黑耳朵頭狼。

匍匐在地的江秋邦窮很快就要站起來了，緊閉的眼睛馬上就要睜開了，一睜開眼睛牠就要撲過去，結果只能是一個，那就是死——不是黑耳朵頭狼被自己咬死，就是自己被狼群咬死。

突然得讓人來不及反應，十忿怒王地的制高點上，一陣喧囂哭叫奔瀉而來。人們仰頭觀望著，都知道那裡發生了戰鬥，卻不知道爲什麼會這樣？領地狗尤其是獒王岡日森格是知道的，牠們通過自上而下的夜風，聞到了黨項羅剎多吉來吧的雄壯之氣，卻無法通過語言告訴人，只能助威似的喊叫著：多吉來吧，多吉來吧。

多吉來吧肯定意識到了這股高高在上的狼群對人和領地狗群造成的壓力，也聽懂了獒王岡日森格的吼聲裡有著對牠的期待：咬死斷尾頭狼，趕走上面的狼群。牠出動了，幽靈一般走出牠的隱蔽地，屏住呼吸，閉著眼睛，腳步輕盈，斗折蛇行，空氣一樣不露形跡。突然又是疾風高速，在同一秒鐘，用前爪掏進了一匹狼的肚子，用牙刀劃破了另一匹狼的喉嚨，然後一閃而逝，以風的速度把自己變成了寂靜的一部分、黑夜的一部分。

接著，幾分鐘之後，在狼群的另一面，又是一次詭秘惡毒的襲擊。多吉來吧的戰法是先襲擊狼群的後面，再襲擊左面，然後襲擊右面。三次襲擊之後，狼群就以為下一次一定是襲擊正面了，斷尾頭狼從前鋒線上縮了回去，把自己隱藏在了幾匹大狼的後面。

然而，來自正面的襲擊並沒有出現，多吉來吧又重複了一遍襲擊的次序：先襲擊狼群的後面，再襲擊左面，然後襲擊右面。三次襲擊之後，狼群就以為對方是永遠不敢襲擊正面的。斷尾頭狼嗥叫著，調動壯狼和大狼嚴加防守左面、右面和後面，自己從狼群中走出來，大大咧咧地挺立在了正面，以鷙鷹覷鼠的傲慢，俯視著制高點下面的人群和領地狗群。

多吉來吧的襲擊很快又出現了。這一次牠潛行到了狼群的正面，牠沒有絲毫的猶豫，也沒有匍匐在積雪高岩後面，等待一個最容易得手的時機。牠知道只要自己來到狼群的正面，睜開眼睛看見了斷尾頭狼，咬死牠的時機就已經到了。牠猛吼一聲，吼聲還沒落地，身子就閃電般地來到了斷尾頭狼跟前。

斷尾頭狼的第一個反應是轉身就跑，第二個反應是迎頭抗擊。如果牠堅持第一個反應，說不定還有存活的希望，多吉來吧很可能只會咬住牠腰肋以後的部位。可是牠突然覺得撲過來的黑影並不強大，因爲朝牠吹來的風很輕很輕，輕得就像一隻兔子掀起的風。牠回過頭來張嘴便咬，這才看清這個輕捷如兔的敵手，原來是個重量級的大藏獒。牠驚叫一聲，轉身再逃，但已經不可能逃脫了。多吉來吧在一爪子打倒牠的同時，騎在了牠身上，用四個爪子前後左右地牢牢控制了牠。

斷尾頭狼悲慘地嗥叫著，像是在呼喊牠的部下：救命啊，救命啊。部下們驚呆了，紛紛後退著，沒有一個敢於撲過來援救。已經穩操勝券的多吉來吧昂著頭，似乎想了想：是用爪子掏出對方的腸子，還是用牙刀割斷對方的喉嚨？結果牠既沒有用爪子，也沒有用牙刀，而是用如雷貫耳的咆哮轟炸著，一連轟炸了好幾聲，然後聞了聞狼的鼻子，跳下狼身，揚長而去，轉眼消失得無影無蹤。

狼群圍向了斷尾頭狼，聞著，看著，發現牠們的頭狼完好無損，哪兒也沒有受傷，一滴血都沒有流失，但的確是死了，呼吸和心跳都沒有了。牠們驚訝得嘵嘵不休，好像在爭吵：斷尾頭狼是被多吉來吧的咆哮震死的，還是被多吉來吧的高大魁偉、獰厲悍烈嚇死的？

有幾匹狼齊聲嗥叫起來，嗥叫淒厲哀婉，你長我短，悠悠地從高處往低處降落而去。

一定是神意安排了這場屠殺，如果不是從十忿怒王地的制高點上，傳來一陣狼群的喧囂哭叫，黑耳朵頭狼也許會發現十步遠的雪丘後面，隱藏著一隻驃勇剛猛的藏獒。那喧囂哭叫一傳來，所有的狼包括黑耳朵頭狼都抬起了頭，這幾乎就等於送死送到了大灰獒江秋邦窮的血口之中。

大灰獒江秋邦窮撲過去了，黑耳朵頭狼一對幽黑的耳朵抖了一下，眼睛一沈，看清是一隻偉碩的藏獒覆蓋了自己，來不及做出任何反應，喉嚨就被鋼鉗一樣的獒牙捏住了。掙扎是徒勞的，無聲的掙扎更是徒勞的，黑耳朵頭狼就像被牠許多次咬住的羊一樣，無助地撲騰著，動作愈來愈小，漸漸不動了。

別的狼在這一刻顯示了絕對的冷漠和獨立，牠們不遠不近地看著，直到大灰獒江秋邦窮拖著黑耳朵頭狼的屍體退了幾步，轉身離去，才呼啦啦地圍向了自己的頭狼。牠們看到了狼血，看到了頭狼死後的神情，頓時就顯得躁動不安。有幾匹狼大概和黑耳朵頭狼有著或遠或近的親緣關係，蹲踞在地上，直起鼻子，憂憤悲痛地嗥叫起來。而更多的狼卻毫不猶豫地把舌頭伸向了狼血，把牙齒伸向了狼肉，搶食和打架開始了。這些爭吵撕咬的搶食者似乎根本就來不及產生對藏獒的憤怒，也沒有對頭狼的傷感，有的只是饑餓和饑餓驅動下的最低限度的欲望。為了這欲望的暫時的少許的滿足，牠們似乎還在感謝這隻咬死了頭狼的藏獒。對牠們來說，不管是誰的肉，吃到嘴裡就是福。這天經地義的荒野原則，彷彿在回答這樣一個問題：為什麼狼是草原上生存能力最強、永遠不會死盡的野獸。

大灰獒江秋邦窮回來了，仍然和領地狗群保持著二十步遠的距離。獒王岡日森格走了過去，呼呼地吹著氣，熱情地問候著，不斷用自己的鼻子碰著對方的鼻子，那意思是說：勇敢的江秋邦窮啊，你是一隻偉大的藏獒，你幹掉了黑耳朵頭狼，就使我們突圍的可能性增加了一半。江秋邦窮不好意思地低下了頭：是我讓領地狗群受到了損失，是我助長了狼群的氣焰，我就是幹掉十匹頭狼也還是一隻丟盡了臉的藏獒。獒王繼續用碰鼻子的方式安慰著牠：你千萬不要這樣想，你咬死的雖然只是一匹頭狼，但你戰勝的是整個狼群，黑耳朵頭狼的狼群已經不重要了，斷尾頭狼的狼群也已經不重要了。

大灰獒江秋邦窮朝上看了看，發現制高點的頂端漆黑一片，那些亮開的眼燈已經熄滅，鳥瞰著人和藏獒的狼影一個也沒有了。獒王用低低的吠鳴告訴牠：你沒聽到從制高點傳來的狼叫嗎？那種淒厲哀婉、你長我短的聲音，是只有頭狼死了才會有的聲音。現在，整個十忿怒王地就剩下一匹頭狼了，那就是紅額斑頭狼。江秋邦窮抖了抖鬣毛，像是說：我立刻就去咬死牠。

獒王岡日森格莊嚴肅穆地舉起了頭，眼含蔑視地望了望紅額斑頭狼的狼群，口氣沈甸甸地說：還是我去吧，你去了不一定回得來。這個紅額斑頭狼，可不是一個等閒之輩。說罷，就要離開，又停下來，衝著江秋邦窮一連吹了好幾口氣，似乎是最後的叮囑：萬一我回不來，你首先要做的，就是打敗所有敢於挑戰你的藏獒，在我之後，獒王的繼承者，只能是你。但是現在，你必須離開這裡，去和漢扎西待在一起。因爲漢扎西需要保護，需要你指引他找到多吉來吧。還因爲你必須活著，這裡的所有藏獒都必須拚到最後一口氣，唯獨你不能，因爲你是我的繼任，你死了，就沒有誰再去組建新的領地狗群了。去吧去吧，江秋邦窮你趕緊去吧。

說罷，獒王岡日森格就走了。牠躲開了人的視線，卻沒有躲開領地狗群的視線，領地狗們發現，牠們的獒王悄悄地離開了，遠遠地離開了。牠們叫起來，卻沒有追過去，岡日森格用自己的形體語言告訴部眾：能一個人完成的任務，決不能有第二個人加入，第二個人一加入，很可能就會變成負數。領地狗們漸漸不叫了，一個個瞪起眼睛，看著獒王信步走向了紅額斑頭狼的狼群。

岡日森格既沒有閉上眼睛，也沒有伏下身子，就那麼氣宇軒昂、從容不迫地走了過去。狼群的眼睛海海漫漫，藍幽幽地壯美著，隨著獒王的靠近，璀璨而平靜的亮光掀起了一層躁動的波浪。岡日森格就像一塊石頭掉進了海裡，頓時被淹沒在了乖張詭譎的波峰浪谷裡。

但是沒有哪一匹狼敢於撲過來抗衡這位單刀赴會的孤膽英雄，至少暫時沒有。牠們從獒王鎮定自若的神態和低聲呼吟的語言中，明白了獒王的意思：你們的頭狼呢？我要見你們的頭狼，見過了你們的頭狼，你們再撲過來咬死我、吃掉我。牠們咆哮著，躲閃著，漸漸讓開了一條路。這條路是通往狼群中心的，紅額斑頭狼從前鋒線上迅速退到了中心地帶，心驚肉跳又殺性囂張地等待著：獒王來了，決鬥來了。

是的，這是最後的決鬥。包圍了獒王岡日森格的狼群和遠望著狼群的領地狗們，都這麼認爲：這是最後的決鬥，是死亡必然發生的時刻。

3

大灰獒江秋邦窮離開了人群和領地狗群，走了幾步就風馳電掣般跑起來。牠知道父親前去的方向和路線，追上去並不難。追著追著，就覺得不對勁了。怎麼搞的，難道漢扎西已經死了？雪地上，除了凌凌亂亂的狼的爪印，再就是父親的棉襖和棉褲。江秋邦窮東一跑西一跑，圍繞棉襖棉褲急速地轉著圈，想找到父親死去的痕跡，屍體或者血肉。沒有，沒有，怎麼會沒有呢？牠仰起頭顱，注視著兩股狼群奔逸而去的遠方，突然聞到了父親的氣息，是活著的發自肺腑的那種氣息。牠狂奔過去，突然又拐回來，叼起了父親的棉襖和棉褲。

父親等了半天，感覺到那怪獸就在眼前，卻不來張嘴咬他，睜開眼睛一看，才發現哪裡是什麼頭上長了翅膀的巨大怪獸，而是嘴上叼著他的棉襖棉褲的大灰獒江秋邦窮。

父親說：「你怎麼又回來了？你不去幫助獒王岡日森格，你到我這裡來幹什麼？我是一個被西結古草原拋棄的人，一個想死的人，我已經不重要了，已經不需要你保護了。」話雖這麼說，但父親還是感動得擁抱了江秋邦窮，眼眶裡閃著淚花說：「江秋邦窮啊，只有你是不願意捨棄我的，還有岡日森格，但是牠現在顧不上我，牠有更多的人需要保護只好不管我了。」說著，他穿上了棉襖棉褲，拽著江秋邦窮的鬣毛說：「走吧，既然這兒的狼群不吃我，那我們就去尋找別處的狼群。」走著走著，父親彷彿突然明白過來，望著遠方說：「還是應該找到多吉來吧，找到了牠，我就可以留在西結古草原了，江秋邦窮啊，你必須幫我找到多吉來吧，多吉來吧沒有死，我感覺牠好像就在離我不遠的地方。」

這天晚上，父親和大灰獒江秋邦窮一直在雪原上跋涉，什麼收穫也沒有，焦灼的父親不禁有些埋怨：「江秋邦窮啊，你是怎麼搞的，你是不是幫不了我的忙？」江秋邦窮慚愧地低著頭，一聲不吭。其實父親知道，江秋邦窮已經盡了最大的努力，要是多吉來吧死了，不管牠死在什麼地方，肯定早就找到了。但是多吉來吧活著，牠在跟他們捉迷藏，茫茫無邊的草原上，一隻比野獸機敏十倍的藏獒要躲藏人的追尋，就像天上消失一縷空氣一樣容易。

天快亮的時候，大灰獒江秋邦窮突然激動得丟下父親朝前跑去。父親以爲有了多吉來吧的蹤跡，緊攢慢攢地跟上了牠，到了跟前才發現那是一頂帳房。黑糊糊的牛毛帳房在厚重的夜色裡顯得異常孤獨，好像是一座古老的礁石從雪海裡冒了出來。如果不是一隻黑藏獒的叫聲喚出了帳房裡的人，父親還以爲帳房已經被遺棄，即使還有人，也一定是死人。

從帳房裡走出來的人，不是一個，而是好幾個，都是牧民，他們在大雪災的日子裡聚集到了一起，以防止狼群的侵襲。大股的狼群都去十忿怒王地圍剿丹增活佛一行和領地狗群去了，小股的狼群好幾次都靠近了他們，又不敢輕易下手，覬覦著，垂涎著，然後無奈地放棄而去。但是現在，狼沒有來，父親卻來了。

牧民們一見父親就吃驚地叫起來：「啊，啊，怎麼是你啊？」他們看著父親的眼光既是同情的，又是恐怖的。同情的表示就是有人過來給了父親和大灰獒江秋邦窮一些生羊肉，大概是他們殺了凍死的羊。恐怖的表示就是不讓他進到帳房裡頭去：「走吧，走吧，快走吧，我們這裡擠滿了人，已經沒有你落腳的地方了。」父親知道，他們恐怖的不是自己，而是地獄餓鬼食童大哭和護狼神瓦恰，哀歎一聲，轉身離去。

這時從帳房裡走出來了牧民貢巴饒賽的小女兒央金卓瑪，趕羊似的吆喝了一聲。父親回頭吃驚地說：「央金卓瑪你也在這裡啊？那就好，那就好，你離開後，我一直擔心著你。」央金卓瑪用美麗的大眼睛惡狠狠地剜了父親一眼說：「漢扎西你來我們這裡幹什麼？趕快走吧，趕快離開我們西結古草原。西結古寺的喇嘛說了，你是九毒黑龍魔的兒子地獄餓鬼食童大哭的化身，你來到西結古草原，就是要吃掉孩子的。你有時候是人，有時候是狼，有時候又是護狼神瓦恰的變種，你變成狼的時候我們的孩子就不見了。」父親委屈地說：「央金卓瑪你不能這樣說，你經常來寄宿學校，你應該了解我。」

央金卓瑪不理他，慫恿她家的黑藏獒撲咬父親。黑藏獒奇怪了，眨巴著眼睛望望主人，又望望父親：怎麼回事兒？這是寄宿學校的漢扎西，我認識的。央金卓瑪一再地慫恿著：「咬死他，咬死他，他讓草原的孩子死了那麼多，趕快咬死他。」黑藏獒只好聽從主人的，吼叫著，忽地撲了過來。但牠只是佯叫佯撲，決不肯把爪子搭到父親身上，更不會用利牙對準父親。

大灰獒江秋邦窮跳過來，橫擋在了父親身前，衝著佯叫佯撲的黑藏獒厲聲呵斥著。黑藏獒趕緊閉嘴了，趴在地上，回頭乞求地望著央金卓瑪，哀哀地叫著：別讓我咬這個人了，這個人是獒王岡日森格的恩人，是多吉來吧的主人，我知道的。然後又抱歉地望著父親，吐出舌頭，友好地笑了笑。

父親潸然淚下，心酸地說：「藏獒是理解我的，你家的藏獒是理解我的，可是你們，西結古草原的人啊，怎麼就一口咬定我是地獄餓鬼食童大哭和護狼神瓦恰的化身呢？要是那樣，多吉來吧、獒王岡日森格，還有我身邊的大灰獒江秋邦窮，每一隻接近過我的藏獒，早就把我咬死了。」

父親和大灰獒江秋邦窮離開了央金卓瑪，在一片橘黃色霞光的映襯下，走向了碉房山，他想起了那個讓他差一點死掉的雪坑，想起了曾和他共同度過了好幾個晝夜的瘌痢頭公狼和瘌痢頭母狼，便帶著一種好奇和期待重逢的感覺走了過去。

彷彿是一對戀人在互相接近，雪坑很快出現在了他面前。父親以懷舊的傷感和懼狼的緊張站在了坑沿上，第一眼就看到了他想看到的。就跟他離開時的情形一樣，瘌痢頭公狼守在裂隙口，保護著探頭探腦的母狼。看到父親和大灰獒江秋邦窮的身影出現在雪坑上面，癩痢頭公狼驚怕得揚起了頭。

父親制止了大灰獒江秋邦窮的吼叫，大聲說：「還認得我吧，狼，你們居然還在這裡，爲什麼不出去？哦，對了，你們出不去，等到春暖花開，雪坑變淺了以後，你們才能出去，再說母狼受傷了，已經沒有生存能力了，一旦出去，不是被藏獒藏狗咬死，就是被其他狼和雪豹吃掉。」說罷，他把揣在懷裡的幾塊生羊肉扔了下去。咚咚的幾聲響，狼嚇壞了，癩痢頭母狼趕緊把腦袋縮進了裂隙，癩痢頭公狼一陣顫抖，本能地張大嘴齜出了利牙。

父親帶著大灰獒江秋邦窮轉身離去了。癩痢頭公狼盯著被生羊肉砸出的雪洞，突然意識到了什麼，撲過去，刨了幾下，一口咬起了一塊生羊肉。餓壞了，再沒有食物，牠們就要餓死了。牠把生羊肉叼到了裂隙跟前，咿咿地叫著。癩痢頭母狼爬出了裂隙，流著拖地的口水，用一種久違了的貪婪而深情的眼光，望著香噴噴的生羊肉。

一會兒，癩痢頭公狼發出了一陣幽婉深長的嗥叫，那是對父親的感激，也是對父親的送別。

父親明白了，但他想得更多的是：千萬不能這樣叫，太冒險了，藏獒們聽了會來咬死牠們，別的狼聽了會來吃掉牠們。

正這麼想的時候，父親突然聽到狼嗥的聲音裡摻進了一陣狗叫，猛回頭，就見央金卓瑪帶著她家的黑藏獒和幾個牧民出現在了雪坑前。父親驚喊一聲：「央金卓瑪，你要幹什麼？」

央金卓瑪不理父親，坐到地上，沿著坑壁溜了下去。黑藏獒一看主人下去了，狂叫一聲，也跳了下去。頓時傳來一陣撲咬聲。幾個牧民站在坑沿上吆喝著：「咬死狼，咬死狼。」

父親帶著大灰獒江秋邦窮朝前跑去，突然意識到自己根本無力阻攔黑藏獒的撲咬，一屁股坐了下去，又一把拉住江秋邦窮說：「你不要過去，不要過去幫忙。」彷彿拉住了江秋邦窮那一對瘌痢頭的狼夫狼妻就會不死，或者死得慢一點。

半個小時後，幾個牧民把央金卓瑪和她家的黑藏獒用繩子吊出了雪坑。央金卓瑪望著父親幸災樂禍地喊道：「漢扎西你的狼死啦，兩匹狼都死啦，你過來看看吧。」似乎她帶著人和狗來這裡打狼是打給父親看的。

央金卓瑪一行很快走了。父親來到了雪坑沿上，望著死去的瘌痢頭公狼和瘌痢頭母狼以及牠們還沒有來得及吃完的一塊生羊肉，禁不住流出了眼淚。他說：「對不起了，對不起了，是我把他們引來的，我要是不朝這裡走來，央金卓瑪也許早就把你們忘掉了。」說罷，他心裡就恨恨的，也不知是在恨誰。幾天前岡日森格跳進雪坑援救父親時沒有咬死這一對瘌痢頭的狼夫狼妻，而今天央金卓瑪的黑藏獒卻把牠們毫不留情地咬死了，這讓父親意識到，其實藏獒和狼並沒有物種之間千年萬年、與天不老的那種仇恨，牠們的仇恨都是因爲人，人是世世代代仇恨狼的，世世代代跟人生活在一起的藏獒，也就學著人的樣子世世代代仇恨著狼。而一旦藏獒發現，並不是所有的人都恨狼，也並不是所有的狼都值得去恨時，牠也就沒有必要毫不妥協地和狼過不去了，至少沒有必要和所有的狼過不去。就像靈性的岡日森格，牠是那樣了解父親，父親不想讓死的，牠決不撕咬一口。

父親站在雪坑沿上，憑弔了一會兒瘌痢頭夫妻，然後和大灰獒江秋邦窮走向了野驢河邊環繞著寄宿學校的那片雪原。

這片雪原是多吉來吧的老家，是多吉來吧過去每天奔跑、獵逐、巡邏的地盤。父親對江秋邦窮說：「要是在這裡仍然找不到多吉來吧，我就只好離開西結古草原了。」江秋邦窮聽明白了，打起精神，呼哧呼哧地到處聞著，好像是說：你不會離開西結古草原的，我已經聞到多吉來吧的味道了。但牠馬上意識到，牠聞到的是多吉來吧過去遺留的味道，而不是現在的味道，現在的味道依然渺茫。更何況即使現在的味道濃烈到就在百米之外，牠也很難找到多吉來吧。曾經是飲血王黨項羅剎的多吉來吧，是進攻的神，也是躲藏的鬼。江秋邦窮頓感沮喪，耷拉下沈重的腦袋，跟在父親後面一搖三擺。

他們在這片熟悉的雪原上從北到南、從東到西，跋涉了很長時間，什麼收穫也沒有。父親停了下來，矚望悲愴的四野，苦澀地長歎一聲。大灰獒江秋邦窮同情地看了他一眼，找了一塊低窪處，使勁刨起來。牠知道父親勞累了一夜，需要休息了，就想儘快替父親挖出一個雪窩子來。

父親感動地望著江秋邦窮，悲傷地說：「看來我只能離開西結古草原，多吉來吧是找不到了，牠已經從肉體到心靈離開了我，離開了所有的人。牠的自尊心比一般的藏獒都要強，牠認爲孩子被狼咬死了就全是牠的責任，牠會用躲避人群的方式，用不吃不喝的方式折磨自己，牠很快就會死掉，是強烈的羞恥感和更加強烈的尊嚴感讓牠死掉的，誰讓牠是藏獒呢？你們藏獒是不是都這樣，失敗的藏獒，受了重傷的藏獒，都會悄悄地離開主人，離開家，到一個不爲人知的地方，默默地也是儘快地走向生命的終點？」

大灰獒江秋邦窮聽懂了父親的話，難過得差一點哭起來，牠爲父親難過，也爲自己難過。牠想起了自己的事情，心說我也是一隻失敗的藏獒，我也有強烈的羞恥感和更加強烈的尊嚴感，我應該怎麼辦？其實這個問題對江秋邦窮來說，用不著如此尖銳地提出來，一切都會按照一隻優秀藏獒的生存規律進行下去：如果漢扎西不準備離開西結古草原，牠就會一直陪伴著他，如果漢扎西決定要離開西結古草原，牠就只能像多吉來吧一樣遠遠地離去、悄悄地死掉，反正是不能回到領地狗群裡去了。儘管獒王岡日森格能夠寬容地對待牠，也託付牠在獒王犧牲之後，重新組建新的領地狗群，成爲新一代獒王，但是牠相信獒王岡日森格決不會發生意外，自己不可能有機會成爲獒王的繼任。牠只能就這樣經受著尊嚴和羞恥的折磨，按照一隻喜馬拉雅藏獒根深柢固的習性，走向離群索居的生活。

大灰獒江秋邦窮難過地望著父親，繼續刨挖著雪窩子，心說這是最後一次了，最後一次爲人刨挖雪窩子了。

風吹來，經幡吹來，經幡爲什麼會朝他們吹來？父親愣了：哪裡來的經幡啊，怎麼這麼熟悉？他彎腰撿了起來，看了看，不禁哎喲一聲：「狼崽？趕跑的狼崽又回來了。」話音未落，就見大灰獒江秋邦窮已經逆風衝了出去。

不是狼崽回來了，而是狼崽死了，經幡送來的是新的悲傷。隨著江秋邦窮的一陣驚叫，父親跑向了狼崽死去的現場。狼崽已經沒有了，連骨頭都沒有了，只剩下了一個血淋淋的小狼頭、一地還沒有長硬長粗的狼毛，還有經幡，經幡是父親拴在狼崽身上的，拴經幡的時候父親說了：「去吧去吧，找你的狼朋友去吧，經幡上的經文會保佑你的。」

誰啊，是誰讓狼崽變成了這個樣子？父親憤怒地觀察著四周。大灰獒江秋邦窮聞著小狼頭周圍的氣味，突然揚起頭，吼了一聲，奔撲而去。牠已經聞到了兇手的味道，誰是罪魁禍首幾分鐘之後就有分曉了。

父親跟了過去，當他站到被大灰獒江秋邦窮咬死的一匹大狼跟前時，發現那是一匹像極了寺院裡泥塑命主敵鬼的狼。命主敵鬼的牙齒上沾染著狼毛，嘴邊和額頭上沾染著狼血。作為狼崽的野生朋友，牠吃掉了狼崽，而自己卻又被江秋邦窮一口咬死了。父親並不知道，命主敵鬼是參與了咬死寄宿學校十個孩子的一匹頭狼，在和多吉來吧的對抗中，牠屁股負傷了，胯骨斷裂了，已經不能快速行動了，大雪紛飛的時候牠就差一點吃掉狼崽，是小母獒卓嘎從牠的利牙之下把狼崽救了出來。

父親踢了一腳死去的命主敵鬼，仇恨地說：「狼就是狼，對羊對人是凶殘的，對牠們自己的孩子也是凶殘的。」他後悔極了：我為什麼要趕走狼崽呢？牠要是一直跟著我，就一定不會遭此非命了。

父親沒有在大灰獒江秋邦窮給他挖好的雪窩子裡休息片刻，就走向了碉房山。一路上，他不停地對江秋邦窮說：「我要走了，就要離開西結古草原了。你回去吧，回到領地狗群裡去吧，告訴獒王岡日森格，我已經走了。」江秋邦窮知道分別在即，汪汪汪地答應著，一直跟著父親來到了碉房山下。

父親擁抱了江秋邦窮，江秋邦窮舔著父親的臉，也舔著父親的眼淚，當一股鹹澀的味道進入牠的味蕾、流入牠的胸腔時，牠的眼淚頓時洶湧而出，淹沒了父親的臉。

然後就是分手。父親上山去了，回頭看時，發現大灰獒江秋邦窮孤獨的身影朝著西邊的雲霧消失而去，爲什麼要走向西邊，領地狗群不在西邊而在東邊。一絲淒涼滲透了父親的感覺，這樣的感覺是不祥的，有一種生離死別的意味。父親渾身一顫，心怦怦直跳，喃喃地說：「我現在知道了，大灰獒江秋邦窮，你之所以一直跟著我，是因爲你和我一樣，被自己的群體拋棄了。回來吧，回來吧，跟我一起離開這裡吧。」

已經晚了，父親的話大灰獒江秋邦窮已經聽不到了。再說聽到了牠也不一定服從，牠寧肯在茫茫雪原中流浪，寧肯在流浪中孤獨而死，也不會離開牠土生土長的西結古草原。

4

走進狼群的獒王岡日森格高高揚起著碩大的獒頭，眼睛直視前方，一絲餘光也沒有留給兩邊。也就是說，牠從心底裡蔑視著狼群，昂首向前的姿態是完全徹底的不屑一顧。黑夜顯得更黑，荒風走到高處去了，頭頂一片嗚嗚的哭嘯。狼毛抖動著，就像無邊的枯黃的草浪招惹著風的到來。岡日森格繼續走著，渾身一抖，把金色的獒毛抖成了有聲有色的漩渦，好像要借此證明，狼毛的抖動不過是小水漣漪，而牠是大水喧囂似的。

獒王停下了，停在了離紅額斑頭狼二十步遠的地方，用深藏在長毛裡的大吊眼不改傲慢地盯著面前這個狼界中的雄霸之材，石雕一樣不動了，連渾身的獒毛也不再抖動了。風突然停止了哭嘯，悄悄的，悄悄的。

紅額斑頭狼驚訝地望著獒王，凶暴陰毒的眼光裡，摻進了一絲疑惑：你是我們的宿敵，你單槍匹馬來我們中間幹什麼？你不要命了？對了，你就是不要命了，你是來送死的。紅額斑頭狼四下裡看了看，看到的全是狼眼，幽幽然森森然的眼燈，爆發著欲望的藍光，漫無邊際地流淌著。近處是自己的狼群，週邊是黑耳朵頭狼的狼群和斷尾頭狼的狼群。聲勢這麼浩大的狼群，是可以面對一切強手、一切打鬥、一切變故的，用不著擔心獒王孤膽深入的背後，會隱藏著什麼詭計。

紅額斑頭狼放心坦然地收回了眼光，望著獒王獰聲一笑：你已經出不去了，既然你膽敢進來，就只好留下，留下你的狗命。這是你膽大妄為、目中無狼的代價。你一定知道非死不可，既然如此，為什麼還要走進來呢？你的領地狗群你不管了？你的人群你不保護了？

獒王岡日森格的眼睛裡，其實也充滿了疑惑，那裡面有牠一直沒有想通的問題：為什麼？為什麼今年你們變得如此窮凶惡極？為什麼從來不聯合圍獵的幾股狼群，突然糾集在了一起？本地的狼一向把外地狼的侵入看作是首要的提防目標，為什麼今年突然改變了，今年你們寬容地沒有跟多獼狼群和上阿媽狼群廝打起來？

獒王的大吊眼突然閉上了，再次睜開的時候，變得更加疑惑：牠從狼群暴烈的程度、憤怒的目光、堅持不懈的舉動中，早就看出狼群對人群的圍攻不僅僅是為了饑餓，更重要的是為了報復，人把狼怎麼了，牠們需要這樣報復？

紅額斑頭狼看出獒王岡日森格正在疑惑，也知道牠正在疑惑什麼。朝一邊走了走，又朝另一邊走了走，然後回到了原來的地方。好像這就是回答，是代表所有的狼做出的一個恰如其分的回答。四周的狼影波蕩而起，藍幽幽的眼燈唰唰唰地閃爍起來。

獒王岡日森格撩起眼皮，漫不經心地晃了晃獒頭，自己不是來解惑釋疑的，而是來拚命，來抗衡，來和嚴陣以待的狼群對決最後的勝負。牠朝前走了幾步，用凶鷙的眼光橫掃著狼群，最後把更加凶鷙的一瞥投射在了紅額斑頭狼身上。

紅額斑頭狼頓時很緊張，作為西結古草原最強悍、心理素質最好的狼，牠緊張的表現不是後退，而是向前。牠威風凜凜地向前走了幾步，然後翹起狼嘴，直指獒王。包圍著獒王的所有的狼，都翹起了狼嘴，直指獒王。

獒王岡日森格坐下了，把身子舒服地靠在了自己的雙腿上，眼光依然是鋼鐵一般堅硬的凶鷙，姿勢卻悠閒得就像在無所事事的領地狗群裡休息。

對峙開始了，獒王岡日森格和紅額斑頭狼以及三股大狼群的生死對峙，在深夜的靜寂中開始了。首先是眼睛的對峙，一眼不眨，獒王岡日森格和紅額斑頭狼都是一眼不眨，彷彿眨一下就算是失敗。緊接著所有的狼都開始一眼不眨，都把魔鬼一樣刁惡的眼光，纏繞在了獒王蠕動的喉嚨上：咬破牠，咬破牠，做夢都想咬破牠。狼嘴張開了，所有的利牙都齜了出來，在眼光的照射下，變成了一把把幽藍恐怖的匕首。

紅額斑頭狼的心音時刻在叫囂：撲過去，撲過去，立刻撲過去，讓所有的狼都撲過去。就是壓，也能把獒王壓死。況且還有饑餓驅動下的利爪，還有仇恨鞭策下的狼牙。

獒王岡日森格知道紅額斑頭狼和狼群正在想什麼，牠盯視著所有的威脅，仍然是一眼不眨，坐著的姿勢卻變了一下，變出了牠的氣高膽壯、冷靜沈穩。就像人類的兵法中所說的：心如激雷而面如平湖者，可拜上將軍。

就是這樣一種臨危不亂的風度讓獒王在不經意中占了上風，暫時制止了紅額斑頭狼號令狼群撲過來的衝動。獒王岡日森格因此有了機會用神態和姿態表達自己的意願。這樣的意願用父親後來的猜度應該是這樣的：作爲必須對整個西結古草原和所有的草原人以及領地狗群的安危負責的獒王，牠其實並不是來和任何一匹狼、任何一群狼決鬥的。牠來到紅額斑頭狼面前是爲了談判，最好是感化前提下的和平談判，其次是犧牲前提下的血性談判。獒王岡日森格已經做好了準備，打算和紅額斑頭狼以命相換。牠用自己的形體語言告訴對方：我可以讓你咬死我，讓你成爲亙古及今西結古草原唯一一個咬死了獒王的狼中英雄，但你必須撤退，你現在是十忿怒王地僅存的頭狼，你帶著你的狼群退了，所有的狼群也就退了。

紅額斑頭狼哪裡會聽從獒王岡日森格的勸告，聳動著臉毛獰笑起來，似乎想用無聲的冷惡告訴獒王：妄想吧你，你馬上就要死了，怎麼還能做夢讓我們撤退？我們咬死了你，再去咬死所有的領地狗和所有的人。一片聲浪飛翔而起，彷彿所有的狼都獰笑起來，哼哼哼、呵呵呵的，充滿了得意和狂妄。

狼群的獰笑換來了獒王岡日森格的獰笑。獒王的獰笑在心裡，在深藏不露的胸襟裡，面部的表情卻更加莊嚴而肅穆，眼睛的光亮裡突然多了一層內容，那就是比凶鷙還要可怕還要激切的逼問：你們狼群中難道就不會流傳獒王岡日森格營救尖嘴母狼的故事？難道就不會流傳大力王徒欽甲保爲營救狼崽而獻出生命的故事？難道就不會流傳獒王岡日森格三次放過紅額斑頭狼的故事？而最後一次放過竟是在紅額斑頭狼咬死了獒王的孩子小母獒卓嘎之後。我看出來了，從你們的眼神裡看出來了，你們一定在流傳，一定知道這是救命這是恩德。但願這樣的故事，能讓狼群在寒風料峭的黑夜裡反躬自省，能讓你們那報復的欲望、嗜血的念頭、野性的貪饞，在故事的流傳中悄然消解。

紅額斑頭狼耳朵劇烈地抖動了一下，似乎突然想起自己三次被獒王岡日森格放過的情形，第一次是在屋脊寶瓶溝的溝口，第二次是在十忿怒王地的西邊，第三次是在十忿怒王地制高點的下面。牠當時驚怪地問著：我都咬死了獒王的孩子，獒王怎麼沒有咬死我呀？但是現在，優勢和劣勢已經顛倒，所有的安全都歸了狼，所有的危險都歸了獒王，紅額斑頭狼就不會再這樣問了，牠只能獰笑和得意，牠必須獰笑和得意。多麼不容易啊，狼在藏獒面前從來都是沒有尊嚴缺少笑容的，像今天這樣讓整個狼群在獰笑和得意中獲得一種勝利者的快感的日子，真是太少太少了。

獒王知道紅額斑頭狼並沒有絲毫準備感恩和回報的意思，便朝前走了兩步，依然是莊嚴而肅穆的表情，是比凶鷙還要可怕還要激切的逼問，彷彿只要牠堅持不懈，就能逼問出狼的情義、狼的道德、狼的溫柔來。

再也沒有變化，就這樣冰冷而僵硬地對峙著。很長時間過去了，紅額斑頭狼突然眨巴了一下眼睛，奇怪地想：我這是怎麼了？爲什麼耽擱了這麼久而沒有號令狼群撲上去。更加奇怪的是，牠已經不再獰笑，所有的狼都已經不再獰笑，哼哼哼、呵呵呵的聲音，變成了骨碌碌、嘎啦啦的聲音，那不是得意和狂妄，而是饑餓催生出來的虛弱與懷疑。

獒王岡日森格又朝前走了幾步，穩穩當當地坐下來，在一個更近的距離中，用一種更加懇切的姿態和語言，大膽而執著地傳遞著牠的想法，極力想把紅額斑頭狼以及所有的狼從瘋狂和盲動中喚醒過來：天正在轉晴，積雪慢慢就會融化，那些凍死餓死的牛羊幾天後都會從積雪下面露出來。昂拉雪山、黨項雪山、礱寶雪山等等大大小小、遠遠近近的雪山裡，那些數量大大超過了狼群的鷲隼鷹鳥，會在第一時間撲向這些現成的美味。狼群應該意識到，牠們不能再在這裡耽擱下去了，報復人類固然重要，但如果還有更便捷的充饑方法等待著牠們，為什麼不能儘快地避難就易呢？為什麼不能搶在鋪天蓋地的飛禽到來之前，刨出那些雪埋冰蓋的牛羊的屍體，美美地飽餐幾頓呢？靈性啊，狼群的靈性啊，都到哪裡去了？

對峙還在繼續，有一個瞬間，紅額斑頭狼突然又恢復了最初的膽力和勇氣，嗥叫了一聲，告訴自己的狼群：準備好啊準備好，馬上就要撲過去了，咬死吃掉獒王的時刻已經來到了。但是牠始終沒有發出撲過去的指令，外表與內心被愈來愈沈厚的憂鬱和傷感籠罩著，讓牠怎麼也不能果敢勇武起來，不能無所顧忌地行動起來。

獒王岡日森格的眼睛咕咚咕咚的，彷彿是兩眼深井，在嚴峻的外表之下，深深埋藏著古老的善心和為了人類安全的妥協。牠站起來，踱著步子，甚至打了一個長長的哈欠，伸了伸懶腰，讓自己粗獷的生命在這個性命攸關的緊急時刻，充滿了野性的舒展。然後再次靠前了一些，繼續用姿態、動作和表情，朝著紅額斑頭狼無聲地傳達著自己的意願：

黑耳朵頭狼死了，斷尾頭狼也死了，西結古草原野驢河流域，就只剩下你一個頭狼了，你待在這裡幹什麼？趕快去啊，去把三股大狼群變成一股由你領導的更大的狼群。你想一想吧，如果沒有人的存在，沒有我獒王岡日森格以及領地狗群的存在，沒有我們對狼群的強有力的威脅，誰還會擁戴你紅額斑頭狼——獒狼之戰中唯一幸存的頭狼做大狼群的頭狼呢？更何況是藏獒咬死了黑耳朵頭狼和斷尾頭狼，藏獒幫助你成了野驢河流域唯一的頭狼，幫助你紅額斑頭狼實現了你的野心，難道你不應該感激我們嗎？怎麼感激？撤退吧，放過這些人，他們並沒有做對不起你們的事情。保護牛羊的是我們藏獒，咬死狼最多的是我獒王岡日森格，你就衝著我來吧，從今以後草原上就會流傳這樣的頌詞：多麼偉大啊，咬死獒王的紅額斑頭狼多麼偉大。

似乎獒王岡日森格的苦口婆心並沒有達到預期的目的，紅額斑頭狼警惕地後退了兩步，因為牠意識到獒王已經靠得太近了。太近的距離讓牠擔憂，一口咬死牠紅額斑頭狼的陰謀，說不定就會在漸漸縮短的距離中突然顯露。

獒王扭頭舔著自己的腿毛，用一種安靜至極、閒適到家的姿態表達著自己的意思：你不用緊張，我不會撲向你的，就是我死，也不能讓你死。因為我相信你紅額斑頭狼一定能做出撤退的決定，也只有你的決定，才會影響所有的狼，包括已經沒有了主心骨的黑耳朵頭狼的狼群和斷尾頭狼的狼群。

紅額斑頭狼晃了晃頭，又晃了晃身子，翹起狼嘴，指著獒王，把利牙在嘴唇上磨了又磨。這就是說，牠不希望獒王再囉嗦下去，牠有牠的想法，狼群有狼群的規則，在狼群的規則裡，當然也會有感恩和回報，也會讓獒王逼問出情義、道德和溫柔來。但並不是現在。

依然是對峙，尖銳如離弦之箭、頑強似鋼鐵之山的對峙。就像天堂和地獄的抗衡，激烈而不起波瀾。時間在緊張中滑翔，一點一點過去了，很慢，對獒王，對紅額斑頭狼，都顯得太慢太慢。

安靜，風、雪、獒、狼都很安靜，很長時間都很安靜。

但是安靜並不是狼的需要，屬於狼的那種超凡脫俗的耐心只有在捕殺獵物時才具有價值。狼群顯然已經不耐煩了，由近到遠地動蕩起來，洪水一樣流淌的藍幽幽的眼燈、陰詐詭譎到令雪原疼痛的狼群之光、嗜殺貪血的獸性之欲，朝著紅額斑頭狼猛烈地集中著。紅額斑頭狼不由得亢奮起來，囂張起來。對峙中的冷靜正在崩潰，馬上就要變成雷鳴電閃的進攻了。

獒王岡日森格站了起來，剎那間牠感到了雷鳴電閃的存在，感到閃電正在燎去毛髮，驚雷正在震碎心靈，狼群的怒火已經燙傷了牠的眼睛，死神就要勾走牠的靈魂了。牠睜大了眼睛，從內心深處悲傷而憤怒地吼叫著，彷彿是說：那就來吧，來吧，既然我已經把性命交給了死亡，我就不怕把我的血肉一點一點奉獻給你們。來吧，狼，固然我會死去，我以命守護的人和領地狗群都會死去，但我一定要讓你們付出慘重的代價。

然而在表情和姿態上，獒王岡日森格一點悲傷和憤怒的樣子也沒有，甚至也不再一眼不眨地盯著紅額斑頭狼。牠若無其事地站了一會兒，然後從容不迫地坐下來，接著又氣度雍容地臥在了地上。牠知道自己臥下和站著是一樣的，如果需要出擊，任何姿勢都不影響牠的速度和力量。

獒王岡日森格就這麼安臥著，用一種赴難就義的烈士的模樣，傲對著浩浩蕩蕩的狼群，突然聽到了紅額斑頭狼的一聲嗥叫，立刻意識到，進攻開始了，狼群對自己的進攻已經開始了。

第二十一章 憂傷的父親

1

直到黑夜將盡，領地狗們也沒有看到獒王岡日森格回來，牠幹什麼呢？是不是再也不回來了？焦急等待的時候，領地狗們都以爲：獒王死了，已經死在了紅額斑頭狼的狼群裡。牠們哭起來，感染得人也哭起來。

天亮了，彷彿無邊的白晝是一種巨大的抹殺，面前突然換了一個世界。藍幽幽的狼眼、黑黝黝的鬼影、泛濫著肅殺之光的海洋消失了。明白的雪霧，清晰的晨嵐，一片白浪起伏的原野，雪一如既往地潔白著，勻淨著，原始的清透中、洪荒的單純裡，什麼也沒有。沒有了星光燦爛的狼的眼睛，也沒有了狼群，一匹狼也沒有了。連狼的聲音、狼的爪印、狼的糞便，也沒有了。荒風在清掃雪地，把狼的全部痕跡轉眼掃淨了。

人們驚愣著，領地狗群驚愣著，突然都喊起來：狼呢？那麼多狼呢？好像是人們和領地狗群搞錯了，本來這裡就是一片古老的清白，什麼獸跡人蹤也沒有。

不，不是什麼也沒有，有一隻藏獒，牠是來自神聖的阿尼瑪卿雪山的英雄，是草原的靈魂，是金色的雪山獅子，是西結古草原的獒王岡日森格。牠就在前面，在原本屬於狼群的地方，站著，而不是臥著，站著的意思就是牠沒有死，牠還活著，而且毫毛未損。

獒王岡日森格朝著人群，朝著領地狗群，微笑著緩緩走來。那微笑散佈在牠渾身英姿勃勃的金色毛髮和鋼鑄鐵澆的高大身軀裡，散佈在牠氣貫長虹的風度和高貴典雅的姿態中。如同雪後的陽光充滿了溫暖，充滿了草原的自信和天空的深邃。遙遠的神性和偉大的獒性就在這一刻，渾融在十忿怒王地天堂般的光明裡。

領地狗群迎了過去，圍繞著獒王岡日森格又跳又叫。看著牠們激動的樣子，人們互相詢問著：狼退了，狼群消失了，難道是獒王岡日森格獨自打退的？

獒王岡日森格和所有的藏獒碰著鼻子，似乎在告訴牠們：紅額斑頭狼的狼群為什麼退了，天亮之前所有的狼群為什麼都退了。

不管岡日森格是怎麼說的，父親後來的解釋是這樣的：

就在紅額斑頭狼和所有的狼準備撲向獒王岡日森格的時候，牠們突然發現，多獼狼群不在了，上阿媽狼群也不在了。一個更加嚴峻的問題擺在了紅額斑頭狼面前：兩股外來的狼群匆忙忙離開十忿怒王地幹什麼去了？是去搶奪新的領地，還是撲向了更容易吃到嘴的獵物？無論是哪種目的，作為野驢河流域唯一一股大狼群的首領，牠決不允許兩股外來的狼群在不經過牠同意的情況下，就去佔領野驢河流域的任何一個地方。

紅額斑頭狼帶動著自己的狼群，也帶動著原屬於黑耳朵頭狼的狼群和斷尾頭狼的狼群，追攆而去，離開的時候，牠沒忘了用嗥叫告訴獒王：就算你的說服感化起作用了，就算你的談判成功了，連我們狼都會尊敬的獒王啊，我們後會有期。

獒王岡日森格當時還不知道，紅額斑頭狼的放棄，除了獒王的作用，還有父親，父親用不怕死的天性和藏獒一樣的勇氣，用自己赤裸裸的神性姿態和一塊在黑夜裡閃爍綠色神光的熱力雷石，趕跑了多獼狼群和上阿媽狼群。

父親後來還說，西結古草原野驢河流域的狼群，雖然經過了整合：由三股大狼群變成了一股更大的由紅額斑頭狼率領的狼群。這樣的整合使草原有了遼闊的無狼顧及的空間，從而給外來的多獼狼群和上阿媽狼群提供了生存的條件。紅額斑頭狼的撤退，是重新劃分領地的需要，是物種和環境建立對應關係的需要。一種古老的契約正在發生作用，作爲地頭蛇的紅額斑頭狼的狼群，雖然極端忌恨著兩股外來的狼群對領地的搶奪，但最終還是有了一種共同發展的寬容。牠們在經過一番打鬥之後，容納了多獼狼群和上阿媽狼群，讓西結古草原野驢河流域的狼群又變成了三股，恰好對應著流域內的三個部落。這是一種平衡，在整個青果阿媽州，只有西結古草原維持了獒與狼以及人畜之間的平衡。平衡的出現是冥冥之中的自然法則起了作用，因爲破壞法則而引起的野蠻的獒狼爭鋒，又因爲自然法則的需要，悄然消失了。

2

父親就要離開西結古草原了。

他在碉房山的牛糞碉房裡等來了麥書記、班瑪多吉主任和梅朵拉姆，告訴他們：「我要走了，我在這裡一直等著向你們告別。」剛剛從十忿怒王地回來的麥書記、班瑪多吉主任和梅朵拉姆，站在石階下的草地上，瞪起眼睛望著從牛糞碉房裡走出來的父親，一時不知道說什麼好。

過了一會兒，麥書記才問道：「多吉來吧還沒有找到？」父親搖搖頭說：「沒有找到，找不到的，我要走了。我就是想最後對你們說，對孩子們的死，我十分沈痛，可我也只能沈痛，孩子不是器物，死了就沒了，就變不出來了。要是用我自己的命來賠償牧民們的損失，那我也只有一條命，賠不起啊。」說著，眼淚嘩嘩地流了下來。班瑪多吉主任說：「這個多吉來吧，到底是死了還是活著？」歎口氣又說：「我們知道你是委屈的，但是沒辦法，寄宿學校的孩子一下子死了這麼多，你要是不走，怎麼給牧民交代？」

父親說：「可是說實在的，我並不想走，我已經是一個西結古草原的人了，我捨不得這裡。」麥書記說：「以後你還可以再來嘛。」班瑪多吉主任認真地說：「以後就好了，以後就好了，我要給我們藏民寫一部《死去活來經》。人死了，活佛喇嘛一念我的經，人就活了。」

父親更加認真地說：「那就好，那就好，趕快寫啊，趕快寫。」梅朵拉姆一聲不吭，陪父親流著淚，流著更清澈更圓潤的淚，流著寶石一般的仙女的淚。

父親轉身離去，走向了碉房山最高處的西結古寺。

一千盞酥油燈連成一片的大經堂裡，也是剛剛從十忿怒王地回來的活佛喇嘛們正在舉行祈禱儀式，齊聲誦經的音浪迴蕩在樑柱之間，就像刮過了一陣陣風。幾個年輕的喇嘛把木桶裡的奶茶一勺一勺舀進誦經人面前的木碗，誘人的香味嫋嫋而起。當父親跨過大經堂的紅色門檻，在前面一排面朝眾喇嘛的高僧隊伍裡，尋找丹增活佛的身影時，丹增活佛卻在他身後輕輕地拍了他一下。活佛說：「我已經看到你上來了，多吉來吧呢，沒找到是吧？我真是沒想到，你是牠的主人你怎麼就找不到牠呢？」

父親說：「丹增活佛你說了，不管是寺院裡的至尊大神，還是山野裡的靈異小神，只要有一個神不願意讓我留在西結古草原，那我就再也找不到多吉來吧了。」丹增活佛說：「聰明的漢扎西你是知道的，我的話不是要讓你走的意思。」父親說：「可是我現在只能離開西結古草原了，我想不通的是，怎麼連法力超群、如意善良的猛厲大神、非天燃敵、妙高女尊都不保佑我了？我可是天天都在向祂們祈禱。」

丹增活佛說：「你來這裡，就是想要讓我回答這個問題嗎？」父親說：「是啊，我非常想知道，神到底有沒有，保佑到底存在不存在，為什麼……」丹增活佛打斷了他的話：「啊，我知道，你要說什麼我知道。我要告訴你的是，隨緣吧，緣就是神，神就是緣。神有千萬個，緣有千萬種，這裡的緣盡了，那裡的緣又開始了。離緣和結緣是兩個神的交接，你的猛厲大神、非天燃敵、妙高女尊不是不保佑你了，而是另有神佛在三十三天之上關照到你了。」

這時候誦經已經結束，儀式散場了，所有認識父親的活佛喇嘛都圍了過來。父親對他們說：「我就要走了，我是來告別的。」鐵棒喇嘛藏扎西吃驚地「啊」了一聲說：「多吉來吧居然沒找到？讓我跟你去找吧。」父親搖了搖頭說：「找不到的，連大灰獒江秋邦窮都找不到牠，人就更難找到牠了。」藏醫喇嘛尕宇陀哀歎一聲說：「你要走啊？什麼時候走，我送你。」父親說：「我是校長和老師，我對不起被狼群吃掉的孩子，但我覺得狼群吃掉孩子是另有原因的，絕對不是因為地獄餓鬼食童大哭和護狼神瓦恰主宰了我的肉身。」丹增活佛說：「啊，另有原因，什麼原因？」說著從自己脖子上取下一串檀香木念珠，戴在了父親的脖子上，擺了擺手說：「不要說了，不要說了，信仰的人啊，還是讓佛來引導你的想法吧。」誰也不再說什麼，父親離開了。鐵棒喇嘛藏扎西追上來，塞給他兩隻鼓鼓囊囊的羊肚，裡面裝滿了糌粑和風乾肉。父親揣在了懷裡，感激地點了點頭。

父親走下碉房山，走過了野驢河的冰蓋，走向了已經不存在的寄宿學校。一片單純而寂寥的原野，積雪把什麼都掩埋了，彷彿也掩埋了歷史。寄宿學校的牛毛帳房、活蹦亂跳的孩子們的身影、多吉來吧護法金剛一樣沈默而威嚴的存在，都已經毫無遺跡了。

這裡只有空空蕩蕩的靜默和實實在在的心痛，只有父親無聲的眼淚成了天地間唯一的說明——往事在記憶中，西結古草原的點點滴滴，在腦海的汪洋裡，閃爍成了一片豐饒的漣漪。那是活性的酵母，轉眼就變成了一種巨大、沈重、遼闊的悲愴。

同樣處在悲愴之中的還有聞味而來的獒王岡日森格和牠的領地狗群。牠們來到了父親身邊，用表情，用動作，詢問著，安慰著。

父親說：「岡日森格我要走了，我要離開西結古草原回到城裡去了。」獒王岡日森格吐著舌頭，用眼睛問他：爲什麼？爲什麼？父親就嘮嘮叨叨地說起了被狼吃掉的孩子，說起了關於地獄餓鬼食童大哭和護狼神瓦恰主宰了他的肉身的傳說，說起了丹增活佛給他的機會：找到多吉來吧，讓神靈說服大家包括死者的家長把他留下來。父親說：「可是我找不到多吉來吧，怎麼也找不到，就只好離開西結古草原了。」

岡日森格當然聽不懂父親這麼複雜的表達，茫然無措地看著父親，突然甩了甩頭，似乎要甩開令牠費解的父親的嘮叨似的。牠拋下父親，轉身走去，走著走著就跑起來。領地狗群望著獒王的身影，迅速跟了過去。

父親跪下了，哭著，拜著，告別著：描繪在天上的雪山、流淌在地上的草原、參差錯落的碉房山、神秘中隱藏著溫馨和獰厲的西結古寺、晶瑩的珍珠舞影翩翩的野驢河、樸素而華麗的牧民的心、冬天漫長的寒冷與無盡的積雪、夏天滿眼的綠色與飄動的畜群，還有隨處可見的經幡陣、風馬旗、石經牆、瑪尼堆、圖騰的石頭、煨桑的煙嫋、一座一座的拉則神宮、一個一個的山精野神，最最主要的還是孩子和藏獒，被狼咬死的孩子和藏獒，依然活著的孩子和藏獒，以及自己鍾情於草原孩子和藏獒的心。

父親告別著，向西結古草原的一切告別著，然後擦乾眼淚站了起來，轉身走了。這是離開西結古草原的第一步，他不是用腳步，而是用浩蕩無極的失戀的心情，苦澀滯重地邁了出去。

朝著東方的狼道峽口走了不到半個小時，父親就碰到了人，是很多人，都是來送行的：麥書記、班瑪多吉主任、梅朵拉姆來了；丹增活佛、藏醫喇嘛尕宇陀、鐵棒喇嘛藏扎西、老喇嘛頓嘎以及西結古寺的大部分活佛喇嘛都來了；野驢河部落的頭人索朗旺堆和部落的許多牧民也來了。還有父親的學生：平措赤烈和從昏迷中恢復過來的達娃，還有央金卓瑪。

雖然他們都認可了傳說中寄宿學校的孩子被狼群吃掉的那個原因——地獄餓鬼食童大哭和護狼神瓦恰主宰了父親的肉身，雖然父親找不到多吉來吧的事實讓所有人都相信，不管是寺院裡的至尊大神，還是山野裡的靈異小神，都決定讓父親趕快離開西結古草原，但他們還是懷揣了一顆凡俗之心，周身湧動著雪山一樣沈重的不捨之情。他們用藏獒一樣真誠的眼神告訴父親：

走好啊，你走好啊，畢竟你是獒王岡日森格的恩人，是挽救過大黑獒那日和飲血王黨項羅剎及多吉來吧的漢菩薩，是西結古草原的校長和老師，是在神聖雪山的矚望之下爲這片土地流淌過血水和汗水的人。

野驢河部落的頭人索朗旺堆牽來了一匹備好鞍韉的大黑馬，那是部落中最好的馬，他走過來對父親說：「騎上吧孩子們的老師，駿馬是草原吉祥的風，無論你走到哪裡，牠都會忠實地陪伴著你。不要忘了我們啊，漢扎西。」父親含著眼淚接受了這匹馬，朝著索朗旺堆頭人彎下了腰。

許多牧民走來，把捧在手裡的糌粑和酥油，放在了馬屁股上的褡褳裡。

平措赤烈和達娃跑了過來，抱住父親，嗚嗚地哭了。父親摸著他們的頭，想說什麼，又覺得一切都是多餘的，長歎一聲，踩著鐵鐙騎上了馬。

這時貢巴饒賽家的小女兒央金卓瑪喊起來：「漢扎西要走了，地獄餓鬼食童大哭要走了，護狼神瓦恰要走了，哈哈，連多吉來吧都不理他了，我也不理他了，哈哈，要走趕緊走啊，趕緊走啊，用鞭子抽著大黑馬趕緊走啊。」似乎央金卓瑪是唯一一個即使憂傷也要率真地表達自己的人。但是父親知道，央金卓瑪其實是最不真實的一個。她驅趕的不是他，而是她自己。她的笑聲裡充滿了抑鬱的熾情、野性的淒涼、變了形的不捨。

父親打馬而去。人群給他讓開了路，然後一個個跨上各自的馬，不遠不近地跟上了父親。送別持續到下午，狼道峽遙遙在望，分手就在眼前了。父親停下來，回望著送他的人群，無力地揮了揮手，然後雙腿一夾，加快了馬速。這時峽口一線，彎月形的地面上，突然一陣動蕩，瀰揚而起的雪粉裡，一群動物密密麻麻地堵擋在了狼道峽口。狼？父親愣了，等他聽到一陣激切的吼叫，才明白原來是獒王岡日森格和牠的領地狗群。

父親想：岡日森格也來送我了。八年前，就是在狼道峽口，他第一次看到了岡日森格；今天，又是在狼道峽口，他要跟牠徹底分手了。

父親身後，那些送別他的人互相看了看，都顯得有些緊張：是不是岡日森格不想讓漢扎西走，帶著領地狗群前來堵截了？

父親用雙腿驅趕著大黑馬，走了過去。獒王岡日森格迎他而來，迎了幾步，又停下了。

就在這時，從領地狗群的後面，響起了一陣粗壯雄渾的轟鳴聲，轟鳴還沒落地，領地狗群便嘩地一下豁開了一道口子。一隻脊背和屁股漆黑如墨、前胸和四腿火紅如燃的藏獒，風馳電掣般奔跑而來。

父親愣了：啊，多吉來吧。送別他的人都愣了：啊，多吉來吧。

多吉來吧撲向了父親，狂猛得就像撲向了狼群、撲向了豹群。牠撲翻了父親跨下的大黑馬，騎在了滾翻在地的父親身上。牠用壯碩的前腿摁住父親的雙肩，張開大嘴，唾沫飛濺地衝著父親的臉，轟轟轟地炸叫著。好像是在憤怒地質問：你爲什麼要走啊？我的主人漢扎西，你爲什麼要離開西結古草原？叫著叫著，多吉來吧的眼淚奪眶而出，如溪如河地順著臉頰流下來，漫漶在了父親臉上。

父親哭了，他的眼淚混合著多吉來吧的眼淚，豐盈地表達著自己的感情。

所有的人，那些來送別父親的俗人和僧人、男人和女人、老人和孩子，都哭了。丹增活佛念起了《白傘蓋經》。機靈的鐵棒喇嘛藏扎西聽了，立刻像宣佈聖諭那樣大聲對大家說：「多吉來吧找到了，寺院裡的至尊大神、山野裡的靈異小神，都是要挽留漢扎西的，漢扎西可以不走了。」

所有的領地狗，包括剛猛無比的獒王岡日森格，都如釋重負地喘了一口氣，孩子一樣嗚嗚地哭了。

父親後來說，是獒王岡日森格和大黑獒果日在雪山深處找到多吉來吧的。不知道岡日森格和大黑獒果日用什麼語言刺激了多吉來吧，反正多吉來吧一聽牠們的話，就義無反顧地跟著牠們奔向了狼道峽口。這時候對多吉來吧來說，尊嚴和恥辱已經不重要了，唯一重要的，就是忠誠，就是挽留主人的急切。

多吉來吧依然壓在父親身上，壯碩的前腿摁住父親的雙肩堅決不放，好像一放開，父親就會逃跑而去。

央金卓瑪跳下馬背，跑過去，一邊像男人那樣用力跺著腳，一邊憤怒地喊道：「多吉來吧，多吉來吧，咬死他，咬死他，咬死這個地獄餓鬼，咬死這個食童大哭，咬死這個護狼神瓦恰。」多吉來吧用深藏在黑毛裡的琥珀色眼睛瞪著央金卓瑪，看她一個勁地慫恿著，突然一躍而起，撲向了她。

「多吉來吧。」父親大喊一聲，翻身起來，也像藏獒一樣撲了過去。他抱住多吉來吧，用最大的力氣，把牠從被撲倒在地的央金卓瑪身上拖了下來。

央金卓瑪站起來，渾身發抖，一臉蒼白，緊貼著父親不敢離開。多吉來吧環繞父親和央金卓瑪轉著圈，不依不饒地吼著跳著。央金卓瑪恐懼地說：「你把我背上，快把我背上，背上牠就不咬了。」

父親背起了央金卓瑪。多吉來吧果然不咬了，安靜地站在那裡，審視著父親和父親背著的人。多吉來吧熟悉草原人的習慣，背在背上的人，不是孩子，就是親人，央金卓瑪儼然已經是親人了。

一瞬間，央金卓瑪的恐懼消失了，也消失了對父親的仇恨和怨懟。她咯咯咯地笑起來，像趕馬一樣趕著父親：「走啊，走啊，你是我家的藏獒，你馱著我走啊。」

父親彎腰躬背地走了過去，走到了班瑪多吉主任跟前，用責備的口氣說：「她是你的人，還是你來保護吧。」說著轉過身去，把央金卓瑪夯到了班瑪多吉的懷抱裡。央金卓瑪站到了地上，皺起眉峰，怒視著父親。

父親走向了多吉來吧。央金卓瑪望著父親的背影，喊了一聲：「漢扎西。」又喊了一聲，「你滾吧。」然後就哭了，這是這些日子以來她第一次痛哭，第一次真實地表達自己。她知道，對她來說，父親已經真正地離去了。

3

藏曆十二月的最後一日，也就是在月內四吉辰之一的無量光佛的吉日裡，麥書記在西結古寺的十忿怒王殿裡主持召開了一個動員大會。大會原來的名字叫「除狼」動員大會，現在又改為西結古草原「除四害」動員大會。會上，班瑪多吉主任代表麥書記鄭重宣佈：

「我們要把『除四害』當作目前的首要任務來完成。草原的『四害』是：蒼蠅、蚊子、兔老鼠（高原鼠兔）、瞎老鼠（高原鼢鼠），我們要特別強調，西結古草原的『四害』裡沒有狼。」

草原上的人們這才意識到，這場驚心動魄的「獒狼大戰」的緣起，原來是那個時候大家都知道、人人都參與的「除四害」。

「除四害」是一場運動，在內地，那些熱火朝天的城市和鄉村，「四害」的內容是蒼蠅、蚊子、老鼠、麻雀。必欲除之的原因是，蒼蠅、蚊子、老鼠傳染疾病、污損食物，麻雀和人爭吃糧食，增加農民負擔。但是在不種莊稼的草原牧區，麻雀只吃草籽和昆蟲，對人沒有任何妨礙，為什麼要除掉牠們呢？人們很快想到了狼，狼是草原上最大的公害，有人估計，在青藏牧區，狼每年吃掉的羊，比北京市和天津市全年的肉食供應量還要多。這個說法，對當時物資還很匱乏的中國來說，無疑是一種令人衝動的提醒：為什麼不能狼口奪羊呢？

很自然的，當全國性的「除四害」澎湃而來時，草原牧區的「四害」變成了蒼蠅、蚊子、老鼠、狼。又因為「狼口奪羊」的需要，「除四害」迅速演變成了一場單純的「除狼」運動，狼作為歷史悠久的野生動物，其地位第一次降低到了和蒼蠅、蚊子、老鼠並列的地步。除狼和拍死蒼蠅蚊子一樣，沒有任何心理負擔。不同的是，除狼的方法多種多樣，下毒藥，設夾子，挖陷阱，堵窩子，用槍打，最狠的，當然還是集體圍獵和馬隊驅趕。

在密不透風的「除狼」之下，多獮草原的狼群和上阿媽草原的狼群紛紛逃離自己的領地，進入還沒有開展「除狼」運動的西結古草原，一方面強佔生存的領地，一方面對人類進行瘋狂的報復。

而在西結古草原，雖然「除狼」運動還沒有開展，但狼群從外來狼那裡知道了已經發生的一切，從風雪的傳遞和牠們自己對生存壞境的重視和敏感中，預知了即將發生的一切。牠們提前行動，想把小領地變成大領地，小狼群變成大狼群，以對抗即將到來的人類對狼的圍剿。

所有的狼群都想在合併後的大狼群中取得主導地位，所有的頭狼都想成為大狼群的領袖，而這一切都取決於這樣一個事實：面對必須報復的人類及其財產，你必須表現得更加智慧、更加玩命、更加具有生存競爭的心狠手辣。

面對從四面八方橫撲而來的狼群，獒王岡日森格帶著領地狗群南征北戰，盡最大可能表現著自己的勇敢和忠誠，幾乎全軍覆沒。牠們並不知道這是為什麼，只知道撲向所有的狼群、所有的危難是牠們永不捨棄的使命，保衛草原和牧民，保衛吉祥與幸福是牠們終生履行的義務。

西結古草原的「除狼」運動還沒有開始就已經宣佈結束了，是狼群肆無忌憚的報復和藏獒在反報復中的巨大犧牲，幫助人做出了符合草原需要和未來發展的選擇。麥書記、班瑪多吉主任和丹增活佛、索朗旺堆頭人以及許多幹部、僧人和牧民，當時就已經意識到了。就像丹增活佛說的，草原上包括人在內的所有生物的數量都是由蓮花語眾神和金剛橛眾神來控制的，藏獒的數量永遠對應著狼的數量，永遠處在能夠扼制狼群的過分增長和過分囂張，又不至於全部消滅狼群的那個程度上。一旦滅除了所有的狼，也就等於滅除了所有的藏獒，滅除了高原鼠兔、高原鼢鼠的天敵，它帶來的直接後果就是鼠害猖獗，草原變成黑土灘，牛羊的數量和質量急劇下降，牧民吃不飽、穿不暖。

父親後來說，我真是佩服啊，佩服麥書記和班瑪多吉主任這些人的膽識和魄力，他們居然可以搞得和全國不一樣，居然把草原「除四害」的內容由蒼蠅、蚊子、老鼠、狼，改變成了蒼蠅、蚊子、兔老鼠、瞎老鼠，而且還要「特別強調」：「西結古草原的『四害』裡沒有狼。」這種高瞻遠矚的決策，使西結古草原雖然也經歷了那些非常時期，但卻一直充滿了和平、吉祥的氣氛，一直都是全青果阿媽州乃至全青藏高原最富裕的一個地方。那裡沒有沙來水枯後背井離鄉的牧民，沒有生態失衡後回天乏力的悲哀，佛光依然照臨，經幡依然飄揚，秩序還是原來的秩序，規矩還是祖先的規矩，狼群和領地狗群還像古老的時代所規定的那樣，互相牽制著，狼敗獒敗，狼盛獒盛，一榮俱榮，一損俱損。直到今天，西結古草原仍然是整個青藏高原狼最多、獒最盛的草原。

父親後來還說，西結古草原的幸運不光是麥書記和班瑪多吉主任的做法好，還在於小母獒卓嘎和紅額斑頭狼無意中參與了人的決策。

大雪災期間，省上在空投救災物資的時候，空投了一封十分重要的信，是要麥書記「親啓」的。核心的內容是兩點：一是新近從軍隊退役下來一批槍支彈藥，可以作爲打狼的武器，青果阿媽州尤其是還沒有開始「除狼」的西結古草原，可迅速派人去省會西寧領取；二是狼皮是製作裘衣被褥等用品的重要來源，草原牧區要把交售狼皮作爲一項重要生產任務來抓，要制定計劃，定人定額，力爭超額完成。

慶幸的是，小母獒卓嘎從空投的羊皮大衣中叼走了這封信，千辛萬苦地想送給班瑪多吉主任，最終卻把信和自己都送到了狼群的面前。小母獒卓嘎爲這封信獻出了生命，而獻出生命的結果卻是挽救了狼和整個西結古草原。狼彷彿是知道信的內容的，西結古草原最強悍也最智慧的紅額斑頭狼冒著被獒王岡日森格咬死的危險，把這封預謀大肆殺害狼的信吞進了肚裡。

半年後，「除四害」尤其是「除狼」的風聲已經銷聲匿跡，麥書記去省裡開會，看到了這封信的原件，當著領導的面大呼小叫地說：「這麼重要的信你們發到哪裡去了，我怎麼沒看到？」看領導只是笑了笑，沒有追究責任的意思，就又說：「幸虧我沒有看到，要是看到了，那就不可能不去領取槍彈，不可能不去打狼除害、交售狼皮了。」

由於多獼狼群和上阿媽狼群的到來陡然增加了狼的數量，西結古草原領地狗群中的藏獒，以及那些分散在牧民家中作爲牧羊狗和看家狗的藏獒，出人意料地增加了繁殖的數量。那一年，公獒的精力格外旺盛，懷孕的母獒特別多。每一隻母獒的每一胎幼獒幾乎都在八隻以上，成活率也創紀錄地達到了百分之九十，貢巴饒賽家的那隻黑藏獒甚至一胎產下了十八隻。貢巴饒賽發愁地說：「這麼多的藏獒，我拿什麼餵你們啊，我得問問頭人去。」野驢河部落的頭人索朗旺堆說：「愚蠢的人啊，手裡握著寶貝，卻不知道怎樣珍惜。放心吧你，部落會允許你多宰殺牛羊來餵養牠們的。等你養大了，就把牠們交給獒王岡日森格，壯大我們的領地狗群。」

那一年，西結古草原的藏獒無論數量還是質量都走向了一個鼎盛時期。藏獒鼎盛的背後，是狼群的鼎盛，是雪豹和金錢豹的鼎盛，是藏馬熊和瞎（讀如哈）熊的鼎盛，是包括藏羚羊、藏野驢、野犛牛在內的所有野生動物的鼎盛。

隨著藏獒的繁衍走向鼎盛，獒狼之間的戰爭又成了家常便飯。獒王岡日森格和牠的領地狗群不停地奔馳著，打鬥著，憤怒的吼叫從來沒有止息過。

就在領地狗群繼續南征北戰的時候，班瑪多吉主任和貢巴饒賽家的小女兒央金卓瑪在貢巴饒賽家舉行了婚禮。熱鬧非凡的婚禮上，班瑪多吉紮著腰帶，挎著剛剛配發給他的用來防止野獸襲擊的手槍，扮出一副威武雄壯的樣子，一再給父親敬酒：「漢扎西你看我這副挎槍打仗的樣子，像不像一隻藏獒？我這隻藏獒是專門守護央金卓瑪的，誰也別想靠近她。來，喝酒，藏獒給你敬酒你不能不喝啊。白花花的青稞酒啊，是草原上醉人的哈達，喝啊，你快喝啊。漢扎西你知道嗎？央金卓瑪已經不恨你了，她有了我，就不知道什麼是恨了。」央金卓瑪幸福得就像盛開的雪蓮花，抑制不住地笑著，給誰都敬酒，一敬酒就唱歌。

班瑪多吉主任和央金卓瑪舉行婚禮的第二天，草原上傳來了大灰獒江秋邦窮的噩耗。大灰獒江秋邦窮和父親分手後，一直在雪原上流浪。也許是孤獨讓牠想起了群果扎西溫泉湖中的浮冰，想起了在浮冰之上跳舞的白爪子狼，想起了白爪子狼送給牠食物的情形。有人看到牠跳進水裡游向了湖中央的浮冰。誰也不知道江秋邦窮和白爪子狼在浮冰上共同度過的那些日子獒與狼之間發生了什麼——反正不是仇恨相加，流血五步，而是親和友善的曙光臨照在頭頂，讓牠們彼此的孤獨不再是深重的災難。

三個月之後，殘冬的寒流依然凜冽，但已經擋不住群果扎西溫泉湖的水溫掙脫冰點，向暖水轉移。浮冰迅速消融著，立足之地愈來愈小了。江秋邦窮和白爪子狼互相幫襯著游向岸邊，回到了殘雪斑斑的陸地上。

不久，白爪子狼因爲偷咬湖邊游牧的羊群，被牧民家的藏獒理所當然地咬死。當天下午，有人看到在群果扎西溫泉湖平靜的水面上，漂起了大灰獒江秋邦窮的屍體。

有人說江秋邦窮是因爲思念獒王岡日森格和領地狗群憂鬱而死，有人說牠是因爲無法阻攔白爪子狼襲擊羊群更無法阻攔藏獒咬死白爪子狼孤憤而死。還有人說牠是羞愧而死。可惜了，可惜了，藏獒的臉皮比起人來要薄得多，差不多就是一張紙，眼淚一泡就濕了、透了，就愧悔到心裡去了，就要以死來拯救自己的聲名了。對牧民對草原來說，一隻偉大的藏獒，不僅應該是剛猛的保護神，更應該是光榮與恥辱的座標。父親說，自從大灰獒江秋邦窮在狼群面前吃了敗仗並且受到領地狗群的責怪之後，牠的尾巴就再也沒有捲起來過。那說明牠時時刻刻都處在深深的自責當中：我多麼無能啊，我辜負了獒王岡日森格的期望，我讓那麼多強壯健美的領地狗喋血沙場，而我自己卻活著，無所作爲地活著。

不管大灰獒江秋邦窮爲什麼而死，所有人都不懷疑：牠是自殺。自殺的這一天正是娘奶節。人們想起大灰獒就是在娘奶節這一天出生的，所以就叫牠江秋邦窮，意思是菩提的節日。牠在這一天出生了，又在這一天離去了。巧合意味著宿命，而宿命又是佛意的體現。娘奶節就是閉齋節，釋迦牟尼在這一天投入了母胎，在這一天證得了菩提，又在這一天寂入了涅槃。這一天，做一件善事，念一遍六字真言，等於平常做三萬萬件善事，念三萬萬遍真言。這一天是四月十五日。

父親和許多牧民縱馬來到了湖邊，搖著嘛呢輪念起了經。念著念著，群果扎西溫泉湖平靜的水面上突然聳起了一排大浪，把大灰獒江秋邦窮的屍體高高托起，托上了雲端。大浪過後，江秋邦窮就不見了。在牧民們的祈願下，屍體和靈魂都升遐而去。牧民們說：大灰獒江秋邦窮給釋迦牟尼看護宅院去了。牠原本就是廣嚴城的門神，經過人間的苦難之後，又回到釋迦牟尼說法的地方去了。

大灰獒江秋邦窮死了不久，相依為命的多吉來吧就離開父親，遠去他方了。

這一次不是為了藏獒根深柢固的尊嚴和恥辱，而是為了另一種多吉來吧並不喜歡也不理解的使命——青果阿媽州軍分區看上了多吉來吧，要調牠去看守剛剛組建起來的監獄。父親不想讓牠去，牠也不想離開父親，但是麥書記的懇求是不能忽視的。麥書記是州委的書記，同時也是軍分區的政委。他親自跑來對父親說：「軍分區的人手不夠，就需要多吉來吧這樣一隻具有極大震懾力的藏獒，能夠以一當十啊。你放心，軍分區會用最好的食物餵養牠。」看父親不吭聲，麥書記又說：「你就行行好幫我這個忙吧，等於我欠了你的，以後一定還你。」

父親說：「這話你不要給我說，你給多吉來吧說，只要牠願意去，我沒有意見。」麥書記說：「好，我給多吉來吧說，牠要是不答應，我就把你帶走，反正不是牠走，就是你走。」

多吉來吧只能離開父親，離開學生日漸增多的寄宿學校了。牠就是有一萬個不願意，也只能服從使命的安排。在父親給牠套上鐵鏈子的那一刻，牠就像孩子一樣哭了，是委屈的抽搐，更是依依不捨的哽咽。牠沒有反抗，即使父親把牠拉上卡車的車廂，推進了鐵籠子，牠也沒有做出絲毫難為父親的舉動。牠知道父親是無奈的，父親必須聽從麥書記的。多吉來吧唯一想到的是，麥書記要是一個壞人就好了，是壞人牠不僅可以堅決不跟他去，還可以一口咬死他。遺憾的是，在牠天長日久的認識裡，麥書記是個好人，是個絕對應該親近的人。多吉來吧大張著嘴，吐出舌頭，一眼不眨地望著父親，任憑眼淚嘩啦啦地流下來，流進了嘴裡，流在了車廂。

許多喇嘛和牧民都來送行，他們都哭了。寄宿學校的孩子們更是悲淚漣漣，他們像多吉來吧一樣，哭得隱忍而深沈。

但是父親沒有哭，他滿腹滿腔都洶湧著酸楚的水，卻咬緊牙關，沒有讓酸水變成眼淚流出來。他知道自己一哭，多吉來吧就會受不了，悲傷的陰影就會愈來愈厚地籠罩牠，讓牠在遠離主人的時候自殘自毀。父親一再地告誡自己：不能哭，絕對不能哭，多吉來吧是一隻心事很重的藏獒，不能再給牠增加任何心理負擔。

汽車開動了。多吉來吧從鐵籠子裡忽地跳了起來，撲了一下，又撲了一下，一連撲了七八下。父親追逐著汽車，忍不住地喊了一聲：「多吉來吧，保重啊。」喊著，一聲哽咽，滿眶的眼淚泉湧而出。父親再也控制不住了，他的哭聲飛著，淚水飛著。令人心碎的聲音帶動著他身後的孩子們，這些多吉來吧日夜守護著的寄宿學校的學生，突然喊起來：「多吉來吧，多吉來吧。」一個個號啕大哭。

這時獒王岡日森格帶著領地狗群跑來了，看到多吉來吧已經被汽車帶走，就瘋狂地咆哮著，追了過去。獒王是明智的，牠知道領地狗群的追逐只能是送別，而不可以是攔截，所以牠們沒有跑到前面去，自始至終都跟在汽車後面，把對汽車的憤怒和撕咬，最終變成了悲傷和呼喚。

只有一隻藏獒一直在憤怒，在撕咬，那就是母性的大黑獒果日。牠愛上了沈默而強大的多吉來吧，還沒有來得及表示什麼，人們就把多吉來吧帶走了，帶出了西結古草原，帶到很遠很遠的地方去了。

獒王岡日森格和領地狗群悲傷著，呼喚著，把多吉來吧一直送出了狼道峽口。

多吉來吧走後，父親就陷入了深深的思念，就像多吉來吧在遠方的青果阿媽州上思念著父親一樣。那樣一種「海上生明月，天涯共此時」似的思念，讓父親一個月沒有吃肉喝奶，人瘦了一圈，白頭髮也突然長出來了。我的年紀輕輕的父親，在思念多吉來吧的日子裡，花白了自己的頭髮。而在遠方，多吉來吧黑亮的毛髮上，也出現了一大團白色，那是一隻藏獒忠誠於主人的證明，是藏獒對人的感情深入骨血後的表現。白了，白了，在思念父親的日子裡，多吉來吧的毛髮日復一日地花白了。

二〇〇六年八月九日終稿於青海西寧

二〇〇六年十月十日修改於山東青島

【風雲三十周年紀念典藏版】

藏獒 2

作者：楊志軍
發行人：陳曉林
出版所：風雲時代出版股份有限公司
地址：10576台北市民生東路五段178號7樓之3
電話：(02) 2756-0949
傳真：(02) 2765-3799
執行主編：劉宇青
美術設計：許惠芳
業務總監：張瑋鳳

出版日期：2023年10月典藏版一刷
版權授權：人民文學出版社
「本書原由人民文學出版社出版中文簡體字版，經由人民文學出版社授權風雲時代出版股份有限公司出版本書的中文繁體字版」
ISBN：978-626-7303-83-2
風雲書網：http://www.eastbooks.com.tw
官方部落格：http://eastbooks.pixnet.net/blog
Facebook：http://www.facebook.com/h7560949
E-mail：h7560949@ms15.hinet.net
劃撥帳號：12043291
戶名：風雲時代出版股份有限公司
風雲發行所：33373桃園市龜山區公西村2鄰復興街304巷96號
電話：(03) 318-1378
傳真：(03) 318-1378
法律顧問：永然法律事務所 李永然律師
北辰著作權事務所 蕭雄淋律師

行政院新聞局局版台業字第3595號 營利事業統一編號22759935

定價：420元

國家圖書館出版品預行編目資料

藏獒 2／楊志軍 著. -- 臺北市：風雲時代出版股份有限公司，2023.08- 面；公分
風雲三十周年紀念典藏版
ISBN 978-626-7303-83-2（平裝）

857.7　　112009325